주신의 공주

주신의 공주 2

초판 1쇄 찍은 날 │ 2017년 11월 06일
초판 1쇄 펴낸 날 │ 2017년 11월 13일

지은이 │ 이도화
펴낸이 │ 서경석

편 집 책 임 │ 조윤희
편   집 │ 이은주
             이예진

펴 낸 곳 │ 도서출판 청어람
등록번호 │ 제387-1999-000006호
등록일자 │ 1999. 5. 31
어람번호 │ 제11-0066호

주소 │ 경기도 부천시 부일로 483번길 40 서경B/D 3F (우) 14640
전화 │ 032-656-4452 팩스 │ 032-656-4453
http://www.chungeoram.com
E—mail │ chungeorambook@daum.net

ISBN 979-11-04-91497-3   04810
ISBN 979-11-04-91495-9   (SET)

주신의 공주

이 도 화 장편소설

2

도서출판 청어람

목차

7장
의지가 만들어낸 운명

미르의 분위기가 이상했다. 지금 당장이라도 독설을 할 것처럼 차가운 눈빛이었다. 그 때문에 서요는 잠깐 흠칫했다.

"미르님? 왜요?"

"잠깐 나랑 얘기 좀 해."

서요는 그의 강한 힘에 끌려 촌장에게 다가가지 못한 채 밖으로 나왔다. 한시가 급한 상황이었는데 미르가 이렇게 나오자 서요는 급한 마음에 팔을 마구 휘저으며 말했다.

"미르님, 저 바쁜데!"

서요는 그에게도 이 사태를 설명해야 했지만 지금은 분노해서 어쩔 줄 몰라 하고 있는 촌장을 설득하는 일이 먼저라고 생각했다. 그녀가 그런 생각을 하는지 모르는 미르는 잔뜩 험악해진 얼굴로 물었다.

"그래. 어디를 가려고 하는 건데? 응? 대체 뭘 하려고?"

미르는 자꾸 수상한 행동을 하는 서요 때문에 화가 나려고 했다. 서요는 바로 몸을 굳히고 울상을 지었다. 미르가 해문에 대한 적대감을 조금이라도 누그러뜨린다면 그녀도 솔직하게 털어놓을 수 있었다. 답답하고 억울한 마음에 서요가 입을 삐죽였다.

"저는 얘기하려고 했는데!"

"뭐?"

"정말 그러려고 했는데…… 이렇게 빨리 시작될지도 몰랐고. 또 아직 머릿속이 정리되지도 않아서."

"그러니까, 그게 뭐냐고. 지금 네가 이렇게 고민하는 거…… 설마 어제 소소에게 한 말이야?"

미르는 두서없이 말하는 서요를 바라보며 제발 아니었으면 하는 심정으로 물었다. 그녀가 이토록 말하기 힘들어하는 걸, 소소에게는 어제저녁 털어놓은 것이냐고 말이다.

서요는 조심스럽게 고개를 끄덕였다. 일이 이렇게 된 이상 이젠 모두 털어놓고 그와 머리를 맞대야만 했다. 그러나 그 순간, 미르의 말에 서요는 그만 말문이 막혔다.

"하…… 도대체 너한테 나는 뭐야? 나는 뭐기에, 너에게 어떤 존재기에 내가 모르는 걸 소소는 알고 있고."

미르는 서요의 손을 허망하다는 듯이 놓고 실소를 내뱉었다. 말하지 못한 부득이한 이유가 있다고 해도 그는 그녀에게 서운하기만 했다.

'왜 내게는 말하지 않는 거야. 대체 왜…….'

미르가 실망감과 답답함에 괴로워하고 있을 때, 서요는 그를 당혹스러운 눈으로 응시했다. 그가 왜 이렇게 서운해하는지를 이제야 깨달았기 때문이었다. 사이가 멀어지게 될까 봐 속이고 피하는 건 오히려 더 크게 감정을 상하게 할 수도 있는 것 같았다. 새삼 잘못된 일이라는 걸 알게 된 서요가 조심스럽게 말했다.

"전 당연히 미르님에게도 말하고 싶었는데, 저하와의 이야기라 차마 말할 수가 없었어요. 또 그때처럼 싸울까 봐…… 그게 너무 싫어서."

"그러니까 그게 전부 세자 그 자식을 싫어하는 나 때문이다?"

미르는 그녀의 변명에 공감해 주고 싶지 않아서 빈정거렸다. 서요는 당황해서 고개를 가로저었다.

"아니요! 미르님 때문이라고 원망하는 게 아니라, 제가 말하기를 어려워했던 이유가 그거라고요."

서요의 목소리가 기어들어 갔다. 미르는 천문관에 머물렀던 때처럼 계속 서요와 갈등이 생기는 것 같았기에 가슴이 답답했다. 그는 정말로 그녀와 싸우고 싶지 않았다.

"나도 왜 이러는지 모르겠다. 너그러운 연인이 되어줄 수 있다면 좋을 텐데. 그렇지?"

하지만 그건 미르의 마음처럼 쉽지 않았다. 그는 속에서 끓어오르는 질투심에 어찌할 바를 몰랐다. 서요는 그가 너무도 힘이 없고 쓸쓸해 보여서 급하게 입을 열었다.

"지금 전부 말씀드릴게요! 먼저 말하지 못했다고 너무 서운해하지 마세요. 제 마음은 항상 미르님에게 가 있으니까요. 그것만은 믿어주세요."

서요는 미르가 자신의 마음을 먼저 헤아려 주었던 때를 생각했다. 반대로 그가 중요한 고민을 저에게 먼저 털어놓지 않고 다른 누군가를 찾는다면 자신 또한 기분이 나쁠 것 같았다.

미안한 마음에 자꾸 손을 꼬물거리고 어쩔 줄 몰라 하는 서요를 지켜본 미르는 분노가 조금씩 가라앉는 것을 느꼈다. 그가 제 머리를 긁적이며 물었다.

"정말이야?"

"그럼 당연하죠!"

서요는 연신 고개를 끄덕였다. 그녀는 얼른 오해를 풀고 그와 사이좋게 지내고 싶었다. 서요와 같은 마음인 미르는 차분한 얼굴로 말했다.

"그럼 일단 말해봐. 무슨 이야기를 했는지…… 들어보자."

한 발 물러서 준 미르에게 고마워하며 서요는 어제 해문과 있었던 일과 소소에게 고민을 얘기했던 것까지 거짓 없이 다 털어놓았다. 미르는 이야기를 들으며 한숨을 내쉬고 이맛살을 찌푸리는 등 좋지 않은 내색을 보였다.

"그렇게 어마어마한 일을 겪고도 내게 한마디를 안 한 거야? 진짜 이럴 거야?"

미르는 서요에게 아무리 이유가 있었다지만 그래도 속이 상했다. 그녀는 기운 빠진 얼굴로 몸을 비비 꼬았다.

"……죄송해요."

"내가 세자와 소소보다도 믿음직스럽지 못한 건가?"

"아니요! 그럴 리가 없잖아요. 단지 미르님과 멀어지고 싶지 않아서, 그 마음이 강해서 그런 거라고요!"

서요의 간절한 호소에 미르는 짧게 신음했다. 그들은 여느 평범한 연인들과 다름없이 사소한 일에 질투하고 불안해하고 있었다.

"그래도 앞으론 그러지 마. 마음이 아파."

미르의 처연한 음성에 서요는 가슴이 메어 그의 손을 잡아 어루만졌다. 미르가 이렇게 슬퍼할 줄 알았으면 다투지 않겠답시고 그를 무작정 피해 다니는 일은 없었을 것이다.

"네. 꼭 명심할게요."

서요의 얼굴이 명을 받드는 장군처럼 엄숙해지자 미르는 심각한 상황임에도 잠시 웃음이 나왔다. 그녀는 이처럼 미워할 수 없는, 사랑스러운 여자였다.

"그럼. 확인 도장."

미르의 매끈한 손가락이 자신의 입술을 톡톡 건드렸다. 서요는 어리둥절해하다가 그가 무슨 말을 하는 건지 깨닫고는 혹시나 싶어 물었다.

"설마 그때처럼?"

"응."

싸운 후 화를 풀어주기 위해 입을 맞춰주었던 그때의 일이 아주 마음에 든 모양이었다. 미르의 얼굴에 짓궂은 미소가 걸렸다.

"……자꾸 곤란한 부탁을. 저 좀 놀리지 마세요."

한 번 했다고 다시 하는 게 괜찮은 것은 아니었기에 서요는 입술을 오리처럼 내밀고 툴툴거렸다. 그녀는 말만 들은 것뿐인데도 심장이 철렁 내려앉았다.

미르는 곤란해하는 서요가 귀여워서 놀리고 싶었지만, 지금은 그보다 입맞춤을 더 하고 싶었다. 미르가 웃으며 입을 열었다.

"놀린다고? 그런 거 아니야. 네 입술과 내 입술이 붙어 있었으면 좋겠다는 생각도 하는걸."

"예? 그 무슨 말도 안 되는."

낯간지럽고도 기괴한 말에 서요는 학을 뗐다. 사랑에 빠진 남자들은 모두 이렇게 저돌적인 모습을 보여주나 싶었다. 그의 매력적인 눈은 계속해서 서요의 입술만을 바라보고 있었다.

"아이참……."

고개를 이리저리 돌려 그의 시선을 피하던 서요는 난감한 듯 투정을 부렸다. 저번엔 얼떨결에 입을 맞추긴 했지만, 막상 또 하려니 그때의 기억이 떠오르면서 부끄러웠다.

미르는 그런 그녀에게 먼저 다가가고 싶은 것을 간신히 참고 기다렸다. 그녀가 망설임 끝에 해주는 입맞춤은 그 무엇보다 황홀했기 때문이다. 그의 기다림을 아는지 모르는지 서요는 입을 삐죽였다.

"미르님은 너무 짓궂어요."

"그래서 싫어?"

서요는 고개를 내저었다. 직접 말로 하지는 않았지만 다정한 행동을 보였던 예전의 미르도 좋아했던 그녀가, 지금처럼 감정을 확실하게 표현해 주는 그를 싫어할 리는 없었다. 단지 민망함을 견디는 것이 괴로울 뿐이었다.

미르는 끈질기게 그녀를 기다렸다. 서요는 그 동안 마음의 준비를 하고 용기를 내어 그에게 다가갔다. 미르는 점점 가까워지는 서요를 보다가, 천문관 후원에서 호신술을 알려주다가 사고로 입술이 맞닿았던 때가 생각났다. 풋풋한 기억이 떠오르자 미르의 가슴이 더욱 설렜다.

그는 더 이상 참지 못하고 천천히 다가오는 서요의 턱을 두 손으로 잡은 후 입술을 비롯하여 온 얼굴에 입을 맞추었다.

"미, 미르니임!"

미르의 부드러운 입술이 그녀의 볼과 이마 그리고 눈가까지 흔적을 남기고 돌아가자 서요는 앙탈을 부렸다. 이번 입맞춤은 입술만 오래 닿았을 때처럼 자극적이라기보단, 포근하고 행복한 느낌이었다.

사람들의 눈을 피해 애정 행각을 벌이던 그들은 정신을 차리고 촌장을 만나기 위해 집으로 돌아갔다. 그들의 가슴은 여전히 거세게 뛰고 있었으나 해결해야 할 문제가 아주 많이 남아 있었다.

촌장은 이미 자신의 방에 원로들을 불러 긴급회의를 하고 있었다. 그 방 앞에서 촌장의 둘째 딸 소리는 무작정 들어가려는 미르와 서요를 막아섰다.

"무슨 일이세요? 회의 끝나기 전까지는 아무도 들어갈 수 없어요."

"아, 그게 지금 꼭 드려야 할 말씀이 있어서요. 마을 원로가 다 모여 있다면 더 좋기도 하고요."

"예?"

세자가 마을을 탄압하는 절망스러운 상황에서, 외지인인 그녀가 이 일에 관여하겠다고 하자 소리는 의아한 눈빛을 보냈다. 하지만 미르는 그녀에게 자세히 설명해 줄 시간도 마음도 없었기에 곧장 촌장의 방문을 열어젖혔다.

"죄송해요. 나중에 알게 되실 거예요!"

서요는 미안한 얼굴로 소리에게 사과하곤 떨리는 마음을 가다듬고 촌장과 원로들의 앞에 섰다. 이젠 해문의 작전대로 그들이 자락산 쪽 주민들과 힘을 합치도록 유도해야 했다.

"너희…… 누가 이곳에 들어와도 된다고 했지? 당장 나가!"

촌장은 외지인이 함부로 마을의 중대사를 논하는 자리에 난입했다고 생각하여 얼굴을 사납게 일그러뜨렸다. 그의 노성에도 미르는 아랑곳하지 않고 입을 열었다.

"탄압에 대한 대책 회의가 시작된 지금 꼭 드릴 말씀이 있습니다."

"뭐라고? 수피아 사람도 아닌, 네가? 왜? 도대체 무슨 권한으로?"

그들은 해결책을 제시하기도 전에 촌장과 원로들의 언짢은 시선을 받아야만 했다. 그들은 수피아에서 십여 년을 함께 살아온 자락산 유목민들의 우두머리도 원로로 받아들이지 않았는데, 며칠 전에 온 외지인의 의견을 들을 리는 만무했다.

그러나 서요는 그것까지 생각하고 행동할 여유가 없었다. 일은 이미 벌어졌고 어떻게 해서든 그들을 설득해야만 했다. 서요는 제대로 들어보지도 않고 배척하기만 하는 이들 때문에 갑갑해하는 미르 대신, 연륜이 깊은 그들의 눈빛을 한 몸에 받으며 조심스럽게 말했다.

"촌장님의 말씀대로 자격이 없는 것은 아나…… 마을 상황이 심상치가 않으니 자락산 쪽 주민들과 협력하는 것이 어떨까 합니다."

촌장은 갑자기 쳐들어온 외지인 두 명이 과하게 마을 일에 간섭하자 의심이 들었다.

"너희들 대체 정체가 무엇이냐? 뭐기에 주제넘게 참견하느냐 말이다!"

촌장의 분노가 거세졌다. 그는 자락산 쪽과 내통했던 딸에 세자까지 저렇게 나오자 전보다 훨씬 예민해져 있었다.

미르와 서요는 서로를 바라보며 난감한 표정을 지었다. 불같은 성정의 촌장과 완고한 원로들을 어찌 설득해야 좋을까 싶었다. 미르는 함부로 신이라는 자신의 정체를 밝힐 수 없었기에 그들이 처한 난감한 상황에 대해서만 말했다.

"그럼 저 많은 병력을 이 적은 수로 어떻게 상대하겠다는 겁니까? 결단코 상대도 되지 않을 것입니다. 조금의 가능성이라도 높여야 하지 않겠습니까!"

그들은 정곡을 찔린 듯 부들부들 떨며 분통을 터뜨렸다.

"이 일은, 네놈들이 상관할 바가 아니다!"

"수상하다, 수상해. 혹 자락산 놈들의 첩자인 것이냐?"

"저들을 당장 수피아에서 내쫓아야 합니다!"

그들의 목소리가 격앙되었다. 상황은 점점 서요와 미르에게 불리한 쪽으로 전개되었다. 저들의 입장을 이해 못 할 바도 아니었기에 서요는 어떻게 해야 할지 깊은 고민에 휩싸였다.

'외지인인 내가 아니라 마을 원로 한 명을 먼저 포섭해서 회의 때 의견을 내게 해야 했나? 하지만 그럴 시간조차 없었다고!'

너무도 커다란 임무에 서요의 심장이 콩닥콩닥 뛰었다. 하지만 이렇게 탁상공론을 하고 있는 순간에도 마을 사람들은 자민의 명 때문에 힘겨운 싸움을 하고 있을 것이었다. 무섭다고 두려워하고만 있기엔 문제가 시급했고, 일단 지금은 수피아의 촌장과 원로들을 설득해야만 했다.

"제 말을 좀 들어주세요!"

서요는 자신도 모르게 언성을 높였다. 그러나 촌장은 그녀의 말을 무시하며 그들을 내쫓으려고 했다.

"썩 나가!"

원로들은 지금 마을의 인원으로는 병사들에게 상대도 되지 않을 것이라는 미르의 말을 곱씹으며 불안감을 이기지 못하고 자기들끼리 이야기했다.

"이럴 때 신녀님이라도 계셨다면 얼마나 큰 힘이 되었을까!"

"그러게 말이야. 제사장이 있다면 신자들을 함부로 탄압할 수 없을 텐데."

서요는 그들의 말에 몸을 움찔했다. 신자들은 실제로 신녀를 원하고 있었다.

'이 방법밖에는 없는 건가…….'

이런 상태로는 도저히 해결되지 않겠다고 생각한 서요는 단단히 결심하고서 다시 그들 앞에 섰다.

"제가 신녀입니다."

"뭐?"

어이없는 말에 촌장은 실소를 지었다. 미르는 위험을 감수하더라도 그들을 회유하겠다는 서요의 의도를 알아차리고 힘을 내라는 듯 그녀의 손을 잡아주었다.

"제가 신녀란 말입니다! 왜 외지인인 제가 나서냐고 하셨나요? 신녀인 제가 신자들을 탄압하는 이 상황을 가만두고 볼 수 있겠습니까?"

서요는 제 입으로 신녀라고 밝히는 게 처음이라 무섭기도 하고, 지금껏 신녀로서의 직분을 수행하기보다는 천상으로 올라가기 위해 전전긍긍했던 자신이 신자들을 위한다고 말하는 게 우습기도 했다. 그러나 지금은 그런 생각을 할 때가 아니었다.

촌장은 확신에 찬 서요를 보고 순간 멈칫했다.

"네가 드디어 정신이 나간 것이냐? 어찌 위대하신 신녀님을 사칭하려고 하는 것이냐?"

그럼에도 촌장은 결코 믿을 수 없는 일이었기에 대놓고 면박을 주었다. 서요는 완고한 촌장을 설득하기 위해 신녀라는 증거를 보여야겠다고 생각했다.

"잘 보세요."

최대한 자신만만하게 말했지만 혹시라도 능력을 보여주지 못할까 봐 손바닥에 땀이 쭉 배어났다. 서요의 고동색 눈동자는 갈팡질팡 흔들렸고 내뱉는 호흡은 점차 거칠어졌다. 그 상황에서 그녀는 오직 한 가지 생각에만 집중하려고 노력했다.

'이 사람들을 구하고 싶어! 그 마음의 힘을 믿어야 해!'

잠시 후, 촌장과 원로들의 얼굴에 경악이 어렸다. 그들의 앞에서 믿을 수 없는 일이 벌어졌다. 스스로 신녀라고 주장한 서요의 온몸에서 성스러운 빛이 뿜어져 나왔다. 한낮의 햇빛보다 더 찬란하고 신비로운 빛에 촌장은 할 말을 잃고 굳어버렸다.

"이, 이게 무슨!"

원로들 중 한 명이 당황해서 소리쳤다. 지금 이 광경은 결코 꿈이 아니었다. 서요가 뿜어내는 빛은 몸을 따뜻하게 감싸주는 느낌까지 있었다.

"대체…… 누구?"

서요의 빛에 홀려 정신을 차리지 못하던 촌장이 간신히 입을 열었다. 그의 목소리는 전과 달리 매우 조심스러워져 있었다.

"신녀라고 하지 않았습니까. 저를 믿어주세요."

서요가 빛나는 손으로 촌장의 손을 잡았다. 따스한 기운이 손을 타고 온몸으로 퍼져 나가자, 촌장은 주름진 눈을 크게 떴다. 어수룩한 아가씨라고만 생각했던 그녀가 이젠 달라 보였다.

"정말…… 신녀님이십니까?"

신비로운 현상을 눈으로 보고 몸으로 느낀 촌장은 공손한 말투로 물었다. 서요는 고개를 끄덕였다.

서요와 미르는 원로들 사이에 앉을 수 있게 되었다. 그들을 대하는 촌장과 원로들의 태도는 좀 전과 완전히 바뀌었다. 미르는 이 상황이 어이가 없었지만 이렇게라도 분쟁을 해결할 수 있는 기회를 만들었기에 다행이라고 여겼다. 아마 진짜 신이 이곳에 있다는 걸 알면 그들은 기절할지도 모르는 일이었다.

"신녀님이 새암에 계셨다는 이야기를 언뜻 듣긴 했는데 수피아에 계실 거라고는 상상도 하지 못했습니다."

"어찌 그동안 신녀님이라고 말씀하지 않으셨던 것입니까?"

서요는 해문과 상의한 대로 일을 진행하기 전에 그들의 의문을 풀어 줘야겠다는 생각이 들어서 얼굴을 가리고 있던 천을 풀고 그들을 똑바로 마주했다.

"제가 신녀라고 말할 수 없었던 이유는……."

촌장과 원로들은 고개를 갸웃하다가 그녀의 얼굴이 익숙하다는 것을 깨닫고는 깜짝 놀랐다. 원로 한 명이 입을 열었다.

"……설마."

서요는 고개를 끄덕였다.

"예. 저는 쫓기는 신세라, 쉽게 신녀라는 말을 할 수 없었습니다."

"그럴 수가! 전하께서 신녀님을 찾기 위해 혈안이 되어 있다는 소문을 듣기는 했지만, 이렇게까지 하실 줄은 몰랐습니다. 이제 신자들까지 탄압하는 걸 보면…… 아예 신권을 없애 버리려는 속셈이군요."

서요는 촌장의 경어가 영 어색했지만 일단 고개를 끄덕였다. 쉬쉬하며 속삭였던 일이 현실로 드러나자 그들의 표정이 매우 어두워졌다. 서요는 세자의 탄압은 거짓 연기일 뿐이라고 이야기해 주고 싶었지만 그들의 마음을 하나로 합치기 위해서 꾹 참았다.

"자락산 주민들과의 소모적인 분쟁을 이제는 끝내야 합니다."

드디어 서요가 본론을 꺼냈다. 미르는 서요를 대견하게 바라보았다.

마냥 어리고 연약한 여인 같았던 그녀가 어느새 주도적으로 문제를 해결해 나가고 있었다. 겨슬레에서부터 시작된 변화를 새삼 다시 느끼자 기분이 이상했다.

자락산 주민과 그만 화해하라는 서요의 말에 촌장은 깊은 한숨을 내뱉었다. 지금 상황에서 신녀는 분명 신자들을 지켜줄 수 있는 유일한 인물이었으며 산신을 믿는 신자인 그로서는 하늘과 맞닿은 존재인 그녀를 존경할 수밖에 없었다. 그러나 촌장은 이 말은 꼭 하고 싶었다.

"그 안건은 사실 다들 한 번씩은 생각해 봤겠지만 입 밖으로는 절대 꺼내지 않았을 겁니다. 산신제의 주체를 자락산의 선자로 내세우는 그들의 뜻을 받아들일 수 없고, 오래전부터 이곳에 살며 온 마음을 다해서 마을을 위해 노력해 온 사람들을 예우하는 마을 원로의 자리도 쉽게 내어줄 수 없기 때문입니다."

서요는 그들의 의견을 존중한다는 듯 고개를 끄덕였지만 수피아의 미래를 위해서는 그들의 생각을 바꿔야 했다.

"쉽지 않은 결정이 되겠지만 마음을 열고 한번 이야기해 보세요. 서로 양보하는 부분이 있어야 합니다."

촌장은 서요의 의견에 변함이 없자 일단은 그녀의 뜻을 따르기로 결정했다. 확실히 공통된 적이 있는 이상 내부의 분쟁은 도움 될 것이 없었으며 위기를 헤쳐 나가기에도 힘들 것이었다.

마지막으로 서요는 자신이 신녀라는 사실을 비밀로 해달라고 부탁했고, 자락산 주민들과 소통하며 분쟁을 해결하기 위해 노력한 미오를 풀어달라고 했다.

◈

수피아 사람들의 산신을 향한 믿음은 굉장했다. 해문은 어쩔 수 없이 탄압을 진행하면서도 마음이 괴롭고 불편했다. 신을 믿지 않는 그는 맹목적으로 신의 존재를 믿는 그들이 이해가 되지 않았지만, 그렇다고 백성들을 이런 식으로 힘들게 하는 건 옳지 못한 일이라고 생각했다.

"후…… 어느 정도 겁을 줄 순 있지만 신자에게 가하는 폭력은 용서치 않는다."

해문은 지나치게 적극적인 병사들을 모아놓고 다시 한 번 강조했다. 탄압하는 시늉만 하는 것은 의외로 힘든 일일 테지만 꼭 그래야만 했다.

"하지만…… 말로 해서는 듣지를 않아서."

병사 한 명이 조심스럽게 말했다. 그는 신자들을 막는 데 물리적인 힘을 가하지 않고서는 힘들다는 입장을 보였다. 그의 어리석은 말에 해문의 이마 위로 푸른 혈관이 도드라졌다.

"폭력으로 세상을 바뀌게 할 순 없으며, 이 일도 곧 끝날 것이다."

병사들이 듣기엔 이해할 수 없는 말이었다. 병사들은 불만 어린 표정으로 투덜거리며 제 위치로 돌아갔고, 해문은 서로 대치하는 마을 사람들과 병사들의 모습을 지켜보았다.

"이것이 정말 최선의 방법이겠지."

씁쓸한 혼잣말이 허공으로 흩어졌다. 신을 믿는 행위가 금지된 이후, 거리의 분위기는 삭막하고 험악하기 그지없었다.

'이런 상황에선 더욱이…… 신녀인 서요 낭자를 숨겨야만 해. 하지만 낭자가 따라오려 하지를 않으니.'

해문은 왕검 자민이 승하하고 자신이 왕위에 오르기 전까지는 그녀를 무조건 숨겨야 된다고 생각했다. 그것이 몇 십 년 후가 될지 모르고 서요에게 미안한 일이라지만, 그녀의 안위를 위해서는 어쩔 수 없었다.

'……온통 낭자에 대한 생각뿐이야.'

그의 머릿속엔 정말로 그녀에 대한 생각뿐이었다. 서요를 향한 마음도, 처음엔 신비로운 힘을 부렸던 것에 대한 호기심에서 시작되었지만 현재는 그녀 자체에 대한 호감이 되어 있었다.

"일은 어찌 되어가고 있는 거지?"

궁금해하던 해문의 발걸음이 저절로 서요가 있을 촌장의 집으로 향했다. 하루라도 빨리 분쟁이 해결되어야 이 일을 멈출 수 있었다. 물론 어명을 제멋대로 조작한 책임은 혼자서 떠안아야 하겠지만 말이다.

그가 촌장의 집에 거의 도착했을 때였다. 그의 눈앞에 모락산 선모의 조각상을 들고 도망치는 여자가 보였다. 그녀는 결국 병사에게 잡혀 폭언을 듣고 애처롭게 울었다.

"이것만은 안 되어요. 선모님의 신상이 없다면 누가 우리 집을 지켜준 단 말이에요!"

그 모습을 보기 괴로웠던 해문은 입술을 깨물고 고개를 돌렸다. 그는 자신의 행동이 너무도 추잡하게 느껴져서 괴로웠다. 그리고 그때, 하필 이면 촌장의 집에서 나온 서요와 그의 눈이 정면에서 마주쳤다.

'왜 하필 이 순간에! 그런데 벌써 촌장을 설득한 건가?'

해문이 느끼기에 그녀와 그들의 분위기는 나쁘지 않았다. 그들은 화가 나 보이기는커녕 차분하기만 했다.

거짓 탄압이라는 걸 서요가 알긴 했지만, 그래도 신상을 빼앗긴 여자의 사정을 무시하는 모습을 보인 것이 부끄러웠다. 해문은 서요의 눈빛이 조금 어둡고 차갑게 느껴졌다.

거기에 충격을 받은 그는 그들과 마주치지 않도록 몸을 돌렸다. 일이 잘 진행되고 있는 것 같으니 괜히 가서 그들을 혼란스럽게 만들 필요는 없었다.

'결코 도망가는 것이 아니야.'

해문은 냉담했던 서요의 표정을 애써 머릿속에서 지워 버리려고 노력하며 그들과 정반대 쪽으로 걸어가기 시작했다. 하지만 그는 이 일이 끝나기만 하면 반드시 그녀를 설득해서 자신의 품으로 데려올 거라고 다짐했다. 서요에게 좋지 않은 모습을 보인 만큼, 그녀를 지키는 데 더욱 힘을 다하고 싶은 것이었다.

"반드시 그렇게 할 것이야. 내 반드시……."

해문의 눈동자가 다짐을 담고 뜨겁게 타올랐다.

서요는 해문을 보았다. 그는 신상을 빼앗겨 울고 있는 여인을 안타까워하는 눈으로 바라보고 있었다.

'……뭘 하고 있는 거지? 슬퍼하는 건가?'

서요가 그런 생각을 하고 있을 때, 해문이 인상을 찌푸리며 그 여인에게서 고개를 돌렸다. 그때 그와 눈이 마주쳤고 서요는 갑작스러운 일에 놀랐지만 해문이 급하게 뒤돌아서 떠나 버리자 의아한 표정을 지었다. 왠지 그답지 않은 모습을 본 것 같았다.

잠시 후, 그녀의 주도 아래 드디어 고방의 문이 열렸다. 아비의 매정한 명 때문에 갇혀 있었던 미오는 부쩍 수척해진 얼굴을 하고 밖으로 나왔다. 만 하루 만에 세상으로 나온 미오의 머리 위로 밝은 햇살이 하얗게 부서졌다.

"미오!"

하루밖에 되지 않았는데 미오가 많이 여윈 것 같아 안타까워진 서요는 그녀를 꼭 끌어안았다. 힘든 시간을 잘 버텨준 그녀가 너무나 고마웠다.

"크흠!"

촌장은 딸에게 가까이 다가가고 싶었으나 그녀를 가두라고 한 것은 자신이었기에 차마 그러지 못한 채 헛기침만 내뱉었다. 자락산을 몰래 드나들며 이쪽의 사정을 알려준 그녀의 행동은 여전히 배반이라고 생각했지만, 딸이 그동안 고방에서 힘들어한 것엔 미안했던 것이었다.

"아버지."

그때 미오가 먼저 그에게 다가갔다. 오히려 부녀 주위에 모여 있던 사람들이 더 긴장해선 그들을 응시했다.

"그래. 미오야. 몸은…… 괜찮은 게냐."

촌장은 다정한 말을 쉽게 하지 못해 길게 끌었다.

"예. 저는 괜찮아요."

미오는 하고픈 이야기가 많았지만, 그저 괜찮다고만 했다. 그녀는 또다시 아버지의 심기를 거슬러 갇히게 될까 봐 두려웠다. 부녀 사이의 어색한 분위기가 지속되었다. 미오는 어찌할 바를 모르고 눈알만 굴리다가 거리 곳곳의 병사들을 목격하고 깜짝 놀라서 물었다.

"갑자기 병사들이…… 왜 저러는 거죠?"

미오의 질문에 사람들의 표정이 어두워졌다. 다들 속상함에 제대로 말을 잇지 못하자 서요가 나서서 그녀에게 그간의 일들을 설명했다. 미오는 경악한 나머지 낯빛이 하얗게 질렸으면서도 자락산 마을로 가는 길에 자신도 따라가겠다고 말했다.

"일단 미오는 집에서 쉬고 있어라. 몸이 좋지 않으니 힘들 게다."

그러나 촌장은 힘이 없어 보이는 미오가 걱정스러웠기에 함께 가는 것을 허락하지 않았다. 미오는 사헌과 그의 가족들을 만나기 위해서라도 가야 한다고 우겼지만, 곧 어지러워 자리에 주저앉고 말았다.

"그래, 촌장님 말씀대로 하는 게 좋을 것 같아. 걱정 말고 쉬고 있어."

서요는 그녀를 촌장의 부인에게 넘겼고, 미오는 방으로 가면서도 아쉬움에 자꾸만 뒤를 돌아보았다.

소소와 가람이 부축을 받아 집 안으로 들어오는 미오를 보고 무슨 일인가 싶어 밖으로 나왔다.

"소소님, 가람님!"

가람은 의아한 얼굴로 서요에게 다가가서 물었다.

"어딜 다녀오신 겁니까?"

"예? 아, 그게……."

"그리고 왜 저한테는 말씀하지 않으셨던 겁니까!"

"뭐를요?"

그녀는 가람이 무슨 말을 하는 건가 싶어 눈을 동그랗게 떴다. 그는 주위에 있는 촌장과 원로들을 쓱 살펴보더니 서요의 귀에 작은 목소리로 속삭였다.

"이 탄압이 가짜라는 사실을요……."

"아!"

그녀는 그의 말을 듣고 재빨리 입술에 검지를 가져다 댔다. 가람까지 소소에게 이야기를 들어 상황을 파악한 모양이었다. 그들이 자락산 마을로 향하는 일행에 합류하려 하자 촌장은 손가락으로 기상신들을 가리키며 소리쳤다.

"너희들은 올 필요 없다. 정신없이 인원만 많고. 왜 서요님과 함께 다니는지는 모르겠으나……."

"뭐라고요?"

여태 가만히 있던 미르가 발끈하며 되물었다. 촌장은 신녀임이 확인된 서요는 극진히 대접하면서도 평범한 인간이라고 생각하는 기상신들에게는 태도가 여전했다.

"진짜 어이가 없네."

미르는 화가 났으나 어찌할 도리가 없어 구시렁거리기만 했다.

"그게…… 제 수행원 분들이에요."

서요는 그들의 정체를 밝힐 수가 없어 어색한 미소를 지었다. 또한, 여정을 함께하는 동료인데 수행원 취급을 받는 그들의 기분이 나쁠까 싶어 눈치도 보았다.

촌장은 기상신들을 흘끔거렸다.

"아, 그렇습니까?"

"네. 그러니 함께 가면 더 좋을 것 같아요."

"아무리 봐도 자애로운 신관들처럼 보이지가 않아서…… 소소라면 모를까."

"하하하!"

서요가 어색하게 웃으며 머리를 긁적였다. 하지만 그녀가 걱정하는 것과는 달리 그들은 진짜 그녀의 신하이자 수행원들이었기에 별다른 반응을 보이지 않았다.

"그럼 가시지요."

촌장의 말과 함께 그들이 모두 자락산 마을로 향했다. 이미 주변에 병사들이 쫙 깔려 있었기에 해문 쪽의 병력과 전면전을 무릅쓰고 가는 것이나 마찬가지였다. 그들은 애초에 신자를 탄압하는 상황을 가만히 두고 볼 생각이 없었다.

"병사들이 이리 많은데 무사히 도담을 만나 이야기를 잘 나눌 수 있을지 염려가 됩니다."

촌장이 심란해하자 서요는 침잠한 표정으로 고개를 끄덕였다. 그녀 또한 그것이 걱정이었고, 그 일까지 해문이 도와줄 수는 없을 거라는 생각이 들었다.

"자락산으로 가는 걸 막지 않는 걸 보니 대화는 할 수 있으나 병사들이 감시할 가능성이 있어요."

"예. 제 생각도 그러합니다. 모두 세자 저하의 귀에 들어가게 될 것이고요. 그렇게 되면 우리 또한 반격할 준비를 해야 될 텐데. 그게 가능할지……."

촌장은 신녀인 서요에게만큼은 걱정을 털어놓았다. 서요는 더욱 책임감을 느꼈다.

'수피아 주민들이 뭉쳐서 반격하는 게 저하께서 바라는 거야. 하지만 정말 무력으로 충돌한다면…… 아니야, 저하를 믿어. 괜찮을 거야.'

서요가 애써 마음을 다잡고 있을 때, 그들은 자락산 마을에 도착했다. 그곳에도 역시 병사들이 쫙 깔려 있었다.

"저곳이 도담의 집입니다. 마침…… 저기 보이네요."

촌장이 조금 떨떠름한 얼굴로 집 앞에 나와 있는 도담을 가리켰다. 도담은 거짓 탄압이라는 걸 알면서도 흉흉한 분위기에 마음이 불안해져 집 앞에서 병사들의 행태를 지켜보고 있는 중이었다.

"도담."

촌장이 차분한 목소리로 그를 불렀다. 도담은 촌장을 보고 놀랐지만 그 옆에 서 있는 서요를 보고 어떻게 돌아가는 상황인지 단번에 알아차렸다.

'저하의 말씀대로 되었군.'

그는 긴장감에 침을 꿀꺽 삼키고 그들을 응대했다.

"이곳은 어쩐 일입니까."

도담은 평소처럼 일단 그들을 경계하는 척했다. 촌장은 그를 먼저 찾아왔다는 사실 하나만으로도 자존심이 상했기에 협상을 위해 왔다는 말을 차마 하지 못했다. 말하기를 어려워하는 그를 대신하여 서요가 입을 열었다.

"이 사태에 대해 상의할 것이 있어 이렇게 찾아왔습니다. 안으로 들어가도 될까요?"

서요의 공손한 물음에 도담은 고개를 끄덕였다. 그러나 그들을 주시하고 있던 병사들이 험상궂은 얼굴로 주변을 에워쌌다.

"수피아의 촌장과 자락산의 우두머리가 만나서 뭘 하려고? 우리가 그걸 가만히 둘 것 같아?"

병사들은 그들의 행동이 영 수상했기에 더욱 엄한 눈빛으로 흘겨보

앉다. 촌장은 그 눈빛에도 절대 기죽지 않고 날카롭게 물었다.

"그래서 어찌할 건데?"

"당장 모락산 마을로 조용히 돌아가는 게 좋을 거다."

병사는 그들을 무조건 탄압하려 들었다. 밑도 끝도 없는 그들의 행동에 화가 난 서요는 이를 악물었다.

"산신각에 간 것도 아니고, 신상 앞에서 기도를 올린 것도 아닌데 이러다니, 신자들이라면 무조건 박해하려는가 보죠? 이야기하려는 것뿐이니 들어와서 감시하든지 말든지 해요!"

그녀의 말을 들은 병사들은 얼굴을 일그러뜨렸다. 과잉진압을 해서는 안 된다는 해문의 명을 무시할 수 없었기에 이야기만 할 거라는 저들에게 무력을 행할 수 없었다. 그녀의 말대로, 그들이 지금 신에 대한 어떤 행위를 하려고 하는 것이 아니었기 때문이다.

"말 한번 잘했다. 이만 들어가자."

미르가 통쾌해하며 서요의 어깨 위에 손을 올렸다. 병사들이 과한 행동을 한다면 그 또한 가만히 있지 않을 생각이었다.

그렇게 그들은 도담의 집으로 들어갔다. 그들만으로도 집 안이 꽉 차서 제대로 앉을 자리조차 없었다. 병사들은 뭐가 그리 미심쩍은지 문을 활짝 열고서 발 디딜 틈이 없는 좁은 내부를 노려보았다.

촌장은 상황이 심각해지자 얼른 도담과 의논을 해야 한다는 생각이 들어 자존심을 내려놓기로 했다.

"갑자기 찾아와서 놀랐겠군."

도담은 고개를 끄덕였다.

"뭐. 그렇긴 하지만…… 상황이 상황이니까요."

"그래. 자네는 이대로 가만히 있을 생각인가?"

촌장의 눈빛이 매처럼 예리했다. 침을 꿀꺽 삼킨 도담은 고개를 가로저었다.

"아니요. 이 일은 절대 용납할 수 없습니다. 평생 이렇게 살 순 없습니다."

"……그건 나도 같은 생각이네."

촌장과 도담이 눈빛을 교환했다. 그들은 모시는 신과 상관없이, 신도들에 대한 탄압을 참지 않겠다는 마음이 확고했다. 그 마음을 확인한 촌장이 고민 끝에 말했다.

"그렇다면…… 함께 싸우세."

도담은 드디어 그가 한 발 양보를 해주는 건가 싶었다.

"그 말씀은 저희를 수피아 주민으로 인정하신다는 겁니까?"

"뭐?"

"같은 뜻을 품고 행동하기 전에 확실히 해주시지요. 이는 우리에게 매우 중요한 문제입니다."

"원로의 자리를 내어달라?"

"예."

도담의 얼굴에 잔뜩 긴장이 어렸다. 촌장은 잠시 고민했으며 원로들 또한 덩달아 헛기침을 하며 근심에 잠겼다. 서요와 기상신들은 그들이 부디 타협을 보기를 원하며 숨을 죽였다.

그때 촌장이 고민하느라 일그러졌던 얼굴을 펴고 말했다.

"토착민이 아닌 당신들이 수피아에 머무르며 탄압에 저항하는 건 쉽지 않은 일일 테지. 그래! 자네들이 힘을 보태준다면 수피아의 주민으로 받아들이지 못할 것도 없네."

서요는 속으로 환호를 지르며 그들을 반짝이는 눈으로 바라보았다. 도담은 감격해서 입꼬리가 저절로 올라갔다.

"촌장님께 그런 말을 듣게 될 줄은 몰랐습니다."

"왜, 싫은가?"

"아, 아니요! 마을 일에 참여할 수 있다는 게 기뻐서……."

"하지만 선자님을 위한 산신제를 하자는 말도 안 되는 의견은 내지 마시게."

그러나 촌장은 그 문제만큼은 양보할 수 없다는 듯이 먼저 선을 그었다. 깊은 한숨을 내쉰 도담은 그들이 숭배하는 선자도 뜻 깊은 산신제에 함께해야 한다고 생각했기에 입을 열었다.

"그건 말씀이 좀 모순되는 것 같습니다. 저희도 수피아의 주민이라면, 저희가 믿는 선자님도 당연히 함께해야 한다고 생각합니다."

"함께하자고?"

"예. 항상 선자님은 산신제 기간 동안에는 뒷전이지 않았습니까."

"선모님과 선자님을 동일한 위치에서 제를 지낼 수 없었기에 그런 것뿐이다. 산신제가 끝나면 종종 자락산으로 올라가 예우를 다하지 않았나."

"선모님의 자리를 빼앗겠다는 이야기가 아닙니다. 그저 함께 기리는 시간을 만들어달라는 것이지요."

도담의 호소에 촌장은 머리가 아픈지 미간을 좁혔다. 원로들 역시 난감한 듯 고개를 내저었고, 서요와 기상신들은 끼어들지 않고 가만히 지켜보았다.

"하…… 정말이지."

촌장은 신자들이 박해받는 상황을 먼저 타파해야 한다고 생각했지만 이 또한 중요한 문제였기에 고민이 되었다. 산신제는 아주 오래전부터 지속되어온 수피아의 가장 큰 행사였다. 하지만 이들의 도움이 없다면 그 산신제를 치르기 힘들어질 것이 뻔했기에 입을 열었다.

"이걸 우리끼리 결정해도 되는 문제인가 싶기도 한데…… 선자님을 위한 의식도 함께하도록 하지. 지금 당장 산신제를 올릴 수 있을지 없을지도 모르는 상황인데 탄압을 멈추기만 한다면…… 그것이 뭐가 그리 중요하겠나."

"예. 저도 그렇게 생각합니다."

드디어 촌장과 도담의 의견이 일치했다. 촌장은 신앙심을 무너뜨리려는 세자와 병사들의 위협을 당하고서야 일 년간 고집 부렸던 문제에서 한 발 양보할 수 있었다. 그 모습을 계속 지켜보고 있었던 병사들 중 몇몇이 급하게 해문이 있는 모락산 마을로 달려갔다.

촌장은 밖으로 나오면서 도담에게 바로 전면전을 준비하라는 말을 속삭였다. 도담은 알겠다는 듯 고개를 끄덕였다.

"잘하셨어요. 촌장님."

"웬일로 고집을 풀었네."

서요와 미르는 촌장을 따라 밖으로 나가면서 흐뭇해했다. 서로 협력하기로 했으니 모락산과 자락산의 주민들이 진심으로 마음을 다하여 화해하는 건 차차 해나가야 할 일이었다.

"이제부터가 문제입니다. 포기하지 않고 저항해서 탄압을 멈춰야 합니다."

촌장이 굳은 얼굴로 중얼거리며 원로들과 함께 모락산 마을로 뛰어갔다. 한시가 급한 상황이었기에 서요와 기상신들 또한 긴장하며 그들의 뒤를 따랐다.

✕

세자 쪽의 무장한 병사들과 무기라고 부르기도 민망한 농기구를 손에 든 수피아의 주민들이 모락산 마을의 중심 거리에서 첨예하게 대치했다.

"저희는 신앙 없이는 단 하루도 살 수가 없습니다. 세자 저하, 부디 탄압을 멈춰주십시오."

촌장의 목소리는 엄숙했다. 그의 앞에 선 해문은 팔짱을 끼고 촌장을 비롯한 수피아의 주민들을 냉정하게 바라보았다. 그는 병사들에게 촌장과 도담의 결탁을 듣고 안도하며 가슴을 쓸어내렸고, 일부러 그들이 봉기를 준비할 만한 시간을 만들어주었다. 그래서 수피아 사람들은 촌장과 도담의 명에 따라 마음을 다잡고 전면전을 준비할 수 있었다.

"그대들이 신을 위해 헌신하는 것처럼 나와 병사들은 전하를 따르는 것뿐이네."

해문은 당연한 말을 하고 있는데도 입안이 가시가 돋친 것처럼 까끌까끌했다. 서요가 이 광경을 모두 지켜보고 있기 때문이었다.

'이제 거의 다 왔어. 무력으로 충돌하는 일만 없으면 돼.'

해문은 흥분한 병사들과 주민들의 대치 상황에 그것이 쉽지 않은 일이 될 것이라고 생각하며, 정신을 바짝 차리려고 노력했다.

"저하도 똑같으십니다!"

"이럴 수는 없습니다."

수피아 주민들의 탄원이 이어졌다. 그들은 먼 옛날부터 이어져 내려온 신앙을 누군가가 막을 수 없다고 여겼다. 그리고 이런 명을 내린 왕검 자민과 그의 아들 해문에게 아주 커다란 배신감도 느꼈다.

"저하! 얼른 명을 내려주십시오."

"무기를 든 순간 저들을 주민이 아니라 역도이니 가만히 두어서는 안 됩니다!"

주민들이 금방이라도 달려들 것만 같은 행동을 취하자 병사들 또한 해문의 옆에서 강하게 소리쳤다. 해문은 팔짱을 끼고 침묵했다. 계속되는 병사들의 청에 그가 입을 열려고 할 때, 그것을 출격 명령으로 예상한 촌장이 먼저 목청을 높였다.

"싸우자!"

해문은 투박한 농기구를 들고 무작정 달려오기 시작하는 사람들을 보고 당황했다.

촌장은 해문이 물러설 리 없다고 생각했다. 반면 이 상황의 뒤에 숨겨진 진실을 알고 있는 도담은 이러지도 저러지도 못하고, 촌장의 명에 따라 달려드는 주민들의 틈에서 당황한 표정을 지었다.

"이런, 제길! 멈춰라!"

해문이 크게 소리쳤다. 하나 그의 음성은 사람들의 거센 함성 소리에 완전히 묻혀 버리고 말았다. 병사들은 눈에 독기를 뿜고 달려드는 주민들을 막기 위해, 세자의 명이 떨어지지 않았는데도 어쩔 수 없이 칼을 빼들었다. 아비규환 속에서 서요는 입을 틀어막고 신음을 삼켰다.

'어떡해! 이러다가 사상자라도 생기면!'

서요는 해문이 해결해 줄 거라 믿고 있었기에 대치 상황에서도 불안감이 크지 않았지만, 일이 이렇게 되어버리자 식은땀이 다 났다.

"그, 그만하세요!"

그들을 막기 위해 큰 소리로 외치던 서요에게 한 병사가 다가와 칼을 들이밀었다. 그녀는 두 눈을 크게 뜬 채, 살기를 띠고 다가오는 병사를 멍하니 바라보았다.

"감히 어딜!"

그때 미르의 날렵한 발이 병사의 칼을 든 손을 내려쳤다. 소소는 칼을 떨어뜨린 병사의 손을 꺾어 서요에게 더는 다가가지 못하도록 했다.

"으윽!"

예상치 못한 공격을 받은 병사는 무릎을 꿇고 비명을 질렀다. 기상신들은 그녀의 곁을 굳건하게 지켰다.

"저러다간 주민들이고 병사들이고 간에 죽어 나가겠어요!"

믿음직한 기상신들 덕분에 병사들의 위협에서 벗어난 서요는 목숨을 바쳐서라도 싸우려는 이들을 안타까워했다. 그녀가 바란 것은 이런 끔찍한 상황이 아니었다.

'어떻게 하면 멈출 수 있는 거지?'

그녀는 이 사태를 멈출 수 있는 방법을 생각하기 위해 머리를 굴렸다. 사람들의 비명이 서요의 가슴을 아프게 찔렀다.

"잠시만요! 저하의 말씀을 좀 들어주세요!"

서요는 기상신들의 호위를 받으며, 훈련받은 병사들과 압도적인 실력 차가 남에도 불구하고 치열하게 싸우는 주민들에게 말했다. 하지만 그들은 삶과 죽음의 경계에서 아슬아슬하게 서 있는 것과 마찬가지였기에 그녀의 말이 전혀 들리지 않았다. 서로 무기를 맞대는 험악한 광경에 서요는 입술이 새하얗게 질리고 손이 벌벌 떨렸다.

'이러면 안 돼!'

그 누구도 죽는 것을 원치 않았던 서요는 자신도 모르게 힘을 썼다. 갑자기 눈을 뜰 수 없을 정도로 환한 빛이 번쩍였다. 뒤엉켜 있던 사람들은 깜짝 놀라 멈춰 서서는 하늘을 올려다보았다.

"바, 방금 뭐였지?"

"무슨 빛이 그렇게나……."

사람들이 당황스러워하는 틈을 타 해문이 촌장의 앞에 서서 크게 소리를 질렀다.

"왜 내 말을 끝까지 듣지 않고 이 사달을 만든 것이야!"

해문은 잔뜩 화가 나서 어깨를 들썩이며 씩씩거렸고, 촌장은 그를 믿었던 만큼 배신감에 차서 그를 노려보았다.

"상황을 이 지경까지 만든 건 세자 저하 아니십니까! 저희가 탄압을 수긍하고 받아들일 것이라 생각하셨습니까?"

"진정하고 내 말을 좀 들어봐! 이러다간 죄 없는 사람들만 죽어 나갈 것 같으니까."

"그럼 대체 어쩌겠다는 말씀이십니까?"

"후…… 이제야 내 말을 좀 들어줄 모양인가 보군. 촌장, 그리고 도담은 날 따라오도록."

해문이 흥분을 가라앉히고 차분한 목소리로 말하자 촌장은 의아한 표정을 짓다가 우선 고개를 끄덕였다. 그가 왜 갑자기 이렇게 나오는지는 알 수 없으나 사상자가 나오기 전에 말로 해결할 수 있으면 다행이었다.

그는 도담과 함께 해문이 묵는 집으로 들어갔다. 남겨진 병사들과 사람들은 가만히 있으라는 세자와 촌장의 명에 잠시 숨을 골랐다.

"서요, 방금 전 빛은…… 괜찮아?"

미르가 잔뜩 긴장한 채 뻣뻣하게 굳은 서요의 어깨를 잡고 물었다. 그녀는 참았던 숨을 길게 터뜨리며 조심스럽게 말했다.

"예…… 저도 모르게. 본 사람들은 없겠죠?"

그녀는 왜 갑자기 자신의 몸에서 빛이 났는지 알 수가 없어서 불안한 표정을 지었다. 이런 상황에서 다른 사람들에게까지 신녀라는 사실을 들키는 건 곤란했다.

"아예 이곳 전체가 빛에 휩싸여서 네가 한 건지 알 수는 없을 거야."

"그럼 다행이네요."

서요가 쿵쾅쿵쾅 뛰어대는 가슴을 쓸어내리며 주변을 살펴보았다. 수피아의 주민들과 병사들이 서로를 맹렬하게 노려보며 대치하고 있었고, 다친 사람들은 길바닥에 누워 고통을 호소하고 있었다.

"여기 좀 도와주세요!"

비교적 멀쩡한 사람들이 부상자들을 끌어안고 소리쳤다. 정신을 차린 서요와 기상신들은 그곳으로 달려가 다친 사람들을 돌보았다. 해문과 촌장 그리고 도담이 이야기를 끝마치고 나오기 전까지는 휴전 상태나 다름없었다.

"일각 정도밖에 되지 않았는데 다친 사람들이 꽤 많네요."

소소가 평상에 누워 신음을 흘리는 사람을 바라보며 안타깝다는 듯이 말했다. 서요 또한 고개를 끄덕이며 한숨을 크게 내쉬었다.

"하…… 그래도 다행히 숨을 거둔 사람은 없어요."

"병사들이 주민들의 공격을 막기만 해서 그렇지, 저하에게 돌격하라는 명을 받았다면 아마…… 큰일이 났을 겁니다."

"아, 그건 생각만 해도 끔찍하네요."

서요는 해문의 변심을 생각하자 온몸에서 소름이 돋았다. 부디 그들의 대화가 잘 끝나기를 바랄 뿐이었다.

"그런데 서요님은 나날이 힘을 깨우치는 것 같습니다."

그때 가람이 실실거리며 입을 열었다. 처음 만났을 때만 해도 그녀는 아무것도 할 줄 모르는 어린아이였는데 어느새 자신의 힘을 옳은 일에 사용할 줄 아는 멋진 여성이 되어 있었다.

"이번에는 사실…… 제가 알고 했다보다는, 저도 모르게."

서요는 칭찬을 듣자 머리를 긁적이며 부끄러워했다. 아직 제 힘에 대해서 정확하게 알고 능수능란하게 쓰는 정도는 아니었다.

"마음을 다하면 못할 게 없는 거지. 참 잘했어."

미르는 그녀의 빛에 휩싸여 있을 때를 떠올리며 말했다. 수줍은 얼굴로 고개를 끄덕인 서요는 아픔을 호소하는 환자들을 안타까운 눈빛으로 바라보았다.

"그때처럼 아프지 않게 해줄 수 있을 것 같은데…… 혹시라도 정체를 들키게 될까 봐 무서워요."

"흠. 아픈 게 한 번에 낫는데 당연히 의심하지 않을 수가 없지."

"더구나 이곳엔 새암과 달리 병사들이 있어서……."

서요는 그들을 치료해 주고 싶었지만, 병사들 앞에서 정체가 드러나게 될까 봐 걱정이었다. 서요와 미르의 대화를 듣고 있던 소소는 혹시라도 그녀가 힘을 발휘할까 싶어서 입을 열었다.

"병사들의 눈앞에선 위험합니다. 새암에선 환자들의 상태가 위독했고 병사들도 없었지만 지금 환자들은 생명의 위협을 받는 정도는 아니니까요. 이 정도는 잘 이겨낼 수 있을 것입니다."

"예. 그럼 최대한…… 보살펴 드려야겠네요."

그의 충언에 서요는 안타깝지만 신녀의 힘을 쓰지 않겠다는 결정을 내리고 환자의 치료를 돕기 위해 자리를 떴다. 기상신들 또한 자연스럽게 그 행동을 따라했다.

서요가 환자들을 보살피느라 여념이 없을 때, 죽은 듯이 잠들었다가 이제야 깨어난 미오가 집 밖으로 나왔다. 그녀는 전쟁터나 다름없는 마을 광경에 경악했다.

"이게 대체 무슨 일이야!"

미오가 사람들을 치료하고 있는 서요에게 다가가서 물었다. 서요는 미오의 목소리에 고개를 번쩍 들었다.

"미오야…… 그게."

"우, 우리 아버지는? 우리 가족…… 사, 사헌은 어디 있어!"

미오는 서요의 말을 자르고 금방이라도 울 것 같은 표정으로 발을 동동거렸다. 그녀는 미오에게 이 상황을 어떻게 설명해야 할지 몰라 입술을 오물거렸다.

그때 마침 환자들의 수발을 들고 있던 사헌이 미오를 발견하고 소리쳤다.

"미오!"

미오는 연인인 사헌을 보자마자 울컥한 표정으로 달려가 그의 품에 안겼다. 서로를 껴안은 그들의 손길은 매우 절박했다. 병사들과 충돌이 있었다는 것을 자신만 모르고 있었다는 생각에 미오가 걱정 가득한 얼굴로 그를 보았다.

"괜찮아? 다친 덴 없어? 뭐야! 대체 이게 뭐냐고! 왜 이렇게 중요한 때에 아무도 날 깨워주질 않은 거야?"

사헌은 미오를 사랑스러운 눈길로 내려다보았다.

"어머님이 현명하신 거지. 너를 다치게 할 순 없잖아."

"그럼 너는 괜찮고? 장난해?"

서로를 붙들고 애절한 재회를 하던 그들은 어느새 서로의 걱정으로 티격태격하며 싸웠다. 생각했던 것보다 더 친밀한 모습에 서요는 눈을 동그랗게 뜨고 그들을 바라보았다.

"친구 같은 연인 사이인가 봐요."

서요의 말에 미르가 은근슬쩍 그녀의 옆으로 다가와 섰다.

"저것도 좋아 보이는데?"

"예?"

"반말하는 거 말이야. 물론 너의 나긋나긋한 존댓말도 듣기 좋지만, 더 친해 보이는 게 어쩐지 조금 부럽네."

미르의 말대로, 미오와 사헌은 아직 어색한 면이 있는 그들보다 훨씬 친밀하고 깊은 사이로 보였다.

'하지만 내가 저렇게 반말을 하면…… 미르님과 친구처럼 지낸다면. 아이, 말도 안 돼. 너무 안 어울려!'

서요는 고개를 가로저었다. 자신이 미르에게 반말을 하고 장난을 치는 모습을 상상하니 온몸이 오그라들 것 같았다.

"왜 몸을 비비 꽈? 무슨 생각했어?"

미르가 이상하다는 듯이 서요를 바라보았다. 그는 미오와 사헌을 보고 난 후 왠지 그녀에게 반말을 시켜보고 싶다는 생각이 들었다. 더욱 편하고 깊은 사이가 되고 싶은 것이다.

그런 미르의 마음을 모르는 서요는 다급하게 고개를 저었다.

"예? 아무것도 아니에요."

그는 짓궂게 웃으며 그녀에게 말했다.

"나를 좀 편하게 대해봐."

서요는 이게 무슨 소리인가 싶어서 눈썹을 찌푸렸다.

"편하게요? 저는 이게 편해요."

"아니야. 내가 갑자기 불편해졌어."

"아니, 그건 제가 불편해요. 그리고 지금 이럴 때가 아니잖아요. 시, 심각한 상황인데."

"그래서 뭐. 우린 최선을 다하고 있는데."

그의 뻔뻔한 말에 서요는 자꾸만 주위의 눈치가 보였다. 그녀의 눈동자가 좌우로 굴러갔다.

"미르님하고 저는…… 충분히 가까워졌는걸요."

서요는 미르를 올려다보며 단언했다. 사실 그녀에게는 그와의 사이가 이 정도까지 발전한 것도 굉장히 신기한 일이었다.

"흠. 충분히 가까워졌다고? 충분하다고?"

하지만 미르는 속에서부터 들끓는 남자의 욕망이 있었기에 서요의 의견에 동의하지 못했다. 여정을 함께하기에 항상 붙어 있기는 했으나 소소와 가람이 있어서 방해가 되었고, 임무를 수행하기에 바빠 제대로 된 사랑을 나누지도 못했다. 그는 그것이 항상 불만이었다.

"아니, 아니야. 부족해. 아직 내가 더 잘할 수 있는 게 있단 말이야."

서요는 침울한 표정으로 중얼거리는 미르의 말을 이해하지 못해서 고개를 갸웃했다.

"이만하면 되었네."

해문이 오미자차를 음미하며 차분하게 말했다. 불편하게 앉아 있던 촌장은 의도를 알 수 없는 말에 얼굴을 일그러뜨렸고, 도담은 해문의 계획을 미리 알고 있었기에 잘되었다는 표정을 지었다.

"그게 무슨 말씀이십니까?"

촌장이 날카롭게 물었다. 해문은 그들을 똑바로 바라보았다.

"말 그대로 자네들이 원하는 대로 수피아를 떠나주겠다는 말이네."

"정말이십니까?"

촌장은 깜짝 놀라면서도 기뻤지만, 탄압을 이렇게 끝낸다는 게 조금 이상했다. 그런 그의 의문을 알기라도 하듯 해문이 입을 열었다.

"전하의 명대로 탄압을 시도하긴 했으나, 백성들이 스스로 죽고자 뛰어드는 건 전하 또한 원치 않는 일일 것이네."

이성이 반쯤 나간 자민에게는 그건 문제 되지 않는 일이겠지만 해문은 애써 아비를 감싸고돌았다. 촌장은 이런 끔찍한 명을 내린 왕검이 정말 그렇게 생각할까 의문이 들어 어두운 표정을 지었다.

"궐로 돌아가시면 전하께 꼭 말씀 올려주십시오. 저희는 산신님 없는 삶은 살 수가 없다고, 다른 신자들 또한 마찬가지라고 말입니다."

"알겠네. 그리고 나 또한 그대들에게 충고 하나 하지."

그 말에 촌장과 도담은 해문을 진지하게 바라보았다.

"전하의 생각은 쉽게 바뀌지 않을 것이니 최대한 조용히 지내게. 산신제 또한 중단하는 것이 이롭겠지만, 굳이 꼭 해야겠다면 떠들썩하게 진행해선 안 될 것이고, 다시 분쟁을 일으켜 시끄럽게 한다면 이보다 더 큰 일이 벌어질 것이네."

해문은 진심으로 충고했다. 그들이 신을 믿는 행위를 하지 않는 것이 화를 피할 수 있는 가장 좋은 방법이었지만 죽을 각오를 하고 덤비는 것을 보니 그건 불가능할 것 같았다.

촌장과 도담은 짧게 신음하고 말했다.

"예. 명심하겠습니다."

탄압은 이제 시작일 뿐, 지금 그가 물러나는 건 첫 번째 불씨를 꺼뜨린 정도밖에 되지 않는다는 뜻임을 그들은 모두 알아챘다.

세 사람이 이야기를 마치고 밖으로 나왔다. 병사들은 세자의 명에 따라 정렬한 채 서 있었고, 수피아의 주민들은 서로 모여서 다친 이들을 치료해 주느라 여념이 없었다. 해문은 곧바로 병사들의 곁으로 다가가

철수 명령을 내렸다.

"내일 아침 수피아를 떠날 것이다."

"예에?"

제대로 시작도 하지 않았는데 해문이 떠나겠다고 하자 병사들은 깜짝 놀랐다. 그러나 해문의 표정이 너무 확고했기에 그들은 이유도 묻지 못한 채 받아들일 수밖에 없었다.

"저, 저 말이 사실이여?"

"정말 이제 물러난다고?"

마을 사람들은 어리둥절한 표정을 지었다. 그들은 그 말이 진짜 사실인지 궁금해서 촌장과 도담을 뚫어져라 바라보았다.

"그래. 내일 떠나시기로 했다."

불안감을 확실하게 날려주는 촌장의 확언에 마을 사람들은 서로를 부둥켜안고 기뻐했다. 평상에 누워 있던 환자들 또한 희미하게 미소 지으며 눈물을 흘렸다. 그들은 이미 죽을 각오를 하고 있었기에 지금의 상황이 더욱 감격스러웠다.

서요는 해문을 바라보며 옅은 한숨을 내쉬었다.

'조금이라도 저하를 의심했던 게 미안하네.'

그때 농땡이를 피우고 있던 가람이 환하게 웃으며 서요에게 물었다.

"자, 이로써 계획했던 모든 일이 끝난 것인가요, 서요님?"

해문에게서 시선을 돌린 그녀가 고개를 끄덕였다.

"예. 산신제가 남아 있긴 하지만…… 모두의 의견을 충족하는 의식이 되어야 할 텐데 말이에요."

"음, 정말 그렇게 하면 신목을 찾을 수 있을까요?"

"저는 그렇게 믿고 있어요."

탄압에 대한 문제 때문에 신목을 잊고 있었던 서요는 조금 어두운 낯빛으로 답했다. 수피아에 머물며 분쟁을 해결하려 노력한 건 처음엔 분명히 신목 때문이었다. 그러나 지금은 그저 그들이 평화롭길 바라는 마음뿐이었다.

"이제 산신제까지 이레도 남지 않았어. 그 전에 세자가 나가줘서 정말 다행이군."

대야에 깨끗한 물을 가지고 온 미르가 속이 다 시원하다는 듯 말했다. 내일이면 세자를 보지 않아도 된다는 생각에 그의 가슴은 삼림욕을 하는 것처럼 산뜻해졌다.

응급처치를 마친 사람들은 다들 각자의 집으로 돌아갔다. 서요와 기상신들 또한 하루 종일 환자들을 간호하다가 그제야 촌장의 집으로 들어가 저녁 식사를 했고, 그 후 서요는 미오의 방에서 그녀와 이야기를 나눴다.

"아버지가 자락산 주민들의 요구를 받아들였다는 게 아직도 믿기지가 않아. 대체 어떻게 된 거야? 서요 너는 오늘 아침에도 자락산 마을로 함께 따라갔었잖아."

외지인인 서요가 그 중요한 순간에 함께한 이유를 전혀 의심하지 않는 미오는 그저 서요가 마을 일을 도와준 것이 고맙기만 했다. 이제 미오에게 서요는 같은 수피아 사람이나 다름없었다.

"탄압에 대한 압박감이 컸던 거 아닐까? 사실 산신을 믿는 행위가 자유로워야 산신제도 할 수 있는 거니까. 기본적인 권리를 위해 함께 싸우기로 결정하면서 양보할 마음이 생기신 거 같아."

"그렇구나. 어쨌든 이번 사건은 정말 끔찍했어. 또 이렇게 될까 봐 무서워."

"응……."

진심으로 무서워하는 미오를 보며 서요는 자신도 모르게 마음이 찔렸다. 그들이 괴로워하는 게 다 신녀인 자신이 신자이자 백성인 그들을 보호해 주지 못하기 때문인 것만 같았다.

'아니라고 할 순 없지. 사실이잖아. 내가 그들의 편을 들어주지 않으면 대체 누가 하겠어.'

서요의 가슴이 쿵쿵 뛰었다. 이대로 있다가는 고민의 무게에 짓눌려서 신경증에 걸릴 것만 같았다.

그때 촌장이 미오의 방문을 벌컥 열고 들어왔다. 미오는 무슨 일인가 싶어서 눈을 동그랗게 떴다.

"아버지?"

"서요⋯⋯ 는 잠깐 나와 보거라."

촌장은 미오의 앞이었기에 신녀인 서요에게 간신히 예전처럼 말하며 그녀를 불렀다. 서요는 의아한 얼굴로 자리에서 일어나 그를 따라나섰다.

"또 무슨 일이 있나요?"

"세자 저하께서 서요님을 부르시는데 괜찮은 것입니까?"

촌장은 세자가 서요의 정체를 알고 있는 것인지 알 수가 없어서 조금 꺼림칙했으나, 순순히 물러나겠다고 한 그의 명을 거역하기는 어려워서 그녀를 데리고 가는 것이었다.

"예. 괜찮습니다."

서요는 일이 모두 끝난 마당에 세자가 또 무슨 할 이야기가 있나 싶어 궁금해하며 촌장의 뒤를 따랐다.

⁂

휘빈은 칠흑같이 깜깜한 저승 세계에서 가장 높은 단상에 올라, 지상에서 영혼을 데리고 돌아오는 저승사자들을 매섭게 바라보았다. 심기가 매우 불편해 보이는 휘빈의 앞에 일렬로 선 저승사자들은 긴장감에 숨도 제대로 쉬지 못했다.

"이게 뭐 그리 복잡하고 어려운 일이라고, 이제야 돌아오는 거지?"

지금껏 영혼을 데려오는 일 말고도 그녀의 명에 의해 서요 일행을 몰래 감시하는 일까지 해야 해서 더욱 바빴던 그들은 억울함에 아랫입술을 꽉 깨물었다.

"그분과 기상신들이 무슨 일을 벌이는지 더 상세히 알아보고자……
죄송합니다."

휘빈의 명을 받았던 저승사자들 중 가장 높은 계급을 가진 자가 나서서 허리를 숙였다. 그녀는 그를 싸늘하게 내려다보았다.

"됐고. 그들이 뭘 하고 있는지 전부 말해봐."

휘빈이 팔짱을 끼고서 저승사자들의 이야기를 듣기 시작했다. 저승에서의 일이 쌓였기에 병사들이 서요를 잡아가는 일에 실패했어도 어쩔 수 없이 돌아왔던 그녀는 화를 참을 수가 없었다.

'당장이라도 그년을 죽이고 모든 걸 부숴 버리고 싶었지만 쓴 눈물을 삼키고 저승으로 돌아왔어! 대체 어떻게 해야 그들을 떼어놓을 수 있는 거지?'

휘빈의 주먹에 힘이 들어갔다. 그녀는 저승사자의 이야기를 끝까지 듣고 더욱 분기탱천해 얼굴이 벌겋게 달아올랐다.

"……그러니까 그년과 미르는 연인이 되었고 세자와 함께 힘을 합쳐서 수피아의 분쟁을 해결하고 있다고?"

"예."

저승사자는 분노로 불타는 휘빈의 모습에 잔뜩 두려워하며 대답했다.

"하! 기어코 그 둘이 연인이 되었다고?"

휘빈은 지끈거리는 머리를 부여잡고 인상을 잔뜩 일그러뜨렸다. 연인이 된 그들의 모습을 떠올린 그녀는 속이 부글부글 끓다 못해 금방이라도 토악질을 할 것만 같았다.

'내 고백을 그렇게 단칼에 거절하더니, 결국 그년과 함께하는 거야? 어떻게 이럴 수가 있어! 어떻게 이렇게 잔인할 수가 있냐고!'

휘빈은 사랑의 아픔으로 마음이 무너졌다. 자신의 고백을 거절할 때의 그가 사실 서요를 좋아하고 있었다는 것은 그녀도 알고 있었지만 이토록 빨리 연인이 될 줄은 꿈에도 몰랐다.

'그년만 없었다면! 그가 내 고백을 받아줄 수도 있었을 텐데…… 내가 너희를 그냥 두고 볼 것 같아? 너희들이 천상으로 올라가서 함께 행복해지는 꼴을 내가 가만히 지켜볼 것 같으냐고!'

휘빈이 분노를 참지 못하고 몸을 떨었다. 그녀는 이 비참한 상황을 결코 받아들일 수 없었다.

"어찌, 어찌할까요? 계속 지켜볼까요?"

그녀의 모습을 불안하게 지켜보던 저승사자가 조심스럽게 물었다. 휘빈은 눈을 세모꼴로 치뜨고는 고개를 가로저었다.

"아니. 이젠 내가 직접 나서야겠어. 명이 있기 전까지는 네 일을 하고 있어."

"예. 알겠습니다."

저승사자들은 안도하며 재빨리 자리를 떴다. 저승사자들 사이로 야차가 빠르게 다가왔다.

"휘빈님. 다시 지상으로 올라가시겠다는 말씀입니까?"

그는 직접 나서겠다는 휘빈의 말을 듣고 매우 초조했다. 휘빈이 지상에서 오랫동안 머물며 자리를 비울 때면 저승의 질서가 제대로 잡히지 않았고, 바로 처리해야 할 일도 쌓여만 갔기에 그녀를 그냥 올라가게 둘 수 없었다.

"그래! 당장 가겠어! 가서 미르와 그년을 갈라놓겠다고!"

휘빈이 흥분해서는 주먹을 꼭 쥐고 악을 썼다. 상처받아 울부짖는 그녀를 보고 야차는 깊은 한숨을 내쉬었다. 그가 보기에 휘빈은 아직도 어린아이였다. 그녀가 태어날 때부터 야차가 유모처럼 보살피고 가르쳤기 때문에 더 그렇게 보일지도 몰랐다. 야차는 휘빈을 안타까워하는 마음과는 별개로 그녀를 붙잡아야 했다.

"아무리 대부분의 능력이 봉인당했다지만 기상신 셋의 힘을 감당할 수 있으십니까? 그분의 아버지이신 환웅님과 어머니이신 주영님은요? 신의 세계에서도 살인은 중죄입니다. 그렇기에 지금껏 휘빈님이 제대로 나설 수 없었던 것 아닙니까?"

정곡을 찌르는 말에 휘빈이 이를 악물었다.

"하지만!"

"진정하십시오, 휘빈님. 한순간의 감정으로 모든 걸 망치시면 안 됩니다. 휘빈님은 존경을 받는 위대한 저승의 여신이십니다. 저승을 굳건히 지키셔야죠."

"누가 그걸 몰라? 하지만 나는 그를 사랑한다고! 그도 나를 사랑했으면 좋겠어. 그런데 그년이 방해했어! 그년만 없었으면 이럴 리가 없다고! 분명 그도 나를 사랑했을 거라고!"

휘빈은 목에 핏줄이 선명하게 보일 정도로 소리를 질렀다. 그 정도로 그녀는 미련이 많았다. 서요만 아니었다면 미르가 자신을 사랑했을 것이라고 믿는 휘빈을 보며 야차는 가슴이 메었다.

"감정이라는 것이 그리 간단한 게 아닙니다."

야차는 그렇다고 해도 미르가 그녀를 사랑했을 거라는 보장은 없다고 말해주고 싶었지만, 눈물을 흘리는 휘빈을 보자 차마 입이 떨어지지 않았다. 그는 그녀가 다시 지상으로 돌아가지 않기를 바라며 마지막 말을 건넸다.

"어찌 되었든, 지금은 떠나실 수 없습니다. 돌아온 지 며칠 되지도 않았는데 또 자리를 비우신다면 저승의 일을 감당할 수 없을 것입니다."

"하! 정말 내 뜻대로 되는 일이 하나도 없어!"

휘빈은 머리를 마구 헝클어뜨리며 성을 냈다. 하지만 아직 남은 일이 많다는 것을 인정했기에 하는 수 없이 고개를 끄덕였다. 그러나 이대로 그들의 사랑을 가만히 두고 볼 생각은 없었다. 어느 정도 일이 마무리되면 더 확실한 대책을 강구할 생각이었다.

촌장이 그녀를 데려간 곳은 해문이 머무는 집과 가까운 곳에 위치해 있는 정자였다. 정자 위에선 해문이 뒷짐을 지고 그들을 내려다보고 있었다.

"그럼 저는 이만…… 말씀 나누고 돌아오십시오."

촌장이 눈치껏 빠져 주었고, 서요는 아무 의심 없이 정자 위로 올라섰다. 해문은 심상치 않은 눈빛을 하고 있었다.

"저하. 무슨 일이십니까?"

그는 함께 분쟁을 해결하고 처음 만난 자리에서 서요가 기쁜 내색도 없이 딱딱한 말을 내뱉자 조금 서운함을 느꼈다.

"잘했다고 칭찬을 먼저 해주지 않을까 했는데……."

"예?"

서요는 눈을 동그랗게 떴다. 해야 할 일을 한 것인데 거기에 대한 칭찬을 해달라니, 어울리지 않는 반응이었다.

해문은 어쩔 줄 몰라 하는 그녀를 힐끗 보고 중얼거렸다.

"내가 괜한 이야기를 했군."

"아닙니다, 저하. 도움을 주신 것에 감사하고 있어요."

"아니다. 어차피 왕명을 거역하기 어려워 탄압을 시행해야 했으니, 칭찬을 바랄 문제는 아니었지."

해문이 길게 숨을 내뱉으며 어두컴컴한 하늘을 올려다보았다. 밤하늘에는 별들이 아름답게 반짝이고 있었다.

"수피아 주민들이 화합하게 되어서 참으로 다행입니다."

그것은 진심이었다. 비록 왕검 자민은 지금 이 순간에도 신자들을 탄압하고 있겠지만, 해문의 도움으로 수피아의 분쟁을 해결했으니 그 문제는 잠시 묻어두기로 한 것이다.

해문은 고개를 끄덕였다.

"그래. 단단히 경고도 해뒀으니…… 잘 알아들었겠지."

"무슨 경고요?"

"병사들이 물러날 때까지 분란이 일어나는 일은 자제하라고 촌장과 도담에게 얘기했다."

"아…… 그렇군요."

서요가 길게 탄식하며 고개를 끄덕였다. 그런데 해문이 그녀만 부른 것에는 분명 이유가 있을 텐데 아직 그는 제대로 된 용건에 대해서는 말하지 않고 있었다.

'설마 이 이야기만 하려고 부른 건 아닐 텐데……'

그의 속을 몰라 그녀가 답답해하고 있을 때, 드디어 해문이 입을 열었다. 그의 눈빛이 태양처럼 강렬하게 타올랐다.

"낭자. 오늘 밤 나와 함께 이곳을 떠나자. 내가 낭자를 부른 이유는 그 때문이야."

생각지도 못한 말에 서요는 깜짝 놀라서 흠칫했다. 수피아에서 해문을 처음 만난 날, 그가 했던 말이 떠올랐다.

'신녀인 낭자가 살 수 있는 방법은 오직 나를 따르는 것뿐이다. 내가 병사들의 눈길이 닿지 않는 곳으로 데려다줄 수 있다.'

그는 아직도 포기하지 않은 것 같았다.

"그때 분명 제가 괜찮다고 말씀을 드렸는데……."

그가 자신이 신녀라는 것을 알고도 잡아가지 않는 건 고마웠지만, 함께 떠나는 것은 별개의 문제였다. 정말 그가 자민의 눈을 피해서 자신을 안전하게 숨겨줄 수 있다고 해도, 평생을 숨어 살고 싶진 않았다.

더구나 해문과 함께 떠난다는 것은 기상신들, 특히 미르와 이별을 해야 한다는 것을 의미하기에 절대 그럴 수 없었다.

"그때 분명 수피아에서 해야 할 일이 있다고 했지."

해문은 또다시 거부하는 그녀를 보며 속이 탔다. 이번만큼은 그녀가 자신의 뜻을 따라주길 바랐다.

'이번이 마지막 기회이기에 그토록 낭자의 허락을 원했는데!'

마음이 자꾸 곤두박질쳤으나 그는 다시 한 번 그녀에게 물었다.

"대체 그 일이란 무엇이고, 언제 끝나는 것이지? 그리고 설마 아직도 나를 믿지 못하는 것인가?"

서요를 바라보는 해문의 눈빛이 가라앉았다. 함께 분쟁을 해결하는 데 힘을 쓰고 이토록 진심을 다하는데도 여전히 믿지 않는다면 너무도 슬플 것 같았다. 하지만 그런 해문의 마음을 알 리 없는 서요는 단호하게 대답했다.

"그 일에 대해선 말씀드리기가 곤란하고, 언제 완벽히 끝날지는 저도 확실히 알 수가 없습니다. 하지만 저를 걱정하고 지켜주고 싶어 하는 저하의 마음만큼은 믿고 있습니다."

"정말 믿는다면 그 일은 제쳐 두고 나를 따르거라!"

해문이 크게 소리를 질렀다. 그는 가지 않겠다는 서요가 답답했으며 거절당했다는 것에 마음이 괴로웠다.

"그럴 수 없습니다. 언제까지 눈 가리고 귀 막으며 숨어 지낼 수 있겠습니까!"

서요가 이번에는 눈에 힘을 주고 당차게 말했다. 그녀는 그가 뜻을 거두고 내일 아침 예정대로 병사들과 함께 수피아를 떠나길 바랐다.

"낭자는 끝끝내…… 나를 밀어내는군. 끝끝내!"

해문의 보랏빛 눈동자가 분노로 일렁거렸다. 서요는 깜짝 놀라 살짝 뒷걸음질했다. 단순한 호의라고 보기엔 그는 너무도 화내고 있었다.

'대체 왜? 나를 좋아하기라도 하는 거야?'

말도 안 되는 일이지만 그렇게 생각할 수밖에 없었다. 세자가 할 일이 없는 것도 아닌데 굳이 자신을 데려가겠다고 하고, 같이 가지 않겠다는 말에 이런 반응을 보이는 걸 보니 말이다.

하지만 서요는 이런 애정이라면 받고 싶지 않았다. 이건 그의 생각과 감정만을 강조하는 배려 없는 행동일 뿐이었다.

서요가 다시 한 번 단호하게 말했다.

"고정하세요."

"낭자…… 이것이 나의 마지막 권고였네. 낭자는 지금 당장 나와 함께 수피아를 떠날 것이야."

해문이 날카로운 눈으로 그녀를 바라보며 확언했다. 서요는 그의 말을 믿을 수 없어 연신 눈만 깜박거렸다.

"예? 그게 무슨…… 저는 가지 않을 것입니다."

"올라오거라!"

서요의 말을 듣기 싫었던 해문이 크게 소리를 지르자 정자 아래 서 있던 그의 호위무사가 빠르게 위로 올라와 그녀의 팔을 붙들었다.

"저, 저하? 저하! 이러지 마십시오!"

서요는 몸을 흔들며 완강하게 저항했지만, 호위무사의 단련된 힘을 감당할 수 없었다. 그리고 해문은 그녀의 외침을 무시하고 집 근처 나무에 묶어두었던 말 두 필을 데려왔다.

"제가 싫다고 하지 않았습니까! 대체 왜 이러십니까!"

서요는 호위무사에게 끌려와 억지로 말에 타면서도 끝까지 소리쳤다. 그러나 해문은 그녀의 뒤에 올라타 말고삐를 잡은 후 냉정하게 말했다.

"나도 이러고 싶진 않았지만 어쩔 수 없다. 낭자의 주변에 있는 그 남자들을 믿을 수도 없거니와 그들과 있는 게 안전하다는 보장도 없으니."

서요는 그를 설득할 수 없을 것이란 생각이 들었다. 저를 지켜주고자 하는 그의 삐뚤어진 애정은 한참 잘못되어 있었다.

해문이 말을 몰자 그 뒤를 그의 호위무사가 따랐다. 서요는 달리는 말 위에서 어찌할 도리가 없어 절망스러운 얼굴로 입술을 깨물었다.

"저기서 뭐하는 거지."

방 안에서 창밖을 내다보며 무료하게 시간을 보내던 미르는, 고개를 두리번거리며 무언가를 찾고 있는 미오를 보고 혼잣말을 내뱉었다. 그러나 미르는 이내 그녀에게서 관심을 껐다. 미오가 밖에 있으니 방에 홀로 있을 서요만이 머릿속에 두둥실 떠올랐다.

"보고 싶은데 가서 얼굴이나 볼까."

그는 그녀 생각에 웃으며 자리에서 일어나 미오의 방으로 향했다. 그러나 미오의 방엔 서요가 없었다.

"서요…… 서요야?"

서요가 집 안에 없다는 걸 확인한 그는 밖으로 나가 미오에게 다가가서 물었다.

"서요가 방에 없던데, 어디 간 거야?"

"아? 저도 잘 모르겠어요. 아까 아버지가 오셔서 데리고 가긴 했는데."

"촌장이?"

"네. 그런데 밤이 늦었는데도 안 돌아와서……."

미오는 걱정스러운 눈빛으로 주변을 살폈다. 미르는 촌장이 그녀를 대체 어디로 데려간 것인지 생각하며 미간을 찌푸렸다. 그때 저 멀리서 촌장이 보이자 앞뒤 가릴 것 없이 미르는 곧장 그에게 달려갔다.

"촌장!"

촌장은 조금 어두운 표정을 짓고 있었다. 미르는 고개를 두리번거리며 물었다.

"서요는 어디 있고, 왜 혼자 오는 겁니까?"

"서요님은 세자 저하와 함께……."

촌장의 말에 미르의 표정이 살벌하게 굳어졌다. 그가 목청을 높였다.

"뭐라고요? 세자랑 같이 있다고요?"

"저하께서 부르셔서 서요님을 데려다 드리고 오는 길이다."

촌장은 수행원인 미르에게는 이 사실을 말해도 될 것 같아서 솔직하게 털어놓았고, 그는 분노했다.

"그놈한테 서요를 떠넘기고 왔다니!"

미르의 과격한 어투에 눈치가 빠른 촌장은 심각한 표정으로 물었다.

"대체 왜 이렇게 흥분한 것이야? 세자 저하께 놈이라니? 설마 저하께서 서요님이 신녀라는 것을 알기라도 하는 것이냐?"

"그래! 알고 있어!"

그는 흥분한 나머지 반말로 악을 썼다.

"하지만 서요님께서는 괜찮다고 하셨는데……."

촌장은 세자가 서요의 정체를 알고 있다는 사실에 당황스러워했다. 그녀는 분명 괜찮다고 했고 세자에게 가면서도 별말을 하지 않았었다.

"젠장! 서요 있는 데로 빨리 앞장서기나 해요!"

촌장은 서요를 데려다준 곳으로 안내했고, 미르도 촌장을 따라 달렸다. 미르의 가슴이 금방이라도 터질 듯이 쿵쾅거렸다. 그녀가 대체 왜 혼자서 해문에게 갔는지 의문이었고, 해문은 왜 또 그녀를 몰래 불렀는지 그 의도를 알 수가 없었다.

"지금까지 별일 없던 거라면 괜찮은 것 아니냐?"

촌장은 미르의 속도를 따라가지 못하고 뒤처져서는 큰 소리로 말했다. 그 말에 미르는 더욱 격노하며 소리를 질렀다.

"괜찮기는 뭐가 괜찮아요! 세자, 그 자식의 존재만으로도 위험한데!"

"꺄아아아!"

그때 서요의 비명 소리가 미르의 귀를 찔렀다. 미르는 거리를 내달리는 말 두 필을 보고 눈을 크게 떴다. 두 마리 중 앞서 달리고 있는 말 위엔 분명 세자와 서요가 함께 타고 있었다.

미르는 부리나케 달리는 말을 눈에 핏대가 설 정도로 노려보다가 곧장 따라가기 시작했다. 엄청나게 빨리 달리는 모습에 거리에 있던 사람들은 모두 눈을 휘둥그레 떴다.

하지만 아무리 빨라도 전속력으로 달리는 말을 앞서나가 저지할 정도는 되지 못했다. 천상에서보다 체력적으로 힘에 부치기도 했다.

"헉헉!"

미르는 숨을 거칠게 몰아쉬며 마구간으로 갔다. 자신의 말을 꺼내 안장 위에 올라탄 그는 곧장 수피아의 정문으로 향했다.

'저 개 같은 놈! 감히 서요를 납치해?'

서요를 찾지 않았다면 이대로 해문에게 그녀를 빼앗길 수도 있었다는 생각을 하자 미르는 온몸에서 불이 나는 것처럼 화가 났다. 수피아를 나가는 길은 정문 하나뿐이니 그들도 그곳을 통했을 것이었다.

"방금 나간 말 어느 쪽으로 갔어!"

미르는 문 앞을 지키고 선 문지기에게 앞서 나간 말에 대해 물었다. 아무 의심 없이 세자와 호위무사를 내보냈던 문지기는 험악한 그의 표정을 보고 깜짝 놀라서 그들이 향한 곳을 알려주었다.

"이쪽이오!"

문지기의 말은 전쟁을 알리는 호각 소리처럼 미르의 피를 뜨겁게 만들었다. 그는 빠르게 말을 몰며 날카로운 눈빛으로 주변을 살폈다.

'빨리 찾아야 하는데!'

미르는 초조해지기 시작했다. 그들의 말은 이미 전속력을 다해 달리던 상태였고, 그는 마구간에 들렀으니 거리 차이가 꽤 날 터였다. 한 가지 다행인 것은 그들의 말보다 미르가 탄, 신단을 먹인 말이 훨씬 빠르다는 점이었다.

"반드시 데려오겠어!"

그가 필사적인 마음으로 서요를 찾기 위해 말을 몰았다. 미르의 이마를 타고 식은땀이 주르륵 흘러내렸다.

거침없이 말을 몰던 미르는 저 멀리 평지에서 서요와 해문이 같이 타고 있는 말을 발견했다. 그들은 계속해서 서쪽을 향해 내달리고 있었다.

"거기 서!"

미르가 그들을 쫓으며 분노 어린 목소리로 외쳤다.

해문은 뒤를 쫓는 소리에 뒤를 돌아보았다가 안색이 변했다.

'저놈은……?'

멀리 떨어져 있어 얼굴이 자세히 보이진 않았지만, 필사적으로 쫓아오는 모양새가 아무래도 미르 같았다.

"미르님!"

서요 또한 해문처럼 고개를 돌려 미르를 보았기에 간절하게 그의 이름을 불렀다. 그가 자신을 구하러 왔다는 생각이 들자 서요는 불안으로 떨렸던 마음이 진정되는 것 같았다.

"저하! 이만 멈추세요!"

서요는 미르가 자신을 발견한 이상 더 이상은 안 되겠다고 생각하곤 해문에게 부탁했다. 화가 난 미르가 저를 따라잡고 난 뒤 벌어질 안 좋은 상황이 예견이 되었다.

'저하께서 나를 데리고 가려는 걸 포기시켜야 해! 그렇지 않으면……

안 돼! 절대 안 돼!'

미르는 아마 자신을 납치하려고 했던 해문을 가만두지 않을 터였다. 서요의 마음을 알 리 없는 해문은 미르를 따돌릴 궁리를 했다.

"저하! 먼저 가십시오. 저놈을 처리하고 따라가겠습니다."

그때 상황 파악을 마친 호위무사가 해문에게 말했고, 해문은 알겠다는 듯 고개를 끄덕이며 앞서 나갔다.

멈춰서 말머리를 뒤로 돌린 호위무사가 미르를 향해 칼을 빼들었다. 미르는 자신을 방해하려는 이를 최대한 빠르게 처리하기 위해 주변으로 안개를 몰고 왔다.

"뭐, 뭐야!"

호위무사는 짙은 안개 속에 갇혀 이러지도 저러지도 못하고 고개만 두리번거렸다. 그 틈을 타 미르는 그를 가뿐하게 제쳤고, 해문과 서요의 가까이로 달려 나갔다.

'서요가 다치지 않게 최대한 조심해야 해.'

그는 그들이 한 마리의 말에 함께 타고 있다는 걸 되씹으며 끓어오르는 분기를 억눌렀다. 잘못하면 해문이 아니라 서요까지 다치게 될 수도 있었다.

'능력이 봉인당해서 다행인 건 이거 하나뿐이군.'

미르가 그런 생각을 하며 그들의 뒤를 쫓은 지 얼마나 되었을까, 드디어 그가 그들을 따라잡았다.

"당장 멈춰!"

미르는 해문의 말과 최대한 가까이 붙어 달리면서 살벌하게 소리쳤다. 해문은 훨씬 앞서 나가던 자신이 왜 따라잡혔는지 몰랐기에, 의아함에 얼굴을 일그러뜨렸다.

'대체 호위무사는 어떻게 된 거고, 이놈의 말은 왜 이토록 빠른 것이야!'

해문이 당황한 사이, 서요는 가까이 다가온 미르를 향해 외쳤다.

"이 앞을 막아서요!"

"뭐?"

"막아서면 저하께서는 멈출 수밖에 없어요!"

서요는 비록 잘못된 방법이었다고는 해도, 해문이 자신을 자민의 마수에서 지켜주고 싶은 거라면 무리하게 달려서 저를 위험하게 만들 것 같지 않았다. 미르는 하는 수 없이 더 빠르게 말을 몰아 그들의 앞을 막아섰다.

"멈춰!"

해문은 바로 앞을 막아선 미르를 보고 아슬아슬하게 말을 멈췄다. 그러나 갑자기 멈춰 서게 된 말이 울부짖으며 몸부림을 쳤고, 서요와 해문은 그 충격으로 말 위에서 떨어졌다.

"서요!"

미르가 급하게 말에서 내려 바닥에 떨어진 서요를 안아 들었다. 그녀는 바닥에 어깨를 부딪쳐 고통스러워하고 있었다.

"……미안해."

그녀가 괴로워하는 것을 본 미르는 이것이 전부 자신 때문인 것만 같아서 애달프게 사과했다. 해문은 터진 입술에 맺힌 피를 손등으로 닦고 일어서서 격노했다. 그의 얼굴은 상실감과 분노로 얼룩져 있었다.

"대체 네놈은 뭐야!"

그는 하필 가장 꼴 보기 싫은 미르가 자신의 일을 방해하자 화가 머리끝까지 났다. 그녀와 있을 수 있는 기회를 이번에도 그가 날려 버리는 것 같았다. 그만 없었다면 분명 서요를 데리고 도망칠 수 있었을 것이다.

"서요를 납치해서 대체 뭘 하려고 했던 거지? 뭘 하려고 했던 거냐고!"

미르가 서요를 품에 안고서는 맹수처럼 으르렁거렸다. 해문은 건방진 그의 말에 기가 막혀 눈썹을 추켜세웠다.

"신녀인 낭자를 제대로 지켜줄 수 있는 건 너 따위가 아니다. 이 세상에 오직 나뿐이란 말이다! 그런데도 나를 방해할 생각인 것이냐?"

그는 진심으로 그렇게 생각했기에 서요의 곁에 항상 붙어 있는 미르가 눈에 거슬렸다. 하지만 미르는 독기 어린 눈으로 해문을 노려보며 싸늘하게 경고했다.

"하! 그건 저하의 착각일 뿐이고, 지켜준다는 헛소리는 좀 집어치워. 그런다고 납치가 옳은 일이 되는 줄 알아?"

서요가 직접 세자를 따라 나섰을 리는 없으니 이건 명백히 해문의 잘못이었다.

"네놈도 생각이 있다면 낭자를 내게 넘겨라."

그러나 그녀를 빼앗겼다는 생각에 화가 난 해문은 물러서지 않았다. 미르의 품에 안겨 그 말을 들은 서요는 입술을 짓씹으며 소리쳤다.

"제발 그만하세요! 제가 원한 일도 아닌데!"

"……."

"이만 저를 놓아주세요. 부탁드려요."

서요가 해문을 향해 간절한 눈빛을 보냈다. 그녀는 손을 부들부들 떨 정도로 분노하는 미르를 위해서라도 상황을 마무리 짓고 싶었다. 해문은 서요의 말에 상처를 받아 잠시 굳어 있다가 입을 열었다.

"끝까지 내가 아닌 저놈을 선택하겠다는 것이냐? 언젠가는 낭자가 내게 고마워할 것이라 생각했는데……."

"아니요. 저는 평생을 어딘가에 틀어박혀 숨어 살고 싶지 않아요. 미르님, 이만 수피아로 돌아가요."

서요가 단호하게 말하며 미르의 옷깃을 붙들었다. 이렇게 하지 않으면 해문은 이것이 자신을 위하는 일이라고 혼자서 계속 착각하고 있을 것 같았다. 싸움을 원하지 않는 서요의 간절한 눈빛을 본 미르는 깊은 한숨을 내쉬었다.

"하아…… 그냥 보내면 또 이런 짓을 할지도 몰라."

미르는 이제 해문과 마주칠 일이 없을 것이란 기대는 하지 않았다. 수피아를 떠나 아사달로 가면 분명 그와 또 마주칠 일이 있을 터였다. 서요는 제발 떠나고 싶은 마음에 다급하게 말했다.

"그냥 안 보내면 어떻게 하려고요. 얼른 가요!"

"네가, 네가 다쳤잖아! 너를 빼앗길 뻔했잖아!"

해문에 대한 분노가 들끓으면서도 그의 앞에서 쉽게 능력을 발휘하지 못하는 상황 때문에 미르의 속이 터져 나갔다. 그는 서요를 안고 있느라 해문을 향해 주먹 한 번 시원하게 날리지 못했다. 하지만 결국 미르는 그녀의 뜻에 따라 걸음을 옮기며 마지막으로 경고했다.

"다시는 내 여자 건드리지 마."

해문은 건방지기 짝이 없는 미르의 말보다도 끝까지 자신을 선택해 주지 않는 그녀 때문에 충격을 받았다.

"하!"

해문은 도저히 이 상황을 믿고 싶지가 않았다. 서요는 왜 이렇게 자신의 마음을 알아주지 않는 건지 모를 일이었다. 그는 어느새 말 위에 함께 올라탄 그들을 바라보며 얼음보다 더 차가운 목소리로 말했다.

"웬만하면…… 다시는 내 눈에 띄지 말아야 할 것이다."

해문은 험악한 표정으로 이를 부득부득 갈았다. 끝끝내 그를 거절한 그녀와 불경죄를 저지른 미르 모두, 다시 눈에 띄면 절대 가만두지 않을 것이었다.

미르는 싸늘한 표정으로 수피아를 향해 말을 몰았고, 그의 앞에 앉은 서요는 참담한 심정에 두 눈을 질끈 감았다. 그들은 그저 깊은 한숨만 내쉬었다. 각자 현재의 상황에 대해 고민하고 있는 것이었다.

시원한 밤바람이 불어왔다. 하늘에 걸린 반달은 그들의 뒤를 따르며 찬란한 황금빛을 내려 보냈다. 아름다운 달빛을 바라보며 천천히 말을 몰던 미르는 쓸쓸한 얼굴로 입을 열었다.

"어깨 많이 아프지?"

그는 그녀의 다친 어깨가 계속해서 신경 쓰였다.

"아! 아까보다는 괜찮아요. 아깐 갑자기 놀라서 그런 거예요."

흥분한 말 위에서 떨어진 것이니 그 충격이 상당할 텐데도 서요는 애써 괜찮은 척했다. 미르는 안타까움에 가라앉은 목소리로 말했다.

"빛으로 치유할 순 없는 거야? 그때 새암에선 했잖아."

"아, 그때는…… 잘 모르겠어요. 저를 위해서가 아니라 다른 사람들을 구하고 싶었던 마음 때문에 된 것 같아서."

"그럼 이번에는 나를 구원해 주면 되겠네."

"예?"

"네가 아프면…… 내가 너무 괴로워. 그러니까 내가 괴롭지 않게, 도와줘."

미르는 그녀가 자신을 위해서라도 힘을 발휘할 수 있도록 일부러 떼를 썼다. 서요는 간절하게 부탁하는 그 때문에 당혹스러워했다. 그러나 곧 그녀는 마음을 다잡았다.

"알겠어요. 미르님을 위해서라면."

서요는 미르의 황당한 말에도 치유의 빛을 꺼내기 위해 정신을 집중했다. 미르가 왜 이렇게 제 상처에 신경 쓰고 자신이 더 아픈 것 같은 표정을 짓고 있는지 그 이유를 모르는 바가 아니었다.

'미르님의 다친 마음을 어루만져 주고 싶어.'

서요가 그리 생각하며 마음을 모으자 신기하게도 빛이 났다. 그리고 어깨의 아릿한 통증이 점차 사라지기 시작했다. 연인을 향한 그녀의 따뜻한 마음이었다.

서요의 초롱초롱한 눈이 언제나 자신을 뒤에서 든든하게 받쳐 주는 미르에게 향했다.

"신기해요. 정말…… 아픔이 사라졌어요. 미르님도 이제 괴롭지 않죠?"

서요는 미르의 단단한 가슴팍 위에 손을 올려놓고 물었다. 그는 마른침을 꿀꺽 삼키고 천천히 고개를 끄덕였다. 그녀의 예쁜 행동들이 그의 가슴을 찌르르 울렸다.

"어. 괴롭지 않아. 너는 정말 사랑하지 않을 수가 없다."

미르의 나지막한 고백에 서요의 눈이 초승달처럼 접혔다. 그녀의 가슴으로 따스한 봄바람이 불었다. 그의 사랑을 받아 느끼는 행복감 때문이었다. 가슴이 주체할 수 없을 정도로 뛰어 서요는 속에 있던 말들을 두서없이 꺼냈다.

"어떻게 이렇게…… 저를 사랑해 줄 수 있는 거죠? 어떻게 제가 위험에 빠지기만 하면 그걸 알고서 저를 구해주는 거예요?"

미르는 그것을 궁금해하는 서요가 순수하고 귀엽게 느껴져 입꼬리를 말아 올렸다.

"사랑하지 않을 수가 없다고 했잖아. 서요, 너라서 사랑해. 사랑하기에 항상 너를 주시할 수밖에 없고, 그렇기에 네가 위험에 빠지면 가장 먼저 알 수 있는 거고. 이건 모두 나의 의지가 만들어낸 운명이야."

"의지가 만들어낸 운명……."

서요는 그의 말을 가슴속에 되새기며 중얼거렸다. 그가 자신을 사랑하기에 일어나는 모든 일은 정말 멋지고 낭만적이었다.

"너를 지키지 못하는, 그런 못난 남자가 되고 싶지는 않거든."

미르는 만약 그런 일이 일어난다면 결코 버틸 수 없으리라 생각했다.

"설령 그런 일이 일어나더라도 그건 절대 미르님 탓이 아니에요."

만에 하나 그런 일이 일어났을 때 그의 마음이 무너질까 봐 걱정스러 웠던 서요는 단호한 얼굴로 확인했다.

"아니, 내 의지가 만들어내는 운명이라면 결코 가혹하지 않을 거야."

미르는 마치 주문을 외듯, 그런 일은 일어나지 않을 것이라고 중얼거 렸다. 서요는 두 팔로 그의 허리를 감싸고 가슴에 얼굴을 기댔다.

"가혹하지 않죠, 가혹할 수 없어요. 황홀하면 모를까."

서요는 미르의 심장 소리를 들으며 살포시 눈을 감았다. 그는 그녀의 머리칼을 살살 쓰다듬으며 그녀의 따뜻한 체온을 느꼈다. 부엉이 우는 소리마저 들리지 않는 고요한 밤, 그들의 꽃다운 순정이 오래도록 계속 되었다.

다음 날 아침, 드디어 모든 병사가 수피아를 떠났다. 사람들은 새벽 같이 일어나 거리를 돌아다니다가 병사들이 전부 나가자 서로 얼싸안으 며 기뻐했다. 그 속에서 서요와 기상신들은 흐뭇하게 웃으며 그 광경을 지켜보았다.

문득 가람이 다시 생각해도 끔찍하다는 듯 인상을 찌푸렸다.

"서요님, 어제 얼마나 놀랐는지 아십니까? 대체 왜 그리 늦게 들어오 신 겁니까?"

소소와 가람은, 어젯밤 해문이 서요를 데리고 수피아를 떠났다는 말 에 깜짝 놀라 바로 그들을 쫓으려고 했지만 미르보다도 훨씬 늦게 알아 차려 허탕을 쳤다. 그런데 먼저 갔다는 미르가 서요를 구해 빨리 돌아 오기는커녕 매우 늦은 밤에야 와 의아했다.

"미르가 바로 쫓아가서 구한 거라면 금방 왔어야 했는데…… 대체 둘 이서 뭐하다 온 거란 말입니까! 예?"

서요가 아무런 말을 하지 않자 가람이 더욱 큰 소리로 물었다. 미르 는 못 들은 척 딴청을 부렸고, 그녀의 뺨은 잘 익은 복숭아처럼 발그레

해졌다. 그 모습을 보며 소소는 왠지 모르게 속이 답답하고 기분이 나빠졌다.

"아무, 아무것도…… 그냥 제가 놀라서! 천천히 말을 몰아서 그런 것뿐이에요!"

서요가 난감해하면서도 애써 씩씩하게 변명하고 있을 때, 마침 촌장이 다가와서 그녀에게 사과했다.

"죄송합니다, 서요님. 저는 저하께서 서요님의 정체를 알고 계신지도 몰랐고, 설마 그렇게 데려가실 줄은 꿈에도……."

서요는 마침 잘 되었다고 생각하며 손사래를 쳤다.

"아, 저는 괜찮아요! 그리고 허리 숙이지 마세요. 사람들이 지켜봐요!"

"아…… 예. 아무튼 정말 다행입니다."

서요의 만류에 촌장은 그 한마디를 하고서 다시 자리를 떴다. 촌장은 주민들에게, 이레도 남지 않은 산신제를 다시 준비해야 한다고 말하며 사기를 북돋았다.

"후우…… 세자 그놈, 앞으로 더 조심해야 해."

미르가 어젯밤 일만 생각하면 분통이 터지는지 열이 나는 이마를 문질렀다. 소소와 가람은 그에 동의하며 고개를 끄덕였다. 세자는 한 번 마음먹은 일은 쉽게 포기하지 않았기에, 어쩌면 명령에 따라 행동할 뿐인 일개 병사들보다 더욱 위험한 인물이 될 수 있었다.

"왜 이렇게 된 건지 모르겠어요."

서요가 답답한 마음에 말했다. 어젯밤 가만두지 않겠다고 경고를 하던 그의 목소리는 이상하게 애달팠던 것 같았다.

"그만, 그만 생각해."

서요가 해문에 대해 생각하는 게 눈에 보이자 미르는 두 손으로 그녀의 얼굴을 감싸 들어 올려 자신만을 바라보게 했다. 그리고 다시 쐐기를 박았다.

"그놈은 네가 싫다고 했는데도 무작정 끌고 간 나쁜 놈이야."

서요의 입에서 저절로 깊은 한숨이 나왔다. 그녀는 마음이 참으로 좋지 않았다.

"혹시 다시 그와 마주친다면…… 그때는 정말 조심해야 해. 내 곁에서 절대 떨어지면 안 된다고."

미르는 지독한 악연인 해문을 언젠가는 다시 만날 것이라고 예견했기에 걱정 가득한 말을 내뱉었다. 그는 부디 그전에 모든 임무를 수행하고 천상으로 올라가길 바랄 뿐이었다.

미르와 서요가 붙어서 심각한 이야기를 하자 호기심 가득한 눈을 한 가람이 그들 사이에 끼어들었다.

"서요님의 힘이 나날이 강해지는 게 보이긴 하나…… 공격에 대한 감은 전혀 없으시니, 검술이라도 배워보시는 게 어떨까요?"

그렇지 않아도 물리적으로 공격당할 때마다 무조건 기상신들의 보호를 받아야만 했던 서요는 고개를 끄덕였다.

"오! 좋은 생각인데요?"

"검술이라…… 겨슬레의 명검이 서요의 손에 딱 맞게 변했으니 괜찮을 것 같기도 하네."

"할게요! 배워볼게요!"

미르가 자신의 턱을 쓰다듬으며 중얼거리자 서요가 얼른 두 손을 맞잡고 소리쳤다. 소소 또한 그 결정이 나쁘지 않다고 여겼는지 한마디 거들었다.

"저희가 항상 곁에 있긴 하지만, 그래도 이번 같은 일이 다시 일어나지 않으리란 법은 없으니까요."

"그렇죠. 그래서 전에 미르님이 호신술을 알려준 적이 있었는데……."

"호신술이요?"

소소의 말에 무심코 생각나는 걸 입 밖에 낸 서요는 의아한 얼굴로 쳐다보는 소소와 가람을 보고 침을 꼴깍 삼켰다. 그로 인해 사고처럼 일어났던 첫 입맞춤의 기억까지 떠오른 것이다.

"그런 적이 있었냐?"

가람이 헛기침하는 미르의 옆구리를 한쪽 팔로 푹 찌르며 물었다. 미르는 픽 웃으며 고개를 끄덕였다.

"응. 아주 좋은…… 날이었지. 너무 좋아서, 계속 알려줄 수는 없었지만."

가람과 소소는 묘한 웃음을 짓는 미르를 이상하게 바라보았다. 서요만이 그의 말을 알아듣고 얼굴을 붉혔다.

"너무 좋으면 계속해야 할 거 아니야. 하여튼 이상한 놈. 이번엔 내가 알려드릴게요. 서요님."

가람이 자신의 허리춤에 장식처럼 매단 검을 매만지며 서요의 어깨 위에 한 손을 올렸다. 미르는 말도 안 되는 일이라고 생각하며 그의 손을 매몰차게 쳐 버렸다.

"죽고 싶어? 뭐라는 거야."

가람은 황당하다는 듯이 되물었다.

"왜? 검술을 알려준다는 것뿐인데?"

"다들 그만해. 너희 둘은 너무 감정적이라 누군가를 가르칠 성격이 못 돼. 내가 하겠어."

이번엔 소소가 서요를 가르치겠다고 나섰다. 미르는 그녀가 자신의 연인임을 다 알면서도 이런 식으로 구는 그들을 이해할 수 없어서 인상을 팍 찌푸렸다.

"다들 미쳤어? 저리 가."

미르는 말다툼에 당황해하는 서요의 허리를 한 팔로 껴안은 후 그들을 향해 물러나라고 손짓했다. 서요는 기상신들의 애정을 듬뿍 받는 것 같아서 기분이 나쁘지만은 않았다. 그리고 그런 서요에게 마을 사람들과 이야기를 마친 촌장이 다가와서 물었다.

"저희는 이제 다시 산신제 준비를 하려고 하는데…… 서요님께서는 앞으로 어찌하실 생각이십니까?"

그는 세자의 일을 해결했으니 서요가 이만 천왕신전으로 떠날 거라고 생각했다. 서요는 밝은 얼굴로 답했다.

"아, 저는 처음에 말씀드렸던 것처럼 산신제까지 참여하고 싶어요."

"그렇다면 저희야 기쁘지요! 혹 천왕신전으로 가실까 하여 물어봤던 것인데."

"아…… 천왕신전이요."

천왕신전이라는 이야기를 듣자마자 서요의 얼굴은 딱딱하게 굳었다. 그녀는 자신이 제사장이 될 것이라고 굳게 믿고 있는 촌장에게 뭐라 할 말이 없었다.

"함께하신다면, 수행원분들은…… 전처럼 일을 좀 해주셔야겠습니다."

"네네."

서요는 촌장의 말에 고개를 끄덕이며 대답했지만 어쩐지 정신이 멍했다. 기상신들은 촌장과 함께 다시 모락산의 산신각으로 발걸음을 옮길 수밖에 없었다. 미르는 표정이 좋지 않은 서요 때문에 떠나고 싶지 않았으나 그녀가 가라고 떠미는 바람에 어쩔 수 없이 그들과 동행했다.

산신제를 위해 열심히 일하다 보니, 어느새 어둑어둑한 밤이 찾아왔다. 지친 몸을 이끌고 촌장의 집으로 향하던 서요는 밤하늘의 별을 바라보며 한숨을 쉬었다. 신목은 겨슬레와 새암의 경우처럼, 마음을 다하면 분명히 찾을 수 있을 것이라고 믿었다. 지금 이 순간, 그녀의 머릿속을 차지하고 있는 것은 왕검의 폭정과 고통받는 백성들이었다.

'당연히 내가 제사장이 되어 신자들을 지켜줄 것이라고 생각하고 있겠지.'

지금까지의 신녀들이 그랬으니 우사신전의 신관들과 수피아의 촌장이 그렇게 생각하는 것도 무리는 아니었다. 서요의 마음이 무거워졌다. 고민 때문에 걸음이 축축 처지는데, 어둠이 짙게 내려온 골목에서 이상한 소리가 들려오기 시작했다.

"흐음. 음…… 앗!"

서요는 깜짝 놀라 잠시 멈칫했다가 무슨 큰 일이 난 건가 싶어 조심스럽게 발을 옮겼다.

'뭐지, 대체 뭐지!'

심장이 불안정하게 뛰었다. 여자의 신음은 멈추지 않고 계속되었다. 서요가 한쪽 벽에 붙어서 얼굴만 빠끔히 내밀고 골목 쪽을 바라보았다. 놀랍게도 사헌과 미오가 입맞춤을 하고 있었다.

'헉! 깜짝이야!'

서요는 당황한 나머지 소리가 날 뻔한 것을 가까스로 참고 고개를 돌렸다. 지금껏 그녀도 몇 번이나 미르와 입맞춤을 했으나 지금 저들처럼 야릇하고 격렬했던 적은 없었다.

서요는 자신의 가슴에 손을 얹으며 깊이 심호흡을 했다. 위험한 상황이 아닌 것을 알았으니 이제 조용히 물러나야 할 때였다. 그러나 끊어질 듯 이어지는 미오의 신음 소리는 그녀의 호기심을 자극했다. 서요는 슬쩍 고개를 내밀어 다시 한 번 더 그들을 훔쳐보았다.

'어머나!'

심상치 않은 광경에 놀란 서요가 자신의 입을 손으로 틀어막았다. 사헌은 입맞춤을 하며 미오의 온몸을 만지고 있었다. 서요의 얼굴이 익은 사과처럼 새빨갛게 변했다. 당황해서 얼른 왔던 길을 돌아온 그녀는 제 머리에 꿀밤을 먹이며 중얼거렸다.

"진작 빠져나왔어야 했는데! 이 바보!"

과도한 호기심이 문제였다. 거기다 한 번 눈에 담았던 모습이 머릿속을 떠나지 않았다. 서요는 그들의 위로 미르와 자신의 모습을 그려보다가 얼른 머리를 내저었다.

"아이! 마, 말이 안 되잖아."

서요는 열이 나는 얼굴에 연신 손부채질을 했다. 머릿속에는 이미 격렬한 몸짓을 하는 미르가 떠다니고 있었다.

그때 산신각 보수를 마친 기상신들이 그녀의 반대편에서 걸어왔다. 촌장의 집 앞에서 마주친 서요가 혼잣말을 하며 이상한 행동을 하자 그들은 의아한 표정을 지으며 그녀에게 달려왔다.

"서요님. 서요님?"

머리를 흔들며 머릿속 잔상을 없애던 서요는 소소의 목소리를 듣고 놀라서 소리를 질렀다.

"예, 예?"

"왜 그러십니까? 얼굴이 하얗게 질렸는데……."

"왜 그래? 무슨 일인데!"

소소와 함께 미르가 동시에 물어오자 서요는 눈알을 굴리며 당황스러운 티를 냈다. 서요가 그럴수록 기상신들은 수상하다는 듯이 그녀를 바라보았다.

"아니, 아무것도. 아무것도 아니에요!"

그들의 걱정스러운 눈빛에 서요가 두 팔을 마구 휘저으며 아무것도 아니라 했다. 못된 상상이 자꾸 떠오르는 바람에 그녀는 미르 쪽으로 시선을 두지 못했다.

"또 뭔가 숨기고 있는 거지?"

미르는 그녀가 뭔가를 숨기고 있는 것 같았기에 우선 소소와 가람을 촌장의 집으로 보냈다.

그들은 불만이 가득한 표정이었지만 미르가 워낙 강경하게 나오자 하는 수 없이 발길을 돌렸다.

"아니, 아무것도 아니라는데 왜 믿어주질 않는 거예요!"

서요는 그런 상상을 했다는 게 민망해서 괜히 소리를 질렀다. 그는 황당하다는 듯 눈썹을 추켜세웠다.

"네 얼굴이랑 행동을 봐봐. 누가 봐도 이상하다고 생각할걸?"

"하아……."

"이제 솔직하게 말하기로 했잖아."

미르의 말을 부정할 수 없었던 서요는 왜 자신이 그렇게 동요하고 그들이 보는 곳에서 이상한 행동을 했나 싶어 후회가 되었다.

'그때도 숨겨서 싸운 적이 있었는데…… 하지만 그래도 이런 것까지 말할 필요는 없잖아? 게다가 사헌과 미오의 개인적인 일까지 설명해야 된다고!'

그녀는 입술을 불퉁하게 내밀었다.

"저는 진짜 할 말이 없어요. 아무 일도 없었거든요."

"아무 일도 없었다?"

"그럼요! 오늘 종일 바느질만 했는데 무슨 일이 있었겠어요?"

"그럼 발 구르고, 얼굴에 손부채질하고, 한자리에서 빙글빙글 돌고. 이건 다 뭔데?"

"아니 그건…… 그냥 한 건데."

어찌 말해야 하나 고민하던 그녀는 좋은 수가 생각나지 않자 시무룩한 표정을 지었다. 팔짱을 단단히 끼고서 그녀를 바라보던 미르는 말도 안 되는 변명에 고개를 설레설레 저었다.

"안 되겠다. 혼 좀 나야지."

미르가 그리 말하며 서요의 허리를 한 팔로 감싸 힘주어 당겼다. 서요의 몸이 미르의 몸과 바짝 붙었고, 그의 뜨거운 시선이 쏟아졌다. 서요는 당황스러움에 말을 더듬었다.

"호, 혼을 내신다고요? 잘못한 것도 없는데."

"그렇지 않아도 요즘 우리 사이가 별로 진전되지 못하는 것 같아서 속상한데. 네가 나한테 자꾸 숨기고 말을 해주지 않으니까 더 그렇게 생각하게 되잖아. 나는 더 친밀하고 깊은 사이가 되고 싶다고."

미르의 숨이 고개를 든 서요의 얼굴을 간지럽혔다. 그녀는 진지한 미르의 얼굴을 보고 자신도 모르게 한숨을 내쉬었다. 그의 바람이 왠지 모르게 부담이 되었다.

"더 친밀하고 깊은 사이요…… 저도 물론 그렇지만."

"정말 그런 거야?"

미르는 가라앉은 서요의 표정을 보고 불안해졌다. 그녀가 숨기지 않고 모든 것을 제대로 말해주기 전에는 알 수 없었다.

"그럼요. 그렇지 않을 리가 없잖아요."

서요 또한 진심이었지만, 그 깊은 사이라는 것에서 사헌과 미오의 모습이 자꾸만 떠올랐다.

"아니야. 뭔가…… 아니야. 속에 있는 말을 좀 해봐."

서요가 말하지 않고, 숨기고, 어색해할수록 그의 의심은 증폭되었다.

"죄송해요."

그러나 아무리 미르가 원한다 해도 차마 그 이야기를 할 수 없었던 서요는 고개를 푹 숙이고 사과했다. 서요를 안다시피 하고 있던 미르는 그녀를 놓아주며 두 손으로 제 얼굴을 벅벅 문질렀다.

"죄송하다는 건 대체 무슨 뜻이야?"

무언가 찔리는 게 있어서 죄송하다고 말한다고 생각했기에 그는 초조해졌다. 그러나 서요는 굳이 사헌과 미오의 개인적인 일과, 그것 때문에 이상한 생각을 했던 이야기까지는 말하고 싶지 않았다.

"미르님을 자꾸 답답하게 만들어서…… 죄송하다고요. 하지만 정말 말하고 싶지 않은 것도 있는 거예요. 그때처럼 싸우게 될까 봐 피하는 건 절대 아니고요."

절대로 무슨 일인지 말해주지 않겠단 태도에 미르는 깊은 숨을 토해내며 허탈한 표정을 지었다.

"개인적인 사정이 있어서 그래요. 이해해 줘요. 네?"

그와 또 싸울 것이 염려되었던 서요는 초롱초롱한 눈빛으로 부탁했다. 그럼에도 여전히 마음이 좋지 않았던 미르는 간절한 바람이 깃든 말을 꺼냈다.

"언젠가 내게 모든 걸 다 말할 수 있었으면 좋겠다."

"……네."

서요는 잔뜩 풀이 죽어서 대답했다. 전처럼 그와 오해하고 싸우지 않은 건 다행이라고 생각했지만 축 처진 미르의 어깨를 보니 미안해졌다.

"흠. 둘 사이가 그렇게 좋아 보이진 않네?"

집 안에서 그들의 모습을 몰래 지켜보던 가람은, 보지 않는다고 말하면서도 은근슬쩍 곁눈질하던 소소를 보았다. 그는 주먹 쥔 손에 헛기침을 내뱉으며 대충 고개를 끄덕였다. 처음엔 그들이 바짝 붙어 있기에 애정 표현이라도 하는가 싶었지만, 곧바로 떨어지는 모습이 마치 싸우는 것처럼 보였다.

"서요님이 워낙! 뭘 모르시잖아. 미르는 그래도 경험이 있을 텐데, 얼마나 답답하겠어."

"뭐라고? 네가 뭘 안다고 서요님에 대해서 함부로 말하는 거야?"

가람의 너스레에 소소가 표정을 굳히고 진지하게 받아쳤다. 면박을 받은 그는 어이없다는 얼굴을 했다.

"아니, 사실이잖아. 남녀사이에 대해서는 아무것도 모르는 순진한 소녀 같달까?"

"그게 나쁜 건 아니잖아."

"나쁜 건 아니지! 그래도 서요님과 성격이 정반대인 미르가 먼저 다가가서 진도를 내는 것 같아서 다행이지. 너처럼 답답이를 만났다면 아마 내가 답답해서 죽었을지도 모른다."

가람은 지금껏 그들의 모습을 지켜보면서 나름대로의 결론을 내린 것이지만, 소소는 이상하게 기분이 나빴다.

"뭐라고? 나와 서요님이 뭐가 어떻다고……."

소소는 발끈해서 한 말에 자신이 더 놀라서 입을 다물었다. 서요와 미르처럼 연인이 된다는 가정을 받아들였다는 것에 놀란 것이다.

가람이 소소를 의아하게 바라보고 있을 때, 대화를 마친 서요와 미르가 갑자기 집 안으로 들어왔다. 문 앞에 서 있던 가람과 소소는 얼굴을 굳히고 헛기침만 했다.

"여기서 뭐 하는 거야?"

"응? 아니, 아무것도."

가람은 당황해서 그렇게 말하며 자리를 벗어났고, 소소는 벽에 등을 기댄 채 조금 어색해 보이는 서요와 미르를 지그시 응시했다.

"저는 이만 들어갈게요."

그때 서요가 두 손을 가지런히 모으고 먼저 인사하며 물러났다. 단둘이 남은 미르와 소소는 잠시 침묵하다가 조용히 객실로 들어섰다. 소소는 가람의 말이 계속 귓가에 맴돌았고, 미르는 서요에 대한 생각 때문에 머리가 복잡했다.

미르는 마치 명상을 하는 것처럼 눈을 감고 생각에 몰두했다.

'내가 조급해하는 건가? 하지만 좋아하는 여자의 속마음을 알고 싶고, 더 친밀해지고 싶은 건 너무 당연한 일이잖아.'

그녀를 해문에게서 구해주고 함께 밤길을 나아갈 때는 마냥 좋기만 했는데 지금은 또 멀어진 것처럼 느껴졌다. 하루에도 수십 번씩 그의 마음이 요동했다.

　방으로 들어온 서요 또한 그처럼 마음이 심란하긴 마찬가지였다.

　"하아……."

　그녀가 한숨만 푹푹 내쉬며 시무룩해할 때, 미오도 돌아왔다.

　"어? 왔어?"

　서요는 아까 전까지만 해도 사현과 격렬한 입맞춤을 했던 미오의 얼굴을 보자 당황했다. 미오는 그녀를 보고 고개를 갸웃했다.

　"응. 나 왔어. 그런데 무슨 일 있어? 표정이 안 좋네."

　"내 표정이?"

　그녀는 미오가 알아차릴 정도로 제 얼굴에 감정이 나타나는 건가 싶어서 마음이 울적했다. 미르에게 이상하다고 손가락질 받을 만했다.

　"수심이 가득해 보이는데. 혹시 미르님이랑 싸…… 웠어?"

　미오는 서요가 기분이 안 좋을 일이 뭐가 있을까 생각하다가 연인인 미르와의 문제인가 싶어 조심스럽게 물었다. 서요는 고개를 가로저으며 부정하다가, 고민하던 것을 미오에게 은근슬쩍 물었다.

　"내가 굳이 말하고 싶지 않은 게 있어서 말을 안 했더니 미르님이 서운해하는 것 같아. 더 친밀하고 깊은 사이가 되지 못한 것 같다고…… 이럴 땐 어떻게 해야 하지?"

　"그러니까 미르님은 속에 있는 걸 다 터놓고 말하면서 친밀한 사이가 되고 싶다는 거네?"

　"그렇지."

　"그런 생각이야 당연히 들 수 있지. 네가 좀 더 마음을 열어봐. 말하고 싶지 않은 게 있으면 당연히 하지 않아도 되지만 그렇게 서운해하는 건 서로 아직 많이 가까워지지 못해서 그런 거 아닐까?"

　연애 초반이라 서먹한 연인을 응원하는 미오의 눈이 반짝반짝 빛났다. 서요는 정말 그런 건가 싶어 깊은 고민에 휩싸였다.

궐에 도착한 해문은 발걸음이 축축 늘어지는 게 여름의 더위 때문인지 아니면 울화가 끓는 마음 때문인지 알 수가 없었다. 확실한 건 서요를 떠나보내고 돌아온 그의 기분이 아주 더럽다는 것이었다.

"왜 물러났느냐!"

왕검을 알현하기 위해 편전으로 들어선 그는 바로 자민의 지청구를 들었다. 어명을 끝까지 수행하지 못하고 돌아온 죄가 있는 해문은 침통한 표정으로 말했다.

"수피아 주민들이 모두 죽을 각오를 하고 맞섰습니다! 도저히 그들을 탄압할 수 있는 상황이 아니었습니다."

"그리 날뛰는 백성들은 병사들로 다스려야 한다는 것을 정녕 모르는 것이냐?"

그러나 자민에게는 백성들의 처절한 투쟁과 목숨 따윈 중요치 않았다. 해문은 그럴 것임을 예상했으면서도 참담한 심정이 되어 다시 입을 열었다.

"그것은 온당한 방법이 아니옵니다. 아바마마!"

"네 이놈! 어디 감히 내게 훈수를 두는 것이냐! 강력한 왕권을 위해서라도 신권은 반드시 없어져야 한다고 누누이 말했거늘!"

자민은 조선을 돌아다니며 신비로운 능력을 보여주는 신녀를 위협적으로 생각하고 있었다. 그녀가 훗날 제사장이 된다면 신권을 공고히 하고 왕권을 약화시킬 것이다. 그는 결코 그것을 받아들일 수 없었다.

자민은 조선을 신의 나라가 아닌 인간들의 세상, 아니, 왕이 모든 권력을 쥐고 휘두를 수 있는 세상으로 만들고 싶었다. 그를 위해선 폭력도 서슴지 않을 계획이었다.

"병사들을 풀어 다스린다면 잠시 동안은 두려움에 고분고분할 수도 있겠지요. 하나 결국 큰 폭동이 일어날 것입니다. 그전에 부디 탄압을 멈춰주십시오!"

해문은 진심을 다해서 호소했다. 아무리 이해할 수 없고 미워도 그는 자신의 아비이자 한 나라의 수장이었다. 그러나 그렇지 않아도 전국 각지에서 올라오는 상소문들 때문에 머리가 터질 것 같았던 자민은 고래고래 소리를 지르며 해문을 내쫓았다.

"되었다, 그 얘기는! 폭동들 또한 모두 막을 것이다! 더는 보기 싫으니, 썩 나가거라!"

자민은 해문이 반대한다고 해도 탄압을 멈출 생각이 전혀 없었다. 어차피 세자 또한 그의 명을 거스를 수 없으며, 훗날에는 신권을 없앤 아비를 존경할 거라 생각했다.

"하아…… 정말 미치겠군."

산신님 없이는 살 수 없다던 촌장의 말을 차마 전하지 못하고 편전을 나온 해문은 월대 위에서 고개를 내저었다. 큰 실수를 하고 있는 자민을 설득하고 싶어도 도통 방법이 없었다.

그때 장군 재부가 해문을 마주하고 공손하게 인사를 올렸다.

"세자 저하, 그동안 강녕하셨는지요."

재부는 신녀를 잡기 위해 하루가 멀다 하고 조선을 떠돌아다녔기에 세자를 아주 오랜만에 본 거였다. 그의 인사를 덤덤하게 받은 해문은 뒤를 흘끔 바라보며 말을 건넸다.

"전하께서 지금 기분이 매우 좋지 않으니 나중에 뵈러 가는 게 어떠한가?"

해문은 장군 재부가 용미촌과 새암에서 서요를 쫓다 놓쳤다는 사실을 알고 있었기에 그를 보는 눈이 그리 탐탁지 않았다. 수피아의 일을 망치고 돌아온 해문 때문에 기분이 좋지 않은데 거기에 신녀를 놓친 재부까지 본다면 왕은 분노해서 더 악독한 명을 내릴지도 모르는 일이었다. 그는 혹시 모를 사태를 최대한 막고 싶었다.

"아, 그렇다면 나중에 뵈어야겠습니다. 저도 면목이 없는지라……."

새암에서 신녀를 놓치고 그 주변을 계속 돌아다녔으나 결국 그녀를 찾지 못했던 재부는 심란함에 고개를 푹 숙였다. 해문은 재부가 서요를 놓친 걸 다행이라고 여기며 그의 앞을 지나갔지만, 여전히 그녀를 걱정하는 자신의 모습이 우습게 느껴졌다.

'낭자는 나를 신경도 쓰지 않을 것인데…… 참으로 우스운 일이지.'

그가 고개를 들어 올려 파란 하늘을 바라보았다. 그녀에게 완벽히 거절당했다는 사실이 자꾸만 그를 비참하게 만들었다.

"후…… 이제야 시작하네."

가람에게 넘겨받은 검을 손에 쥔 미르가 촌장 집 뒷마당에서 긴장한 채 서 있는 서요를 보았다. 그들은 저녁 식사를 마친 후 날이 더 어두워지기 전에 검술 연습을 하기 위해서 바깥으로 나온 거였다.

"이걸 제가 써도 될까요?"

서요는 겨슬레의 명검을 자신이 쓴다는 것이 부담스러웠는지 불안한 표정이었다. 미르는 씩 웃으며 고개를 끄덕였다.

"괜찮아. 쓴다고 닳는 것도 아니고, 검은 원래 쓰라고 있는 건데."

"음…… 알겠어요."

"그럼, 우선 이것부터."

미르는 서요에게 가까이 다가가 검을 제대로 쥐는 방법부터 알려주었다. 미르의 손길에 서요는 미오가 했던 말이 자꾸 머릿속에서 맴돌았다.

'네가 좀 더 마음을 열어 봐.'

그런 고민을 하는 그녀는, 미르가 보기엔 전혀 집중하지 않고 다른 생각에 빠져 있는 것처럼 보였다. 그는 인상을 찌푸렸다.

"뭐 하는 거야?"

"예?"

"검을 들고 있으면 정신을 차려야지!"

미르의 호통에 서요가 어깨를 흠칫했다. 그녀는 얼른 사념을 없애고 그의 말에 귀를 기울였다.

"이렇게 작은 검은 찌르는 게 가장 효과적이야. 내가 하는 걸 잘 봐."

서요가 다치지 않도록 뒤로 물러난 미르는 찌르기 동작을 연이어서 보여주었다. 깔끔하고 절도 있는 몸짓에 서요의 눈이 휘둥그레졌다. 기상을 다루는 능력은 자주 봐왔지만 이런 모습은 처음이었다.

"멋있어요!"

서요가 속에 있는 말을 바로 내뱉었다. 정신을 흐트러뜨리는 그녀의 감탄사에 미르는 피식 웃으며 멈춰 섰다.

"정말 멋있어?"

미르가 정말이냐고 묻자 서요는 수줍게 고개를 끄덕였다. 미르가 검을 쓰는 모습은 온종일 보아도 전혀 지루하지 않을 것 같았다.

서요가 따라 할 수 있도록 가르치려면 시범을 보이는 것만으로는 부족했기에, 미르는 그녀의 뒤에 바짝 붙어 서서 한쪽 손을 잡았다. 긴장한 서요는 침을 꿀꺽 삼켰다. 그의 따뜻한 체온은 물론 간지러운 숨결까지 가까이서 느껴졌다.

'숨을 제대로 못 쉬겠어! 왜 이렇게 긴장되는 거지?'

그와 몸을 맞댄 적이 꽤 있었음에도 불구하고 자꾸 심장이 떨리고 몸이 경직되었다. 그런 서요의 마음을 알 리 없는 미르는 그저 그녀가 손에 검을 쥐었기에 긴장한 거라고 생각했다.

"왜 이렇게 굳어 있어? 괜찮으니까 마음 편하게 먹어."

검을 쥔 서요의 손을 잡은 그가 찌르는 동작을 반복했다. 하지만 시간이 지나도 그녀의 몸이 풀리지 않고 여전히 딱딱하게 굳어 있기만 하자 미르는 의아해했다.

"왜 그래? 어려워?"

"제, 제가! 혼자 해볼게요!"

미르의 말에 당황한 서요는 그에게서 몸을 떨어뜨리며 다급하게 소리쳤다. 심장이 터질 정도로 크게 뛰었다.

미르는 뭔가 이상해 보였지만 일단 허락했다.

서요는 미르가 했던 동작을 어설프게 따라했다. 그러나 누군가를 찌른다고 생각하니 단순한 행동도 반복하는 게 쉽지 않았다. 서요가 계속 머뭇거리면서 시원하게 검을 찌르지 못하자 미르는 앞으로 많은 연습이 필요하다고 느꼈다.

"아니, 그게 아니라……."

말로 설명하려던 미르는 서요가 잘 알아듣지 못하고 헤매자 다시 그녀의 뒤로 붙었다. 버들가지처럼 얇은 서요의 허리를 한 팔로 감쌌고, 한쪽 손은 그녀의 팔을 붙잡았다. 그러자 조금 풀렸다고 생각했던 그녀의 몸이 다시 긴장했다.

미르는 그제야 서요가 지금껏 긴장한 이유가 검을 사용해서가 아니라, 자신이 가까이 있기 때문이라는 것을 알아차렸다.

"그런 거였어?"

그는 어쩐지 기뻐서 해맑게 웃었다. 서요는 움찔하며 무슨 소리냐는 듯 의아한 표정을 지었다.

"의식하면 한도 끝도 없는데……."

검술을 가르치는 데만 집중하고 있었던 미르는 순간적으로 딴생각에 빠지고 말았다. 이성보다 본능이 몸을 지배하기 시작한 것이다.

"예?"

이해할 수 없는 말을 하는 미르를 마주 보기 위해 서요가 고개를 돌리자 그녀의 입술이 바로 그의 목덜미에 닿았다. 그 순간 온몸의 솜털이 기립했고, 순간적으로 몸 한 군데에 힘이 바짝 들어갔다.

'헉!'

몸의 변화를 느낀 미르는 눈을 번쩍 뜨고 그녀를 바라보았다. 안 그래도 서요의 부드러운 몸과 향기를 의식하고 있었는데 그녀가 갑자기 고개를 돌리자 깜짝 놀라 몸의 제어가 풀리고 만 것이었다.

"미, 미르님?"

어리둥절하기만 했던 서요는 뒤에서 무언가 묵직한 것을 느끼고 당황했다.

"……미안."

곧바로 뒤로 물러서는 그의 얼굴이 하얗게 질렸다. 놀란 서요는 뭐라 할 말이 없어서 바싹 마른 입술만 달싹였다.

엄청나게 어색한 침묵이 지속되었다. 미르는 머리를 벅벅 긁으며 이게 꿈이었으면 좋겠다는 생각을 했다. 입맞춤에도 부끄러워하는 그녀가 얼마나 놀랐을까 싶었다.

"전 괜찮아요."

당황해서 어쩔 줄 몰라 하는 그을 위해 서요가 애써 웃었다. 그의 민망함을 최대한 줄여주고 싶었다.

"오늘은 이걸로 끝."

숨도 쉬지 못할 정도로 딱딱한 분위기에서 미르는 그 한마디를 하고 먼저 집으로 돌아갔다. 그의 얼굴은 금방이라도 터질 것처럼 상기되어 있었다.

"하아…… 어떡해!"

혼자 남겨진 서요는 심장이 튀어나올 것 같은 가슴을 손바닥으로 꾹 누르며 한숨을 내뱉었다. 검술 연습일 뿐이었는데 왜 상황이 이렇게 되어버렸나 싶었다.

8장
아사달로 향하다

그 후, 서요와 미르는 서로 눈만 마주쳤다 하면 당혹스러운 얼굴로 자리를 피했다. 미르는 아무렇지 않은 척 평소와 다름없이 지내고 싶었으나 서요의 순수한 눈을 볼 때면 자신이 못된 짓을 한 것만 같아서 마음이 가라앉았고, 그녀 또한 덩달아 그가 불편해져 한숨을 쉬는 날이 많아졌다.

"아, 답답해!"

서요가 일을 하기 위해 밖으로 나오며 자신의 가슴을 두드렸다. 이틀 뒤면 산신제인데, 언제까지나 그와 이렇게 지낼 순 없었다.

'미르님이 산신각에 가기 전에 얘기를 좀 해봐야 할 것 같은데…….'

집 앞을 얼쩡거리며 미르를 기다리던 서요는 촌장과 함께 나오는 그를 발견하고 긴장감에 침을 꿀꺽 삼켰다.

'자자, 자연스럽게 인사하는 거야!'

다짐한 것과는 달리, 그녀는 뻣뻣한 몸짓으로 그에게 다가갔다.

"미, 미르님? 좋은 아침이에요."

미르는 아침 식사 시간에도 보았던 서요가 어색하게 인사를 건네오자 실없는 웃음이 튀어나올 것만 같았다. 그의 뒤에 있던 소소와 가람은 마치 투명인간이 된 것 같은 기분에 떨떠름한 표정을 지었다.

미르는 어떻게 반응할까 고민하다가 평범하게 답했다.

"그래. 좋은 아침이네."

"예. 저기 잠시만…… 이쪽으로."

서요는 주위의 눈치를 보다가 미르의 팔을 붙잡았다. 가람은 전부터 이상했던 그들의 분위기를 떠올리며 짧게 혀를 찼고, 소소는 그녀가 왜 저러는지 이해할 수 없다는 얼굴이었다.

"어디 가는 건데?"

못 이기는 척 따라가던 미르는 은근히 기분이 좋아서 입꼬리가 올라간 상태로 물었다. 서요는 잔뜩 긴장한 얼굴로 조심스럽게 말했다.

"그냥 최대한 사람 없는 곳으로요."

"할 이야기라도 있어?"

"다 알면서 그래요?"

시치미를 떼는 그가 마음에 들지 않아 서요는 볼을 빵빵하게 부풀렸다.

"요 며칠 계속 피해 다녔잖아요. 딱히 싸운 것도 아니고, 말다툼한 것도 아니고, 죄를 지은 것도 없는데……."

서요는 물론 그렇게 생각했지만 미르가 마주칠 때마다 당황해하니 저절로 저까지 불편해졌었다.

사람이 보이지 않는 한적한 곳에 선 서요가 손가락을 꼼지락거렸다. 그녀는 그때 일로 깜짝 놀란 건 사실이었으나 그렇다고 미르와 계속 어색하게 지내고 싶진 않았다.

미르는 서요를 바라보며 뒷머리를 긁적였다.

"나도 그럴 생각은 없었는데, 한 번 피하고 나니까 계속해서…… 어떻게 해야 할지 모르겠더라고."

그의 고민이 느껴지는 말에 그녀는 두 주먹을 불끈 쥐었다.

"괜찮아요!"

"뭐?"

솔직하게 털어놓은 미르는 그때에 이어서 다시 한 번 괜찮다는 소리를 듣고 미간을 찌푸렸다. 서요가 대체 무슨 의도로 괜찮다는 건지 이해할 수 없었다.

"그때부터 계속, 뭐가 괜찮다는 거야?"

미르가 두 손을 허리에 척 올려놓고 물었다. 침으로 입술을 축인 서요는 답답함에 눈을 동그랗게 떴다.

"저는 진짜 아무렇지도 않다고요!"

"거짓말. 아니, 일단 이 이야기는 그만하는 게……."

그때의 부끄러운 일을 다시 생각하고 싶지 않았던 미르는 고개를 절레절레 흔들었다. 그러나 서요는 그의 얼굴을 똑바로 마주하고 다시 입을 열었다.

"놀란 건 사실이지만…… 나쁜 건 아니니까요."

확실히 나쁘다고 할 일은 아니었다. 그녀는 이제 미르가 그 일에 대해서 신경을 그만 쓰길 바랐다. 그래서 서요 자신의 마음도 좀 편해지고 싶었다.

"그…… 래?"

그녀의 말에 잠시 멍한 상태로 굳어 있던 미르는 이내 정신을 차리고 천천히 서요에게 다가갔다. 그는 그녀의 따뜻한 눈빛이 오늘따라 더 사랑스럽게 느껴졌다.

"정말 괜찮았구나?"

미르는 씩 웃으며 그녀에게 물었다.

"네, 네…… 그럼요."

서요는 얼른 대답하며 동조했으나 가까이 다가온 미르가 여전히 웃음을 멈추지 못하며 기뻐하자 고개를 갸웃했다.

"그렇게 좋으세요?"

"그럼!"

그가 서요를 품에 안았다. 서요는 따뜻한 체온을 느끼고 잔잔한 미소를 지었다. 한참 동안 서요와 포옹하고 있던 미르는 은근슬쩍 그녀의 등으로 손을 옮겼다. 서요의 등을 쓸어내리는 그의 손길은 조심스러우면서도 어딘가 야릇했다. 서요는 간지러운 기분에 몸을 꿈틀거렸다.

"미르님?"

등을 매만지던 손을 뗀 미르가 검지로 서요의 말랑말랑한 볼을 꼬집고 흔들었다. 그녀는 얼굴이 제멋대로 망가져도 귀엽기만 했다.

"귀여워라."

"왜 이러시는 거예요."

"덕분에 내 마음이 좀 편해졌어."

꿀을 발라놓은 것처럼 달콤한 목소리에 서요는 고개를 갸웃했다.

"정말요?"

"응. 그래서 나도 자연스럽게 받아들이려고. 서요 너도 괜찮다고 하니까."

미르가 그녀를 묘한 시선으로 바라보았다. 서요의 아담한 몸은 자꾸 안고 싶을 만큼 사랑스러웠고, 그녀의 예쁜 얼굴은 볼 때마다 기분이 좋았다.

"마음이 풀리셨다니 다행이긴 한데……."

서요는 미르의 시선에서 부담스러울 정도로 강한 열정이 느껴지자 마른침을 꿀꺽 삼켰다. 그의 마음이 풀린 건 다행이었지만 단둘이 있는 게 어쩐지 이상야릇하게 느껴졌다.

"응. 괜찮아졌어. 이젠 미안해하지 않고, 부끄러워하지도 않으려고."

미르는 그렇게 다짐하며 그녀의 볼을 쓰다듬었다. 그의 손에 부드러운 살결이 감기며 따스한 체온이 느껴졌다.

"더, 더워요! 미르님!"

계속 몸이 밀착되어 있는 게 부담스러워서 서요는 손부채질을 했다. 한여름이기에 정말 덥기도 했지만, 지금 몸이 달아오르는 건 여름이라서가 아니었다.

"후끈 달아오르고 좋은데, 왜?"

미르는 짓궂게 말했다. 더운 건 그도 마찬가지였지만 그녀와 붙어 있는 게 마냥 좋았다.

"안 돼요! 땀내라도 나면 어떡해요."

갖은 변명을 하며 몸을 꼼지락거린 서요는 간신히 미르의 품에서 빠져나왔다. 그는 무척 아쉬운 표정을 지었고, 그녀는 돌아가자고 눈치를 주었다.

"알겠어. 이만 가자. 다들 기다리고 있겠네."

미르는 아쉬움을 뒤로하고 서요와 함께 길을 걸었다. 팽팽한 긴장감이 느껴지는 분위기에 그들의 가슴은 거친 파도를 만난 작은 조각배처럼 거세게 흔들렸다.

산신제 첫날의 아침이 밝았다. 환한 햇빛이 성스러운 의식을 지내려는 수피아에 내리쬐었다. 새벽부터 일어나 준비를 마친 사람들은 오늘따라 유난히 녹음이 짙어 보이는 모락산으로 향했다.

촌장과 그의 가족 그리고 원로들은 아낙들이 만든 옷을 입고 장신구를 착용했으며, 머리 위에는 새 깃털 모양의 모자를 썼다. 또한 그들은 전날 지극정성으로 만든 음식과 제기, 신에게 바칠 제물 등을 가지고 갔다. 모락산의 다른 주민들과 자락산의 주민들도 여러 물건을 들고서 경건한 마음으로 걸음을 옮겼다.

"후아! 잠시만요. 보통 일이 아니네요."

산을 오르던 중 너무 힘들어서 서요는 잠시 멈춰서는 숨을 골랐다. 그녀는 짐을 옮기지 않아도 된다는 촌장과 기상신들의 말을 거절하고 다른 사람들과 똑같이 짐을 들고 있었다.

"그러니까 나한테 달라고 했잖아. 괜히 사서 고생하고 있어."

힘들어하는 서요가 안쓰럽고 또 아둔해 보이기도 해서 미르는 인상을 구겼다. 하지만 서요는 최대한 씩씩한 표정을 지었다.

"아니요! 잠깐! 아주 잠깐 쉬었을 뿐이고, 다시 갈 건데요?"

미오는 싱긋 웃으며 그녀를 보았다.

"참…… 잘 어울린단 말이야."

"뭐가?"

"미르님이랑 서요, 너!"

"그래?"

서요는 그녀의 말에 부끄러워하면서도 웃음을 감추지 못했다. 미오는 미르와 서요를 번갈아보며 고개를 끄덕였다.

"응. 보면 볼수록."

"내가 보기엔 미오랑 사현이 더 잘 어울리는데!"

"어머, 그래? 고마워. 이건 아직 비밀인데…… 조금 있으면 우리 혼례 날짜가 잡힐지도 몰라!"

미오는 요즘 사이가 나름 좋아 보이던 아버지와 도담을 떠올렸다. 분쟁 때문에 좋지 않았던 그들의 사이가 그렇게 진전이 되었나 싶어 깜짝 놀란 서요는 환하게 웃었다.

"정말 축하해! 그날은 정말 경사겠다."

"에이! 아직 확정은 아닌걸. 그날 서요 너도 함께 있으면 좋을 텐데. 산신제가 끝나면 여길 떠날 거지?"

미오는 산신제 때문에 수피아에 온 서요 일행이 곧 떠날 거라 생각하자 시무룩해졌다. 서요도 그녀와 헤어질 생각을 하자 마음이 울적했지만 어쩔 수 없었다.

"……응. 떠나야 해서."

"아니야, 괜찮아. 다음에 또 보면 되지 뭐. 괜히 우울한 얘기 꺼냈다. 얼른 올라가자."

이별에 관한 이야기를 애써 넘기려는 듯한 미오의 말에 서요는 쓸쓸한 표정을 지었다. 소중한 사람과의 이별은 생각만으로도 가슴이 아릿했다.

남자들이 보수하고 청소를 해놓은 덕분에 산신각과 제를 지낼 마당은 아주 번듯하고 깨끗했다. 수피아의 주민들은 가지고 온 것들을 마당에 내려놓고 제사상을 차리기 시작했다.

"잠시 이쪽으로 오십시오, 서요님."

바닥에 자리를 깔고 산신각 안에 있던 탁상을 가지고 나온 소소가 땡볕에 서 있는 서요를 커다란 나무 밑으로 데려갔다. 그는 주민들의 곁에서 제사 준비를 도우면서도 계속 그녀를 주시하고 있었다.

"아, 저는 괜찮아요. 소소님이야말로 땀을 많이 흘리시는데……."

서요가 옷소매로 소소의 이마에 맺힌 땀을 닦아주었다.

"가, 감사합니다."

땀을 닦아주는 그녀의 행동에 놀란 그는 한 발짝 뒤로 물러섰다. 미르를 생각하면 이러면 안 되는 것이다. 하지만 그녀의 다정한 행동에 자꾸 가슴이 떨렸다.

그때 미르는 팔짱을 끼고, 그들을 바라보고 있었다. 그는 기분 나빠하며 미간을 찌푸렸다.

'대체 뭐하는 짓이지? 서요는 쓸데없이 친절해 가지고.'

그녀는 오직 연인인 미르 자신에게만 친절하면 될 일이었다. 그런데 간혹 소소와 가람에게 저토록 과도한 친절을 베풀 때가 있었다. 그것에 그들이 딴 맘을 품지 않는다는 보장은 없었다.

"후…… 참자, 참아."

또 속 좁게 질투하며 소란을 일으키고 싶지 않았던 그는 꾹 참으며 수피아 사람들과 함께 제사상을 차렸다. 잠시 나무 아래서 햇빛을 피했던 소소와 서요 또한 밖으로 나와서 그들을 도왔다.

기상신들은 산신의 제사상을 직접 차리는 기분이 묘했다. 신이 다른 신을 위한 제사상을 차리는 일은 지금까지 없었던 데다가, 산신을 대하는 그들의 정성이 놀라웠기 때문이었다.

시종일관 진지하게 제를 지낼 준비를 한 사람들이 문 열린 산신각 안에 있는 선모의 초상화를 바라보며 엄숙한 표정을 지었다.

"우린 뒤로 빠져 있자."

제의가 시작되려는 낌새가 보이자 미르는 소소와 가람을 데리고 뒤로 빠졌다. 반면 서요는 미오의 손길에 이끌려 사람들 속으로 들어갔다. 경건한 분위기에 두 눈을 꾹 감은 그녀는 모락산의 선모가 부디 오래도록 수피아를 지켜주길 기원했다.

선모를 위한 성스러운 제사가 끝나고 어느새 저녁이 되었다. 밥을 먹기 위해 거실로 나온 서요에게 가람이 다가왔다.

"미르한테 검술 수련은 잘 받고 계십니까?"

"아, 수련이요? 그럼요! 잘하고 있죠."

서요는 자신도 모르게 침을 꿀꺽 삼키며 고개를 끄덕였다. 서요의 눈은 그때를 생각하며 불안하게 흔들렸다.

"어렵진 않으십니까?"

그런 그녀의 마음은 전혀 모르는 가람은 그저 서요가 수련을 잘하고 있는 건지 궁금할 뿐이었다. 그녀는 심통한 표정으로 입을 열었다.

"누군가를 찌른다고 생각하니까 좀 어렵긴 해요. 아주 기본적인 부분을 배우고 있는데도……."

"생명의 위협을 받을 때 검을 쓰셔야 할 거 아닙니까. 그럴 땐 상대방을 찌르는 일을 결코 망설이면 안 됩니다. 그렇지 않으면 상처를 입게 되는 건 서요님이 될 테니까 말이에요."

"그런가요?"

"그럼요. 위급한 상황에서 나를 지키는, 꼭 필요한 수련이라고 생각하세요."

가람은 그녀가 검술 연습을 잘 하기를 바라며 조언했다.

"네! 팔을 이렇게 뻗으라고 하더라고요."

마음이 조금 편해진 서요는 밝은 얼굴로 그동안 배웠던 자세를 보여 주었다. 그는 잘한다며 고개를 끄덕였고, 객실에 있다가 거실로 나온 소소 또한 흐뭇한 표정을 지었다.

"좀 더 자신감 있게 하십시오."

그들과 함께 웃는 서요를 본 미르는 불쾌하다는 듯 입술을 비틀었다. 소소와 함께 거실로 나온 미르는 가람과 이야기를 나누는 서요를 보았을 때부터 기분이 안 좋았는데 거기에 소소까지 끼어들자 어이가 없었다.

'쟤네들…… 진짜 떼놓을 순 없는 거야?'

미르는 소소와 가람이 눈엣가시 같았다. 여정을 함께하기에 그들과 어느 정도 정이 든 것은 어쩔 수 없었지만, 저토록 친근하게 지낼 때면 속에서 부아가 치밀었다. 하지만 그렇다 해도 그녀를 지키라는 임무를 받고 내려온 그들을 내쫓을 순 없었다. 또한, 서요와 대화를 하지 못하게 막는 것도 어려웠다.

'어차피 너그러운 연인이 되어줄 생각은 없지만! 계속 뭐라고 하면 서요도 짜증날 거고. 대체 어떻게 해야 하는 거지?'

미르는 기분 나쁜 표정을 지우지 못했다. 저녁 식사를 할 때도 그들이 줄곧 화기애애하게 이야기했기 때문이었다.

미르 혼자만 불편한 저녁 식사가 끝이 나고, 검술 연습을 기다리는 그녀를 데리고 밖으로 나온 그는 한숨을 내쉬었다.

"하아……"

"왜 그러세요? 오늘 많이 피곤하셨죠?"

겨슬레의 명검을 꼭 쥐고 걷던 서요는 수심이 가득한 미르의 얼굴을 올려다보았다.

"응. 아주 많이 피곤했지."

"그럼 돌아갈까요?"

미르의 고민을 전혀 모르는 그녀는 정말 그가 피곤한 건가 싶어서 걱정스러웠다. 하지만 그는 서요가 마치 자신과의 시간을 대수롭지 않게 여기는 것 같아 날카로운 말을 내뱉었다.

"아니. 정말 돌아가고 싶어? 이제야 둘이 있을 수 있게 되었는데?"

미르의 신경은 조금 예민해져 있었다. 그 때문에 서요 또한 미간을 찌푸렸다.

"아뇨! 저도 같이 있어서 좋지만 미르님이 많이 피곤하다니까…… 그런 건데. 왜 그렇게 까칠하게 대꾸하세요?"

서요는 미르가 피곤하다고 하니 걱정되어서 돌아가자고 했다는 걸 확실하게 하고 싶었다. 여러모로 속상해진 서요는 입술을 삐죽 내밀었다.

"미르님은 가끔 미르님 혼자 저를 좋아한다고 생각하고 계신 것 같아요."

그는 황당한 얼굴로 그녀를 바라보았다.

"뭐? 그게 무슨 소리야."

"아니, 그렇잖아요. 제가 표현을 많이 못해서 그런 건가 싶기도 한데. 저도 미르님을 좋, 좋아한단 말이에요!"

서요가 파르르 떨리는 목소리로 당차게 소리쳤다. 둘이 같이 있을 수 있게 되었는데도 돌아가고 싶으냐고 물어보는 걸 보면 그는 정말 그렇게 생각하는지도 몰랐다. 그녀는 미르가 혼자 짝사랑하는 기분을 느끼지 않았으면 좋겠다는 생각을 했다. 그와 함께 있으면 이렇게 떨리고 긴장되는데 왜 그것을 몰라주는 건가 싶었다.

서요의 말을 마음속에서 곱씹던 미르가 결국 내내 생각만 하던 것을 내뱉었다.

"그럼 다른 남자들하고는 좀 덜 친하게 지내봐."

"네?"

"오늘도 소소의 땀을 직접 닦아주질 않나, 가람, 소소랑 질투가 날 정도로 화기애애하게 이야기하고. 지켜보는 내 기분이 아주 안 좋았거든. 너도 내가 다른 여자들이랑 얘기만 해도 표정이 굳어지는데, 나라고 안 그렇겠어?"

"아……."

그제야 서요는 길게 탄식했다. 미르가 충분히 기분 나빠할 수 있는 문제였다. 서요 또한 어떤 여자든, 그와 가까이 붙어 있는 것만으로도 싫었으니 말이다.

"그 생각은 못했어요. 앞으로 주의할게요."

서요에게 소소와 가람은 여정을 함께하는 소중한 동료였기에 그런 생각은 전혀 하지 못하고 있었다. 그들과 데면데면하게 지내는 건 어려운 일이이지만 미르가 싫다고 하니 그녀는 노력하리라 다짐했다.

"이제 알았으면 됐어. 손잡고 걷자."

서요가 자신의 마음을 알아주자 기분이 좋아진 그는 그녀의 손을 잡고 걸었다. 미르는 오늘은 저번보다 더 자극적이고 두근거리는 검술 연습을 할까 싶었다. 어느 누구의 눈에도 띄지 않는 한적한 곳에서 말이다.

호탕하게 웃는 그를 보며 서요 또한 덩달아 눈을 휘며 웃었다. 그들은 인적이 드문 으슥한 곳으로 향했다.

"여기다."

미르가 걸음을 멈추었다. 그들이 도착한 곳은 사람들이 잘 지나다니지 않는 한적한 곳이었다. 주변에 사람이 없는 것을 확인한 서요는 거추장스러운 얼굴가리개를 벗었다. 미르는 그런 그녀에게 말했다.

"넓고, 사람도 없고 괜찮지?"

"네!"

그의 음흉한 속셈을 전혀 모르는 서요는 순수한 얼굴로 기합을 넣었다. 지금 그녀의 머릿속은 그저 위급한 상황에서 스스로를 지키기 위해 검술을 똑바로 배울 것이라는 생각뿐이었다.

열정에 불타는 그녀를 보며 미르는 조금 뜨끔했지만, 애써 아무렇지 않은 표정을 지었다.

"일단 자세부터 확인해 보자."

그의 말에 침을 꿀꺽 삼킨 서요는 검을 똑바로 쥐고 찌르는 동작을 반복해서 보여주었다. 여전히 어설프긴 했지만 손을 내뻗는 것조차 어려워하던 예전과는 확실히 달라졌다. 미르는 흐뭇하게 고개를 끄덕였다.

검술 연습은 해가 지고 밤이 될 때까지 계속되었다. 서요는 여름밤의 더위에 땀을 흘리면서도 스스로 자세가 나아지는 것 같자 점점 자신감이 붙었다.

"이거 맞죠? 그렇죠?"

서요가 올망졸망한 눈빛으로 그를 바라보며 소리쳤다. 자신이 생각하기에도 그것이 꽤 괜찮게 느껴졌던 것이다. 그 순수한 기쁨에 미르는 고개를 끄덕이며 동조했다.

"맞아. 잘하고 있어."

그가 가까이 다가가서 서요의 머리를 마구 헝클어뜨렸다. 미르의 손길이 거세질수록 단정하게 땋은 머리는 점점 엉망이 되었다.

"아우! 이러면 다시 땋아야 한단 말이에요."

서요가 기겁하며 뒤로 물러서서 검을 바닥에 내려놓고 머리카락 끝에 묶은 댕기를 풀었다. 그리고 이리저리 볼품없이 엉킨 머리칼을 손으로 빗기 시작했다. 그녀의 손이 머리카락 사이를 부드럽게 가로질렀고, 갈색 머리카락은 파도처럼 움직이며 찰랑거렸다.

"도와줄까?"

미르는 뭐에 홀리기라도 한 것처럼 나른한 눈빛으로 그녀에게 다가갔다. 하지만 머리카락을 땋는 일은 매번 하던 것이기에 전혀 어렵지 않았던 서요는 단호하게 말했다.

"아니요! 혼자서 할 수 있어요."

얼른 검술 연습을 다시 해야겠다고 마음먹은 그녀가 머리카락을 땋는 일에 집중하고 있을 때, 갑자기 미르의 손이 서요의 얼굴 가까이로 불쑥 다가왔다. 그는 손으로 그녀의 얼굴을 감싸고 천천히 들어올렸다. 서요는 영문을 모르겠다는 표정으로 미르를 바라보았다.

"머리 푼 모습도 예쁜데."

그녀를 지그시 바라보던 그가 감탄하듯이 말했다. 서요는 머리를 제대로 묶지 못한 채 검을 써야 하나 싶어 미간을 좁혔다.

"하지만…… 연습하는 데 방해가 될 텐데요?"

"다른 연습할 땐 괜찮을 거야."

"다른 연습이요? 오늘 뭐 다른 거 배우나요?"

그녀의 순진한 물음에 미르는 씩 웃으며 나지막하게 속삭였다.

"응. 우리가 더 친밀해지는 연습이라고 해야 하나?"

그는 엉뚱한 소리를 했다. 미르는 서요와 단둘이 있다는 사실만으로도 자꾸 몸이 달아올랐다.

"미르님, 저흰 지금 친하다니까요?"

서요는 정말 진심이라는 듯 눈을 동그랗게 떴다. 하지만 그는 불만족스러운 얼굴로 고개를 가로저었다.

"아니! 그 정도로는 안 돼. 그렇겐 못 살아. 우선 내 이름을 불러봐. 미르라고."

미르는 자신의 이름을 언급할 때 유독 더 부드러운 어조로 말했다. 미르는 서요가 자신을 그렇게 상냥하게 불러주길 원했다.

"미, 미르?"

불과 며칠 전만 해도 그는 반말을 하는 사헌과 미오의 사이를 부러워했기에 서요는 싫다고 하지 않고 일단 불러주었다. 미르가 말하는 친밀해지는 연습이 단순히 이름 부르기라고 생각한 것이다.

"다시 한 번."

서요는 입술을 오물거렸다.

"미…… 르."

"또!"

"미르!"

단순히 이름만 부른 것인데도 이상한 기분이 들었다. 그러나 그는 그 불편함이 무색할 정도로 환한 웃음을 지었다. 서요가 덩달아 웃었다.

"그렇게 좋아요? 이가 다 보이게 웃을 만큼?"

"생각보다 더 좋은데? 아무 것도 아니었던 예전에 비해 지금 우리 사이는 다르다고 말해주는 것 같아."

"그러지 않아도 달라진 건 확실해요."

"달라졌지."

"꺄악!"

미르가 갑자기 그녀의 몸을 번쩍 들어 올려 등을 나무에 기대게 만들었다. 서요는 처음으로 위에서 미르를 내려다보게 되자 당황한 표정을 지었다.

"이런 것도 할 수 있으니까."

"뭐 하는 거예요?"

서요의 물음에 그는 말 대신 행동으로 보여주었다. 달콤한 숨을 내뿜는 미르의 입술이 그녀의 말랑말랑한 입술 위로 살포시 닿았다. 놀라서 눈을 감은 서요는 그의 어깨를 두 손으로 힘주어 부여잡았다.

긴장된 분위기 속에서, 처음엔 부드러웠던 입맞춤이 갈수록 진해지기 시작했다. 그녀의 입술을 맛보는 미르는 잔뜩 흥분했다. 입술이 맞물렸고, 서요는 달뜬 숨을 내뱉었다.

"하아……."

입맞춤을 따라가는 것이 버거워 서요는 자꾸만 고개를 이리저리 흔들었다. 따뜻한 물이 담긴 통에 들어간 듯 몸이 나른했고, 매우 달콤한 후식을 먹는 것처럼 짜릿한 기분이었다. 그리고 그 무엇보다 황홀한 꿈을 꾸는 것만 같았다.

미르의 손은 갈수록 대범해져 서요의 허리와 등을 매만졌고, 그녀의 머릿속엔 사헌과 미오의 격렬한 입맞춤이 떠올랐다.

훔쳐보기만 해도 가슴이 떨리던 정열적인 입맞춤을 그와 하고 있다는 생각을 하자 서요의 몸 또한 후끈 달아올랐다. 하지만 미르의 손이 점점 위로 올라오는 것을 느낀 그녀는 간신히 입술을 뗐다.

"자, 잠깐만요."

"왜?"

미르의 눈빛은 정염에 불타고 있었다. 그는 입맞춤이 중단되자 아주 아쉬운 표정을 지었다.

"자, 자꾸 손이 올라와서."

그의 손목을 잡은 서요가 침을 꿀꺽 삼켰다. 그녀의 고동색 눈은 바람이 부는 강가의 갈대처럼 흔들리고 있었다.

'숨이 막히고 가슴이 너무 떨려!'

그동안의 수줍은 설렘과는 차원이 달랐다. 마치 열사병이라도 앓는 것처럼 온몸이 뜨거웠고, 계속되는 자극에 혼이 빠져나갈 것 같았다. 서요는 미르와의 입맞춤을 좋아하긴 했지만 몸을 더듬는 손길만큼은 아직 받아들일 수 없었다. 그건 너무도 부끄러운 일이었다.

"싫어?"

방금 전까지 본능에 몸을 맡기고 있던 그는 조금 멈칫했다. 일부러 사람이 없는 한적한 곳에 왔으니 그녀와 단둘이서 이런저런 것들을 할 예정이긴 했지만 억지로 강요할 생각은 추호도 없었다.

"아니, 싫다기보단. 아직…… 마음의 준비가 안 돼서."

괜히 미안해진 서요는 고개를 푹 숙이고 웅얼거렸다. 미르는 서요를 품에 꼭 안으며 다정하게 그녀를 얼렀다.

"왜 그래, 잘못한 것도 없는데. 조금 아쉽긴 하지만……."

사실은 조금 아쉬운 게 아니었다. 일부러 짓궂게 웃는 미르 덕에 서요 또한 눈을 휘며 수줍은 미소를 지었다.

"입맞춤이 너무 달아서 더 그런 것 같아."

그는 그녀를 꽉 껴안았다. 서요의 존재를 더욱 확실하게 느끼고 싶었다.

"단 음식은 안 먹었는데……."

그의 말은 그만큼 입맞춤이 좋았다는 뜻임을 알면서도 서요는 부끄러워서 일부러 모르는 척했다. 서요의 가슴은 설렘에 계속 부풀어 있었다. 날이 더워도, 검술 연습 때문에 땀을 흘려도, 산신제 때문에 몸이 피곤해도…… 그들은 사랑을 속삭일 수 있어서 행복했다.

햇빛이 지상을 뜨겁게 데웠다. 수피아 사람들은 산신제 둘째 날 일정을 위해 새벽부터 일어나 밖으로 나왔다. 그들은 모두 모락산 산신각으로 향했으며, 그중엔 외부에서 온 무당도 있었다.

수피아엔 무당이 살지 않았기에 산신제가 되면 꼭 외부에서 무당을 초빙했다. 서요와 기상신을 본 무당이 놀라서 입을 떡 벌렸지만 서요가 얼른 다가가서 모르는 척 해달라고 부탁한 덕에 위험한 상황을 모면할 수 있었다.

"뭔가 더 본격적이네!"

무당이 축원하는 것을 보고 있던 서요는 혼잣말로 감탄했다. 자라오면서 무당이 굿을 하는 장면은 꽤 보았지만, 마을의 주민들이 전부 굿판 주변에 모여서 함께 기도하는 모습은 장관이었다.

서요를 비롯해서 기상신들은 굿을 하는 곳에서 조금 떨어져 있었다. 서요는 어제의 제사는 미오에게 이끌려 얼결에 함께했으나, 이번에는 수피아 사람들만의 의식이라고 생각해서 일부러 물러 나왔다.

굿판을 구경하던 그녀는 옆에 있는 미르가 신임을 새삼 상기하며 조심스럽게 물었다.

"미르…… 님? 저 궁금한 게 있는데, 저들의 기도 소리를 신이 실제로 들을 수 있나요? 이렇게 정성껏 제의를 치르는 건 알고요?"

서요는 신자들의 무한한 신앙심 때문이라도 신들이 반드시 알아주었으면 하는 마음이었다. 미르는 고개를 저었다.

"음, 아니지. 저 소리를 다 듣다가는 시끄러워서 살 수가 없을 걸? 다만 신이 궁금하다면 지상을 내려다볼 순 있지."

"오. 그렇군요. 그럼 미르님은……?"

"……나는 한 번도 본 적 없어. 그런데 왜 다시 미르님이라고 부르는 거야?"

미르는 지상을 한 번도 내려다 본 적이 없다는 사실을 밝히면서 조금 뜨끔했다. 그래서 괜히 그 문제를 걸고넘어졌다.

"여기 사람들도 많고…… 반말은 단둘이 있을 때 해도 되잖아요."

주변을 휘휘 돌아본 서요는 야무지게 말했다. 그녀는 안 그런 척해도, 가람과 소소에게 예전처럼 친밀하게 굴 수가 없어서 조금 시무룩한 상태였다. 어젯밤 미르가 서요가 다른 이성과 함께 있으면 기분이 나쁘다고 한 말에 동의하긴 했지만 그래도 아쉬운 것은 어쩔 수 없었다. 그런 서요의 마음을 모르는 미르는 그저 알겠다며 고개를 끄덕이고 손가락으로 무당을 가리켰다.

"뭘 찾고 있는 것 같은데?"

무당은 의식을 치른 후 신의 영혼이 깃드는 매개체를 찾고 있었다. 곧 그녀가 잎이 무성한 단풍나무를 신목이라며 가리켰다. 사람들은 신의 영혼이 깃든 신목을 벤 후 나무에 기다란 오색 천을 둘렀다.

"가자!"

촌장의 우렁찬 소리와 함께 장정들이 신목을 메고 산 아래로 내려가기 시작했다. 사람들은 신목의 뒤를 따라 걸음을 옮기며 방싯방싯 웃었다. 그들에게 산신제는 신성한 의식이면서 즐거운 잔치이기도 했다.

신목을 메고 모락산 마을로 내려온 사람들은 잠시 그늘에 앉아서 쉬는 시간을 가졌다. 이곳에서 두 번째 제사를 올리고 신목을 다시 자락산 산신각으로 가져가려면 충분히 먹고, 마시고, 쉬어야 했다.

산신제의 두 번째 제사는 모락산 마을 어귀의 작은 신당에서 이루어졌다. 그리고 신목을 그곳에 안치하는 것으로 둘째 날 일정은 끝이었다. 하지만 촌장과 이번에 새로 원로가 된 도담의 합의하에 선자를 기리는 시간을 만들었기에 이번에는 자락산 마을 쪽으로도 가는 것이었다.

미오는 오늘 같은 날에 마시기 좋은 탁주를 가져와 서요에게 따라주었다.

"더운데, 힘들지?"

"아니, 괜찮아! 산신제는 처음 경험하는 건데 재밌기도 하고."

서요는 이마에 맺힌 땀방울을 닦으면서도 해사하게 웃었다.

"그래! 그럼 난 일단 가볼게!"

다른 곳에도 술을 가져다줘야 한다며 미오는 서요에게 손을 흔들며 자리를 떴다. 그녀는 촌장의 맏딸로서 이곳저곳 돌아다니며 바쁘게 움직이고 있었다. 가람이 술을 벌컥벌컥 들이키더니 달큼한 술맛에 감탄했다.

"캬! 맛있다. 수피아에 있을 날도 얼마 안 남았네요. 내일이면 산신제도 끝나니."

그의 말을 들은 서요는 씁쓸한 표정을 지었다.

"마을을 떠날 때마다 항상 아쉬운 것 같아요."

"그렇습니까? 저는 그저 하루빨리 천상으로 올라가고 싶을 뿐인데요."

"맞다. 가람님은 올라가서 꼭 할 일이 있으시죠?"

"예. 뭐, 그렇죠."

서요는 수피아에 정이 많이 들었기에 떠나는 게 아쉬웠지만, 자신을 지키기 위해 천상에서 내려온 가람은 입장이 다를 거라고 생각했다.

'불과 몇 달 전만 해도 나도 빨리 천상으로 올라가고 싶었는데…… 이젠 정말 고민이 돼. 그런데 미르님과 소소님, 가람님을 생각한다면…….'

기상신들을 생각한다면 원래 약속한 대로 천상에 올라가는 게 맞았다. 그들을 계속 지상에 머무르라고 할 수는 없었다.

"천상이든 뭐든. 전 서요님의 곁이면 어디라도 좋습니다."

그들의 대화를 듣고 있던 소소가 그녀를 지그시 바라보며 말했다. 서요의 목소리가 조금 가라앉은 것을 느끼고 자신도 모르게 낯간지러운 말을 뱉은 것이었다.

"고마워요. 소소님."

이런저런 생각으로 심란하던 차에 소소가 귀신같이 알고 기운이 나는 말을 해주자 서요의 눈이 초롱초롱하게 빛났다. 그는 정말이지 듬직하고 이해심이 많은 동료였다. 서요는 천상에 그 같은 신들이 많다면, 참으로 좋겠다는 생각이 들었다.

그들의 대화를 듣다가 목이 타는지 한 번에 차가운 술을 들이켠 미르는 입술에 남은 물기를 손등으로 닦으며 비아냥거렸다.

"깜짝이야. 고백이라도 하는 줄 알았네."

그의 말에 소소는 표정을 싸늘하게 굳혔고, 서요는 눈을 크게 뜨고 미르를 바라보았다. 그들과 전처럼 친밀하게 지내지 않는다고 약속한 서요는 미르의 까칠한 행동이 신경 쓰였지만, 그렇다 해도 함께 여정을 떠나는 그들과 아예 소통하지 않을 순 없었다.

"하하. 미르…… 님이랑 소소님은 천상에서 친분이 있었죠? 같은 기상신이니까."

얼른 이 싸늘한 분위기를 누그러뜨려야겠다고 생각한 서요는 아무 말이나 내뱉었다. 갑작스러운 말에 기상신들은 어리둥절해했다.

"친분? 지긋지긋하게 많이 보긴 했지. 가람, 저 녀석도."

"나는 워낙 유명했잖아."

가람이 한쪽 눈을 찡긋하며 매혹적인 미소를 지었다. 황당함에 고개를 설레설레 젓던 미르는 그들과의 인연을 상기했다.

"뭐, 딱히 악연은 아니었지만…… 그리 좋지도 않았어. 아버지가 대놓고 비교했거든."

"후…… 예? 비교를 해요?"

다행히 화제가 그쪽으로 넘어가자 안도의 숨을 내쉬던 서요는 그의 말에 되물었다. 대체 어떤 비교를 했다는 건지 알 수 없었다.

"응. 소소처럼 자질을 타고난 신이었다면 얼마나 좋았겠느냐고. 반만 닮아보라고 하면서, 아주 잔소리에 귀가 다 아팠어."

오랜만에 운사의 폭언을 떠올린 미르의 얼굴이 냉담하게 굳었다. 그는 아무렇지 않게 과거의 상처를 희화화할 생각이었지만 그리 쉽지 않았다.

"운사님이 참으로 매정하긴 하셨지. 우리 우사님도 그다지 좋은 아버지는 아니었지만."

가람이 너털웃음을 지으며 장난스럽게 말하자 미르는 고개를 갸웃하고 부정했다.

"아니? 우사님은 그래도 널 많이 아꼈지. 네가 무슨 잘못을 해도 항상 네 편이었으니까. 괜히 쑥스러우니까 말로만 뭐라고 하시는 거야."

"음…… 그런가."

정말 그런 건가 싶어 가람은 오랜만에 그리운 아버지를 생각했다. 그리고 서요는 미르가 씁쓸해하는 것이 보이자 괜스레 같이 마음이 울적해졌다.

"뭐, 어쨌든. 내 곁에는 서요 너만 있으면 돼."

미르는 아버지를 생각하면 가슴이 답답해졌기에 오직 서요만을 위안으로 삼기로 했다. 아무런 위협 없이 그녀와 함께 천상에서 살아간다면, 그보다 더 행복한 일은 없을 것 같았다. 비록 그땐 정말로 서요의 신하가 되어 일해야겠지만 말이다.

"네."

그의 따뜻한 시선을 느낀 그녀는 침울한 마음을 애써 숨기고 고개를 끄덕였다.

"쉬는 시간이 끝난 모양이네요."

소소가 그늘에서 일어서는 사람들을 가리켰다. 서요와 기상신들도 얼른 일어났다.

두 번째 제사까지 마친 후 신목을 등에 짊어진 장정들을 앞세워 모두들 자락산 산신각으로 향했다.

"와! 자락산 산신각에는 처음 오는데, 깔끔하네요."

모락산 산신각보다 규모는 작지만 자락산 주민들이 평소 관리를 잘했는지 깔끔했다. 촌장은 산신각에 놓인 신목을 보고 묘한 표정을 지었으며, 도담을 비롯한 자락산 주민들은 기쁜 듯 얼굴이 상기되었다.

"같이 기도드리자."

사헌은 잔뜩 들뜬 얼굴로 연인인 미오를 보았고, 그들은 함께 기도를 올렸다. 모락산 주민들과 자락산 주민들이 같이하는 기도 소리와 산신각 옆의 커다란 느티나무가 바람에 따라 흔들리며 사락거리는 소리가 어우러졌다. 느티나무는 사람들에게 서늘한 그늘을 주며 그 자리에 꼿꼿이 서 있었다.

다행히 선자님을 위한 예식은 큰 분란 없이 끝이 났다. 힘을 합쳐 군대를 몰아내는 과정에서 이미 모락산 사람들과 자락산 사람들은 화해한 모양이었다.

"아마 선자님께서 기뻐하고 계시지 않을까 합니다."

둘째 날 일정이 모두 끝났지만, 도담은 내려가기가 아쉬운지 선자의 초상화를 뚫어져라 응시했다.

"이렇게 할 수 있는 일을…… 너무 고집부렸던 게 아닌가 싶네."

전통을 지키기 위해서라며 고집을 부렸던 촌장은 진심으로 즐거워하는 자락산 주민들을 보며 그간의 대립이 조금 후회되었다.

"이제라도 잘 해나가면 되는 것 아니겠습니까?"

도담의 말을 들은 촌장은 희미하게 미소를 지었다. 모락산 주민과 자락산 주민이 함께하는 산길에 따스한 웃음꽃이 피었다.

신목과 함께 다시 자락산을 내려가는 사람들의 뒤를 따라 천천히 걸음을 옮기던 서요는 갑자기 자신의 목걸이에서 빛이 뿜어져 나오기 시작하자 얼른 뒤돌아섰다. 혹시라도 사람들에게 이 수상한 빛을 들킬까 봐 염려한 것이었다.

'드디어 신목을 찾게 되는 건가?'

산신제 도중 신목을 찾을 것이라고 예상하긴 했지만 정말 현실로 일어나자 서요는 함박웃음을 지었다. 목걸이의 빛은 산신각 옆에 우뚝 선 느티나무를 감싸고 있었다.

"저 나무가 수피아의 신목인가 봅니다, 서요님!"

수피아 주민들이 자락산을 내려가는 것을 확인한 가람이 목청을 높였다. 소소와 미르는 빛에 휩싸인 느티나무를 보며 입꼬리를 올렸다.

"예. 나무를 어찌 가지고 다닐까 했는데…… 씨앗이 되었네요."

자락산 산신각을 지키고 있던 커다란 느티나무는 작은 씨앗이 되어 서요의 손으로 날아왔다. 그 작은 씨앗에 수피아 사람들의 애틋한 기도가 담기기라도 했는지 혼혼한 온기가 감돌았다. 그녀는 씨앗을 소중하게 쥐고서 기상신들을 바라보았다.

"드디어 찾았어요!"

"느티나무라…… 마을의 안녕과 화합을 뜻하는 건가."

미르의 말에 소소는 고개를 끄덕였다.

"느티나무는 크게 자라 그늘을 넓게 드리우고, 사람들에게 안식을 주는 존재라고 하지."

"사람들이 나중에 다시 자락산 산신각을 찾으면 깜짝 놀라겠어요."

신목을 찾아서 기뻐하던 서요는 왠지 그들의 나무를 빼앗은 것만 같아서 마음이 조금 불편했다. 하지만 이미 일이 이렇게 되어버렸기에 하는 수 없이 기상신들과 함께 마을로 내려갔다. 수피아의 분쟁을 해결하고 화합을 도모한 후 이뤄낸 값진 일이었다.

"오늘 저녁엔 남은 음식들을 함께 먹고 즐겨라."

촌장은 삼삼오오 모인 주민들에게 말했다. 제사를 지내고 남은 음식들이 아주 많았기에 그들은 바닥에 자리를 깔고서 함께 저녁 식사를 했다.

"서요야! 이리 와!"

사헌과 함께 앉아 있던 미오가 조금 늦게 내려온 서요 일행을 큰 소리로 불렀다.

"힘들지? 모락산에 이어 자락산까지 올라갔다가 내려왔으니."

미오가 서요의 뒤로 가 그녀의 어깨를 주물러 주었다.

"괜찮아! 숨이 조금 차긴 했지만."

"그래도 잘 따라오던데?"

"이제 됐어. 너도 힘들 텐데."

서요가 미오의 강한 손힘에 깜짝 놀라 몸을 피했을 때, 조금 상기된 표정의 사헌이 기쁨에 겨워 말했다.

"여러분, 저희는 곧 혼례를 올리게 될지도 모릅니다! 기분이 좋으셔서 그런 건지는 몰라도, 날짜를 잡자는 얘기가 나왔어요."

그는 촌장과 아버지에게 혼례에 대한 이야기를 듣고 매우 들떠 있는 상태였다. 잠깐 나온 이야기였는데도 자랑하고 싶어 하는 그를 본 미오는 못 말리겠다는 듯 피식 웃었다.

"두 분이 다시 싸우기 전에 얼른 사돈을 맺는 게 좋을 것 같아."

서요는 반짝반짝한 눈으로 그들을 바라보고 있다가 박수를 쳤다.

"정말 잘됐다!"

"두 분도 마음 맞을 때, 얼른 하세요!"

축하를 받는 것이 기분 좋기도 하고 쑥스럽기도 했던 미오는 은근슬쩍 서요와 미르의 혼례에 대한 얘기로 화제를 돌렸다. 서요와 미르는 서로를 바라보며 시선을 교환했다. 그녀는 그와의 관계가 다른 평범한 연인들과는 영 다르다고 생각했기에 말없이 입술만 달싹였다.

'신과의 혼례는 대체 어떻게 올리는 거지? 정말 한다고 해도, 나만 점점 늙어가다가 그를 두고 죽는 거 아닐까?'

미르는 분명 평생을 함께하자며 달콤한 약속을 해주었지만 서요는 자꾸 의문이 생겼다. 서요와 달리, 미르는 임무를 빠르게 수행하고 나면 천상으로 가서 혼례를 올릴 수 있을 거라고 생각했다.

"혼례 올릴 날도 머지않았지."

서요와 함께 아사달의 심장을 찾고 천상으로 올라갈 생각에 그는 벌써부터 마음이 설렜다.

"오! 그런가요? 두 사람도 잘됐네요."

미르의 호언장담에 미오는 자신이 더 기쁜 듯 반짝반짝한 눈빛으로 그들을 바라보았고, 서요는 난감한 미소를 지었다. 소소와 가람은 고개를 설레설레 저었다. 그들은 미르가 환웅이 인정하는, 서요의 짝이 될 수 있을지 의문이었다.

"어엿한 운사가 되고서나 저런 말을 하지…… 안 그러냐?"

술을 퍼마시던 가람이 소소에게 다가가 그에게만 들릴 정도로 작게 말했다. 혼례 올릴 날도 머지않았다는 미르의 말을 애써 한 귀로 흘렸던 소소는 웬일로 고개를 끄덕이며 그의 말에 동조했다.

"서요님은 워낙 어진 분이라 조선을 보살피는 천상의 주인이 될 수 있을 것 같은데, 미르는……."

"저런 마음으로는 어림없지, 뭐."

그들은 꿈에 한껏 부푼 미르를 보며 쯧쯧 혀를 찼다.

수피아에서의 마지막 날 밤이었다. 서요는 쉬이 잠들지 못하고 눈을 깜박거렸다. 내일이면 수피아를 떠난다는 말에 서운해하던 촌장 가족들의 얼굴이 떠올랐다.

'함께했던 시간이라고 해봐야 보름 정도인데…… 다들 나를 많이 아껴주었구나.'

그렇지 않아도 그들과 정이 많이 들었던 그녀는 마음이 좋지 않아서 절로 한숨이 나왔다.

"하아……."

"안 자?"

그때 서요와 똑같이 잠을 이루지 못하고 있던 미오가 그녀 쪽으로 몸을 돌리고 물었다. 그녀를 비롯해 인연을 쌓은 수피아 사람들을 생각하고 있던 서요는 고개를 끄덕이며 답했다.

"잠이 잘 안 오네. 너도?"

"응. 오늘 밤이 유독 길게 느껴진다."

미오의 목소리는 한없이 가라앉아 있었다. 그녀는 산신제가 끝나면 서요가 떠난다는 것을 알고 있었음에도 불구하고 이별이 닥쳐오는 것이 싫었다. 밤이 길게 느껴진다는 미오의 말뜻을 잘 알 것 같았던 서요는 마른침을 꿀꺽 삼켰다.

"더 오래 있지 못해서 미안해. 네 혼례는 꼭 보고 싶었는데……."

"아니야. 해야 할 일이 있다고 했잖아. 어쩔 수 없지."

미오는 서요가 수피아에 남아주길 간절히 원했으나 그녀가 괜히 미안해할 것 같아 마음을 숨겼다. 그녀는 서요의 일정을 방해하고 싶지 않았다. 미오의 말을 들은 서요도 그녀 쪽으로 몸을 돌렸다.

"행복하게 잘 살아야 해…… 너는 내게 정말 좋은 친구야."

서로를 따뜻하게 바라보는 그녀들의 시선이 허공에서 부딪쳤다. 서요는 벌써부터 이별하는 것처럼 가슴이 울컥했다. 고동색 눈망울은 촉촉하게 젖었고, 코끝은 자꾸 찡했다.

"왜 영영 안 볼 것처럼 얘기해? 일이 끝나면 다시 수피아에 와줄 거잖아. 그렇지?"

그런 그녀의 모습에 영영 헤어지기라도 하는 것인가 싶어서 불안했던 미오가 급하게 물었다. 서요가 좋은 친구라고 말해준 것은 매우 기뻤지만, 그것이 마지막 인사처럼 느껴졌던 것이다.

서요는 천상으로 올라가고 싶은 간절함과 지상에서 인연을 맺은 소중한 사람들 사이에서 갈등했다.

'미르님과 함께 천상으로 올라가고 싶지만, 지상에서 인연을 맺은 사람들도 다시 보고 싶어.'

서요는 머릿속이 복잡했으나, 답을 기다리는 미오에게 최대한 밝은 얼굴로 말했다.

"응! 그래야지."

그녀는 언젠가는 꼭 수피아를 다시 찾을 것이라고 다짐했다. 외지인인 자신을 처음 만났을 때부터 마음을 열고 친절하게 대해준 친구 미오가 너무도 그리울 것 같았다.

"꼭 그럴 거야…… 꼭."

혼잣말을 하듯 중얼거린 서요는 점차 졸음이 몰려와 하품을 했다. 어느새 그녀의 눈꺼풀이 감겼고, 호흡이 고르게 이어졌다.

✦

아침 식사를 마친 촌장이 서요 일행을 바라보며 진지하게 말했다.

"지금까지 함께 산신제를 준비하고 진행하느라 고생들 많이 했다. 수피아를 떠나서도 잘 지내길 바란다."

서요는 물잔을 내려놓고 그와 시선을 마주했다.

"정말 감사했습니다. 촌장님."

"덕분에 일 많이 하고 갑니다."

가라앉은 분위기가 싫었던 가람은 서요와 달리 짓궂게 말을 내뱉었다. 미르는 그의 말에 동의한다는 듯 고개를 주억였고, 소소는 정중한 얼굴로 인사했다.

"그래도 좋은 경험이었습니다."

각자의 개성이 묻어나는 말에 촌장은 호쾌하게 웃으며 자리에서 일어서더니 문을 활짝 열었다.

"오늘은 아무런 일도 하지 않고 노는 날이니, 조금 더 즐겼다 가거라."

촌장의 얼굴 위로 환한 햇빛이 내리쬐었다. 서요 일행은 자신들이 수피아에 조금 더 있길 바라는 그를 보며 잔잔한 미소를 지었다.

촌장의 가족들 그리고 서요 일행은 함께 밖으로 나가서 사람들을 만났다. 미오는 서요의 손을 붙들고 이곳저곳 돌아다녔다.

"이제 곧 놀이도 하고, 가면극도 하고 그럴 거야."

"그래? 오늘은 명절 마지막 날 같은 분위기인 건가?"

"맞아! 그러니까 바로 떠나지 말고 같이 놀자."

서요는 고개를 끄덕이며 그녀의 손을 잡았다. 서요 또한 미오를 비롯한 수피아 사람들과 좀 더 같이 있고 싶었다.

모두 여유롭게 즐기며 노는 날, 미오에게 그녀를 빼앗겨 버린 미르는 지루함에 하품을 쩍쩍했다. 그리고 곧 그의 입에서 불만 어린 말이 튀어나왔다.

"친구가 그렇게 좋은가."

친구라고 부를 만한 존재가 딱히 없었던 미르는 그들을 신기하게 바라보았다. 과거의 그는 대부분 혼자 지냈으며, 그게 아니면 여신들과 즐거운 시간을 보낸 것이 다였다.

그때 수피아의 아낙들과 함께 놀고 있던 가람이 미르의 혼잣말을 듣고 불쑥 나타나서 물었다.

"그럼 너는 내가 싫으냐?"

미르는 가람이 갑작스럽게 얼굴을 들이밀자 깜짝 놀라서 인상을 팍 찌푸렸다.

"그래. 싫다, 싫어!"

그의 얼굴을 검지로 밀어서 치워 버린 미르가 단호하게 대답했다. 가람은 아낙이 준 달콤한 엿을 빨아먹으며 그럼 그렇지, 하는 표정으로 자리를 떴다. 미르는 황당해서 고개를 가로젓고 있다가 자신과 마찬가지로 서요만을 바라보고 있는 소소를 발견하고 탐탁지 않은 표정을 지었다.

'원래 저렇게 서요에게 충성을 다하는 놈인데, 왜 이렇게 거슬리는 거지?'

이상하게도 천하의 바람둥이에 능글맞은 가람보다 그녀에게 시선을 떼지 않는 소소가 더 신경 쓰였다.

'설마 나처럼 서요를 이성으로 바라보고 있는 건 아니겠지? 또 괜한 생각을……'

미르는 말도 안 되는 일이라고 생각하면서도 마음이 찝찝했다.

한편, 미오와 함께 널뛰기를 하는 서요는 웃음이 끊이지 않았다. 널뛰기를 하기 전에는 고누두기, 땅재먹기, 자치기 등을 하며 아이처럼 즐거워했다.

"옛날 생각나네. 어린애들이 많이 하는 놀이라서 그런가?"

널에서 내려온 서요가 옛 생각을 떠올렸다. 병사들을 피해 이 마을 저 마을을 내내 옮겨 다니느라 동네 아이들과 잘 어울리지 못했기에 그들의 놀이를 부러운 눈빛으로 쳐다본 적이 많았다.

'나도 정말 끼고 싶었는데……'

이제 그런 아쉬운 감정을 느낄 필요 없이, 마음이 잘 맞는 친구인 미오와 놀면 된다는 게 정말 행복했다.

"어른들은 장기도 두고, 투전도 하지만 역시 이런 게 재미있지. 그런데 저기 미르님이……."

미오는 웃으면서 말하다가 저 멀리서 이곳을 바라보는 미르의 시선을 느끼고 흠칫했다.

"미르님? 미르님이 왜?"

그가 어디선가 잘 쉬고 있을 거라고 생각했던 서요는 미오를 따라 고개를 돌리고 눈을 크게 떴다. 그곳엔 팔짱을 단단히 낀 미르뿐만 아니라 소소도 함께 있었다.

"아, 깜짝이야! 줄곧 보고 계셨구나."

"그런 가봐. 소소님도 있네?"

"나 참! 왜 아무것도 안 하고 보고만 있는 건지……."

"네가 없어서 심심한가 보지."

"그런가? 그럼 지금 사헌은 뭐 하고 있는데?"

서요는 제 연인인 미르가 저렇게 서서 자신만을 바라보고 있다는 걸 알자 미오의 연인인 사헌은 어디서 무얼 하고 있는 것인지 궁금해졌다. 미오는 어깨를 으쓱하더니 촌장과 도담이 장기를 두는 곳을 가리켰다.

"저기서 아버지랑 아버님 시중들고 있지 뭐."

"아!"

"잘 보이려고 아등바등하는 거야."

서요는 그럴 만하다고 생각하며 고개를 끄덕였다. 그녀는 그런 그의 모습이 아주 좋게 보였다. 미오는 아첨하는 사헌과 서요를 응시하는 두 남자를 번갈아 바라보다가 그녀에게 말했다.

"일단 가서 지루해 보이는 저 두 분을 챙겨줘. 나도 혼자서 고군분투하는 사헌을 좀 도와야겠다."

"그래! 알겠어."

그녀들은 아쉬운 표정으로 걸음을 옮겼다. 서요는 미르와 소소에게 다가가서 물었다.

"왜 이러고 있어요? 여기 재미있는 것들이 얼마나 많은데요!"

"네가 없는데 뭘 하든 재미가 있겠어?"

"저는 굳이 놀지 않아도 됩니다."

미르의 투정과 소소의 답답한 말에 서요는 고개를 설레설레 저었다. 가람은 없는 걸 보니 어디선가 잘 놀고 있는 것 같은데 왜 이 둘만 이러나 싶었다.

그녀는 붙박이처럼 서 있던 그들을 데리고 가면극이 시작한 곳으로 이동했다. 소소와 미르는 그다지 놀고 싶은 생각이 없었으나 서요가 끌고 가자 어쩔 수 없이 따라갔다. 가면극이 시작된 곳엔 사람들이 바글바글하게 모여서 재미있다는 듯 웃고 있었다.

"언제 저렇게 준비를 했는지 모르겠네요."

서요가 잔뜩 감탄했다. 하얀 비단옷을 입고 가면을 쓴 사람들은 능수능란하게 연기하고 있었다.

"뭐하는 거여, 이놈아!"

"이놈? 마 까불지 마라. 종놈도 춤추고 노는데 내도 쫌 살판나게 놀아야 될 거 아이가?"

두 사람의 대사가 끝나자, 모여 있던 구경꾼들이 음악에 맞춰 춤을 추기 시작했다. 그들의 얼굴에 편안한 웃음이 걸렸다. 서요는 구경꾼들이 손을 잡고 이끄는 바람에 함께 몸을 흔들었고, 미르는 그 모습을 보고 폭소했다. 그녀의 몸짓은 어색해서 더 귀엽고 재미있게 느껴졌다.

"하하하!"

배꼽을 잡고 웃는 미르와 달리, 소소는 최대한 웃지 않으려고 고개를 돌렸다. 그럼에도 불구하고 그의 입꼬리는 찔끔찔끔 올라가고 있었다. 서요는 한참을 박장대소하는 미르를 보자 불쾌해져서 물었다.

"왜 웃어요? 미르님은 그렇게 잘 춰요?"

서요의 말에 미르는 고개를 가로저으며 천천히 숨을 골랐다. 너무 웃었더니 입가에서 경련이 일고 배가 당기는 것 같았다.

"하아…… 아니. 난 못 춰. 그래서 안 추지."

서요는 뭔가 억울해져, 미르의 손을 잡아 끌었다. 미르는 뭘 하려는 건가 싶어서 눈썹을 추켜세웠다.

"뭐 하려는 거야?"

"그냥 이렇게 하는 거죠, 뭐!"

미르의 우스꽝스러운 모습을 보고 싶었던 서요는 그의 손을 마구 흔들며 몸을 뒤뚱거렸다. 그 바람에 미르의 몸 또한 장단에 맞추어 조금씩 움직이기 시작했고, 그녀는 그와 시선을 마주하고 실소를 내뱉었다.

"하! 진짜 못 추네요. 도저히 안 되겠어요."

"그래. 이건 아닌 거 같아. 나까지 이럴 필요는 없잖아?"

"저보고 너무 비웃으니까 그렇죠!"

"비웃다니…… 내가? 미쳤어?"

서요가 귀엽다고 생각했던 그는 정색을 했다. 서요는 고개를 갸웃했다.

"못 춰서 비웃은 거 아니에요?"

"아니야. 왜 그런 오해를 하고 그래? 정말 사랑스러웠다고."

서요는 정말 그런 건가 싶어서 눈을 가늘게 뜨고 미르를 바라보았다. 그의 매혹적인 눈매는 호선을 그리고 있었고, 입꼬리는 씩 올라가 있었다.

"알겠어요. 그런데 소소님은…… 어디?"

춤을 추는 사람들 틈에서 빠져나온 서요가 고개를 두리번거리며 소소를 찾았다. 소소는 저 멀리서 다른 곳을 바라보고 있었다.

"소소님, 여기서 뭐 하세요?"

서요가 미르와 함께 다가가서 묻자 그는 얼굴을 찌푸리며 답했다.

"혹시 서요님께서 제게도 춤추자고 하실까 봐……."

"에이, 뭐예요! 그것 때문에 떨어져 있었던 거예요?"

“네.”

“춤추자고 안 할게요. 같이 다녀요.”

춤을 추지 않겠다는 소소의 확고한 의지에 그녀는 저도 모르게 웃음을 내뱉었다. 그들은 그렇게 한동안 수피아의 놀이와 공연을 즐겼다.

“이제 떠나셔야 합니다, 서요님.”

수피아를 떠나지 못하고 있던 서요에게 소소가 말했다.

“네.”

그녀는 풀죽은 목소리로 대답하며 아낙들과 함께 놀고 있는 가람을 데리고 왔고, 마구간으로 가서 말도 찾았다.

서요 일행이 떠난다는 소식을 들은 촌장과 그의 가족 그리고 도담과 사헌이 그들을 배웅했다. 촌장의 옆에 서 있던 미오는 시무룩한 표정을 짓고 있다가 급하게 집으로 뛰어가며 말했다.

“잠깐만 기다려! 가지고 나올 게 있어.”

잠시 후, 다시 돌아온 미오는 그녀에게 직접 만든 얼굴 가리개를 선물했다.

“어머! 이게 뭐야?”

그녀에게 얼굴 가리개를 받은 서요는 깜짝 놀라서 소리쳤다. 그녀가 받은 것은 대충 천을 찢어 만든 지금의 가리개와는 차원이 달랐다. 하얀 빛깔의 천은 고급스러웠고, 청초한 꽃 자수가 수놓아져 있었다.

기뻐하는 서요를 본 미오는 흐뭇하게 웃었다.

“시간이 날 때마다, 서요 너 몰래 직접 만든 거야.”

“정말? 대체 언제? 난 몰랐는데…….”

“몰래 하느라 힘들었어.”

“고마워. 진짜 잘 쓸게.”

그녀는 부드러운 얼굴 가리개를 만지며 감격했다. 이런 소중한 선물을 받게 될 줄은 꿈에도 알지 못했다.

"응! 우리 웃으면서 헤어지자! 다음에 또 볼 거니까."

미오가 밝은 표정으로 손을 흔들었다. 그녀의 마음을 알 것 같았던 서요는 고개를 끄덕이며 기상신들과 함께 수피아를 빠져나왔다. 배웅하는 사람들은 서요 일행이 점으로 보일 때까지 남아서 그들의 뒷모습을 지켜보았다.

아사달로 향하는 서요의 얼굴은 좀처럼 펴지지가 않았다. 무사히 수피아의 신목을 찾은 것은 좋았지만 정든 사람들과 이별해서 마음이 쓸쓸했다.

"며칠 뒤면 이 말도 평범한 말로 돌아올 거야. 서요, 네 체력도."

말을 모느라 그녀의 표정을 보지 못했던 미르는 마침 생각난 것에 대해서 말했다. 서요는 애써 아무렇지 않은 척했다.

"그래요? 신단 효과가 사라지는 건가 보네요."

"응. 뭐 아사달로 가는 것까지는 문제없을 거야. 새암에서 수피아로 갔던 것처럼 멀진 않으니까."

"아사달은 저에게는 절대 갈 수 없는 위험한 곳이었는데…… 이제야 가보게 되네요. 여전히 무서운 건 마찬가지지만."

아사달로 갈 생각에 그녀의 가슴은 매우 거세게 뛰었다.

"무서워할 필요 없어. 나를 믿고, 별로 마음에 안 들지만 저 두 녀석들을 믿고. 무엇보다 이젠 너의 힘을 좀 믿어도 돼."

그는 다정하게 말했지만, 서요는 그 힘을 자신을 위해서가 아니라 백성들을 위해서 써야 하는 것 아닌가 싶었다. 지금까지도 그런 마음으로 신녀의 힘을 발휘할 수 있었던 거였다.

"예. 우선 아사달로 가요."

신녀의 힘에 대해서 생각하다 보니 탄압에 대한 문제가 또 떠올라 마음이 복잡했다. 서요는 우선 아사달에 간 다음 다시 생각하기로 결정했다. 그래야 아사달의 심장을 찾기 위해서 어떻게 해야 할지 알 수 있을 것 같았다. 또한, 탄압의 문제를 해결할 방법에 대해서도 말이다.

서요 일행은 남쪽으로 말을 몰았다. 아사달의 심장을 찾기 위한, 그들의 마지막 여정이 시작되고 있었다.

✖

찌는 듯한 더위에 서요의 얼굴이 벌겋게 달아올랐다. 그녀는 뜨거운 햇빛 때문에 눈을 제대로 뜰 수 없었고 몸은 자꾸만 늘어졌다. 서요는 이런 더운 날에도 꿋꿋하게 말을 모는 기상신들이 신기할 지경이었다.

이제 그녀가 딱히 말하지 않아도 서요의 체력을 잘 알고 있는 미르는 넓은 그늘을 드리운 나무 가까이로 다가갔다.

"저 그늘에서 조금 쉬자."

말에서 내려온 그녀는 그늘 아래 앉아서 가람이 주는 시원한 물을 마셨다. 뜨거운 여름이었지만 조금씩 불어오는 바람에 커다란 나무의 나뭇잎들이 흔들리면서 청량한 소리를 냈다. 서요는 간만에 편안한 마음으로 나무에 등을 기대고 눈을 감았다.

"가리개 때문에 불편하지 않아? 덥겠다."

그녀의 옆에 가까이 붙어 앉은 미르는 미오가 준 얼굴 가리개에 손을 올렸다. 서요는 감았던 눈을 살짝 뜨고 입을 열었다.

"불편하긴 해요. 지금 여기는 다른 사람들이 없어서 하지 않아도 될 것 같긴 한데, 무슨 일이 벌어질지 모르니까요."

서요의 목소리는 체념한 것 같으면서도 쓸쓸했다. 전국에 방이 뿌려졌으니 이제 그녀가 제사장이 되는 것 외에는 당당하게 얼굴을 내놓고 살 방도가 없었다. 서요는 갈수록 그것이 억울하고 화가 났다. 혹세무민이라는 죄목도 신경을 건드렸다.

'죄 없는 신자들을 탄압하는 폭군 주제에! 누구 보고!'

서요가 이날 이때까지 도망치며 고통스럽게 산 것도 다 왕검 자민 때문이었다.

"지금은 잠깐 풀고 있어. 괜찮으니까."

불편함을 감수하는 서요가 안쓰러웠던 미르는 얼굴 가리개를 풀어주며 다정하게 말했다. 앞서서 쉬고 있던 가람은 그녀의 곁으로 가까이 다가가서 은근히 미소를 지었다.

"엄청 오랜만에 가리개를 푼 서요님의 진짜 얼굴을 보는 것 같습니다. 가리는 게 더 예쁜 것 같기도 하고……."

"뭐? 그게 무슨 막말이야. 신경 쓰지 마십시오, 서요님."

가람의 짓궂은 농담에 소소가 깜짝 놀라서 덧붙였다. 그의 말이 그저 재미있기만 했던 서요는 방긋거리며 물었다.

"괜찮아요. 농인 거 다 아는데요. 설마…… 진심인 건 아니시겠죠?"

"음. 서요님이 아리따우신 건 사실이나 제 취향은 아니니까요."

"예? 그럼 가람님 취향은 뭔데요?"

그녀는 딱히 궁금한 사안은 아니었으나 예의상 물어보았고, 미르는 듣지 않아도 알 것 같았기에 팔짱을 끼고 혀를 찼다.

"쯧쯧. 보나마나 뻔하지, 뭐. 우사신전에서도 봤잖아. 나올 데 나오고 들어갈 데 들어간 풍만한 여성들을 좋아하겠지."

"맞아! 바로 그거야."

미르의 말에 한쪽 눈을 찡긋하며 동조하던 가람은 갑자기 그에게 장난을 치고 싶어졌다. 가람이 음흉하게 웃으며 말을 이었다.

"그런데 서요님, 그거 아십니까? 미르도 예전엔 그런 여성들을 아주 좋아했습니다. 미르가 천상에서 하는 일이라곤 구름 위에 누워서 잠자는 것과 여신들을 만나는 것밖에 없었거든요."

"예? 뭐라고요?"

서요가 자신도 모르게 소리를 빽 질렀다. 미르도 남자니 풍만한 여성을 좋아할 수 있다고 생각했지만 직접 들으니 은근히 충격이었다. 또한, 천상에서 하는 일이 그것밖에 없었다는 건 조금 한심하게 느껴졌다.

'미르님이 조선의 일에 워낙 관심이 없는 건 알았지만…… 생각보다 더 심하네.'

서요는 눈을 가늘게 뜨고 미르를 바라보았다. 따끔한 시선을 느낀 미르는 가람의 멱살을 잡고 흔들었다.

"왜 갑자기 그딴 말을 지껄이고 난리야!"

"뭐! 사실이잖아! 이제라도 정신 차리라고!"

"네놈이나 정신 차려!"

짜증이 난 미르가 가람의 멱살에서 손을 거칠게 떼며 씩씩거렸다. 요즘 조용하다 싶었던 가람이 아주 곤란한 사고를 쳤다.

"이젠 안 그래. 옛날 일일 뿐이야."

미르는 뚱한 표정으로 다른 곳을 바라보고 있는 서요가 신경 쓰여 나름대로 변명을 했다. 그녀는 미르를 슬쩍 바라보더니 고개를 건성으로 끄덕였다.

"그래요. 뭐, 옛날 취향일 뿐이겠죠. 저는 전혀 풍만하지 않으니까요."

"뭐라는 거야! 네가 얼, 얼마나! 하여튼 오해하지 마. 내겐…… 너밖에 없으니까."

"네. 알겠어요."

서요는 마음이 조금 풀려서 알겠다고 말했지만 미르에게는 여전히 그녀가 삐진 것처럼 보였다. 그 때문에 초조해진 미르는 태연하게 어깨를 으쓱하는 가람을 노려보았다.

"하여튼 가람 저놈은 쓸데없는 소리를 해가지고."

가람은 사실을 말한 것뿐인데 뭐가 문제냐는 듯 뻔뻔하게 나왔다. 그 난리 속에서도 소소의 표정엔 변화가 전혀 없었다. 그와 관계없는 일이 기에 관심이 없었던 것이다. 그런 소소에게 서요는 갑자기 궁금한 것이 생겼다.

"그런데 가람님이랑 미르님은 뭐 그렇다 쳐도. 소소님께서도…… 굉장히 긴 시간을 천상에서 보냈을 텐데, 뭘 하고 지내셨어요?"

그녀가 관심을 가지고 질문해 주었다는 것이 은근히 기뻤던 그는 미소를 지으며 입을 열었다.

"저는 아버지이신 풍백님을 따라서 조선을 지켜보았습니다. 훗날 조선의 농경을 위해서 기상의 힘을 잘 다룰 수 있도록 수련했고, 아버지께서 항상 강조하신 마음 또한 단련했습니다."

"마음이요?"

"예. 신은 오만불손하기 쉬우니 항상 낮은 곳을 바라보고, 인간들을 헤아리는 마음을 가져야 한다고 하셨습니다."

서요는 소소와 그의 아비인 풍백이 조선의 백성들을 진심으로 위하는, 가장 완벽한 신이라는 생각이 들었다. 그리고 소소의 말을 들은 미르는 알게 모르게 인상을 구겼다. 그러지 않으려고 해도 왠지 그녀의 눈치를 보게 되었던 것이다.

"소소는 진짜 그거 외에는 뭘 했나 기억이 안 날 정도예요. 워낙 군건하고 신념이 강해서 서요님께도 이리 충성을 다하는 겁니다."

미르의 시선에도 아랑곳하지 않은 가람이 말을 거들었다. 소소는 정말 풍백과 함께 조선을 살피고 바람의 힘을 조절하는 수련에만 집중했다. 그런 묵직한 모습에 반한 많은 여신들이 그를 흠모했으나, 소소는 거들떠보지도 않았다. 가람으로서는 절대 이해할 수 없는 일이었다.

처음 만났을 때부터 지금까지 항상 한결 같은 모습의 소소를 기억하는 서요는 흐뭇하게 미소를 지었다. 소소는 가끔 누구라도 오해할 정도로 너무도 다정한 모습을 보이곤 했지만 그건 가람의 말대로 그가 원래 그런 성정이고 충성심이 강하기 때문일 뿐이라고 생각했다.

자신을 바라보는 서요의 눈빛이 부담스러울 정도로 초롱초롱한 것을 느낀 소소는 솔직한 심정을 털어놓았다.

"……하지만 막상 조선에 내려오고 보니, 저는 아무것도 아는 게 없다는 생각이 들었습니다. 백성들의 삶은 생각보다 더 고되었죠. 오직 서요님을 지켜야 한다는 임무만을 되새기느라 그들에게 많은 신경을 쓰지 못한 것이 사실입니다."

그가 자책까지 하면서 더욱 선량한 모습을 보이자 미르는 깊은 숨을 토해내며 이맛살을 찌푸렸다. 운사가 소소의 반만 닮아보라며 잔소리를 퍼붓는 것보다 더 짜증나는 순간이었다.

서요는 그런 그의 마음도 모르고, 이 땅에서 사는 사람들 중 한 명으로서 소소에게 감동을 받았기에 굉장히 들떴다.

"아니에요. 자책하지 마세요! 소소님은 조선인들의 존경을 받을 만한 좋은 신이라고 확신해요."

"……감사합니다."

"정말 진심이에요!"

미르는 씁쓸함을 감출 수가 없었다. 서요는 분명 소소와 가람과 친밀하게 지내지 않겠다고 약속했는데 전혀 지키지 않았다. 여정을 함께하기에 어렵다는 것을 알고 있었지만 그래도 마음에 들지 않았다.

'내가 과거의 행동을 후회하게 될 줄은 몰랐는데…… 아버지가 아무리 뭐라 해도 끄덕도 않던 내가!'

미르는 속에서 들끓는 말은 하지 못한 채 그저 고개만 아래로 떨어뜨렸다.

서요 일행이 다시 길을 떠났다. 드넓은 초원을 벗어나자 작은 마을이 눈에 들어왔다. 그들은 마을로 들어가 하룻밤 묵을 곳을 정하고 나와서 간단하게 밥을 먹었다.

"수피아처럼 병사들이 들이닥치지는 않았지만, 이 작은 마을도 어째 어수선해 보이네요."

소소가 심란한 얼굴로 주변을 살폈다. 그의 말대로 마을 사람들은 아사달에서 들려오는 소식을 곱씹으며 불안한 표정을 짓고 있었다. 여러 마을을 돌아다녔던 그들은 이제 거리만 보아도 마을 분위기가 어떤지 대충 알 것 같았다. 이곳은 먹구름이 몰려온 것처럼 우중충한 기운이 맴돌았다.

"어딜 가나 탄압에 대한 이야기뿐이에요. 괴롭네요, 정말."

사람들을 지켜보던 서요는 심란한 표정이 되었다. 귀를 틀어막고 싶었으나 그런다 해도 들려오는 말소리를 어찌할 수는 없을 것 같았다.

'아직 병사들의 마수가 뻗치지 않은 이 작은 마을도 이런데, 다른 곳은 대체……'

서요는 그런 생각이 들자 바로 머리가 지끈거렸다. 가라앉은 그녀를 바라보던 가람은 서슬 퍼런 말을 내뱉었다.

"제가 궐로 침입해서 그놈을 단번에 죽여 버릴까요?"

그가 그런 말을 꺼낸 건 탄압에 고통받는 백성들을 위한 게 아니었다. 요새 서요가 탄압에 신경 쓰느라 오룡을 불러내는 임무에 대해서 잘 생각하지 않는 것 같아서 그런 것뿐이었다.

그녀는 깜짝 놀라서 들고 있던 숟가락을 떨어뜨렸다.

"와…… 왕검을요?"

"예. 못 할 건 없습니다."

"안 돼. 나서서 살생을 하려고 하다니…… 환웅님이 그러라고 우리들을 서요님의 곁으로 보낸 게 아니잖아. 그게 목적이었으면 바로 벌을 내리라고 하셨겠지."

가람이 말한 대로 해서는 안 된다는 생각에 소소는 딱 잘라서 반대했다. 서요를 곁에서 끝까지 지키라는 건 그녀를 목숨의 위협으로부터 구하라는 거지, 자민을 죽이라는 얘기가 아니었다. 그러나 가람은 오히려 더 그러고 싶은 마음이 들었다.

"환웅님께서 원하지 않는 일이라면…… 더 하고 싶기는 한데 말이야. 아니면 신의 저주를 내리는 것도 좋을 것 같고."

저주라는 말에 서요가 눈을 크게 뜨고 물었다.

"신의 저주요? 그게 뭐예요?"

"신은 평생 딱 한 번 저주를 내릴 수 있는데, 그 조건이 좀 까다롭습니다. 상대를 직접 마주해야 하고 또 저주를 내리는 동기가 매우 타당해야 하거든요. 예를 들어 동기가 매우 개인적인 것에만 국한된다면 저주가 발동하지 않고, 저주를 내리는 상대와 직접적인 연관이 없는 것도 마찬가지입니다."

미르가 고개를 절레절레 흔들며 덧붙였다.

"가람 너의 동기는 이미 개인적인 것에 국한되어 있어. 그리고 우리는 왕검과 직접적인 연관이 있다고 볼 수 없고."

미르의 말에 소소는 고개를 끄덕였다.

"맞아. 저주를 내리는 건 어렵고, 그냥 죽일 생각이라면…… 그런 짓은 절대 하지 마. 한 나라의 왕을 마음대로 죽일 순 없어. 그리고 환웅님과는 천상으로 올라가서 정정당당하게 말로 풀 생각이었잖아."

"말로 풀기는 뭘 말로 풀어. 나는 억울해 죽겠는데."

소소와 가람의 말다툼이 지속되는 동안, 떨리는 심장을 진정시킨 서요가 다시 입을 열었다.

"왕검이 제가 갓난아기 때부터 저를 죽이고자 악독한 짓을 많이 저질렀던 건 사실이에요. 그래서 신권을 없애기 위해 신자들을 탄압까지 하는 걸 보면 진짜 처단하는 게 옳은 일이라는 생각이 들기도 하지만, 어떻게 해달라고는 못 하겠어요."

그녀의 마음이 이리저리 흔들렸다. 서요는 왕검을 벌주고 싶긴 했으나 막상 죽여 달라고 부탁하기는 어려웠다.

미르 역시 가람과 마찬가지로 그 누구보다 그렇게 하고 싶었다. 하지만 걸리는 문제들이 아주 많았기에 수없이 고민해 왔던 것에 대해서 말했다.

"나도 그러고 싶은 마음이 굴뚝같지만 궐이 일개 마을도 아니고 경비도 삼엄할 텐데…… 능력을 봉인당한 우리가 왕검을 완벽히 제거할 수 있을지는 의문이야."

왕검을 죽이는 계획을 무작정 실행할 수 없는 건 소소의 말대로 환웅의 뜻에 반해서이기도 하고, 저러한 문제들이 걸리기 때문이기도 했다.

"네. 물론 저도 그렇게 생각해요."

그녀는 고개를 끄덕였다. 위험 부담이 많다는 건 서요도 잘 알고 있었다.

심각한 얘기가 오고 갔던 식사 시간이 끝나고, 그들은 방으로 돌아가 취침할 준비를 했다. 서요는 자신의 가슴 위에 손을 올려놓고 중얼거렸다.

"아사달에 도착해서 생각하기는 무슨…… 이렇게 신경이 쓰이고, 마음이 아픈데."

그녀는 고요한 밤에 아주 멀쩡한 방에서 평화롭게 누워 있는데도, 탄압에 대한 소식을 들은 후부터 지금까지 뭔가에 쫓기는 것처럼 가슴이 쿵쿵거렸다. 하지만 이런 불안과 걱정은 지금 이 순간에도 자민의 폭정으로 괴로워하는 백성들의 고통에 비할 바는 아니었다.

"후…… 그만 자자. 지금 이런다고 뭐가 해결되는 것도 아니니."

계속되는 고민 때문에 속상한 감정이 파도처럼 거세게 밀려오자 서요는 그냥 눈을 감아버렸다.

서요와 기상신들은 잠시 묵었던 작은 마을을 떠나 다시 남쪽으로 내려갔다. 아사달 지역으로 들어가려면 아직 며칠은 더 이동해야 했다. 두 말은 줄곧 나란히 이동했지만, 어느 순간부터인가 미르는 자꾸 다른 쪽으로 말을 돌렸다.

"어엇? 미르님? 어디 가시는 거예요?"

소소와 가람과 멀어지기 시작하자 서요는 의아한 얼굴로 물었다.

"쉿! 그냥 모르는 척해."

미르는 음흉한 미소를 지었다.

"뭘 모르는 척하라는 거예요? 저기 소소님이랑 가람님도 다 알고 계시는데."

"내가 아예 딴 곳으로 가겠다는 것도 아니고. 조금 떨어져서 가자는 거지."

미르는 그들과 함께 붙어 있느라 애정 표현을 마음대로 할 수가 없어서 골이 난 상태였다. 물론 지금 당장 해도 그는 부끄럽지 않으니 상관없었지만 서요가 곤란해 할 것을 알기에 어쩔 수 없었다.

"미르! 어디 가는 거야!"

그의 희한한 행동에 고삐를 쥐고 있던 소소가 인상을 찌푸리며 소리쳤다. 그의 말은 미르가 애써 넓혀 놓은 거리를 좁히기 시작했고, 그런 상황에 가람은 피식 웃었다.

"소소 너는 이렇게 눈치가 없어서 되겠냐? 둘이 가긴 어딜 가겠어."

"뭐?"

"애욕이 너무 쌓여서 어쩔 도리가 없는 거지."

"애욕이라니! 서요님에게, 어찌!"

"연인이란 원래 그런 거야. 좀 내버려 둬. 알아서 따라오겠지 뭐."

"가람, 너는 아무 걱정도 되지 않는 모양이지만 나는 아니야!"

가람의 무책임한 말에 화가 난 소소는 갈퀴눈으로 그를 노려보았다. 하지만 가람은 미르의 말을 쫓는 것을 멈추지 않으려는 소소의 팔을 한 손으로 잡고는 한숨을 푹 내쉬었다.

"하아…… 내가 네 답답하고 고지식한 성정을 알긴 하지만 그냥 좀 둬라, 둬! 한창때라 하고 싶은 것도 많을 텐데."

그 하고 싶은 것이 가람이 언급했던 애욕에 대한 문제라는 생각이 든 소소는 그에게 팔이 붙잡힌 채로 씩씩거렸다. 화가 나서 미칠 것만 같았다.

한편, 가람의 도움으로 그들과 멀리 떨어질 수 있게 된 미르는 그제 야 숨통이 트이는지 환하게 웃었다.

"따돌렸어! 다행이지?"

서요는 황당하다는 듯이 눈을 크게 떴다.

"이러다가 나중에 합류 못하면 어떻게 하려고 그래요?"

그녀는 그와 단둘이 있게 된 것은 좋았지만, 혹시 소소와 가람과 떨 어지게 될까 봐 불안했다.

"그럴 일은 없어. 남쪽으로만 내려가고 있는데 뭐. 아사달이라는 목적 지도 분명하고. 잠깐 여기 있다가, 그놈들 말 찾아서 뒤에서 조용히 따 라갈 거야."

"흠…… 일단 알겠어요. 뭘 하려고요?"

미르의 호언장담에 서요는 표정을 펴고 고개를 돌려 배시시 웃으며 그를 바라보았다. 그녀의 눈이 예쁘게 휘어지는 것을 본 그는 씩 웃었 다.

"예를 들면, 이런 거?"

말을 멈춰 세운 미르가 서요의 허리를 잡아 올려서 자신과 마주 보게 만들었다. 붕 떴던 그녀의 몸은 금세 뒤돌려져서 말안장 위로 안전하게 자리 잡았고, 그들의 무릎이 부딪쳤다. 서요는 깜짝 놀라서 소리쳤다.

"어우! 놀랐잖아요. 말이 움직이기라도 하면 어떡해요!"

해문에게 납치당했을 때 말에서 떨어졌던 것만 생각하면 아직도 심장이 벌렁거렸다. 그런 서요의 마음을 헤아리지 못했던 미르는 도리어 자신이 더 놀랐다.

"무서웠어? 미안해. 얼굴 제대로 보고 싶어서 그런 건데……."

"괜찮아요."

서요는 괜찮다고 말했지만 그는 시간을 들여서 그녀를 달래주었다. 그러다가 서요가 완전히 진정하자 다시 입을 열었다.

"또…… 이런저런 거?"

미르는 아사달로 향하는 내내 하고 싶었던 애정 행각을 벌였다. 그는 서요의 볼을 만지작거렸는데, 어찌나 탄력이 좋은지 누를 때마다 기분이 너무도 좋았다.

"아, 왜 미르님만!"

즐거워하는 그의 모습을 보며 최대한 참고 있던 서요는 얼굴이 제멋대로 찌그러지자 억울한 마음이 들어서 툴툴거렸다. 왠지 자신만 조심스러운 성격 때문에 미르처럼 하지 못하는 게 손해를 보는 것 같았다. 서요는 마른침을 꼴깍 삼킨 후 손을 뻗어 미르의 볼을 잡아당겼다. 그의 볼이 찹쌀떡처럼 축 늘어났다.

"어어? 뭐 하는 거야? 손 안 치워?"

미르의 곡소리에 서요는 웃으며 말했다.

"저는 하면 안 돼요? 꽤…… 재미있는데요? 미르님이 왜 자꾸 이러시는지 잘 알 것 같네요!"

"또 미르님이라고 한다!"

"알았어요! 미르! 말도 짧아진 김에 이렇게 무례한 짓도 계속하렵니다!"

"으어어……."

서요가 미르의 볼을 꼬집은 손을 마구 흔들며 입꼬리를 올렸다. 그는 볼이 쭉 늘어나서 소리를 명확하게 내지 못했다. 처음 보는 미르의 망가진 모습이 그녀는 마냥 귀엽기만 했다.

"하하하! 자주 이래도 돼요?"

그의 볼이 아플까 싶어 손을 놓은 서요가 호탕하게 웃으며 물었다. 그는 불퉁한 얼굴로 고개를 내젓더니 팔짱을 꼈다.

"안 돼. 멋진 모습만 보여주고 싶단 말이야."

미르는 서요에게 멋진 모습만을 보여주고 싶다는 마음이 확고했다. 하지만 그의 볼은 서요의 손자국이 남아서 빨갛게 변해 있었다. 미르는 그런 자신의 모습을 몰랐기에 근엄하게 팔짱을 끼고 남자다운 표정을 지었다.

"푸하핫!"

그게 너무 우스웠던 서요는 얼굴이 완전히 일그러질 정도로 크게 웃었다. 그는 영문을 몰라서 당황한 얼굴로 서요의 어깨 위에 손을 올렸다.

"뭐야, 왜 그래?"

"아니, 멋진 척하는 게 너무 웃기잖아요."

"멋진 척? 내가 멋진 게 아니라 척을 한단 말이야?"

미르의 목소리가 살짝 격양되었다. 그는 그녀의 말이 충격적이었고, 이해도 되지 않아서 혼란스러웠다. 서요는 자신의 말에 미르가 혹시 상처라도 받았을까 싶어 조심스럽게 말을 이었다.

"왜, 왜 이렇게 진지해요? 전 그냥 얼굴에 손자국 있으면서 그러는 게 귀여워서……."

서요가 어쩔 줄 몰라 하며 눈동자를 데구루루 굴리자 미르는 한 손으로 그녀의 허리를 잡고 더 가까이 끌어당겼다. 서요의 손이 미르의 가슴팍 위에 올라갔고, 그들의 호흡이 한데 뒤섞였다.

서요는 그의 아름다운 남빛 눈을 가까이서 보며 입을 헤 벌렸다. 이젠 벌겋게 변한 볼 따위는 보이지도, 신경 쓰이지도 않았다. 그저 언제 보아도 한 폭의 그림 같은 미르의 얼굴이 감탄스러울 뿐이었다.

"……아직도 내가 귀여워?"

미르의 나지막한 음성이 그녀의 귓속으로 파고들었다.

"귀여워해 주는 것도 나쁘진 않지만…… 그래도 아직은 멋져 보이고 싶거든."

미르의 입꼬리가 매력적으로 올라가는 것을 본 서요는 마른침을 꿀꺽 삼켰다. 그의 뜨거운 시선을 한 몸에 받으며 가까이 붙어 있다는 것만으로도 몸과 마음이 바짝 긴장했다.

"말 좀 해봐."

긴장해서 굳어 있는 서요가 답답했던 미르는 그녀의 팔을 잡고 흔들었다. 잠시 넋을 놓고 있었던 서요는 눈을 크게 뜨고 그를 바라보았다.

"멋있지 않았던 적은 한 번도 없어요. 미르는 제게 항상 그런 남자였어요."

그녀의 말에 미르는 큰 감동을 받았다. 어색해하면서도 미르라고 불러주었고, 진심이 가득 담겨 있었기 때문이다.

수줍어하는 서요를 본 그가 입을 열었다.

"내가 미웠던 때도 분명히 있었을 거라고 생각해. 네가 딱히 말하지 않았을 뿐. 지금의 내가 되어, 모든 게 다 좋아진 거야."

"네. 그것도 전부 우리만의 추억이자 서사이니까요."

미르는 온화한 미소를 지었다. 앞으로 그들의 추억은 더 아름다운 빛깔을 내고, 서사는 장대해질 것이었다.

그들은 한동안 그 자리에서 달콤한 말을 주고받았다. 그와 함께 있느라 시간 가는 줄 모르던 그녀는 아차 싶었는지 황급히 말했다.

"이제 가람님, 소소님한테 가봐야죠! 시간이 너무 지난 거 아니에요?"

서요의 낯빛이 어두워진 것을 본 미르는 괜스레 더 태연하게 굴었다. 그는 이 상황을 최대한 잘 넘겨야 했다.

"에이, 아니야! 좀 더 있어도 돼."

"예? 이러다 진짜 서로 헤매면 어떡해요……."

"헤매긴 뭘 헤매. 새암에서 떠날 때도 잘 만나서 갔잖아."

"그럼! 지금 당장, 그렇게 해요! 네?"

그녀는 새암에서 서로의 존재를 알리기 위해 가람이 장대비를 내리고, 그가 구름을 모았던 일을 떠올리며 말했다. 하지 않는 것보다는 훨씬 도움이 될 것 같았다. 그러나 미르는 당황한 표정을 지었다.

'에이씨, 이게 아니었는데…….'

그는 괜히 그때의 얘기를 꺼냈다고 생각하며 한숨을 내쉬었다. 사실 미르는 이전 마을에서 하루 머물 때, 소소와 서요 몰래 가람을 데리고 나와서 모종의 계략을 꾸몄었다.

❈

가람은 하루만 서요와 단둘이 있을 수 있도록 도와달라는 미르의 말을 듣고 팔짱을 단단히 꼈다. 그는 잠깐이면 몰라도 하루는 어렵다고 생각했다.

"서요님이라면 자다가도 벌떡 일어나는 충신인 소소를 내가 무슨 수로 말리라는 거야?"

가람의 회의적인 모습에 미르는 더욱 굳건한 얼굴로 설득했다.

"소소도 어쩔 수 없게 말을 타고 최대한 멀리 갈 거야. 그동안만 말려주면 돼."

그는 어디로 튈지 모르는 가람에게 부탁해서라도 서요와 단둘이서, 하루만이라도 같이 있고 싶었다.

"흠. 그리고 나서가 문제잖아. 미르 너야 서요님 데리고 떠나면 그뿐이겠지만 나는 소소 녀석의 온갖 잔소리를 들어야만 한다고!"

그러나 가람은 귀찮은 일은 딱 질색이었기에 쉽게 받아들이지 않았다. 일이 뜻대로 되지 않자, 미르는 한숨을 길게 내쉬며 다시 입을 열었다.

"이번에 도와주면, 나중에 네 부탁도 들어줄게."

가람은 그가 이렇게 말할 정도로 간절한가 싶어서 피식 웃었다.

"뭐가 되었든?"

"아니, 그건 안 되지. 네가 뭘 해달라고 할 줄 알고."

"그러니까 날 못 믿는다는 거네?"

가람이 실눈을 뜨고 그를 흘겨보며 얄밉게 굴었다. 미르는 답답한 마음에 절로 머리가 지끈거렸다.

"네가 무슨 곤란한 부탁을 할지 몰라서 그런다. 생각한 게 있으면 미리 말해."

"믿지 못할 거면, 부탁은 왜 해! 어떻게 뒤통수칠 줄 알고?"

"아, 정말! 서요 계속 축 처져 있던 거 못 봤어? 하루만이라도 둘이서 좋은 거 구경하고 맛있는 거 먹으면서 기분 좀 풀어주고 싶어서 그러는데…… 그걸 뒤통수치면 넌 진짜 나쁜 놈이지, 뭐."

묘하게 신경을 건드리는 그의 행동에 화가 난 미르는 큰 소리로 푸념했고, 가람은 졸지에 정말 나쁜 놈이 되어버린 듯한 기분이 들어 당황했다. 그는 딱히 미르에게 부탁하고 싶은 것도 없었고 단지 귀찮은 게 싫을 뿐이었다.

"야! 그런 거면 진작 말하든가!"

가람이 한 손으로 미르의 어깨를 툭 치며 성을 냈다.

"그래. 진작 말할 걸 그랬다."

"딱 보니까, 그렇게 다 말하긴 민망했나 보네, 뭐."

"그래서 뭐, 뭐! 도와준다는 거야, 만다는 거야?"

가람은 미르의 마음을 다 안다는 듯 고개를 끄덕였지만, 미르는 그가 정말 잘 도와줄까 싶어 벌써부터 걱정이 되었다. 소소는 사실대로 말한다고 해도 받아들이지 못할 것이니, 가람이 믿음직스럽지 못해도 어쩔 수 없었다.

미르는 그렇게 겨우겨우 틈을 내어 서요와 단둘이 있을 수 있게 된 것이었다.

미르는 힘들게 같이 있을 수 있게 된 만큼, 오늘 하루만큼은 절대 그들과 만나지 않도록 사력을 다할 것이라 결심했다.

"어? 이상하네? 구름을 모을 수가 없어."

미르가 능청스럽게, 심각한 얼굴을 하고 그녀에게 말했다. 서요는 그렇지 않아도 그들과 엇갈리게 될까 봐 불안한 상태였기에 놀란 토끼 눈을 하고 소리쳤다.

"예? 구름을 모을 수 없다고요? 왜, 왜요? 왜 갑자기!"

"글쎄…… 나도 잘 모르겠네."

"그나마 있던 능력까지 전부 봉인당한 거예요?"

미르는 단둘이 있고 싶은 욕심에 서요를 너무 걱정하게 만드는 것 아닌가 싶어 조금 뜨끔했다. 그녀는 이 상황을 진짜라고 생각하고 있었기에 낯빛이 허옇게 질려 있었다.

'기분을 풀어주고 싶었던 거지, 이렇게 걱정시키려던 게 아닌데…….'

미르는 어찌해야 할지 머리를 굴리다가, 불안한 표정을 짓는 서요를 보고 하는 수 없이 입을 열었다.

"정말…… 속이기가 너무 어렵네."

"예? 그게 무슨 말씀이세요?"

이 이상 그녀를 속여서 걱정하게 만들 수 없었던 미르는 오랜만에 입 바람을 불어 구름 꽃, 운화를 만들었다. 서요의 눈앞에 몽글몽글한 꽃잎을 가진 운화가 떠다녔다.

"어머! 운화……."

그가 만든 운화는 여전히 아름다웠다. 멍한 표정으로 운화를 바라보고 있던 그녀는 고개를 갸웃하며 미르에게 물었다.

"구름을 모을 수 없다고 하셨잖아요? 그런데 어떻게 운화는?"

"아니, 그게…… 너랑 단둘이 있고 싶어서 가람한테 부탁 좀 했어. 소소를 좀 붙잡아 달라고."

"……단둘이 있고 싶어서 잠시 떨어진 건 저도 아는데, 가람님한테 부탁까지 하셨는지는 몰랐네요."

"응. 근데 잘못 알고 있는 게 하나 있어. 잠시 떨어지고 싶은 게 아니라, 오늘 하루 종일 둘만 있을 생각이야."

그는 어쩔 수 없이 솔직하게 털어놓았지만 속이는 것보단 마음이 편했다. 서요는 이게 갑자기 무슨 소리인가 싶었다.

"온종일이요? 밤까지 계속? 그럼 소소님이랑 가람님은 언제 다시 만나는데요?"

미르는 조금 민망해하며 대답했다.

"내일 아침에 만날 생각이야. 우리가 헤어졌던 그곳에서 다시 보기로 했거든. 구름 모을 것도 없이. 가람이나 나나 그곳이 어딘지 주의 깊게 봤으니까 걱정할 것 없어."

"뭐예요! 정말! 갑자기 힘쓸 수 없다고 거짓말이나 하고! 가람님하고 몰래 그런 작전이나 짜고……."

서요는 같이 있고 싶은 미르의 마음은 이해했지만 속인 것에 대해선 기분이 나빴다. 입술을 삐죽 내민 서요가 그를 흘겨보았다.

"나빠요. 정말!"

"아사달로 가면, 또 종일 넷이서 같이 있게 생겼는데…… 정말 싫었다고."

진심으로 싫다는 듯한 미르의 말에 서요의 입꼬리가 조금 올라갔다. 그의 행동이 귀엽기도 했고, 오늘 하루 단둘이 있을 게 은근히 기대되기도 했다.

"미르님도 참……."

서요는 왠지 모를 기대감에 온몸을 비비 꼬았다. 수줍게 웃는 그녀를 보고 기분이 좋아진 미르는 서요를 말안장 위에 다시 바른 자세로 앉혔다. 그의 등에 몸을 편안하게 기댄 그녀는 웃음기를 머금고 물었다.

"어디로 가는 거예요?"

"어디든지."

미르는 최대한 천천히 말을 몰며 어느 때보다 더 환한 미소를 지었다.

그들은 전에 들렀던 곳보다도 더 작은 마을로 들어섰다. 그가 일부러 병사들이 들르지 않을 것 같은 두메로 온 것이었다. 서요의 기분을 풀어주고 오붓하게 지내고 싶은데, 병사들이 있어선 곤란했다.

"여긴 되게 조용하네요? 사람들도 많이 없고요."

고요한 마을의 전경에 서요는 오랜만에 평안한 기분을 느꼈다. 마을 사람들은 모두 여유롭게 그늘에 앉아 부채질하며 쉬거나 이야기를 나누고 있었다. 미르는 고개를 끄덕이고 싱긋 웃었다.

"뭐, 하루 머물기는 괜찮지 않겠어?"

"네! 저도 이곳은…… 어쩐지 좋네요. 다만 저를 걱정하고 계실 소소 님이 마음에 좀 걸려요."

서요는 자신을 속인 것은 넘어갈 수 있어도 그것만큼은 마음이 쓰였다. 가람은 다 알고 있으니 상관없지만 소소는 아무것도 모를 터였다. 난감하다는 듯 뒷머리를 긁적인 미르는 입을 삐죽빼죽 내밀었다.

"마음에 걸릴 것도 많다. 소소가 서성하는 건 사실……."

소소는 서요의 안위보단 미르가 무슨 짓을 할까 봐 걱정하고 있을 터였다. 미르는 그동안 그녀와 연인이 되어 한 행동들을 소소가 항상 탐탁지 않아 했기에 그렇게 짐작했다. 기상신인 미르가 서요를 지키는 데 부족함이 있다고 생각진 않을 테니 말이다.

"사실 뭐요?"

말끝을 흐리는 그에게 서요가 궁금한 눈빛을 보냈다. 미르는 고개를 설레설레 저으며 불쾌한 표정을 짓더니 아무것도 아니라는 듯 말했다.

"걱정하는 건 없을 거야. 내가 너를 지키는 데 부족함이 있다고 생각하진 않을 테니까."

"……정말 그럴까요?"

"당연하지. 날 뭘로 보고. 그러니 소소 생각은 그만해."

그는 이 귀중한 날에 소소 이야기로 시간을 보내고 싶지 않았기에 딱 잘라 말했다. 서요는 입을 꾹 다물고 고개를 끄덕였다.

그들은 마구간에 말을 맡겨두고, 본격적으로 마을을 구경하기 시작했다. 작은 마을이라 볼 게 전혀 없었지만 그들은 함께 있다는 것만으로도 즐거웠다.

그때 어디선가 달달한 향이 그녀의 코를 휘감기 시작했다. 서요는 자신도 모르게 미르를 끌며 향이 나는 곳으로 이동했다. 이 향기는 분명 포도 냄새였다.

향기를 따라 이동해 보니 그녀의 예상대로 정말 넓은 포도밭이 있었다.

"와…… 포도밭이에요!"

넓게 펼쳐진 포도밭을 발견한 서요는 감탄하며 입을 벌렸다. 포도가 익어가는 냄새는 너무 달콤해서 사람의 정신을 앗아가는 것 같을 정도였다.

"이렇게 작은 마을에 이리 넓은 포도밭이 있다는 게 신기하네."

청록색의, 아름다운 포도밭을 본 그가 말했다. 마을 사람 몇몇은 포도밭에서 열심히 일을 하고 있었다.

"엄청 싱싱해 보여요."

서요의 눈이 반짝반짝 빛났다. 서요는 반질반질한 포도를 보고 자신도 모르게 침을 꿀꺽 삼켰다.

"하나 따올까?"

"예?"

포도를 따온다는 얘기에 서요의 눈이 커졌다. 서요는 달콤한 포도를 수확하기 위해 땀 흘렸을 농부들의 노고를 떠올리며 고개를 가로저었다.

"아니요! 그걸 그냥 따면 안 되죠."

"무슨 소리를 하는 거야…… 누가 포도 한 송이 훔쳐서 도망이라도 간대?"

그는 황당함에 눈썹을 추켜세웠다. 평소 서요가 자신을 어떻게 생각하는지 알 수 있는 대목이었기에 미르는 마음이 아팠다.

잠시 후, 미르는 밭에서 일하는 사람에게 정당한 값을 지불하고 포도 한 송이를 가져왔다. 포도밭 앞에 머쓱하게 앉아 있던 그녀는 자리에서 벌떡 일어나서 그를 반겼다.

"오, 오셨어요?"

"왜. 포도는 먹고 싶은가 봐?"

그러나 미르는 도둑놈 취급을 받은 것이 기분 나빴기에 괜히 툴툴거렸다. 그의 마음을 충분히 이해하는 서요는 미르에게 팔짱을 꼈다.

"먹고 싶죠! 하나 줘 봐요. 아……."

서요는 그의 눈치를 보며 입을 벌렸다. 낯간지러운 것을 못 견뎌 하는 서요가 일부러 아양을 부리자 그는 피식 웃으며 포도를 건네주었다.

"어때, 맛있어?"

"예!"

코끝을 감돌던 달달한 향이 입안 가득 퍼지자 서요는 기분이 좋아진 얼굴로 고개를 끄덕였다. 평화로운 마을에서 사랑하는 남자와 함께, 달콤한 향기를 온몸으로 느끼는 것은 참으로 행복한 일이었다.

탄압에 대한 생각을 잠시나마 잊은 서요의 얼굴에 웃음꽃이 피었다. 미르도 마음 가득히 기쁨을 느꼈다. 서요를 잠시나마 편안하고 즐겁게 해주고 싶었던 그의 작전이 성공했다.

"먹는 모습만 봐도 배부르다는 게 이런 건가."

포도알을 꼭꼭 씹어 먹는 서요를 바라보던 그가 혼잣말로 중얼거렸다. 미르의 말을 제대로 듣지 못한 그녀는 고개를 갸웃했다.

"예? 뭐라고 하셨어요?"

"아니, 아무것도 아니야."

그들이 함께 달콤한 포도를 먹으며 웃고 있을 때였다. 갑자기 서요의 콧등으로 빗방울이 떨어졌다.

톡톡!

깜짝 놀란 그녀는 방금 전까지만 해도 맑았던 하늘을 올려다보았다.

"방금 빗방울이……."

"뭐?"

미르의 물음이 끝나자마자 세찬 소나기가 내리기 시작했다. 시원하게 쏟아지는 빗소리가 골목길을 누비는 아이들의 발소리처럼 경쾌했다.

"아씨! 갑자기 뭐야!"

미르가 재빨리 장포를 벗어 서요의 얼굴 위로 덮어주며 성을 냈다. 멀리 떨어져 있는 가람이 여기까지 비를 뿌렸을 리는 없으니, 이건 그냥 잠깐 지나가는 소나기일 터였다.

"일단 저기로 올라가자!"

다행히 가까운 곳에 사각정이 우뚝 솟아 있었다. 그들은 손을 잡고 빗길을 뚫으며 정자로 달렸다. 소나기 때문에 옷이 다 젖어버렸는데도 서요는 기분이 나쁘지 않았다. 미르와 함께 달리는데, 속이 뻥 뚫리는 것 같았다.

'아! 너무 좋아!'

물기를 머금은 나무와 풀들은 더욱 신선한 향취를 뿜어냈고, 시원하게 내리는 비는 더운 여름의 열기를 식혀주었다. 싱그러운 여름날의, 작은 선물이었다. 그들은 정자 위로 올라서 한숨을 돌렸다. 물기 머금은 옷을 탁탁 털어내고 보니 정자 위에서 보는 광경이 아주 멋졌다.

맑고 푸르른 산천을 바라보는 서요의 눈이 보석처럼 반짝거렸다. 그녀는 싱그러운 비에 지친 가슴이 시원해지는 것 같은 기분을 느꼈다.

고개를 살짝 돌린 서요가 자신과 마찬가지로 비 내리는 풍경에 시선을 두고 있는 미르를 바라보았다. 뒷짐을 지고 선 그의 풍채는 오늘따라 더 당당하고 멋져 보였다. 그녀는 이 행복한 순간을 미르와 함께할 수 있어서 더없이 기뻤다. 그리고 힐끔힐끔 쳐다보는 서요의 시선을 느낀 그는 입꼬리를 씩 올렸다.

"왜 자꾸 훔쳐봐?"

서요는 머쓱한 듯 얼굴을 긁적였다.

"예? 훔쳐본 적 없어요. 그냥 본 거지……."

"그래그래, 알겠어. 비 내리는 소리가 이리 좋게 들리는 건 처음인 것 같네."

그가 새삼 감탄하며 한 손을 쭉 뻗어 조금 가늘어진 빗줄기를 맞았다. 톡톡톡, 떨어지는 것이 비파 연주 소리처럼 듣기 좋았다.

"원래는 싫어하셨어요?"

서요의 물음에 미르는 고개를 끄덕였다.

"싫어했지. 구름 위에서 단잠을 좀 자려고 하면 빗소리 때문에 깼으니까."

"구름 가까이 있으면 그럴 수밖에 없으니 집으로 들어가야죠. 천상엔 아름다운 성과 신전들이 많을 것 같은데."

"아름다운 성과 신전이라…… 맞아. 그런데 나는 딱히 들어가고 싶지 않았어. 혼자 있는 게 좋았거든."

그는 씁쓸한 표정을 지었다. 그에 서요는 분위기를 바꾸기 위해 조심스럽게 입을 열었다.

"지금은 그렇지 않죠? 저와 함께 있으니까요."

아버지와 사이가 좋지 않아 항상 혼자 지냈던 옛 생각에 잠시 우울해졌던 미르는 서요의 말에 싱긋 웃었다. 어느새 그녀의 존재가 유일한 기쁨이 되었다. 그가 두 팔로 서요의 머리를 꽉 안고 장난스럽게 말했다.

"언제 이렇게 뻔뻔해졌지? 응?"

"아아아! 좀 놔주세요!"

서요는 미르의 가슴에 얼굴을 묻은 채로 낑낑거렸다. 두 팔을 휘적거리며 그의 품에서 빠져나오려고 안간힘을 썼으나 소용없었다.

미르는 서요와 한 몸이 되고 싶기라도 한 것인지, 그녀를 놓아주지 않으며 다정한 손길로 머리를 쓰다듬었다. 미르에게서 나는 향기가 서요의 콧속으로 스며들었다. 싱그러운 풍경에 갇힌 그들은 계속해서 따뜻한 체온을 나눠 가졌다.

가람의 방해 때문에 미르의 말을 놓쳐 버린 소소는 그 근방을 계속 돌아다니며 성을 냈다.

"도대체 미르 이놈은 서요님을 어디로 데려간 거야!"

가람은 완전히 화가 난 소소를 보고 침을 꿀꺽 삼키며 당황스러워했다. 그가 이 정도로 흥분한 모습은 처음 보았기 때문이었다.

"이제 그, 그만 찾자. 언젠가 다시 만나겠지."

소소는 아까 전부터 미르를 두둔하는 가람이 영 이상하게 느껴졌다. 그는 싸늘한 눈빛으로 가람을 바라보았다.

"너 말이야. 미르의 연심을 응원하고 싶은 마음이라고 하기엔 너무 과해. 이렇게까지 날 막을 필욘 없잖아?"

소소의 목소리가 칼날처럼 매서웠다. 기상신인 미르가 함께한다면 서요를 걱정할 필요가 없다고 생각했던 가람은 유난히 흥분하고 초조해하는 그를 의아하게 바라보았다.

"대체 뭐가 그렇게 걱정이야? 미르가 서요님한테 무슨 나쁜 짓을 하겠어, 우리보다도 더 열을 다해 서요님을 지킬 녀석인데. 다시 못 만날까 봐 그래? 지금이야 지 뜻대로 돌아다니며 구름도 모으지 않고, 미르가 우리를 찾을 생각도 없으니까 그런 거지. 마음만 먹으면 금방이라는 건 너도 알잖아?"

가람의 마뜩잖은 말에 소소는 인상을 팍 찌푸렸다. 그는 미르와 서요가 단둘이 있는 것이 항상 거슬렸고, 미르가 딴 맘을 먹고 꼭꼭 숨어 버린다면 찾는 데 애를 먹을 수 있기에 걱정이 되었다. 그런데도 가람은 아무 생각 없이 너무도 여유로웠다. 마치 그가 모르는 어떤 것을 알기라도 하는 것처럼 말이다.

'대체 무슨 꿍꿍이지?'

가람이 원래 그리 태평하다는 걸 알면서도 소소는 자꾸 그런 의심이 들었다. 그 정도로 그의 신경은 예민해져 있었다.

"말해."

소소가 살벌한 목소리로 말했다. 가람은 모른 척 딴청을 피우다가 그의 시선이 집요하게 이어지자 한숨을 크게 내쉬었다.

"하아…… 진짜 나한테 왜 그러냐. 뭘 말하라는 건데?"

"뭐긴. 네가 알고 있는 거 전부, 지금 당장."

가람은 결국 미르와 있었던 일을 털어놓았다. 서요를 기쁘게 해주고 싶다는 의도였으니 조금은 괜찮지 않을까 생각한 것이다.

"서요님이 축 처져 있어서 기분을 풀어주려고 떠난 거라고?"

가람은 그의 반응을 살피고 천천히 고개를 끄덕였다. 소소는 미간을 좁히기만 할 뿐 더 나쁜 반응을 보이지는 않았다.

사실 소소가, 연인인 그들이 하루를 같이 보내기 위해 잠시 떠난다 해도 화낼 이유는 없었다. 그걸 알면서도 그는 기분이 나빴다. 다음 날이면 다시 만나기로 약속했다지만 지금 당장 소소는 그들이 하루 동안 무엇을 할 것인지, 또 어떤 표정을 짓고 있을지 궁금했다.

'내가 진짜 왜 이러는 거지?'

소소는 자꾸 임무 이외의 다른 일까지 신경 쓰는 것 같았기에 애써 태연한 얼굴로 말했다.

"더 빨리 말하지 그랬어. 못 찾을까 봐 걱정했는데……."

가람은 눈을 동그랗게 뜨더니 소소의 어깨를 가볍게 쳤다.

"오! 하루 정도는 이해해 주는 모양인가 보네? 괜히 지금껏 숨기고 있었네! 빨리 어디 가서 쉬거나 하자. 미르와 서요님은 내일 다시 만날 테니까."

"……그래."

소소는 기운 없는 목소리로 대답했고, 가람은 그러거나 말거나 즐거

위했다. 그들은 이제 그만 방황을 멈추고 쉴 만한 곳을 찾기 시작했다.

✵

마을을 적시던 소나기가 지나가자 다시 날이 맑게 개었다. 서요와 미르는 함께 손을 잡고 깨끗한 거리를 거닐며 방실방실 웃었다. 항상 이런 날만 있었으면 좋겠다는 생각이 들 정도로 그와 함께하는 시간이 즐겁고 행복했다.

"벌써 날이 저물고 있네요."

서요가 어둑어둑해진 하늘을 바라보았다. 그녀의 목소리에는 진한 아쉬움이 묻어 있었다. 미르와 오래 돌아다니긴 했지만 벌써 하루가 끝나려고 하는 것을 보니 섭섭했다.

"그러네. 슬슬 머물 데를 찾아볼까?"

그의 말에 서요는 고개를 끄덕였다. 그들의 뒤로 붉은 석양이 비단처럼 아름답게 펼쳐졌다.

중심가로 들어선 그들은 한산해 보이는 주막으로 들어가서 방을 구했다. 미르는 주먹 쥔 손으로 입을 가리고 큼큼 헛기침을 내뱉더니 그녀의 눈치를 슬쩍 보았다.

"방 하나."

평소와 다름없이 두 개의 방을 구할 것이라 생각하고 있던 서요는 놀란 토끼 눈을 하고서 그를 보았다.

"예? 방 하나요?"

미르는 최대한 자연스럽게 행동해야겠다고 생각했기에 고개를 대충 끄덕였다. 주막 주인이 그들을 부부로 보고 정말 방 하나를 내어주려고 하자 서요는 급하게 말을 내뱉었다.

"아, 아니요! 방 두 개 주세요."

"뭐요? 어떻게 하란 얘기요?"

주인이 까칠하게 대꾸하자 서요는 미르를 당황스럽게 바라보다가 항의했다.

"왜 방 하나예요? 사람이 없어서 방도 많은 것 같은데!"

서요와 한방에서 자고 싶었던 그는 한숨을 내쉬었다. 그녀는 어째 모르는 척 그냥 넘어가는 법이 없었다.

"하아…… 알겠어. 방 두 개."

오늘처럼 좋은 기회가 언제 다시 올지 알 수 없었다. 그럼에도 불구하고 미르는 결국 그녀의 뜻대로 방 두 개를 구했다. 그가 은근슬쩍 한방에서 하룻밤을 보내려고 했던 것을 알아차린 서요는 피식 웃으며 미르에게 다가갔다. 그는 값을 지불하고 나서부터 계속 시무룩한 표정을 짓고 있었다.

"삐졌어요?"

그녀의 물음에 미르는 기운 없이 고개를 가로저었다. 아무리 속이 상한다고 해도 원망만 하고 있을 수는 없었다.

"사내대장부가 삐지다니…… 그럴 리가 없잖아."

"에이. 맞는 거 같은데요?"

"아니라니까."

나란히 자리한 두 방 앞에 선 그는 허리에 손을 올리고 정색을 했다. 딱 보아도 심기 불편해 보이는 모습에 서요는 입을 삐죽 내밀었다.

"나 참…… 그냥 노숙하는 것도 아니고, 떨려서 어떻게 한방을 써요!"

"그래그래, 떨려서 아무것도 못할 테지."

"뭐라고요? 계속 그럴 거예요?"

미르의 비아냥거림에 서요도 따끔하게 되받아쳤고, 그는 하는 수 없이 방으로 들어가 짐만 내려놓고 식사를 하기 위해 다시 밖으로 나왔다.

그들은 밥을 먹으면서도 계속 그 문제에 대해서 승강이를 벌였다. 서요는 미르가 한방에서 자고 싶어서 여기까지 온 것인가 하는 의심이 들었다. 그 정도로 그는 방 하나를 얻지 못한 것에 대해 굉장히 실망스러워했다.

저녁 식사를 마친 그들은 그냥 방으로 들어가는 것이 아까워서 평상 위에 함께 앉았다. 어느새 고요한 거리에 어둑발이 짙게 내려왔다.

"곧 밤이 되겠네요. 오늘 하루도 이렇게 가는 건가."

서요는 속절없이 지나가는 시간을 붙잡고 싶었다. 그녀는 할 수만 있다면 시간을 되돌려 오늘을 다시 보내고 싶었다. 그 정도로 오늘 하루는 평화로웠다.

아직도 한방에서 자는 것에 미련이 남았던 미르는 혹시나 해서 입을 열었다.

"아쉽지? 그러니까 밤에 같이 자자니까?"

"아직도 그 얘기예요? 밥 먹을 때도 내내 들었는데, 지겹지도 않나 봐."

"지겹기는, 간절하기만 한데……."

서요는 그의 말을 못 들은 척했다. 아무리 아쉬워한들 미르의 뜻대로 할 수는 없었다. 그와 한방에서 자는 건 아무리 생각해도 부끄럽고 가슴이 떨렸다.

"에이. 그러지 말고, 여기서 잠깐 누워서 별이나 좀 보고 들어가요."

축 처진 그의 어깨를 평상으로 내리누른 그녀가 싱긋 웃었다. 미르는 서요의 손길에 몸의 힘을 쭉 빼고는 편하게 누웠다. 그러자 그녀 또한 꼼지락거리며 그의 옆에 나란히 누웠다. 함께 자고 싶은 미르의 뜻을 조금은 따라주는 것처럼 말이다.

"별 보는 거 좋아해?"

그는 전에도 종종 서요가 밤에 별을 보았던 것을 기억하고 물었다.

남빛 하늘을 화려하게 수놓은 은하수를 바라보고 있던 그녀는 고개를 끄덕였다.

"네. 아버지와 어머니는 제가 오색영롱한 다섯 개의 별빛을 받고 태어났다고 하셨는데…… 저곳이 진짜 제 고향인가 싶어서요."

"천상이 고향 맞지, 그럼."

"그래요? 그럼 미르님과 저는 같은 곳에서 태어난 건가요?"

서요가 여신인 것을 알고 있는 미르는 그녀가 당연한 질문을 한다고 생각하며 고개를 끄덕였다. 그러나 서요는 그가 자신의 농담에 맞춰주는 거라고 생각하고 허탈한 미소를 지었다.

서요는 별빛을 받고 태어났다는 말도 안 되는 이야기를 들을 때마다 생생히 살아 있는 자신의 몸을 보고 의아할 때가 있었다. 자신이 평범한 인간인 건지, 그게 아니면 오직 신녀라는 직분을 수행하기 위해 필요한 영적인 존재인 건지 궁금했다.

'대체 뭘까? 답답해.'

서요는 손가락으로 아름다운 별들을 가리켰다.

"길러주신 부모님께 너무 감사드리지만…… 절 낳아주신 분은 대체 누구인지 궁금해요. 정말 저 별들일까요?"

미르는 생각보다 서요의 고민이 깊은 것 같아서 안타까웠다.

'너는 환웅님과 주영님의 귀한 딸이야…….'

그렇게 말해주고 싶은 마음이 굴뚝같았지만 정체를 밝히면 안 된다는 환웅의 명과 운사의 당부를 생각하고 입을 꾹 다물었다. 미르가 뭐라 대꾸해 주길 기다리던 서요는 의아한 얼굴로 그를 바라보았다. 미르는 무슨 생각을 하는 것인지 그녀보다도 더 우울한 표정을 하고 있었다.

"미르님?"

서요의 부름에 정신을 차린 그는 입가에 애써 웃음을 내걸었다.

"아아, 응. 너무 그렇게 복잡하게 생각하지 마. 언젠가 천상으로 올라가면 다 알게 될 테니까."

"뭘 알게 돼요?"

"지금껏 조선의 신녀들은 조선을 더 이롭게 하기 위해 천상에서 내려보낸 거잖아. 그러니 천상으로 올라가면 너를 선택해서 보낸 이유를 알수 있을 거야."

미르는 그렇게라도 그녀의 의문과 근심을 덜어주고자 노력했다. 서요는 입꼬리를 씩 올리며 어여쁜 미소를 지었다.

"나를 보낸 이유라……."

서요는 나란히 누운 미르의 손을 잡고는 여름밤의 별빛들을 온몸으로 맞았다. 어느새 별을 볼 때마다 들던 씁쓸한 기분 대신, 안온한 느낌만이 들었다. 외로움을 무색하게 만드는 그가 옆을 든든하게 지키고 있기 때문이었다.

서요와 미르는 주막의 평상 위에서 한껏 나른함에 취했다. 잔잔한 풀벌레 소리가 마치 자장가처럼 들려왔다.

"미르님."

서요가 부드러운 목소리로 미르를 부르며 숨을 길게 내뱉었다. 눈을 지그시 감고 있던 그는 그녀의 손을 더 꽉 잡고 물었다.

"왜?"

"고마워요."

"……뭐가?"

"전부. 전부요……."

울컥 감정이 실린 서요의 말에 미르는 은은한 미소를 지었다. 그야말로 그녀를 만나서, 그녀와 함께하게 되어서 헛헛했던 가슴이 풍족해지고 있었다.

"고맙기는. 당연한 걸."

미르가 고개를 살짝 돌려 서요의 청초한 옆얼굴을 응시했다. 그녀를 바라보는 그의 눈동자는 별보다 더 아름답게 반짝였다.

"아마 천상에서 전부 지켜보고 계실 거예요."

천상으로 올라가는 것을 생각하던 서요가 조심스럽게 말을 이었다. 그녀는 좀 더 좋은 상황을 꿈꾸고 싶었다. 미르는 그게 무슨 말인가 싶어 고개를 갸웃하며 서요의 입술을 지켜보았다.

"미르님의 아버지이신 운사님도 계실 거고. 조선을 위해 힘써주시는 모든 천상의 신들이 이 나라 조선과 우리를 지켜보고 계실 거예요. 그러니 왕검에게 쫓기던 저를 위해, 미르님을 비롯해 소소님과 가람님을 내려 보내주신 거 아닐까요?"

그녀의 다정한 말에도 미르는 침통한 얼굴로 대답했다.

"아버지는…… 기상의 일만 해도 바빠서 몸이 열 개라도 모자라. 성에 차지 않는 아들을 굳이 시간을 내어 지켜보고 있을 리가 없지."

그의 축 처진 목소리에 그녀는 자식을 사랑하지 않는 부모는 없다고 말해주고 싶었으나 제대로 알지도 못하면서 괜한 참견이 될까 봐 두려워 입을 다물었다. 그 대신 미르 쪽으로 몸을 돌려 그와 더 가까이 달라붙었다. 미르가 따뜻한 체온과 마음을 더욱 느낄 수 있도록 말이다.

'언젠가는…… 정말 언젠가는 꼭 함께 천상으로 올라가요. 그래서 이 마을에서처럼 웃는 날만 가득하도록 해요.'

서요는 그런 행복한 상상을 하면서도, 탄압받는 백성들을 버리고 무작정 올라가서는 안 된다는 생각이 들었다. 오늘 하루 미르의 노력 덕분에 잠시 그 문제에 대해서 생각하지 않았지만, 다시 마음이 불편해졌다.

"위로해 주는 거야?"

어린아이처럼 꼭 붙어 있는 그녀를 한 팔로 감싼 그가 흐뭇하게 입꼬리를 올렸다. 미르의 팔에 얼굴을 묻은 서요는 아무렇지 않은 척 고개를 끄덕였다.

"저는…… 여전히 지켜보고 계실 거라고 생각해요."

서요는 자신을 정성을 다해 길러주었던 부모님을 생각하며 분명 그럴 거라고 생각했다.

"그래. 알겠어."

서요의 고집에 그는 어쩔 수 없이 수긍했다. 미르는 아버지가 정말 천상에서 지켜보고 있다면 방해만 하지 않길 바랐다.

"이 밤이 영원했으면 좋겠다."

미르가 나지막한 목소리로 말했다. 그도 서요와 마찬가지로, 흘러가는 시간이 너무도 아까웠다.

바람조차 불지 않는 뜨거운 날, 서요 일행이 다시 한자리에 뭉쳤다. 서요와 미르가 아침 일찍 일어나 그들과 헤어졌던 장소로 되돌아가서 소소와 가람을 만난 것이었다.

심란한 표정을 짓고 있던 소소는 서요를 만나자마자 바로 그녀의 몸 상태를 살폈다.

"괜찮으신 것입니까? 아픈 데는 없으시고요?"

서요는 얼른 고개를 주억였다. 아무래도 소소는 떨어져 있었던 하루 동안 그녀를 많이 걱정한 모양이었다.

"정말 괜찮아요! 위험한 일도 없었고……."

"예. 그렇다면 다행입니다."

그가 대답하며 미르 쪽을 한 번 흘낏 쳐다보더니 아무런 말없이 딴 곳으로 시선을 돌렸다. 소소는 미르의 행동이 비록 마음에 들지는 않으나 서요가 거부하는 일이 아닌 이상 뭐라고 하기가 애매했다. 또한 그 자신이 임무 말고 자꾸 그들의 애정 관계에 더 집중하는 것 같았기에 스스로 정신을 차리려고 노력하는 중이기도 했다.

'서요님을 지키는 것만 생각하자. 그것만 생각해.'

썰렁한 분위기가 지속되자 가람은 소소와 미르의 등을 말 쪽으로 떠밀었다.

"자, 하루 푹 쉬었으면 다시 출발하자고. 아사달까지 얼마 남지 않았어."

말 위에 올라탄 그들은 눈이 부실 정도로 환한 빛이 내리쬐는 초원을 달리기 시작했다. 따듯한 햇빛이 그들의 머리 위에서 하얗게 부서졌다.

아사달 쪽으로 향하는 그들의 눈에 커다란 마을이 보였다. 서요는 마을의 거대한 규모에 놀라 외쳤다.

"잠, 잠시만요!"

미르는 급하게 말을 멈추었다.

"왜 그래?"

"저곳부터가 아사달인 거죠?"

"응, 아사달에서 가장 북쪽에 위치한 마을인 거 같은데…… 확실히 다른 곳보단 훨씬 크고 북적북적하네."

마을을 바라보는 미르의 눈이 가늘어졌다. 서요는 긴장한 나머지 그의 팔을 잡은 손에 힘을 꽉 주었다.

"네…… 가요."

서요의 흔들리는 목소리를 들은 미르는 그녀의 얼굴 가리개를 더 꼼꼼하게 매만져 주며 믿음직스러운 눈빛을 보냈다. 그는 서요가 두려워하는 모습을 보고 싶지 않았다.

"내가 곁에 있어. 걱정하지 마."

그의 말에 서요는 울렁거리던 속이 조금 진정되는 걸 느꼈다. 미르의 단단한 팔을 꼭 잡고 있는 것도 커다란 의지가 되었다. 기상신들과 함께라면, 아사달을 마냥 두려워할 필요가 없었다.

그들은 드디어 아사달에 들어섰다. 미르의 곁에 바짝 붙은 서요는 살벌한 광경에 헛숨을 집어삼켰다.

"헉!"

병사들은 눈을 험악하게 부라리며 마을을 돌아다녔고, 사람들은 그들의 눈도 마주치지 못한 채 등을 잔뜩 굽히고 자리를 피해 다녔다.

서요는 아사달을 완전히 점령한 듯한 병사들의 모습에 손이 벌벌 떨렸다. 심장이 조여서 도저히 앞을 제대로 보고 걸을 수가 없었다. 수피아에서도 병사들이 많이 있긴 했으나, 해문의 명을 받아 움직이던 그들과 지금 아사달을 돌아다니는 그들은 차원이 달랐다.

'수피아 때처럼 적당히 눈속임으로 넘어가는 게 아니야. 아사달이 이럴 거라는 건 어느 정도 예상했지만……'

그럼에도 불구하고 서요의 마음이 무너졌다. 그녀는 벌써부터 아사달에서 머물러야 한다는 사실이 두려웠다. 병사들에게 정체를 들킬까 봐 걱정되기도 했고, 신자들이 고통받는 모습은 괴로워서 보지도 못할 것 같았다.

"서요님, 괜찮으십니까?"

소소가 최대한 미르의 뒤에 숨어서 걷고 있는 서요에게 물었다. 그는 겁에 질린 그녀가 너무도 안타까웠다.

"예, 그런데 너무 무서워요. 분위기가 진짜…… 초상집도 이렇지는 않을 것 같아요."

"아무래도 아사달은 전부 이런 상황이지 않을까 싶습니다."

"하아…… 어떡하죠, 정말."

"일단 최대한 고개 숙이고 계세요. 안으로 들어가서 얘기할 만한 곳을 찾아야 할 것 같습니다."

"네."

서요는 완전히 풀죽은 목소리로 대답했다. 기상신들은 그녀가 얼굴도 들지 못하는 이곳에서 아사달의 심장을 어떻게 찾아야 할지 염려스러웠다.

묵을 곳을 찾아 걷던 중 가까운 곳에서 소란이 벌어졌다. 서요는 놀란 토끼 눈을 하고 소리가 난 쪽으로 고개를 돌렸다. 그곳엔 마을의 신당이 있었는데, 신당의 주인인 무당과 그녀를 따르는 마을 사람들이 병사들에게 일방적으로 구타를 당하고 있었다.

"저게 지금 무슨……."

서요의 입이 떡 벌어졌다. 수피아에서 있었던 일은 아무것도 아니라는 생각이 들 정도로 폭력의 수위가 어마어마했다. 사람들의 처참한 얼굴을 본 서요는 온몸을 부들부들 떨었다. 자신이 맞은 게 아닌데도 가슴에 피멍이 드는 것 같았다.

병사가 휘두른 주먹에 맞은 무당은 몸을 비틀거리면서도 강단 있게 소리쳤다.

"이 신당은 이곳 사람들이 평생을 의지하던 곳입니다! 어찌 그런 곳을 무너뜨리려 한단 말입니까!"

그녀의 곁에 있던 다른 사람들도 병사들의 바짓가랑이를 붙잡고 애원했다.

"제발 멈춰주십시오."

"부탁드립니다."

이들을 못마땅하게 바라보던 병사들은 사람들의 간절한 손길을 뿌리치며 험한 욕설을 내뱉었다. 왕검 자민의 명에 의해 하루빨리 마을의 신당을 무너뜨려야 했기에 병사들도 마음이 급했다.

한 병사가 검을 빼들었다.

"아무것도 모르는 척, 못 들은 척 입 다물고 살면 될 것이지…… 왜 이리 귀찮게 구는 것이야! 죽고 싶으냐? 그런 거라면 내 직접 너희들의 숨통을 끊어주지."

그는 끈질기게 앞을 막는 신자들을 위협하더니 단번에 맨 앞에 선 노인의 목을 베어버렸다.

"꺄악!"

두 눈을 뜨고 볼 수 없는 끔찍한 상황에 무당과 사람들이 비명을 질렀다. 바닥에는 죽은 노인의 피가 낭자했다. 병사는 그러고도 성에 차지 않았는지 다시 검을 높게 빼들었다.

충격을 받은 서요는 자신도 모르게 그쪽으로 발걸음을 옮겼다. 병사를 막아야겠다는 생각밖에 들지 않았다.

"잠깐만!"

위험하다는 판단 하에 그녀를 저지한 미르는 가람의 검을 빼앗아 병사의 앞을 막아섰다. 소소 역시 분노했지만, 미르가 먼저 나서자 자리에 남아 서요의 곁을 지켰다.

미르와 검을 맞대게 된 병사는 얼굴을 일그러뜨렸다. 그러다가 그가 입은 고급스러운 옷을 보고 귀한 집 자제일 것이라 짐작하고 입을 열었다.

"도련님은 뉘십니까. 방해하지 마시고 모른 척 가시지요."

미르는 가소롭다는 듯이 병사를 바라보며 콧방귀를 뀌었다.

"하! 내가 시끄러운 건 딱 질색이라…… 그렇게는 못하겠는데?"

미르가 빈정거리자 병사는 얼굴을 구겼다. 사람들이 어느새 이곳을 주시하며 웅성거리고 있었다. 망신을 당했다고 생각한 병사는 참지 않겠다는 듯 검을 쥔 손에 힘을 주었다. 그러나 아무리 힘을 주어도 검을 맞댄 미르는 물러나지 않았다. 그의 검이 마치 단단한 바위처럼 느껴질 지경이었다.

병사는 이를 악물며 주변의 눈치를 보았다. 그의 옆에 있던 병사들은 왜 그러냐는 듯 눈빛으로 타박을 주었다.

"왜? 날 못 밀어내겠어?"

미르가 눈빛을 날카롭게 빛내더니 병사의 칼을 저 멀리 날려 버렸다. 엄청난 괴력에 병사는 당황한 표정을 지었다. 탄탄한 몸이긴 했으나 무술이라고는 전혀 모를 것 같았던 그의 실력이 생각보다 너무 강했던 것이다.

"이, 이……! 왜!"

병사가 굴욕에 이를 갈며 분노하고 있을 때, 그의 동료들이 한숨을 내쉬며 칼을 빼 들었다.

하지만 미르는 눈길도 주지 않은 채 두려움에 떨고 있는 마을 사람들에게 일어나라고 손짓했다.

"일어나. 괜히 아까운 목숨 내놓지 말고, 그냥 가라고."

그가 신당을 지키기 위해 왔다고 생각했던 사람들은 의아한 표정을 지었다. 그러나 한 사람이 죽어 전의를 상실한 그들은 신당 앞을 벗어났다.

미르와 붙어 한 방에 나가떨어진 병사는 화가 나서 다시 덤벼들려고 했으나 신당을 부수는 일이 먼저였던 다른 동료들이 말리는 바람에 이만 갈았다.

미르는 서요와 기상신들의 곁으로 돌아왔다. 서요는 복잡한 표정으로 그를 바라보았다.

'미르님으로서는 최선이었을 거야. 마을에 있는 모든 병사와 대적할 수는 없으니…… 하지만 너무 분해! 신당을 지키기 위해 폭력으로 맞선 것도 아니고, 말로 애원하던 사람을 어떻게 그렇게 죽일 수 있는 거지?'

서요는 가슴이 터질 듯이 뛰어댔고, 죽은 노인이 안타까워서 눈물이 나올 것 같았다. 소소는 깊은 숨을 내쉬며 서요에게만 들릴 정도로 작게 말했다.

"서요님의 마음은 이해하나 지금은 물러나야 할 때인 것 같습니다."

소소 또한 신자의 목숨을 벌레만도 못하게 취급하는 병사의 행동에 화가 났으나 지금은 어찌할 도리가 없었다. 서요는 힘겹게 고개를 끄덕였다. 정체를 들킬까 봐 전전긍긍하는 신세인데 적극적으로 나설 수 있을 리 만무했다. 서요는 이런 자신의 처지가 한심했다.

"가자."

금방이라도 눈물을 떨어뜨릴 것 같은 서요에게 미르는 가라앉은 목소리로 말하며 그녀의 어깨를 감싸 안았다. 그들은 병사들에게서 등을 돌려 북적이는 저잣거리로 들어섰다.

9장
가슴 떨리는 만남

주막을 찾아 방을 빌린 뒤 큰 방에 들어온 그들은 침통한 표정으로 자리에 앉았다. 서요는 지끈거리는 이마 위에 손을 올리며 한숨을 내쉬었고, 기상신들은 각자 나름대로의 걱정을 하며 깊은 생각에 잠겼다.

소소가 긴 침묵을 깨고 입을 열었다.

"이대로는…… 아사달을 제대로 돌아다니는 것조차 어려울 것 같습니다."

하루라도 빨리 아사달의 심장을 찾고 싶었던 가람은 그의 말을 듣고 바로 서요를 응시했다.

"서요님. 아사달의 심장이 왕검의 심장처럼 단순하진 않을 거 같은데 혹시 수피아의 신목처럼, 아사달의 심장도 어쩌면 찾을 수 있는 것이 아닐까요?"

"……."

"서요님?"

서요가 답은 하지 않고 몸만 부들부들 떨고 있자 미르가 답을 재촉하려는 가람을 향해 그만하라는 듯 고개를 가로저었다. 서요는 분해하는 것 같으면서도 한없이 애처롭고 절망스러워 보였다. 신녀인데도 그들을 도와줄 수 없었으니 그럴 만도 했다.

결국 서요는 자리에서 일어났다.

"죄송해요. 지금은…… 너무 혼란스러워서. 잠시만 혼자 있고 싶어요. 제 방으로 돌아가 볼게요."

어쩔 줄 몰라 하는 서요의 모습에 기상신들은 깊은 숨을 내쉬며 고개를 끄덕였다. 아사달의 심장을 찾기 위해 아사달로 왔지만, 그것에만 몰두하기엔 이곳의 현실이 너무나 절망적이었다.

미르는 방을 나서는 그녀에게 조심스럽게 말했다.

"편히 쉬어…… 이따 저녁에 보자."

"네."

서요가 대답하고는 자신의 몫으로 빌린 방으로 돌아갔다. 햇빛조차 잘 들어오지 않는 어둡고 작은 방이었지만 그곳에서만은 마음 놓고 울음을 터뜨릴 수 있었다.

"흐흡…… 어떡해, 어떡하면 좋아."

마음이 아픔으로 무너졌다. 안타깝게 죽은 노인의 모습이 자꾸만 머릿속에 떠올랐다.

'이게 다 나 때문이야…… 나 때문이라고!'

서요는 자신의 머리카락을 쥐어뜯으며 괴로워했다. 앞으로 탄압은 이보다 더 심해졌으면 심해졌지, 갑자기 사라지거나 약화될 리는 없었다. 그걸 아는 서요는 앞으로의 일이 두려웠다. 아사달에 발을 들여놓은 이상 눈을 가리고 귀를 막으며 피할 수도 없었다. 몸을 웅크린 채 떨던 그녀는 상황을 이 지경까지 만든 왕검을 생각하며 이를 갈았다.

"왕검 자민…… 이 악독하고 못된 인간!"

그는 신권을 대표하는 인물인 신녀와 함께 백성들까지 모두 사지로 몰아넣고 있었다. 서요는 자신을 죽이려는 것도 힘들었지만, 그로 인해 고통받는 다른 사람들을 보는 것은 도저히 참을 수가 없었다.

분노와 절망감에 몸을 부르르 떨던 서요는 어서 빨리 천상으로 올라가고 싶어 하던 가람의 말이 떠올랐다.

"서요님. 아사달의 심장이 왕검의 심장처럼 단순하진 않을 거 같은데 혹시 수피아의 신목처럼, 아사달의 심장도 어쩌면 찾을 수 있는 것이 아닐까요?"

겨슬레, 새암, 수피아 모두 그 마을 상황을 겪고 나서야 임무 해결을 위해 무엇이 필요한지 윤곽이 잡혔다.

"아사달의 심장…… 아사달의 문제점이라."

서요는 역시 탄압을 저지하는 쪽으로 마음이 쏠렸다. 그 문제를 해결해야만 아사달의 심장을 찾을 수 있을 거란 예감이 들었다.

"그것뿐이야…… 그것뿐이란 말이야."

씁쓸한 혼잣말이 허공으로 흩어졌다.

날이 어두워지자 복작거리던 거리가 한산해졌다. 병사들 또한 낮보다는 뜸하게 보였기에 서요와 기상신들은 그제야 밖으로 나와서 어두운 표정으로 저녁밥을 먹었다. 저녁 시간이 훌쩍 지나 있었기에 그들의 주변엔 사람들이 거의 없었다.

서요는 아사달의 심장에 관한 자신의 생각을 차마 입 밖으로 내기가 힘들었다. 탄압을 해결하는 건 검을 찾아야 했던 겨슬레나 전염병을 막아야 했던 새암, 분쟁을 해결해야 했던 수피아의 경우보다 훨씬 어렵고 복잡한 일이 분명했다.

한마디로 이건 왕권과 정면으로 싸우는 일이었다. 철권통치로 고통받는 모든 백성들을 구원하는 일이나 마찬가지였던 것이다.

밥을 제대로 먹지 못하고 깨작거리는 서요에게 미르가 걱정이 가득한 목소리로 물었다.

"왜 이렇게 먹질 못해."

서요는 그의 눈치를 보며 억지로 밥을 먹었지만, 여전히 목구멍으로 잘 넘어가질 않았다. 아직도 낮의 광경이 선연해 식욕이 전혀 없었다.

"기운 내셔야 합니다, 서요님."

소소는 서요가 무슨 고민을 하고 있는지 알 것 같았기에 더욱 그녀가 안쓰러웠다. 그녀는 소소의 얼굴을 바라보다가, 수피아에서 어떤 일이 있어도 자신의 선택을 존중하고 함께할 것이라고 말해주었던 그가 생각났다.

조금 용기가 난 서요는 마음을 굳게 먹고 입을 열었다.

"임무에 대해서 할 말이 있어요."

세 기상신들은 그녀를 따뜻한 시선으로 바라보았다. 서요는 그들이 자신의 말을 어떻게 받아들일지 예상할 수 없었지만 그들과 함께 이 역경을 헤쳐 나가고 싶었다.

"아사달은 보시다시피 다른 곳보다 탄압의 정도가 더 심해요. 그 정점에 있다고 해도 과언이 아니죠."

서요는 잠시 말을 멈추고 심호흡을 했다. 세 남자의 따뜻한 시선을 받고 있음에도 워낙 큰 문제에 대해 이야기하려니 가슴이 떨렸다. 특히 미르는 그녀에게 천상으로 함께 올라가자는 다짐을 여러 번 했고, 가람은 항상 천상으로 올라가 해야 할 일이 있다고 강조했다. 탄압을 해결하는 일이 아사달의 심장을 찾는 일이나 마찬가지였으니 가람은 상관없겠지만, 문제는 미르였다.

'함께하자는 그 약속…… 저버리고 싶진 않아.'

서요는 그렇게 생각하면서도 그게 현실적으로 가능한 것인지 의문이 들었다. 서요가 한참 말을 잇지 못하자 미르가 서요의 어깨를 다독였다.

"괜찮으니까 말해봐."

서요는 고개를 끄덕인 후 다시 입을 열었다.

"아사달의 심장을 찾는 방법은…… 아사달에 자행되는 탄압을 멈추는 거라고 생각해요."

"어떻게요?"

가람의 물음에 서요는 잠시 난감한 표정을 지었다. 앞으로의 길이 험난할 게 뻔했기 때문이었다. 하지만 이제 더는 망설이지 않고 행동으로 옮겨야 할 때였다.

"왕가와 직접 맞서는 거예요. 그러니 두 가지 방법이 있죠. 가람님이 말씀하셨던 것처럼 왕검 자민을 죽이거나, 제가 제사장의 자리에 올라 신권을 다지고 신자들을 보호하는 거예요."

"잠깐, 잠깐만."

잠자코 듣고 있던 미르가 굳은 표정으로 말했다. 이어질 다음 말을 예상할 수 있었기 때문이었다.

"왕검을 죽이는 건 어렵다고 했으니 결국 제사장이 되겠다는 얘기야?"

그의 목소리가 격양되었다. 흥분한 미르를 바라보던 서요는 고개를 끄덕이며 쐐기를 박았다.

"예. 제사장이 되어야겠어요."

"하…… 진심이야? 왕검과 맞서 싸워야 하는 그 자리가 얼마나 고되고 무서운 자리인지는 알고 있어?"

미르는 험난한 자리에 서요가 서겠다고 하자 가슴이 쿵쿵 뛰었다. 제사장이 되면 지금보다 더한 고난이 기다리고 있을 게 뻔했다. 제사장으로서의 역할을 잘하지 못하면 백성들에게 욕을 먹을 것이고, 그녀를 끌어내리려는 왕검 자민의 계략도 심화될 터였다.

미르는 서요가 그런 위험을 감수하지 않길 바랐다.

"알고 있어요. 하지만 언제까지고 피하고 살 순 없는 거잖아요. 어차피 아사달의 심장을 찾기 위해서라도 탄압은 사라져야 해요."

단단히 결심한 서요의 얼굴을 본 소소는 고개를 끄덕이며 그녀의 힘이 되어주었다.

"전 서요님의 결정에 따르겠습니다."

소소는 수피아에서 서요의 고민을 들었을 때부터 왕검에게 스스로 잡혀가는 게 아닌 이상은 그녀의 결정을 따를 것이라고 결심하고 있었다. 소소의 지지를 받은 서요는 미소를 지었고, 가람은 뒷머리를 긁적였다.

"저는 뭐, 그게 아사달의 심장을 찾을 수 있는 길이라면 상관없습니다. 다만 잘 해내셔야 합니다, 서요님. 미르 말대로 쉽지 않은 일이 될 테니까요."

"예. 그럴게요. 곁에서 도와주세요."

가람 또한 서요를 따를 것이라고 결정했다. 이제 남은 건 심각한 표정의 미르뿐이었다. 그녀는 올곧은 눈빛으로 그를 바라보며 말했다.

"미르님. 함께…… 해주세요."

서요의 목소리가 떠나가는 정인을 붙잡는 것처럼 애달팠다. 미르는 거친 숨을 내쉬며 자신의 머리를 마구 헝클어드렸다. 상황이 상황인 만큼 어떤 결정도 쉽사리 내릴 수 없었다.

아사달에 들어오자마자 본 험악한 광경에 그녀의 마음이 얼마나 아플지 예상하지 못한 건 아니었다. 그러나 왕검 자민을 죽이는 게 아니라, 정식으로 제사장이 되어서 계속 맞서는 거라면 함께 천상으로 올라가는 일이 어려워질 수도 있었다.

'그걸 알고도 이러는 거야?'

미르의 얼굴은 먹구름이 몰려온 것처럼 어두워졌다. 한참의 침묵 후, 그가 다시 말문을 열었다.

"내가 대체 어떻게 하면 좋을까. 네가 제사장이 되어서 탄압을 멈추고 아사달의 심장을 찾는다 해도, 백성들을 지키느라 전전긍긍하는 네가 과연 나와 함께 편히 천상으로 올라갈 수 있을까?"

"……."

"감투를 쓴다는 건 그런 거야. 직위에 오르면, 결코 자유로워질 수 없어."

미르의 말이 다 옳았기에 서요는 뭐라 할 말이 없었다. 그는 세상의 모든 시름을 짊어진 것처럼 괴로운 얼굴을 하고 있었다.

왕검 자민을 제압해 탄압을 멈춘다면 아사달의 심장을 얻겠지만 제사장이기에 그와 함께 천상으로 올라가기 어려울 수도 있었다. 그렇다고 해서 천상에서의 안온한 삶을 버리고 자신을 지키기 위해 내려온 미르에게 영원토록 자신과 함께 지상에 남아달라고 하는 것은 이기적이었다. 또한 그는 천상에서 맡은 역할이 있는 기상신이었다. 하나 서요는 이것 말고는 도저히 다른 방법이 떠오르지 않았다.

"다, 다 알고 있어요."

차마 미르를 볼 수 없어 서요는 고개를 숙인 채 눈을 꾹 감았다. 그의 실망한 얼굴이 머릿속에 맴돌았다.

"그래. 다 알고 얘기한 거구나…… 결정까지 혼자 다 해놓고서 내겐 그냥 통보한 거구나."

미르의 쓸쓸한 목소리가 비수가 되어 가슴에 박혔다. 서요는 그에게 상처를 준 것 같아서 미안해서 울컥했다. 미르는 고개를 들지 못하는 그녀를 싸늘하게 바라보다가 자리에서 일어났다.

"미르님?"

부스럭하는 소리가 들리자마자 급하게 고개를 든 서요는 뒤돌아선 그를 향해 소리쳤다. 이대로 미르가 마음이 상해서 떠나 버릴까 봐 두려웠다.

"함께 올라갈 수 있을지…… 장담하지 못하는 건 사실이에요. 하지만 저도 미르님과 함께 있고 싶어요."

그 마음은 절대 변하지 않았다. 서요의 말을 들은 미르는 한숨을 길게 내쉬었다. 머리가 지끈거리며 아파오기 시작했다.

"우리가 헤어지는 건 용납하지 않아."

미르는 몸을 돌려 그녀를 똑바로 응시했다. 그의 눈빛이 불꽃처럼 강렬하게 타올랐다.

"만약 천상으로 올라가기 어려운 상황이라면, 어떻게 해서든 내가 네 곁에 남을 거야. 하지만 네가 감당하기 어려운 자리야. 너를 무시하는 게 아니라…… 내가 못 보겠어."

서요는 자신 때문에 지상으로 내려와야 해서 심통을 부렸던 그가 이곳에 남겠다고 하자 많이 놀랐다. 미르가 천상에서의 모든 걸 포기하고 남을 만큼 자신을 사랑한다는 것에, 그의 말을 곱씹을수록 마음이 아파진 서요는 아랫입술을 꾹 깨물었다. 어쩔 줄 몰라 하는 그녀를 본 미르는 한쪽 눈썹을 추켜세웠다.

"나는 네가 제사장이 되는 데 동의 못 해. 차라리 왕검을 죽이겠어. 그 일과 관련된 모든 이들을 죽일 거야."

그는 서요가 힘든 길을 가지 않길 바랐기에, 차라리 왕검을 죽이겠다고 다짐했다. 미르의 말에 깜짝 놀란 서요가 그의 팔뚝을 붙들었다. 소소와 가람마저 침을 꿀꺽 삼키며 그들을 불안하게 바라보았다.

"왜, 왜 이러세요, 정말…… 그거야말로 위험해요!"

"탄압을 멈추려면 그 일의 원흉인 그놈을 죽이는 게 나아. 제사장이 되어 맞선다고 해도 너는 끝까지 위험할 거고, 고통받을 거야. 그때 왕검을 죽이는 게 현실적으로 어렵다고 한 건 네가 불구덩이에 직접 들어

가겠다고 하기 전이지. 지금은 상황이 완전히 달라졌어."

미르의 어투는 단호했다. 그를 올려다보는 서요의 눈동자가 사시나무 떨듯 흔들렸다. 서요는 절대 안 된다는 듯이 고개를 내저었다. 미르가 위험해질 수도 있는 방법을 받아들일 수는 없었다.

"싫어요. 안 돼요. 이건 제 문제고, 제 일이란 말이에요. 왜 미르님이 그래야만 하는 건데요."

미르가 그녀를 걱정하는 것처럼 서요 또한 마찬가지였다. 그들은 물러서지 않고 서로를 응시했다. 소소와 가람은 차마 그 사이에 끼어들지 못한 채 미간을 좁혔다.

답답하다는 듯 숨을 크게 내쉰 미르는 그녀의 어깨를 잡고 설득했다.

"이제 너만의 문제라는 건 없어. 모든 걸 나와 함께하는 거라고."

"미르님이 저 때문에 궐로 잠입해서 왕검을 죽이겠다는데…… 그게 함께하는 거예요? 제가 제사장이 되면, 미르님이 도와주실 수 있잖아요. 그게 함께하는 거잖아요."

서요의 절절한 말에 어깨를 잡고 있던 손을 뗀 그가 다른 곳을 바라보았다. 가슴이 답답하다 못해 꽉 막혀 버린 것 같았다. 서요는 다시 미르에게 애달픈 눈빛을 보냈다.

"미르님의 말씀처럼 분명 감당하기 어려운 자리일 테니 많이 힘들겠죠. 그래도 미르님이 곁에 있다면 저 힘낼 수 있어요. 그러니…… 그렇게 혼자 가지 마요. 부탁이에요."

서요는 그가 혼자 궐로 들어서는 상상만 해도 모골이 송연했다. 미르는 분명 위대한 신이지만 능력이 일정 부분 봉인당했으니 경비가 삼엄한 궐에서는 어찌 될지 모르는 일이었다.

"예?"

서요가 다시 한 번 재촉하자 미르는 한 발 뒤로 물러섰다.

"잠시만…… 생각 좀 해볼게. 방에 들어가 있어."

"예? 어디 가세요! 미르님!"

미르는 뒤도 돌아보지 않고 주막을 떴다. 서요는 어깨를 축 늘어뜨리며 한숨을 내쉬었다.

"서요님, 괜찮으십니까?"

소소의 물음에 서요는 씁쓸한 표정으로 미르가 나간 곳을 바라보며 말했다.

"예. 미르님은 어디 가신 걸까요."

"……받아들일 시간이 필요한 것 아니겠습니까?"

"그런 거겠죠? 다른 생각을 하고 있는 건 아니겠죠?"

서요는 혹시 그가 이대로 결정을 받아들이지 못하고 큰일을 벌일까 봐 걱정되었다. 불안감이 가득한 그녀의 목소리에 소소는 최대한 부드럽게 말했다.

"예. 그럴 겁니다."

서요는 천천히 고개를 끄덕였다. 그러나 여전히 가슴은 커다란 바위에 짓눌린 것처럼 답답했다.

"후…… 미치겠군, 정말."

어두운 길을 홀로 걷던 미르는 한숨을 내쉬며 걸음을 멈췄다. 수많은 고민들 때문에 머리가 터져 버릴 것만 같았다. 아사달의 심장을 찾는 건 다른 임무보다 더 험난하고 어려운 일이 되었다. 자민을 암살하는 것과 서요가 제사장이 되어 신권을 다지는 것 중, 어느 하나도 선택하기 쉽지 않았다.

서요를 힘들게 하고 싶지 않은 미르의 마음과 그를 위험에 빠뜨리고 싶지 않은 서요의 마음은 같았다. 그도 그것을 모르지는 않았다.

"정말 바보 같아."

미르는 여전히 서요의 결정이 너무 염려스러웠다.

'왕검을 죽이는 게 어렵다고 한 번 말한 걸로 이렇게까지 반대할 건 없잖아. 제사장이 되는 일은 쉬운 줄 아나.'

왕검을 암살하는 일이 힘든 만큼, 그녀가 제사장이 되는 것도 힘든 일일 터였다.

"전면에 나서서 백성들의 희망이 된다는 게, 얼마나…… 얼마나……."

그는 그 부담을 모두 헤아리지 못할 것 같았기에 말을 끝맺지도 못했다.

'내가 끝장을 내야 해. 서요가 고통받기 전에.'

주먹을 꽉 쥔 미르는 단단히 마음먹었다. 그는 서요에게 말하지 않고 일을 처리할 생각이었다.

"가람과 소소는……."

미르는 그들에게 이 사실을 말해야 하나 고민이 되었다. 함께한다면 든든한 동료를 얻게 되는 것이지만, 그녀에게 말이 새나가서 들킬 수도 있었다. 그의 머리가 복잡해졌다. 미르는 우선 궐을 살피고 기회를 잡아야겠다고 생각했다.

서요는 밤이 깊도록 미르를 기다리느라 방으로 들어가지 않고 나와 있었다. 소소와 가람이 몇 번이고 설득했으나 그녀는 고집을 부렸다.

"계속 이러고 계실 겁니까?"

가람의 물음에 서요는 가라앉은 얼굴로 말했다.

"먼저 들어가셔도 돼요."

"예? 서요님을 두고 어떻게 들어가요!"

소소는 답답해하는 가람에게 눈짓했다.

"내가 곁에 있을 테니, 넌 들어가 있어."

"……하, 됐어. 나도 기다릴래."

가람은 방으로 들어가 쉬고 싶은 마음이 굴뚝같았지만 그들의 분위기가 너무 심각해 보였기에 그냥 자리에 남았다. 미르가 그렇게 나가 버렸으니, 서요가 걱정하는 건 당연한 것이기도 했다.

한참을 기다리다가 주막 앞을 지나가는 사람 몇을 보았다. 그들은 전부 머리 위에 천을 뒤집어쓰고 누군가에게 쫓기듯이 뒤를 돌아보며 걷고 있었다. 서요는 대수롭지 않게 생각하다가 그런 사람들이 계속 보이자 이 깊은 밤에 대체 어디를 가는 것인지 궁금해졌다.

"소소님, 가람님도 보셨죠? 뭔가 느낌이 이상해요."

서요의 말에 그들은 고개를 끄덕였다.

"예. 저도 보았습니다. 늦은 밤인데 어디를 가는 것인지 모르겠군요."

"뭐, 연인들끼리 밀회라도 하는가 보죠. 관심 갖지 마세요."

가람의 말에도 의아함에 고개를 갸웃거리던 서요는 천을 뒤집어쓴 사람들을 몰래 따라가는 병사 무리를 보고 헛숨을 집어삼켰다.

"헉!"

서요가 놀라서 입을 틀어막았다. 소소와 가람은 그녀의 시선을 따라가 주막 앞을 지나가는 병사들을 응시했다. 소소는 잔뜩 긴장한 그녀에게 조심스럽게 귓속말을 했다.

"아무래도 마을 사람들이 덜미를 붙잡힌 모양입니다."

"더, 덜미요?"

"예. 병사들이 저리 쫓는 걸 보니…… 신자들과 관련된 게 아닌가 합니다."

"……그럴 수가. 그럼!"

또 신자들이 죽임을 당할까 봐 두려웠던 서요는 몸을 덜덜 떨었다. 낮에 본 일이 있으니 끔찍한 상상을 하지 않을 수 없었다. 소소는 그녀를 안타깝게 바라보았다.

"진정하십시오. 제가 한번 따라가 보겠습니다."

서요는 고개를 올려 그를 보았다.

"소소님이요?"

"예. 여기서 가람과 함께 잠시만 기다려 주십시오."

"저도!"

서요가 소소의 옷소매를 붙들었다. 낮에는 모른 척했더라도 지금은 제사장이 되기로 결심한 만큼 꼭 신자들에게 도움이 되고 싶었다. 소소는 자신을 바라보는 서요의 올곧은 눈빛에 마른침을 꿀꺽 삼켰다.

"제가 그때 말씀드렸죠. 천상에서 그토록 수련해 왔으나 조선에서는 아무것도 할 수 없었다고 말입니다."

"예."

"제사장이 되겠다고 결심한 서요님에게 걸맞은 신하가 되고 싶습니다. 저를 믿고 기다려 주십시오."

강한 의지가 느껴지는 그의 말에 서요는 감동을 받았다. 하지만 소소만 보내는 게 마음이 좋지 않아 서요는 다급하게 말했다.

"그렇다면 우선 상황만 알아보고 얼른 돌아오세요."

"저를 걱정하시는 것입니까?"

서요의 답을 기다리는 소소의 가슴이 조금씩 빠르게 뛰었다.

"그럼요."

서요는 병사들의 행동이 거친 만큼, 소소 혼자 위험한 행동을 하지 않길 바랐다. 서요의 망설임 없는 대답에 소소는 입꼬리를 올렸다.

"그럼 다녀오겠습니다."

소소는 병사들을 쫓아 나섰다. 주막에 남은 서요는 가람의 옆에서 불안한 눈빛으로 그가 떠난 곳을 바라보았다. 소소를 믿지 못하는 건 아니었으나 여러모로 걱정이 되었다.

"괜찮겠죠?"

그녀의 물음에 가람은 고개를 끄덕였다. 소소가 군이 귀찮은 일에 끼어든 것 같으나 그러면 무엇이든 이성적으로 잘 해결할 것이었다.

그로부터 한참의 시간이 흘렀다. 소소와 미르를 기다리고 있던 서요와 가람은 고요하던 밤거리에 갑자기 요란한 소리가 들리자 깜짝 놀라 고개를 두리번거렸다.

"이게 대체 무슨 일이죠?"

"어랏? 서요님! 저기서 연기가 피어오르고 있습니다!"

가람이 소소가 떠난 방향을 가리키며 소리쳤다. 그들은 불길한 예감이 들어 바로 그곳으로 달려가기 시작했다. 가람은 요란한 소리가 나며 새까만 연기가 치솟는 걸로 보아 위험할 것 같은 곳에 서요와 함께 가도 되나 싶었지만, 그녀를 혼자 둘 수는 없었다.

"소소님, 소소님."

서요는 숨 쉴 틈도 없이 뛰어가면서 계속 그의 이름을 되뇌었다. 하늘에 검은 연기가 자욱하게 퍼져 가는 것을 보면 불이 꽤 크게 난 것 같았고, 그 방향으로 갔던 소소가 너무도 걱정되었다.

잠시 후, 그들은 연기가 피어오르는 곳에 도착했다. 그곳엔 수십 명의 병사들이 불이 나는 가옥 앞을 둘러싸고 있었고, 몇몇의 병사들이 바닥에 쓰러져 있은 것이 보였다.

"세상에……!"

서요가 놀란 토끼 눈으로 소리쳤다. 병사들 때문에 가옥 가까이 다가갈 순 없었지만 그 속에서 날카로운 비명이 들렸다. 가옥에 아직 사람들이 갇혀 있는 것 같다는, 끔찍한 생각이 든 서요는 얼른 가람의 팔을 붙잡았다.

"사, 사람들이 갇힌 것 같아요! 가람님, 어서 비를!"

치솟는 불길을 가라앉힐 수 있는 건 가람의 비를 내리는 능력뿐이었다. 가람이 서요의 말대로 비를 내리려는 찰나, 가옥 주위에서 얼쩡거리는 그들을 발견한 병사가 눈을 험악하게 부라리며 다가왔다.

"니들은 뭐야, 또?"

그의 말에 가람은 인상을 잔뜩 찌푸렸다.

"내가 누군지 알 것 없잖아. 저리 꺼져!"

"뭐? 꺼져? 이놈이 어디서!"

병사가 눈을 흡뜨고 가람의 멱살을 잡았다. 가람은 달려드는 그를 제 압한 후 비를 불렀다. 순식간에 하늘에서 시원한 비가 주룩주룩 쏟아 졌다. 그와 동시에 가옥 문이 부서지고, 그 사이로 사람들이 썰물처럼 빠져나왔다. 집 밖으로 뛰쳐나온 사람들은 연신 콜록거리며 땅바닥에 주저앉았다.

"에이씨! 갑자기 웬 비야!"

"아까는 어떤 미친놈이 불 속으로 들어가더니만!"

병사들은 역정을 내며 검을 뽑아 들었다. 이 화재는 병사들이 그동안 밤마다 신자들이 모여 불경한 모의를 한다는 사실을 알게 된 후 모두 를 죽일 생각으로 준비한 것이었다. 그렇기에 갑자기 비가 내려 불이 꺼 진 이 상황이 매우 곤란했다. 신자들이 뜻을 가지고 모인 것은 자민의 명을 따르는 그들에게 매우 위협적인 상황이기에 용인할 수 없는 문제 였다.

병사들은 가까스로 빠져나온 사람들을 완벽하게 죽이기 위해 검을 들고 다가갔다. 그 낌새를 눈치챈 서요는 그들의 앞에 서서 도끼눈을 떴 다. 그 순간만큼은 신녀임을 들킬까 봐 전전긍긍하던 그녀가 아니었다. 서요는 그들을 구해야겠다는 생각밖에 들지 않았다.

"그만 좀 해요! 불을 질러 죽이려고 한 것도 모자라서 칼까지 휘두르 겠다는 거예요?"

서요의 애절한 목소리에도 병사들은 동요하지 않았다. 그들은 자민 의 명을 수행할 뿐이었다. 가람은 위험천만하게 병사들의 앞에 선 서요 를 막아섰다.

"물러나십시오."

그러자 병사들이 그들을 바라보며 수군거렸다.

"이 수상한 연놈들은 대체 뭐야?"

"그렇게 죽고 싶다면 너희부터 죽여줄게."

병사들이 가람과 서요에게 달려들었다. 가람은 칼을 빼들고 맞섰고, 서요는 새된 비명을 내질렀다.

"꺄악!"

그때 화재와 비 때문에 폭삭 내려앉은 가옥에서 한 아이를 품에 안은 소소가 나왔다. 그는 제시간에 맞게 잘 도착한 가람을 보며 입꼬리를 올리다가, 그들이 병사들과 대치한 것을 보고 표정을 싸늘하게 굳혔다.

"지금 이게 무슨 짓들입니까!"

소소의 분노 어린 목소리가 서요의 귀를 찔렀다. 소리가 나는 쪽으로 고개를 돌린 서요는 소소가 상처 입은 것을 발견하고 경악했다. 아이를 안은 소소는 팔뚝에 화상을 입은 상태였다.

"소소님!"

서요는 심각한 얼굴로 그를 바라보았다. 서요는 당장에 소소에게 달려가 치료를 해주고 싶었지만 병사들과 마주한 상태라 그럴 수 없었다.

"뭐야, 너희들도 미친놈처럼 불 속으로 뛰어들던 저놈이랑 한패였어?"

서요와 소소가 주고받는 시선이 묘한 것을 본 병사가 인상을 일그러뜨렸다. 가람은 피식 웃으며 그들을 향해 손가락을 까딱거렸다.

"그래. 몇 놈은 소소한테 많이 맞은 것 같던데…… 내 주먹도 꽤 매섭거든? 각오하는 게 좋을 거야."

가람은 소소가 무사히 나타났으니, 서요를 지키며 병사들을 처리할 수 있으리라 생각했다. 가람이 먼저 병사에게 달려들었고, 검과 검이 부딪치는 소리가 났다. 소소는 불 속에서 구한 아이를 빼져나온 사람들이 모여 있는 곳에 내려놓은 후 그와 합세했다.

어찌할 바를 몰라 하던 서요는 사람들을 대피시켜야겠다는 생각에 서둘러 움직였다.

"얼른! 얼른 도망가세요!"

서요는 다친 사람들을 향해 소리쳤다. 소소와 가람이 병사들을 상대하는 동안, 사람들을 부사히 집으로 돌려보내야 했다.

"우, 움직일 수가 없어요!"

"아가씨! 제발 나 좀 살려줘!"

"……설마 쫓아와서 불까지 지를 줄은 꿈에도 몰랐다고!"

젊은 여자부터 나이 많은 남자까지, 다양한 연령대의 사람들이 눈물을 훔치며 토로했다. 그들은 죽을 뻔했다는 공포감에 휩싸여 몸을 떨고 있었다.

"압니다. 알아요! 그래도 어서 일어나서 도망가야 해요!"

서요 역시 병사들의 잔인한 행태에 화가 나고 그들이 안타까웠지만, 지금은 이러고 있을 때가 아니었다. 또한, 아파하는 그들을 치료해 주고 싶었지만 깊은 밤에 환한 빛이 난다면 병사들이 눈치채고 자신을 잡으려 들 게 뻔해서 차마 할 수가 없었다.

서요의 급한 외침에도 그들은 도망갈 생각을 못한 채 가슴을 쥐며 괴로워했다.

"……봤어. 내가 봤다고. 사람이 불에 타 죽는 걸, 내 눈으로."

그들은 분노하다가도 가슴 아픈 말을 내뱉었고, 미친 것처럼 소리를 지르다가도 두려워서 입을 꾹 다물었다. 완전히 공황에 빠진 사람들을 보며 서요는 발을 동동 굴렀다. 가람과 소소가 아무리 뛰어나다지만 신의 능력 없이 수십 명의 병사들을 모두 상대하기는 버거울 터였다.

서요는 지금 이 자리에 없는 미르가 너무도 그리웠다. 그가 곁에 없으니 더욱 불안해서 정신을 차릴 수가 없었다.

'지금 내가 뭘 어떻게 해야 하는 거지? 이럴 때, 미르님은…… 어떻게 하셨을까!'

그를 생각하며 아랫입술만 깨물던 서요는 시간이 계속 지체되자 자신도 모르게 사람들을 윽박질렀다.

"정신 좀 차리세요! 지금은 슬퍼하고 있을 여유가 없단 말이에요! 지금 여러분들을 위해 시간을 벌어주는 분들이 있어요. 그러니 반드시 이곳을 떠나야 해요. 일어나실 수 있어요. 일단 살고 봐야죠!"

탄압을 막는 것도, 병사들을 처단하는 것도 힘을 키운 후에야 가능했다. 서요는 아까 낮에 미르가 신당 앞에서 했던 것과 똑같이 행동했다. 할 수 있는 게 그것밖에는 없었다.

사람들은 당황스러운 표정을 짓다가 서로의 손을 잡고 간신히 자리에서 일어났다. 그럼에도 불구하고 상태가 많이 좋지 않은 사람들은 움직이지 못했다.

"우선 가요!"

서요는 병사들과 치열하게 싸우는 소소와 가람을 힐긋 보곤 어쩔 수 없이 말했다. 시간을 더 지체하면 싸우는 그들이 힘들 터였다. 사람들은 고개를 끄덕이더니 그녀와 함께 자리를 떴다.

'일단 이들부터 대피시켜야 해.'

심각한 표정으로 사람들을 이끄는 서요의 앞에, 상기된 얼굴의 미르가 거짓말처럼 나타났다. 서요는 깜짝 놀라서 걸음을 멈췄다. 그들의 시선이 허공에서 부딪쳤다. 서요는 자신을 향해 달려오는 그를 감격스러운 눈으로 바라보았다. 심장이 거세게 뛰었고, 입가에 저절로 미소가 번졌다.

"미르님!"

미르는 서요를 숨이 막힐 정도로 꽉 끌어안았다. 그는 꽤 먼 곳에서 연기를 발견하고 걱정되는 마음에 주막에 들렀다. 그리고 서요가 없는 걸 확인하고 미친 듯이 이곳으로 달려온 거였다.

미르의 가슴이 빠르게 오르락내리락했다. 서요는 자신보다 더 격렬하게 뛰는 그의 심장소리를 느끼고 눈을 크게 떴다. 미르의 뜨겁고 가쁜 숨결이 서요의 목덜미를 간질였다.

"괜찮아? 대체 무슨 일이 있었던 거야! 내가 방에 들어가 있으라고 했지!"

애절한 포옹이 끝나자마자 그는 엄청나게 화를 냈다. 미르에게 어깨를 붙잡힌 서요는 그를 만나 안도하긴 했지만, 그가 설명은 듣지도 않고 화부터 내니 눈시울이 붉어졌다.

금방이라도 눈물을 흘릴 것만 같은 서요를 본 미르는 화를 최대한 가라앉혔다. 그리고 병사들과 싸우는 소소와 가람, 그리고 다친 사람들과 함께인 서요를 보며 상황 파악을 대충 마쳤다.

"화내서 미안해. 일단 위급한 상황인 것 같으니까. 먼저 이 사람들 데리고 가. 나는 남은 사람들을 데리고 뒤따를 테니까."

손등으로 눈물을 훔친 서요는 힘차게 고개를 끄덕였다. 이제 정말로 정신을 바짝 차려야 했다.

병사들의 탄압으로 온 마을 분위기가 흉흉했지만 아직 마을 사람들 사이의 정은 남아 있었다. 병사들과 주민들이 대립한 것을 눈치챈 마을 사람들은 다친 사람들이 찾아오자 아무런 말없이 집으로 들여보내 숨겨주었다.

살아남은 사람들을 무사히 안전한 곳에 숨긴 서요와 미르는 곧바로 소소와 가람이 혈투를 벌이는 곳으로 뛰어갔다. 벌써 시간이 많이 지체되었기에 초조해졌다. 미르는 자신을 힘겹게 뒤따라오는 서요에게 매섭게 소리쳤다.

"이제 됐으니까, 주막으로 가 있어!"

"어떻게 그래요! 두 분이서 수십 명의 병사들을 상대하고 있는데요!"

서요의 간절한 외침에 미르는 한숨을 푹 내쉬며 어쩔 수 없이 그녀를 품에 안고 전속력으로 달렸다. 일이 이렇게 되었으니 이젠 병사들을 최대한 조용히 처리하고 하루빨리 이 마을을 뜨는 수밖에 없었다.

불에 탄 집 앞에 도착하자 짙은 어둠만이 그들을 반겼다. 병사들은 물론이고 소소와 가람까지 바닥에 쓰러져 있었다. 서요와 미르는 깜짝 놀라서 소소와 가람에게 달려갔다.

"소소님! 가람님!"

서요는 소소와 가람의 옷가지를 붙잡고 흔들었다. 잔뜩 지친 기색의 그들의 옷은 온통 피투성이였다.

"서요님?"

서요의 목소리에 소소는 가까스로 눈을 떴다. 서요는 정신을 차린 그의 손을 꽉 부여잡으며 온기를 전달했다.

"괜찮으신 거예요?"

소소처럼 정신을 차린 가람이 씩 웃으며 입을 열었다.

"무술로는 한계가 있어서, 어쩔 수 없이 기상의 힘을 조금 썼습니다."

"의심을 사지 않으려면 그래선 안 됐는데, 죄송합니다. 전부 기절시켜 놓긴 했지만 저들이 깨어나기 전에 빨리 이곳을 떠나야 할 것 같습니다."

가람의 말에 소소가 송구스러워하며 덧붙였다. 그녀는 고개를 끄덕이며 소소와 가람을 안타깝게 바라보았다. 자신 때문에 그들이 고생하는 것 같아서 가슴이 아팠다.

"잘하신 거예요. 앞으로도 그래주세요. 저도…… 그럴게요."

서요는 힘이 꼭 필요할 때는 이번처럼 망설이지 않고, 곧바로 쓰겠다고 다짐했다. 병사들에게 잡히지 않고 무사히 천왕신전으로 향하는 것도 중요했지만 위급한 상황에선 일의 우선순위를 따질 필요가 있었다. 그 후 생기는 일은 기상신들과 함께 이겨낼 수 있을 터였다. 서요의 마음 한구석엔 다친 사람들을 바로 치료해 주지 못한 후회가 남아 있었다.

"아프시죠. 얼른…… 치료해 드릴게요."

서요의 목소리가 조금씩 떨렸다. 그녀는 온 마음을 다해 그들의 고통을 없애주고 싶다고 빌었다. 그녀의 간절한 마음이 하늘에 닿자, 서요의 주위로 아름답고 찬란한 빛이 생겼다.

밝은 빛이 소소와 가람을 어미처럼 품고 다정하게 어루만졌다. 그들은 따스한 기운을 느끼고 지친 몸이 점차 활기를 되찾는 것을 느꼈다. 소소와 가람은 처음으로 그녀의 빛을 직접 느끼고 눈을 크게 떴다. 그건 생각보다 더 기분 좋고, 놀라운 경험이었다. 그들을 생각하는 서요의 마음이 온몸 곳곳에 남아 있는 것 같았다.

"감사합니다. 서요님."

소소는 어쩐지 마음이 벅차올라서 그녀를 바라보며 싱긋 웃었다. 가람 또한 흐뭇하게 미소를 지었다. 그 모습을 복잡한 표정으로 바라보고 있던 미르는 그들의 몸이 다 낫자 냉철하게 말했다.

"다 끝났으면 빨리 떠나자. 한시가 급해."

그의 말에 서요와 그들이 자리에서 일어났다. 이 밤이 지나기 전에, 이 마을에서 최대한 멀리 떠나야 했다. 병사들은 도망친 신자들의 얼굴은 일일이 기억하지 못해도 소소와 가람만큼은 똑똑히 알 터였다.

서요와 기상신들은 맡겨두었던 말을 되찾은 후 재빨리 마을을 떠났다. 그러나 한밤의 난리 때문에, 남자 두 명이 희한한 능력을 쓰며 수십 명의 병사들을 제압했다는 놀라운 소식은 금세 궐로 흘러들었다.

말이 바람을 가르고 끊임없이 내달렸다. 서요는 말을 모는 미르에게 온몸을 편안하게 내맡기면서도 자꾸만 눈치를 보듯 그를 곁눈질했다. 생각할 시간이 필요하다고 떠난 그가 무슨 결정을 내렸는지 궁금했다.

"왜?"

그 시선을 느낀 미르는 다정하게 물으며 속도를 천천히 줄였다. 그녀는 마른침을 꿀꺽 삼키고 조심스럽게 물었다.

"제사장이 되려는 제 곁에 남아주실 수 있는 거예요?"

서요의 말을 들은 미르는 말을 멈췄다. 어느새 희붐한 빛이 세상을 아름답게 물들이고 있었다. 하늘을 바라보던 미르는 고개를 숙여 그녀를 응시했다. 여명이 떠올라 환한 기운을 듬뿍 받은 서요는 그의 눈에 더욱 어여쁘게 보였다.

"미르님?"

미르가 대답은 하지 않고 뒤에서 꼭 끌어안기만 하자 서요는 불안한 목소리로 그의 이름을 불렀다. 서요의 작은 몸이 미르의 넓은 가슴에 아이처럼 폭 안겼다.

"얼른 도성으로 가자."

미르는 차마 왕검 자민을 제거할 것이란 결심은 말하지 못하고 모호한 대답을 했다. 서요는 그것을 자신의 결정을 지지해 주는 것으로 받아들이고 안도했다.

"어려운 결정을 해주셔서 정말 감사해요……."

서요는 자신의 가슴에 손을 올려두고 숨을 깊게 들이마셨다. 든든한 세 기상신들이 곁에 있으니 제사장이 되는 날까지 더욱 힘을 낼 수 있을 것 같았다. 미르는 그녀의 머리를 한 손으로 쓰다듬으며 씁쓸한 표정을 지었다.

'이것 또한 널 지키기 위함이야.'

미르는 그렇게 생각하며 품 안의 여인을 절대로 다치지 않게 할 것이라고 다짐했다.

하늘에 먹구름이 가득한, 끄느름한 날씨였다. 도성으로 입성하는 가장 큰 문 앞에 도착한 서요 일행은 사람들의 얼굴을 일일이 확인하는 수문장과 병사들을 보고 한숨을 내쉬었다.

"큰일입니다. 얼굴을 저렇게 확인하니…… 분명 서요님을 찾는 것일 겁니다."

가람이 난감한 듯 머리를 긁적였다. 하루빨리 천왕신전으로 가고 싶었던 서요는 도성 안으로 바로 들어갈 수 없음을 깨닫고 인상을 찌푸렸다. 아사달에서는 도통 순탄하게 해결되는 일이 없었다.

"저를 찾는 게 아니라고 해도, 방이 퍼져 있을 테니 위험한 건 매한가지인 것 같아요."

"네. 저 문을 통과해서 들어가는 건 어려울 것 같습니다."

소소는 어떻게 하면 좋을지 고민했다. 분장을 한다고 해도 방에는 서요의 남장 모습까지 그려져 있으니 들킬 가능성을 배제할 수 없었다.

"일단, 대낮에 저 문을 통과하는 건 아닌 것 같다."

혼잡한 문 앞의 상황을 보던 미르가 뒷짐을 지고 침중하게 말했다. 소소와 가람은 그의 말에 동의하며 고개를 끄덕였다. 그렇지만 마음이 급한 서요는 발을 구르며 주변을 살폈다.

"서요야, 일단 돌아가자. 밤에 몰래 잠입하는 게 좋겠어."

미르는 서요의 어깨를 한 팔로 감싼 후 반대쪽으로 몸을 돌렸다. 꽤 많은 병사들이 거리 곳곳을 감시하며 돌아다니고 있었기에 도성으로 들어가는 게 아닌 이상 계속 거리에 있는 건 위험했다.

"예. 알겠어요."

서요는 완전히 풀이 죽어서 기상신들과 함께 사람들 틈으로 들어갔다. 밤이 될 때까지 안전하게 숨어 있을 만한 곳이 필요했다.

'내가 정체를 들킬까 봐 무서운 것처럼, 이 땅의 신자들 또한 신앙심을 들킬까 봐 두렵겠지?'

서요는 한숨을 크게 내쉬었다.

그들이 쉴 만한 곳을 심각한 표정으로 찾고 있을 때, 서요는 자신을 뚫어져라 쳐다보는 어떤 시선을 느꼈다. 많은 사람이 지나다니는 복잡한 거리였음에도 시선이 계속 저를 쫓아오는 느낌에 서요는 주변을 두리번거렸다. 그리고 이쪽을 쳐다보고 있는 한 남자를 발견했다.

'뭐지?'

그 남자는 서요뿐만 아니라 기상신들의 얼굴 또한 차례대로 훑었다. 별일 아니라고 생각하고 싶었지만 어쩐지 불길한 예감이 들어 서요는 입술을 깨물었다. 남자는 끈질기게 쳐다보면서도 쉽게 다가오지는 않았다.

"미르님."

서요가 미르의 팔뚝을 꽉 잡고 그를 불렀다. 미르 역시 그 남자의 시선을 알아차리고 있었다. 미르는 서요를 품 안에 가둬 얼굴이 보이지 않도록 했다.

"저 남자가 신경 쓰이는 거지? 병사 같지는 않은데, 변복한 채 지켜보고 있는 건가?"

"우리가 도성으로 갈 걸 알고 미리 진을 치고 있는지도 모르겠어요."

"네가 제사장이 될 거라 염려하는 왕검이라면…… 충분히 그럴 만하지."

"어떡하죠? 계속 따라오는 것 같은데."

서요의 목소리가 불안감에 흔들렸다. 소소와 가람에게도 이 사실을 알린 미르는 남자를 따돌리기 위해 최대한 빠르게 발을 옮겼다. 서요는 미르를 따라가는 것이 벅찼으나 그가 한 팔로 안다시피 움직이며 도와줬기에 간신히 버틸 수 있었다.

기상신들은 서요의 머리가 어지러울 정도로 빠르게 이동하며 남자를 따돌렸다. 한적한 곳에 도착한 그들은 그 남자의 정체가 대체 무엇인지 생각하며 깊은 고민에 빠졌다. 서요는 바닥에 주저앉아서 정신을 차리기 위해 애를 썼다.

"괜찮아?"

미르의 물음에 서요는 힘겹게 고개를 주억였다.

"예. 저자에 사람들이 워낙 많으니까 피해 다니는 것 때문에 더 어지러웠던 것 같아요."

"그래. 얼른 어디 들어가서 쉬자. 일단 따돌린 거 같기는 한데……."

소소는 자꾸 아슬아슬한 상황이 펼쳐지는 것에 팔짱을 끼고 푸념했다.

"아사달에 온 후부터는 모든 일에 의심이 갑니다. 적진으로 들어온 게 실감이 납니다."

"도성으로 들어가면, 더 심해질 테죠……."

소소의 말에 서요는 기운 없이 대답했다. 서요는 태어나자마자 아사달을 떠나 처음으로 여기에 온 거라 많은 사람에 적응하기가 매우 힘들었는데, 자신을 잡으려는 병사들마저 지천에 깔려 있다고 생각하니 더더욱 겁이 났다.

"혹시 아까 그 남자, 현상금을 노리는 일반 백성이 아닐까요?"

가람이 변복한 병사라는 의심 말고 새로운 가설을 제시했다. 서요는 자신의 얼굴 가리개를 매만지며 고개를 갸웃했다.

"눈만 보고도…… 알아챌 수 있단 말씀이세요?"

"글쎄요. 얼굴을 가렸다는 것만으로도 의심할 가능성도 있죠."

"하…… 그렇죠."

바로 그것 때문에 아사달에 와서는 줄곧 미르의 등 뒤에 숨어 있을 수밖에 없었던 서요는 깊은 한숨을 내쉬었다. 그렇다고 가리개를 풀 수는 없는 노릇이었다.

"너무 상심하지 마. 밤에 몰래 안으로 잠입할 만한 문을 찾아볼 테니까. 하루빨리 도성으로 들어가야겠어."

불안해하는 서요를 안심시키며 미르는 그녀를 안전한 곳에 숨긴 후 좋은 방법을 찾겠다고 다짐했다. 얼른 도성으로 들어가 궐을 살피고, 서요가 제사장에 오르기 전에 왕을 죽이겠다는 결심이 확고해졌다. 미르의 속셈을 모르는 서요는 어려운 결정을 내리고 힘을 써주는 그를 보며 미소를 지었다.

서요는 혹시 모를 상황을 대비하기 위해 옆에 남은 가람과 함께 미르와 소소를 기다렸다. 미르와 소소는 도성으로 몰래 들어갈 문을 찾으러 갔다.

무릎에 얼굴을 파묻은 서요는 가람에게 속삭이듯이 말했다.

"여러모로 걱정스러워요. 까딱 잘못하면 들통이 날 것 같고……."

서요는 하루하루가 사람 사는 것 같지가 않았다. 만에 하나 천왕신전에 도착하기 전에 병사에게 잡힌다면 제사장이 되지도 못한 채 소리 소문 없이 죽을 수도 있었다.

목소리가 너무 작아서 그녀의 말을 제대로 듣지 못한 가람은 의아한 얼굴로 되물었다.

"뭐라고 하셨습니까, 서요님?"

고개를 든 서요는 애써 표정을 풀었다.

"……아니, 아무것도 아니에요."

"많이 심란하십니까? 너무 깊게 생각하지 마세요. 세상은 어떻게든 흘러가게 되어 있거든요. 저희가 틀림없이 지켜드릴 테니, 아사달의 심장을 찾는 일에만 집중해 주세요."

진지하게 말한 가람은 금방 다시 웃음을 머금기는 했으나 전처럼 장난스럽게 굴지는 않았다. 서요는 밖에 나간 미르와 소소가 소득을 얻고 무사히 돌아오길 바랐다.

"네. 그럴게요. 미르님과 소소님이 얼른 돌아왔으면 좋겠어요."

서요는 그들이 곁에 있기에 기댈 수 있어서 마음이 약해지기도, 또 그들이 있어서 더 강해지기도 하는 것 같았다. 분명한 건 일련의 일들을 겪고 더욱 성장하고 있다는 것이었다.

도성 안팎을 살피는 장군 재부의 눈길은 며칠을 굶은 맹수처럼 매서웠다. 재부는 며칠 전, 수상한 남자들이 병사 수십 명을 쓰러뜨렸다는 소식을 듣고 그들이 신녀의 일행일 것이라고 생각하고 있었다. 물론 신녀로 추정되는 여자에 관한 이야기는 없었지만 지금껏 아무런 낌새를 찾지 못했던 그로서는 이것만 해도 감지덕지였다.

"검문에 특히 신경 써라. 아사달에 있는 건 분명하니…… 도성으로 들어오려 할 게 분명하다!"

재부가 사나운 얼굴로 수문장과 병사들에게 소리쳤다. 신녀 일행이 도성 안으로 입성했는지 안 했는지는 확실하게 알 수 없었지만 만전을 기해야 했다.

'마지막 기회나 다름없어. 그 계집을 반드시 잡아야 해.'

두 번이나 신녀를 놓쳤던 재부는 이번이 정말 마지막 기회라고 생각했다. 이번에도 실패하면 지금껏 쌓아왔던 명성이 완전히 무너질 수도 있었다.

재부는 주먹을 꽉 쥐고 눈을 세모꼴로 치떴다. 조금이라도 의심이 가는 사람이 있다면 닥치는 대로 잡아들일 생각이었다.

'이번에야말로 반드시…… 네년을 산 채로 끌고 전하께 대령할 것이다.'

그가 다짐하며 빠르게 걸음을 옮겼다. 도성 안팎을 꼼꼼히 살피려면 오랜 시간이 걸릴 터였다.

한편, 수상한 남자들에 대한 소식을 재부와 비슷한 시기에 전해들은 해문은 호위무사와 단둘이 잠행에 나섰다.

"갑자기 무슨 일이십니까?"

호위무사는 왜 세자가 몰래 궐을 나왔는지 알 수가 없어서 조심스럽게 물었다. 뒷짐을 지고 복잡한 거리를 거닐던 해문은 싸늘한 표정으로 입을 열었다.

"우연을 가장해서라도 꼭 보고픈 사람이 있거든."

보고픈 사람이 있다는 것치곤 해문의 얼굴은 딱딱하게 굳어 있었다. 그의 말뜻을 헤아릴 수 없었던 호위무사는 그저 고개를 푹 숙이고 천천히 세자의 뒤를 따랐다.

해문은 서요와 미르 둘 다 다시 만나면 절대 가만두지 않겠다고 엄포를 내린 상태였기에 우연을 가장해서라도 꼭 다시 만나고 싶었다. 그래서 자신을 거부한 그녀와 자신에게 모욕을 준 미르에게 벌을 내리고 싶었다.

'대체 무슨 생각으로 아사달까지 온 거지…… 대체 왜. 도망만 다니던 낭자가 결국 제사장이 되기로 결심한 건가?'

그의 발걸음이 점차 빨라졌다. 해문은 독한 마음을 먹었으면서 서요의 현재 상황을 제대로 알 수가 없었기에 한편으로는 그녀가 걱정스럽기도 했다. 만약 그녀가 제사장이 되려 한다면, 왕검의 발악은 더욱 심해질 것이다. 또한, 서요가 제사장이 되어 탄압을 잠시 멈춘다고 해도 왕권과 신권의 대립은 피가 튀길 정도로 살벌할 게 분명했다.

그는 자민의 명에 의해 철권통치가 계속되는 것도, 제사장이 되려는 서요의 상황도 모두 염려스러웠기에 머리가 복잡했다.

'낭자를 아무도 모르는 곳에 숨겨, 이러한 소식이 들려오지 않도록 행적을 완전히 감췄어야 했는데!'

해문은 여러 가지 면에서 현재 상황이 아쉬웠다. 자민은 새암에서의 신녀의 활약을 듣고 초조해져서 악수를 두었다. 그러니 서요가 수피아에서라도 그를 따라 숨어서 아무런 흔적을 보이지 않았더라면, 해문은 자연현싱을 탐구하여 백성들이 신이 아닌 왕을 믿도록 민심을 천천히 돌릴 수 있었을 터였다.

"후우…… 답답하군, 답답해."

해문은 한숨을 내쉬며 천천히 도성 안을 돌아다녔다. 하늘에는 해문의 마음처럼 칙칙한 회색 구름이 떠다녔다.

미르와 소소는 사람들의 눈에 잘 띄지 않는 암문을 찾고 돌아왔다. 그들을 기다리고 있던 가람과 서요는 기뻐하며 밖으로 나갔다. 어느새 자정이 가까워진 깊은 밤, 잠입할 만한 암문을 찾았다면 지체할 것 없이 움직여야 했다.

"얼른 가요."

조금 긴장한 서요는 미르의 손을 꼭 잡고 걸음을 옮겼다. 한적한 밤거리인데도 누군가 어디서 갑자기 튀어나올지 몰라 가슴이 마구 쿵쾅거렸다.

커다란 문 앞을 지키고 서 있는 병사들을 피해 어두운 풀숲으로 들어가려 할 때, 저 멀리서 몇 명의 남자들이 다가오는 것이 보였다. 서요는 깜짝 놀랐고, 그 남자들의 움직임을 눈치챈 기상신들은 날카로운 눈빛으로 그들을 노려봤다.

"병사들은 아닌데…… 누구지?"

소소의 물음에 미르는 낮에 잠시 보았던 남자를 떠올렸다.

"어두워서 잘 보이진 않지만 낮에 쫓아왔던 그 남자도 있는 것 같은데."

"그래?"

"응. 왜 하필 지금…… 병사들이 가까이 있어서 소란을 일으키는 건 곤란한데."

"그럼, 일단 서요님 데리고 먼저 가. 나랑 가람이 처리하고 뒤따라갈 테니까."

상황을 파악한 소소가 미르에게 서요를 맡겼다. 최대한 조용히 움직여야 하는데 정체를 알 수 없는 남자들에게 발목을 붙잡혀서는 곤란했다.

미르는 고개를 끄덕이곤 얼어붙은 서요를 데리고 풀숲 쪽으로 뛰기 시작했다. 소소와 가람은 낯선 무리를 냉담한 표정으로 바라보았다. 가까이 온 그들은 소소와 가람에게서 느껴지는 신성한 기운에 서로의 얼굴을 바라보았다.

"잠시만…… 해치려는 게 아니니, 서로 얘기 좀 나눕시다."

그들 중 한 명이 조심스럽게 말했다. 가람은 허리에 손을 척 올려놓고서 그들을 날카로운 눈빛으로 바라보았다. 남자들의 목적이 정확히 무엇인지 모르는 이상 마음을 놓을 수 없었다.

"해치려는 게 아니다? 그것을 어찌 믿으라고?"

남자는 잠시 고민하더니 입을 열었다.

"혹시 아까 그분이 신녀님이십니까?"

그의 목적은 오직 신녀였기에 그것이 아니라면 굳이 이들을 방해하고 싶지 않았다. 소소와 가람은 신녀 이야기가 나오자마자 남자들을 더욱 경계하며 눈썹을 추켜세웠다.

"너희들…… 신녀를 노리는 병사들이냐? 아니면 신고해서 돈을 얻으려고?"

남자는 단호하게 고개를 내저었다. 소소는 아무리 생각해도 저들이 이토록 침착한 것이 이상했다. 변복한 병사이거나 현상금을 노리는 사냥꾼이라면 공손하게 물어보는 것보단 자신과 가람을 해치고 얼른 신녀로 의심되는 서요를 잡으러 갈 터였다.

소소가 무슨 생각을 하는지 모르는 남자는 그들이 예민하게 반응하는 것에서 확신을 얻었는지 밝아진 표정으로 한 걸음 다가왔다.

"아닙니다. 저희는 신녀님을 지키고, 보좌하려는 사람들입니다."

남자의 눈빛과 어투가 진심으로 느껴지자 소소와 가람은 그 말이 진짜인가 싶어서 잠시 고민에 빠졌다. 그들은 매우 혼란스러웠다.

미르는 누군가 뒤따라오는 낌새가 느껴지지 않자 걸음을 멈추고 상기된 표정의 서요를 살폈다.

"괜찮아? 쫓아오진 않는 거 같은데……."

"네네. 대체 그 사람들은 뭔지…… 소소님이랑 가람님은 괜찮으시겠죠?"

서요의 걱정이 가득한 목소리에 미르는 그녀를 살포시 안으며 다독였다.

"금방 올 거야. 암문에도 거의 도착했고."

"정말요? 어디요?"

서요는 눈을 굴려 주변을 살피며 물었다. 그는 고개를 돌려 손가락으로 한곳을 가리켰다. 커다란 돌과 흙으로 반 정도 막힌 문의 흔적이 보였다.

"전시 상황이 아니니까 막아놓은 것 같아. 그래도 이곳을 뚫고 들어가는 게 제일 안전해."

미르의 말에 서요는 고개를 끄덕였다. 기상신들의 힘이라면 돌과 흙 정도는 간단히 부술 수 있을 터였다.

"일단 내가 해볼게."

그가 암문 가까이 다가가려는데 그들의 뒤에서 소소의 급박한 목소리가 들려왔다.

"미르! 잠깐만."

서요는 기다렸던 소소와 가람이 돌아와 기쁜 마음에 고개를 돌렸다. 그러나 그곳엔 그들뿐만 아니라, 조금 전에 수상하게 다가왔던 남자들도 함께 서 있었다.

"이게 어떻게 된 일이에요?"

서요의 물음에 소소와 가람이 아니라, 남자들이 그녀의 앞으로 걸어와서 일제히 무릎을 꿇었다. 당황한 서요는 한 발 뒤로 물러섰다. 남자들이 왜 갑자기 이러는지 이해할 수가 없었다.

미르는 얼른 서요의 옆으로 다가가서 남자들을 노려보았다.

"뭐 하는 짓이야?"

남자들이 고개를 들고 말했다.

"저희는 천왕신전의 신관입니다. 신녀님을 만나 뵙게 되어 큰 영광입니다."

갑작스러운 말에 놀란 서요는 딱딱하게 굳어버렸다. 천왕신전의 신관이라니, 전혀 생각지도 못한 일이었다.

"천왕신전의 신관님들이시라고요?"

믿을 수 없다는 듯 서요가 되묻자 신관들은 무릎을 꿇은 상태에서 그녀를 올려다보며 고개를 끄덕였다.

"예. 새암의 우사신전 신관들로부터 신녀님이 다녀가셨다는 소식을 듣고, 신녀님께서 반드시 천왕신전으로 오실 거라 생각했습니다. 그래서 도성으로 무사히 입성할 수 있도록 도움을 드리기 위해 이곳에서 신녀님을 기다리고 있었습니다."

신관은 신녀를 만나 가슴이 벅찼지만, 최대한 차분하게 말하려고 노력했다.

서요는 이마에 손을 짚고 얼떨떨한 표정을 지었다.

"그, 그러니까…… 제게 도움을 주기 위해 도성 안팎을 지켜보고 있었다는 말씀이신가요? 낮에도 그럼……."

"네. 낮에는 제가 큰 무례를 범했습니다. 얼굴을 가리신 모습을 보고 혹 신녀님이신가 하여……. 병사들이 눈치채기 전에 빨리 신녀님인지 확인해서 도와드려야겠다고 생각했습니다."

낮에 서요 일행을 쫓았던 신관이 송구스러워하며 설명했다. 그리고 서요는 그제야 그들이 계속 흙바닥에 무릎을 꿇고 있다는 것을 깨닫고는 얼른 그들을 일으켜 세웠다.

"이제 일어나세요! 저는 그런 줄도 모르고, 도망쳐서……."

"아닙니다. 정체를 알 수 없는 남자가 쫓아오는데, 당연한 행동이셨습니다. 제가 너무 수상하게 미행한 탓이지요."

신관의 자책에 서요는 고개를 가로저었다. 이렇게 도성 밖까지 나와 줄곧 자신을 기다려 온 그들에게 미안하고 또 고마웠다. 그들은 유일한 희망이나 다름없는 신녀를 갈망하며 기다려 왔던 게 분명했다.

서요는 더욱 책임감을 느꼈고, 미르는 그들이 정말 신관이 맞나 확인을 하려 했다.

"신관이라…… 혹 내가 누군지 알겠는가?"

"예? 뉘신지 알 수는 없지만…… 감히 다가설 수 없는, 강하고 신성한 기운이 느껴집니다. 제가 부족하여 이리 가까이 뵙고서야 알았습니다."

신관은 한 치의 망설임 없이 대답했다. 신성한 기운을 바로 앞에서 느끼는 바람에 목소리가 조금 떨렸다.

"흐음…… 신관이 맞긴 한가 보군."

"예. 그렇습니다. 믿어주십시오."

신관이 아니라면 신성한 기운을 느끼지 못했을 터였다. 미르는 그제야 고개를 끄덕이며 경계를 풀었다. 신관이면 아군을 얻은 것이나 마찬가지였다. 그러나 신관들과의 만남을 축하할 여력은 없었기에, 그는 바로 본론을 꺼냈다.

"우리는 저 암문을 통해 도성으로 진입할 생각인데, 자네들 생각은 어떠한가? 신녀를 돕기 위해 도성 밖을 서성이고 있었다면 안으로 들어갈 방법도 생각해 놓은 것이겠지?"

신관은 사람들이 잘 지나다니지 않는 한적한 풀숲에 위치한 암문을 바라보며 말했다.

"예. 맞습니다. 이 암문도 사람들의 눈에 잘 띄지 않긴 하나 문을 막아놓은 돌과 흙을 해체하는 과정에서 큰 소리가 날 것이고, 그렇다면 도성을 지키는 병사들에게 들킬 가능성이 있습니다."

그의 말에 기상신들은 짧게 신음했다. 그 문제에 대해서 염려하지 않은 건 아니었으나, 다른 방법이 없으니 그나마 이것이 최선의 방법이라고 생각했던 것이다. 어찌 됐든 해가 밝기 전에 도성 안으로 들어가야 하는 서요는 신관들에게 물었다.

"그렇다면 어떻게 하면 좋을까요?"

서요가 상냥하게 묻자 신관들은 가슴이 떨려서 마른침을 꿀꺽 삼켰다. 그들은 전 대신관이 그녀를 데리고 숨은 후부터 오랜 시간 동안 신녀만을 기다려 왔다.

신관들 중에서도 가장 연차가 높은 자가 손으로 북쪽 방향을 가리켰다.

"저희 쪽 첩자가 수문장으로 있는 북 대문이 있습니다. 그가 북 대문 근처의 암문을 통과하는 걸 도와줄 겁니다."

"아! 첩자가 있었군요."

도성을 지키는 수문장이 천왕신전 쪽 사람일 줄은 생각하지 못했던 서요는 놀라는 동시에 그들이 대체 언제부터 그런 일을 꾸민 건지 궁금했다.

"언제부터 첩자를 심어놓은 건가요?"

서요의 조심스러운 물음에 신관은 잠시 난색을 표했다.

"언제인지는 정확히 기억나지 않을 정도로 오래전입니다. 천왕신전은 왕권으로부터 많은 압박을 받았습니다. 신녀님이 없는 천왕신전은 아무래도 힘을 발휘하기가 어려웠으니까요. 그런데도 전하께서는 신권을 견제해서 대신관님께서는 앞으로 일어날 좋지 않은 일들을 염려했고 대비를 해야겠다고 생각하셨습니다. 그때부터 저희들은 무예도 단련했고, 혹시 모를 상황을 대비하여 곳곳에 첩자를 심어두었습니다."

신관은 혹시 이 얘기에 기분이 상하는 것이 아닐까 염려하며 서요의 눈치를 보았다. 서요는 심각한 표정으로 이야기를 듣고 있다가, 그의 말에 가슴 아파하며 고개를 끄덕였다.

"예, 그랬군요. 좀 더 빨리 왔어야 했는데 그럴 용기가 없었어요. 우선…… 얼른 가요. 지금이라도 늦지 않아야 하니까요."

서요의 말에 신관들은 북 대문으로 앞장서며 길을 안내했고, 그녀와 기상신들은 그들의 뒤를 따랐다.

"이곳입니다."

한 신관의 말에 서요 일행은 그들의 앞에, 자세히 살펴보지 않으면 있는지도 모를 것 같은 작은 문을 발견했다.

신관들은 잠시만 기다리라 하곤 먼저 암문을 통과했고, 서요와 기상신들은 그들을 기다렸다. 잠시 후, 신관들이 북 대문 수문장과 함께 나타났다. 신녀를 보고도 인사할 시간조차 없었던 수문장은 재빨리 길을 안내했다.

'드디어 도성으로 들어가는 건가…… 아, 떨려.'

서요는 암문을 통해 들어가는 순간에도 가슴이 콩닥콩닥 뛰었다. 혹시라도 들킬까 봐 걱정되는 것이었다.

서요의 걱정과 달리, 쉽게 넘어온 도성 안에는 칠흑 같은 어둠만이 존재했다. 북 대문 수문장인 그가 오래전부터 이 주변에는 부하 병사들을 배치하지 않았기 때문이었다.

북 대문은 가뭄으로 인해 기우제를 지내거나 역병이 일어 사람 출입을 차단해야 할 때에만 여는 문이어서 평소에는 거의 사용하지 않았다. 그렇기에 지키는 병사의 수가 적었고, 암문 주변에 병사들이 배치되지 않는다 해도 이상해 보이지 않았다.

"이제부턴 제가 같이 가드릴 수 없으니, 최대한 빠르게 천왕신전으로 가십시오."

길을 터준 수문장은 서요를 향해 허리 숙여 인사했다. 그녀는 그를 향해 감사하다는 눈빛을 보내고 일행과 함께 빠르게 달렸다. 도성 안의 지리를 꿰뚫고 있는 신관들 덕분에 서요와 기상신들은 다른 병사들에게 들키지 않고 무사히 천왕신전에 도착할 수 있었다.

"뭐야, 북 대문 수문장은 대체 어딜 간 거야?"

재부가 북쪽 대문에 도착한 것은 깊은 밤이었다. 그는 문을 지켜야 하는 수문장의 부재에 눈썹을 찌푸렸다. 그는 북 대문 같은 후미진 곳일수록 더욱 신경을 써야 한다고 생각했다.

그때 서요 일행을 보내고 막 돌아온 수문장은 재부를 보고 심장이 쿵 떨어졌다. 왜 하필 신녀를 잡는 데 가장 혈안이 되어 있는 자가 이

밤에 북 대문을 찾아왔나 싶었다. 하지만 그건 나중에 생각해도 되는 문제이기에 수문장은 최대한 표정 관리를 하며 얼른 그에게 달려갔다.

"장군님. 이 먼 곳까지는 어인 일이십니까?"

재부는 헐레벌떡 뛰어오는 수문장을 의심스럽게 바라보았다.

"수문장인 자네가 북 대문을 비워두고 대체 어디를 다녀온 거지?"

"죄송합니다. 급히 뒷간에 다녀오느라……."

"뒷간?"

그의 사나운 눈빛을 받은 수문장은 침을 꿀꺽 삼켰다. 뒷간에 다녀온 게 크게 잘못한 일은 아니었지만, 수문장은 괜히 마음이 불안했다.

"예. 시급한 상황인 건 아나…… 앞으로 더 주의하겠습니다."

재부는 생리 현상을 해결하러 잠시 자리를 비운 것을 가지고 더 이상 뭐라고 할 수가 없었기에 그저 헛기침만 했다.

"큼큼! 뭐, 그래."

최근 들어 신경이 예민해진 재부는 작은 것 하나 허투루 넘기지 못하고 일단 의심부터 하고 보았다. 그는 매처럼 예리한 눈으로 북 대문을 살피며 주위를 서성였다.

천왕신전의 신관들이 머무는 처소에 도착한 서요는 사랑방에서 대신관을 기다렸다. 깊은 밤이라 불이 켜지면 안 되었기에 그녀와 기상신들은 다소 어두운 곳에 앉아 있었다.

"천왕신전은 처음 와봤는데…… 아버지가 말씀하셨던 그대로예요."

아버지에게 듣고 상상해 왔던 모습과 거의 흡사한 천왕신전을 직접 보았다는 것에 서요는 마음이 울컥했다. 전 대신관이었던 아버지가 반 평생 넘게 신념을 지키며 살아왔던 곳이 바로 여기였다.

미르는 마음이 복잡해 보이는 그녀의 손을 잡아 어루만졌다.

"들키지 않고 무사히 와서 다행이야. 이제부턴 이곳에서 숨어 있어야 해."

"숨어 있으라고요?"

서요는 의아한 얼굴을 했다. 미르는 최대한 침착하게 그녀를 회유했다.

"그래. 정식으로 제사장이 되기 전까지 말이야. 왕검은 분명 천왕신전을 주시하고 있을 거야. 아직 도성으로 들어왔다고는 생각하지 못하고 있겠지만…… 만약 우리가 여기 있다는 걸 그가 알게 되면 분명 더 위험해질 거야."

미르는 왕검을 제거하기 전까지 조용히 숨어 있으라는 말을 돌려서 했다. 서요는 고개를 끄덕이며 미르의 눈을 지그시 응시했다. 믿음직스러운 그가 곁에 있으니 힘이 샘솟았다.

"조심 또 조심할게요."

서요가 잔뜩 긴장한 마음을 다스리며 굳건하게 말했다. 도성 안으로 들어왔으니 정신을 더욱 바짝 차려야 했다.

그때 문 앞에 사람의 그림자가 드리워지더니 인기척이 났다. 서요는 최대한 조용한 목소리로 대답했다.

"들어오세요."

찾아온 이는 대신관이었다. 그는 어둠 속이었지만 확연하게 느껴지는 신성한 기운에 가슴이 거세게 뛰었다. 오랜 시간 염원하고 기다려 왔던 신녀를 바라보는 대신관의 눈은 촉촉하게 젖어 있었다.

"대신관 진원이 고귀하신 신녀님께 인사드리옵니다."

진원은 서요와 기상신들 앞에 손을 가지런히 모으고 정성을 다해 인사를 올렸다. 기상신들은 담담하게 인사를 받았고, 서요는 왠지 울컥해서는 마주 허리를 숙였다.

"이리 걸음을 해주셔서 얼마나 기쁜지 모릅니다, 신녀님."

서요는 조금 민망한 듯 뒷머리를 긁적였다. 탄압이 시작되기 전에는 천상으로 올라가기 위해 삼신할미가 내주는 임무만을 수행하며, 천왕신전을 찾아와야겠다는 생각은 전혀 하지 못했었다.

"대신관님을 만나 저도 매우 기쁩니다."

"예. 그런데 신녀님보다 더 강한 기운이 나는 이분들은 대체……."

진원은 차마 말을 다하지 못하고 마른침을 꿀꺽 삼켰다. 그들에게서는 신녀인 서요만큼이나 심상치 않은, 심지어 그보다 더 단단하고 거룩하기까지 한 느낌이 들었다. 서요는 뒤에 앉아 있는 기상신들을 흘낏 바라보며 어떻게 하냐는 눈빛을 보냈다. 그러자 소소가 자리에서 일어나 가람과 미르 대신 대신관에게 말했다.

"그저 대신관인 당신처럼 신녀님을 지키고 보좌하는 사람이라고 생각하십시오."

소소는 신을 모시는 대신관에게도 정중하게 존댓말을 했다. 우사신전의 신관들에게 정체를 털어놓은 전적이 있는 가람은 피식 웃었고, 미르는 아무래도 상관없다는 듯 그저 서요만을 바라보았다. 대신관은 아무리 그래도 인간은 아닐 거라고 생각했지만 분위기를 대충 파악하고 공손하게 대답했다.

"예, 알겠습니다."

그는 서요와 함께 기상신들의 앞에 조심스럽게 앉았다. 그들은 방 안에서 탄압에 대한 이야기를 나누었다. 이야기 도중 손가락을 꼼지락거리며 기회를 엿보던 서요는 가슴속에 맴도는 말을 조심스럽게 꺼냈다.

"혹시…… 대신관님께서는 저희 아버지를 보신 적이 있으신가요?"

서요의 음성이 물수제비를 뜬 강물처럼 흔들렸다. 그녀는 대신관이었던 아버지의 과거가 너무도 궁금했다.

"예. 아주 오래전, 제가 신관 수습생이었을 때 몇 번 뵌 적이 있습니다. 신관들에게 무한한 신임을 얻는 대단한 분이셨습니다. 어린 제게 직접 다과를 가져다줄 정도로 다정하기도 하셨고요."

"그렇군요. 그런 대단한 분이 저 때문에 밖에서 갖은 고생을 다 하셨는데…… 참 죄송해요."

아버지를 그리워하는 서요의 목소리는 듣는 사람이 측은할 정도로 가라앉아 있었다. 기상신들은 그런 서요를 안쓰럽게 바라보았고, 대신관은 조심스럽게 말했다.

"슬퍼하지 마십시오, 신녀님. 전 대신관님께 신녀님은 어떤 희생을 치러서라도 꼭 지켜야 했던 소중한 분이셨습니다. 분명 마음 깊이 사랑하셨을 겁니다. 신녀님이 이토록 그리워하고 고마워하는 만큼, 분명 그랬을 겁니다."

신관들에게 신녀의 존재가 얼마나 중요한지 아는 진원은, 서요의 아버지 노릇을 했던 전 대신관이 죽을 고비를 넘기며 고생했다고 해서 그녀를 지킨 것을 후회하지는 않을 것이라고 확신했다. 진심 어린 대신관의 말에 서요는 잔잔한 미소를 지었다. 아버지의 희생은 언제 생각해도 가슴 아픈 일이었지만, 자신을 마음 깊이 사랑했을 거라는 말은 감동적이었다.

"예. 저를 많이 아껴주셨습니다."

서요가 슬픈 것인지 기쁜 것인지 모를 표정으로 말을 잇자 미르는 그녀의 어깨를 한 손으로 안고 다정하게 쓰다듬었다. 그 모습을 본 진원은 깜짝 놀라서 눈을 휘둥그레 떴다. 그들의 모습이 마치 연인처럼 보였던 것이다. 당황한 그에게 가람이 짓궂게 웃으며 말했다.

"둘이 연인 사이야."

진원은 어리둥절한 얼굴로 서요와 미르를 곁눈질했다. 전대 신녀도 사랑하는 사람이 있긴 했지만, 갑작스럽게 들은 사실에 당황한 것이었다.

그때 무표정으로 그들의 이야기를 듣고 있던 소소가 입을 열었다.

"일단 밤이 늦었으니 더 깊은 얘기는 내일 나누는 게 좋을 것 같습니다."

그의 말에 진원은 고개를 끄덕였다. 자정을 훌쩍 넘긴 시간이니 다들 피곤할 터였다.

진원은 서요를 전대 신녀가 머물렀던 안채로 안내했고, 기상신들은 행랑채와 연결된 별채로 이동했다. 생소할 정도로 고풍스럽고 넓은 방으로 들어온 서요는 푹신한 이부자리 위에 앉아 긴 한숨을 내쉬었다. 앞으로의 일이 두렵기도 했고, 전대 신녀가 머물렀던 곳이라고 하니 뭔가 묘한 기분도 들었다.

"정말 신녀가 된 기분이야."

능력을 발휘하기 시작할 때부터 스스로가 신녀라는 자각을 새삼 하고 있었지만 천왕신전의 신관들과 대신관을 만나고부터는 더욱 그런 감정을 느꼈다.

'내 곁엔 진원 대신관님도, 우직한 신관들도, 미르님, 소소님, 가람님도 있어. 괜찮아. 잘할 수 있을 거야.'

서요는 애써 자신을 다독였다. 그러나 기대에 부응해야 한다는 생각에 어깨가 무겁기도 했다. 서요는 폭정에 고통받는 백성들과 오직 신녀만을 기다리며 살아온 신관들이 자신의 어깨에 매달려 있는 것만 같았다.

"후우…… 일단 자자."

서요는 자리옷으로 갈아입을 생각도 하지 못한 채 그대로 요 위에 누웠다. 오늘 하루 계속 긴장해 있던 터라 온몸이 노곤했다.

신녀 서요가 먼 길을 돌고 돌아 드디어 천왕신전으로 돌아왔다. 그를 축하하기라도 하듯 아사달의 밤하늘에 눈이 시릴 정도로 밝은 빛을 내는 신월이 떴다.

서요는 꿈속에서 작은 까치를 보았다. 까치는 검고 윤이 나는 날개를 연신 펄럭였지만 제대로 날지 못하고 지상으로 떨어졌다.

'뭐야, 왜 이러는 거야!'

서요는 마치 까치가 된 것처럼 팔을 마구 휘저었다. 하지만 아무리 애를 써도 하늘을 날 수가 없었다. 언제부터인가 까치가 되어 하늘에서 떨어지던 서요가 인상을 잔뜩 찌푸리며 괴로워하고 있을 때, 바깥에서 발걸음 소리가 크게 들렸다.

"헉!"

서요는 그 소리에 놀라 잠에서 깼다. 이마에는 식은땀이 잔뜩 맺혔고, 심장은 귀신에게 쫓긴 사람처럼 빠르게 뛰었다.

"뭐, 뭐지?"

서요가 어리벙벙한 얼굴로 혼잣말을 했다. 그녀 자신이 까치가 되었던 꿈은 아주 희한했다. 서요는 까치가 왜 하늘을 날지 못하고 땅으로 떨어졌는지 이해할 수가 없었다.

'새가 못 난다는 게 말이 되나? 왜 하필 이런 불길한 꿈을 꿔서……'

서요는 가슴을 쓸어내리며 심호흡을 했다. 잠자리가 뒤숭숭해서 그런 거라고 생각하는 게 정신 건강에 좋을 것 같았다. 뛰는 가슴을 진정시킨 서요가 커다란 방을 둘러보았다. 어젯밤엔 어두워서 제대로 보지 못했는데, 방에는 아름다운 자개농과 깔끔한 서궤 그리고 산수화 병풍과 황금빛 보료가 놓여 있었다.

"아…… 정신 차리자!"

한참 동안 방을 구경하던 서요는 포근한 이부자리에서 간신히 일어나며 중얼거렸다. 그리고 문 쪽으로 시선을 돌린 그녀는 창호지에 사람들의 그림자가 비치는 것을 보고 화들짝 놀랐다.

"뭐, 뭐야?"

서요는 이게 대체 무슨 일인가 싶어 긴장해 있다가 이곳이 천왕신전의 신관들이 머무는 곳이라는 사실을 떠올리며 숨을 크게 내쉬었다. 귀신이 아니라면 분명 신관들일 터였다. 그녀가 최대한 아무렇지 않은 얼굴로 가장하고 문을 열며 말했다.

"누구세요?"

문 앞에 옹기종기 모여 있던 세 명의 여신관들은 서요의 등장에 재빠르게 허리를 숙여 인사를 올렸다.

"시, 신녀님께 인사드립니다."

"신녀님을 뵙게 되어 무한한 영광입니다."

서요는 아침부터 부담스러울 정도로 공손한 인사를 받고 조금 당황했으나 그걸 알 리 없는 여신관들은 인사를 한 후 고개도 제대로 들지 못하고 우물쭈물했다. 서요는 의아한 얼굴로 그들에게 물었다.

"예. 저도 반가워요. 그런데 왜 제 방 앞에……?"

"아, 대신관님께 신녀님이 오셨다는 이야기를 듣고 너무 기쁜 나머지, 빨리 뵙고 싶은 마음에…… 방 앞에서 기다리고 있었습니다. 또 저 란희가 가장 가까운 곳에서 서요님을 보필하게 되었고요. 혹시, 저희 때문에 잠에서 깨신 건 아니시죠?"

란희가 혹시나 싶어서 눈치를 보며 물었다. 서요는 그들의 발소리 때문에 잠에서 깬 것은 맞았지만, 그렇다고 말하면 안 될 것 같았기에 고개를 가로저었다.

"하하! 아니요. 제가 왔다고 이리 좋아해 주시니, 저 또한 무척 기쁘네요."

"신녀님은 저희들에게 빛과 소금 같은 분이십니다. 제가 신녀님의 손과 발이 되어 열심히 보필할 것이니 필요하실 때 언제든지 불러주십시오."

란희는 생각했던 것보다 더 아름답고 상냥한 신녀의 모습에 왠지 모를 안도감을 느꼈다. 그녀가 천왕신전과 신자들을 지켜줄 것이란 생각을 하니 기운이 샘솟기도 했다.

서요는 그녀가 자신을 보필한다는 말이 조금 부담스러웠으나 제사장이 된다면 신관들을 거느리는 건 당연한 일이었기에 고개를 끄덕였다. 초롱초롱한 눈빛으로 자신을 응시하는 여신관들을 본 그녀는 더욱 잘해야겠다는 생각이 들었다.

'이토록 나를 믿고 기다려 주었는데…… 난 이곳으로 올 생각은 전혀 하질 않았었어.'

서요가 잘해야겠다는 생각과 함께 자책하고 있을 때, 란희가 다시 입을 열었다.

"신녀님. 이제 치장 준비를 도와드릴까요?"

"치장 준비요? 아니에요. 제가 알아서 하면 되니 신경 쓰지 않으셔도 돼요."

"그, 그럼 제가 목간의 위치를 알려드리고 복장을 준비해 드리겠습니다. 아침을 드시고 대신관님을 뵌 후에 강당에서 신관들을 만날 예정이니, 저만 따라오시면 됩니다."

서요의 눈이 커다래졌다. 신관들과 만나는 자리는 당연히 필요했지만, 이렇게 들으니 가슴이 매우 떨렸다.

"네. 알겠어요."

서요는 마음을 다잡고 란희를 따라 목간으로 이동했다.

대신관과 기상신들은 천왕신전의 강당에 딸린 작은 방 안에서 서요가 오기만을 기다렸다. 기상신들은 강당에 모인 신관들의 상기된 얼굴을 보고 신녀를 바라온 그들의 간절한 마음을 느꼈다.

"서요님이 보시면 깜짝 놀라시겠다."

가람의 말에 소소는 팔짱을 끼고 대신관 진원에게 물었다.

"아직 마음의 준비가 다 되지 않으셨을 것 같은데…… 이건 너무 이른 거 아닙니까?"

"아, 저도 그 점에 대해서 고민을 많이 했습니다. 지금은 왕검이 아직 신녀님이 도성 안으로 들어오지 못했다고 생각해서 신전에 대한 감시가 심하지 않지만, 시간이 흐르면 다를 것입니다. 그땐 제사장이 되기 전까진 지하에서 생활하셔야 할지도 모르니 신관들과 인사하는 자리를 빨리 만들었습니다."

진원은 신녀님을 지하로 모셔야 할지도 모른다는 생각을 하자 낯빛이 어두워졌다. 아직 병사들이 신관들의 처소를 뒤진 적은 없으나, 상황이 나빠지면 어떻게 될지 몰랐다. 별채의 지하실은 아주 오래전부터 있어 온 그들의 비밀 공간이니 문제없을 터였다.

"지하? 말도 안 되는 소리. 빛도 없는 곳에서 어떻게 지내라는 거야!"

미르가 언짢은 얼굴로 소리쳤다. 어두운 숲속에서도, 황량한 들판에서도 노숙한 적이 있긴 했지만 그건 모두 함께였기에 괜찮았다. 하지만 빛 한 점 들어오지 않는 지하실에서 혼자 지내라고 하는 건 그녀를 괴롭게 하는 일이었다.

"미르의 말이 맞습니다. 그러기 전에 정식으로 제사장이 되어야 합니다."

소소 또한 동의하며 덧붙이자 진원은 잠시 난감한 표정을 지었다.

"저도 그러길 바라고 있습니다. 다만 제사장으로 인정받는 게 생각보다 더 까다로워서…… 물론 신녀님이라면 잘 해내실 거라고 믿고 있습니다."

절차에 대해서 알지 못하는 기상신들이 의아한 얼굴로 고개를 갸웃하고 있을 때, 밖에서 여신관들의 목소리가 들렸다. 진원은 자리에서 벌떡 일어나서 신녀를 맞을 준비를 했고, 기상신들은 방으로 들어오는 서요를 뚫어져라 응시했다.

그녀는 금방이라도 하늘로 날아가 버릴 것처럼 하늘하늘한 옷을 입고 있었다. 새하얀 치마에는 은빛 실로 고급스러운 문양이 새겨져 있었고, 여염집 여인들이 입는 저고리보다 길이가 조금 더 길고 색이 연한 옥빛의 저고리는 부드럽게 찰랑거렸다. 수수하면서 우아한 복장에 화려함을 더해주는 건 저고리 위의 얇은 어깨걸이었다. 파란빛의 어깨걸이는 푸른 하늘을 가득 담고 있는 것처럼 고왔다.

서요의 화사한 모습에 미르는 침을 꼴깍 삼키며 넋을 잃은 듯한 얼굴로 감탄했다.

"예쁘다."

미르의 반응에 서요는 쑥스러운 미소를 지었다.

"정말요? 저도 이렇게 예쁜 옷 입어서 기분 좋아요."

"아니. 옷 말고, 서요 네가."

"에이."

서요는 괜히 민망해서 혀를 빼물었다. 그들의 대화를 듣고 있던 진원은 자신의 옆자리를 가리키며 말했다.

"옷이 아주 잘 어울리십니다. 이리로 앉으시지요."

서요가 진원의 옆자리에 앉자, 그는 본격적으로 이야기를 시작했다.

"신관들이 강당에서 신녀님을 기다리고 있습니다. 아시지요?"

"네. 알고 있어요. 만날 생각을 하니까 너무 떨려요."

서요는 이제 곧 신관들을 한꺼번에 볼 생각에 긴장을 감추지 못했다. 진원은 신관들이 어떤 마음으로 신녀를 기다렸는지 알기에 인자한 얼굴로 서요를 달랬다.

"긴장하실 것 없습니다. 신관들은 신녀님을 마음 깊이 경애하고 있으니까요."

"그럴까요? 너무 늦게 와서 원망할 수도 있을 것 같아서…… 물론 제가 감수해야 할 문제지만요."

"절대 그리 생각하지 않습니다. 원래는 신전에서 곱게 지내셨어야 할 신녀님이 왕검 때문에 숨어 지내셨으니 그동안 얼마나 고초가 많으셨겠습니까."

진원은 딱히 말하지 않아도 그녀가 지금껏 겪어왔던 고생을 알 것 같았다. 열여덟 살이 되어 능력을 펼치기 전까진 제사장이 될 수 없었으니, 천왕신전으로 오고 싶어도 올 수가 없었을 터였다. 지금껏 왕검 자민에게 잡히지 않고 무사한 것만으로도 다행이었다.

기상신들은 그의 말에 고개를 끄덕이며 동조했다. 서요는 뒷머리를 긁적이며 멋쩍어하다가 고개를 가로저었다. 자신이 신녀로 태어난 것을 원망한 적이 많은 건 사실이었으나 지금은 그저 운명에 순응할 뿐이었다.

"아니에요. 저보단 어머니와 아버지께서 고생이 많으셨죠. 저는 아무런 능력도 없어서 제가 정말 신녀라고 생각해 본 적이 없었어요. 부모님의 걱정과 시름이 얼마나 컸을지, 이제야 조금 예상이 가요."

"그동안 고생이 참 많으셨습니다. 신관들을 만나면 그저 환하게 웃어주시고 그들의 말을 들어주시는 것으로도 충분할 것입니다."

"네. 신관님들에게 좋은 인상을 주고 싶어요."

서요는 숨을 크게 들이마시고 결연한 표정을 지었다. 자리가 사람을 만든다고, 자신의 위치를 확인한 서요는 정말 고귀하고 위대한 신녀 같았다. 진원은 흐뭇하다는 듯 입꼬리를 올렸고, 서요를 바라보는 미르의 얼굴은 복잡했다.

'오늘 밤부터 일을 진행해야겠어.'

그는 몰래 그런 생각을 하며 주먹을 꽉 쥐었다. 빠른 시일 내에 왕검 자민을 죽이는 데 성공한다면 서요가 위험에 빠질 일도 없고, 제사장이 될 일도 없으며, 손쉽게 천상으로 올라갈 수 있을 터였다.

미르는 오룡거를 타고 천상으로 올라가 평생 그녀와 행복하게 사는, 오직 그날만을 기다리고 있었다. 그런 그의 생각은 꿈에도 모르는 서요는 진원에게 가장 궁금한 점에 대해서 물었다.

"저…… 그럼 제사장이 되기 위해선 뭘 어떻게 해야 하나요? 최대한 빨리 나서야 할 것 같은데."

진원은 아직 신녀의 능력에 대해서 정확히 알지 못했기에 조금 망설이다가 대답했다.

"제사장은 하늘에 제사를 올리고, 신의 말씀을 듣고, 그것을 백성들에게 알리는 자리가 아니겠습니까?"

"예. 그렇죠."

"신녀님께선 천왕신전에서 제사를 지내고 신의 말씀을 들은 후 그것을 널리 알리셔야 합니다. 신녀님께서 말씀하신 게 맞다는 것이 증명되면 왕가를 비롯해 백성들의 인정을 받은 제사장이 되실 수 있습니다."

서요는 빛을 내거나 사람을 고치는 힘은 있었으나, 신어를 들은 적은 없었기에 심각한 표정을 지었다. 신의 말씀이라는 게 어떤 것인지 감도 잡히지 않았다. 깊이 고민하던 서요는 의아한 얼굴로 물었다.

"신의 말씀을 알리고 증명한다는 게…… 앞으로 일어날 일을 신께 미리 들어야 한다는 말인가요?"

진원은 고개를 끄덕였다. 가람은 진원의 앞에서 이야기하지는 못했지만, 자신도 신이니 기상의 힘을 조금 쓰고 신으로서 그녀에게 아무 말이나 전해주면 될 것 같았기에 입꼬리를 씩 올렸다. 하지만 서요는 신어를 어떻게 하면 들을 수 있을까 고민하느라 그 생각은 하지 못했다.

"굉장히 어려운 일이네요. 직접 제사를 주관한 적이 없어서 제대로 알 수는 없지만……."

서요가 불안해하는 모습을 보이자 진원이 괜찮다며 달랬다.

"너무 걱정하지 마십시오. 신녀님의 활약을 들어왔던 제가 장담하겠습니다. 반드시 해내실 겁니다."

"네."

"그럼 이제 들어가 볼까요? 신관들이 부푼 마음으로 신녀님을 기다리고 있습니다."

진원은 그리 말하며 소개를 위해 먼저 자리를 떴다.

서요는 기상신들의 곁에서 잔뜩 긴장한 채 서 있다가 신관들이 있는 강당으로 천천히 걸음을 옮겼다. 신녀로서 제대로 인사한 적은 한 번도 없었기에 가슴이 마구 뛰었다.

드디어 서요가 강당의 단 위로 올라섰다. 신관들은 모두 자리에서 일어나 초롱초롱한 눈빛으로 그녀를 바라보았다. 서요는 그 올곧은 시선들을 받고 마른침을 꿀꺽 넘겼다. 처음 만난 자리였는데도 그들의 눈엔 따뜻함이 가득했다. 아무리 자신이 신녀라 해도 어쩜 그런 시선으로 바라볼 수 있는 건지 신기할 정도였다.

'솔직히 부담도 되지만, 감동적이야……'

긴장해서 떨던 서요는 심호흡을 한 후에 말문을 열었다.

"안녕하세요, 여러분. 이렇게 만나게 되어 정말 반갑습니다."

신관들은 그녀의 인사에 감격했는지 벅찬 표정을 지었다. 그들은 소식이 들려오기 전엔 신녀가 죽었을지도 모른다고 생각했고, 후엔 무사히 천왕신전까지 올 수 있을지 걱정했다. 그렇기에 지금 이 순간, 그녀와 만나게 된 것에 감사하고 있었다.

두 눈을 반짝이는 신자들을 인자한 눈빛으로 바라보던 서요는 다시 말을 이었다.

"그동안 저를 기다리며 애태우셨을 것이란 생각이 듭니다. 또한, 신자들을 향한 지독한 탄압을 보며 더욱 괴로우셨을 테지요. 늦게 찾아와서 정말 죄송하고, 앞으로 기대에 걸맞은 참된 제사장이 되도록 노력하겠습니다."

한 자 한 자 진심이 느껴지는 말에 신관들은 웃으며 고개를 끄덕였다.

"부족한 저를 많이 도와주세요."

서요는 그들을 향해 고개 숙여 인사했고, 이에 깜짝 놀란 신관들은 손을 공손히 모으고 마주 인사했다. 기분 좋은 광경에 진원은 자신이 더 감격했다. 서요는 여러모로 걱정이 많은 것 같았지만 그는 그녀가 잘 해낼 것이란 생각이 들었다.

그러나 서요를 보는 미르의 기분은 매우 묘했다. 조금 전까지만 해도 떨던 그녀가 말을 곧잘 하는 게 대견하긴 했지만, 영원히 자신의 품속에 있어야 할 것 같은 그녀가 홀로 떠나가는 느낌이 들었기 때문이었다. 서요가 백성들의 신임을 받는 제사장이 된다면 그런 감정은 더욱 심해질 것 같았다.

상상만으로도 마음이 이상해진 미르가 얼굴을 찌푸릴 때, 우렁찬 박수 소리가 터져 나왔다. 그들은 천왕을 향해 기도를 올리며 희망을 쌓아 올렸다.

서요는 진원에게 제사장의 덕목에 대해 가르침을 받았다. 아주 어렸을 때 아버지인 대신관에게 몇 가지 배운 적이 있었지만 너무 오래전 일이라 잘 기억나지 않았다. 원래는 열여덟 살이 될 때까지 신전에서 자라며 확실하게 교육받았어야 했다. 서요는 늦게 시작한 만큼 더욱 집중했다. 진원이 방을 나가고도 홀로 공부하다 보니 어느새 저녁 시간이 되었다.

"아, 오늘은 미르님이랑 말도 잘 못했네…… 계속 이러려나?"

오늘 하루 여신관 란희 아니면 대신관 진원과 함께 있었기에 미르를 비롯한 기상신들을 잘 보지 못했다.

"흐음…… 보고 싶다, 미르님."

서요가 그를 떠올리며 푸념하고 있을 때, 놀랍게도 방문 앞에서 미르의 목소리가 들려왔다.

"나와!"

시요는 환청인가 싶어서 고개를 두리번거리다가 창호지에 비친 그의 모습을 보고 웃으며 밖으로 나갔다. 어떻게 알고 찾아왔는지 신기할 정도였다.

"미르님!"

서요의 해맑은 목소리에 미르는 뒷짐을 지고 있던 손을 풀고 그녀를 안았다. 그는 서요가 방에서 공부에 매진하고 있는 동안 아사달을 돌아다니며 많은 정보를 모았다. 그리고 밤이 되면 궐에 침입해, 왕이 있는 곳까지는 가지 못하더라도 궐의 구조와 모습을 눈에 확실히 담을 예정이었다.

"어엇? 왜 그러세요?"

서요는 미르가 자신을 꽉 안고 아무런 말을 하지 않자 의아해졌다. 그는 서요의 머리와 등을 부드럽게 쓰다듬었다.

"기운을 얻는 중이야. 가만히 있어."

미르에겐 서요가 활력을 주는 존재였다. 그 말뜻을 이해한 그녀는 좋은 기운이 잔뜩 흘러갈 수 있도록 그를 더 꽉 안았다.

"어때요? 느껴져요? 얻고 있어요?"

서요의 순수한 물음에 미르는 피식 웃으며 고개를 끄덕였다.

"그래. 이제 기운이 넘쳐난다."

그는 서요를 품에서 놓아주며 그녀의 맑은 얼굴을 바라보았다. 그녀의 눈엔 자신을 향한 따뜻한 사랑이 가득 담겨 있었다.

'이리 어여쁜 널, 절대 다치게 하지 않을 거야.'

미르가 그런 다짐을 하고 있을 때, 서요가 환하게 웃으며 물었다.

"다행이에요. 저 보고 싶어서 찾아오신 거죠?"

뻔뻔한 말에 그는 장난을 치기 위해 일부러 고개를 가로저었다. 서요는 눈을 가늘게 뜨고 미르를 바라보며 추궁했다.

"뭐예요. 아니라고요? 그럼 왜 오셨는데요?"

"기운 얻으려고 잠시 온 거라니까."

"그게 그 말이잖아요!"

서요는 그의 짓궂은 표정을 보고야 미르가 장난을 치고 있다는 걸 알아채곤 입꼬리가 살짝살짝 올라갔다.

"저는 미르님이 찾아와 주셔서 정말 좋았고 반가웠어요. 너무 보고 싶었거든요."

뜻밖의 말에 미르는 고개를 갸웃했다.

"낮에 잠깐 얼굴 봤잖아."

"그러니까요. 잠깐 봤으니까…… 항상 붙어 있을 때하고는 다르더라고요."

"수피아에서도 그놈의 산신각 보수 때문에 많이 보지 못했는데, 갑자기 왜?"

미르는 자신이야 시도 때도 없이 그녀를 보고 싶어 했지만, 서요는 지금까지 그런 티를 먼저 낸 적이 없었기에 고개를 갸웃했다. 하지만 그녀는 그동안 내색하지 않은 것뿐이었기에 입술을 삐죽 내밀었다.

"미르님이 매번 이렇게 생각하니까 진짜 답답해요."

"뭐가?"

미르의 물음에 서요는 불만스러운 얼굴로 입을 열었다.

"왜 제가 미르님을 많이 보고 싶어 한다고 생각하지 못하는 건데요!"

"그건……."

턱을 매만지며 고민하던 그는 아무리 생각해 봐도 딱히 무슨 이유가 있는 게 아니라 자기도 모르게 그러는 것이었기에 난감한 표정을 지었다.

"글쎄. 잘 생각해 보진 않았지만, 난 네가 날 사랑하는 마음보다 내가 널 사랑하는 마음이 더 크다고 여기기 때문이 아닐까?"

"하…… 그런 게 어디 있어요!"

서요는 바로 정색하며 반박했다. 그에게 사랑을 더 받고 싶은 건 사실이었지만 막상 말로 들으니 기분이 찜찜했다. 그리고 미르가 자신의 마음을 알아주지 않는 것처럼 느껴지기도 했다.

미르는 서요가 진지하게 부인하는 모습이 귀여웠다.

"발끈하기는. 내가 더 사랑하는 게 뭐 어때서. 더, 더 사랑해 주고 싶기만 한데."

서요는 자신을 바라보는 미르의 따뜻한 시선과 다정한 말에 온몸이 사르르 녹는 기분을 느꼈다. 미르는 예나 지금이나 정말 한결같았다. 감동을 받은 서요는 은은한 미소를 지었다.

"지금도 분에 넘칠 만큼 큰 사랑을 받고 있어요. 미르님 덕분에 힘든 여정도 지금까지 버틸 수 있었고, 사치라고 생각했던 행복마저 느끼고 있어요."

서요의 말에 그는 그나마 평화로운 지금의 일상을 절대로 깨뜨리지 않겠다는 다짐을 했다. 서요는 그저 미르 자신의 사랑을 듬뿍 받고 행복하게 지내면 될 뿐이었다. 상상할 수 없을 만큼 큰 책임감을 느끼며 살 필요가 없었다.

그런 일이 일어나지 않기를 바라며 서요를 바라보는 그의 얼굴이 결연해졌다. 미르는 천천히 뒷걸음질했다.

"이만 들어가 봐. 내일 보자."

고개를 끄덕인 서요는 아쉬운 얼굴로 걸음을 옮겼다. 잠깐 동안의 시간은 계속 곱씹고 싶을 만큼 애틋하고 좋았다. 방으로 들어가면서도 그와 더 오래 같이 있고 싶었던 서요는 수피아에서 저녁마다 미르와 함께 검술 연습을 하던 게 생각났다.

"아, 맞다! 검술 연습이 있었지!"

서요는 활짝 웃으며 다시 창호지 문을 열었다. 그러나 그는 이미 자리를 떠난 뒤였다. 아무도 없는 황량한 마당을 본 서요는 금세 시무룩해졌다.

"흐음. 벌써 가셨네."

마침 란희가 저녁상을 들고 오기로 한 시각이 다 되었기에 서요는 미르를 다시 찾아가지는 못하고 문을 닫았다. 매우 아쉬웠으나 미르와 함께하며 행복한 기운을 잔뜩 얻은 것만으로도 그녀의 마음은 한없이 풍족했다.

미르는 깊은 밤이 되자 검은 복면을 쓰고 궐 주변을 돌아다녔다. 그의 손엔 수십 년 전의 궁궐 평면도가 들려 있었다.

'하루 만에 급하게 구한 거라 진짜 맞는 건지 아닌 건지 확실하게 알 수가 없어.'

미르는 횃불을 켠 채 삼엄하게 궐을 지키는 병사들을 보며 복잡한 생각을 했다. 오늘은 궐의 확실한 길을 머릿속에 담아가는 게 가장 중요했다. 설사 수십 년 전의 궁궐 모습과 지금이 완벽히 똑같다고 해도, 한 번 만에 자민의 침전까지 쳐들어가는 건 불가능할 테니 말이다.

우선 그는 인적이 드문 문 쪽으로 재빠르게 달려가 발걸음 소리조차 나지 않게 순식간에 연기가 되어 궐로 들어섰다. 그러나 금방 능력이 풀려 모습이 드러났고, 미르는 커다란 나무 뒤로 얼른 몸을 숨겼다.

'후…… 들어오는 건 성공했군.'

심호흡을 한 미르는 신속하게 걸음을 옮기며 궐의 모습을 평면도와

비교해서 살펴보기 시작했다. 궐 내부는 불꽃이 타닥타닥 타들어가는 소리 그리고 병사들의 발걸음 소리 정도밖에 들리지 않았다.

미르가 아슬아슬하게 병사들을 피하며 걸음을 재촉한 지 얼마나 지났을까, 궐내를 경비하던 한 병사가 그를 발견하고 얼굴을 일그러뜨렸다.

"누, 누구냐!"

병사는 크게 호통을 치며 검집에서 검을 꺼냈다. 그의 우렁찬 목소리에 주변에 있던 다른 병사들까지 미르가 있는 곳으로 모여들었다. 그들을 모두 상대하면서 안으로 더 깊숙이 진입할 수는 없었던 미르는 재빨리 뒤로 돌아 달음박질했다.

'젠장! 벌써 들키다니.'

그가 아랫입술을 꾹 깨물었다. 역시 궐에 잠입한다는 건 쉬운 일이 아니었다.

미르가 빠르게 달리는 모습에 병사는 허겁지겁 그를 향해 화살을 쐈다. 바람을 가르며 날아가는, 섬뜩한 소리와 함께 날카로운 화살촉이 미르의 허리에 박혔다.

"헉!"

엄청난 고통을 느낀 그는 거칠게 숨을 내뿜으며 그 자리에 멈춰 섰다.

"저놈을 잡아라!"

검과 활을 든 병사들이 요란스럽게 쫓아오는 소리가 들려왔다. 여기서 더는 지체해서는 안 된다는 생각에 그는 이를 악물며 간신히 고통을 참고 월담했다.

"젠장!"

바닥에 몸을 구른 미르가 험한 말을 내뱉었다. 궐의 모습을 눈에 담는 것조차 어려운 일이었다. 그의 이마에 식은땀이 잔뜩 맺혔고 숨은 거칠어졌다.

"헉헉!"

간신히 자리에서 일어난 미르는 민가가 있는 거리로 들어섰다. 지금 바로 천왕신전으로 향하면 자신을 쫓아오는 병사들 때문에 신전에 불 똥이 튈 가능성도 있었기에 그곳으로 갈 수는 없었다. 그의 생각대로 병사들은 상관의 명에 따라 도성 안을 수색하기 시작했다.

낡은 약방으로 들어가 몸을 숨긴 미르는 숨을 죽였다. 퀴퀴한 냄새가 코를 찔렀으나 더는 움직일 수가 없었다. 식은땀을 뻘뻘 흘리던 그는 허리에 꽂힌 화살을 힘겹게 뽑아냈다. 뜨거운 피가 흘러내리자 급하게 옷을 찢은 그는 상처를 지혈한 후 깊은 한숨을 내쉬었다.

"후…… 잠시만 기다리자."

미르는 제대로 움직일 수 있을 만큼만 몸이 회복되면 병사들의 눈을 피해서 천왕신전으로 가리라 결심했다. 지금으로서는 그 방법밖에는 없었다.

"신녀님. 오늘도 좋은 아침입니다!"

란희가 비몽사몽한 채 방에서 나오는 서요를 보고 말했다.

"예. 좋은 아침이에요. 후아아암!"

아직 잠에서 완전히 빠져나오지 못한 서요는 하품을 크게 하며 정신을 차리기 위해 마루 위에 걸터앉았다. 머리 위로 따뜻한 햇볕이 기분 좋게 내리쬐었다. 란희는 햇빛을 받으며 나른하게 앉아 있는 서요에게 공손히 말하고는 자리를 떴다.

"세숫물을 대령해 드릴 테니 조금만 기다리세요!"

그녀는 알겠다며 고개를 끄덕인 후 파란 하늘을 올려다보았다. 구름 한 점 없는 맑은 날이었다. 서요는 천왕신전에 오기까지 많은 걱정을 했고 지금도 마찬가지였지만, 함께하는 든든한 사람들이 많아서 행복했다.

서요는 재빨리 세숫물에 얼굴을 씻고 몸단장을 마친 후, 마침 안채를 찾아온 소소와 가람을 만났다.

"엇. 소소님, 가람님! 이곳은 어쩐 일로…… 그런데 미르님은 어디 계세요?"

가람은 인사 후에 바로 미르를 찾는 서요를 보고 헛웃음을 지었다.

"허허, 서요님! 바로 그렇게 미르만 찾으시면 저희 서운합니다. 미르는 방에 들어가 보니 조금 더 잘 거라고 귀찮다고 나가라고 하던데요?"

"예? 미르님이요?"

미르가 잠투정하는 걸 한 번도 보지 못했던 그녀는 의아한 표정을 지었다. 그러나 그것보다 더 중요한 말을 전해야 했던 소소는 급하게 입을 열었다.

"방금 대신관을 만났는데, 서요님이 제사를 올릴 날짜가 정해졌다고 합니다."

서요는 갑작스러운 말에 깜짝 놀라 눈을 휘둥그레 떴다.

"예? 벌써요?"

"하루라도 빨리 제사장이 되셔야 하니까요."

"그건 그렇지만……."

제사장으로 인정받는 과정만 생각하면 가슴이 터질 것처럼 뛰어댔다. 직접 제사를 올려봐야 신의 말씀을 들을 수 있는지 알 수 있었지만, 그 기회가 마지막일 수도 있기에 부담스러웠다.

"언제인가요?"

떨림이 담긴 서요의 물음에 소소가 대답했다.

"이레 뒤입니다."

"그래서 말입니다, 서요님. 서요님께서 신의 목소리를 듣는다면 상관없지만 그렇지 못한다면 저희에게 말씀해 주십시오. 도움을 드리겠습니다."

가람이 아침 일찍부터 그녀를 찾아온 이유에 대해서 바로 덧붙였다. 서요는 설마 하는 표정으로 그들을 번갈아 보았다.

"설마 기상에 관한 말씀을 들은 것으로…… 신관님들과 백성들을 속이자는 말씀이세요?"

서요의 물음에 가람은 신이 나서 고개를 끄덕였다. 그렇게만 한다면 쉽게 제사장이 될 수 있었다. 소소는 자신도 그런 생각을 한 적이 있긴 하지만 원칙에 위배되는 일이었기에 그저 입을 꾹 다물었다.

서요가 그 제안을 꺼리는 게 느껴지자 가람은 하루빨리 그녀가 제사장이 되어 탄압을 멈추고 아사달의 심장을 찾길 바라는 마음에서 말했다.

"그게 뭐 어떻습니까. 저희도 신인데, 신관들이 원하는 신의 말씀이 결국 저희가 말하는 것과 무엇이 다릅니까? 사실 서요님이 사람을 치료하는 것만으로도 대단한데 하필이면 제사장으로 인정받는 과정이 앞날을 예측하는 것이니 무용지물이 된 것뿐이죠."

가람의 구구절절한 말을 들은 소소는 한참을 망설이다가 입을 열었다.

"저는 그저 서요님의 뜻에 따르겠습니다."

소소는 그게 잘못된 일이라는 걸 알고 있었지만, 후에 서요가 그 일로 난감해한다면 그녀의 뜻을 따르겠다고 결정했다.

그들의 말을 경청한 서요는 심각한 표정을 지었다. 그렇게 제사장이 된다고 해도 계속 속이고 숨기며 살 수는 없을 것 같았다. 그녀가 팔짱을 끼고 한숨을 내쉬고 있을 때, 미르가 그들의 곁으로 다가와서 말했다.

"그렇겐 안 돼."

익숙한 목소리에 서요가 고개를 돌려 다가오는 그를 바라보았다. 미르는 잠투정하며 대낮까지 잔 것치고는 안색이 며칠 밤을 자지 못한 사람처럼 좋지 않아 보였다.

"미르님? 어디 아프세요?"

까치발을 들어 그의 이마에 손을 갖다 댄 서요가 다급하게 물었다. 오늘 새벽에 병사들의 눈을 피해서 겨우 천왕신전으로 들어온 미르는 그녀의 손을 뗀 후 다시 말했다.

"그렇게는 안 된다고."

"에? 뭐가요?"

하얗게 질린 그의 얼굴만이 눈에 보였던 서요는 바보처럼 되물었다. 한숨을 푹 내쉰 미르는 그녀의 머리에 손을 올리고 별거 아니라는 듯이 말했다.

"그냥 조금 피곤할 뿐이니까 걱정하지 마."

"그럼 쉬셔야죠. 왜 나오셨어요."

그가 잠투정한 게 아니라 몸이 좋지 않았다는 것을 알게 된 그녀는 미르의 등을 떠밀며 발을 동동거렸다. 그는 지금까지 한 번도 이런 모습을 보인 적이 없었기에 서요는 더욱 염려되었다. 미르는 서요의 힘에 어쩔 수 없이 발을 옮겼다.

"알겠어. 그렇게 할 테니까. 내 말 좀 들어. 절대 가람의 말대로 하면 안 돼. 우리도 신이지만 온전히 기상의 힘을 쓸 수 있는 것도 아니고, 신의 말씀을 듣고 전달하는 일을 이때만 하면 되는 것도 아니잖아. 언제까지 속일 순 없다는 거지. 까딱하다 눈에 불을 켜고 달려드는 왕족들한테 들키면 제사장 직위 박탈은 물론 더 큰일이 벌어질 수도 있어."

서요는 구구절절 맞는 말에 어깨가 축 처졌다. 제사장의 역할을 제대로 하지 못한다면 하루하루가 살얼음판 같을 게 뻔했다.

"저도 그렇게 생각해요. 조금이라도 망설였던 건 그렇게라도 제사장이 되어 탄압을 멈추고 싶어서……."

서요는 완전히 풀이 죽었다. 방에 도착한 미르는 정말 그녀가 걱정되기도 했고 제사장이 되는 것을 최대한 미뤄야 했기에 다시 한 번 말했다.

"알아, 그 마음. 하지만 성급하게 굴지 말자."

서요는 알겠다는 듯 고개를 끄덕였다. 그녀는 이레 뒤 제사에서 신의 목소리를 꼭 듣고 싶었다. 그래야만 떳떳하게 제사장이 될 수 있었다.

"미르님은 어서 누우세요. 어디가 안 좋은 건지 정확하게 모르시는 것 같으니까 대신관님께 말해서 의원을 불러오도록 할게요."

당장이라도 서요가 사람을 부를 것 같자 그는 허리에 난 상처를 들켜서는 안 되었기에 다급하게 대꾸했다.

"아니! 그냥 머리 좀 아픈 것 갖고 무슨 의원까지…… 그냥 약방에서 약이나 좀 지어오면 돼."

"아…… 그래요? 알겠어요, 그럼. 그렇게 말씀드릴게요."

마음이 급했던 서요가 재빨리 자리를 떴다. 미르는 안도의 한숨을 내쉬었다. 서요를 속인 게 미안했지만, 화살을 맞은 걸 알게 되면 제가 무엇을 하려 하는지 들킬 게 뻔했기에 어쩔 수가 없었다. 미르는 그녀가 제사장이 되기 전에 자신이 자민을 죽이고 모든 일이 종료되길 바랐다.

한참을 누워 있던 미르는 서요가 가져다 준 탕약을 먹고 푹 쉬었다. 그녀가 옆에서 간호하며 꼼짝도 하지 않고 있는 탓에 머릿속에 담은 궐의 모습을 옛 평면도에 다시 그려 넣을 수는 없었지만, 서요의 따뜻한 마음이 느껴져서 아파도 외롭지 않았다.

"고마워."

미르는 그녀의 작은 손을 꼭 잡고 중얼거렸다.

간밤에 정체를 알 수 없는 자객이 침입했었다는 사실이 궐에 파다하게 퍼졌다. 상참을 끝낸 자민은 주먹을 꽉 쥐고 부들부들 떨었다. 자객으로 의심되는 괴한을 아직도 잡지 못했다는 것에 분노가 쉬이 가라앉지 않았다.

"대체 어떤 간 큰 놈이!"

자민은 아사달을 비롯해 여러 주요 지방에서 폭동이 일어나고 있다는 소식은 들었지만, 배짱 좋게 궐에 침입하는 자까지 생길 줄은 꿈에도 몰랐다. 신녀의 일행으로 추정되는 남자들에 관한 희한한 소문 또한 퍼지고 있었기에 그의 신경은 더욱 날카로워졌다.

'상상도 하지 못할 능력을 가지고 나타날 신녀도 걱정인데, 이런 일까지 벌어지다니!'

자민은 성난 얼굴로 분노하다가 자리에서 벌떡 일어나서 소리쳤다.

"상선!"

상선은 자민이 또 무슨 명을 내릴지 몰라 굳은 표정을 지었다. 요즘 자민의 신경이 극도로 예민해져 있었다.

"예, 전하. 하명하시옵소서."

그가 대답하자 자민은 흥분을 가라앉히지 못하고 숨을 가쁘게 내쉬었다.

"지금 당장, 천왕신전으로 갈 것이다!"

그의 말에 상선은 어두운 낯빛으로 허리를 깊이 숙인 뒤 물러섰다. 천왕신전이 또다시 발칵 뒤집힐 것 같았다.

"대신관 진원이 전하께 인사드리옵니다. 그동안 강녕하셨습니까?"

붉으락푸르락한 얼굴로 천왕신전을 찾은 자민에게 진원이 정중하게 인사를 올렸다. 자민은 진원이 심각한 탄압에도 아무런 힘을 쓰지 못하고 신전에 박혀 지내는데도 여전히 침착하고 차분하자 왠지 모르게 배알이 꼴렸다. 그가 울고불고 난리를 쳤으면 오히려 기분이 더 좋았을 것 같았다.

"강녕하다마다. 그런데 자네 얼굴이 완전히 흙빛이야. 신전이 영……썰렁해서 그런가."

자민은 아무도 찾지 않는 넓은 신전을 둘러보며 일부러 비소를 지었다. 비아냥거리는 게 분명한 왕검의 모습에도 진원은 안채에 있을 서요만이 걱정되었다.

"부디 저희 신관들과 이 땅의 불쌍한 신자들을 굽어살펴 주십시오. 전하."

진원은 괜한 의심을 사지 않도록 고개를 조아렸다. 자민의 심기를 거스르지 않기 위해서라도 굴복해야 했다.

그의 절박한 목소리에 자민은 한쪽 입꼬리를 씩 올렸다. 역시 이 같은 상황에서도 꼿꼿할 대신관은 없었다. 허리도 제대로 펴지 못하고 부탁하는 대신관과 그의 뒤에 선 수많은 신관의 침통한 얼굴을 본 자민은 웃음을 참지 못했다.

"하하하!"

진원은 크게 웃기 시작하는 그를 보고 속으로 한숨을 내쉬었다. 자민은 참으로 매정하고 포악한 왕이었다. 결코 백성들의 슬픔을 이해하지 못했다. 그러니 자신의 백성들인 신자들을 무차별로 탄압하고 죽이는 것이겠지만 말이다.

진원은 참담함에 눈을 꾹 감았고, 통쾌한 웃음을 머금다가 표정을 싸늘하게 굳힌 자민은 고개 숙인 그의 귀에 속삭였다.

"어젯밤에 감히 도둑개 한 마리가 월담해서 궐의 기강을 어지럽혔다. 꽤 깊숙한 곳까지 들어왔다고 하던데…… 대체 무슨 목적으로 그 일을 감행했던 걸까? 당연히 그놈의 배후가 있는 거겠지? 자네는 혹시 그게 누군지 알고 있나?"

자민의 목소리가 살기를 띠어 시퍼렜다. 천왕신전의 사람을 의심하는 듯한 그의 모습에 진원은 심장이 덜컥 내려앉았으나 간신히 마음을 다 잡았다. 탄압에 분노했음에도 불구하고 신녀가 천왕신전에 당도하기 전까지 행동을 조심해 왔던 만큼, 이런 도발에 흔들려서는 곤란했다.

"그런 일이 있으셨습니까? 송구합니다, 전하. 저는 잘 모르겠사오나 역심을 품은 자를 면밀히 찾아보도록 하겠습니다."

진원의 대답에 자민은 뒷짐을 진 채 싸늘한 눈빛으로 그를 바라보았다. 이런 상황에도 평상심을 지키는 그가 참으로 꼴사나웠다.

아픈 미르의 손을 붙들고 있다가 그대로 별채에서 잠이 들어버린 서요는 밖에서 소란스러운 소리가 들려오자 천천히 눈을 떴다.

"흐음…… 뭐지?"

서요는 인상을 찌푸리며 눈을 비볐다. 무슨 상황이기에 이토록 시끄러운 건지 알 수가 없었다. 그런데도 그는 아직 단잠에 빠져 있었다. 머리가 아프다더니 몸 상태가 정말 좋지 않은 모양이었다.

서요는 미르가 깨지 않도록 조용히 자리에서 일어나 문을 열고 밖으로 나왔다. 신관들이 모두 신전을 향해 바쁘게 걸음을 옮기느라 매우 혼잡했다. 그녀는 얼결에 그들에게 휩쓸려 신전으로 향했다.

"아니, 대체 왜 이리 황급하게 움직이시는 거예요?"

서요가 옆에 있던 한 신관에게 묻자 신녀를 알아본 그가 기함했다.

"시, 신녀님? 신전으로 가시면 안 됩니다. 전하께서 와 계세요."

"예?"

뜻밖의 말을 들은 그녀는 깜짝 놀라서 입을 크게 벌렸다.

"와, 왕검이요?"

"예. 아까 란희가 신녀님을 무척 찾아 헤매고 있던데…… 안채로 가보세요!"

서요는 자민이 가까이 와 있다는 이야기에 뒷걸음질을 쳤다. 신관은 그녀를 안타깝게 바라보면서도 하는 수 없이 왕을 맞이하러 신전으로 향했다.

다시 미르의 방 앞으로 돌아온 서요는 벌렁거리는 가슴 위에 손을 올려두고 당황스러워했다. 자민이 왔다는 소식만으로도 정신을 차릴 수가 없었다.

그때 저 멀리서 소소와 가람이 별채로 달려왔다.

"서요님!"

그들은 신관들에게 자민이 왔다는 얘기를 듣고 미르와 함께 사라졌던 그녀를 찾아 이곳까지 온 것이었다.

"……소소님, 가람님."

"신전으로 가지 않으셔서 참으로 다행입니다."

소소가 가슴을 쓸어내렸다. 가람 또한 짧은 순간에 서요를 많이 걱정했기에 안도의 한숨을 내쉬었다.

"하…… 걱정했습니다, 서요님. 이게 대체 무슨 일인지!"

그들을 보고 조금 안심한 그녀는 그제야 신관이 했던 말을 상기하고 말했다.

"아! 일단 안채로 가요. 란희님이 절 찾고 있다고 했어요."

그들이 함께 안채로 향했고, 안채 주변을 서성이다가 서요를 발견한 란희는 눈물을 글썽이며 소리쳤다.

"신녀님! 대체 어디 계셨던 거예요!"

란희는 신녀를 가까이에서 보필해야 하는 위치였기에 자민이 왔다는 소식을 듣고 서요의 방에 왔다가 그녀가 없는 걸 확인하고 안절부절못했다. 서요가 신전에 있다는 상상만 해도 란희의 심장은 금방이라도 터질 것처럼 쿵쾅거렸다.

서요는 그녀에게 매우 미안했다. 신관에게 란희가 찾고 있다는 말을 들었음에도 왕검 자민에 대한 것만이 머릿속을 꽉 채우고 있어서 바로 안채로 오지 못했던 것이다.

"미안해요. 많이 놀랐어요?"

"예예. 계속 찾아다녔는데도 신녀님이 도통 보이질 않아서 별의별 생각을 다 했어요! 일단 저와 함께 잠시 숨어 있어요! 다들 따라오세요!"

란희는 급박하게 서요 일행과 함께 자리를 떴다.

자민이 신전을 떠나자 한바탕 폭풍이 지나간 것처럼 분위기가 어수선했다. 사랑채에 모인 서요와 진원 그리고 소소와 가람은 심각한 얼굴로 이야기를 나누었다.

"서요님. 아무래도 앞으론 신전 출입을 금하시고, 별채의 지하실에서 생활하셔야 할 것 같습니다."

진원이 축 처진 그녀를 보고 조금 머뭇거리다가 말했다. 서요는 별채의 지하실에 대해서 처음 들었기에 바로 의문을 표했다.

"별채의 지하실이요? 지금 소소님과 가람님이 머무는 별채에 지하실이 있다는 말씀이신가요?"

"예. 아주 오래전부터 있던 비밀의 공간인데, 그곳에 계신다면 혹 병사들이 신관들의 처소를 뒤진다 해도 문제없습니다. 제사를 지낼 때까지 별 탈이 없으면 이렇게까지는 하지 않으려고 했는데 왕검이 찾아온 걸 보니 불안해서…… 확실히 하는 게 좋을 것 같습니다."

진원은 그렇지 않아도 불안해하는 그녀를 햇빛 하나 들어오지 않는 어둡고 칙칙한 공간에 있게 할 생각에 마음이 아팠다. 하지만 제사 당일까지 서요의 안전을 지키기 위함이니 어쩔 수가 없었다.

소소는 지하실에서 혼자 생활하게 된 서요를 안타깝게 바라보았다. 그 또한 처음엔 절대 그녀를 혼자 지하실에서 둘 수 없다는 미르의 의견에 동의했지만 왕검 자민이 찾아오자 생각이 조금 달라졌다. 거사를 치르기도 전에 서요의 신변에 위협이 생기면 큰일이었다.

"별채의 지하실이면 저희가 머무는 곳과 아주 가까우니 자주 찾아뵙겠습니다. 서요님."

소소의 말에 서요는 힘없이 고개를 끄덕였다. 기상신들이 머무는 별채의 지하실이라면 확실히 더 안전하긴 할 것 같았다. 여러 가지 생각을 곱씹던 서요는 궁금한 점이 생겨서 진원에게 물었다.

"그런데 대신관님. 제사 당일엔 신녀인 제가 있다는 걸 왕검이 알게 될 텐데, 제사를 진행하는 게 괜찮은 건가요?"

그녀의 물음에 진원은 진지하게 대답했다.

"그건 크게 걱정하지 않으셔도 됩니다. 신녀의 존재를 알리는 첫 제사에서 대놓고 신녀님을 해할 순 없으니까요. 아무리 신권을 내리누르기 위해 무리하게 탄압을 진행하는 중이라지만 그건 어디까지나 신자들을 보호할 제사장이 없기에 가능한 것이었습니다. 그러니 제사장이 될 신녀님이 공식적인 자리에서 신의 말씀을 듣기 위해 제사를 지낼 때만큼은 절대 손을 쓸 수 없습니다."

"공식적인 제사 중에는 신녀를 없앨 수는 없다는 얘기군요."

서요가 고개를 주억이며 그의 말을 되짚었다. 진원은 제사를 지낼 때만큼은 그럴 것이라고 확신했다. 그러나 신의 말씀을 공표한 후에는 그것이 증명되기 전까지 왕검이 무슨 수를 쓸지 몰랐고, 진원은 그것이 걱정이었다. 진원은 사력을 다해 신녀를 지킬 것이라고 다짐했다.

"진원의 말대로 너무 걱정하지 마십시오. 서요님. 서요님의 곁에는 저와 소소, 미르도 있지 않습니까."

가람이 가라앉은 분위기를 조금이라도 띄우고자 한 말에 서요는 항상 긍정적인 그를 바라보며 입꼬리를 올렸다.

"네. 그래서 다행이에요."

소소와 가람은 그녀의 짐을 별채의 지하실로 옮기기 위해 자리에서 일어났다. 서요는 그들을 따라 사랑채를 떠나며 복잡한 표정을 지었다.

이토록 번잡한 가운데에서도 아파서 누워 있는 미르가 괜찮을지 걱정이
되었다.

　별채에 도착한 서요는 지하실로 들어가기 전에 먼저 미르의 방으로
들어가 그의 상태를 살폈다.
　"미르님? 괜찮으세요?"
　서요의 목소리가 미르의 귀를 울리며 그를 깨웠다. 그녀는 눈을 깜박
이는 그를 뚫어져라 응시했다.
　"미르님?"
　"아…… 서요."
　미르가 잠긴 목소리로 서요를 불렀다. 그녀는 자신을 보자마자 미소
짓는 그를 보고 안심하며, 함께 있는 것만으로도 가슴이 편안해지는 걸
느꼈다. 참으로 신기한 일이었다.
　"괜찮으세요? 머리는 좀 어때요?"
　그의 이마 위에 손을 갖다 댄 서요가 물었다. 미르는 천천히 고개를
끄덕였다.
　"괜찮아. 다 나았어. 오랜만에 정말 푹 잔 거 같다."
　"그래요? 정말 다행이에요."
　그들이 한참 동안 서로의 눈을 지그시 바라보고 있을 때, 그녀의 짐
을 지하실에 가져다 놓고 올라온 소소와 가람이 미르의 방으로 들어왔
다. 누워 있는 미르에게 가까이 다가간 가람이 괜히 짓궂게 말했다.
　"어울리지도 않게 대체 무슨 병이 난 거냐?"
　가람의 커다란 목소리에 미르는 인상을 찌푸리고 저리 가라는 듯 손
사래를 쳤다. 그리고 미르의 상태를 슬쩍 본 소소는 뭔가 미심쩍었다.
　'갑자기 저렇게 앓아누울 리가 없는데, 대체 무슨 일이지?'
　소소가 의아해하고 있을 때, 가람이 오늘 있었던 일을 미르에게 말해

주었고 그는 깜짝 놀라서 몸을 일으켰다. 서요는 어차피 미르도 알 일이긴 했으나 몸도 좋지 않은데 신경을 쓰게 하는 것 같아서 마음이 불편했다.

"저는 멀쩡해요, 미르님. 신전 근처에도 가지 않았는걸요."

그러나 미르는 자신이 잠에 빠져 있을 때 그런 큰일이 벌어진 것에 적잖이 충격을 받았다.

"나는 그런 줄도 모르고 잠이나 자고……."

"에이, 그게 무슨 말씀이세요."

"아무 일도 없어서 다행이야. 그런데 결국 별채 지하실에서 지내게 되었다고?"

"예."

미르는 머리를 짚고 한숨을 내쉬었다. 왕검이 이번엔 신관들의 처소까지 오지 않았지만 나중엔 어떻게 될지 몰랐기에 그녀의 안전을 위해서 어쩔 수 없는 일인 것 같았다.

"그럼 나랑 함께 있자."

미르는 진지한 얼굴로 말했다. 그녀는 눈을 동그랗게 뜨고 물었다.

"지하실에서요?"

"그래. 혼자 있으면 무섭잖아."

"예? 아, 아니……."

서요는 소소와 가람의 눈치를 보며 눈동자를 굴렸다. 혼인하지도 않은 남녀가 한 방에서 지내는 건 말도 안 되는 일이기에 당황해서 말도 잘 나오지 않았다. 민망함에 서요는 몇 번이나 헛기침을 했다.

"저는 혼자 있어도 괜찮아요."

지하실로 함께 내려가겠다는 미르를 가까스로 말린 서요는 앞으로 지낼 곳을 천천히 둘러보았다.

"뭐, 나쁘지 않은데."

안채처럼 환한 햇빛이 들어오지는 않았지만 가구도 그렇게 낡지 않았고, 미리 청소를 해둔 것인지 먼지 없이 깨끗했다. 그보다 더 열악한 곳에서도 지낸 적이 있는 서요는 아무래도 괜찮았다. 다만 이레 뒤에 있을 제사가 걱정될 뿐이었다.

'단 한 번의 기회일 거야. 대신관님이 말씀하시진 않았지만……'

실패는 곧 신녀의 능력이 부족하다는 걸 전국 방방곡곡에 알리는 거였다. 서요는 몸을 웅크려 앉은 후 한숨을 내쉬었다. 실패가 용납되지 않는 건, 굉장한 부담이었다. 이제껏 신어를 들어본 적은 단 한 번도 없었다. 여정을 함께한 이들 역시 신이긴 하지만 그들은 지금 천상에서 조선의 일을 살피는 신들은 아니었다.

"이렇게 넋 놓고 가만히 있을 수만은 없어!"

최악의 경우 정말 기상신들의 힘을 빌릴 수밖에 없는 처지가 될 것 같았던 서요는 소반에 물을 떠놓고 하늘에 기도를 올리기 시작했다. 훗날 제사를 지낼 때, 신의 목소리를 들을 수 있게 해달라고 말이다.

※

하늘 위로 심상치 않은 먹구름이 몰려왔다. 장군 재부는 답답한 나머지 속이 터질 것만 같았다. 몇 날 며칠이 지났지만 도성 안으로 진입하려는 신녀 일행의 움직임이 보이지 않았던 것이다.

"대체 왜 아무런 낌새가 보이지 않는 거야!"

그는 매우 초조했다. 궐에서 신녀를 잡아들이라고 역정을 내고 있었기에 이번에야말로 반드시 좋은 결과를 보여줘야 했다. 그때 부장 고열이 조심스럽게 말을 꺼냈다.

"혹시…… 이미 아무도 모르게 도성 안으로 들어간 거 아닐까요?"

재부는 서슬 퍼런 눈빛으로 그를 노려보았다.

"지금 내가 도성 검문에 이토록 신경 쓰고 있는데 아무런 낌새도 느끼지 못하고 그들을 보내줬다는 말이냐?"

"아니, 그것이 아니오라……."

"시끄럽다! 절대 그럴 리가 없단 말이다! 대체 무슨 수로 도성 안으로 입성해! 새처럼 하늘을 날기라도 했단 거야?"

재부는 자신이 말하고도 황당한지 헛웃음을 지었다. 하지만 정말 그런 말도 안 되는 일이 벌어질 수도 있었기에 발걸음이 저절로 천왕신전 쪽으로 향했다. 신녀 일행이 정말 무사히 도성 안으로 들어왔다면 갈 곳은 천왕신전뿐이었다.

그는 자존심이 상했지만 신녀를 잡는 게 더 중요했기에 그곳을 불시에 점검해야 하나 고민이 되었다. 주먹을 꽉 쥔 재부는 신전으로 향하면서도 마음이 갈팡질팡했다.

"정말 새처럼 하늘을 날았을 리는 없고, 쥐도 새도 모르게 들어온 거라면…… 첩자가 도와줬다고 할 수밖에 없어."

그의 목소리가 차갑게 가라앉았다. 재부는 하는 수 없이 부하들과 함께 천왕신전으로 향하면서도 신녀가 정말 신전에 있다면 반드시 첩자를 가려낼 것이라고 다짐했다. 이 굴욕을 용서치 않는 건 그 후의 일이었다.

재부와 병사들은 천왕신전에 도착했다. 재부의 방문을 들은 진원이 서둘러 나와 그를 맞았다. 진원은 지금쯤 불안해진 병사들이 신전을 찾아올 것이라고 예상하고 있었기에 크게 당황하지 않았다.

"장군님. 무슨 일이십니까?"

그의 물음에 재부는 씩 웃었다.

"제가 이곳을 왜 왔는지는 대신관님께서 제일 잘 아실 듯한데…… 얼마 전, 궐을 침입한 자객 탓을 하며 쳐들어올까 했는데 그건 이미 수색을 받으셨다지요? 그러니 저는 불시에, 신관들이 어떤 모의를 벌였는지

가슴 떨리는 만남 219

살펴보도록 하겠습니다."

재부는 참으로 뻔뻔하게 병사들을 대동하고 들어와 신전 곳곳을 뒤지기 시작했다. 진원과 신관들은 며칠 전에도 궐에 침입한 자객 때문에 신전과 처소가 털린 적이 있었기에 최대한 침착하게 대응했다. 별채 지하실에 숨어 있는 서요는 분명 무사할 터였다.

10장
간절한 손끝, 따뜻한 햇빛

서요와 기상신들은 별채의 지하실에 숨어서 이야기를 나누었다. 왕검 자민에 이어 장군 재부까지 연이어 천왕신전에 쳐들어오자 서요는 심적으로 많이 힘들었다.

"하아…… 심란하네요. 시간은 왜 이렇게 안 가는지. 제삿날이 마냥 두려웠는데 이젠 빨리 왔으면 좋겠어요."

서요의 푸념에 미르는 그녀의 축 처진 어깨를 다독였다.

"이제 사흘 뒤면 제사잖아. 조금만 더 참자."

그는 그렇게 말하면서도 언제쯤 궐로 쳐들어가 자민을 죽여야 하나 고민이 되었다. 병사들이 며칠 내내 궐에 침입한 자객을 찾느라 도성 안이 발칵 뒤집혀서, 몸을 완전히 회복한 뒤에도 대담한 시도를 하지 못하고 정보만 수집했던 터였다.

'천왕신전을 들락날락했다는 걸 들킬 수도 있으니 더 조심해야 해.'

미르는 마음이 급했지만 최대한 침착하게 일을 처리하고자 했다. 천왕신전에서 숨을 죽이고 있는 서요에게 폐가 되어선 곤란했다.

서요가 떨리는 마음에 두 손을 맞잡고 커다란 숨을 내쉬고 있을 때였다. 그 순간, 지하실 천장에서 병사들의 발소리가 쿵쿵 커다랗게 들려왔다. 서요는 깜짝 놀라서 고개를 위로 들어 올렸지만, 기상신들은 담담하게 자리를 지켰다. 기상신들은 재부가 데려온 병사들이 자객을 찾기 위해 신전 곳곳을 전부 뒤졌어도 별채의 지하실만큼은 찾지 못한 만큼, 이곳이 안전하다고 생각했다.

그럼에도 불구하고 서요가 자꾸만 입술을 물어뜯고 초조해하자 미르는 그녀를 다정하게 끌어안았다. 그의 따뜻한 품을 느낀 그녀는 진정하기 위해 천천히 심호흡을 했다.

'나는 괜찮을 거야. 더는 약한 모습을 보이고 싶지 않아.'

서요가 그런 생각을 하며 버티고 있을 때, 재부는 아무리 뒤져도 신녀라고 할 만한 사람이 보이지 않자 콧김을 뿜으며 씩씩거렸다.

"아직 도착하질 못한 건지, 아니면 이미 다른 곳으로 빼돌린 건지 알수가 있어야지!"

그는 여러 가지의 가능성을 놓고 치열하게 고민했으나 아무런 단서도 찾을 수 없었기에 답답했다. 신관들을 감시한다는 명목 하에 그들의 거처를 뒤지는 것도 한계가 있었다.

대신관 진원이 재부에게 다가왔다.

"모두 살펴보신 것 아닙니까? 대체 언제까지 죄 없는 신관들의 처소를 망쳐 놓으실 작정이십니까?"

그의 날카로운 말에 재부는 반박할 말이 없었다. 신녀를 찾든지 아니면 신관들이 수상한 모의를 벌인다는 증거를 찾기라도 했으면 의기양양할 수 있었으나 사방팔방을 파헤쳐도 별다른 걸 발견하지 못했다. 불편한 얼굴로 헛기침을 한 재부는 하는 수 없이 바깥으로 발걸음을 옮겼다.

'이게 대체 어떻게 된 일이지?'

모든 게 다 의심이 되면서도, 아무것도 찾지 못한 재부는 굵은 빗방울을 맞으며 신전을 나왔다. 그의 얼굴이 분노에 차서 벌겋게 달아올랐다.

아사달에 큰 비가 내렸다. 사람들은 두려움에 몸을 덜덜 떨었다. 그들에게 홍수는 가장 무서운 재해였다. 이미 강이 범람해서 저지대에 사는 사람들의 집이 물에 잠겼고, 물에 휩쓸려서 죽은 사람도 많이 생겼다.

백성들은 천재지변에 속수무책으로 당했다. 그건 그들을 감시하던 병사들과 귀족들 또한 마찬가지였다. 하늘의 분노 앞에 그들이 할 수 있는 일이라곤 없었다. 지금 이 순간만큼은 신자를 감시하는 행위도 없었고, 신녀를 잡기 위해 도성을 지키는 병사도 줄었다.

진원은 갑작스러운 상황에 골머리가 아팠다. 왕검과 병사들의 관심이 다른 쪽으로 쏠린 건 다행이었지만 재해 때문에 많은 백성들이 죽어 나가고 있었다. 그는 지하실에서 서요와 함께 따뜻한 차를 마시며 심각한 이야기를 나누었다.

"내일 입궐하여 신녀님의 존재를 알리고 낮에 정식으로 제사를 진행하려고 했는데 비가 이리도 많이 오니 어찌해야 할지를 모르겠습니다."

진원의 푸념에 서요는 심란한 표정을 지었다.

"저는 그저 걱정이에요. 백성들이 많은 피해를 보고 있으니…… 얼마나 힘들고 무서울지."

서요 또한 어렸을 적 홍수를 겪어본 적이 있기에 그것이 얼마나 무서운지 잘 알고 있었다. 한순간에 모든 걸 잃을 수도 있는 일이었다. 진원은 근심 어린 얼굴로 고개를 끄덕였다.

"네. 기청제를 지내야 한다는 목소리가 높아지고 있습니다. 왕검은 콧방귀만 뀌고 있지만…… 이토록 거센 분노를 언제까지 묵살하고만 있을 수는 없을 겁니다. 탄압을 겪고 움츠러들었던 백성들이, 탄압 때문에 신이 노해 이런 일이 발생한다고 생각해서 더욱 격분하고 있거든요."

"모든 게 엉망진창이에요. 기청제를 지내 맑은 해를 뜨게 할 수만 있다면 정말 좋을 텐데……"

서요는 할 수만 있다면 지금 당장이라도 그렇게 하고 싶었다. 서요의 간절한 얼굴을 본 진원은 안타까워했다.

"기청제는 언제든 올릴 수 있습니다. 다만 지금은 제사장으로 인정받는 일이 먼저입니다."

그것을 모르지 않은 서요는 굳세게 마음을 먹었다.

"내일 예정대로 제사를 지내는 게 좋겠어요."

"이토록 혼잡한 시국에…… 괜찮으시겠습니까?"

"네. 백성들에게 희망이 되어주고, 잠시나마 따뜻한 빛을 전해주고 싶어요."

서요의 진심 어린 말에 진원은 잔잔한 미소를 지었다. 비 때문에 제사를 진행하는 것에 어려움이 있을 테지만 이럴 때일수록 신녀의 등장이 백성들에게 강한 인상을 주는 게 사실이었다.

"좋은 기회가 될 수도, 아닐 수도 있습니다. 신녀님을 믿고, 약소하게나마 제사를 진행토록 하겠습니다."

서요는 주먹을 꽉 쥐고 고개를 주억였다. 제사를 더 미루든 미루지 않든, 신어를 듣는 것에는 큰 차이가 없을 것 같았다. 차라리 백성들을 구하고 싶다는 이 간절한 마음으로 제사에 임하는 것이 좋을 거라는 생각이 들었다.

'제발 이 지극한 마음을 알아주세요.'

진원이 지하실을 나간 후 서요는 방에서 홀로 기도를 올렸다. 그녀는 내일 낮, 신녀로서 정식으로 제사를 올릴 때 신의 목소리를 꼭 듣고 싶었다.

깊은 밤이 되었다. 내일 예정대로 제사를 지낸다는 소식을 들은 미르는 검은 복면을 쓰고 천왕신전을 나섰다. 그는 오늘 밤 자민을 제거할 생각이었다. 마침 홍수 때문에 병사들이 정신없는 틈을 타 궐을 드나들며 그는 더 완벽한 계획을 세워두었다.

'기다려라, 자민. 내 오늘 반드시 너를 죽일 것이다.'

미르는 살벌한 눈빛으로 궐을 향해 달려 나가기 시작했다.

한편, 그동안 미르의 동태를 수상쩍게 지켜보고 있던 소소는 복면을 쓴 그가 재빨리 담벼락을 넘자 궐에 침입했다는 자객이 누구인지 알아차렸다. 소소를 따라 나왔던 가람은 깜짝 놀란 얼굴로 그에게 물었다.

"방금…… 미르 맞지? 내가 잘못 본 거 아니지?"

"맞아. 확실해. 자주 나가는 게 이상하다고 생각하긴 했는데…… 아무래도 왕검이 찾던 자객이 미르 같아."

소소는 미르의 무모한 행동에 한숨이 나왔다. 또한 서요가 이 사실을 알게 되면 굉장히 슬퍼할 것 같아서 마음이 안 좋았다. 미르의 목표는 분명 자민을 죽이는 일일 터였다.

"아무래도 서요님이 제사장이 되기 전에 자민을 칠 생각인 것 같은데?"

그가 향한 곳을 뚫어져라 바라보던 가람이 한 말에 소소는 심각한 얼굴로 어찌해야 할지 고민했다. 난감하다는 듯 뒷머리를 긁적인 가람이 다시 입을 열었다.

"내일이 제사면, 오늘 밤이 미르한텐 마지막 기회일 텐데…… 혼자서 괜찮을까?"

소소는 짧게 신음하고 고개를 떨어뜨렸다.

"글쎄. 미르라면 철저히 준비했을 테지만 어떻게 될지 모르겠다."

"우리한테 일언반구도 없이…… 참 독하다, 독해. 서요님이 제사장이
되는 게 진짜 싫었나 보네."

가람은 미르의 마음을 이해했지만 그래도 독단적으로 행동한 그에게
서운한 마음이 들었다. 진작 알려주었다면 그를 설득하든, 동참하든 할
수 있었을 것이다.

"서요님을 전면에 내세우는 게 불안했던 거겠지."

소소가 한숨을 내쉬었다. 그들이 착잡한 심정으로 이야기를 나누고
있을 때, 뒤에서 서요의 목소리가 들려왔다.

"지금 뭐라고 하셨어요?"

흔들리는 음성에 소소와 가람은 깜짝 놀라서 뒤를 바라보았다. 그곳
엔 서요가 지우산을 들고 서 있었다.

진땀을 흘리며 기도를 올리던 서요는 이만 자기 위해 이부자리 위에
누웠지만 도통 잠이 오질 않았다. 내일 제사가 걱정이었고, 오늘따라 지
하실에 혼자 있는 게 사무치게 외로웠다.

"후우…… 진정하자, 진정해."

서요는 그렇게 말하며 다시 눈을 감았지만 그럼에도 불구하고 계속
몸을 뒤척였다. 서요의 가슴은 벌써부터 심하게 뛰고 있었다.

'내일 제사 생각만 해도 너무 떨려. 마음을 다하면 빛을 낼 수 있는
것처럼 제사 또한 마찬가지였으면 좋겠는데…….'

이런 생각들 때문에 도저히 잠이 오지 않아 서요는 자리에서 일어나
별채로 올라갔다. 마음이 불안해지니 더 미르가 보고 싶었다.

"나도 기운 얻으러 온 거라고 해야지."

미르가 능청맞게 굴었던 것과 똑같이 행동할 작정이었던 그녀는 상기된 얼굴로 그의 방문 앞에 섰다.

"미르님, 계세요?"

하지만 몇 번을 불러도 안에선 반응이 전혀 없었다. 서요는 미르가 벌써 자나 싶어서 조심스럽게 문을 열었다.

"……미르님?"

그녀의 목소리가 허망하게 울려 퍼졌다. 방 안엔 짙은 어둠만 깔려 있을 뿐, 미르는 없었다. 서요는 이 밤에 그가 대체 어디를 간 건가 싶었다. 서요는 이상하게 불안해져 지우산을 들고 바로 미르를 찾기 시작했다. 그리고 그를 찾아 헤맨 지 얼마 지나지 않아 서요는 소소와 가람을 발견했고, 얼결에 그들의 이야기를 엿들었다.

"지금 뭐라고 하셨어요?"

서요가 소소와 가람에게 가까이 다가가 물었다. 서요는 무슨 일이 일어난 건지 이해가 가지 않아 답답한 마음에 인상을 찡그렸다.

"말씀해 주세요! 미르님이 뭘 준비했다는 거예요? 그리고 제가 제사장이 되는 게, 어떻다고요?"

소소와 가람은 난감한 표정을 지었다. 서요가 저희들의 얘기를 들어 버린 이상 말은 해야 할 것 같은데 알면 충격을 받을 게 뻔해서 고민이 되었던 것이다.

"서요님, 아무것도 아닙니다."

가람은 말하지 않는 게 좋다고 여겨 거짓말을 했다. 서요는 믿을 수 없다는 듯 고개를 가로저었다.

"뭐가 아무것도 아니에요! 방에 미르님만 없던데…… 대체 어딜 가신 거예요?"

발을 동동 구르며 불안해하는 그녀를 본 소소는 머리가 지끈거려 이마를 짚으며 침묵했다. 아무런 말도 없이 혼자 왕검을 치러 간 미르도,

하필이면 이런 곤란한 때에 서요를 마주한 것도 모두 골치가 아팠다.

"다 말씀드리겠습니다. 서요님. 진정하세요."

소소는 그녀를 별채로 안내했다. 어차피 이렇게 된 이상, 홀로 궐로 향한 미르를 도우러 갈 수는 없을 것 같았다. 그처럼 철저하게 준비한 게 아니니 간다 해도 방해만 될 게 뻔했다.

서요는 마루에 걸터앉은 채, 앞머리를 쓸어 올리며 한숨을 내쉬는 소소를 초조하게 바라보았다. 그가 조금 망설이다가 입을 열었다.

"사실 얼마 전부터 미르가 조금 이상했습니다. 비가 이렇게 내리는데도 자주 밖으로 나갔거든요."

"자주 나갔다고요? 왜 저는 몰랐던 거죠?"

"미르가 나가는 시간은 대부분 서요님이 대신관에게 가르침을 받는 낮이나 아니면 서요님이 주무시는 깊은 밤이었거든요."

"아……."

서요가 길게 탄식했다. 그녀는 자신이 몰랐던 사실이 충격적이었으나 마음을 추슬렀다.

"그래서 미르님이 대체 어딜 가신 건데요?"

서요의 물음에 소소가 주변을 살펴 사람이 없는 것을 확인하고 대답했다.

"궐에 잠입한 모양입니다."

"……예?"

서요는 깜짝 놀란 나머지 자리에서 벌떡 일어섰다. 서요의 낯빛이 새하얗게 질렸다. 상상도 하고 싶지 않았던 끔찍한 일이 벌어지자 참담한 심정이었다.

"미르님께서 궐로 가셨단 말씀이세요? 그건 설마…… 왕검을 죽이려고요?"

소소와 가람이 고개를 끄덕였다. 서요는 허망한 얼굴로 이건 아니라는 듯이 아랫입술을 깨물었다.

'제사장이 되려는 내 곁에 있어줄 수 있다며! 내 결정을 받아들인 거 아니었어? 혼자 다른 생각을 하고 있었던 거야?'

미르는 처음엔 서요의 결정을 받아들이지 못해 왕검을 죽이겠다고 날뛰었지만 후엔 그녀를 많이 도와주고 힘을 북돋아주었다. 그런 그가 혼자서 이런 일을 몰래 꾸미고 있을 줄은 전혀 예상하지 못했다.

"말려야 해요."

서요가 다급하게 말하며 무작정 빗속으로 뛰어들었다. 소소와 가람은 깜짝 놀라서 그녀의 팔을 잡고 다시 처마 밑으로 데리고 왔다. 그러나 서요는 미르에게 무슨 큰일이라도 날까 봐 불안해서 견딜 수가 없었다.

"말려야 한다니까요? 이것 좀 놔주세요! 소소님, 가람님!"

서요의 목소리가 쩍 갈라졌다. 궐에 잠입한 미르가 위험에 빠지는 끔찍한 상상이 그녀의 머릿속을 지배했다.

소소와 가람은 서요가 움직이지 못하도록 그녀의 팔을 붙잡고 있으면서도 놓아야 하나 싶어 난감했다. 그들 또한 미르가 매우 걱정되었다.

"대체 그 자식은 왜 그런 무모한 짓을 해서……"

가람의 푸념에 소소는 거침없는 성격의 미르를 떠올리며 한숨을 내쉬었다. 소소는 흥분한 나머지 이성적인 판단을 내리지 못하는 서요에게 조심스럽게 말했다.

"지금쯤 미르는 이미 궐에 잠입했을 겁니다. 아무런 준비도 없이 궐에 들어가는 건 오히려 미르를 방해하는 것이며 더 큰 위험을 불러올 수도 있습니다. 저희도 미르를 쫓아가서 말리고 싶은 마음이지만 현실적으로는 어렵습니다."

서요는 절망스러운 얼굴로 소소를 바라보며 그의 옷자락을 붙들었다.

"어떻게 할 수가 없다는 뜻이에요? 소소님도?"

"저도 아사달의 병사들 동향만 알 뿐, 궐의 구조를 잘 알지 못하니 무작정 들어갈 수는 없을 것 같습니다."

"아……."

서요는 충격을 받아서 마루에 털썩 주저앉았다. 이젠 미르를 그 누구도 막을 수 없었다.

"대체, 왜…… 미르님. 미르님."

걱정 어린 목소리가 세차게 내리는 빗소리에 파묻혔다. 이토록 궂은 날, 미르는 궐에서 갖은 위협에 노출되어 터였다. 서요는 그가 미치도록 걱정되었고, 또 자신 몰래 이런 일을 벌였다는 것이 실망스러웠다.

거센 비바람이 몰아치는 와중에도 미르는 날렵한 몸놀림으로 자민의 침전에 잠입했다. 궐을 지키는 병사들이 비바람 때문에 제대로 서 있지조차 못했기에 그들의 눈을 피해 빠르게 들어갈 수 있었다.

자민은 불빛 하나 없는 고요하고 깜깜한 방에서 눈을 감고 누워 있었다. 품속에서 비수를 꺼낸 미르는 그에게로 천천히 다가갔다. 그가 든 칼끝은 죽음을 나타내듯 시퍼런 빛을 내며 반짝거렸다.

'이 지긋지긋한 악연을 끝내겠어!'

마음 깊이 다짐하며 자민 앞에 다가온 미르는 어둠 속에서 짙고 어두운 기운을 느끼고 눈을 크게 떴다. 왠지 굉장히 익숙하고 강한 느낌이었다.

불길한 예감이 들었던 그는 지체 없이 자민을 죽이기 위해 비수를 들어 그의 심장을 겨눴다. 하지만 미르의 비수는 자민의 가슴을 관통하기 전에 강력한 힘에 의해 저 멀리 날아가고 말았다.

쨍그랑!

비수가 떨어지며 난 소리에 얕은 수면을 취하고 있던 자민이 화들짝 놀라서 일어났다.

"누, 누구냐! 게 아무도 없느냐!"

검은 복면을 쓴 미르를 본 그가 깜짝 놀라서 날카롭게 소리쳤다. 그러나 자민의 커다란 목소리에도 궁인들은 방으로 들어오지 않고 조용하기만 했다.

날아간 비수를 주워 다시 쥔 미르는 자신을 방해한 이가 누군지 알 것 같았기에 날카로운 눈빛으로 어둠을 노려보았다.

"휘빈!"

왕검이 이러지도 저러지도 못한 채 몸을 떨고 있을 때, 어둠 속에서 흑색 비단옷을 입은 휘빈이 나타났다. 그녀는 아주 오랜만에 보는 그에게 매혹적인 미소를 지었다.

"미르. 오랜만이야."

"네가 왜 여기 있는 거야? 왜 나를 방해하는 건데?"

미르는 갑자기 나타나 자신의 일을 방해한 휘빈에게 분노가 차올랐다. 지금이 아니면 자민을 죽일 기회는 없는 것이나 마찬가지였다. 만약 서요가 내일 제사를 주관하고 제사장이 된다면 그의 계획은 아무짝에도 쓸모없었다.

"난 너의 가장 든든한 편이 되어줄 수도 있었어. 하지만 넌 내 고백을 거절했고, 내 순수한 감정을 짓밟았어!"

휘빈이 가시눈으로 악을 쓰자 그녀의 주변에서 독한 기운이 피어올랐다. 미르는 그녀의 말이 당혹스러워서 인상을 찌푸렸다. 왜 하필 지금 이 순간, 그런 소모적인 논쟁을 해야 하나 싶었다.

그들의 살벌한 대치에 생명의 위협을 느낀 자민은 문 쪽으로 엉금엉금 기어갔다. 꼴사나운 모습이었으나 이대로 어이없게 죽을 순 없었다.

하지만 그는 곧 휘빈이 가까이 다가가 검은 숨을 불어넣자 곧바로 기절해 버렸다.

도저히 그녀의 꿍꿍이를 알 수 없었던 미르는 휘빈을 냉담하게 바라보며 물었다.

"이렇게 큰 소란이 났는데도 아무도 들어오지 않는 걸 보니…… 네가 한 짓이야?"

"그래. 왕검이랑 조용히 할 이야기가 있어서 내가 다 재웠어. 그런데 미르 네가 이렇게 우연히 나타났지 뭐야?"

휘빈은 화가 나서 어쩔 줄 몰라 하는 그를 보고 기뻐했다. 휘빈의 가슴속에는 여전히 자신의 고백을 단칼에 거절한 그의 얄미운 모습이 떠다니고 있었다.

미르는 이 좋은 기회를 그녀 때문에 다 날려 버리게 생겼다는 생각이 들자 진심으로 화가 났다.

"네가 왕검이랑 대체 무슨 할 이야기가 있다고? 무슨 속셈이야? 나는 오늘 이자를 반드시 죽여야 하니까 더는 방해하지 마!"

다시 비수를 든 미르가 잠이 든 자민에게로 성큼성큼 다가갔다. 그러나 자민의 앞을 막아선 휘빈은 강한 기운을 뿜어내며 더는 그가 가까이 오지 못하도록 했다. 살기를 띤 독한 기운에 미르는 미간을 좁혔다.

"지금 뭐 하자는 거야? 내가 네 고백을 거절했다고 이렇게 유치하게 구는 거야?"

"뭐? 유치해? 나는 절박했어! 진심이었다고! 실연당한 내 감정을 그렇게 폄하하지 마!"

휘빈이 고래고래 소리를 질렀다. 미르는 막무가내로 구는 휘빈을 보고 머리가 지끈거렸다. 그는 비수를 쥐지 않은 손으로 이마를 짚고 한숨을 내쉬었다. 도대체 어떻게 해야 할지 알 수가 없었다.

"하…… 그럼 나보고 뭘 어떻게 하라는 얘기야? 사랑하지도 않는 널 받아들였어야 했던 거야? 그건 아니잖아. 차라리 단칼에 끝내는 게 너한테도 좋은 거잖아."

미르는 그녀에게 사랑을 줄 수 없으니, 빨리 포기하게 만드는 편이 좋다고 생각했다. 지금도 그 생각엔 변함이 없었다. 그러나 휘빈은 아니었다. 그녀는 배신감에 차서 눈을 세모꼴로 치떴다.

"뭐라고?"

"제발 나를 놔. 널 사랑하지 않는 남자 따위 버리고 잊고 살라고. 그래야 네 마음도 편해지잖아. 더 좋은 다른 남자에게 충분히 사랑받으면서 살 수 있잖아."

화를 최대한 억누른 미르의 진지한 목소리에 휘빈은 더욱 참담해졌다. 그녀에겐 그가 아니면 다 소용없었기에 지금껏 괴로웠던 거였다. 미르의 말은 오직 그의 입장에서 생각한 것일 뿐이었다. 휘빈은 주먹을 꽉 쥐었다.

"난 미르…… 네가 좋은 거야. 다른 남자는 필요 없어. 하지만 이렇게까지 말하는 네게 더 이상 사랑을 구걸할 생각은 없어."

"그럼?"

미르의 차가운 물음에 휘빈은 핏대가 선 눈을 섬뜩하게 빛내며 말했다.

"날 선택하지 않은 걸 두고두고 후회하게 만들 거야. 내가 네 모든 걸 망칠 거야."

휘빈의 악독한 표정에 그는 그녀의 원망이 자신의 목을 옥죄는 것 같아 순간적으로 소름이 돋았다. 휘빈을 결코 설득할 수 없을 것 같았다. 결국 자민을 죽일 수 없겠다는 생각이 든 미르는 이를 악물고 물러났다.

"그건 네 자신 또한 망치는 일이 될 거야."

미르는 궐을 떠나기 전에 마지막으로 경고했다. 이 모든 걸 환웅이 모를 리 없었다. 휘빈이 자민의 손을 빌려 더러운 짓을 하려고 하는 것일지라도 언젠가 들통이 날 일이었다. 휘빈은 뒤돌아선 미르를 향해 스산한 목소리로 중얼거렸다.

"상관없어."

그녀의 말을 들은 그는 바람처럼 빠르게 침전을 나갔고, 홀로 남은 휘빈은 이를 부득부득 갈았다.

"끝까지 나쁜 자식…… 그냥 보내주는 건 이번이 마지막이야."

휘빈은 힘의 차이가 분명한데도 미르가 덤비려 했다면 그를 자신의 곁에 잡아둘 생각이었다. 그러나 미르는 상황이 심상치 않다는 걸 확인하곤 미련 없이 물러났다. 휘빈이 미치도록 증오하는 그녀의 곁으로 돌아간 것일 테다.

"그년을 위해서 조선의 왕검까지 죽이려고 하는 걸 내가 모를 줄 알아?"

서요만 생각하면 휘빈은 분해서 입술이 부르르 떨렸다. 휘빈은 왕검 자민을 이용해서 미르에게 가장 중요한 존재인 서요를 처리하겠다고 결심했다. 그녀는 결코 그들의 사랑을 두고 볼 수 없었다. 직접 가질 수 없다면, 산산이 부수고 말 것이다.

궐을 빠져나온 미르는 미친 사람처럼 헛웃음을 지으며 거리를 거닐었다. 머릿속은 완전히 뒤죽박죽이었다.

'이제 어떻게 해야 하지. 이대로 서요가 제사장이 되는 걸 지켜봐야 하는 건가……'

너무 억울하고 화가 나서 청승맞게 눈물이 다 나올 것 같았다. 하필 그 순간에 휘빈이 나타나 방해할 줄은 전혀 몰랐다.

"서요야…… 서요야."

미르는 비 때문에 눈도 제대로 뜨지 못한 채 넋이 나간 얼굴로 서요를 부르면서, 위태롭게 걸음을 옮겼다. 왕검 자민과 휘빈의 결탁은 서요에게 위협이 될 것이 분명했다. 저승의 여신인 그녀의 힘은 상상을 초월했으며 능력의 대부분을 봉인당한 기상신들이 감당할 수 있는 게 아니었다.

미르는 계획이 물거품이 되어버리자 너무도 허망했고, 이대로 서요를 혼자 망망대해에 보내는 것 같아서 마음이 찢어질 듯 아팠다. 그리고 힘을 합친 휘빈과 자민이 가할 더 큰 위협을 생각하면 정신이 다 아찔했다.

'그건 안 돼. 안 된다고!'

미르는 정신이 없는 와중에도 계속 머리를 굴렸다. 이 위험한 사태를 대체 어떻게 하면 헤쳐 나갈 수 있을지 말이다.

"하아……."

걸음을 재촉하다 보니 어느새 신전 앞이었다. 이 위급한 상황을 어서 다른 사람들에게도 알려야 했지만 미르는 어쩐지 안으로 쉽게 들어갈 수 없었다. 일이 이렇게 된 건 휘빈과 자신 때문이었다. 미르는 서요에게 크나큰 피해를 준 것 같아서 가슴이 답답했다.

그가 신전 앞에 서서 한참 동안 차가운 비를 맞고 있을 때, 저 멀리서 놀랍게도 그녀의 목소리가 들려왔다.

"미르님! 미르님!"

미르는 깜짝 놀라서 고개를 번쩍 들었다. 자고 있어야 할 서요가 소소, 가람과 함께 그를 향해 뛰어오고 있었다.

"서요가 왜?"

미르에게 달려온 그녀가 거칠게 숨을 몰아쉬었다. 서요의 얼굴은 벌겋게 달아올라 있었다.

"헉헉! 괜찮으신 거예요? 예? 어디 다치신 데 없냐고요!"

서요가 크게 소리쳤다. 서요는 비를 쫄딱 맞은 그의 상태를 살피며 홍분을 가라앉히지 못했다. 미르는 궐에 다녀온 사실을 들켰다는 걸 깨닫고 침통한 얼굴로 서요의 어깨를 잡았다.

"괜찮으니까 진정해. 이 밤에 왜 여길 나와 있는 거야? 춥게…… 고뿔이라도 걸리면 어쩌려고."

끝까지 자신을 걱정하는 그의 모습에 서요는 결국 울음을 터뜨렸다. 뜨거운 눈물이 볼을 타고 흘러내렸다.

"대체 왜…… 왜 그러신 거예요. 네? 왜 무모하게 그런 계획을 세우신 거냐 말이에요. 저를 믿어주신다고 했잖아요. 옆에서 도와주신다고 했잖아요!"

서요가 울컥해서 목청을 높였다. 그녀는 자신을 속인 미르가 너무도 실망스러웠다.

"왕검을 죽이면 모두 끝나는 일이라고 생각했어. 너도 제사장이 될 필요가 없고, 탄압도 멈출 수 있고, 아사달의 심장도 찾을 수 있으니까."

천천히 이유를 말하던 미르는 다시 생각해도 이번 일이 사무치도록 아쉬웠다. 서요는 답답하다는 듯 자신의 가슴을 주먹 쥔 손으로 쿵쿵 쳤다.

"하! 그러다가 미르님이 위험할 수도 있는 거잖아요! 저는 그런 거 하나도 바라지 않는단 말이에요!"

"그래. 그냥 내가 바란 일이었어. 서요 너 때문이 아니라, 내 욕심이었다고."

미르가 담담하게 말했다. 그는 그녀가 아파하지 않길 바란 것뿐이었다. 미르의 말을 들은 그녀는 머리를 마구 헝클어뜨리며 성을 냈다.

이토록 화가 난 서요의 모습을 처음 보는 가람과 소소는 그들의 대화를 숨죽여 지켜보기만 할 뿐 끼어들지 못했다. 서요와 미르는 자신들과 전혀 다른 세상에 있는 것 같았다.

"내가 왕검을 죽였는지는 궁금하지 않아……?"

미르는 왕검을 죽였는지 죽이지 못했는지는 전혀 묻지 않는 서요에게 조심스럽게 물었다. 그녀는 날카로운 눈빛으로 그를 쳐다보더니 미르의 몸을 껴안으며 속삭였다.

"그건 중요치 않아요. 미르님이 다친 곳 없이 무사히 돌아와 주셔서 감사할 뿐이에요."

서요의 진심 어린 말에 지금까지 혼자서 모든 것을 해결하려고 했던 미르는 한 방 먹은 것 같은 기분을 느꼈다. 서요에겐 오직 자신의 신변만이 중요했다.

"미안해…… 정말 미안해. 왕검을 죽이지 못했어. 실패했어."

그는 그녀의 작은 몸을 꽉 껴안으며 토로했다. 서요는 미르가 무사하면 아무래도 괜찮았기에 그의 품에서 따뜻한 숨결을 내보냈다.

"괜찮아요. 미르님 잘못이 아니에요."

그의 괴로운 마음을 느낀 서요는 이 모든 게 자신이 부족한 탓이라는 생각이 들며 매우 서글퍼졌다. 그녀는 꼭 강해지고 싶었고 그래서 미르도 지키고 싶었다.

그들의 애절한 재회가 끝난 후, 미르는 잠시 긴 한숨을 내쉬었다. 서요를 비롯해 기상신들에게 꼭 해야 하는 이야기가 있었다.

"사실 죽이려고 했는데 휘빈이 나타나서 방해했어."

한숨과 함께 나온 말에 서요는 흠칫 놀랐고, 소소와 가람 또한 눈을 휘둥그레 떴다.

"휘, 휘빈님이요?"

"갑자기? 휘빈이 왜?"

서요와 가람의 의문에 미르는 입술을 깨물었다. 그는 새암에서 휘빈이 자신에게 고백했고 거절당한 앙금 때문에 방해한 거라고는 말하기가 곤란했다.

휘빈의 힘 때문에 잠이 들었다가 깨어난 자민은 자신을 표독스럽게 내려다보는 그녀를 보고 흠칫 놀랐다. 스산한 기운이 침전을 집어삼키고 있었다.

"대체 누구!"

그가 식은땀을 흘리며 소리쳤다. 자민은 지금 이 상황이 이해되질 않았다. 왜 기절했는지도 알 수 없었고 검은 복면을 쓴 자객은 사라진 데다가 궐은 너무도 조용했다. 본능적으로 심각한 상황임을 인지한 자민은 주변을 살피며 눈치를 보았다. 휘빈은 그 앞에 마주 앉아 바로 본론을 꺼냈다.

"너는 이제부터 내가 하라는 대로만 움직여."

"……뭐, 뭐라? 감히 누구에게!"

너무도 당당한 그녀의 말에 자민은 자존심이 상해서 소리쳤다.

자민의 건방진 말에 휘빈은 어둠의 힘으로 그의 목을 옥죄었다. 자민은 숨이 막히는 느낌에 목을 감싸 쥐고 헐떡거렸다.

"학, 하악! 헉!"

자민이 깜짝 놀라서 버둥댔으나 휘빈은 고통스러워하는 그를 보고도 표정 변화가 전혀 없었다.

"내가 하라는 대로 움직여. 알겠어?"

자민은 죽음의 공포를 느끼고 얼른 고개를 끄덕였다. 희한한 능력을 부리는 걸 보니 보통 인간은 아닌 것 같았다.

그는 영적인 존재로 의심되는 그녀가 왜 자신의 앞에 나타나서 이런 일을 벌이는지 이해할 수 없었다. 자민은 두려움에 얼굴이 새하얗게 질려선 체통을 지키지 못하고 온몸을 벌벌 떨었다. 눈에 보이지 않는, 알 수 없는 힘은 그 정도로 무서웠다.

자민은 자신이 어찌할 수 없는 일이라는 것을 깨닫고는 휘빈에게 정중히 물었다.

"시, 시키는 대로 할 것이니 대체 제게 왜 이러시는지 알려주십시오."

심란한 얼굴을 한 휘빈은 꼬리를 내린 그에게 앞으로의 계획에 대해서 간단하게 설명했다. 그녀의 설명을 들은 자민은 점차 얼굴이 상기되었다.

✖

아침이 밝았지만 비는 여전히 그칠 생각을 하지 않았다. 백성들은 홍수 때문에 끊임없이 피해를 보고 괴로워했다. 진원은 이런 혼잡한 상황에서 궐로 들어가 신녀의 존재를 알리고 천왕을 위한 제사를 열 것이라고 말한 뒤, 타종으로 백성들에게도 이 사실을 알렸다.

정갈하게 차려입은 서요는 제사를 올릴 시간이 될 때까지 방에서 기다렸다. 대신관과 신관들은 모두 신전에서 제사 준비에 한창이었기에 그녀의 곁엔 소소와 가람만이 남아 있었다.

"아직도 혼잡하죠?"

서요의 물음에 소소는 고개를 끄덕였다.

"예. 도성 안쪽은 그나마 지대가 높아서 괜찮은데 바깥쪽은 집이 물에 잠겨서 갈 곳을 잃은 사람들이 태반입니다. 도성도 이렇게 심각한데 다른 곳은 얼마나 더 심할지 모르겠습니다."

"정말 걱정이에요. 대체 왜 이리 심한 폭우가 쏟아지는 건지."

하늘이 무심하다는 생각을 한 그녀가 한숨을 푹 내쉬었다. 소소는 시름이 깊어 보이는 서요를 위로했다.

"시작이 있다면 끝도 있으니 언젠가 꼭 밝은 해가 뜰 것입니다."

"예. 부디 그랬으면 좋겠어요. 그런데 제 존재를 알렸는데도 왕검이 별다른 반응이 없다는 게 이상하네요. 어젯밤에 미르님이 다녀가서 예상을 한 건지……."

궐에 다녀온 진원으로부터 왕검의 반응이 무덤덤했다는 것을 들었던 서요는 의아해서 말했다. 차를 마시던 가람이 어깨를 으쓱했다.

"뭐, 휘빈과 함께 뭘 할지는 모르지만 지금은 어쩔 수가 없지 않습니까. 하늘에선 저주 같은 비가 계속 내리고 있고, 백성들의 폭동은 심해졌고, 바로 오늘 왕검뿐만 아니라 백성들에게도 신녀의 존재를 정식으로 알렸는데 손을 쓰고 싶어도 쉽지 않을 겁니다. 제사 지낼 동안은 가만히 있어야지요. 그렇지 않아도 홍수 때문에 흥분한 백성들에게 돌 맞아 죽고 싶지 않으면."

서요는 이제 자신만 잘 하면 된다는 부담감에 미르의 품이 그리워졌다. 아침에 서요는 일어나자마자 미르를 찾았다. 혹시 또 궐에 간 것은 아닐까 걱정이 되어서였다. 그는 다행히 그러진 않았지만, 생각을 좀 정리해야 할 것 같다며 혼자 있겠다고 했다.

'미르님은 분명 어젯밤에 휘빈님이 나타나 일을 방해했다고 했어. 왕검과 결탁할 것 같다고도 하셨고. 그들은 대체 무슨 생각인 걸까…….'

서요의 얼굴에 어두운 그림자가 드리워졌다. 한 걸음, 한 걸음씩 앞으로 나아가기가 참으로 힘겨웠다.

제사 지낼 시간이 되기만을 기다리던 서요는 미르를 보고 싶은 마음을 참지 못하고 그의 방으로 향했다. 미르와 침착하게 이야기하고 싶었다.

미르의 방 앞에서 인기척을 낸 서요는 조심스럽게 방 안으로 들어갔다. 미르는 참담한 얼굴로 가부좌를 틀고 있었다. 모든 것을 다 잃은 사람처럼 허망한 모습에 서요는 가슴이 미어졌다.

"미르님. 대체 무슨 생각을 그렇게 오래 하는 거예요. 예?"

서요의 물음에도 미르는 입을 꾹 다물고 쉽게 말하지 않았다. 그녀는 답답했지만 그가 마음을 열고 말할 때까지 기다려 주었다. 방 안의 공기가 무겁게 가라앉았다.

"아무것도 할 수 없는 내가 너무 한심해."

간신히 입을 연 미르가 자책하며 얼굴을 일그러뜨렸다. 그는 자민을 죽이는 데 실패한 자신에게 여전히 분노했고, 붉은색 예복을 입은 서요를 볼수록 비참해졌다.

서요는 어젯밤부터 한결같이 그렇게 생각하는 미르가 안쓰러웠다. 왜 모든 짐을 혼자서 지려 하는지, 왜 자신을 지켜주지 못했다고 생각하는지 이해할 수 없었다.

"전부 제 탓이에요."

서요가 한숨을 내쉬며 어깨를 축 늘어뜨렸다. 그는 눈을 날카롭게 뜨고 되물었다.

"뭐라고?"

"전부 제 탓이라고요. 지금껏 미르님에게 기대기만 하고 전혀 도움이 되지 않았으니, 이토록 절 믿지 못하고 걱정하시는 거겠죠."

미르는 그녀의 말을 듣고 어리벙벙해졌다. 서요는 진심으로 그렇게 생각하고 있었다. 도대체 어쩌다 이렇게 되어버린 건지 알 수 없었던 그는 마음이 어지러웠다.

"하…… 그게 아니야. 서요야. 내 욕심대로 하질 못해서, 널 사지로 보내야 하는 게 내 스스로가 너무 한심해서 그런 거야."

"사지가 아니라, 제가 선택한 제 자리예요. 그러니 힘들고 괴로워도 견딜 수 있어요. 미르님이 제 곁에 있어주신다면 저는 분명 힘낼 수 있어요."

서요 또한 그 자리가 만만치 않은 곳이라는 걸 잘 알고 있었다. 더구나 휘빈까지 관련되어 있다면 더욱 위험할 터였다. 하지만 더는 피할 수 없는 문제였다. 서요는 미르 혼자 큰 위협을 받으면서 아등바등하며 자민을 죽이는 것보단 모두 힘을 합쳐 해결하는 게 좋았다. 그렇다면 반드시 위기를 헤쳐 나갈 수 있을 것 같았다.

서요는 천왕신전에 온 후 자신이 신녀로 태어난 이상, 제사장이 되는 건 벗어날 수 없는 숙명이라고 느꼈다. 서요가 자신을 애절하게 바라보는 미르에게 말했다.

"이건 제 숙명이에요. 미르님은 저를 위해서 최선을 다하셨으니 이제 그만 괴로워하시고 제 곁에 있어주세요. 미르님이 곁에 없으면 너무 힘이 빠져요."

실제로 잠시 동안 미르와 떨어져 있었을 뿐인데도 그가 보고 싶었고 도통 기운이 나질 않았다. 서요는 비록 그가 어젯밤 일의 충격 때문에 힘들지라도 빨리 털고 일어나길 바랐다. 그건 절대 미르의 탓이 아니었다.

미르는 정말 외로워 보이는 서요의 모습에 심장이 쿵 떨어졌다. 미르는 자신이 혼자 괴로워하느라 제사를 앞둬 불안해하는 그녀를 내버려둔 것 같다는 생각이 들어 미안해졌다. 서요의 손을 잡은 그가 다정한 눈빛을 보냈다.

"정말 넌…… 어쩔 수가 없다."

"예?"

서요의 매끈한 손등 위에 살포시 입을 맞춘 미르가 잔잔한 미소를 지었다. 어젯밤에도 지금도, 자신을 걱정해 주는 서요가 사랑스러웠다.

간지럽고 포근한 느낌을 받은 서요는 천천히 입꼬리를 올렸다. 그들은 따뜻한 눈빛으로 서로를 바라보았다. 평화로운 시간을 맘껏 누린 미르가 입을 열었다.

"그리 부탁하지 않아도, 영원히 네 곁을 지킬 거야."

미르는 그 무엇도 서요와 자신의 사이를 갈라놓을 순 없을 거라고 여겼다. 설령 휘빈이 실연의 상처 때문에 악독한 짓을 할지라도, 미르 자신이 목숨을 내놓아서라도 서요를 지킬 것이었다.

서요도 그제야 긴장이 풀려 사르르 웃었다. 연인이 곁에 있다는 건 참으로 큰 힘이 되었다.

"미르님이 있어서 정말 다행이에요."

서요는 제사가 시작되기 전까지 미르의 곁에서 마음을 다잡았다.

제사 지낼 시간이 되었다. 원래라면 제를 올리고 하늘의 소리를 들은 신녀가 신단에 제사장이 되었음을 고하는 의식을 하고 백성들을 만났어야 하는데, 바깥엔 여전히 비바람이 몰아치고 언제 그칠 수 있을 것이라 장담을 할 수 없었다. 하여 이번 제사에서는 백성들을 직접 만날 수 있는 것은 처소에서 나와 신전으로 들어갈 때 잠깐뿐이었다.

지우산을 들고 선 진원은 처소에서 바로 신전으로 들어갈 수 있는 길이 있었음에도 불구하고 백성들을 만나기 위해, 신녀의 존재를 궁금해하는 백성들을 위해 서요와 함께 길거리로 나왔다. 서요와 진원의 뒤엔 엄숙한 의식의 첫걸음을 내딛게 된 기상신들과 신관들이 두근거리는 가슴을 애써 진정시키며 일렬종대로 따라나섰다.

"궂은 날씨에도 신녀님을 보러 나온 백성들이 아주 많습니다. 인자한 미소를 지어주십시오."

진원이 수많은 백성들의 기대에 찬 눈빛을 보고 얼음처럼 굳어버린 서요에게 속삭였다. 끝없는 핍박과 재해를 겪은 백성들은 신녀를 본 것에 감격하고 있었다. 그것을 가까이서 본 서요는 어깨가 참으로 무거웠다.

"신녀님이 오셨다!"

"부디 신의 분노를 풀어주시옵소서!"

백성들은 손을 모아 신녀가 맑은 하늘을 되찾아오기를 간절하게 빌었다. 이제 믿을 건 신녀뿐이었다.

서요가 많은 사람들의 기대를 받고 신전 바로 앞까지 다가왔을 때, 검은 옷을 입은 우람한 몸집의 남자가 작은 칼을 들고 사람들 틈에서 뛰쳐나왔다. 서요는 깜짝 놀라 눈을 크게 떴다.

"헉!"

하지만 그 남자는 서요를 칼로 찌르기 전에 진원과 기상신들에게 붙들려 무릎을 꿇었다. 갑작스러운 일에 화가 난 미르는 남자의 얼굴을 가리고 있는 검은 천을 거칠게 벗기며 목청을 높였다.

"감히 누구야!"

신녀를 경애하며 바라보고 있던 백성들은 그에게 분개하며 돌을 던졌다. 궐에서 죄인이라는 낙인을 찍어 방까지 붙인 신녀를 또다시 위협하는 건가 싶었던 것이다. 하지만 남자는 억울하다는 듯 눈을 매섭게 치뜨고 신녀를 노려보며 소리쳤다.

"신녀 따위 필요 없어! 이제야 나타나면 뭐 해! 내 아들은 이미 차디찬 바닥에 쓰러져 죽었는데! 조금만 더 빨리 나타나서 우리들을 보호해 줬다면 이런 일은 일어나지 않았을 거야!"

남자의 절규에 돌을 던지던 백성들은 흠칫했다. 기상신과 신관들의 얼굴 또한 굳어졌다. 특히 서요는 더 일찍 와서 그들을 보살피지 못한 것에 대한 죄책감을 이미 느끼고 있었기에 더욱 충격을 받았다.

그녀 주변의 일대가 침묵에 휩싸였다. 오직 빗소리만이 쓸쓸하게 들려왔다.

진심으로 미안했던 서요는 남자 앞에 무릎을 꿇고 앉았다. 아들을 잃은 남자와 그녀의 시선이 정면에서 마주쳤다.

"죄송합니다. 조금 더 일찍 오지 못해서…… 아드님을 지켜 드리지 못해서 정말 죄송합니다."

눈물을 간신히 참은 서요가 애달픈 목소리로 말했다. 변명의 여지가 없었다. 남자는 진심으로 사죄하는 서요의 모습에 그저 눈물만 흘렸다.

기쁨과 기대로 가득 찼던 공간이 한순간에 무겁게 가라앉았다. 그는 고개를 푹 숙인 신녀를 다시 보더니 천천히 자리에서 일어나 허탈한 얼굴로 군중 속에 들어가 홀연히 사라졌다.

"신녀님. 일어나십시오. 시간이 많지 않습니다."

진원은 서요를 일으켜 다시 걸음을 옮겼다. 기상신들은 축 처진 서요의 어깨를 보며 씁쓸한 마음을 감출 수가 없었다. 그 순간만큼은 그들도 그녀를 위로할 방도가 없었다.

그들이 몇 발짝 걸었을 때, 다시 한 번 위기가 닥쳤다. 갑자기 나타난 어떤 남성이 서요를 향해 단도를 던진 것이었다.

피융-

멍하니 걷느라 위험을 전혀 알아차리지 못했던 서요는 자신을 감싸는 기상신들의 온기를 느끼고 눈을 부릅떴다.

"가, 가람님?"

제 앞을 막았다가 쓰러지는 가람을 보고 깜짝 놀란 서요가 그의 이름을 불렀다. 서요를 향해 날아드는 비수를 가람이 몸으로 막은 것이었다.

다시 한 번 벌어진 위급한 상황에 사람들은 새된 비명을 내질렀다. 미르와 소소는 단도를 던진 남자와 그 주위에 모인 건장한 체격의 남자들을 노려보았다. 모두 복면을 쓴 채 꽤 좋은 무기를 들고 조직적으로 움직이는 게, 병사들인 것 같았다.

"역시 가만히 있을 리가 없지!"

미르가 매섭게 소리치며 자세를 잡았다. 그와 소소 그리고 무장한 신관들이 그들과 대치했다. 혼잡한 와중 서요는 복부에서 피를 흘리는 가람을 보고 심장이 쿵 떨어졌다.

"왜, 왜 또 이런 일이!"

서요는 이럴 바엔 차라리 자신이 칼을 맞고 쓰러지는 편이 낫다고 생각했다. 가슴이 난도질당하는 것처럼 아파서 참을 수가 없었다. 아무리 치료를 받는다고 해도 찔렸을 때의 아픔과 충격까지 모두 없애줄 순 없을 터였다.

"가람님. 정말 죄송해요. 죄송해요."

서요가 끝없이 되뇌며 빛을 내뿜었다. 그녀의 마음이 간절한 만큼, 빛은 흐린 하늘까지 집어삼키며 아름답게 빛났다. 사람들이 하늘이 다시 맑아진 것 같다는 착각을 느낄 정도였다.

신관들과 대적해 신녀를 죽음으로 몰고갈 작정을 했던 수상한 남자들은 놀라운 광경에 잠시 멈칫했다. 그 틈을 타 미르와 소소가 달려들어 그들을 제압했다.

가람의 치료를 마친 서요는 괜찮다는 듯 웃은 그를 미안해하는 눈빛으로 바라보았다.

"하나도 아프지 않습니다."

가람의 위로에도 서요는 전혀 괜찮지 않았다. 그리고 진원은 그 광경을 가까이서 지켜보고 깜짝 놀라 그 자리에서 굳어버렸다. 신녀가 새암에서 환자들을 치료했다는 소문을 접한 적은 있으나 그것이 그저 간호해 준 것을 과장해서 말한 것이라 생각했지 실제로 이런 능력을 가지고 있을 줄은 꿈에도 몰랐던 것이다.

이제까지의 신녀들은 제사를 주관하며 신어를 듣는 역할을 했지만 이러한 능력을 부린 적은 한 번도 없었다. 놀라운 만큼 경애심이 들었지만 진원은 이 사실이 백성들에게 알려지면 곤란해질 것 같았기에 가람의 모습이 보이지 않도록 막았다. 그리고 서요에게 귓속말을 했다.

"이 모습을 들키면 곤란합니다. 신녀님. 어서 신전으로 들어가십시오."

그의 다급한 말에 서요는 잠시 당황했지만 더 이상 바깥에 있는 건 자신의 명을 재촉하며 주변 사람들을 위험에 빠뜨리는 일인 것 같았기에 신전으로 걸음을 옮겼다.

미르와 소소는 서요를 덮쳤던 집단의 복면을 모두 벗겼다. 가장 처음 서요에게 검은 던졌던 남자는 바로 장군 재부였다. 그는 돼지 멱따는 소리를 내며 몸부림을 쳤다.

"이거 놓지 못할까! 감히 나 재부에게!"

재부는 신녀가 제사를 올린다는 소식이 아침 일찍 궐에 전해지자 자민에게 일선에서 물러나라는 이야기를 듣고 마지막으로 발악을 한 것이었다. 그가 보기에 자민은 너무도 차분해서 이상할 정도였다. 평소의 그라면 어떻게 해서든지 신녀를 죽이라고 했을 터였다.

'왜 하루 만에 이리도 달라진 거지? 지금껏 신녀를 잡기 위해 긴 세월을 보낸 내게 어찌 물러나라고 할 수 있는 거냐고!'

그는 완전히 이성을 잃고 악을 썼다. 신녀를 도성으로 들여보낸 첩자도 아직 찾지 못했고, 신녀를 잡아 죽이지도 못했는데 이럴 수는 없는 일이었다. 재부는 억울해서 미칠 것만 같았다.

그러나 복면이 벗겨진 이들의 모습을 보고 병사임을 눈치챈 백성들은 살벌한 눈빛으로 그들을 노려보았다. 백성들의 속에서 분노가 들끓었다.

"이거 뭐야. 가장 악독하게 굴었던 병사 놈들이었잖아!"

"너네도 죽어봐! 죽어보라고!"

끔찍한 탄압으로 가족과 친구들을 잃었던 백성들은 그들을 향해 돌을 던지며 한을 풀었다. 또한 갑자기 빛이 났던 것을 똑똑히 기억하며 희망을 꿈꾸었다.

미르와 소소는 분노한 백성들에게 병사들을 맡겨도 충분할 것 같았기에 신전으로 걸음을 옮겼다. 재부는 백성들에게 했던 짓을 똑같이 당하며 괴로움에 소리를 내질렀다.

❋

우여곡절 끝에 신전으로 들어온 서요는 제사를 올리기도 전에 온몸의 기운이 쭉 빠졌다. 나만 신전의 제단은 아주 정갈하고 훌륭해서 감탄이 나올 정도였다. 거친 숨을 몰아쉰 그녀가 옷에 묻은 빗물을 털고 심호흡을 했다.

'제발 정신 차리자. 이젠 다른 생각 말고, 오직 백성들을 위해서 마음을 다해야 해.'

굳게 다짐하며 진설한 제상 앞에 선 서요가 절차대로 제를 올리기 시작했다. 기도 끝에 신의 말씀을 들을 수 있기를 간절하게 바라면서 말이다.

먼저 향로에 향을 피우자 짙은 향냄새가 제단을 감쌌다. 서요는 배운 대로 잔에 술을 따른 뒤 향불 앞에서 세 번 돌린 다음 모사 그릇에 세 번씩 나누어 부었다. 그리고 뒤로 물러서 경건하게 재배를 올렸다. 진원과 신관들 그리고 기상신들은 숨소리조차 내지 못하고 그 광경을 지켜보았다.

그 후, 재단에 있는 모든 신관이 그녀처럼 재배를 올렸다. 기상신들은 절을 하지는 않았지만 천왕에게 예를 갖추기 위해 허리를 깊이 숙였다.

다시 술잔을 든 서요가 방금 전처럼 향로와 모사 그릇에 세 번씩 돌린 후 제물 위에 젓가락을 올려놓았다. 신위 앞에 무릎을 꿇은 그녀는 미리 준비한 축문을 읽었다. 비록 떨려서 목소리가 조금씩 흔들렸으나 끝까지 다 읽은 뒤 눈을 감고 천왕에게 기도를 올렸다.

'부디 제 기도에 응답해 주세요.'

서요는 그 누구보다 간절했다. 반드시 제사장이 되어 백성들의 시름을 덜어주고 싶었다. 그런 그녀의 마음을 알아주기라도 하듯, 재단에 환한 불빛이 번쩍이더니 서요의 귓속으로 따스한 음성이 스며들었다.

'사랑하는 나의 자식아. 너의 빛으로 세상을 환하게 비출 수 있단다. 조선에 따뜻한 햇볕을 보내주렴.'

서요는 깜짝 놀라 눈을 뜨고 주변을 돌아보았다. 모든 신관이 묵념하고 있는 걸 보면 이건 분명히 제게만 들리는 천왕의 목소리인 듯했다. 감탄한 그녀가 마음속으로 다급하게 물었다. 다시 한 번 그 따뜻한 음성을 듣고 싶었다.

'존경하는 천왕 환웅님. 제 힘으로 햇빛이 비치게 할 수 있다는 말씀이십니까?'

그러자 환웅은 다시 한 번 사랑하는 딸, 서요의 귀에 속삭였다.

'그렇단다. 너를 옥죄는 모든 힘의 봉인을 풀어보거라.'

서요는 가슴이 벅차 말을 잇지 못했다. 환웅이 했던 말을 곱씹은 서요는 부담스러웠음에도 불구하고 마음이 이상하게 편안했다. 그가 확신을 갖고 이야기했기 때문이었다.

'나의 빛으로, 나의 힘으로……!'

서요의 두 눈이 반짝반짝 빛났다.

서요가 한창 신전에서 제사를 올리고 있을 때, 해문은 근심에 잠겨 있었다. 그가 허탈한 목소리로 중얼거렸다.

"결국 이리 되어버리다니."

해문은 오늘 아침, 서요가 제사장의 직위를 얻기 위해 공식적으로 제사를 올린다는 이야기를 듣고 큰 충격을 받았다. 서요가 제사장의 자리를 노린다는 생각을 하긴 했지만 실제로 일이 벌어질 줄은 몰랐다.

해문의 보랏빛 눈동자가 날카롭게 번뜩였다. 그는 그녀를 생각만 해도 가슴에 불꽃이 타오르는 기분을 느꼈다. 그건 서요를 향한 어쩔 수 없는 애증이었다. 해문의 얼굴이 차갑게 굳어졌다.

'왕가에 맞설 각오는 되어 있는지…… 궁금하군.'

해문은 단단히 결심하고 동궁을 나섰다. 해문의 가슴은 아주 오랜만에 서요를 만날 생각에 쿵쾅거렸다.

그러나 조용히 그녀를 만나기 위해 변복하고 나온 해문은 신전 주위에 모여든 수많은 백성 때문에 도통 발을 옮길 수가 없었다. 그를 따라 나온 호위무사는 세자를 최대한 보호하려고 애썼지만 군중 속에 갇혀 옴짝달싹을 하지 못했다. 그때 한 남자가 해문의 어깨를 세게 치고 지나갔다. 호위무사는 그를 향해 눈을 험악하게 부라리며 소리쳤다.

"어디서 감히!"

그러자 세자를 치고 지나간 남자 또한 호위무사를 향해 거친 욕설을 내뱉었다. 충분히 기분이 나쁠 상황이었는데도 해문은 덤덤한 얼굴이었다.

"되었다. 그만해라. 사람이 워낙 많이 몰려서 그럴 수도 있지."

"괜찮으십니까?"

"그래. 천천히 빠져나가면 된다. 조급해하지 마라."

해문과 호위무사는 제사가 끝날 때쯤이야 겨우겨우 군중 속에서 빠져나와 신전 앞에 도착했다. 신전 앞을 지키고 있던 신관들은 세자의 얼굴을 알아보고 그를 바로 안으로 들여보내 주었다.

※

환웅의 말씀을 들은 서요는 뒤돌아서 함께해 준 모든 신관에게 허리 숙여 감사를 표했다. 신관들 또한 제사를 잘 마친 그녀를 향해 경건한 얼굴로 마주 인사했다. 그리고 대신관 진원이 서요에게 조심스럽게 다가 왔다.

"수고 많으셨습니다, 신녀님. 신어를 들으셨는지요?"

진원은 혹시나 그녀가 부담을 느낄까 최대한 덤덤하게 물었다. 환웅의 목소리를 듣고 넋이 나가 있었던 서요는 입꼬리를 올리며 환하게 웃었다.

"예. 똑똑히 받들었어요. 정말 놀라워요."

서요는 아직도 거세게 뛰는 심장 위를 손으로 꾹 눌렀다. 환웅의 목소리는 기적처럼 제 귀에 머물다가 사라졌다. 서요는 무사히 그들의 기대에 부응할 수 있어서 다행이라고 생각했다. 진원은 입이 찢어지게 웃으며 기뻐했다.

이제 가장 중요한 절차인, 백성들에게 신어를 전하고 그것이 맞는지 기다리는 게 남아 있었다. 서요는 조선에 따뜻한 햇볕을 내려보내라는 환웅의 말을 다시 떠올렸다.

'분명히 내가 해낼 수 있다고 했어. 나를 옥죄는 힘의 봉인을 풀라고 도 하셨고.'

숙원을 이루는 것이 얼마 남지 않았다고 생각하며 흥분을 가라앉히 지 못한 진원이 그녀에게 다급하게 물었다.

"그럼 뭐라고 전하면 될까요? 신녀님은 아무래도 위험하시니 제가 대 신관의 권한으로 모두에게 전하겠습니다."

서요는 진지한 눈빛으로 그를 올려다보았다.

"내일 정오에 폭우가 그치고 해가 뜰 거라고 전해주세요."

서요의 말에 진원과 기상신들 모두가 놀랐다. 거센 비가 연일 계속 내리고 있는데 갑자기 내일 비가 그치고 해가 뜨기에는 무리라고 생각했던 것이다.

"그게 정말이십니까? 그런 말씀을 들으셨다고요?"

진원은 무례라는 것을 알면서도 믿기지 않는다는 듯 격양된 이조로 물었다. 기상신들 또한 궁금하다는 눈빛으로 서요를 바라보았다.

정확하게 그런 예언을 들은 것은 아니었던 서요는 고개를 가로저었다. 하루빨리 비를 멈추고 피해를 최소화하고 싶은 마음에서 말한 것뿐이었다. 환웅이 할 수 있다고 용기를 심어주었으니 서요는 내일 아침 기청제를 올리며 마음을 다할 것이라고 결심했다. 진원은 당황스러운 표정이 되었다.

"신어를 들으신 게 아니라면 대체……."

"너무 걱정하지 마세요. 천왕님께서 제 빛으로 조선을 환하게 비출 수 있다고 말씀하셨어요. 저는 제 힘을 믿어보려고 해요. 어서 빨리 기청제를 올려 이 비를 멈추고 싶어요!"

서요가 주먹을 불끈 쥐었다. 그들의 대화를 들으며 깊은 생각에 잠겨 있던 미르는 못 말리겠다는 듯 피식 웃었다. 이럴 때 보면 그녀는 참으로 용기 있었다.

"내일 아침 기청제를 올려, 해를 불러오겠다는 말이구나."

미르의 말에 서요는 고개를 끄덕였다. 그리고 진원은 눈을 크게 떴다. 신성한 해를 불러오고 따뜻한 햇볕을 조선 방방곡곡에 비춘다는 것은 신의 능력이나 다름없었다. 그렇다면 신녀인 그녀가 우수한 신력으로 빛을 내고 상처를 치료한 데 이어, 자연을 움직이겠다는 말이었다.

진원은 어리벙벙한 얼굴로 고개를 끄덕였다. 신녀인 서요가 그렇게 말하니 믿는 수밖에 없었다.

"예. 알겠습니다. 그리 전하겠습니다."

제사 결과를 기다리고 있을 많은 백성들이 생각난 그는 신관들과 함께 재단을 나섰고, 서요와 기상신들은 남아서 이야기꽃을 피웠다.

"정말 환웅님의 목소리를 들으셨습니까?"

가람이 호기심 어린 얼굴로 서요에게 물었다. 천왕 환웅은 천상의 주인이고, 서요의 아버지였다. 그래서 이번 일이 더욱 신기하게 느껴졌다.

"그렇다고 몇 번을 말해요! 정말이라니까요!"

서요는 환웅 덕분에 자신감이 생겼기에 어깨를 으쓱했다. 소소는 서요를 흐뭇하게 바라보았다.

"서요님이라면 분명 잘 해내실 거라고 생각했습니다. 내일 기청제 또한 마찬가지일 것입니다."

서요는 고개를 끄덕이며 화답했다. 그녀 또한 그렇게 긍정적으로 생각하고 싶었다. 그러다 보면 온 세상을 밝고 따뜻하게 감쌀 수 있을 것 같았다.

"수고했다. 오늘도."

미르가 손을 뻗어 그녀의 머리를 부드럽게 쓰다듬었다. 큼지막한 손이 머리를 간질이자 서요는 눈을 찡긋하며 웃었다. 전전긍긍하며 힘들었던 순간들이 보상받는 느낌이었다.

바로 그때, 문이 열리고 대신관 진원과 세자 해문 그리고 그의 호위무사가 함께 들어왔다. 서요와 기상신들은 그를 보고 깜짝 놀라 몸을 굳혔다.

해문이 당당한 걸음으로 서요에게 다가왔다. 기상신들은 그녀의 곁에서 경계 어린 얼굴로 그를 노려보았다. 이곳에서 갑자기 해문을 만나게 될 줄은 몰랐던 미르는 주먹을 꽉 쥐고 미간을 좁혔다.

'서요의 존재가 알려져서 언젠간 만날 거라고 생각했지만! 예상보다

빠르군.'

"세자 저하께 인사드립니다."

오랜만에 해문을 본 서요는 당황했지만, 그에게 허리를 숙이며 먼저 인사했다. 그녀의 목소리는 미세하게 떨리고 있었다. 서요는 그의 얼굴을 똑바로 볼 자신이 없어서 계속 시선을 아래로 내리깔았다. 그런 그녀의 모습에 화가 치솟는 걸 참은 해문이 냉담하게 말했다.

"낭자를 이곳에서 보니 아주 새롭군."

"그동안 강녕하셨는지요."

감정이라고는 담겨 있지 않은, 무덤덤한 인사가 이어졌다. 한쪽 눈썹을 추켜세운 그가 말했다.

"그런 인사 따위는 하지 않아도 돼. 오늘은 낭자가 아니라, 신녀와 이야기하러 온 것이니."

"⋯⋯예?"

서요는 고개를 들어 커다란 눈으로 해문을 응시했다. 심상치 않은 분위기에 말할 틈을 찾지 못하던 진원은 간신히 입을 열어 끼어들었다.

"저하께서 신녀님과 독대를 원하십⋯⋯."

"뭐? 독대라니? 말도 안 돼."

진원의 말이 다 끝나기도 전에 미르가 그녀의 앞을 막아서며 거부했다. 진원은 난감한 표정으로 세자와 그를 번갈아 보았다. 미르는 해문의 의중을 제대로 알 수가 없었기에 인상을 찌푸렸다.

"이번엔 무슨 속셈이십니까? 수피아에서처럼 서요를 납치할 거라면 그냥 돌아가십시오."

"나는 분명 신녀를 만나러 온 거라고 말했다."

"지금 막 제사를 끝냈습니다. 신권을 무너뜨리려는 왕족과 신녀가 단둘이 있는 건 말이 안 됩니다."

미르는 한 마디도 지지 않고 맞받아쳤다. 해문은 신녀와 이야기하러 온 것일 뿐이라고 했지만 미르는 그동안 그의, 지독할 정도의 집착을 많이 봐왔다. 그것이 위협이 아니라 단순히 연정에서 비롯된 것이라 해도 싫었다. 그에게 해문은 지긋지긋한 사람이었다.

그때 서요가 미르와 해문을 번갈아보다가 앞으로 나섰다.

"잠깐만요, 미르님. 저하, 송구하지만 대체 무슨 일로 저와 이야기하시려는 건지 여쭤봐도 되겠습니까?"

제사장이 된다면 세자 해문과도 자주 마주치게 될 것이 분명했기에 서요는 최대한 담담하게 그를 대했다. 아직 납치당했던 기억이 머릿속에 남아 있었지만 떨쳐 내야 했다.

해문은 비소를 지었다.

"그 이야기는 방으로 들어가서 하도록 하지. 나를 언제까지 이곳에 세워둘 작정인가?"

아직 서요는 신권을 대표하는 인물인 제사장이 아니라 일개 신녀일 뿐이었다. 그 뜻을 간파한 서요는 진원에게 눈짓하며 그를 안으로 안내했다. 해문을 따라 걷는 서요의 손목을 잡은 미르는 심각한 목소리로 말했다.

"단둘은 안 돼. 뭐 하자는 거야?"

미르는 서요가 해문의 말대로 하는 게 매우 마음에 들지 않았다. 그에게 해문은 다시 만나면 가만두지 않겠다는 협박까지 한 나쁜 놈이었다. 미르는 그런 놈의 말을 들을 필요가 없다고 생각했다.

하지만 서요의 생각은 조금 달랐다. 그녀는 신관들이 단단히 지키고 있는 신전에서 호위무사와 단둘이 온 그가 무슨 짓을 할 것 같지는 않았다. 그렇기에 진원 또한 독대를 요청한 해문의 말을 받아들이는 것일 터였다.

서요는 미르의 손을 조심스럽게 떼어냈다.

"걱정하지 마세요. 미르님이 문 앞에 계시면, 저는 두려울 게 없으니까요."

그 말을 들은 미르는 멍한 표정을 지은 채 굳었다. 서요는 미르를 달래주면서도 의연하게 행동하고 있었다.

'그래. 해문이 이상한 짓을 하더라도 서요가 참을 성격은 아니니……'

그렇게 생각한 미르는 하는 수 없이 그녀를 보내주었다. 기상신들은 문 앞에 바짝 붙어 서서 초조한 얼굴로 서요를 기다렸다.

차를 마시는 해문의 얼굴은 예상외로 차분했다. 서요는 그가 조금 전에도 화를 차가운 표정으로 숨겼다는 것을 눈치채고 있었다. 서요는 숨이 막히는 것 같은 불편함에 먼저 입을 열었다.

"이제 말씀해 주세요."

해문은 찻잔을 탁상에 소리 나게 내려놓았다.

"대신관의 말에 따르면 신어를 들었다고 하던데……."

신어 이야기에 서요는 마른침을 꿀꺽 삼켰다. 지금쯤이면 온 도성에 신녀가 신어를 들었다는 얘기가 퍼져 나갔을 터였다. 서요는 갑자기 가슴이 두방망이질하는 것을 느꼈다.

"예. 들었습니다."

"그것참…… 유감이군."

서요는 당황스러워서 눈을 굴리며 되물었다.

"예?"

해문은 서요를 갈퀴눈으로 쏘아보았다.

"낭자가 들은 신어가 증명되면 제사장의 자리에 오를 텐데…… 정말 제사장이 되어 왕권과 대립할 준비가 되어 있는가?"

해문이 본론을 꺼내자 서요의 눈동자가 마구 흔들렸다. 서요는 신전에 와서 제사장이 되기로 결심한 걸 결코 후회하지 않았지만 세자가 싸늘하게 물으니 심장이 쿵 떨어졌다.

"각오한 일입니다."

서요는 지금은 그의 기에 눌렸지만, 언젠가는 당당해질 수 있길 바라며 가까스로 대답했다. 그런 서요를 보며 해문은 숨을 깊게 내뱉었다. 앞으로 일어날 많은 일이 벌써부터 걱정되기 시작했다.

"후…… 낭자가 각오한 것보다 훨씬 더 힘든 일이 일어날 수도 있어."

아무리 자신을 거부한 서요가 밉다 해도 해문은 그녀에게 큰일이 닥치는 건 싫었다. 언젠가 서요를 다시 만나게 되면 꼭 이 슬픈 마음을 되갚아주고 싶었던 것뿐이었다. 하지만 그녀가 제사장이 되어 자민과 맞선다는 것은 매우 심각한 일이었다.

해문은 자신이 무슨 생각으로 이곳에 왔는지조차 잊어버릴 것 같았다. 서요가 미웠고, 걱정되었으며, 이렇게 보고 있어도 보고 싶었다. 그는 자신이 정말 미쳐 버린 것 같다는 생각이 들었다.

"하아……."

해문이 한숨을 크게 내쉬며 이마를 짚었고, 서요는 어찌할 바를 모르고 고개를 푹 숙였다.

'혹시 걱정되어 찾아온 건가?'

그녀는 자신을 향한 해문의 마음을 의심했기에 그런 생각이 들었다.

어찌 대응해야 하나 고민하던 서요는 해문과 이런저런 이야기를 하는 것이 아무런 소용이 없다는 생각이 들었다. 해문은 이 나라 조선의 세자였고, 왕검 자민의 뒤를 이어 차기 왕검이 될 자였다. 그가 왕위에 오르면 세상이 달라질 수도 있으나 지금은 어차피 그녀와 대적하는 상대였다.

서요는 그를 차분하게 바라보며 말을 이었다.

"저하께서 저를 걱정해서 숨겨주고자 하신 걸 잘 알고 있습니다. 하지만 저는 도망가고 싶지 않았습니다. 제 선택을 인정해 주세요. 꼭 조선에 도움이 되는 제사장이 되겠습니다. 저하께서도 백성들이 무참하게 죽어 나가는 건, 원치 않으시지 않습니까."

서요는 부디 해문이 자신을 신녀로 받아들여 주길 바랐다. 변함없이 꿋꿋한 그녀의 모습에 해문은 할 말을 잃어버렸다. 해문 또한 자민의 행동이 잘못되었다는 것을 알고 있었고, 백성들의 모습에 피눈물을 흘렸다.

'내가 이 끔찍한 탄압을 막을 수만 있었어도!'

해문이 아무리 회유해도 자민은 결코 탄압을 멈추지 않을 것이다. 그는 너무도 가슴 아팠다. 왜 일이 이 지경까지 되었는지 모를 일이었다.

"그래. 낭자의 말이 다 맞아. 나 또한 탄압을 죽도록 막고 싶거든. 낭자가 맞서겠다는 각오를 하고 있는 것 같으니 그만 얘기하도록 하지."

서요는 그와 이렇게 대면하게 된 것이 참으로 안타까웠다.

서요와 함께 있는 것이 괴로워진 해문은 자리에서 일어났다. 방을 나가기 전, 그는 씁쓸한 목소리로 말했다.

"오늘이 제사장이 아닌, 평범한 사람인 낭자를 보는 마지막 날이 되겠군."

해문의 말뜻을 알아차린 서요가 마지막까지 정중하게 인사를 올렸다. 햇볕을 내려 보내는 일이 어떻게 될지는 아직 알 수 없었지만 다음에 그를 만날 땐 신녀가 아닌, 조선의 제사장으로 만나게 될 터였다.

해문이 나가자 서요는 기운이 쭉 빠져 자리에 주저앉았다. 세자가 나오는 것을 본 기상신들은 급하게 방으로 들어와서 서요의 상태를 살폈다.

"괜찮아?"

미르가 묻자 그녀는 씩씩하게 고개를 끄덕였다.

"예. 그럼요."

"저 자식이 뭐라고 했어?"

"아…… 음. 별말 아니었어요. 제가 각오한 것보다 훨씬 더 힘든 일이 일어날 수도 있다고 하셨어요."

서요가 머쓱하게 뒷머리를 긁적였다. 기상신들의 얼굴이 전부 걱정으로 굳어 있었다. 너무 심려를 끼치는 것 같은 생각이 들었던 서요는 자리에서 벌떡 일어나 그들의 등을 떠밀어 함께 방을 나왔다. 해문이 나쁜 마음을 먹고 찾아온 건 아닌 것 같으니, 더는 그에 대해 심각하게 이야기할 필요가 없었다.

"저는 제사 지내느라 기운이 좀 빠져서, 방에 가 있을게요."

서요가 힘 빠진 목소리로 말했다. 그러나 진원에게 제사 직후엔 서요의 곁을 단단히 지켜야 한다는 말을 들은 기상신들은 그녀의 뒤를 졸졸 따라다녔다. 혼자 쉬고 싶었던 서요는 울상을 지었다.

서요는 깊은 밤이 되어서야 혼자 있을 수 있게 되었다. 그녀가 있는 지하실 문 앞을 기상신들이 지키고 있긴 했지만 이것만 해도 감지덕지였다. 서요는 그들이 잠도 제대로 자지 않고 자신을 지키려고 하자 한숨이 절로 나왔다.

"하…… 어차피 지하실을 들킨 적은 한 번도 없었는데."

그녀는 지하실의 존재를 들킨 적이 없으니 혹여 왕검이 자객을 보낸다고 해도 문제없다고 생각했다. 게다가 지하실은 도성 바깥쪽이 홍수로 난리가 났을 때도 한 번도 물에 잠기지 않았다.

그러나 기상신들은 완강했으며 특히 미르는 끝까지 방에 함께 있겠다고 고집을 부렸다.

"아니, 아무 짓도 안 한다니까? 왜 이렇게 믿지를 못해?"

미르가 팔짱을 단단히 끼고 소리쳤다. 그는 내일 기청제를 올려 비를 멈추면 서요가 바로 제사장이 되기 때문에 자민이 자객을 보낼 수도 있다고 생각해서 위험을 방지하고 싶었다. 하지만 그녀는 정색했고, 소소와 가람은 고개를 설레설레 저었다.

소소는 절대 둘이 한 방에서 함께 자는 걸 볼 수 없었다.

"서요님이 불편하다잖아. 그만하고 올라가."

소소는 서요의 핑계를 대긴 했으나 절대 그런 일이 일어나지 않기를 바랐다. 가람은 어깨를 으쓱하며 실실 웃었다.

"하하! 이게 뭐 그리 큰일이라고 유난인지 모르겠네. 미르가 한 말은 절대 믿지 못하지만, 같이 자는 게 어때서요?"

그리 말하던 가람이 서요를 뚫어져라 바라보았다. 그의 노골적인 시선에 서요는 당황해서 말을 더듬었다.

"예? 가, 가람님은 그럴지 몰라도 저는 아니……."

"서요님! 부디 미르를 말려 죽이지 마세요."

가람은 짓궂게도 서요의 말허리를 잘랐다. 가람이 그녀를 놀리자 소소는 그의 어깨를 가격했고 미르는 가자미눈으로 노려보았다.

"됐어. 그만해. 올라갈 테니까."

미르가 가람의 한쪽 팔을 잡고 소소와 함께 지하실을 빠져나왔다. 그는 그렇게 끌려가면서도 여전히 막말을 했다.

"미르 곧 말라죽습니다! 서요님! 허락해 주세요!"

가람의 목소리에 서요는 민망해서 발개진 얼굴에 손부채를 부쳤다. 그는 참으로 못하는 말이 없었다.

'그런데 말라 죽는다니…… 정말 그렇게 심각한 문제란 말이야?'

서요는 심각한 얼굴로 고민했다. 자신은 그런 쪽에 무지했으니 경험이 많아 보이는 가람의 말이 정말 사실일 수도 있었다.

"에이, 설마."

생각만 해도 부끄러웠던 서요는 손사래를 치며 이불을 끌어당겼다. 내일 아침 일찍 일어나 기청제를 올리려면 오늘 밤은 숙면을 취해야 했다.

잠시 후, 그녀는 서서히 잠에 빠져들었다. 그리고 꿈속에서 예전의 그 작은 까치를 보았다. 까치는 여전히 잘 날지 못해서 바닥으로 떨어지기 일쑤였다. 자신이 까치처럼 느껴진 서요는 가슴이 답답해서 인상을 찌푸렸다.

'왜 날지를 못하는 거야, 대체!'

하나 까치는 그녀의 마음을 알아주지 않았다. 서요는 너무 안타까워서 힘없이 주저앉은 까치에게 할 수 있다고 응원하며 계속해서 용기를 불어넣어 주었다.

'이대로 포기하기엔 너무 이른 거 아니야?'

그녀의 목소리에 까치는 다시 날갯짓하기 시작했다. 서요는 온 마음을 다해 까치를 응원했다.

'마음을 다하면 이뤄지지 않는 건 없어.'

서요는 진심으로 그렇게 생각했다. 그러자 까치는 바람을 타고 안정적으로 비행했다. 맑은 하늘을 날아다니는 까치는 기쁘게 지저귀었다.

온몸이 붕 뜬 것 같은 즐거운 기분을 느낀 서요는 자면서도 방긋거렸다. 해낼 수 있다는 마음을 가지고 전진하는 건 참으로 행복한 일이었다.

아침이 되어, 잠에서 깬 그녀는 피식 웃었다. 아주 간만에 좋은 꿈을 꾼 것 같았다.

아침이 되었지만 밖은 어두컴컴했고 여전히 굵은 비가 쏟아지고 있었다. 옷매무시를 가다듬고 밖으로 나온 서요는 란희 그리고 기상신들과 함께 기청제를 올릴 재단으로 향했다. 방 앞을 지키느라 수척해진 기상신들에게 미안했던 그녀는 겸연쩍어서 괜히 더 툴툴거렸다.

"아무 일도 없을 거라고 했잖아요! 정말 밤새 그 앞에서 지키고 계심 어떡해요. 마음 불편하게."

미르는 서요의 이마에 꿀밤을 먹이며 입을 열었다.

"그게 내 마음이 편하다고. 기청제나 잘 올려."

서요는 이마를 문지르며 고개를 끄덕였다. 애써 아무렇지 않은 척하고 있었으나 어제의 그 재단에 다시 가려고 하니 벌써부터 입안이 바싹 말랐다.

"후우…… 떨린다."

실패 따윈 용납되지 않는 마지막 기회였다. 서요는 맑은 하늘을 기다리고 있을 백성들을 생각하며 마음을 굳게 먹었다.

'분명 오늘이면 이 지긋지긋한 폭우가 끝날 거라고 생각하고 있을 거야.'

재단으로 들어간 서요는 제상 앞에 무릎을 꿇고 앉았다. 미리 혼자서 기청제를 올릴 수 있도록 해달라고 진원에게 말해두었기에 재단은 어제와 달리 텅 비어 있었다.

서요는 해가 조선에 밝은 빛을 비추게 하기 위해, 비가 그칠 때까지 기도를 올릴 생각이었다. 붉은 예복을 입은 서요가 두 손을 모으고 기도를 올리기 시작했다.

꿎

하늘에 구멍이라도 뚫린 것처럼 심한 장대비가 쏟아지는데도 집을 잃은 백성들은 갈 곳이 없어서 바깥을 떠돌아다녔다. 절망적인 상황이었기에 그들은 신녀가 제사를 올리고 나서 정오에 비가 그칠 거라고 신어를 전한 걸 결코 잊지 않았다.

"오늘 반드시 해가 뜬다고 했어! 신녀님께서 분명 그랬다고!"

허름한 행색을 한 남자가 무릎을 꿇고 하늘을 바라보며 애절하게 소리쳤다. 그의 주변에 있던 사람들 또한 잔뜩 기대하는 눈빛으로 저 멀리 신녀가 있을 신전을 바라보았다.

그러나 시간이 지나도 도통 비가 그칠 기미가 보이지 않았다. 신녀가 말한 정오가 가까워져 오고 있는데도 빗줄기는 여전히 굵었다.

"뭐야. 이제 곧 정오인데 이토록 비가 많이 쏟아지니…… 뭔가 잘못되기라도 한 건가?"

"가늘어지는 낌새가 있어야 비도 멈출 텐데! 이거 원!"

"하늘에도 먹구름만 가득해. 이래 가지고 날이 밝아지긴 하는 거야?"

비가 그치기만을 기다리며 모여 있던 사람들이 웅성대기 시작했다. 그들은 정오가 다 되어가는데도 하늘이 여전히 어두침침하자 불만을 표했다.

신전과 가까운 주막에서 술을 마시고 있던 해문은 날카로운 눈빛으로 그들을 바라보았다.

'비가 그치지 않는다면 그 원망을 어떻게 견디려고…….'

그는 또다시 서요를 걱정했다. 한숨을 푹 내쉰 해문은 밤이라고 해도 믿을 정도로 어두운 거리를 둘러보았다. 백성들의 말대로, 정말 날이 밝아질 조금의 낌새도 보이지 않았다. 서요가 정말 신어를 들은 게 맞는 건지 의심될 정도였다.

"도대체 무슨 생각인 거지……."

그의 눈이 가늘어졌다. 해문은 그녀가 제사장이 되고 나서도 가시밭길이겠지만, 제사장의 자리에 오르지 못해도 큰일이었기에 머리가 아팠다.

서요는 땀을 비 오듯 흘렸다. 쉬지 않고 절을 하며 기도한 탓이었다.

'정오가 되었나? 어떻게 된 거지? 왜 아무리 마음을 다해도 해가 나오질 않는 거야!'

서요는 지창 너머로 보이는 어두컴컴한 하늘에 기운이 쏙 빠졌다. 이른 아침부터 제를 지내느라 체력은 이미 방전된 상태였다. 뭐가 문제인지 알 수가 없었기에 가슴이 답답했다.

"이대론 안 돼."

재단에서 아무리 손을 싹싹 빌며 날이 밝아지기를 기도해도 여전히 비가 계속 내리고 있었다. 서요는 자리에서 벌떡 일어나 밖으로 나갔다. 재단 밖에서 초조하게 기다리고 있던 진원과 기상신들은 서요가 심각한 표정으로 나오자 깜짝 놀랐다.

"무슨 일이십니까? 잘 되지 않으십니까?"

진원의 급박한 물음에 서요는 한숨을 내쉬며 고개를 끄덕였다.

"하…… 예. 몇 번을 기도했는지 모르겠는데, 아무 일도 일어나질 않아요."

서요는 솔직하게 털어놓았다. 오늘 비를 멈추겠다는 건 그녀가 내린 결정이었으며, 그 말에 책임을 져야 했다.

어떻게 해서든 햇빛을 불러오고 싶었던 서요는 아랫입술을 깨물고 빗속으로 몸을 던졌다.

"신, 신녀님?"

"뭐 하는 거야?"

진원의 당황스러운 부름과 미르의 타박이 들려왔으나 그녀는 아랑곳하지 않았다. 직접 하늘을 보고 그 기운을 느껴야만 할 것 같았다. 지우산을 든 미르가 얼른 서요의 곁으로 갔다. 그러나 그녀는 고개를 가로저으며 지우산을 옆으로 치웠다.

"왜?"

서요는 비를 맞으면서 하늘을 똑바로 바라보았다.

"하늘이 잘 보이지 않는단 말이에요."

'해를 보고 싶어. 너무도 열렬히 해가 보고 싶어.'

서요는 뭔가에 홀린 것처럼 손을 위로 쭉 뻗어 하늘을 가리켰다. 왜 하늘에서는 이토록 많은 비가 쏟아지는지, 왜 그래서 백성들을 힘들게 하는지 모를 일이었다.

서요는 비를 그치고 제사장이 되는 것도 중요했지만 무엇보다도 이 끔찍한 재해를 하루빨리 멈추고 싶었다. 재해에 고통받는 백성들의 신음이 귓가를 울리고 있었다.

미르는 비를 맞는 서요가 안쓰러웠지만 그녀의 확고한 모습에 차마 다시 지우산을 씌워주지 못했다. 서요는 손으로 하늘을 가리키고, 눈으로는 하늘을 간절하게 바라보며 걸어갔다. 진원과 기상신 그리고 신관들은 그녀를 조심스럽게 뒤따랐다.

'천왕님의 목소리를 듣고 안도했던 건 사실이야! 허언할 분은 아니니까. 하지만 내가 믿어야 할 건 나 자신이야.'

서요는 이 땅의 모든 백성을 생각하며 기운을 모았다. 이건 그 누구도 대신 해줄 수 없는 일이었다. 그러자 그녀의 몸에서 밝은 빛이 뿜어져 나오기 시작했다. 그 빛은 연일 내린 비 때문에 서늘해진 공기를 따뜻하게 데웠고, 시름 가득한 백성들의 마음을 위로했다.

서요의 주변으로 햇빛이 쏟아진 것 같은 싱그러운 기운이 가득했다. 그녀의 몸에서 나는 빛은 점점 커졌고 하늘을 어두침침하게 만들던 검은 구름들이 흩어졌다.

정오가 되자 빗줄기가 가늘어지더니 완전히 멈췄다. 세상을 지배하던 어둠 또한 비와 함께 사라지고 그 자리에 찬란한 빛이 내리쬐었다. 온 마음을 다하여 신전 앞까지 무아지경으로 걸어온 서요는 점차 밝아지는 하늘을 보고 자신이 더 놀라 눈을 깜박였다.

'정말이야……? 정말 내가 해를 불러온 거야?'

직접 눈으로 확인하고서도 도저히 믿어지지가 않았다. 혹시 우연의 일치가 아닐까 싶을 정도였다.

백성들은 정오에 딱 맞춰 비가 개고 날이 밝아진 것을 보고 감격해서 무릎을 꿇고 새로 탄생한 제사장을 축복하며 환호했다.

"신녀님께서 조선을 구원하셨습니다!"

"이건 기적이야!"

"와아아!"

멀뚱히 서서 밝아진 하늘을 바라보고 있던 서요는 사람들의 소리에 놀라 고개를 내리고 주위를 살폈다. 신전 앞은 발 디딜 틈도 없이 백성들로 꽉 차 있었다.

'세상에!'

서요는 눈을 크게 뜨고 마른침을 꿀꺽 삼켰다. 엄청나게 큰일을 해낸 것 같았다. 백성들의 얼굴에 웃음꽃이 피어난 것을 본 서요는 커다란 보람을 느꼈다. 그녀의 뒤에 서 있던 진원은 말도 안 되는 광경을 목격하고 가슴이 뛰었고, 기상신들은 서요의 곁으로 다가와 맑은 하늘을 올려다보았다.

"정말 해냈네. 해를 불러왔어."

미르가 중얼거렸다. 해를 불러온 그녀가 매우 대견하고 놀라웠다. 세상을 환하게 비춘다는 것은 서요가 여신으로서의 능력을 모두 깨우친 거나 다름없었다.

'이젠 한계를 벗어났어.'

하지만 그녀는 자신이 여신이라는 사실은 아직 알지 못한 채, 그저 기뻐하는 백성들과 함께 환하게 웃었다. 미르는 그런 서요를 바라보며 오묘한 감정을 느꼈다.

한편 백성들 틈에 서 있던 해문 또한 환하게 웃는 서요를 가만히 응시했다. 그는 정오가 되자마자 거짓말처럼 밝아진 세상을 보고 사람들을 따라 신전 앞으로 온 것이었다.

서요를 연호하는 사람들 속에서 오직 해문만이 심각한 표정을 지었다.

'이건 우연의 일치야. 말도 안 된다고……'

그는 신령스러운 힘을 믿지 않았기에 이렇게 생각할 수밖에 없었다. 해문의 머릿속은 완전히 뒤죽박죽이었다.

서요가 전한 신어대로 정오에 비가 그치고 해가 뜬 것을 확인한 왕검 자민은 초조함에 이를 갈았다.

'진짜 신녀 계집의 말이 맞았어. 이제 어쩌지? 이래가지고 어떻게 신권을 약화시키느냔 말이야!'

자민은 머리가 복잡했다. 그는 꼭두처럼 휘빈의 명대로 움직이고 있었기에 더욱 가슴이 답답했다. 이제 자민은 그녀가 지상에서 유명한 무당인 걸 알고 있었다. 무당이 악령을 퇴치할 정도로 강한 힘을 발휘했다는 게 이상하긴 했는데, 그녀는 영적인 존재였던 것이다.

마치 자신이 왕인 양 화려한 비단옷을 입고 보료 위에 앉아 있는 휘빈에게 조심스럽게 다가간 자민이 물었다.

"신녀가 백성들의 신임을 얻고 제사장이 될 자격을 갖추었는데……괜찮은 것입니까?"

휘빈은 신녀의 소식을 듣고도 표정에 여유가 넘쳤다.

"조급해하지 마. 어차피 지금은 건들 수 없으니까. 멀리 봐야 하지 않겠어?"

휘빈은 사람들의 이목이 집중된 지금 같은 때에, 기상신들이 항상 지키고 있는 서요를 죽이긴 힘들 거라고 생각했다. 나라의 지존으로 한 번도 제 마음대로 하지 못했던 적이 없었던 자민은 떨떠름하게 고개를 끄덕였다. 휘빈의 힘이 엄청나다는 것을 알면서도 불만이 쌓인 것이다. 휘빈은 그런 그를 가소롭게 바라보며 피식 웃었다.

"내게 기어오르지 않는 게 좋을 거야. 쥐도 새도 모르게 죽고 싶지 않으면."

휘빈의 검은 눈이 섬뜩하게 반짝였다. 온몸에 소름이 돋은 자민은 아랫입술을 깨물며 고개를 푹 숙였다.

'이 짓도 신녀를 죽일 때까지 만이야. 조금만 참자.'

자민이 그런 생각을 하며 참고 있을 때, 세자 해문이 침전으로 찾아왔다. 휘빈은 어둠 속으로 몸을 숨겼고, 자민은 어색하게 세자를 맞이했다. 자민 앞에 무릎을 꿇고 앉은 해문은 정중하게 말문을 열었다.

"아바마마께 드릴 말씀이 있사옵니다."

자민은 해문이 입만 열면 탄압을 중지해야 한다고 했기에 분명 또 똑같은 소리를 할 것 같았지만, 말하지 말라고 할 수도 없었다. 그는 불쾌한 얼굴로 헛기침을 했다.

"큼큼! 말해보거라."

해문은 숨을 깊게 들이마시고 결연한 눈빛으로 아비를 보았다.

"지금이야말로 적기입니다. 신녀가 먼저 탄압을 중지하라고 말을 올리기 전에 스스로 탄압을 멈추시고 신자들을 포용하십시오."

"뭐라? 신자들을 먼저 포용하라고?"

탄압을 멈추라는 이야기에 그럼 그렇지 싶었던 자민은 포용까지 하라는 말에 눈썹을 추켜세웠다. 그는 제사장 때문에 어쩔 수 없이 탄압을 중단할지언정 신자들을 포용할 생각은 없었다.

자민은 하루빨리 제사장을 제거하고 다시 탄압을 진행할 예정이었고, 그렇기에 신자들에게 조금의 관용도 베풀고 싶지 않았다. 그를 향해 해문이 다시 침착하게 말을 이었다.

"예. 벌써부터 신녀를 신처럼 떠받들며 연호하는 백성들이 많습니다. 부디 민심을 살피어 나라를 평안하게 해주십시오."

그가 한 말의 뜻을 모르지 않았던 자민은 턱수염을 쓰다듬으며 침음했다. 해문이 무엇을 걱정하는지 알기에 머릿속이 복잡했다.

'신녀를 죽이기 전엔 그런 위선을 떨어야 한단 말인가.'

그가 고민하는 낌새를 보이자 해문이 열변을 토했다.

"신녀가 정식으로 제사장의 직위에 오르기 전에 먼저 탄압을 중지하고 백성들을 포용한다면 성난 민심을 조금은 가라앉힐 수 있을 것입니다. 지금 백성들 사이에 왕실에 대한 적대적인 분위기가 너무도 팽배합니다."

해문의 걱정스러운 말에 자민은 점차 마음이 움직였다. 절대 바뀌지 않을 것 같은 그도 지금 상황이 심각하다는 걸 알기에 조금씩 흔들리는 것이었다.

"일단 알겠으니 나가보거라."

조금 더 깊이 생각할 시간이 필요했던 자민은 그를 물리고 한숨을 내쉬었다. 역시 신녀가 나타나 이런 말도 안 되는 일을 벌이기 전에 죽였어야 했다. 자민은 이런 날을 두려워했던 거나 마찬가지였다. 하지만 지금 와서 후회해 봐야 아무런 소용이 없었다.

자민과 해문의 대화를 숨어서 듣고 있던 휘빈은 어둠 속에서 요염한 걸음으로 나와 그 앞에 섰다. 그리고 입꼬리를 씩 올렸다.

"세자의 말대로 해."

자민이 고개를 번쩍 들어 올리고 물었다.

"예? 그건 너무 속 보이는 행동 아닙니까?"

그는 여러모로 걱정이 되었지만, 휘빈은 해문의 말이 일리가 있다고 생각했다. 서요를 죽이기 위해서라도 안정된 분위기가 필요했다.

"속보이는 행동이라도 하는 게 좋지 않겠어? 지금 분위기로 봐선 옥좌에서 끌어내려져도 할 말이 없는 것 같은데? 이제라도 챙기는 척해서 시국이 안정되어야 기회를 노릴 수 있을 거 아니야."

휘빈이 생각만 해도 즐겁다는 듯 활짝 웃었다. 그 미소를 본 자민은 순간적으로 온몸에 소름이 오싹 돋았다. 그녀는 참으로 잔인했고, 적으로 돌린다면 살아남기 힘들 것 같았다.

자민은 휘빈의 말을 거역할 수 없었기에 천천히 고개를 끄덕였다.

"예. 그렇게 하겠습니다. 훗날의 거사를 위해서…… 조금 참으면 되겠지요."

그가 결정을 내리고 주먹을 꽉 쥐었다. 자민은 스스로 꼬리를 내릴 생각을 하자 벌써부터 부아가 치밀었다.

제사장으로서 자격이 충분하다는 걸 인정받은 서요는 축제 분위기의 천왕신전에서 긴장을 풀고 편안한 미소를 지었다. 그녀의 곁엔 기상신들과 진원 그리고 신관들이 모두 함께였다. 진원은 아직도 흥분을 가라앉히지 못하고 격양된 어조로 말했다.

"정말 놀랍습니다. 그 순간에 기적처럼 비가 멈추고 해가 뜨다니. 진귀한 광경을 볼 수 있게 해주신 신녀님께 감사드립니다."

거듭되는 칭찬에 서요는 몸을 배배 꼬며 부끄러워했다. 아직 그녀 또한 익숙지 않은 힘이었으며 신기하긴 마찬가지였다.

"간절한 마음과 더불어 할 수 있다는 믿음을 갖는 게 얼마나 중요한 일인지 다시 한 번 깨닫게 됐어요."

서요를 지그시 바라보던 미르는 은근슬쩍 물었다.

"뭔가 달라진 건 없고?"

그는 서요가 해를 불러올 정도로 강한 능력을 갖게 된 만큼, 여신으로서 자각하지 않았나 궁금했다. 서요는 무슨 뜻인지 이해하지 못해서 고개를 갸웃했다.

"어떤 점이요?"

"아니, 아무 것도 아니야."

미르가 씁쓸하게 웃으며 시선을 돌렸다. 하긴, 그녀는 뭔가 이상하면 이게 대체 뭐냐고 물어볼 터였다.

앞으로는 힘을 봉인당한 기상신들보단 서요의 힘이 훨씬 강해질 게 분명했다. 미르는 그녀를 지켜주고 싶은 입장이었기에 그것이 그리 달가운 건 아니었으나, 그래도 휘빈과 대적하기 위해선 필요한 일인 것 같았다.

"저…… 신녀님, 그때 가람님을 치료했던 것처럼 빛을 내뿜는 모습은 백성들에게 보이지 않는 편이 좋습니다."

대신관의 말에 서요는 이유를 몰라 눈을 찡그렸다.

"왜요?"

"신녀님께서는 앞으로 제사장이 되어 처리해야 할 업무가 굉장히 많으신데 그 일이 알려지게 되면 전국 각지에서 아픈 이들이 천왕신전으로 몰려올 것입니다. 안타깝지만 그 많은 사람을 모두 상대할 수는 없습니다."

진원은 안타깝지만 백성들의 욕심은 끝도 없다고 생각했다. 환자들을 고쳐 주기 시작하면 분명 더 많은 것을 바랄 게 틀림없었다.

서요는 그의 말을 이해했으나 마음이 좋지 않았다. 모든 사람이 아프지 않고 행복하게 살기를 바라는 마음은 사치였나 싶었다. 고민하던 그녀가 말했다.

"무슨 말씀이신지는 알겠어요. 다만…… 정말 고통스러운 사람들에게 는 온정을 베풀고 싶어요."

"예. 그리하실 수 있도록 옆에서 최대한 보필하겠습니다."

항상 상냥한 그녀에게 진원은 고개 숙여 충성을 표했다.

서요는 내일이면 궐로 들어가 자민과 대소 신료를 만나고 정식으로 제사장의 직위에 오를 생각을 하자 가슴이 두근거렸다. 그녀가 진원과 만 얘기하며 신관들 틈에서 어색하게 웃고 있자 가람이 분위기를 북돋 기 위해 말했다.

"좀 더 즐기십시오. 서요님! 내일부턴 편히 쉬지도 못하실 겁니다!"

고개를 끄덕인 서요는 마음을 편히 먹으려 노력했다.

✵

비가 개자마자 홍수 피해에 대한 복구 작업이 바로 시작되었다. 작업 을 진두지휘하는 건 왕명으로 탄압을 진행했던 병사들이었다. 그들은 바로 태세를 전환하여 홍수 피해를 입은 백성들을 살피고 지원했다. 탄 압이 끝났다는 걸 간접적으로 알려주는 행동이었다.

그 상황을 보고받은 서요는 안도의 한숨을 내쉬며 노을이 지는 하늘 을 올려다보았다. 지긋지긋한 폭우가 끝나자 하늘이 더욱 맑고 예뻐 보 였다. 그녀의 옆에 앉아 있던 미르는 고개를 설레설레 저었다.

"이제 와서 저러니 웃기네. 한심한 족속들이야."

"그래도 제가 확실히 왕권을 견제할 수 있어서 다행이에요. 폭우도, 탄압도 이렇게 빨리 멈춰서 꿈만 같아요."

서요의 눈이 보석처럼 반짝거렸다. 탄압 현장을 보며 가슴 아파했던 날이 아직도 엊그제 같은데 이젠 다 끝났다는 게 참으로 신기했다.

"그동안 지하실에 있느라 힘들었을 텐데, 오늘부턴 다시 안채에서 지내겠네?"

미르가 묻자 서요는 웃으며 고개를 끄덕였다. 그는 그녀가 많이 성장했다는 생각이 들었다. 천방지축 같았던 예전의 분위기는 전혀 찾아볼 수 없었다. 서요는 이제 성숙한 여인이자 용기 있는 어른이었다. 그 모든 과정을 지켜본 미르는 마음이 울렁거렸다.

그가 그런 생각을 하며 지켜보고 있다는 것은 전혀 모르는 서요가 입을 열었다.

"다행히 운이 좋아서 해도 불러오고 탄압도 멈췄지만 이제부터 시작이라는 건 알고 있어요."

서요는 고개를 돌려 미르를 마주 보았다. 그는 한 손으로 서요의 볼을 감싸고 따뜻한 온기를 전달했다.

"운이 좋았던 거라고? 아니라는 건, 네가 더 잘 알잖아."

"아직 실감이 잘 안 나서요."

"앞으로 지켜야 할 사람들이 아주 많을 텐데…… 너는 항상 내가 지킬 거야. 알고 있지?"

미르의 말에 서요는 아리송한 표정을 짓더니 이내 고개를 끄덕였다. 미르는 항상 그렇게 다짐하고 있는 모양이었다. 그녀는 그런 그와 함께해서 행복했다. 서요는 미르를 볼 때마다 새싹이 돋아나는 봄을 맞이하는 것처럼 가슴이 설렜다.

그가 없었더라면 결코 이 자리까지 오지 못했을 것이다. 그래서 서요는 긴 여정을 함께 해준 미르가 참으로 고마웠다.

"미르님이 절 지켜주고 싶은 것처럼 저 또한 마찬가지라는 걸 잊지 말아주세요."

서요가 한층 더 단단해진 눈빛을 보내자 미르는 피식 웃었다.

"날 지켜주고 싶다는 말이야?"

"그럼요. 저는 뭐 그러면 안 돼요? 무엇보다 그때처럼 위험한 일은 절대 하시면 안 돼요."

"아직도 그 얘기를 하고 있어……."

민망했던 미르는 입을 삐죽 내밀었다. 그 일은 아직도 미르에게 커다란 상처였다.

"에이, 화나셨어요?"

그의 표정이 좋지 않은 걸 본 서요는 은근슬쩍 물었다. 미르는 서요를 조금 더 골려볼까 싶어 팔짱을 끼고 그녀에게서 몸을 돌렸다. 하지만 그의 속셈을 이미 눈치채고 있던 서요는 가만히 자리를 지키며 그가 돌아볼 때까지 기다렸다.

'하나, 둘, 셋! 옳지!'

서요의 예상대로 미르는 다시 몸을 돌려 황당한 얼굴로 그녀를 바라보았다. 서요는 그의 입술에 재빨리 입을 맞췄다.

오동통한 입술이 부드럽게 왔다가 사라지자 미르는 어리벙벙한 표정을 지었다. 요구한 적도 없는데 서요가 먼저 입을 맞춘 건 처음이었다. 미르의 입꼬리가 슬그머니 올라갔다. 온몸에 갑자기 기운이 샘솟는 것 같았다.

"그냥 좋으면 웃어요! 아닌 척하지 말고!"

서요가 큰 목소리로 말하자 그는 그제야 웃음을 터뜨렸다. 그녀는 성숙해졌음에도 여전히 사랑스러웠다.

미르의 눈동자에 따뜻한 기운이 감돌았다. 그는 자신의 입술을 매만지며 입맞춤의 여운을 느꼈다. 서요는 못 말린다는 듯이 미르의 어깨를 툭 쳤다.

"왜 그래요. 미르님! 부끄럽게."

"둘이 있을 땐 미르라고 부르기로 하지 않았나?"

미르의 말에 서요는 얼굴을 일그러뜨렸다. 반말에 집착하는 건 그를 따라갈 자가 없을 것 같았다.

"그게 그렇게 중요해요? 전 아무리 생각해도 미르님이 더 편한데……."

"계속 부르다 보면 미르도 편해질 거야."

입술을 오물거리며 고민하던 서요는 눈 딱 감고 장난스럽게 말했다.

"미르. 자꾸 이렇게 날 곤란하게 만들 거야?"

미르라고 부르며 마치 벗처럼 반말을 한 것이었다. 그 어색한 모습에 그는 폭소를 터뜨렸다.

"푸하하! 재미있네."

"이게 재밌어요? 아무래도 안 되겠어요. 저는 그냥 계속 미르님이라고 부를래요."

서요가 미간을 좁히고 인상을 찌푸리자 미르는 그녀의 얼굴을 두 손으로 잡고 가까이 끌어당겼다. 서요의 눈동자가 격렬하게 흔들렸다. 미르의 표정이 한순간에 진지하게 변했기 때문이었다.

그는 지금 당장 서요의 입술을 앗아가고 싶었다. 아쉬웠던 찰나의 순간을 다시 이어나가 그녀의 품에 영원히 파고들고 싶었다. 미르의 얼굴이 점차 서요에게 가까이 다가왔다. 그녀는 그를 자연스럽게 받아들였고 함께 호흡했다.

그들의 입맞춤은 오랜 시간 이어졌다. 그와 동시에 아름다운 낙조는 하늘을 붉게 물들였다.

✕

아침이 밝았다. 오늘따라 더욱 뜨겁고 강렬한 햇볕이 아사달에 내리쬐었다. 서요는 아침 일찍 의복을 정제하고 왕검을 만나기 위해 대신관 진원 그리고 기상신들과 함께 입궐했다.

거대한 전각 앞에 선 그녀는 심호흡을 했다. 그 안엔 왕검 자민을 비롯하여 세자 해문과 국정을 운영하는 대소 신료들이 모여 있을 터였다.

'나를 지독하게도 괴롭혔던…… 우리 아버지를 죽이고, 백성들을 죽인 왕검 자민!'

이제 드디어 그를 만나는 자리였다. 서요는 결코 주눅 들지 않으리라 결심했다. 그동안 그 때문에 고생한 만큼 더 당당하게 맞서 싸우고 싶었다. 그녀의 곁엔 기상신들, 천왕신전의 신관들 그리고 지지해 주는 백성들이 있었다.

"신녀님께서 드십니다!"

마음을 단단히 먹은 서요가 우렁차게 소리치는 환관의 목소를 들으며 전각으로 발걸음을 옮겼다. 기상신들과 진원이 그녀를 뒤따랐다.

서요는 고개를 빳빳이 들고, 용상에 앉아 있는 자민을 응시했다. 그는 날카로운 눈으로 그녀를 노려보고 있었다. 수많은 사람들의 시선이 서요에게 꽂혔다. 그녀는 실제로 그를 마주하자 울컥했으나 침착하게 마음을 다스리고 인사를 올렸다.

"전하를 뵙습니다."

작지만 힘이 있는 목소리에 자민은 생각보다 신녀가 강단이 있다는 생각이 들었다. 그 어릴 적, 전 대신관의 품에 안겨 울던 갓난아이가 아니었다. 자민은 떨떠름한 얼굴로 입을 열었다.

"어서 오시게. 제사장이 공석이라 항상 마음이 불편했는데 이리 나타나 주어 고맙네."

그의 뻔뻔한 말에 서요는 속에서 신물이 올라오는 것을 느꼈다. 저를 죽이기 위해 용쓴 자민이 이런 말을 하니 그저 기가 막힐 뿐이었다. 그녀는 가라앉은 얼굴로 자민을 응시했다.

"지금껏 전하께서 죄 없는 신자들을 탄압하신 걸 잘 알고 있습니다. 송구하오나 이제라도 공식적으로 백성들에게 사죄하시길 간곡히 청합니다."

심장이 곧 터질 것처럼 뛰는데도 서요는 기죽지 않고 할 말을 했다.

그 때문에 고통받은 수많은 사람이 생각나 화가 났다.

자민은 물러서지 않고 건방지게 구는 서요의 모습에 주먹을 꽉 쥐고 인상을 구겼다. 마음 같아서는 그녀를 당장 이 자리에서 없애 버리고 싶었다. 하지만 지금 그런 짓을 했다가는 분명 백성들에게 돌이킬 수 없는 큰 반격을 받을 터였다. 자민은 최대한 참고 또 참았다.

'내 반드시 널 죽이고 새로운 나라를 열 것이다.'

그가 험상궂은 눈빛으로 서요를 내려다보았다.

"이미 탄압은 중단했으니 그것까지 신녀가 관여할 일은 아니고! 이제 곧 제사장 자리에 오를 테니, 그 자리를 지키기 위해 좀 더 노력이나 하시게."

자민의 뼈가 있는 말에 서요는 숨을 깊게 들이마셨다. 온몸이 긴장해서 이대로 딱딱하게 굳어버릴 것만 같았다. 그와의 대면은 그토록 떨리는 일이었다.

"예. 이 땅의 신자들을 지키기 위해 맡은 바 소임을 다하겠습니다."

그럼에도 서요는 마지막 말까지 당당하게 잘 내뱉었다. 그런 그녀를 세자 해문이 심각하게 바라보았다. 그는 정말 제사장으로 인정받고 찾아온 그녀가 신기하기도 하고 걱정되기도 했다.

그리고 그때, 해문과 서요의 눈이 마주쳤다. 서요는 해문의 강렬한 눈빛을 보고 흠칫했으나 자민과의 대화가 끝났기에 마른침을 꿀꺽 넘기고 뒤돌아섰다.

전각을 나서는 서요의 발걸음이 돌을 매단 것처럼 무거웠다. 밖으로 나온 그녀는 미친 듯이 뛰어대는 가슴 위에 손을 올리고 참았던 숨을 내쉬었다.

"하아…… 떨려서 죽는 줄 알았어요."

진원은 떨린다고 하는 것치곤 서요가 몇 십 년간 나라를 통치한 왕검과 잘 대면했다고 생각했다.

"잘하셨습니다. 이제 신전으로 돌아가시지요."

서요가 알겠다며 고개를 끄덕였다. 이미 제사장이 된 것이나 마찬가지였지만 제대로 된 의식을 지내야 할 터였다. 기상신들은 다행히 큰일 없이 대면식이 지나가자 안도하며 서요를 뒤따랐다.

⊠

화려한 의복을 차려입고 강당에 들어선 서요는 수많은 신관들의 축복을 받으며 제사장이 되었다. 그들의 빛나는 눈을 본 그녀는 가슴 깊이 벅찬 감정을 느꼈다.

"제사장이 되신 걸 축하드립니다."

대신관 진원이 그 어느 때보다 기쁜 목소리로 말하자 즉위식에 참여한 신관들이 우렁차게 소리쳤다.

"축하드립니다, 제사장님!"

큰 함성에 어찌할 바를 모르던 서요는 마음을 진정시킨 뒤 인자한 얼굴로 고개를 끄덕였다. 이제 앞으로 그들과 함께 새롭고 희망찬 미래를 꿈꿔야 했다. 서요는 그저 신자들이 고통받지 않고 행복하게 살기만을 원했다.

제사장이 된 서요를 바라보는 기상신들의 표정은 각기 달랐다. 소소는 언제나 그렇듯 그 누구보다 진지하고 충성심 강한 눈빛을 보냈고, 가람은 흐뭇해하며 입꼬리를 올렸다. 모두가 편안하고 행복한 가운데서, 미르만이 떨떠름한 표정을 지었다. 그는 그녀의 자리가 아주 무겁고 위험해 보였다.

'후…… 잘 견딜 수 있을까.'

속으로 걱정하던 미르는 수수한 옷차림뿐만 아니라 화려한 옷차림도 잘 어울리는 서요를 바라보며 가슴이 울렁거렸다.

'예쁘기는 또 왜 저렇게 예쁜 거야.'

미르는 새삼 그녀에게 다시 반했다. 점점 성장하는 서요가 신기하기도 하고, 그런 그녀가 자신의 여인이라는 것에 행복했다. 신전 밖으로 천천히 걸음을 옮기다가 미르의 지긋한 시선을 느낀 서요는 그를 바라보며 방금 돋아난 새순처럼 싱그러운 미소를 지었다. 그 모습에 그는 다시 한 번 더 넋을 잃고 말았다.

초가을 바람이 솔솔 불어왔다. 어느새 더운 날이 물러나고 계절이 바뀌고 있었다.

신관들의 도움을 받아 가마에 올라탄 서요는 시야를 가리는 황금빛 주렴을 살짝 걷어 자신을 보기 위해 나온 수많은 백성들을 바라보았다. 그럴 때마다 백성들은 연신 기쁘게 손을 흔들며 새로운 제사장을 반겼다.

서요는 가마 뒤로 많은 신관들을 동행한 채 도성 안을 천천히 돌아다녔다. 강당에서도 많이 떨었지만 지금은 더욱 가슴이 뛰었다. 서요는 백성들을 보고서야 정말 제사장이 된 것을 실감했다.

"하…… 내게 이런 날이 오다니."

서요는 깊은숨을 쉬며 중얼거렸다. 불과 일 년 전만 해도 상상조차 할 수 없던 일이었다. 왕검 자민의 눈길을 피해 도망치던 신세였으니 언제 죽어도 이상할 게 없었다. 그런데 기상신들을 만나고, 사람들을 돕고, 이렇게 아사달까지 와 드디어 제사장이 되었다.

"미르님, 소소님, 가람님. 정말 감사해요."

과거를 떠올리며 추억에 젖어 있던 서요가 은은하게 미소 지으며 중얼거렸다.

겨슬레에서는 명검을 찾다가 어린 소년을 구하기 위해 처음으로 힘을 쓸 수 있게 되었고, 새암에서는 아픈 사람들을 돌보기 위해 치유의 빛을 썼다. 그리고 사람들과 가장 많은 정이 들었던 수피아에서는 서로 대적하는 이들을 화해시킴으로써 함께하는 것이 얼마나 소중한 일인지 알게 되었다.

'아사달에서는 더 많은 걸 배우게 되겠지.'

서요는 앞으로 더 많이 성장하겠다고 다짐했다.

✳

서서히 날이 저물고 세상에 어둑발이 내려왔다. 서요와 기상신들이 모여 있는 누마루에 귀뚜라미 우는 소리가 시끄럽게 들렸다. 가람에게 술을 한 잔 받은 그녀는 미르의 눈치를 보다가 술을 마셨다.

"야야, 도끼눈 좀 풀어라. 이럴 때 아니면 서요님이 또 언제 술을 마시겠냐."

가람이 못마땅해하는 미르에게 넌지시 말했다. 미르는 고개를 설레설레 저었다.

"너희만 이 자리에 없으면 괜찮아. 알아?"

서요가 술만 마시면 해문과 춤을 추거나, 소소와 승강이를 벌이다가 몸이 닿는 등 이런저런 기분 나쁜 일들이 일어났었다. 미르의 불만은 그것이었고, 그러니 소소와 가람만 없다면 그녀가 술을 마시든 말든 상관없었다.

그의 말뜻을 알아들은 소소와 가람은 불쾌한 표정을 지었다.

"같이 있는 게 그렇게 불만이야?"

미르는 당연하다는 듯 고개를 주억였다.

"네가 생각을 해봐. 사랑스러운 정인이 바로 눈앞에 있는데 그 옆에 항상 다른 남자들이 있으면 얼마나 짜증이 날지."

'특히 네놈 말이다. 네놈이 신경 쓰여.'

미르가 속으로 생각하며 한숨을 내쉬었다. 그는 서요에게 과도하게 관심을 보이면서 충성을 표하는 소소가 마음에 들지 않았다. 하지만 소소 또한 환웅에게 서요를 지키라는 임무를 받고 내려왔기에 완벽히 선을 넘지 않는 이상 뭐라고 할 수가 없었다.

갑자기 분위기가 냉랭하게 변하자 서요는 미르의 옆으로 가 그의 팔을 잡고 아양을 부렸다.

"에이! 미르님!"

서요는 오랜만에 다 함께 회포를 푸는 자리인 만큼 미르가 조금 이해해 주길 바랐다. 미르는 어쩔 수 없이 알겠다는 듯 고개를 끄덕였다.

"조금만 있다가 눈치껏 가라."

미르의 한결같은 태도에 가람은 피식 웃었다. 미르의 마음을 이해하지 못하는 건 아니었으나 본인의 일이 아니기 때문에 그저 재미있었다. 실실 웃던 가람이 문득 조용한 바깥쪽을 바라보았다.

"탄압은 멈췄는데, 어째서 아사달의 심장은 나타나지 않는 걸까요?"

가람은 내내 그 문제를 가슴속에 품고 있었다. 그 생각은 미처 하지 못했던 서요는 깜짝 놀랐다.

"그러네요. 제가 그렇게 자신했는데……."

서요는 제사장이 되는 일에 대해서만 생각하느라 아사달의 심장에 대해선 미처 생각하지 못했다. 난감해하는 서요를 본 소소는 심장을 찾을 수 없는 이유를 알 것 같았다.

"제 생각엔 아무래도…… 탄압을 완전히 멈춘 게 아니기 때문이 아닐까 싶습니다."

그의 말에 서요는 고개를 푹 숙였다. 아사달의 심장을 찾는 건 다른 임무보다 더 어려운 일인 것 같았다. 지금 당장 탄압이 중단되었다고 해서 찾을 수 있는 게 아니었던 것이다.

문득 자민의 곁에 있던 휘빈이 생각난 미르는 얼굴을 일그러뜨리며 술을 들이켰다.

"그래. 결국 이 모든 일의 원흉인 자민을 어떻게든 해야 할 거야. 왕검 옆에서 무슨 술수를 부릴지 모르는 휘빈도 마찬가지고."

미르의 입술이 부르르 떨렸다. 그날 자민을 제거했더라면 지금 이런 고민을 할 필요가 없었기에 그는 속이 상했다.

"정말 그게 최선의 방법일까요? 왕검을 제거하는 게?"

서요는 자신이 제사장이 되어 신권을 다지고 탄압을 멈추면 될 거라고 생각했기에 미르가 제시한 방법에 대해서는 여전히 의문을 가지고 있었다.

"그럼 아사달의 심장이 나타나지 않는 이유가 뭐라고 생각하는데?"

미르의 날카로운 물음에 그녀가 또박또박 대답했다.

"저는 이제 막 제사장이 되었고 아직 완벽히 자리 잡지 않았으니까요. 확실히 힘을 키워서 절대 왕검이 멋대로 할 수 없을 만큼 좋은 세상을 만들면, 미래에는 찾을 수 있지 않을까요?"

"왕검의 곁엔 휘빈이 있어. 어떻게 해서든 널 죽이려고 할 거라고. 그 상황에서 네가 중심을 잘 잡는 건 힘들어. 좋은 세상을 만들 수도 없을 거고."

"휘빈님은 대체, 왜……."

서요는 미르의 말을 듣고 나니 역시 휘빈의 존재가 신경 쓰였다. 자신 때문에 이런 일이 벌어졌다고 생각한 미르는 심란한 표정을 지었다. 생각에 생각을 거듭한 그녀가 그에게 물었다.

"그럼, 제가 어떻게 해야 할까요?"

미르는 속에서 맴도는 말을 차마 내뱉을 수가 없어서 한참 동안 침묵했다. 가라앉은 분위기 속에서 서요는 점차 초조해졌고, 그 침묵을 먼저 깬 것은 소소였다. 그는 미르가 무슨 생각을 하는지 알고 있었기에 대신 말했다.

"휘빈님과 대적하기 위해선 서요님의 힘을 키워야 합니다. 빛으로 충분히 방어할 수 있으며 공격할 방법도 있습니다."

"예? 아무리 그렇다한들, 여신이신 휘빈님을 어찌……."

서요의 진짜 정체를 알고 있는 소소는 그녀가 자각만 한다면 충분히 승산이 있다고 생각했다. 또한 서요는 환웅에게 힘의 봉인을 끊어내라는 말을 들었다고 했다. 그 말은 분명 그녀가 더 강해질 수 있다는 뜻이었다.

소소는 당황스러워하는 서요에게 믿음직스럽게 말했다.

"하실 수 있습니다. 조선에 햇빛을 내려 보낸 것처럼 서요님 자신을 믿으세요. 그리고 서요님은 혼자가 아니십니다. 저희 또한 항상 함께할 겁니다."

"……네."

확신에 찬 그의 말에 서요는 얼결에 고개를 끄덕였다. 제사장이 된 이상 부정적인 생각은 그만두고, 돌파구를 찾아내야 했다. 그들의 대화를 듣고 있던 미르는 가슴이 답답해져 누마루 바깥의 전경을 바라보았다. 오늘따라 어둠이 빨리 내려앉는 것 같았다.

미르는 도통 자리를 떠나지 않는 소소와 가람의 등을 떠밀어 억지로 방으로 보냈다. 그리고 서요의 머리 위에 장옷을 씌워준 후 그녀의 손을 잡아 이끌었다. 신전 밖으로 나가려는 듯한 그의 행동에 서요는 이래도 되나 싶어 고개를 두리번거렸다.

"미르님? 어디 가시려고요?"

"내일부턴 일 더미에 둘러싸일 게 뻔히 보이는데, 오늘 밤이라도 좀 자유로워야 하지 않겠어?"

미르의 말에 서요는 싱긋 웃었다. 서요는 술자리 내내 기분이 좋지 않아 보였던 그가 여전히 자신을 생각해 주자 다행스러웠다. 미르와 함께 걷는 그녀의 발걸음이 나비가 날아가는 것처럼 가벼웠다.

도성 안의 분위기는 며칠 전과는 완전히 딴판이었다. 얼마 전까지만
해도 쥐죽은 듯 조용했던 곳이 이젠 사람들의 웃음소리로 가득했다.
늦은 밤까지 즐거워하는 사람들을 본 서요는 흐뭇함을 감출 수가 없었
다. 덕분에 미르 또한 기분이 조금씩 나아졌다.

"벌써 가을이네."

"그러게요. 시간이 참 빨라요."

"우리가 만났던 그 봄이 다시 올 때쯤이면, 아무 걱정 없이 웃고 있을
수 있을까?"

미르의 말에 백성들의 웃음소리를 즐기며 걷던 서요가 걸음을 멈추
고 그를 올려다보았다. 그는 매우 오묘한 표정을 짓고 있었다. 그녀가
미르의 손을 꽉 잡았다.

"내년 봄이면 얼마 남지 않았는데요?"

"그럼, 걱정 없이 행복해지려면 더 오랜 시간이 지나야 한다는 거
야?"

미르는 불만스레 입을 삐죽거렸다. 서요는 제사장으로서 맡은 바 소
임을 다할 생각이겠지만 미르의 목표는 그녀와 함께 천상으로 올라가는
것이었다. 서요가 끝까지 지상에 남겠다면 어쩔 수 없었지만 그는 여전
히 그런 생각을 하고 있었다.

한참을 망설이던 서요는 심란한 얼굴을 했다.

"미르님께서 천상이 아닌 이 조선에서 함께 걱정 없이 행복하게 웃는
걸 바라지는 않는 것 같아서요……."

서요는 미르의 마음을 간파하고 있었다. 그는 그녀에게 부담을 준 건
가 싶어서 잠시 멈칫했다.

'계속 신경 쓰고 있었구나.'

미르가 서요의 앞에서 큼큼 헛기침을 했다. 서요는 그가 갑자기 왜

이러나 싶어 눈을 동그랗게 떴다.

"미르님?"

"잠깐 이리 와봐."

서요의 손을 낚아챈 미르가 사람들이 보이지 않는 어둠 속으로 몸을 숨겼다. 그녀는 당황해서 숨을 들이켰다. 그들의 머리 위로 아름다운 달빛이 우수수 쏟아졌다.

서요의 장옷을 벗긴 그는 그녀의 얼굴을 부드럽게 쓰다듬었다. 서요는 왠지 모를 진지한 분위기에 긴장해서 마른침을 꿀꺽 삼켰다. 미르가 진지한 눈빛을 했다.

"걱정은 많아도, 이 어두운 담벼락에서 너와 함께 있는 것만으로도 좋은걸."

"예?"

"오늘처럼 사소하지만 행복한 순간을 맘껏 누리자."

나지막한 목소리가 서요의 가슴으로 흘러들어 왔다. 다정하고 따뜻한 말에 서요는 가슴에 꽃이 피는 것 같은 황홀한 기분을 느꼈다. 지금이 사소하지만 무척 행복한 순간이라는 것을 알아주며 맘껏 누리자는 미르가 참으로 좋았다.

"그래요."

서요는 그의 품에 안겼다. 서요의 향기로운 체취가 미르의 코를 찔렀다. 그는 오래도록 그녀와 함께 이 순간을 즐기고 싶었다.

도성 안을 산책하며 이야기꽃을 피운 그들은 천왕신전으로 되돌아와서도 헤어지기가 아쉬워서 마당을 서성였다.

"얼른 들어가. 밤이 늦었어."

미르가 손을 꼼지락거리며 어찌할 바를 모르는 서요에게 말했다. 밤이 늦은 건 사실이었기에 고개를 끄덕이며 마루 위에 올라선 서요는 손을 흔드는 그를 지그시 응시했다. 헌헌장부인 미르를 보고 있으니 다시 그 품에 안겨 투정을 부리고 싶다는 욕망이 샘솟았다.

'아니야. 안 돼. 미르님 말씀대로 밤이 늦었는걸.'

정신을 차린 서요가 그제야 방으로 들어가려고 하자, 미르가 짓궂은 웃음을 지으며 그녀의 뒤를 따랐다. 발소리를 들은 그녀는 깜짝 놀라서 뒤를 바라보았다.

"미, 미르님?"

"아니, 아쉬워하는 것 같아서 같이 들어가 주려고 했지."

"아니에요!"

서요는 당황한 게 티가 날 정도로 큰 목소리로 부인했고, 팔짱을 끼고 선 미르는 피식 웃었다.

"그러니까 얼른 들어가라고. 그리 아쉬운 눈빛으로 바라보지 말고."

"네. 안녕히 주무세요!"

서요는 쏜살같이 방으로 들어가 문을 굳게 닫았다. 미르는 한참 동안 그 자리에서 웃음을 머금은 채 서 있었다.

다음 날부터 서요는 미르의 예상대로 일에 파묻혔다. 그녀가 소화해야 하는 제사 일정은 연말까지도 아주 빡빡했고, 개인적으로 공부하고 수련에 정진해야 하는 것은 물론이었으며 대신관과 함께 신관들의 교육과 관리도 담당해야 했다. 거기다 백성들의 이야기를 들어주고, 어려움이 있는 사람들을 몰래 찾아가 치료까지 해주어서 몸이 열 개여도 모자랄 정도로 바빴다.

"하아…… 하루도 쉬지를 못하네."

일정을 살피던 서요는 탁상에 엎드려 한숨을 내쉬었다. 평화로운 거리와 사람들을 볼 때마다 기운이 나기는 했지만 익숙지 않은 일이라 어려웠다.

"미르님도 잘 못 보고."

가장 속상한 건, 전처럼 미르와 자주 있을 수 없다는 것이었다. 서요는 일을 하면서도 항상 그가 마음에 걸렸다. 소소와 가람 또한 얼마나 지루할까 싶었다.

'계속 이래도 되는 걸까? 얼른 모든 임무를 수행하고 천상으로 보내 드려야 하는데.'

아사달의 심장을 찾기 위해선 왕검이 탄압을 자행할 수조차 없는 안전하고 행복한 세상을 만들어야 할 것 같았다. 하지만 아직 서요는 배우고 적응하는 것만 해도 정신이 없었다.

그리고 서요는 자신의 몸이 점점 달라지는 걸 느꼈다. 잠도 충분히 자지 못하고 일에 몰두하고 있는데도 피곤하기는커녕 전보다 몸 상태가 더 좋아졌다.

"이상하네. 요즘 운동 같은 것도 못 했는데…… 잘 먹어서 그런가?"

밤늦게까지 경전을 읽던 서요가 중얼거렸다. 서요는 곧 다가올 천제를 떠올리고 정신을 차렸다.

하늘이 열리고 조선이 건국된 날, 그녀는 제사장으로서 태백산의 천제단에서 제사를 올릴 예정이었다. 천제는 일 년에 딱 한 번뿐이며 국가적으로 아주 중요한 행사였기에 벌써부터 가슴이 떨렸다.

"후…… 제사장이 되자마자 이렇게 큰 제사를 지내게 되다니."

오르락내리락하는 가슴을 쓸어내린 서요는 진정하기 위해 노력했다. 서요의 머릿속에는 제사장으로서 잘해야겠다는 다짐이 넘치고 있었다.

깊은 밤, 홀로 잠들기 외로웠던 미르는 바깥으로 나와 불빛이 환하게 켜진 서요의 방 앞을 서성였다. 그는 요 며칠 그녀와 제대로 된 대화를 나누지 못했다.

"하아…… 일에 너무 집중하는 거 아냐?"

이렇게 될 걸 미리 예상하고 있었으나 실제로 겪으니 가슴이 아팠다. 차가운 겨울바람을 홀로 맞고 서 있는 고목이 된 기분이었다. 미르는 지금 당장에라도 서요의 방에 쳐들어가 함께 있자고 떼를 부리고 싶었지만 이내 고개를 설레설레 내저었다.

'일에 익숙해져야 할 시기인데 방해할 순 없지.'

결국 미르는 축 처져서는 자신의 방으로 되돌아갔다. 제사장이 된 지 얼마 되지 않은 그녀를 귀찮게 할 수는 없었다.

그러나 외로움은 시간이 지날수록 깊어져만 갔다. 점점 어두워지는 미르의 낯빛을 본 가람은 그의 옆으로 다가가서 장난스럽게 말을 걸었다.

"서요님이 바빠서 심심하지? 나랑 놀까?"

놀리는 게 명백한 가람의 말에 미르는 인상을 험악하게 구기고 고개를 내저었다.

"아니. 내가 아무리 심심해도 너랑 놀겠냐?"

"맨날 하는 일도 없이 신전에 박혀서 서요님만 지켜보고 있으면서…… 차라리 소소처럼 신하를 자청해 신관들 틈에서 지내든가! 저기 봐, 저기. 소소는 벌써 진원이랑 같이 일을 하고 있잖아."

가람이 진원과 함께 지나가는 소소를 가리켰다. 미르는 소소를 못마땅하게 바라보았다. 소소는 서요가 제사장이 되자마자 그녀를 보좌하는 신관처럼 일을 했다. 그렇지 않아도 가람의 말처럼 신하를 자청해서라도 서요의 곁에 있어야 하나 했던 미르는 한숨을 푹 내쉬었다.

"하…… 그건 내게 무리야. 신관들 틈에서 일하라니. 아무리 생각해도 소소 저놈이 별종이야."

"그건 나도 그렇게 생각해!"

"그럼 너는 자꾸 어딜 나가 돌아다니는 건데?"

미르는 가람이 무슨 짓을 할지 안 봐도 뻔했지만 그래도 물어보았다. 가람은 한쪽 눈을 찡긋했다.

"알면서! 도성엔 다른 곳에선 보지 못한 아주 훌륭한 기루가 많더라고."

"참 한결같이 한심한 놈!"

미르는 말은 그렇게 하면서도 가람의 즐거운 분위기에 동화되어 피식 웃었다. 가람은 쓸쓸해 보이는 미르의 어깨를 토닥였다. 그의 손길이 불쌍한 이를 보듬는 것 같아 기분이 나빴던 미르는 빨리 기루로 가버리라는 듯 미간을 좁혔다.

"알겠다, 알겠어. 간다, 가!"

가람이 입을 삐죽 내밀고 툴툴거리며 자리를 떴다. 막상 가람이 떠나자 더 외로워진 미르는 서요가 보고 싶은 마음에 신전으로 걸음을 옮겼다.

신전의 강당으로 기척도 없이 들어가 구석에 몸을 숨긴 미르는 심각한 표정으로 이야기를 나누는 그녀를 먼발치에서 지켜보았다.

"……이렇게 하면 되는 거죠?"

서요가 작은 입을 오물거리며 진원에게 묻자 그는 고개를 끄덕였다.

"예. 이번엔 의식 중간에 춤 또한 추셔야 합니다."

"그게 가장 걱정이에요."

서요는 정말 걱정된다는 듯 심각한 표정을 지었다.

그 광경을 지켜보던 미르는 남몰래 웃었다. 서요가 수피아에서 어색한 몸짓으로 춤을 추던 모습이 떠오른 것이다. 이번 천제에서는 우스꽝스러운 모습을 보여선 곤란할 테니 그녀는 많은 연습을 할 터였다.

그리고 그는 신관들 틈에서 소소를 보았다. 그는 정말 신관인 것처럼 천제에 관한 의견을 내는 데 막힘이 없었다.

그녀의 곁에서 신관들처럼 도움을 줄 수 없었던 미르는 뻔뻔하게 그 자리에 끼지 못했다. 그저 멀찍이 떨어져서 지켜볼 뿐이었다.

'이러나저러나 씁쓸한 건 매한가지이네.'

서요를 보지 못해도 외로웠고, 보기만 해도 외로웠다. 그녀와 단둘이서 오래 있을 수 없었기 때문이다. 미르는 씁쓸한 얼굴로 신전을 나섰다. 아무래도 천제가 끝나기 전에는 하루도 그녀와 마음 편히 있을 수 없을 것 같았다.

한편 신관들과 함께 이야기하고 있던 서요는 강당을 나서는 미르의 뒷모습을 보고 자리에서 벌떡 일어났다.

"제사장님?"

진원의 물음에 서요는 잠시만 기다려 달라고 하곤 미르의 뒤를 쫓았다.

"미르님! 미르님!"

서요가 잔뜩 상기된 얼굴로 달려가며 미르를 애타게 불렀다. 그녀의 부름에 미르는 깜짝 놀라 몸을 돌리며 그녀를 만류했다.

"뛰지 마! 내가 갈게."

다가온 그의 앞에서 서요는 가쁜 숨을 몰아쉬었다.

"강당까지 오셔놓고 왜 말씀 안 하셨어요?"

아침부터 밤까지 일이 빼곡했기에 서요는 미르와 오다가다 인사밖에 하지 못했다. 그래서 소소처럼, 일을 할 때라도 그도 함께 있다면 얼마나 좋을까 항상 생각했다. 그것이 욕심인 걸 알기에 말하지 않았을 뿐이었다.

하지만 이처럼 찾아와 놓고도 그냥 가는 건 너무 가슴이 아팠다. 서요는 자신이 바빠 미르를 못 보는 걸 알고 있었기에 그를 바라보는 얼굴이 매우 심란했다. 그녀의 표정이 좋지 않은 걸 본 미르는 어깨를 으쓱하며 아무렇지 않은 척했다.

"아니, 그냥 바빠 보여서."

'그냥 간 게 이번뿐만이 아닌데…… 둔하긴.'

미르는 자신이 계속 지켜보았었다는 걸 전혀 모르는 그녀가 귀엽기도 하고 조금은 속상하기도 했다. 말하지 않아도 알아주었으면 하는 알량한 생각이 들었다.

'그런 것까지 바라면 안 되지.'

그리 생각한 미르가 시무룩한 서요를 품에 안았다.

"신경 쓰지 마. 천제도 얼마 안 남았다면서."

"그건 그렇지만……."

서요가 미안함에 말을 제대로 잇지 못하고 우물쭈물하자 그는 그녀를 더 꼭 끌어안으며 온기를 느꼈다. 서요의 상쾌한 향기도 맡고, 마음을 간질이는 목소리도 곱씹었다. 전부 기운을 얻는 데 특효약이었다.

미르는 나지막한 목소리로 다정하게 그녀를 얼렀다.

"이제 얼른 들어가."

함께 더 있고 싶다는 뒷말을 꾹 참은 미르는 그녀의 몸을 놓아주었다. 서요는 자신을 붙잡으며 떼를 부릴 것 같은 그가 어울리지 않게 배려를 해주자 마음이 이상하게 불안했다. 미르의 옷을 꽉 잡은 서요가 다급하게 말했다.

"일 다 끝내고 밤에 잠깐 방으로 찾아갈게요. 그때까지 기다려 줄 수 있죠?"

"……밤에?"

미르의 눈빛이 흔들렸다. 서요는 미르와 오랜만에 터놓고 이야기해야 할 것 같았기에 고개를 주억였다.

"예. 기다려 주세요! 저 이만 갈게요!"

미르는 어리벙벙한 표정으로 떠나는 그녀에게 손을 흔들었다. 서요는 강당으로 가면서도 미르를 돌아보며 방실방실 웃었다. 덩달아 기분이 좋아진 그는 아직 밤이 되려면 한참 남았는데도 벌써부터 설레는 마음에 방으로 돌아가 그녀를 기다렸다. 아무래도 오늘은 하늘이 미르의 소원을 들어주는 날인 것 같았다.

일을 끝마친 서요는 더 늦기 전에 자리에서 일어났다. 그와 한방에서 이야기를 나눌 생각에 그녀의 입이 바싹 말랐다.

'내가 진작 너 세심히 신경 썼어야 했는데!'

서요는 일 때문에 정신없어서 어쩔 수 없었다는 변명을 하고 싶지 않았다. 그건 미르를 더 슬프게 하는 말일 것 같았다. 서요가 미르의 방으로 빠르게 걸음을 옮기고 있을 때, 뒤에서 진원의 다급한 목소리가 들려왔다.

"제사장님!"

걸음을 멈춘 서요는 의아한 얼굴로 뒤돌아섰다. 진원과 소소가 달려오고 있었다.

"무슨 일이세요?"

하루가 끝나가는 마당에 대체 무슨 일인가 싶어 서요가 긴장한 채 물었다. 진원은 헉헉거리며 입을 열었다.

"덕계산에 산사태가 일어났는데 가보셔야 할 것 같습니다. 실종자 가족들이 전부 제사장님이 와주시길 간곡하게 바라고 있습니다."

"예? 갑자기 산사태요?"

홍수가 겨우 끝나고 평화로운 와중에 산사태가 일어났다는 소식을 듣자 서요의 얼굴이 하얗게 질렸다. 진원과 소소는 심각한 얼굴로 고개를 끄덕였다.

"어, 어서 가요!"

서요는 결국 발길을 돌려 그들과 함께 산사태가 일어난 곳으로 향했다. 미르에게도 이 사실을 알려 함께 가면 좋겠지만 그러면 시간이 더 걸릴 터였다. 대신 그녀는 바로 앞에서 마주친 신관에게 미르에게 말을 전해줄 것을 부탁했다.

서요는 어쩔 수 없이 덕계산으로 가면서도 속상해할 미르가 눈에 밟혔다.

'죄송해요, 미르님.'

자꾸 속이 탔다. 왜 하필 오늘 밤 이런 일이 벌어지는지 원망이 들 정도였다. 하지만 미르는 이 상황이 더욱 못마땅할 것이었다.

'이러다가 미르님이 내 곁에 있는 것에 지치면 어떡하지.'

이러한 생각까지 들었던 서요는 고개를 가로저으며 정신을 차리려고 노력했다.

서요가 오기만을 기다리던 미르는 신관에게 이야기를 전해 듣고 온 몸의 기운이 쭉 빠지는 것을 느꼈다.

"방금 갔다고? 누구랑?"

그의 물음에 신관이 대답했다.

"예. 대신관님과 소소님이 함께 가는 걸 봤습니다."

미르는 소소의 이름이 나오자 눈썹을 추켜세웠다. 아무리 그가 신관처럼 옆에서 보좌한다지만 왜 이번에도 그만 데리고 가는지 모를 일이었다. 미르의 가슴속에서 불쾌감이 샘솟았다. 신관에게 나가보라고 말한 그는 주먹을 꽉 쥐었다. 서요를 보지 못한 실망감은 이루 말할 수가 없었다.

'그렇게 정신이 없고 바빴어? 신관에게 말을 전하기만 할 정도로?'

속으로 생각하며 분노를 쌓아가던 미르가 자리에서 벌떡 일어서서 소리쳤다.

"왜 이렇게 화가 나는 건데!"

어쩔 수 없는 일이라고 해도 하루 종일 기다렸기에 실망감이 너무 컸다. 그는 우울하기까지 했다.

'나도 그곳으로 가봐야 하나.'

이를 갈며 고민하던 미르는 산사태 현장에 있을 그녀가 걱정되어, 화가 나면서도 산으로 향했다.

11장
천제를 올리다

　처참한 산사태 현장을 본 서요는 마음이 아팠다. 실종자 가족들은 매우 절망하여 울고 있었다.

　'이 정도면…… 산에 있던 사람들은 모두 죽었을 것 같은데. 어떻게 하지.'

　서요가 어찌해야 하나 고민하고 있을 때, 실종자 가족이 그녀를 먼저 발견하고 울면서 다가왔다. 서요는 그들의 손을 일일이 잡아주며 위로의 말을 건넸다. 실종자 가족들은 참고 참아왔던 말들을 토로했다.

　"제사장님. 왜 갑자기 저희 가족에게 이런 날벼락이 떨어진 건지 모르겠습니다."

　"제발 제 아버지를 구해주십시오!"

　서요는 어찌할 바를 모르고 눈을 굴렸다. 산사태에 쓸려간 사람들을 대체 무슨 수로 구하나 싶었다. 서요는 따뜻한 햇볕을 내려 보내고, 다친 사람들을 치유하고, 정성껏 제사를 지내 신어를 들을 순 있었으나 산에 갇힌 사람을 구조하는 힘은 없었다. 다만 그들의 힘이 되어주고 마음을 다해 기도를 올릴 순 있었다.

"정성껏 기도하겠습니다."

서요가 할 수 있는 말은 이것뿐이었다. 실종자 가족들은 그것만으로도 고마워서 허리를 숙여 감사를 표했다. 서요는 기도를 드렸고, 진원과 소소는 처참한 산을 바라보며 한숨을 내쉬었다. 날이 어두웠기에 적어도 새벽은 되어야 산을 살펴볼 수 있을 것 같았다.

그때 다른 신관들과 함께 미르가 덕계산에 도착했다. 기도를 드리고 있던 서요는 깜짝 놀라서 그를 올려다보았다.

"미르님?"

서요는 왠지 미르라면 이야기를 듣고 따라올 거라 생각했지만 정말 이곳에서 만나게 되자 기뻤다. 하지만 그의 얼굴은 웃음기 없이 굳어 있었다. 미르에게 다가가려던 서요는 잠시 멈칫했다. 그 사이, 그가 먼저 그녀에게 다가왔다.

"다친 덴 없지?"

미르의 딱딱한 목소리를 들은 서요는 순간적으로 가슴이 쿵 떨어졌다. 그는 역시 조금 화가 나 있었다.

"네. 저는 괜찮아요."

"……."

"미르님 저기…… 죄송해요."

미르가 아무런 말을 하지 않자 서요가 조심스럽게 사과했다. 초가을 밤의 선선한 바람이 세차게 불어왔다. 제멋대로 휘날리는 머리칼을 잡은 서요는 그를 초조하게 바라보았다. 불안에 떠는 그녀의 눈을 본 미르는 차마 뭐라고 화낼 수가 없었다. 힘없이 고개를 내저은 그는 서요의 어깨를 붙잡았다.

"급한 일이었잖아. 이해해. 다만 다음엔 나도 꼭 데려가. 왜 소소 저 녀석하고만 오는 건데?"

화를 눌러 참은 미르의 진지한 목소리에 그가 최대한 배려해 주고 있다는 걸 깨달은 서요는 아랫입술을 꽉 깨물고 고개를 끄덕였다.

"네. 앞으론 급해도 미르님께 말씀드리고 함께할게요."

서요의 대답에 미르는 실망감을 뒤로하고 잔잔한 미소를 지었다. 그럼에도 불구하고, 서요는 왠지 그가 자신에게 정이 떨어지고 곁을 지키는 게 힘들어서 떠나는 건 아닐까 싶어 불안해졌다. 미르가 참고 이해해 주는 게, 어느 순간부터 화를 내고 강요하는 것보다 더 두려워진 것이다.

'이런 생각이 들기 전에 네가 먼저 잘하면 되잖아!'

하지만 서요는 아직 미르를 만나는 것보단 제사장 업무에 적응하는 일을 더 신경 쓰는 게 사실이었다.

'둘 다 잘하고 싶은 건 내 욕심이겠지.'

서요는 한숨을 푹 내쉬었다. 서요는 일도 열심히 하면서 미르에게도 잘할 방도를 찾고 싶었다.

그때 미르가 신관들과 함께 온 것을 본 진원은 그에게 다가가서 물었다.

"미르님 오셨습니까? 그런데 신관들은 왜……."

산사태 현장을 바라보던 미르는 태연한 얼굴로 답했다.

"밤이어도 구조는 해야지."

그는 이왕 올 거 서요에게 도움이 되고 싶었다.

"신관들과 함께 실종자를 찾으시겠다는 말씀이십니까? 한 치 앞도 보기 힘든데요?"

진원은 자신도 모르게 인상을 찌푸렸다. 깜깜한 밤에 무너진 산에 올라가 사람을 찾는 건 불가능한 일이었다. 그래서 일단 서요만 데려와 가족들의 마음을 어루만져 주기라도 했던 것이다. 하지만 미르는 상관없다는 듯 픽 웃었다.

"내 명을 잘 따른다면 위험하지 않을 거야."

그의 당당한 말에 진원은 할 말을 잃었다. 흔들리는 눈으로 미르를 바라보던 서요는 아무리 그래도 걱정이 되었다.

"미르님. 정말 괜찮은 거예요?"

"그래. 신관들은 산 초입만 보게 할 거고. 내가 더 깊숙한 데까지 살펴보고 올 거야."

"하아……."

서요는 처절하게 울고 있는 실종자 가족들이 있었기에 차마 그에게 위험한 곳으로 가지 말라고 할 수 없었다. 그를 말리기에는 사람의 목숨이 달려 있는 일이었으며, 미르라면 정말 해낼 수 있을 것 같기도 했다.

그때 실종자 가족들을 챙기던 소소가 미르와 서요가 있는 쪽으로 다가왔다. 미르는 소소를 날카로운 눈빛으로 바라보았다. 항상 서요의 곁에 있는 소소가 그는 너무도 아니꼬웠다. 하지만 자신이 산을 살펴볼 때, 그녀를 진원하고만 두는 건 불안했기에 어쩔 수 없이 그에게 부탁했다.

"갔다 올 테니까 서요 좀 보고 있어."

미르가 자신을 바라보는 눈빛이 좋지 않다는 걸 진작 알고 있었던 소소는 삐딱한 어투로 답했다.

"네가 그렇게 말하지 않아도 그럴 거야."

그들의 분위기가 한겨울 찬바람이 쌩쌩 부는 것처럼 냉랭하자 서요는 마른침을 꿀꺽 삼켰다.

"저는 괜찮은데……."

그녀의 작은 목소리를 용케 들은 소소와 미르는 동시에 고개를 내저었다. 서요는 자신의 힘이 점점 강해지는 걸 느끼고 있었기에 여전한 그들의 보호가 조금 민망했다.

"그럼 갔다 올게."

미르가 자신만만한 표정으로 말했다. 서요는 신관들과 떠나는 그의 뒷모습을 뚫어지게 바라보며 가슴을 졸였다.

✖

구조 작업은 날이 밝을 때까지 계속되었다. 신관들은 간혹 산에 파묻힌 시체를 찾아 산 밑으로 데려왔다. 서요는 사망자의 명복을 빌어주었고, 실종자 가족들의 힘이 되어주었다. 소소는 그녀의 곁을 한결같이 지키며 열심히 보좌했다.

"서요님의 탓이 아닙니다. 슬퍼하지 마십시오."

기도를 했는데도 기적이 이뤄지지 않아 괴로워하던 서요에게 소소가 말했다. 그녀는 씁쓸한 얼굴로 고개를 끄덕이며 가느다란 숨을 내쉬었다. 체력이 눈에 띄게 좋아져 밤새 기도를 하는 건 힘들지 않았으나 아직 돌아오지 않는 미르가 걱정되었다. 그런 서요의 마음을 누구보다 잘아는 소소는 그녀를 위로하기 위해 입을 열었다.

"미르는 너무 걱정하지 마십시오. 자기 몸 하나는 잘 간수할 겁니다."

소소는 그가 겨우 산사태 현장을 돌아다니다가 큰일이 날 거라고는 생각하지 않았다. 소소의 어투가 조금 빈정거리는 것처럼 느껴졌던 서요는 자신도 모르게 피식 웃었다.

"왜 웃으십니까?"

그는 그녀가 웃는 이유를 몰라 눈을 크게 떴다.

"아니, 아무것도 아니에요. 저는 미르님하고 소소님이 잘 지내셨으면 좋겠어요."

서요의 말에 소소의 낯빛이 어두워졌다. 여정을 함께하면서 미르와는 대적할 일이 많았기에 천상에서보다 더 사이가 나빠진 게 사실이었다.

"뭐…… 서로 그다지 맞지 않는다는 걸 미르도 저도 알고 있습니다. 다만 임무를 수행함에 있어 방해가 되지 않도록 부딪치지 않으려는 것뿐입니다."

"네."

소소가 냉정하게 말하자 서요는 풀죽은 목소리로 대답했다. 기상신들이 함께 웃고 떠드는 모습을 본 게 정말 오래전 일인 것 같았다. 어느 순간부터 소소와 미르는 항상 가람을 사이에 두고는 별다른 말을 하지 않거나 싸우기만 했다. 그들이 왜 그렇게 된 건지 알 수 없었던 서요는 일단 아직 돌아오지 않는 미르와 실종자들을 위해서 기도를 올렸다.

얼마나 지났을까, 웅성거리는 소리가 들리더니 드디어 기다리던 미르가 나타났다. 두둥실 떠오른 아침 해가 그를 향해 환하게 내리쬐었다. 미르는 당당한 걸음으로 그녀에게 다가왔다.

벌떡 일어난 서요는 한 남자를 품에 안은 미르를 보고 멍하니 입을 벌렸다. 그는 몸 이곳저곳에 나뭇잎과 흙을 많이 묻히고 있었는데도 우스꽝스러워 보이기는커녕 너무 강인하고 멋져 보였다. 그녀가 완전히 반한 눈으로 미르를 바라보며 물었다.

"……미르님. 이분은?"

그는 입꼬리를 씩 올리며 대답했다.

"살아 있어. 그런데 체온이 많이 떨어져서, 얼른!"

미르의 말을 알아들은 서요는 정신을 차리고 얼굴이 새하얗게 질린 남자에게 따뜻한 빛을 전했다. 울다 지쳐 쓰러져 있던 실종자 가족들이 달려와서 남자의 얼굴을 확인했다.

남자의 가족으로 보이는 여자가 그의 몸을 붙들고 오열했다. 그러면서도 남자를 구해서 돌아온 미르에게 거듭 감사 인사를 했다.

미르는 진심으로 고마워하는 여자를 보고 머쓱해하며 뒷머리를 긁적였다. 그는 서요가 산사태 현장으로 왔기에 조금의 도움이 되고 싶었던 것뿐이었다.

"다른 실종자는 찾지 못한 겁니까?"

그때 얼굴을 확인하고 실망한 다른 실종자 가족들이 미르에게 달라붙어 물었다. 그는 한숨을 내쉬며 고개를 끄덕였다.

"몇 명 더 찾긴 했는데 이미 죽어 있었어."

미르의 말에 가족들은 충격을 받아 쓰러졌다. 마지막 희망이 와르르 무너진 것이었다.

산사태 현장을 모두 수습하고 저녁이 되어서야 돌아온 서요 일행은 각자의 방으로 돌아가 휴식을 취했다. 서요는 너무 많은 신경을 써 기력이 쇠한 느낌이 들었기에 오랜만에 푹 잤다.

서요는 미르가 나오는 꿈을 꿨다. 그는 따뜻한 눈빛 대신 냉담한 표정을 짓고 있었다.

'미르님! 어디 가세요! 예?'

서요가 떠나가는 미르에게 달려가며 소리쳤다. 하지만 그는 절대 그녀의 손에 잡혀주지 않았다. 서요가 다가올수록 더 멀어질 뿐이었다.

'가지 마세요! 제발, 가지 마세요!'

미르를 잡기 위해 손을 허우적거리던 서요는 식은땀을 흘리며 벌떡 일어났다.

"헉헉!"

서요는 가슴에 손을 올리고 가쁜 숨을 내뱉었다. 전력 질주를 한 것처럼 심장이 거세게 뛰었다. 불안한 마음에 서요는 자리에서 벌떡 일어나 밖으로 나왔다. 이미 해는 중천에 떠 있었고, 방 앞에선 란희가 기다리고 있었다.

"제사장님, 기침하셨습니까."

대충 고개를 끄덕인 서요는 다급하게 미르가 있는 별채로 향했다. 란희가 그녀의 뒤에서 크게 소리쳤다.

"제사장님! 어디 가시는지요! 신관들이 모두 기다리고 있는데요!"

서요는 깜짝 놀라 자리에서 멈춰 섰다. 오늘도 제사장으로서 많은 일을 해야 한다는 게 생각났던 것이다. 뒤돌아선 그녀가 애타는 눈빛으로 말했다.

"기다리신다고요? 잠깐 미르님 좀 뵙고 갈 수 없을까요?"

서요의 간절한 말에 란희는 당황스러웠지만 고개를 끄덕였다. 아무리 바빠도 그녀가 하겠다면 하는 것이었다.

최대한 빨리 강당으로 가겠다는 말을 남긴 서요는 다시 미르의 방으로 뛰어갔다. 그녀의 발놀림이 그 어느 때보다 더욱 바빴다.

별채에 도착한 서요는 마루에 걸터앉은 그를 발견했다. 미르는 하늘을 올려다보며 한숨을 내쉬고 있었다. 그가 너무도 외롭고 처량하게 보였다.

'항상 저러고 계셨던 건가…….'

서요는 마음이 아파 그에게 바로 다가가지 못하고 머뭇거렸다. 미르는 꿈처럼 아직 떠나지는 않았지만 이런 생활이 지속된다면 혹시 모를 일이었다.

'그건 안 되는데…… 미르님이 그럴 분이 아니라는 걸 알고 있는데도 왜 이렇게 불안한 거지?'

서요는 불안한 마음을 가진 채, 그에게 다가갔다. 미르는 그녀를 보고 깜짝 놀랐다.

"일어났어? 여긴 웬일이야?"

그의 물음에 서요는 울컥해서 울음을 터뜨렸다. 눈가에 고여 있던 이슬이 볼을 타고 흘러내렸다.

"뭐야? 왜 울어? 무슨 일 있었어?"

갑작스러운 눈물에 미르가 자리에서 번쩍 일어나서 소리쳤다. 산사태 현장도 잘 수습하고 온 마당에 서요가 왜 그러는지 도통 이해할 수가 없었다. 서요는 끅끅대며 미르의 품에 안겼다.

"미르님한테 너무 미안해서요……."

"뭐? 지금 나한테 미안해서 우는 거라고?"

"네. 어제도 저 때문에 많이 속상하셨을 텐데 와서 도와주시고…… 감사한 게 정말 많은데 너무 죄송해요."

눈물을 흘리면서도 조목조목 말하는 서요를 보며 그는 웃음이 나왔다. 또한 미안하고 고마워서 일어나자마자 제게 달려와 준 그녀가 사랑스럽게 느껴졌다. 미르는 마음속에 남아 있던 응어리가 단숨에 풀리는 기분이 들었다.

"그게 계속 마음에 걸렸어? 이렇게 애기처럼 울 정도로? 괜찮아, 괜찮아."

그가 어르고 달래자 서요는 손등으로 눈물을 닦으며 고개를 주억였다. 이렇게 또 받아주는 미르에게 그녀는 가슴 깊이 감동했다. 그가 나지막한 목소리로 서요의 귀에 속삭였다.

"그렇게 내게 미안하고 고마우면 빠른 시간 내에 날 다시 찾아와 주면 돼. 함께 있자."

너무도 달콤해서 사르르 녹는 것 같은 말에 서요는 몸을 살짝 떨었다. 왠지 모르게 가슴 깊숙한 곳을 건드는 야릇한 목소리였다.

"네. 그럴게요."

서요는 그렇게 대답하곤 일을 하러 가기 위해 다시 별채를 떠났다. 미르는 그동안 자신뿐만 아니라 서요 또한 힘들고 초조했었다는 사실을 알게 되자 그녀를 더 이해해 주고 싶다는 생각이 들었다.

"밤에 와주기만 하면 정말 괜찮다고."

미르의 입꼬리는 그녀가 다녀간 후부터 내려갈 생각을 하지 않았다. 막 일어난 듯한 모습으로 달려와 품에 안겨 우는 서요가 계속 생각났다.

"도대체 왜 이렇게 귀여운 거야!"

미르는 공중에 주먹질을 하며 감탄했다.

서요는 강당에서 천제에 필요한 춤을 연습했다. 춤만큼은 혼자 연습하고 싶었지만, 많은 사람 앞에서 할 수 있는 용기가 있어야 한다는 진원의 말에 어쩔 수 없이 그들의 앞에서 배운 춤을 몇 번이고 반복했다.

'으…… 아무리 그래도 이건 아니잖아!'

서요는 손을 뻗고 발을 옮길 때마다 긴장했다. 동작도 익숙지 않은데 혹여 우스꽝스럽게 보일까 봐 걱정이었다. 신관들이 엄숙한 표정으로 바라보고 있는 것도 굉장한 부담이었다. 그들은 절대 웃지 않고 마치 지금 천제를 지내는 듯 진지하기만 했다.

얼굴이 딱딱하게 굳어 있으면서도 최선을 다하는 서요를 본 소소는 마음이 울렁거렸다. 춤은 분명 어색한데도 선이 고왔고, 그녀가 민망하다는 듯 살짝 웃을 때면 송구하게도 귀엽다는 생각이 들었다.

'아름답다.'

그가 그렇게 생각하며 수줍게 웃었다. 춤을 연습하고 나서 땀을 흘리는 서요에게 소소가 하얀 천을 내밀었다.

"여기 있습니다, 서요님."

서요는 얼굴에 흐르는 땀을 닦으며 고민했다.

'오늘 밤? 아니면 내일 밤? 언제 가야 하지?'

제게 와달라고 말하던 미르의 목소리를 떠올리자 가슴이 두근거렸다.

"힘드시면 잠시 쉬었다가 하십시오."

서요는 고개를 끄덕이며 오늘 업무가 빨리 끝나기를 바랐다. 하지만 그녀의 바람은 쉽게 이뤄지지 않았다. 춤 연습을 하는 것 외에도 여러 회의를 진행해야 했고, 신전을 찾는 많은 백성들의 이야기를 들어주어야 했다.

며칠 동안 정신없을 정도로 바쁜 나날을 보낸 서요는 주변에 사람이 있는지 없는지 살피며 조심스럽게 별채로 이동했다. 이 깊은 밤에 신녀의 처소인 안채를 벗어나 미르의 방으로 가는 게 많이 신경 쓰였다.

그의 방 앞에 선 서요는 조심스럽게 헛기침을 했다. 그러자 자리옷을 입은 미르가 문을 열고 해사하게 웃으며 그녀를 반겼다.

"어서 와."

수줍음에 온몸을 비비 꼬던 서요는 그가 팔목을 잡고 방 안으로 데리고 가자 당황스러운 표정을 지었다. 깊은 밤에 기어코 미르의 방 문지방을 넘었기 때문이다. 자신이 직접 온 것이었으면서도 당황해선 어쩔 줄을 모르던 서요는 마른침을 꿀꺽 삼키고 천천히 자리에 앉았다. 그의 방은 서요의 불타는 마음처럼 군불을 때 뜨거웠다.

"조금 늦었죠. 미르님."

긴장한 서요가 딱딱한 어투로 물었다. 미르는 서요를 정말 오래 기다리고 그리워했기에 격렬하게 고개를 끄덕였다.

"조금은 무슨. 집 떠난 각시를 그리워하는 서방처럼 하염없이 기다렸는걸."

"예?"

미르의 짓궂은 말에 서요의 얼굴이 발갛게 달아올랐다. 기분 좋은 함박웃음을 짓고 있던 그는 다소곳하게 앉아 있는 서요에게 조심스럽게 다가갔다.

"정말 와줬네? 내 각시."

"각시는 무슨! 혼례도 올리지 않았는걸요."

미르가 가까이 다가오자 서요는 안절부절못했다. 가벼운 자리옷만 입은 그를 보는 게 부끄러웠다. 각시라는 말에 당황한 그녀에게 미르가 부드러운 어조로 말했다.

"서요야."

그의 눈은 작은 다람쥐처럼 귀여운 서요에게 오롯이 꽂혀 있었다. 그녀는 그제야 고개를 올려 미르를 똑바로 바라보았다.

"오늘 밤, 내 곁에 있어줄 거지?"

그의 눈이 반짝반짝 빛났다. 서요는 자신도 모르게 아랫입술을 깨물었다. 방 안의 공기가 갑자기 더 후덥지근하게 느껴졌고 심장이 떨렸다.

열이 나는 얼굴에 손부채질을 하던 서요는 잠시 뜸을 들였다. 찾아오기로 약속했고, 그의 뜻대로 정말 오긴 했으나 오늘밤 내내 함께 있겠다는 결정까지 내리진 않았다. 그러나 서요는 여기에 오기 전부터 긴장하고 기대했던 자신을 똑똑히 기억하고 있었다.

'애초에 밤을 같이 보낼 생각이 없었다면 이렇게까지 떨릴 이유는 없잖아. 너도 이렇게 될 걸 알고 있었던 거 아냐?'

서요는 스스로에게 질문하고 숨을 깊게 내쉬었다. 기대하고 있는 그에게 어떤 답이든 해줘야 했다.

"미르님."

서요는 진지한 눈빛으로 미르를 바라보았다. 그는 침을 꿀꺽 삼키며 서요의 말을 기다렸다. 그녀의 입술에서 달콤한 숨과 함께 미르가 듣기에 가장 황홀한 말이 새 나왔다.

"저도 오늘 밤, 함께 있고 싶어요."

방 안의 공기가 후끈 달아올랐다. 서요의 말을 들은 미르는 심장이 두 배는 더 커진 것 같은 기분이 들었다. 그 정도로 가슴이 격렬하게 뛰고 있었다.

쿵쿵쿵!

격렬한 소리가 그의 귀를 울렸다. 미르는 여유롭던 마음이 온데간데 없이 사라지고 그녀와 마찬가지로 긴장했다. 서요가 용기 내 해준 말이 그가 그동안 정말 바라왔던 일이기 때문이었다.

서요는 솔직하게 말하긴 했지만 부끄러워서 고개를 들 수가 없었다. 애써 딴 곳을 바라보던 서요는 바로 위에서 쏟아지는 미르의 거친 숨결에 얼굴이 사과처럼 빨개졌다.

'어떡해! 미르님도 많이 놀랐나 봐.'

이런저런 생각을 하며 곤란해하던 그녀에게 그가 정신을 차리고 말했다.

"그래. 영원한 밤을 보내자."

"……영원한 밤이요?"

고개를 든 서요가 의아해하며 되물었다. 그는 씩 웃으며 고개를 끄덕였다.

"이 밤이 영원하길 바라니까."

"아……."

미르의 달콤한 말에 서요는 수줍게 웃었다. 서요는 오늘 밤이 그에게 얼마나 중요한 밤인지 알 것 같았다.

어두운 밤하늘에선 보름달이 아름다운 빛을 냈고, 미르의 방 안엔 달빛보다 더 아름다운 그녀가 웃으며 종알종알 이야기했다. 미르는 턱을 괴고 서요의 얼굴을 감상했다. 그의 노골적인 시선에 그녀는 당황해서 말을 더듬었다.

"어, 그러니까…… 신전에서 춤을 연습하는 게 얼마나 힘드냐면. 마치 신관들 앞에서 발가벗고…… 아, 아니 그게 아니라. 그런 느낌이 드는 것처럼 힘들어요."

서요는 미르의 시선이 자꾸 의식되는 바람에, 신전에서 신관들이 다 보는 앞에서 춤을 연습하는 것보다 지금이 더 힘들었다.

'미르님과 터놓고 이야기할 생각으로 찾아온 거잖아! 오늘 밤 서로 응어리를 풀면 되는 건데…… 왜 이렇게 떨리는 거지?'

그녀의 머릿속이 엉킨 실타래처럼 복잡했다. 서요는 오늘 밤 그와 한 방에서 밤을 보내기로 했기에 본래 목적과 맞지 않는 야릇한 상상을 하지 않을 수가 없었다. 하지만 그를 의식해서 말을 더듬고 얼굴을 붉히는 건 창피했기에 조금은 태연해지고 싶었다.

서요의 말을 들으며 맞장구를 쳐 주던 미르는 옆으로 살짝 삐져나온 그녀의 잔머리를 귀 뒤로 넘겼다. 그의 따뜻한 손이 예민한 귓가를 부드럽게 쓸고 지나가자 서요는 몸을 흠칫했다.

"아! 고마워요."

"별것도 아닌 걸로."

미르는 긴장한 그녀를 보는 게 너무 귀엽고 재미있었다. 긴장된 분위기 속에서 그들의 눈이 마주쳤다. 서요는 숨도 크게 내쉬지 못한 채 마른침만 계속 삼켰다.

그때 미르가 입꼬리를 올리며 그녀에게 물었다.

"이제 불 끌까?"

"네?"

"내일도 일하려면 피곤할 텐데…… 이제 자야지."

이리저리 눈만 굴리던 서요는 어색하게 웃으며 고개를 끄덕였다. 미르는 입김을 불어 등잔불을 끈 후 서요를 향해 두 팔을 벌렸다.

"이리 와. 내 품에 안겨."

서요는 조심스럽게 다가가 그의 넓은 품에 안겼다. 오늘따라 미르의 가슴이 더욱 든든하고 멋지게 느껴졌다.

서요의 머리카락을 부드럽게 매만지던 미르는 그녀의 몸을 안은 채 천천히 요 위로 몸을 뉘었다. 이불을 덮은 그들은 어둠 속에서도 서로의 눈동자를 지그시 바라보며 달큼한 숨을 내쉬었다. 밤이 점차 무르익었다.

"미르님 몸이 이불보다 더 따뜻해요."

서요는 미르의 몸이 열이 나다 못해 아주 뜨거운 것을 느끼고 신기해했다.

"지금은 군불보다 더 뜨거울걸?"

그의 장난기 어린 말에 그녀는 웃음을 터뜨렸다.

"하하! 미르님…… 푹 주무세요."

한참을 망설이던 서요가 잠자기 전 마지막으로 인사했다. 미르는 대답 없이 그녀를 꽉 끌어안았고, 그 때문에 그들의 몸이 더욱 밀착했다. 숨이 막힐 것 같아지자 서요의 얼굴이 절로 찡그렸다. 그렇지 않아도 가슴이 비정상적으로 뛰고 있었기에 당황스러웠다.

"미, 미르님. 잠시만……."

서요는 그의 어깨를 두 손으로 밀었다. 가슴이 떨리고 설레는 건 좋았지만 너무 격해 스스로도 놀랄 정도였다.

'이러다 죽겠다고요!'

서요는 마음속으로 울부짖었고 미르는 그녀의 몸을 천천히 놓아주었다.

"왜, 싫어?"

신경을 묘하게 자극하는 그의 나지막한 목소리에 서요는 고개를 절레절레 내저었다.

"그게 아니라, 숨이 막히고…… 가슴이 너무 떨려서."

"나도 그래."

미르가 그녀의 손을 낚아채 자신의 가슴 위에 올려두었다. 그게 정상이란 걸 알려주고 싶어서 한 행동이었지만 쿵쿵 뛰어대는 심장 소리가 서요의 손까지 울릴 정도여서 조금 민망했다.

"미르님…… 괜찮은 거예요?"

서요는 진심으로 궁금해서 물었다. 미르의 심장 고동이 짜릿한 전류처럼 흘러들어 오고 있었다.

"그냥 좋아."

미르가 미소를 지었다. 그 모습을 본 서요는 덩달아 마음 깊은 곳까지 행복해졌다.

서요는 강아지처럼 그의 품으로 파고들어 가슴에 얼굴을 묻었다. 이젠 서요도 미르에게 달라붙지 않고서는 참을 수가 없었다. 서요의 등을 쓰다듬던 미르는 단숨에 그녀의 입술을 찾아 자신의 입술을 포개었다.

뜨거운 입술이 맞닿자 서요는 눈꺼풀을 부르르 떨며 그의 어깨를 꽉 잡았다. 입맞춤은 항상 설레고 좋았지만 깊고 어두운 밤, 잠들기 전에 나누는 건 더 짜릿하고 황홀했다. 입맞춤이 깊어지자 서요는 작게 신음했다.

"으음!"

그 소리에 더 자극을 받은 미르는 서요의 옷고름을 풀어 저고리 안으로 손을 넣었다. 따뜻한 살결을 매만지는 미르의 손길은 한없이 부드러웠다. 서요는 생경한 느낌에 머리부터 발끝까지 전부 긴장해서 숨을 거칠게 내뱉었다.

'어떡하면 좋아! 너무 이상해!'

그런 서요의 마음을 알기라도 하듯 미르는 최대한 천천히 손을 움직이며 그녀가 편안하게 숨을 쉴 수 있도록 유도했다. 서요는 부드럽고 다정한 손길로 그가 자신을 껴안고 입을 맞추자 점차 그 야릇한 분위기에 빠져들었다.

미르의 손이 점차 밑으로 내려갔다. 서요는 그의 등을 꽉 껴안고 눈을 감았다. 몸속 내밀한 곳이 해가 타오르듯 뜨거워지는 것 같았다.

미르가 어느새 자신의 거추장스러운 옷을 벗었다. 서요는 흐릿한 시야 사이로 그의 다부진 맨몸을 보고 마른침을 꿀꺽 삼켰다. 이대로 정신을 놓아버릴 것처럼 당황스러운 일의 연속이었으나 거부하고 싶지 않았다. 미르가 그녀의 몸을 감싸고 있는 모든 옷가지를 없애고 서요와 눈을 마주했다. 그들의 눈빛엔 서로를 향한 깊은 애정이 담겨 있었다.

그는 그녀의 얼굴을 잡고 다시 입을 맞췄다. 그리고 마치 빛을 내뿜는 태양처럼 강렬하게 서요의 몸 안으로 들어갔다. 온몸이 꿰뚫리는 것 같은 충격에 서요는 입을 벌리고 오들오들 떨었다. 섬세하고 순정한 갈망이 마침내 완전한 순간에 도달했다. 지창 너머로 하얀 달빛이 쏟아져 그들이 하나가 됨을 축하했다. 미르는 서요를 사랑스럽게 바라보았다.

"사랑해."

스르르 녹아버릴 듯 달콤한 말을 들은 서요는 젖은 눈으로 그를 올려다보며 고개를 끄덕였다. 온몸의 기를 모두 빼앗긴 것처럼 나른한 기분이 들어 정신을 차릴 수가 없었다. 그녀를 꼭 끌어안은 미르는 행복한 미소를 지었다. 그들에겐 잊을 수 없는, 영원한 밤이었다.

달구리가 되자 햇빛이 조선을 환하게 비추었다. 이른 새벽에 눈을 뜬 미르는 제 옆에서 잠이 든 서요의 얼굴을 사랑스럽게 바라보며 씩 웃었다. 이보다 더 기쁘고 평화로운 순간은 없었다.

'누가 업어 가도 모를 정도로 깊게 잠들었네.'

서요는 새근새근 조용하게 숨 쉬며 아이처럼 자고 있었다. 미르는 자신의 방에 아침까지 그녀가 있다는 게 신기했고, 어젯밤 일이 너무도 황홀한 나머지 믿기지 않았다.

'꿈 아닌 거지?'

미르는 이대로 한 삼 일은 더 이 방에서 서요와 함께 있고 싶었다. 이곳에서 먹고 자고 쉬면 천국이 따로 없을 것 같았다.

'하지만 오늘 또 일해야겠지?'

오늘도 마찬가지로 서요는 제사장의 임무를 해야 했다. 미르는 벌써 마음이 쓸쓸했다. 어젯밤을 생각하며 당분간 행복할 수 있겠지만 떨어지고 싶지 않았다.

잠든 서요의 얼굴 가까이로 고개를 숙인 그는 그녀의 반질반질한 이마에 가벼운 입맞춤을 했다.

"영원히 너만 사랑할게."

나지막하게 속삭인 미르는 다시 서요의 곁에서 잠들었다.

�֎

서요는 미르의 품에서 포근하고 따뜻한 느낌을 받으며 오랜만에 늦잠을 잤다. 아침이 되어 겨우 눈가를 비비고 일어난 그녀는 아랫도리에 쓰라린 통증을 느끼고 깜짝 놀랐다.

"아!"

서요의 짧은 신음에 선잠을 자던 미르가 깨서는 그녀를 살폈다.

"왜! 왜 그래? 괜찮아?"

미르에게 뭐라 투정을 부리려던 서요는 자신이 전부 벗고 있다는 사실을 깨닫고는 이불로 몸을 가리며 소리쳤다.

"꺄아아! 저리 가요!"

마치 짐승을 본 것처럼 놀란 서요 때문에 미르는 당황해서 뒷머리를 긁적였다.

"저리 가라고?"

"네!"

서요는 뒤로 물러나며 고개를 격렬하게 끄덕였다. 부끄러워서 그런다는 걸 알고 있었던 미르는 그녀에게 천천히 다가갔다.

"그러지 말고 나한테 말해봐. 많이 아파?"

"몰라요!"

"부끄러워하지 마. 아주 오래전부터 넌 내 거였는걸."

미르가 너무도 당연하다는 듯 짓궂게 말하자 서요의 얼굴이 벌게졌다. 새빨개진 얼굴을 보여주고 싶지 않았던 서요는 모기처럼 작은 목소리로 부탁했다.

"어떻게 부끄럽지 않을 수가 있냐고요. 잠시만…… 혼자 있게 해주세요. 네?"

서요의 간절한 목소리에 미르는 결국 밖으로 나가기 위해 옷을 입으면서도 그녀가 많이 아프지 않나 걱정이 되었다.

"나 진짜 나가야 돼?"

밖으로 나가려다 말고 그가 다시 물었다. 이불과 한 몸이 된 것처럼 숨어 있던 서요는 이맛살을 찌푸리며 앙칼지게 소리쳤다.

"네! 제발 나가주세요! 제가 알아서 할 테니까요."

"그래. 알겠어. 나가 있을게."

미르는 결국 두 손 두 발 다 들고 하는 수 없이 먼저 밖으로 나갔다. 그러면서도 마음이 불편해서 계속 방 앞을 서성였다.

그가 나가자 서요는 안도의 한숨을 내쉬며 자신의 몸을 내려다보았다.

"어제는 어두컴컴해서 다행이지, 정말."

서요는 자리에서 일어나려다가 찌릿한 고통을 느끼고 이를 악물었다. 당황스러운 나머지 심장이 쿵쿵 뛰었다.

"아, 정말. 왜 이렇게 아픈 거지?"

지금이 몇 시나 되었는지는 정확히 알 순 없었지만 평소보다 훨씬 늦게 일어난 건 분명했다. 서요는 자신을 기다리고 있을 란희와 신관들이 생각나 마음이 초조했다.

'어떡하지? 란희님은 오셨겠지? 내가 여기서 잔 걸 누가 알기라도 하면!'

서요는 잔뜩 울상을 지었다. 하지만 더는 시간을 지체할 수 없었다.

서요는 얼른 옷을 입고 밖으로 나갔다. 미르가 멀끔한 모습으로 뒷짐을 지고 저 멀리 우뚝 솟은 산을 바라보고 있는 것이 보였다. 서요는 발소리가 들리지 않도록 조심스럽게 안채로 향했다. 그와 다시 마주하기에는 아직 자신이 없었다.

도망가는 서요의 가슴이 쿵쾅쿵쾅 뛰었다. 서요는 미르에게 들키지 않고 별채를 완전히 빠져나왔다고 생각했으나 사실 그는 알고 있었다. 다만 그녀가 아까처럼 또 민망해할까 봐 모른 척 해준 것뿐이었다.

미르는 안채로 향하는 그녀를 걱정스럽게 바라보았다. 분명 오늘 서요는 마음도 뒤숭숭하고 몸도 힘이 들 터였다. 그는 자신이 직접 그녀를 챙겨줄 수 없어 속상했다.

안채엔 란희가 발을 동동 구르며 방 앞에 서 있었다. 나무 뒤에 숨어 고개만 빠끔히 내민 서요는 그녀에게 이 일을 어떻게 설명해야 할지 고민했다.

'뭐라고 해야 하지? 방에 없는 건 아나? 불러도 대답이 없으니 아직 잔다고 생각해서 무작정 기다리고 있는 건가?'

치열하게 고민하던 서요는 최대한 태연한 얼굴로 란희를 불렀다.

"란희님?"

갑자기 뒤에서 서요의 목소리가 들려오자 깜짝 놀란 란희는 놀란 토끼 눈으로 돌아보았다.

"제사장님? 왜 거기 계세요?"

서요는 조금 흐트러진 모습으로 나무 앞에 서 있었다. 그녀는 매우 어색한 표정으로 란희에게 다가갔다.

"아, 새벽에 일어나서 산책을 좀 했어요. 몸이 영 찌뿌듯해서요."

서요가 할 수 있는 변명은 이것뿐이었다.

"아, 그러세요?"

"네."

"이젠 괜찮으세요?"

"아…… 그럼요. 괜찮아요."

서요가 고개를 끄덕이며 어색한 미소를 지었다. 란희는 그녀가 새벽에 일어나 산책을 했다면 업무를 보기 위해 이보다 더 빨리 돌아왔어야 했다는 생각이 들어 이상하다는 듯 고개를 갸웃했다. 아침이 되면 자신이 온다는 걸 서요가 모를 리 없기 때문이었다.

"그럼 준비를 도와드리겠습니다."

하지만 란희는 의심하거나 토를 달지 않고 얼른 그녀의 준비를 도왔다. 서요는 몸이 어디 두드려 맞은 것처럼 불편해서 좀 더 쉬고 싶었지만 하는 수 없이 고개를 끄덕였다.

서요는 이를 악물고 업무를 보았다. 혼자 하는 일도 아니고 신관들과 함께였기에 아픈 티를 낼 수는 없는 노릇이었다. 그렇게 자신과의 싸움을 하던 그녀는 갑자기 신전에 나타난 미르를 보고 당황해서 얼굴이 굳었다.

"미, 미르님?"

서요의 눈동자가 마구 흔들렸다. 그녀는 혹시 그가 이상한 소리를 하지 않을까 불안했고, 다시 어젯밤이 떠올라 부끄러웠다. 하지만 미르는 아주 오랜 고민 끝에 신전을 찾은 것이었다. 그는 오늘만큼은 그녀를 꼭 쉬게 해주고 싶었다.

"네가 여기 웬일이야?"

소소가 의아한 눈빛으로 미르를 보았다. 그는 미르가 구석에서 서요를 지켜본 적은 있어도 이렇게 가까이 온 적은 없었기에 이상함을 느꼈다. 소소가 그러거나 말거나 미르는 서요의 뺨을 다정하게 매만지며 말했다.

"서요가 오늘 몸이 좋지 않아."

그의 말에 깜짝 놀란 소소는 자리에서 벌떡 일어나 그녀를 살폈다. 그는 신관의 일에 집중하느라 서요의 몸 상태가 어떤지 몰랐기에 가슴이 쿵 떨어지는 기분을 느꼈다. 서요는 다른 사람들의 눈치를 보며 입도 벙긋하지 못했다.

"정말이십니까? 많이 무리하긴 하셨죠."

소소의 말에 서요는 눈을 굴리다가 대충 고개를 끄덕였다.

"그럼 안채로 돌아가 쉬십시오. 의원을 부르겠습니다."

소소가 너무나 걱정하자 서요는 당황해서 어찌할 바를 몰라 했다.

"내가 곁에 있을 테니까 신경 쓰지 마."

소소는 미르를 싸늘하게 바라보다가 어쩔 수 없이 다시 자리에 앉았다. 그는 미르와 함께 신전을 나가는 서요를 보고 싶지 않아 침잠한 얼굴로 고개를 돌렸다.

안채로 돌아온 서요는 자리에 앉아 깊은 숨을 내쉬었다. 서요의 앞에 마주 앉은 미르는 그녀의 손을 잡았다.

"어떻게 해줄까? 내가 약이라도 지어올까?"

민망해서 바닥만을 바라보고 있던 서요는 고개를 올려 그를 응시했다. 더 이상 미르를 피할 순 없는 노릇이었다. 서요가 수줍은 얼굴로 고개를 끄덕였다.

"네. 약 먹고 쉬면 괜찮을 거 같아요."

"그래, 알겠어. 조금만 기다려."

흐뭇하게 미소 지은 미르는 급하게 자리를 떴다. 서요는 누워서 그를 기다리며 마음을 최대한 편하게 먹었다.

'부끄러워도 부끄러워하지 말자. 혼자 알아서 할 거라고 큰소리는 다쳐 놓고 또 이렇게 도움을 받고 있잖아.'

아침엔 너무 창피하고 당황해서 미르를 보냈던 거였다. 그가 함께 있어주면 좋은 게 사실이었다. 서요가 그런 생각을 하며 그를 기다리고 있을 때, 미르가 약을 가지고 돌아왔다.

"오늘은 약 먹고 푹 쉬자. 내가 온종일 곁에 있어줄게."

그의 목소리는 한없이 다정하고 부드러웠다. 서요는 미르의 보살핌을 받으며 기분 좋은 미소를 지었다.

※

강렬한 햇볕이 내리쬐는 화창한 날이었다. 계절은 완연한 가을로 접어들어 나뭇잎들이 알록달록한 색으로 물들었다. 천제를 위해 태백산을 찾은 신관들은 성산의 신성한 기운을 받으며 벅찬 표정을 지었다. 서요와 기상신들 또한 오랜만에 태백산에 와 감회가 새로웠다.

"정말 오랜만이네."

미르의 말에 서요는 고개를 끄덕였다.

"네. 이른 봄에 왔으니까…… 그땐 정말 절박한 마음이었는데. 제사장이 되어 이곳을 다시 찾았네요."

"그러네. 오늘 같은 날, 저놈만 없었다면 더 좋았을 텐데."

미르는 천제를 진행하는 관리들과 함께 산을 오르는 해문을 노려보았다. 그는 왜 하필 해문이 왔을까 싶었다. 미르의 말이 혹시 해문에게 들릴까 염려되었던 서요는 그의 눈치를 살피며 미르를 타박했다.

"그런 말씀 마세요! 저하께서 듣기라도 하면 어떻게 하려고요!"

서요의 말에도 미르는 어깨를 으쓱하며 태연하게 굴었다. 그는 정말 아무런 두려움도 없었다.

"그럼 이판사판이지 뭐."

서요는 미르를 어이없어 하는 눈으로 바라보았다. 그가 해문을 싫어하는 건 이해하나 싸움이 불거지는 걸 원하진 않았다. 게다가 오늘은 하늘이 열린 날이니 나쁜 행동을 삼가고 경건한 마음을 지녀야 했다. 기상신들에게는 별로 와 닿지 않는 말이겠지만 말이다.

한편, 해문은 신경 쓰지 않으려고 해도 제사장이 된 서요가 자꾸만 눈에 밟혔다. 궁에서 왕검과 함께 본 이후로 아주 오랜만에 보는 얼굴이었다. 흰 예복을 입고 신관들 틈에 섞여 산을 오르는 그녀를 해문은 자꾸 힐끗거렸다.

'낭자가 제사장이 되었다는 게…… 믿기지 않는군.'

애초부터 서요가 신비로운 빛을 내뿜어서 관심을 가지게 된 것이었지만, 해문은 여전히 그 일을 믿을 수 없었다. 갑자기 비가 멈추고 해가 뜬 것 또한 화가 날 정도로 이상한 일이었다. 그는 그때부터 지금까지 쭉 심기가 불편했다.

'그럼 새암에서의 그 소문도 사실이란 말이야? 빛으로 전염병을 고친다는 게 말이 돼?'

해문의 마음속에서 여러 가지 생각들이 부딪쳤다. 그의 가슴이 분노로 끓어올랐다.

"끝까지 내 신경을 건드리는군."

해문이 이를 갈았다. 서요는 처음부터 끝까지 해문을 혼란스럽게 만들었고, 그의 마음을 붙들고 놓아주지 않았다. 그녀를 향한 애증의 감정이 자꾸만 커지자 해문은 당황스러웠다. 그 자신은 서요를 포기했다고 생각했지만 전혀 아니었던 것이다.

제의를 준비하는 모든 이들이 드디어 태백산의 천제단에 도착했다. 청명한 가을 하늘과 탁 트인 전경, 기분 좋은 산들바람이 그들을 맞이했다.

서요는 구름이 손에 잡힐 것만 같은 산꼭대기 위 돌로 만들어진 거대한 천제단을 보고 입을 벌렸다. 전에도 태백산엔 와봤지만 그때는 정상까지 올라온 건 아니었기에 매우 신기했다. 신녀이면서 태백산에 온 적도 없느냐고 자신을 놀렸던 미르가 새삼 생각났다.

'내가 이젠 제사장이 되어 이곳에 서 있다니.'

서요는 자신이 조금은 대견하게 느껴졌다. 그때 대신관이 그녀에게 다가왔다.

"새벽부터 고생이 많으셨습니다. 잠시 기다려 주십시오. 얼른 준비를 마치겠습니다."

서요는 고개를 끄덕이며 넓적한 바위 위에 걸터앉았다. 정상에 오르니 공기가 상쾌해 가슴이 뻥 뚫리는 것 같았다. 그녀의 옆에 앉은 가람은 오묘한 눈빛으로 맑은 하늘을 올려다보았다.

"하늘이 가깝게 느껴지는 것 같습니다. 서요님."

그의 말에 서요는 조심스럽게 입을 열었다.

"얼른 천상으로 올라가고 싶으시죠? 아직 아사달의 심장을 찾지 못해서 죄송하네요."

"서요님이 죄송할 게 뭐 있습니까. 제사장이 되어 최선을 다하고 계신걸요."

"그렇게 말씀해 주시니 감사해요. 가람님은 오늘도 기루에 가시느라 제에는 참여하지 않으실 줄 알았는데."

서요가 짓궂게 말하며 미소를 머금자 가람은 고개를 절레절레 흔들었다.

"물론 기루에서 저를 기다리고 있을 사랑스러운 아이들이 생각나는 건 사실이나 오늘 같은 날은 태백산에 오고 싶더라고요."

"그렇죠. 태백산은 참 좋은 산이에요."

태백산의 경치를 둘러보던 서요는 천제 준비에 한창인 신관들과 관리들을 보고 조금 긴장했다. 그들이 지켜보는 가운데서 춤을 출 생각을 하자 벌써부터 눈앞이 깜깜하고 떨렸다.

"큰일이에요, 정말. 가람님은 저 춤추는 거 보고 웃으시면 절대 안 돼요."

서요의 당부에 가람은 입꼬리를 올렸다.

"글쎄요. 장담하진 못하겠습니다."

"에이. 왜 그러세요. 한 번만 도와주세요!"

울상을 지은 서요는 두 손을 모으고 간절하게 부탁했다. 그 모습을 지켜보고 있던 미르는 혀를 찼다.

"쯧쯧! 괜히 너 놀리고 싶어서 그런 거야. 신경 쓰지 마."

서요는 그럼에도 마음이 불안했다. 밤낮 할 것 없이 열심히 동작을 외우고 연습했지만 워낙 춤을 추는 데 소질이 없다 보니 자신이 없었다. 미르는 가람을 밀어내고는 서요의 옆에 앉았다.

"네가 열심히 연습한 건 내가 잘 알아. 그것 때문에 우리 많이 보지도 못했잖아!"

그의 말에 서요는 당황해서 미간을 좁혔다.

"예? 그 말씀은 격려인지, 불만인지 모르겠네요."

"격려지."

"거짓말."

서요가 입을 뽀로통하게 내밀었다. 그에게 미안하긴 했지만 그래도 그런 말을 듣자 속상해졌다. 그녀도 할 수만 있다면 미르를 더 많이 보고 싶었다.

그들이 평소처럼 티격태격하며 대화하고 있을 때, 어느새 신관들과 관리들이 제단에 제물을 진설했다. 준비가 다 되었다는 신호에 자리에서 일어난 서요는 긴장한 나머지 온몸이 돌처럼 딱딱하게 굳었다. 제사를 올리는 게 처음은 아니었지만 장소가 태백산 천제단이었기에 더 떨렸다.

서요가 천제단 아래에서 자신을 기다리는 수많은 사람을 보고 굳어 있자 미르가 그녀의 귀에 속삭였다.

"걱정하지 마. 잘할 수 있어."

그의 나지막한 목소리에 긴장이 조금 풀린 서요는 고개를 끄덕이며 당당한 걸음으로 천제단의 돌계단을 올라갔다. 기상신들은 서요를 흐뭇하게 바라보았다.

서요는 돌계단을 올라 제단 앞에 섰다. 상쾌한 바람이 서요의 몸을 시원하게 감싸 안았다. 제사를 올리기 전, 그녀는 진정하기 위해 눈을 감고 태백산의 정기를 느꼈다.

'몸에서 기운이 넘쳐나. 전에 왔을 때도 그랬지만 더 확실하게 느껴져!'

서요는 신기한 마음에 두 손을 옆으로 쫙 펼치고 숨을 크게 들이마셨다. 온갖 좋은 기운들이 몸속으로 들어오는 것 같았다.

서요는 마음을 단단히 먹은 후 천제 의식을 거행했다. 개식을 선언한 서요는 분향하고 제상을 향해 정성껏 네 번 절했다. 언제 떨었냐는 듯 동작 하나하나에 망설임이 없었다. 중요한 의식이었기에 실수는 절대 용납되지 않았다.

'천상에서 지켜보고 있을 거야. 잘하자.'

서요는 고유문을 봉독했고, 그 후 악공들이 연주를 시작했다. 드디어 올 것이 왔다고 생각한 그녀는 자세를 잡고 긴 소매를 펄럭이며 천상의 신들을 위한 춤을 췄다.

손끝까지 바짝 힘을 준 서요는 구름 위를 걸어 다니는 것처럼 사뿐사뿐한 걸음으로 원형의 천제단을 돌아다녔다. 서요의 춤사위는 신관들에게 배운 그대로였고, 하늘을 향한 그녀의 마음이 더해져 더욱 우아하고 섬세했다.

구슬픈 악기 소리에 맞춰 춤을 추는 서요를 보는 소소의 눈빛은 그 어느 때보다 진지했다. 서요는 한 번 하겠다고 결심하면 두려워하면서도 성실하게 임했다. 소소는 그녀가 얼마나 노력했는지 옆에서 지켜봤기에 더욱 감동스러웠다.

'이렇게 잘하시는데 왜 그리 걱정하셨을까.'

그의 가슴이 요동치기 시작했다. 커다란 파도가 해안을 덮치는 것처럼 서요의 아름다운 모습이 소소의 마음을 한꺼번에 앗아갔다. 그는 그런 감정이 드는 것이 당황스러웠다.

'이러면 안 돼.'

소소는 마음속으로 다짐했지만 조금씩 허물어지기 시작한 벽은 이제 툭 치면 금방이라도 쓰러질 것처럼 위태로웠다. 서요를 바라보는 그의 눈빛이 가라앉았다. 소소는 혹시 그녀에게 이 마음을 들킬까 봐 걱정이었다.

'내가 처신을 똑바로 하면 돼.'

그는 그렇게 생각하며 춤을 추는 서요를 애틋하게 바라보았다.

춤을 마친 서요는 무릎을 꿇고 앉아 기도를 올렸다. 조선의 명운을 밝게 해달라는 정성을 담은 기원이었다. 그런데 기도한 지 한참의 시간이 흘렀는데도 신의 목소리가 들려오지 않았다. 천왕신전에서 제사를 올릴 때에는 응답해 주었기에 서요는 당황해서 더 열심히 하늘을 향해 마음을 전달했다.

'부디 축복을 내려주세요.'

서요의 목소리는 분명 하늘에 닿았다. 다만 하늘에서 대답해 주지 않는 것뿐이었다. 그녀는 포기하고 싶지 않아 오랜 시간 기도를 올렸다. 시간이 지날수록 대신관은 당황했다. 다른 신관들과 기상신들 또한 이상함을 느낀 건 마찬가지였다.

소소가 진원에게 다급히 물었다.

"괜찮은 겁니까?"

진원은 난감한 얼굴로 짧게 신음했다. 시간이 지체되면 밤이 되기 전에 신전으로 돌아가기 어려울 터였다. 하지만 그렇다 해서 천제를 방해할 순 없었다. 그저 서요가 기도를 끝낼 때까지 기다리는 수밖에 없었다.

"무슨 일인지는 모르나 기다려야 할 것 같습니다."

진원의 말에 소소는 심각한 얼굴로 다시 서요를 바라보았다.

서요도 뒤에서 기다리고 있는 많은 사람들을 모르는 바가 아니었다.

'어떻게 해야 하지. 이대로 축언을 듣지 못해도 되는 건가.'

뜻 깊은 건국일인 만큼 천상의 신들에게 축언을 듣는 게 굉장히 중요했다. 서요는 오래 고민하며 시간을 보냈으나 점차 날이 어두워지기 시작하자 결국 울상을 지으며 자리에서 일어났다.

제에는 아무런 문제가 없었는데 왜 이번에는 신의 말씀을 전혀 듣지 못한 건지 이유를 알 수 없었다.

서요가 마지막으로 네 번 절한 후 뒤돌아서자 신관들은 기뻐하며 고개를 푹 숙였다. 드디어 길고 길었던 의식이 끝난 것이다. 돌계단을 내려온 서요는 오랜 시간 기다려 준 사람들에게 감사를 표했다. 진원은 걱정스러운 눈빛으로 서요를 바라보았다.

"괜찮으십니까? 왜 이리 오랜 시간 기도를 드리셨는지요."

그의 조심스러운 물음에 서요는 한숨을 크게 내쉬었다. 서요는 두려웠지만 솔직하게 말하지 않을 수 없었다.

"……그게, 아무런 축복의 말씀도 듣지 못해서."

"예? 그게 정말이십니까?"

지금껏 건국일에 축언을 듣지 못했던 제사장은 없었기에 진원은 깜짝 놀랐다. 그는 가슴이 쿵 내려앉았다. 진원이 매우 당황스러워하자 서요는 더욱 걱정이 되어 얼굴이 잿빛이 되었다.

"큰일인 거죠? 그렇죠?"

"아니, 그…… 그거야. 대충 지어내셔도 됩니다. 많은 축복을 내려주셨다고요."

"예? 하지만 그건 속이는 거잖아요."

서요가 그이 아니라는 듯 고개를 내젓고 있을 때, 해문이 근엄한 표정으로 그들에게 다가왔다. 그는 예상보다 제사를 늦게 끝낸 서요를 의심스럽게 바라보았다.

"왜 이리 늦게 끝난 것이오?"

서요가 뭐라고 답할지 걱정되었던 진원은 대신 말하기 위해 입을 열었다.

"저, 제사장님께서……."

하지만 해문은 고개를 내저으며 어깃장을 놓았다.

"자네 말고, 제사장에게 묻는 것이네."

그의 무서운 눈빛에 진원은 결국 입을 다물었고, 서요는 해문을 똑바로 바라보았다.

"축언을 듣지 못해 오랜 시간 기도를 드렸습니다."

해문이 눈썹을 추켜세웠다. 해문이 알기로 이제껏 어떤 제사장도 건국일에 축언을 듣지 못했던 적은 없었다. 물론 그는 그 말들 또한 전부 지어냈다고 생각했지만 말이다.

'거짓말조차 하지 않는 건가.'

해문이 다시 한 번 추궁했다.

"그래서 어찌 되었소?"

서요는 참담한 얼굴로 고개를 가로저었다.

"듣지 못했습니다."

"듣지 못했다라…… 알겠소."

해문이 그녀를 싸늘하게 바라보다 뒤돌아섰다. 앞으로 있을 일들이 염려되었던 진원은 발을 동동거리다 서요를 붙잡았다.

"얼른 가서 다시 말씀드리세요. 축언을 들었다고 말입니다. 이렇게 끝나 버리면 하늘의 부정을 탄 제사장이 되어버려요!"

서요는 진원이 허언하라고 강요할 만큼 이게 심각한 일인가 싶어 안색이 어두워졌다. 어수선한 분위기의 그들에게 다가온 기상신들은 팔짱을 끼고 침음했다. 상황이 어떻게 돌아가는 건지 대충 눈치챘기에 마찬가지로 고민하던 중 미르가 가장 먼저 서요의 어깨를 다독였다.

"괜찮아. 네 소신껏 해."

미르는 서요가 이런 일로 주눅 들지 않길 바랐다.

"그리고 대신관. 이미 서요가 듣지 못했다고 말했는데 다시 가서 번복하라니. 그게 더 우스운 꼴인 걸 몰라?"

그의 타박에 진원은 한숨을 내쉬었다. 그로선 앞으로 제사장이 어떤 공격을 받게 될지 알기에 어쩔 수 없는 일이었다.

"일단 알겠습니다."

진원이 신관들과 함께 천제단을 정리했다. 서요는 이게 다 아직 자신이 부족해서 벌어진 일인 것 같아 마음이 심란했다. 기상신들과 함께 태백산을 내려가는 서요는 좀처럼 기운을 낼 수가 없었다. 태백산의 정기는 마음을 위로해 주었으나 계속 시무룩했다.

'모두에게 피해를 준 것 같아. 고개도 못 들겠네.'

서요가 그런 생각을 하며 태백산을 내려갈 때, 그녀의 귀에 놀랍게도 삼신할미의 목소리가 들려왔다.

'오랜만이구나. 이제 네가 어엿한 제사장이 되어 하늘에 제사도 올리고

말이야.'

서요는 깜짝 놀라 그 자리에 멈춰 서서 온 정신을 집중했다. 삼신할미는 그들에게 천상으로 올라갈 수 있는 방법을 알려준 고마운 신이었다. 이른 봄에 간절한 마음으로 태백산을 찾아 삼신할미를 만났을 땐 너무 놀라 숨고 싶기만 했지만 지금은 오히려 그립고 보고 싶었다.

'어디 계십니까? 나타나 주십시오.'

그녀의 말에 삼신할미가 곤란하다는 듯 답했다.

'그리 많은 사람과 함께 있으면서 나를 보겠다고? 그건 어렵다.'

'그렇군요. 뵙고 싶었는데……'

'그나저나 아사달의 심장만 찾으면 천상으로 올라갈 수 있겠구나.'

삼신할미의 부드러운 목소리를 들은 서요는 지금껏 신어를 듣고 싶어서 전전긍긍했던 마음이 조금은 위로받는 듯했다.

'예. 아사달의 심장을 얻기 위해선 뭘 어떻게 해야 할까요?'

그녀는 벅찬 와중에도 아사달의 심장에 대해서 물었다.

'서요, 네가 제일 잘 알고 있을 것이다.'

삼신할미의 말에 서요는 그게 무슨 뜻이냐고 몇 번이나 다시 물었으나 그녀의 목소리는 다시 들려오지 않았다. 서요는 아쉬움에 자꾸만 그 자리를 서성거렸다.

밤이 깊어지기 전에 무사히 태백산을 내려온 해문은 완전히 지친 사람들을 보고 고심했다. 아무래도 이 대인원이 어둠을 뚫고 도성 안으로 들어가는 건 힘들 것 같았다. 고민 끝에 그는 태백산에서 비교적 가까운 천문관으로 이동하기로 결정했다. 인원이 꽤 많았기에 개인 별당을 쓰게 해줄 생각까지 했다. 그로서는 아주 큰 결정이었다.

제사를 오랜 시간 끈 것이 미안했던 서요는 해문의 말에 동의했다. 천문관의 관리들과 해문이 배려해 준다면 하루 머무르기에 괜찮을 것 같았다. 천문관에 도착한 서요는 여신관들과 함께 한 방을 쓰기로 했고, 다른 사람들은 일사분란하게 자리를 찾아 취침 준비에 돌입했다.

잠자리에 들기 전에 밖으로 나온 서요는 천문관을 둘러보며 싱긋 웃었다. 태백산에 이어 이곳도 오랜만이라 반가웠다.

'그땐 천문관에서 달아나고만 싶었는데, 이런 감정을 느끼게 될 줄이야.'

서요의 발걸음이 저절로 후원 쪽으로 향했다. 이곳에서의 가장 큰 추억은 후원에서 미르와 첫 입맞춤을 한 것이었다.

설레는 마음에 후원에 도착한 서요는 깜짝 놀라 눈을 크게 떴다. 낙엽이 쌓인 나무 아래 미르가 그림처럼 서 있었다. 서요는 활짝 웃으며 그에게 다가갔다.

"미르님! 들어가서 주무시지 않고 왜 여기 계세요?"

서요는 그도 자신과 같은 마음이었구나 싶어 기뻤으면서도 괜히 물어보았다. 그녀의 발랄한 목소리에 미르는 씩 웃었다.

"그럼 너는 왜 여기 나온 건데?"

"음…… 천문관에서 있었던 일 중에서 가장 기억에 남는 게 있어서요."

"뭔데?"

미르는 태연하게 되물으면서 서요를 당황하게 만들었다. 서요는 자신이 먼저 떠보았는데 상황이 반전되자 심통이 나서 입을 삐죽 내밀었다.

"미르님도 아시면서 뭘 물어요!"

서요는 부끄러워하며 미르의 어깨를 툭 쳤다. 그들은 나란히 앉아서 추억을 곱씹었다.

"그때까지만 해도 우리 사이가 그다지 좋지 않았는데 말이에요."

서요의 말에 미르는 고개를 갸웃했다. 그때도 그는 서요가 걱정되어 참을 수가 없었고 제대로 자각하진 못했지만 그녀를 좋아하고 있었다.

"사이가 좋지 않다고 느낄 만했지만 난 그때도 널 좋아했던 것 같아. 그때 내가 얼마나 가슴이 떨렸는지 알아?"

미르가 솔직하게 말하자 서요의 얼굴이 달아올랐다. 그녀도 그때 가슴이 너무 뛰어서 한동안 마음이 혼란스러웠다. 그리움에 젖은 눈으로 아름다운 밤하늘을 바라보던 서요가 말했다.

"저도 그랬어요. 미르님이 그걸 싫어했을 거라고 오해했지만."

"그러니까 왜 그런 오해를 해가지고."

"그땐 그럴 수밖에 없었어요! 미르님 표정이 얼마나 안 좋았는데요. 결국 화해해서 다행이었죠."

그것도 다 재미있는 추억이라고 생각한 미르는 입꼬리를 올렸다. 그녀와 함께 있는 시간이 참으로 평화롭고 좋았다. 밤새 오순도순 이야기해도 전혀 피곤할 것 같지 않았다.

그들이 그렇게 화기애애하게 이야기를 나누고 있을 때, 불청객이 나타났다. 잠이 오지 않아 자주 들르던 후원으로 나온 해문이었다.

해문을 본 서요와 미르는 얼굴을 굳히고 자리에서 일어났다. 그들에게 다가간 해문은 떨떠름한 표정이었다.

"이곳에서 한가로이 잡담하고 있는 줄은 몰랐는데……."

그는 함께 있는 그들을 보고 기분이 좋지 않아 일부러 비아냥거렸다. 모른 척 피할 수도 있었지만 그러고 싶지 않았다. 미르의 눈썹이 꿈틀거렸다. 해문과 미르의 눈치를 보던 서요는 한숨을 내쉬었다. 그때처럼 또 싸우면 어쩌나 싶었다.

'제발 이 평화로운 분위기를 망치지 말란 말이야!'

서요는 심호흡하며 마음을 가다듬었다.

"우연히 만나서 잠시 이야기했을 뿐입니다. 이제 들어가 잘 겁니다."

서요는 굳이 이런 얘기까지 해야 하나 싶었지만 자리를 피하고 싶었기에 어쩔 수 없었다. 돌아서려는 서요의 손목을 잡은 미르는 해문을 똑바로 노려보았다.

"왜 갑자기 시비를 거시는지 모르겠습니다. 이야기를 나누는 것도 안 된단 말입니까?"

미르의 눈동자가 차갑게 가라앉았다. 해문 또한 냉담한 기운을 풀풀 풍기며 그를 응시했다. 후원에 가득 쌓였던 낙엽들이 서늘한 바람에 날아갔다. 두 남자 사이에 끼어버린 서요는 차라리 저 낙엽이 되어 어디론가 날아가 버리고 싶다는 생각이 들었다. 하지만 계속 이대로 있을 수는 없었다.

"두 분 다 그만하세요. 이렇게 부딪쳐서 감정 상할 필요 없잖아요."

서요의 말에 해문이 아랫입술을 꽉 깨물었다. 그는 제사장인 그녀도 아니고 일개 수행원인 미르가 이런 식으로 행동하는 걸 참을 수 없었다. 또한 미르를 다그치기는커녕 둘 다 그만두라는 서요의 말도 기분이 나빴다.

"제사장은 내가 이런 모욕들을 언제까지 참아줄 거라 생각하오? 이것이 정상적인 상황으로 보이오?"

해문이 주먹을 꽉 쥐고 매섭게 말하자 서요는 어깨를 흠칫했다. 서요는 미르가 기상신임을 모르는 해문이 보기엔 그의 행동이 무척 건방지게 보일 거라는 걸 잊고 있었다.

'이런 바보!'

서요는 다급하게 미르의 손을 잡고 자신 쪽으로 이끌며 고개를 푹 숙였다.

"진심으로 사죄드립니다. 저하. 용서해 주십시오."

해문은 서요가 불안해하며 미르의 손을 꽉 잡은 걸 보고 울분이 끓어올랐다. 그녀에게 중요한 건 역시 정체를 알 수 없는 수상한 저놈뿐이었다. 서요에게 추궁하고 싶은 문제가 아주 많았던 해문은 가까스로 화를 눌러 참았다.

"그럼 말해보시오."

"무엇을 말입니까?"

"지금까지 일어났던 말도 안 되는 일들에 대해서!"

해문의 목소리가 격앙되었다. 해문은 서요가 전한 신어대로 갑작스레 폭우가 그치고 거짓말처럼 해가 떴다는 걸 받아들일 수 없었다. 그는 자신이 태어나기 전, 전대 신녀들의 업적에 대한 기록 외에는 직접 눈으로 본 적이 없기에 그 기록들을 무시하고 믿지 않았다. 하지만 신녀 서요의 등장으로 자꾸만 머리가 어지러웠다.

서요는 아랫입술을 깨물며 난감해했다. 신을 믿지 않는 그는 제가 어떤 말을 하든 반박만 할 것 같았다. 또한 해문이 바라는 국가는 신의 힘을 빌리지 않는 자주적인 국가였다. 서요는 그걸 위해서 그가 노력해왔다는 사실을 잘 알고 있었다.

'뭐라고 해야 하지?'

서요가 고심 끝에 입을 열었다.

"저하. 저는 훗날 저하의 나라가 어떤 나라가 될지 많은 기대가 됩니다."

생뚱맞은 말에 해문은 눈썹을 추켜세웠다. 그의 얼굴이 험악하게 일그러겠다. 그러나 서요는 개의치 않았다.

"결국 이 땅은 사람 스스로 만들어 나가는 것. 신령스러운 힘은 그저 잠시 마음의 안식을 찾는 걸 도와줄 뿐입니다. 그러니 너무 노여워하지 마십시오. 아직은 백성들에게 위로가 필요할 때 아니겠습니까."

서요는 자민이 아닌 해문이라면 신자들을 탄압하지 않고 그의 신념 대로 올바른 세상을 만들어 나갈 것이라고 생각했다. 그런 믿음이 있기 에 조금은 안심할 수 있는 거였다.

해문은 서요의 진심 어린 말을 듣고 분기가 조금 가라앉았다. 그녀의 말엔 알 수 없는 힘이 있었다. 그는 지금껏 몇 번이고 서요의 말에 감탄 하고 감동을 받았다. 이번에도 마찬가지였다. 자신의 나라를 기대한다 는 그녀의 눈은 반짝반짝 빛나고 있었다.

해문이 깊은 숨을 내쉬었다.

"후…… 제사장께서 말씀하신 그 위로가 아직은 백성들에게 필요하 다는 걸 인정하지만 항상 의심하고 또 의심할 것이오."

서요는 고개를 끄덕이며 해문의 말을 받아들였다. 그는 그의 방식대 로 좋은 나라를 만들면 될 일이었다. 건강하고 행복한 나라가 된다면 서요 또한 바랄 게 없었다.

해문이 자리를 뜨자 서요는 기운이 빠져 자리에 주저앉았다. 그가 더 는 뭐라 하지 않고 떠나주어서 참으로 다행이었다. 서요는 여전히 표정 이 좋지 않은 미르를 힘없이 올려다보았다.

"미르님이 억울하고 화가 나는 마음은 이해하지만 그래도 이곳에선 세자 저하이시잖아요."

"……그래서? 나도 지금껏 많이 참았어. 그런데 그놈이 널 납치한 순 간부터 도저히 그럴 수가 없는데 어떻게 하라고!"

그의 분노에 서요는 머리가 터질 것만 같았다. 왜 둘은 처음부터 지 금까지 만날 때마다 으르렁거리는지 알 수가 없었다. 서요가 끙끙 앓는 소리를 내자 미르는 심란한 얼굴이 되었다.

"많이 힘들어?"

서요는 당연한 걸 묻는다는 듯 인상을 찌푸렸다.

"그럼 괜찮아 보여요? 가운데에 낀 사람이 얼마나 힘든데요!"

"흠…… 그건 나도 알지만. 이렇게 된 거 확 밝혀 버려?"

"뭘 밝혀요?"

"그놈이 절대 안 믿는, 신의 모습으로 절대 건방지게 굴지 못하게……."

미르가 말도 안 되는 소리를 하자 서요는 그의 말이 다 끝나기도 전에 반박했다.

"무슨 그런 위험한 소리를 하시는 거예요!"

하지만 미르는 답답한 나머지 정말 그러고 싶었다. 해문이 신을 믿지 않는 게 우스웠고, 그에게만큼은 모욕을 당하는 걸 참기도 어려웠다.

서요는 고개를 절레절레 저었다.

"그러다가 정말 큰일 나요. 어떤 신이 지상에 나타나서 자기 정체를 밝혀요. 물론 가람님은 그랬지만…… 잘못된 일이잖아요."

신은 천상에서 백성들을 살피며 그들의 위안이 되면 될 뿐이었다. 실제로 모습을 드러내면 혼란만 일으킬 터였다.

서요의 말에 미르는 허탈한 웃음을 지었다.

"그래. 농담이야. 잠깐 화나서 해본 말이야."

서요는 불퉁한 얼굴로 놀리듯이 말했다.

"농담이라고요? 완전히 진담 같았는데."

"아니야. 자중할 테니까 그만 괴로워해."

미르는 아무리 화가 나도 서요가 힘들어하는 건 보고 싶지 않았다. 기분 좋게 고개를 끄덕인 서요는 그를 바라보며 입꼬리를 올렸다. 그때 미르가 어떤 좋은 생각이 들었는지 그녀에게 말했다.

"그런데 우리 방금 싸운 거 같은데……."

"네?"

"좀 싸운 거 같으니까, 화해의 의미로 입이나 맞춰볼까?"

서요는 인상을 찌푸렸다. 가을밤의 후원이 꽤 낭만적이긴 했으나 입을 맞추자는 이유가 너무 황당했다.

"이건 싸운 게 아닌데요, 미르님?"

미르는 그러거나 말거나 가까이 다가왔다. 화해의 의미로 입을 맞추자는 미르의 발상이 귀여워서 서요는 눈을 감고 따스한 숨결이 다가오길 기다렸다.

잠시 후 미르의 입술이 서요의 입술로 내려앉았다. 이른 봄 그날의 아찔한 사고처럼 가슴이 두근거리는 밤이었다.

서요가 천제에서 축언을 듣지 못했다는 소식을 받은 자민은 사악하게 웃었다.

"휘빈님. 좋은 소식이 아니겠습니까?"

자민의 침전에서 여유롭게 쉬고 있던 휘빈은 깔깔 웃으며 표독스러운 표정을 지었다.

"내 그럴 줄 알았어. 천제를 지켜보는 건 환웅이 아니라 최고 어르신인 환인이거든. 그분은 상대가 누구든 따뜻한 축언 따위 건네주지 않아."

휘빈의 말에 자민은 깜짝 놀라서 눈을 크게 떴다. 신들의 이야기는 언제 들어도 놀라웠다.

"그럼 이제껏 신녀들이 거짓을 고했다는 말씀이십니까?"

그의 물음에 휘빈이 붉은 입술을 매력적으로 휘었다.

"그래. 거짓도 고하지 못하는 멍청한 년 같으니라고. 알아서 스스로를 궁지로 모네.”

휘빈은 서요를 방심하게 하고 그녀의 지지기반을 천천히 무너뜨린 후 자민을 이용해서 죽일 작정이었기에 여러모로 잘되었다는 생각이 들었다. 휘빈의 말에 자민은 상기된 얼굴로 고개를 끄덕였다.

“소문내기에 가장 적합한 때인 것 같습니다.”

그들은 같은 생각을 하며 히죽거렸다. 서요가 견딜 수 없는 큰 비난을 받으며 무너지는 것도 꽤 볼만할 것 같았다.

⊠

도성에 서요와 관련된 악의적인 소문이 퍼져 나갔다. 그 소문을 일찌감치 접한 진원은 역시 이럴 줄 알았다며 뒷목을 잡았다. 이렇게 되면 백성들은 혼란스러울 수밖에 없었다.

“후…… 큰일이군.”

진원은 얼른 서요에게 가서 그 사실을 전달했다. 껄끄러운 이야기일지라도 그녀가 꼭 알아야 하는 일이었다. 소문을 들은 서요는 심란한 얼굴이 되었다.

“천제에서 신어를 듣지 못한 건 제 잘못이나…… 해를 불러온 제사장 때문에 비가 오지 않고 가을 가뭄이 지속된다는 건 낭설 아니에요?”

졸지에 불길한 제사장이 되어버린 서요는 허탈했다. 불과 한 달 전만해도 폭우를 멈추고 조선에 해를 불러온 제사장으로 백성들의 축복을 받았는데 어쩜 이럴 수 있나 싶었다.

진원은 한숨을 푹 내쉬었다.

“네, 유언비어이지요. 하지만 매년 이어져 온, 당연한 가을 가뭄이어도 백성들은 배고프고 힘이 들 것 아닙니까. 그런데 그게 누구 때문이라는 말이 돌기 시작하면 감정이 격해지고 휩쓸리기 마련이지요.”

"결국 제가 축언을 듣지 못해 틈을 보여주어서 일이 이렇게 된 거군요."

서요가 시무룩한 얼굴로 자책했다. 어떻게 해야 헛소문이 퍼져 나가는 것을 막고 백성들의 신임을 얻을까 싶었다. 별다른 좋은 방법이 생각나지 않았던 그녀는 씁쓸하게 웃었다.

"그저 올해 가을 가뭄이 길지 않기를 바라는 건, 너무 한심한 생각이겠죠?"

진원은 대답하지 못하고 짧게 신음했다. 지금으로선 상황을 더 두고 봐야 했다.

진원과 대화를 나눈 뒤 신전을 나온 서요는 웬일로 별채에 다 함께 모여 있는 기상신들을 보고 반가워서 손을 높이 흔들었다.

"미르님! 가람님! 소소님!"

그녀의 목소리에 심각하게 이야기를 나누던 기상신들은 흠칫하며 뒤돌아보았다. 서요는 해맑게 웃으며 다가왔다.

"웬일로 세 분이 모여서 이야기를 나누고 계셨어요?"

그녀의 물음에 기상신들은 모두 당황한 표정을 지었다. 서요는 영문을 몰라 고개를 갸웃했다.

그때 미르가 누가 봐도 어색하게 말했다.

"아무것도 아니야."

가람과 소소는 조금씩 일그러지는 그녀의 얼굴을 보고 고개를 설레설레 저었다. 누가 봐도 뭔가 꾸미고 있었구나, 생각할 만한 대답이었다. 사실 그들은 진원처럼 해괴한 소문을 듣고 간만에 모여서 심각한 대화를 나누고 있던 거였다. 결국 소소가 서요에게 사실대로 털어놓자 서요는 깊은 한숨을 내쉬었다.

"다들 걱정이 많으셨겠네요. 지금 신전 분위기가 뒤숭숭해요. 소문이 수그러들지 않고 점점 퍼지고 있어서요."

발 없는 말이 천 리를 간다고, 벌써 도성 안의 모든 사람들이 그 소문에 대해서 입방아를 찧고 있었다. 서요는 그것 때문에 머리가 아팠다. 시무룩한 서요에게 소소가 믿음직스럽게 말했다.

"좀 두고 보면서 대책을 강구해야 할 것 같습니다."

"예. 그래야죠."

서요는 애써 기운을 내서 그들과 함께했다. 이런 소문이 계속되고 민심이 술렁거린다면 기청제에 이어 기우제라도 올려야 할 터였다.

잠잠해지길 바라는 서요의 마음과 달리, 내리쬐는 뙤약볕에 백성들은 점점 지쳐 갔다. 가을 가뭄은 농사에 막대한 해를 입혔고, 공기가 건조해지면서 곳곳에서 산불도 일어났다. 흉작이 되지 않을까 두려워하던 백성들은 하나같이 해를 불러오고 신의 축복을 받지 못한, 불길한 제사장인 서요를 욕하기 시작했다.

서요는 신전을 찾는 많은 백성들이 처음엔 힘들다고 푸념하다가 이젠 자신을 믿지 않고 비난하자 어찌할 바를 몰라 했다.

'가을 가뭄은 나 때문이 아니란 말이야! 햇볕을 내려 보낸 후 지금까지 비가 한 방울도 내리지 않은 게…… 정말 내 탓이라고?'

서요는 머리가 어지러웠다. 백성들과 부딪치는 건 그녀에게 가장 슬프고 힘든 일이었다. 가장 어려운 문제에 직면한 서요는 가슴이 답답했다.

※

신전 주변에서 서요를 비난하는 백성들의 소요가 벌어졌다. 업무를 보기 위해 강당으로 들어가려던 그녀는 들려오는 소리에 깜짝 놀라 얼굴이 새파랗게 질렸다.

"이게 무슨……."

서요가 말을 제대로 잇지도 못한 채 굳어 있자 몇몇 신관들은 혹시 모를 위험을 방지하기 위해 그녀를 보호했다. 그리고 소소와 다른 신관들은 기어코 신전 안으로 쳐들어와 농성하는 백성들을 진압하기에 이르렀다.

'대체 왜 이러는 거야!'

서요는 진원을 따라 신관들의 처소로 이동하면서도 연신 뒤를 돌아보았다. 소요까지 벌어졌다는 게 믿어지지가 않았으며 가슴이 찢어질 듯 아팠다.

"지금 당장 가뭄을 해결하시오!"

"우리에게 불운한 제사장은 필요 없소!"

백성들의 날카로운 목소리가 그녀의 귀를 찔렀다. 서요는 기청제를 올리고 백성들에게 받았던 환대를 똑똑히 기억하고 있었기에 지금 상황이 더욱 낯설었다. 전부 축언을 듣지 못한 이후 퍼져나간 해괴한 풍문 때문이었다. 안으로 피신한 서요는 한 손으로 지끈거리는 머리를 짚었다.

"잠잠해지길 바랐는데 점점 더 심각해지기만 하네요. 가뭄 때문에 힘이 드는 건 이해하지만 어떻게 뜬소문만 믿고 그러는지……."

서요는 백성들을 원망하고 싶지 않았지만 자꾸만 속이 상했다. 그들을 위해서 지금껏 열심히 일했기에 더욱 억울했다. 처음 겪는 일에 힘들어하는 서요에게 진원은 조심스럽게 입을 열었다.

"그건 나약하고 힘없는 백성들 때문이 아니라 그들을 선동한 집단이 나빠서 그런 겁니다."

진원의 목소리는 매우 진중했다. 그는 이 상황이 걱정되는 게 사실이었지만 그래도 지금껏 그녀가 잘해왔기에 이번 문제도 분명히 잘 해결하고 더 많은 걸 배울 거라고 생각했다. 다만 그러기 위해선 마음을 단단히 먹어야 했다.

진원의 말에 서요는 이미 자신이 틈을 내보여서 그렇게 되었다는 걸 알면서도 투정을 부린 게 부끄러워졌다. 비난의 화살은 백성들을 이용해 무언가를 바라고 있는 그 나쁜 집단에게 향해야 했다.

"그렇죠. 제가 참 바보 같은 말을 했네요. 그렇다면 이제 정성을 다해 기우제를 올려야겠어요. 해가 뜬 것처럼 비가 내린다는 보장은 없지만 더 늦기 전에 백성들의 마음을 어루만져야 할 것 같아요."

매년 있어왔던 가을 가뭄이고, 서요는 비를 내리는 능력은 없었지만 우선 기우제를 올리겠다고 결심했다. 소문이 잠잠해지지 않고 소요까지 벌일 정도로 심각해졌기에 어쩔 수 없는 일이었다. 진원은 자신이 흔들리면 그녀가 더욱 불안해할 것 같았기에 굳건한 목소리로 답했다.

"준비하도록 하겠습니다."

고개를 끄덕인 서요는 해가 쨍쨍한 하늘을 올려다보며 심란한 표정을 지었다.

'하루 빨리 가뭄이 끝났으면 좋겠다.'

그런 생각을 할 수밖에 없는 자신의 처지가 참으로 가련했다.

소요가 벌어졌다는 소식을 듣고 서요를 급하게 찾던 미르와 가람은 저 멀리서 힘없이 걸어오는 그녀를 발견하고 목청을 높였다.

"서요야! 어디 다친 데 없어?"

"서요님 괜찮으십니까?"

귀를 울릴 정도로 커다란 그들의 목소리에 서요는 애써 미소를 지으며 고개를 끄덕였다.

"그럼요. 아무렇지도 않아요."

서요는 어깨를 으쓱하며 아무렇지 않은 척했지만 오랜 시간 함께해 온 그들은 그녀의 기분이 곤두박질치고 있다는 것을 알 수 있었다. 미르가 그녀의 손을 잡았다.

"어딜 봐서 아무렇지도 않다는 거야. 그렇게 기운 없는 얼굴을 하고 있으면서."

"그래요?"

서요가 입술을 삐죽였다. 속상한 마음은 어쩔 수 없이 티가 나는 모양이었다. 서요는 그가 제사장이 되는 걸 극심하게 반대한 건 이런 이유들 때문이었을 거라는 생각이 들었다.

'힘들 걸 알고 있었는데도 막상 겪으니 충격적이네.'

서요는 이제야 미르의 마음이 이해가 되었다. 쓸쓸한 표정을 지은 서요는 기우제를 열 것이라고 말했고, 가람은 물을 운용하는 신이었기에 이 사태가 더욱 안타까웠다. 요 며칠 기루조차 가지 않은 가람이 조금 머뭇거리며 그녀에게 말했다.

"기우제면 우리 아버지, 그러니까 우사님께 비를 내려달라고 청한다는 말씀이시죠?"

서요는 긴장한 얼굴로 고개를 끄덕였다.

"네. 들어주실까요?"

서요는 우사의 아들인 가람에게 궁금한 것이 아주 많았다. 가람은 난감하다는 듯 볼을 긁적이며 뜸을 들였다. 사실 가람은 조선이 극심한 가뭄에 시달릴 때마다 기우제를 올리는 것을 보았고, 그때 우사가 어떤 말들을 했는지 기억하고 있었다.

'저 비를 내려달라는 소리 이젠 아주 지긋지긋해! 잠깐 내릴 순 있어도, 저 먼 나라에서 계속 건조한 바람이 불어오면 나도 어찌 할 수가 없다고. 일단 견뎌야지. 그래야 적기가 됐을 때, 힘을 다하지.'

가람은 기우제를 골치 아파하던 우사의 험한 말들을 차마 서요에게 그대로 전할 수가 없어서 어색하게 웃었다.

"글쎄요. 저는 잘 모르겠네요. 많이 바쁘시긴 할 거예요."

은근히 부정적인 말에 서요의 어깨가 축 처졌다.

"네. 우선 열심히 해볼게요."

서요가 말하며 안채로 돌아갔다. 기우제를 올릴 때까지는 최대한 조용히 지내면서 심신을 가다듬어야 할 것 같았다.

휘빈은 오늘 아침 신전에서 소요가 벌어졌다는 소식을 전해 듣고 소문의 위력을 실감했다. 이렇게 천천히 괴롭히며 무너뜨리는 것도 재미가 쏠쏠했다.

'네가 믿고 있던 백성들에게 버림받은 기분이 어때?'

휘빈은 그게 궁금하기도 하면서, 그래도 아직은 미르에게 거절당한 자신보다는 덜 슬플 거라고 생각했다. 사랑하는 남자에게 매몰차게 버림받은 건 그 무엇으로도 치유가 되질 않았다.

휘빈은 살벌한 얼굴로 주먹을 꽉 쥐었다. 불과 한 달 전만 해도 자민은 백성들의 적이나 마찬가지였기에 서요에게 어떤 행동을 취하기가 상당히 어려웠다. 하지만 지금은 제사장의 평판이 무너지고 있으니 조만간 좋은 기회가 올 터였다.

그때 자민이 기쁨에 겨워하며 휘빈에게 조심스럽게 물었다.

"휘빈님. 그럼 이제 그년을 궐로 불러들일까요?"

그의 말에 휘빈은 고개를 내저었다.

"아니, 아직은 아니야. 지금보다 더 좋은 기회가 올 수도 있어."

휘빈이 입꼬리를 올리며 매혹적으로 웃었다. 그녀는 서요와 기상신들이 앞으로 어떻게 행동할지 대충 예상할 수 있었다.

서요를 죽이기 위해선 그녀를 기상신들과 떼놓거나 그들의 힘을 약화시키는 게 중요했다. 물론 휘빈이 기상신들을 상대하지 못하는 건 아니었으나 그래도 목숨을 걸고 싸운다면 일을 처리하기 어려울 정도로 방해를 받을 것이었다.

'내가 이렇게까지 신중하게 기회를 엿보고 있는데…… 이번엔 반드시 죽이고 말 거야.'

휘빈은 속으로 이를 갈았다.

깊은 밤, 백성들의 비난으로 힘들어하는 서요를 위로해 주고 싶었던 미르는 그녀가 있을 안채로 향했다. 그는 서요의 방에 들어갈 생각에 심장이 쿵쾅쿵쾅 뛰었다.

"어허! 그런 생각하지 마. 지금은 그거 아니야."

미르가 자신도 모르게 슬쩍 올라가는 입꼬리를 단속하며 중얼거렸다. 요즘 그녀의 기분이 최악인 만큼 실수하면 곤란했다.

서요의 방 앞에 도착한 그는 조금 망설이다가 조심스럽게 인기척을 냈다. 방 안에서 경전을 읽고 있던 그녀는 깜짝 놀라서 문을 열고 미르를 바라보았다.

"미르님? 여긴 어쩐 일이세요?"

그가 뭔가 할 말이 있어 왔다고 생각한 서요는 옷을 여미고 밖으로 나오려고 했다. 하지만 서요가 나오기도 전에 미르는 그녀의 방으로 들어가 자리를 차지했다. 그 모습에 서요는 어이가 없어서 헛웃음을 지었다.

"뭐 하시는 거예요? 누가 보기라도 하면 어쩌려고요!"

서요의 말에 그는 딴청을 부렸다.

"들키지 않으려면 일단 문부터 닫아야지."

"아이참!"

아직 문이 활짝 열려 있다는 것을 깨달은 서요는 문을 닫으며 뾰로통한 얼굴로 미르의 앞에 앉았다. 그가 갑자기 무슨 목적으로 방을 찾은 것인지 알 길이 없어 서요는 살짝 긴장했다. 그녀의 눈동자가 흔들리는 것을 본 미르는 피식 웃었다.

"왜. 뭐가 그렇게 불안한 건데."

"아뇨. 불안하기는요. 그냥 누가 보기라도 하면 곤란하잖아요."

서요는 아무리 신전에서 미르와 연인 사이라는 게 공공연하다지만 혼인도 하지 않았는데 밤을 같이 보낸다는 망측한 소문이 돌기를 원치 않았다. 그렇지 않아도 요즘 도성 안을 떠도는 유언비어 때문에 골치가 아팠다.

서요가 무엇 때문에 그렇게 말하는지 알고 있는 미르는 괜히 모른 척하며 물었다.

"뭐가 곤란한데?"

답답한 마음에 그를 살짝 째려본 서요는 에라 모르겠다는 심정으로 바닥에 벌러덩 누웠다. 이것 말고도 신경 쓸 일이 많아 머리가 터질 것만 같았다. 미르는 서요의 옆에 누워서 나지막한 목소리로 속삭였다.

"그래도 내가 와서 좋지 않아? 정말 머리 아프기만 한 거야?"

귓가를 울리는 그의 달콤한 목소리에 서요는 불퉁하게 튀어나온 입술을 집어넣었다. 누가 볼까 봐 걱정되었지만 한참 외롭고 힘이 들었는데 미르가 찾아와 주어서 좋은 건 사실이었다.

"좋아요. 오늘 밤은 경전 그만 읽고 쉬어야겠어요."

이런 상황에서도 일해야 한다는 압박감에 시달리던 서요는 왠지 모르게 후련해졌다.

"그래. 그동안 많이 힘들었지."

미르는 방을 찾아온 본래 목적을 상기하고 그녀를 꽉 안아주며 위로했다. 그의 다정한 목소리에 서요는 입꼬리를 올리며 잔잔한 미소를 지었다. 천왕신전에 오겠다고 결정한 후부터 항상 강인해지겠다고 다짐했지만 미르의 앞에서는 여전히 아이가 되는 것 같았다.

'나도 참…… 미르님 앞에서만큼은 어쩔 수가 없네.'

서요는 그의 체취를 듬뿍 들이마셨다. 미르의 품에서 눈을 감으면 그를 온전하게 느낄 수 있어서 좋았다.

"이왕 오신 거, 조금만 더 있다가 가요. 알겠죠?"

고통스러웠던 하루였다. 처음으로 행복해진 서요는 미르에게 아양을 부렸다. 가장 듣고 싶었던 말을 들은 미르는 기쁨을 감추지 못하고 크게 웃었다.

"하하! 내일 아침까지 있을 수도 있는데?"

미르는 능글맞은 표정으로 서요의 머리를 살살 어루만졌다. 아무래도 백 마디 말보다 한 번의 포옹이 그녀를 더욱 편안하게 해주는 것 같았다.

'내가 곁에 있잖아.'

그는 마음을 다해 서요의 곁을 지키며 힘을 보태주었고, 그녀는 아주 간만에 편안하게 잠들었다.

�֍

하늘에서는 야속하게도 강한 햇볕만 내리쬘 뿐, 단비가 쏟아질 기미는 보이지 않았다. 덥지는 않았으나 심리적으로 숨이 턱턱 막히는 기분에 서요의 낯빛이 어두워졌다. 기우제를 지내기 위해 입은 예복이 오늘따라 더 무겁고 거추장스럽게 느껴졌다.

'기청제를 올릴 때보다 더 걱정되는 것 같네.'

그리 생각한 서요는 많은 신관을 대동하고 재단으로 들어갔고, 기상신들은 그런 그녀를 불안하게 바라보았다. 기청제를 올릴 때와 마찬가지의 절차로 제의를 지낸 서요는 초조하게 아랫입술을 깨물었다. 가람의 부정적인 말도 있었기에 아무런 일도 벌어지지 않은 것에 크게 놀라진 않았지만 기다리고 있을 신관과 백성들에게 뭐라 전해야 할지 암담했다.

두 손을 꽉 마주잡은 서요는 다시 한 번 우사를 향해 단비를 내려달라고 청했다.

'제발 부탁드려요.'

하지만 여전히 날은 쨍쨍했다. 서요는 무릎이 아플 때까지 기도를 드렸지만 시간이 흐르고, 결국 자리에서 일어나 한숨을 내쉬었다.

"망했다, 망했어."

이런 말까지 하고 싶진 않았지만 앞으로의 일이 걱정되어 어쩔 수가 없었다. 호기롭게 시작한 제사장 일이 굉장히 버겁게 느껴졌다.

'이렇게 힘들 거라는 거 알고 시작한 거잖아. 그런데도 네가 자신했잖아. 아니야?'

서요가 자신을 비꼬았다. 그녀는 제사장이 되기를 반대하는 미르에게, 자신의 선택이고 막중한 임무이니 해내겠다는 말을 수십 번이나 했다. 그런데 이제 와서 나약하고 멍청한 모습을 보일 순 없었다.

서요는 차라리 자신에게 햇볕을 내려 보내는 것에 이어서 비를 내리는 능력도 있다면 얼마나 좋을까 싶었다. 그때와 달리 지금은 우사에게 기도를 드리는 방법밖에는 없었다.

서요가 축 처진 모습으로 나오자 진원과 기상신들은 서요의 눈치를 보았다.

"괜찮으니까 어깨 펴."

미르는 힘들어하는 서요를 보는 게 너무 고통스러웠다. 이런 상황이 올까 봐 그토록 말리며 걱정했던 것이었다. 하지만 이제 와서 그 문제에 대해 또 말하며 그녀를 골치 아프게 하고 싶지는 않았다.

미르의 위로를 들은 서요는 씁쓸하게 웃으며 고개를 끄덕였다. 기우 제도 소용이 없으니 이젠 다른 대책을 강구해야 했다. 그러나 과연 비를 내릴 수 있는 방법이 뭐가 있을까 싶었고, 이미 백성들은 가을 가뭄의 원인을 불길한 제사장 때문이라고 낙인찍었으니 소문에 관한 해명을 하는 일도 어려울 것 같았다.

'도대체 방법이 없어, 방법이!'

서요는 머리를 쥐어뜯으며 괴로워했다. 기우제를 지냈음에도 비가 내리지 않으면 그에 걸맞은 책임도 져야 할 터였다.

서요가 완전히 공황에 빠져 어찌할 바를 몰라 하자 기상신들의 얼굴이 굳어졌다. 일단 서요를 안채로 들여보낸 그들은 대화를 나눴다. 심각한 얼굴을 한 미르가 먼저 입을 열었다.

"봤지? 아무래도 기우제로 문제를 해결하긴 어려울 것 같아."

소소도 고개를 끄덕였다. 그는 미르가 마음에 들진 않았으나 이번엔 함께 해결해야 할 문제 같았다.

"잠깐이라도 힘을 합쳐서 도성에 비를 내리게 하는 게 어때?"

소소의 의견에 가장 중요한 역할을 해야 하는 가람은 신중하게 고민했다. 서요가 공격당하는 게 싫어서 도성뿐만 아니라 전국에 비를 내리고 싶은 심정이었다. 한참을 고민하던 가람은 머리를 헝클어뜨리며 호탕하게 말했다.

"그래, 까짓 거! 해보자. 잠깐이라도 기우제가 통했다는 걸 증명하면 되는 거잖아?"

비를 내리는 게 무조건 신의 마음대로 할 수 있는 게 아니라는 우사의 말이 가람의 귓가를 맴돌았다. 하지만 잠깐 정도라면 상관없을 것 같았다. 그는 어차피 능력이 대부분 봉인당해서 조선에 큰 영향을 줄 정도도 아니었다.

미르와 소소는 강렬하게 타오르는 해를 바라보고 의지를 다졌다. 비가 조금이라도 내린다면 서요와 관련한 좋지 않은 풍문은 물러날 것이었다. 기상신들은 모두 한마음 한뜻으로 오직 그것만을 원했다.

"그럼 사람 없는 곳으로 가자."

한시가 급한 미르는 소소, 가람과 신전을 나섰다. 능력을 사용하는 것이기에 서요나 다른 신관들이 눈치챌 가능성을 배제할 수 없어 떠나는 것이었다. 그녀가 만약 이 사실을 알게 된다면, 작은 마을 단위도 아닌 커다란 도성에 비를 내린다는 것에 걱정하고 심란해하고 또 속인다고 생각해서 반대할 터였다. 대신 그는 신전을 지키는 신관들에게 서요를 잘 살피라고 신신당부했다.

'보통 일이 아니니 셋이서 힘을 합쳐야 해.'

미르는 비를 내리는 일을 최대한 빠르게 마치고 그녀의 곁으로 돌아가야겠다고 다짐했다.

날은 여전히 쨍쨍했다. 도성이 한눈에 내려다보이는 산에 오른 기상신들은 지체할 것 없이 기상의 힘을 쓰기 시작했다. 먼저 미르가 하늘에 먹장구름을 잔뜩 몰고 왔고, 소소가 그 구름 주변에 차가운 바람을 일으켰다. 오랜만에 기상의 힘을 쓰는 미르와 소소의 얼굴은 매우 진지했다. 그들은 얼른 서요에게 도움이 되고 싶었다.

미르와 소소가 비를 내리기 좋은 조건을 만들어주자 가람은 도성의 하늘에 가느다란 비를 흩뿌리는 데 집중했다. 그러나 새암에서처럼 작은 마을 단위가 아닌, 넓은 지역 전체에 비를 뿌리는 것이기에 가람은 힘이 들어 인상을 팍 찌푸렸다.

'역시 넓은 지역은 안 될 것 같은데……'

온몸의 기운이 다 빠져나가는 듯한 기분에 가람의 이마에 식은땀이 송골송골 맺혔다.

'윽! 한계야!'

결국 그는 짧은 시간 동안 비를 뿌리고는 숨을 거칠게 몰아쉬었다.

"헉헉!"

비가 멈추자 함께 힘을 보태고 있던 소소와 미르는 한숨을 푹 내쉬었다. 이 정도로는 도성 내에 도는 소문을 없앨 만큼 확실하게 비가 왔다고 할 수 없었다. 가람이 민망한 듯 머리를 긁적였다.

"어떡하지? 역시 도성 전체에 비를 내리긴 힘들 것 같아."

"무리하지 마. 한계를 넘게 되면 어떻게 될지 모르니까."

소소가 염려스러운 얼굴을 했다.

팔짱을 단단히 낀 미르는 심각한 표정으로 고민했다. 도성 전체에 비를 내리는 게 불가능하다면 비가 온다는 걸 가장 효과적으로 알릴 수 있는 장소에 집중해야 할 것 같았다. 미르는 궐 쪽을 가리켰다.

"나중에 또 헛소문을 퍼뜨리지 않도록 저곳에 집중적으로 내려봐. 귀족들이 모여 사는 곳이기도 하고 저자가 있어서 사람들이 많이 드나드니까."

미르의 말에 소소와 가람은 좋은 생각이라는 듯 고개를 끄덕였다. 분명 말도 안 되는 소문을 퍼뜨린 건 서요가 무너지길 바라는 자민과 휘빈일 터였다. 미르는 그들에게 본때를 보여주기 위해서라도 서요가 기우제를 지낸 바로 지금, 그곳에 시원한 비를 뿌리고 싶었다.

"그럼 다시 시작하자."

셋은 각자 마음을 단단히 먹고 정신을 집중했다. 이번에야말로 성공해서 서요의 시름을 덜어주어야 했다. 한마음 한뜻으로 힘을 합치자 하늘에서 천둥이 치더니 미르가 지목한 곳에 비가 쏟아졌다. 주룩주룩 시원하게 내리는 비에 가슴까지 상쾌해지는 듯했다.

"됐어!"

가람이 기쁨에 겨워 소리치자 소소가 입꼬리를 올리면서도 진중하게 말했다.

"조금이라도 더 오래 유지해야지. 정신 놓지 마."

"뭐, 내가 그 정도도 모를까 봐?"

가람의 새침한 답에 미르는 못 말린다는 듯 고개를 절레절레 내저었다.

비가 내리자 밖으로 나온 백성들은 하늘을 바라보며 방방 뛰었다. 미르는 비가 온 것을 백성들의 알아채자 그제야 안심했다. 그동안 비가 내리지 않아 서요가 많이 고통스러워했던 만큼 이제는 그런 악의적인 소문에서 벗어나길 바랐다.

소소는 흐뭇한 마음에 힘을 내서 가람을 도왔고, 가람은 자신이 내리는 비를 좋아하는 사람들을 처음 보았기에 신이 나서 더 많은 비를 내렸다.

"더! 더 내려보자!"

흥에 겨워 소리치는 가람 때문에 미르는 구름을 더 불러 모았다. 몸에 슬슬 무리가 오기 시작했으나 그는 비가 내리는 것을 보고 좋아할 서요와 기뻐하는 백성들을 위해서라도 조금 더 힘을 내고 싶었다. 미르와 가람이 이처럼 백성들을 생각한 건 처음 있는 일이었다.

'이 정도 아픔은 참을 수 있어. 괜찮을 거야.'

미르는 사람을 죽일 수도 있는 강력한 능력인 벼락을 내리는 일이 아니라면 버틸 수 있을 거라고 생각했다. 하지만 능력을 사용한 지 꽤 오래 시간이 흐르자 그의 예상은 빗나갔다. 기상의 힘을 과하게 사용한 기상신들은 가슴에 찌릿한 통증을 느끼고 자리에 주저앉았다.

"윽!"

미르는 신음을 내지르며 전보다 더 강한 통증에 괴로워했다. 가슴뿐만 아니라 다른 곳도 문제였다. 머리가 깨질 듯이 아팠고 속도 뭔가 잘

못 먹은 것처럼 울렁거렸다. 몸을 제대로 가누지 못하던 미르는 처음 겪는 상황에 무척 당황했다. 그는 이렇게 심한 고통이 올 거라고는 생각하지 못했다.

'대체 왜 이러는 거지! 용미촌에서 흥분해서 벼락을 내리려고 할 때도 이 정도는 아니었는데!'

의식이 점차 희미해졌다. 미르는 눈을 제대로 뜨려고 용을 썼지만 온몸이 말을 듣지 않았고 머리가 깨질 듯한 고통은 갈수록 그 정도가 심해졌다. 미르를 비롯해 소소와 가람은 정신을 놓을 정도로 심한 고통에 결국 자리에서 쓰러졌다. 그들은 한꺼번에 강한 능력을 쓰진 않았으나 그동안 꽤 오래 능력을 남용해서, 자신들도 모르는 사이 봉인의 한계선을 넘어버린 것이었다.

비가 온 것을 두 눈으로 똑똑히 본 서요는 기뻐하며 기상신들이 머무르는 별채로 향했다. 하지만 그들은 전부 그곳에 없었다.

"아니, 다들 어디 가신 거지?"

서요는 의아한 얼굴로 그들을 찾아다녔다. 서요는 기상신들이 자신에게 아무런 말도 없이 바깥으로 나갔을 리 없다고 생각했다. 하지만 예상과 달리 아무리 찾아도 그들이 보이지 않았다. 당황한 서요는 아랫입술을 꽉 깨물고 고개를 두리번거렸다.

'대체 무슨 일이야?'

머릿속이 뒤죽박죽이 되어가는데 저 멀리서 서요를 발견한 진원이 웃으며 다가왔다.

"제사장님! 비가 내렸습니다! 보셨습니까?"

진원은 기우제가 끝나자마자 비가 온 것이 신기하고 기뻤지만 서요의

얼굴은 즐겁기는커녕 무슨 큰일이라도 난 것처럼 어두웠다. 그가 걱정
이 되어 다급하게 물었다.

"제사장님? 혹시 무슨 일 있으셨습니까?"

"아니요. 그런데 미르님, 소소님, 가람님 못 보셨나요?"

진원은 고개를 갸웃했다.

"기우제를 할 때까지는 보았는데, 그 후론······."

서요는 깊은 한숨을 내쉬었다. 갑자기 비가 내린 것과 기상신들이 감
쪽같이 사라진 일은 분명 연관이 있을 터였다. 골똘히 생각에 잠겨 있
던 서요는 불안한 얼굴로 진원에게 물었다.

"비는 도성에서만 내린 건가요?"

서요가 자꾸 영문 모를 질문을 하자 진원은 덩달아 심각한 표정이 되
었다.

"자세한 건 좀 더 알아봐야 할 것 같습니다."

그들이 망부석처럼 서 있는데, 기상신들에게 서요를 잘 챙기라는 부
탁을 받았던 신관들이 그녀의 앞에 나타났다. 서요는 의아한 얼굴로 그
들을 바라보았다.

"무슨 일이세요?"

"아, 그게 미르님, 소소님, 가람님을 찾으시는 것 같아 보여서요."

"행방을 아세요?"

서요는 마음이 다급한 나머지 발을 동동거렸다. 신관들은 서요에게
기상신들이 신전을 떠나며 했던 말들과 그들이 간 방향을 알려주었다.
서요는 여러 정황상 아무래도 그들이 기상의 힘을 쓰러 간 것 같다는
생각이 들었다.

'아니, 대체 왜 나한텐 말도 없이 가시고는 아직도 돌아오지 않는 거
야!'

서요는 그들이 돌아오지 않아서 매우 걱정이 되었다. 더 기다려도 그

들이 돌아오지 않으면 밖으로 나가서 찾아야겠다고 생각한 서요는 일단 알겠다고 말하며 신관들을 돌려보냈다.

'금방 오시겠지? 그렇지?'

애써 자신을 다독인 서요는 신전 문 앞에서 팔짱을 끼고 같은 자리를 맴돌며 그들을 기다렸다. 진원은 대체 무슨 일인 건지 궁금했지만 묻지는 않은 채 그녀의 곁을 지켰다.

꽤 오랜 시간이 흘렀다. 곧 어두컴컴해질 것 같은 하늘을 바라보며 초조해진 서요는 마냥 기다릴 수가 없었다.

"대신관님! 아무래도 미르님, 소소님, 가람님을 찾아야겠어요."

진원은 그녀가 왜 이러는지 알 수 없었지만 제대로 설명하지 못하는 이유가 있을 거라 생각했다.

"예. 알겠습니다. 아까 신관들이 이야기한 곳을 샅샅이 살펴봐야겠습니다."

서요는 고개를 끄덕이며 진원 그리고 신관들과 함께 밖으로 나가 기상신들을 찾았다. 그녀의 가슴은 왠지 모를 불안감에 휩싸여 있었다.

'제발! 별일 아니길!'

서요는 바라고 또 바랐다.

서요 일행이 기상신들을 찾은 건 아침이 다 되어서였다. 신관들은 기상신들이 향한 방향의 길목을 전부 다 뒤졌는데도 보이지 않아 발을 동동 구르다가 마지막엔 산까지 올랐다.

이른 새벽, 아침 이슬이 반짝이는 산은 무척이나 상쾌하고 아름다웠지만 정상 위에 쓰러져 있는 기상신들을 발견한 서요는 너무 놀라 숨도 쉬지 못했다. 그들은 축 늘어져 있었고, 얼굴은 북풍한설을 맞은 것처럼 파랗게 질려 있었다.

"미르님! 소소님! 가람님!"

서요가 잔뜩 갈라진 목소리로 그들을 불렀다.

"왜 여기 이러고 있는 거예요, 왜!"

서요가 믿기지 않는다는 듯 크게 소리쳤다. 서요는 그들이 기상의 힘을 쓰다가 쓰러졌다는 사실에 충격을 받았다. 이 모든 게 자신의 탓인 것 같아 괴로웠다.

"조금만 기다리세요. 제가……."

그들의 손을 꽉 잡은 서요가 얼른 정신을 집중해 치유의 빛을 내뿜기 시작했다. 진원과 신관들은 언제 보아도 신비로운 광경에 입을 떡 벌렸다. 그러나 서요가 아무리 힘을 써도 기상신들의 몸은 낫지 않았다. 여전히 차가운 그들의 손에 서요는 당황해서 마른침을 꿀꺽 삼켰다.

'왜, 왜지? 왜 회복되질 않는 거야!'

서요의 속이 뒤집어졌다. 그들을 치료해 주고 싶다는 마음은 굴뚝같은데 아무런 효과가 없었다.

"이, 이럴 리가 없는데!"

그들을 향한 마음이 부족할 린 없었다. 차고 넘쳐서 차라리 자신이 대신 쓰러지고 싶을 정도였다. 서요는 어찌할 바를 몰라서 그대로 굳었다.

눈물만 흘리는 서요에게 다가온 진원은 그녀를 진정시켰다. 왜인지는 모르지만 서요의 힘이 그들에게 통하지 않는 것을 그도 똑똑히 보았다.

"진정하십시오, 제사장님. 상태가 위중하신 것 같으니 어서 신전으로 모셔가 의원을 불러야 할 것 같습니다."

서요는 기상신들을 들쳐 업은 신관들과 함께 산을 내려왔다.

기상신들을 진찰한 의원은 기력을 회복하는 약을 먹게 하고 푹 쉬는 것 말고는 다른 방법이 없다고 했다. 그들이 왜 쓰러진 것인지 원인을 모르기 때문이다. 하지만 서요는 자신의 빛으로도 치유가 되질 않았기에 약도 효과가 별로 없을 것 같다고 생각했다.

힘없이 주저앉은 서요는 미르의 초췌한 얼굴을 쓰다듬었다. 아직도 정신을 차리지 못한 그가 너무도 걱정되었다.

"미르님. 미르님! 일어나 보세요. 예?"

서요가 애처롭게 말했다. 기상의 힘을 얼마나 많이 썼기에 이렇게 된 건지 도통 알 수가 없었다.

'대체 다들 얼마나 무리한 거야. 응?'

이 모든 게 자신 때문인 것만 같아 죄책감이 들고 괴로웠다. 서요는 일도 하지 못한 채 종일 기상신들의 곁을 지켰다.

'얼마나 내가 걱정되었으면…… 힘든 티라도 덜 냈어야 했는데!'

서요가 제 머리를 쥐어뜯으며 후회하고 있을 때, 신관들이 탕약을 들고 왔다. 정신을 차린 서요는 그들과 함께 기상신들에게 탕약을 먹이며 보살폈다. 신전에 도착하자마자 방에 군불을 지핀 덕분에 차갑던 그들의 몸은 다행히 온기를 되찾고 있었다.

서요는 오르락내리락하는 미르의 가슴에 얼굴을 묻고 그가 내뱉는 작은 숨소리를 들었다.

"한시도 떨어지지 않을 테니 얼른 깨어나 줘요."

서요는 중얼거리며 미르의 손을 꽉 잡았다. 치유의 빛으로도 소용없다면 간절한 마음이라도 그에게 닿길 바랐다.

서요가 신관들과 함께 기상신들을 돌본 지 한참이 지났다. 미르는 저녁이 되어서야 정신을 차리고 눈을 떴다. 머리에서 열이 나고 눈앞이 흐릿해서 이곳이 어디인지, 무슨 상황인 건지 알 수가 없어 혼란스러웠다.

"하아…… 무슨."

미르의 목소리가 쩍 갈라졌다. 목소리를 제대로 낼 수 없을 정도로 목이 많이 잠겨 있었다. 서요는 그의 얼굴을 두 손으로 잡고 대화를 시도했다.

"미르님! 이제 정신이 드세요? 네?"

미르는 일단 고개를 끄덕였다. 어렴풋하지만 서요의 얼굴이 보여서 그는 조금 안심했다.

"이게 어떻게 된 일이야?"

미르가 눈을 감았다 뜨기를 반복하며 간신히 내뱉었다. 가슴이 찢어질 듯 아팠던 서요는 아랫입술을 꽉 깨물었다.

"산에 쓰러져 계셨어요. 저랑 신관들이 찾아 신전까지 모셔온 거고요."

"후…… 서요, 넌 괜찮아? 그동안 무슨 일 없었지?"

기상의 힘을 쓰다가 쓰러졌다는 걸 알게 된 미르는 그동안 그녀에게 무슨 일이 일어난 건 아닌지 그게 걱정이었다. 그의 말에 서요는 미안해서 고개도 들지 못했다. 이렇게 아픈 상황에서도 그는 항상 자신이 우선이었다.

"미르님 걱정부터 하세요! 저는 멀쩡하니까요."

미르는 걱정하는 서요에게 괜찮은 모습을 보여줄 수가 없어서 씁쓸한 표정을 지었다. 아직도 몸이 아프고 힘들었다.

'그동안 아무 일도 없어서 천만다행이군. 비만 내리고 빨리 돌아오려고 했는데, 이런 일이 벌어지다니…….'

미르는 여러모로 염려스러웠다. 상황을 보아하니 자신뿐만 아니라 소소와 가람 또한 아파서 드러누운 것 같았다. 이런 시기에 서요에게 무슨 일이라도 벌어지면 큰일이었다. 가물거리는 눈을 부릅뜬 그가 당부했다.

"어디 나가면 안 돼. 여기, 여기에만 있어. 방 바깥에 신관들도 더 배치하고. 알겠어?"

서요는 알겠다며 고개를 끄덕였다. 안도의 숨을 내쉰 미르는 얼마 지나지 않아 다시 깊은 잠에 빠져들었다. 그가 잠이 든 것을 확인한 서요는 아직 정신을 차리지 못하는 소소와 가람에게도 다가가 그들을 보살폈다.

"기운내 주세요."

서요의 간절한 목소리가 허공으로 흩어졌다. 그녀는 어서 그들이 예전처럼 씩씩한 모습으로 되돌아오길 바랐다.

기우제가 끝나자마자 비가 내린 것을 본 휘빈은 입꼬리를 올렸다. 분명 궐 주변에서만 비가 내렸고 다른 곳은 해가 쨍쨍했다. 이건 분명 우사가 내린 비가 아니었다. 가람 혹은 그들이 함께 꾸며낸 게 분명했다.

'역시 기상신들이 한 짓이겠지? 하늘에 먹구름도 많고 안개도 짙고 바람까지 불었던 걸 보면 가람뿐만 아니라 미르와 소소도 함께한 모양인데……'

휘빈은 더 자세한 이야기를 듣기 위해 기운을 내뿜어 도성에서 일하고 있는 저승사자들을 불러 모았다. 그녀는 비가 내리지 않아 힘들어하는 서요를 위해 기상신들이 기상의 힘을 과하게 쓴 거라고 생각했다. 그래서 기상신들 셋 전부는 아니더라도 누구라도 힘이 많이 빠진 상태라면 서요를 죽이기에 이보다 좋은 상황은 없었다.

'그년을 위해서라면 물불을 가리지 않을 거라고 생각하긴 했지만 봉인당한 몸으로 잘도 그렇게 날씨를 바꿨네?'

휘빈은 비가 꽤 오래 내렸던 것을 생각하곤 싱긋 웃었다. 앞으로 재미있는 일이 벌어질 것 같았다.

잠시 후, 저승사자들이 몰려와 휘빈에게 기상신들의 소식을 전했다.

드디어 기회가 왔다고 생각한 휘빈은 자민에게 서요를 궐로 불러들이라고 명했다. 신전으로 자민을 직접 보내거나 자객을 보내볼까도 했지만 눈에 너무 띄고, 기상신들이 아니라도 많은 신관들이 서요의 곁에 있을 테니 궐로 불러들이는 게 가장 좋은 방법이라고 생각했다.

자민은 드디어 서요를 죽일 수 있는 기회가 왔구나 싶어서 실실 웃었다. 이번 일이 성공한다면 신권도 확실하게 무너뜨리고 사사건건 간섭하는 휘빈과도 작별하게 될 것이다.

"내일 아침, 바로 입궐하라 하겠습니다."

자민의 말에 휘빈은 흐뭇하게 웃으며 고개를 끄덕였다. 지금 당장 서요를 죽이고 싶어서 온몸이 근질거렸다. 주먹을 불끈 쥔 휘빈은 내일이 오기만을 기다렸다. 멍청할 정도로 남을 배려하는 서요라면 분명 기상신들을 떼놓고 입궐할 것이었다. 그녀의 검은 눈동자가 섬뜩하게 빛났다.

진원의 부름에 잠깐 밖으로 나온 서요는 갑작스러운 입궐 명령에 어안이 벙벙했다.

"내일 아침에 입궐하라고요?"

그녀의 물음에 진원이 대답했다.

"예. 대소 신료들과 함께 논의할 문제가 있다고 합니다. 아마 전국은 아니지만 도성의 가을 가뭄을 잠시라도 식혀준 단비가 제사장님이 지낸 기우제 때문이라고 생각해서 그런 게 아닐까요?"

진원은 자민이 제사장을 갑자기 부르는 데는 이 이유밖에 없다고 생각했지만, 서요는 뭔가 의심스러웠다.

"음. 그럼…… 몸이 좋지 않으니 당분간 입궐하는 건 곤란하다고 전해

주세요."

"예? 어디가 좋지 않으십니까?"

진원은 기상신들에 이어 그녀까지 병이 났나 싶어 염려스러워서 물었다. 그러나 서요는 신중해야겠다는 생각이 들었던 것뿐이었기에 고개를 내저었다.

"아니요. 그건 아닌데요…… 일단 어렵겠지만 그렇게 전해주세요."

왕검의 입궐 명령을 거절하는 게 힘들다는 걸 알고 있었지만 서요에겐 생각할 시간이 더 필요했다. 서요의 표정이 꽤 심각하자 진원은 알겠다며 고개를 끄덕였다.

"내일 아침에 제가 대신 입궐하여 말씀 전하겠습니다."

"네. 감사해요."

서요는 다시 기상신들이 있는 방 안으로 들어갔다. 잠든 미르를 내려다보던 서요는 이 사실을 그에게 말해야 하나 싶어 고민이 되었다.

'어떡하지? 이런 중요한 일이 있을 땐 꼭 말하기로 몇 번을 약속했는데, 미르님이 알면 신경 쓰느라 더 아프실 것 같고……'

여러 생각들 때문에 머리가 복잡했다. 일단 시간을 조금 벌었으니 당분간 입궐 명이 내려오지 않거나, 그전에 기상신들이 기운을 차리고 일어나길 바라는 수밖에 없었다. 그것도 아니라면 정말 신관들과 함께 입궐해야 할 터였다.

서요는 아무것도 모른 채 잠이 든 미르의 손을 잡고 한숨을 내쉬었다. 자신이 어쩌다가 그에게 뭔가를 바라기만 하는 존재가 되었나 싶었다.

'나를 돕다가 이렇게 되셨는데…… 나는 아직도 기대기만 하고 있는 건가.'

그런 생각이 든 서요는 가슴이 답답해졌다. 이젠 전과 달리 능력이 있는데도 그들에게 전혀 도움이 되지 않는 것 같았다.

"바보 같아."

서요는 씁쓸한 목소리로 중얼거렸다.

다음 날, 혼자 입궐했다가 신전으로 돌아온 진원은 자신을 초조하게 기다리고 있는 서요를 보고 난감한 표정을 지었다. 어떤 이유인지는 모르겠지만 그녀가 입궐하기를 꺼려하고 있다는 걸 깨달았기 때문이었다.

서요가 먼저 진원에게 다가가서 물었다.

"대신관님. 어찌 되었어요?"

조금 머뭇거리던 그는 솔직하게 말했다.

"몸이 좋지 않은 건 이해하나 급한 일이니 내일이라도 당장 입궐하라 다시 명하셨습니다."

"아......"

일이 예상했던 대로 흘러가자 서요는 길게 탄식했다. 급한 일이니 뭐니 하는 게 수상했지만 또다시 진원만 보내 그를 곤란하게 할 수는 없는 노릇이었다. 서요는 한숨을 내쉬며 이마를 짚었다. 어젯밤부터 어떻게 해야 할지 치열하게 고민했지만 명확한 답이 나오지 않았다.

'역시 직접 가서 부딪쳐야 하는 건가? 아픈 세 분께는 도저히 말할 수가 없어.'

기상신들은 중간중간 정신을 차리고 눈을 뜨긴 했지만 다시 통증을 느끼고 고통스러워하다 지쳐서 잠이 들기 일쑤였다. 그런 그들에게 이런 큰일을 알려서 또 무리하게 만들 수는 없었다. 같이 가줄 수 없는 상태라면 차라리 모르는 게 나을 수도 있었다.

이번에야말로 기상신들의 도움을 받지 않고 혼자서 해결하리라 결심한 서요는 답을 기다리는 진원에게 명쾌한 목소리로 말했다.

"내일 아침, 입궐할게요."

"......괜찮으신 겁니까?"

"괜찮지 않아도 더는 피할 수가 없네요."

진원은 고개를 끄덕였다. 계속 아파서 안 된다고 미루다가 거짓말이라는 것이 들통나면 그게 더 큰일이었다. 진원은 서요가 무슨 문제 때문에 그토록 걱정하는 것인지 이유를 알 수 없었기에 궁금해하는 눈빛을 보냈다.

"무슨 일 때문에 그러시는지 제게 알려주실 순 없으십니까?"

그의 물음에도 서요는 휘빈의 존재에 대해서 설명할 수가 없었기에 그저 입을 다물었다.

기상신들이 누워 있는 방으로 들어가려던 그녀는 찜찜한 마음이 들어 안채로 향했다. 내일 아침, 기상신들 없이 신관들과 함께 입궐해 자민을 볼 생각에 여러모로 걱정되었다.

서요는 방에 고이 모셔둔 겨슬레의 명검을 들고 마당으로 나왔다.

"좀 더 열심히 배우는 거였는데……."

서요는 빛과 관련된 자신의 능력이 꽤 강해졌다는 걸 알고 있긴 했지만 몸을 지키는 데는 무술 실력도 필요했다. 좀 더 열심히 하지 못한 것을 후회하면서 서요는 검을 쥐고 홀로 연습에 매진했다. 뭐라도 하지 않으면 초조한 마음만 깊어져 더욱 힘이 들 것 같았다.

'왕검의 곁엔 휘빈님이 있어.'

땅이 꺼질 듯한 한숨이 나왔다. 소소는 스스로의 힘을 의심하지 말고 강해져서 휘빈과 대적하라고 했지만, 서요는 그게 가당키나 한 일인가 싶었다. 게다가 혼자서 그녀와 마주쳐야 했다.

"아, 이렇게 약한 생각만 하고 있을 때가 아닌데!"

서요는 온몸을 지배하는 패배감을 떨쳐 버리려고 노력하며 자세를 고쳐 잡았다. 신관들을 이끌고 신자들을 보호하는 제사장이 된 만큼, 정신을 더욱 바짝 차려야 했다. 땀 흘리며 움직이는 서요의 주변으로 작은 빛이 흩뿌려졌다. 빛은 어둠이 내려앉은 밤하늘에 퍼지는 새벽 기운처럼 찬란하고 아름다웠다.

⌘

서요가 드디어 진원 그리고 신관들과 함께 입궐했다. 그녀의 걸음이 향하는 곳은 처음 자민을 대면했던 거대한 전각이었다. 전각 앞에 선 서요는 침을 꿀꺽 삼키고 마음을 다잡았다.

'괜찮아, 괜찮을 거야! 어떤 일이 벌어지든 이건 내 선택이야.'

긍정적으로 생각하며 전각 안으로 들어간 서요는 전과 달리 사람이 없는, 썰렁하고 어두컴컴한 실내에 당황했다. 서요와 신관들이 우왕좌왕하며 주변을 살폈다. 그들을 여유롭게 내려다보고 있던 왕검 자민은 얼굴 가득 환한 미소를 지었다.

"어서 오시게, 제사장."

서요는 잔뜩 경계 어린 눈빛으로 그를 올려다보았다.

"이게 어찌 된 일입니까? 대소 신료들과 함께 논의할 문제가 있다고 하지 않으셨습니까?"

서요는 태연한 척하려고 노력했으나 긴장한 나머지 눈동자가 흔들렸다. 역시 다른 술수가 있었다.

'지금이라도 여길 나가야 하나?'

분위기가 이상해서 함정이라 생각하며 고민하던 그녀의 앞에, 어둠 속에서 몸을 숨기고 있던 휘빈이 나타났다. 그녀는 자민의 뒤에서 걸어 나와 서요에게 다가왔다. 휘빈의 입꼬리는 불안에 떠는 서요를 보고 높이 올라가 있었다.

"정말 오랜만이다. 그렇지?"

오 년 전 악령을 해치웠다고 알려진 유명한 무당이 자민 뒤에서 갑자기 나타난 것도 의아한데, 더구나 신녀인 서요에게 하대하듯이 말을 걸

자 진원은 뭔가 이상함을 느끼고 앞에 나섰다.

"제사장님을 아십니까? 어떻게……."

그러자 짜증이 난 휘빈은 진원과 신관들을 전부 잠재웠다. 자신의 곁에 있던 사람들이 쓰러지자 서요는 경악한 얼굴로 휘빈에게 소리쳤다.

"지금 뭐 한 거예요? 대체 무슨 짓을 한 거냐고요!"

신관들이 쓰러지자 서요는 자신이 공격당하는 것보다 더 화가 나고 가슴이 떨렸다.

서요의 격한 반응에 휘빈은 한껏 빈정거렸다.

"오! 전부 다 죽이면 어떻게 나올지 궁금해지는 반응인걸?"

"뭐라고요?"

"아쉽지만 일단 재운 거야."

휘빈의 말에 서요는 신관들을 살피고 일단 안도했다.

신관들을 살피는 서요의 모습에 휘빈은 헛구역질이 나올 것 같았다. 휘빈의 눈에는 서요가 괜히 착한 척 위선을 떠는 것처럼 보였다. 분기에 찬 휘빈이 입꼬리를 부들부들 떨었다.

"내가 널 얼마나 죽이고 싶은지 아마 너는 모를 거야."

휘빈의 악독한 말에 서요는 가슴이 쿵 떨어졌다. 휘빈의 기운이 너무 강해 숨이 막혔다.

서요는 휘빈이 왜 이러는지 짐작하고 있었다. 비록 미르는, 휘빈이 왜 자민의 편에 섰는지는 세세하게 말해주지 않았지만 서요는 휘빈이 미르를 좋아했다는 사실과 그의 옆에서 보여주었던 모습만으로도 그럴 것이라고 생각하고 있었다. 하지만 그렇다 할지라도 신이라는 존재가 사람을 죽이려 한다는 건 이해할 수 없는 행동이었다.

"대체 왜 그렇게까지……. 제발 조금만 진정해 주세요. 네?"

서요는 일단 그녀를 진정시키려 했다. 하지만 휘빈은 가소롭다는 듯 비소를 지었다.

"내가 왜 그래야 하는데? 그건 너랑 미르만 좋은 일 아닌가? 내 속은 이렇게 썩어 문드러졌는데, 내가 대체 왜!"

서요는 점점 가까이 다가오기 시작하는 휘빈을 피하기 위해 뒷걸음질을 했다. 아무리 설득해도 휘빈은 생각을 고쳐먹을 것 같지 않았다.

위급한 순간, 서요는 미르가 더욱 보고 싶었다. 그녀가 그런 생각을 하든 말든 휘빈은 서요와의 거리를 점점 좁히며 스산한 목소리로 말했다.

"이제야 널 죽일 수 있게 되었어!"

휘빈이 눈에 보이지 않는 힘으로 서요의 몸을 붙들었다. 서요가 움직일 수 없게 되자 자민은 검을 들고 그녀에게 달려들었다. 날카로운 검 끝이 서요의 심장을 겨눴다.

절체절명의 순간, 눈을 꾹 감은 서요는 체내에 있던 힘을 바깥으로 표출했다. 어두컴컴하던 전각에 빛이 번쩍였고 자민은 눈이 부셔 검을 떨어뜨렸다. 서요를 단단히 붙잡고 있던 휘빈의 힘도 잠시 수그러들었다. 저승의 여신인 휘빈은 어둠에 익숙한 대신 빛에 약했기 때문이다.

그 틈에 서요는 품속에 숨겨두었던 겨슬레의 명검을 꺼냈다. 서요는 거친 숨을 내뱉으며 휘빈과 자민을 노려보았다. 자민은 신녀가 희한한 능력을 쓰는 것에 놀랐고, 휘빈은 아직 여신으로 자각도 하지 못한 그녀가 건방지게 굴자 화가 머리끝까지 치솟았다.

"네가 감히 내게 맞서겠다는 거야?"

휘빈의 격노에 서요는 명검을 똑바로 쥐고 그녀를 노려보았다.

"저는 휘빈님 손에 얌전히 죽고 싶은 마음은 추호도 없어요!"

두려움으로 가슴이 미친 듯이 뛰었으나 막다른 길에 와버린 만큼 끝까지 해볼 생각이었다. 서요의 온몸에서 위기에 대응하는 힘이 넘실거렸다.

'내가 왜 여기서 죽어야 하는 건데! 절대 싫어! 어떻게 해서든 나를 지

킬 거야!'

서요가 이를 악물었다. 그럴수록 그녀의 몸과 명검에서 찬란한 빛이 샘솟았다.

⊠

서연을 마치고 동궁으로 가던 해문은 저 멀리 불빛이 번쩍이자 잘못 보았나 싶어 눈살을 찌푸렸다.

'저건 뭐지?'

그는 이상한 기분에 휩싸여서 그쪽을 뚫어져라 바라보았다. 처음엔 잘못 보았나 했는데 그 이후에도 몇 번 더 밝은 빛이 번쩍였다. 아무리 생각해도 저리 큰 빛이 날 이유가 없었기에 해문은 바로 신하들을 대동하고 그곳으로 향했다. 이제 그는 빛이라면 자연스럽게 서요가 떠올랐다.

'대체 저 빛은 뭐지. 설마 낭자가 또? 하지만 제사장이 입궐했다는 소식은 듣지 못했는데……'

해문은 빠르게 걸음을 옮겼다. 전각 앞에 도착한 해문은 자신을 뒤따라온 신하에게 문을 열라고 명했다. 다급하게 문을 연 신하는 눈앞을 꽉 채운 밝은 빛에 손으로 얼굴을 가리며 비명을 질렀다.

"끄악!"

도저히 믿을 수 없는 광경에 해문은 그를 제치고 안으로 들어가 눈을 가늘게 떴다. 잠시 후, 빛이 조금 수그러들자 서요의 모습이 눈에 들어왔다. 그녀는 굉장히 지친 모습으로 무릎을 꿇은 채 자민을 바라보고 있었다. 자민이, 제 아버지가 서요를 향해 검을 들고 다가가고 있었다.

"낭자…… 아니 제사장!"

해문은 이게 무슨 일인가 싶어 신하들이 말리기도 전에 먼저 안으로 뛰어들어 빠르게 서요의 앞을 막아섰다. 힘을 계속 사용하느라 지친 서요를 마침내 죽이려던 자민은 해문의 등장에 이맛살을 찌푸렸다. 그리고 서요가 내뿜는 빛 때문에 해문이 들어온 걸 몰랐던 휘빈은 중요한 순간을 방해하는 그를 잠재우려고 했다. 그것을 눈치챈 서요는 허공에 칼질을 하여 날카로운 빛을 휘빈에게 날렸다.

"저하! 빨리 이곳을 나가야 해요!"

휘빈의 힘을 뿌리치는 동시에 자민을 막느라 도망칠 수 없었던 서요는 이번이 마지막 기회라고 생각하고 소리쳤다. 왕검의 아들인 그에게 이런 부탁을 하는 게 껄끄러웠지만 어쩔 수 없었다.

해문은 그녀의 간절한 외침에 곧바로 서요를 품에 안아 올렸다. 서요를 보호하는 해문에게 차마 검을 들이밀지 못한 자민은 역정을 냈다.

"이게 지금 뭐 하는 짓이냐! 얼른 놓지 못할까!"

하지만 해문은 그녀를 죽이려고 하는 추악한 모습을 보인 아비의 뜻대로 할 생각은 절대 없었다. 빠르게 전각을 나온 그는 궐을 지키는 병사들을 불렀다. 도저히 설명할 수 없는, 이상한 힘이 오고갔기에 불안했던 것이었다.

두 눈 뜨고 서요를 놓친 휘빈은 분노했다.

"지금 네 아들이라고 망설인 거야? 이런 쓸모없는 놈!"

휘빈의 노성에 자민은 몸을 덜덜 떨며 고개를 푹 숙였다. 미운 아들이라고는 해도 자식을 다치게 할 수는 없었던 자민은 더 이상 할 말이 없었다.

휘빈은 문이 활짝 열린 전각 밖으로 몰려드는 병사들을 보고 하는 수 없이 일단 자리를 떴다. 이미 세자가 서요를 데리고 나갔으니 자민이 해문을 공격하고 그녀를 죽일 순 없을 터였다.

그녀의 빛은 생각보다 더 찬란하고 아름다웠다. 휘빈은 무력감을 느끼고 부들부들 떨었다. 휘빈은 지금 이 순간, 중죄일지라도 같은 신인 서요를 죽이고 싶었고, 그녀의 아버지가 천상을 지배하는 환웅인 것도 더는 신경 쓰고 싶지 않았다.

휘빈은 크게 분노하며 저승으로 향했다. 서요를 죽이려면 확실한 한 방이 필요할 것 같았다.

12장
어둠을 몰아내다

　혼자서 걷겠다는 서요의 말에도 기어코 그녀를 품에 안고 동궁에 도착한 해문은 신하들에게 경비를 강화하라는 말을 남긴 채 자신의 방 안으로 들어왔다. 서요는 심각한 표정의 해문을 불안하게 바라보았다.

　"저하…… 이번 일은."

　서요가 눈치를 보며 변명하려고 하자 해문이 먼저 말허리를 잘랐다.

　"내 눈으로 똑똑히 보았으니 이게 어떻게 된 일인지 솔직하게 말해보시오."

　"아……."

　서요는 당장 자민과 휘빈으로부터 벗어난 것은 다행이라고 여겼지만, 해문에게 이걸 어떻게 설명해야 하나 싶어 한숨이 푹푹 나왔다. 그렇지 않아도 너무도 큰일을 겪어 가슴이 크게 뛰었다.

　'뭐라고 말해야 하는 거지? 사실대로 말할 수 있는 건 아무것도 없는데…….'

　그녀가 고민하는 사이, 해문은 분명 서요가 빛을 낸 것을 아주 가까이서 보았는데도 도저히 믿기지가 않았다.

'정말 사람의 몸에서 빛이 났어. 들판에서도 그녀가 빛을 냈던 거야.'

그는 서요를 뚫어져라 바라보았다. 서요는 매우 지쳤는지 얼굴이 하얗게 질려 있었고 몸은 바들바들 떨고 있었다. 솔직한 답을 듣기 위해 그녀를 다그쳤던 해문은 아차 싶어서 조금 전보다 부드러운 목소리로 말했다.

"내가 너무 흥분했군. 의원을 부를 테니, 잠시 쉬고 있으시오."

서요는 해문의 변한 태도에 눈을 동그랗게 떴다. 하지만 지금 바로 신관들을 챙겨 신전으로 가야 한다 생각해서 고개를 가로저었다.

"아직 전각에 신관들이 있습니다. 신관들을 데리고 신전으로 갈 수 있도록 도와주십시오."

"……지금 그 몸을 하고서 신전으로 가겠다고? 안 되오. 누워 있으시오."

그러나 해문은 매우 단호하게 서요의 청을 거절했다. 그는 어쨌든 자신의 아버지인 자민이 정체를 알 수 없는 어떤 여자와 함께 그녀를 죽이려했으니 챙겨주고 싶었다. 상황을 이해할 수 없어서 분노하는 한편, 아픈 서요를 보니 죄책감도 들어서 머리가 복잡했다.

"지금 당장 의원을 불러."

내관에게 명한 해문은 여전히 눕지 않고 버티는 서요를 바라보며 한숨을 내쉬었다.

"신관들 때문에 이러는 것이오? 그들은 내가 병사들을 시켜 안전하게 보내도록 하겠소."

"신전으로 가야 합니다. 저하…… 보내주세요."

서요는 적절한 때에 나타나 자신을 구해준 해문이 고마웠지만 그래도 신관들을 챙기고 기상신들을 만나야만 했다. 기상신들과 떨어진 지 얼마 되지 않았는데도 그들이 보고 싶었고, 그들을 만나야만 이 불안함이 사라질 것 같았다.

하지만 그녀의 고집보다 해문의 고집이 더 셌다. 그는 서요에게 물어보고 싶은 말도 많았고 챙겨주고 싶은 마음도 강했기에 그녀를 절대 그냥 보낼 생각이 없었다.

결국 의원에게 진료를 받고 약까지 먹은 서요는 해문과 한 공간에 있는 게 불편해서 자꾸만 손을 꼼지락거렸다. 해문은 그런 서요에게 참고 참아왔던 말을 둑 내뱉었다.

"끝까지 눕지를 않는군. 내가 제사장을 어찌할 것 같소?"

서요는 얼른 손사래를 쳤다.

"아닙니다. 그냥 불편해서."

"신관들은 먼저 신전으로 돌아갔소."

그의 말에 서요의 눈이 화등잔이 되었다.

"돌아갔다고요?"

"멀쩡히 일어나 제사장을 찾다가 신전으로 돌아갔소."

서요는 안심하며 숨을 크게 내쉬었다. 재운 것뿐이라는 휘빈의 말은 사실인 모양이었다. 그러나 신관들이 조용히 궐을 떠났을 것 같지 않았기에 서요는 해문에게 조심스럽게 물었다.

"저는 동궁에서 치료받고 있다고 한 것입니까?"

"그렇소. 하지만 그런데도 의심하며 돌아가려고 하지 않고 동궁 앞까지 찾아와서, 제사장이 의원을 보고 있을 때 내가 직접 가서 말했소. 그제야 믿더군."

서요는 진원과 신관들이 잠에서 깨어나 얼마나 당황하고 놀랐을까 싶어 마음이 좋지 않았다. 서요의 가라앉은 얼굴을 바라보고 있던 해문은 한참을 고민하다가 입을 열었다.

"이번 일에 대해선 내가 대신 사과하겠소."

"예?"

해문이 갑자기 진지하게 사과하자 서요는 매우 놀랐다. 그가 먼저 사과할 줄 아는 사람인 줄은 꿈에도 몰랐다. 해문은 씁쓸한 얼굴이었다.

"아바마마께선 대체 왜 그렇게까지 제사장을 죽이려고 하는지 모르겠소. 오래전부터 그대를 쫓는 건 알고 있었는데 이런 일까지 벌이실 줄은⋯⋯."

해문의 참담한 얼굴에 서요는 고개를 저었다.

"그게 저하의 탓은 아니니 사과하실 필요는 없습니다."

해문은 이번엔 정말 죽을 뻔했으니 그녀가 원망을 할 법도 한데 담담하자, 그것이 더욱 슬프게 느껴졌다.

"한데 아바마마의 옆에 있던 그 여자는 대체 누구요? 왜 신관들이 모두 쓰러져 있던 것이고, 제사장은⋯⋯ 대체 어떻게 빛을 낸 것이오?"

해문의 표정은 진지했다. 그는 서요의 솔직한 답을 꼭 듣고 싶었다. 그래야 답답한 속이 조금은 풀릴 것 같았다.

서요는 난감한 표정을 지었다. 휘빈에 대해선 설명할 길이 없었고, 신관들이 쓰러졌던 것도 마찬가지였다. 서요는 고민 끝에 대답했다.

"그 여자와 신관들이 쓰러져 있었던 이유에 대해선 말씀드리지 못하나 제가 빛을 낼 수 있는 건 신녀이기 때문입니다."

해문은 인상을 찌푸렸다.

"지금껏 그런 신녀는 없었소. 제사를 지내 신어를 듣고 전하는 정도였지. 물론 나는 그것도 믿지 않았지만⋯⋯ 그러니 내가 이 같은 상황을 어찌 쉽게 받아들일 수 있겠소?"

"⋯⋯제가 빛을 낼 수 있는 정확한 이유는 저도 잘 모릅니다. 그저 마음 깊이 소원하다 보니 어느 순간부터 할 수 있었습니다."

서요는 그를 납득시킬 만한 확실한 이유를 알지 못했기에 이렇게 말할 수밖에 없었다. 답은 들었으나 정작 제대로 이해할 수 없자 해문은 머리가 지끈거렸다. 그게 말이 되느냐고 추궁하고 싶어도 그녀의 눈빛이 너무나 진심이라 더 할 말도 없었다.

'마음 깊이 소원하니 어느 순간 빛이 났다라······.'

"하!"

해문은 기가 막혀 실소를 내뱉었다. 지금껏 믿어왔던 그의 신념이 흔들릴 위기에 처했다. 결단코 신령스러운 힘이라는 걸 믿지 않았는데 정말 조선은 계속 신의 어깨에 기대어 살아갈 수밖에 없는 건가 싶었다.

서요는 지창 너머 하늘이 점점 어두워지는 걸 보고 초조해졌다. 더 지체할 것 없이 신전으로 돌아가서 미르를 보고 싶었다. 서요는 다시 한 번 간곡하게 청했다.

"이제 몸이 괜찮아졌으니 신전으로 돌아가겠습니다."

그 말을 듣고도 여전히 그녀를 붙잡고 싶어지자 해문은 그런 자신이 어이없었다.

'저리도 내 곁을 벗어나고 싶어 하는데······ 나는 왜, 아직도.'

비참했지만, 그녀에게 미안한 마음이 더 컸기에 해문은 하는 수 없이 고개를 끄덕였다. 약을 먹고 쉬어서 서요의 안색이 좋아진 것으로 위안을 삼아야 할 것 같았다.

서요는 해문의 방을 나가기 전, 그에게 인사를 올렸다.

"감사합니다. 이 은혜는 절대 잊지 않겠습니다. 그리고 전하의 곁에 있던 여자에 대해서는 알려고 하지 마십시오. 저하께서도 위험해질 수 있습니다."

서요는 혹시나 해문이 휘빈을 찾아내기 위해 애를 쓸까 봐 당부했다. 서요의 걱정이 듬뿍 묻어 있는 목소리에 해문은 피식 웃었다.

"제사장이 나를 걱정해 주기도 하는군."

"그럼요."

방을 나서는 서요의 뒷모습을 바라보던 해문은 마음이 쓸쓸했다.

"······더는 제사장을 미워하지 않겠소."

서요는 깜짝 놀라 그 자리에 멈춰 섰다. 그의 목소리는 사랑하는 정인에게 말하듯 깊은 감정이 실려 있었다. 당황한 서요가 재빨리 동궁을 나서자 해문이 미리 준비해 둔 마차 앞에 서 있던 한 병사가 다가왔다.

"제사장님을 안전하게 신전으로 모시라는 세자 저하의 명이 있었습니다."

병사의 말에 서요는 고개를 끄덕이곤 마차 안으로 들어갔다. 그녀는 세심하게 신경 써주는 해문에게 고마웠지만 그가 자신을 특별하게 생각하는 것 같아서 마음이 불편했다.

⊠

미르는 머리가 어지러운 중에도 손에 따뜻한 온기가 느껴지지 않자 천천히 눈을 떴다. 남빛 눈동자가 서요를 찾기 위해서 데구루루 굴러갔다. 하지만 고개를 이리저리 돌려봐도 서요의 모습은 보이지 않았다. 당황한 미르는 방 안에 있는 신관에게 물었다.

"이봐, 서요는……."

완전히 잠겨 갈라진 그의 목소리를 들은 신관이 서요의 행방에 대해서 설명했다. 그러자 미르는 완전히 사색이 된 얼굴로 소리쳤다.

"뭐라고? 입궐했다고?"

서요가 신관들과 함께 입궐했다는 소식에 미르는 매우 불안해졌다. 하필이면 이럴 때 궐에 불려간 건, 휘빈과 자민의 꼼수라고밖에 설명할 길이 없었다.

'내가 그렇게 내 곁을 떠나지 말라고 했는데!'

미르는 아무것도 모른 채 누워 있었던 자신이 한심했고, 말도 없이 가버린 서요가 원망스러웠다. 초조하고 긴장한 나머지 손바닥에 땀이 쭉 배어났다.

"당장! 지금 당장 궐에 가서 서요를 데려와야 해!"

미르가 초인적인 힘으로 자리에서 일어나 소리쳤다. 그는 서요의 죽음을 목도한 사람처럼 매우 심각한 얼굴이었다. 덩달아 놀란 신관들이 우왕좌왕할 때, 대신관이 방 안으로 들어왔다. 진원은 의아한 표정을 지었다.

"무슨 일이십니까?"

"서요는!"

불안감에 휩싸인 미르의 가슴이 쿵쿵 뛰었다.

서요와 함께 오지 못한 진원은 뭐라고 설명하면 좋을지 난감했지만 그의 심각한 표정으로 보아 솔직하게 말하는 게 제일 좋을 것 같았다. 정황을 들은 미르는 인상을 험악하게 일그러뜨리곤 진원을 밀치고 문을 열었다.

'왕검과 대소 신료들을 만나기 위해 전각으로 들어갔던 서요가, 신관들이 갑자기 잠든 사이 쓰러져서 동궁에서 치료를 받았다고? 이게 대체 무슨 말이야?'

신관들이 아무 이유 없이 잠들었다는 걸 보면 휘빈이 힘을 쓴 게 분명했다. 그리고 서요가 동궁에서 치료를 받고 있다는 게 사실이라면 다쳤다는 말이 되었다.

'하지만 진원이 직접 본 게 아니니 생사를 확실하게 알 수는 없어.'

미르가 살기등등한 얼굴로 방을 나가자 진원이 그를 뒤따르며 다급하게 물었다.

"아무리 생각해도 이상했는데…… 미르님은 뭔가 알고 계신 겁니까?"

진원 또한 조선에서 유명한 무당을 보고 자신과 신관들이 갑자기 잠이 든 것과 오늘 일들이 너무도 꺼림칙했다.

"서요에게 위험한 일이 생겼어. 지금 이렇게 한가롭게 있을 때가 아니라고!"

"죄송합니다. 함께 가겠습니다!"

화들짝 놀란 진원이 미르를 뒤따르며 신관들을 불렀다. 다시 궐로 향하는 그들의 얼굴에 먹구름이 몰려왔다.

미르는 차가운 바람을 맞으며 가쁜 숨을 몰아쉬었다. 자신의 몸이야 어떻게 되든 상관없었고 오직 서요만이 걱정이었다. 그녀가 정말 해문과 있다면, 그가 무슨 짓을 할지를 생각하는 것도 끔찍했다. 미르의 가슴이 곧 터질 것처럼 부풀었고, 궐과 가까워질수록 그의 입안이 바싹 말랐다.

신전으로 돌아온 서요는 자신을 걱정하고 있던 신관들을 만나 괜찮다고 말하며 자애로운 미소를 지었다. 하지만 신관들에게 진원과 미르가 궐로 갔다는 얘기를 듣고 그녀는 깜짝 놀랐다.

"궐에 가셨다고요? 그 몸으로?"

서요의 심장이 쿵 떨어졌다. 성치 않은 몸으로 움직였다는 말에 서요는 심란해졌다.

"어, 어떻게 하죠."

서요가 당황해서 안절부절못하자 신관이 그녀를 안심시켰다.

"신전으로 돌아오셨다는 소식을 들으면 다시 오실 테니, 기다리시는 게 좋을 것 같습니다."

"……하긴 또 길이 엇갈리면 큰일이죠."

서요는 아픈 몸을 이끌고 나간 미르에게 미안해서 한숨을 내쉬었다.

'무사히 잘 돌아오시겠지…… 그런데 휘빈님은 어떻게 된 걸까.'

서요는 자신을 죽이는 데 실패한 휘빈이 지금쯤 뭘 하고 있을지 불안했다. 그 정도로 분노한 걸 보면 이제 와 마음을 고쳐먹을 것 같진 않았다.

"이제 정말 어쩌면 좋지."

쉽게 답을 낼 수 없는 상황에 서요의 얼굴이 어두워졌다. 이번엔 운이 좋았지만 다음에는 어떻게 될지 모르는 일이었다.

서요가 신전 앞에서 초조하게 미르가 돌아오길 기다리고 있을 때, 저 멀리서 말을 탄 그와 진원이 나타났다. 서요는 반가운 마음에 손을 번쩍 흔들었다.

"미르님! 대신관님!"

말에서 내린 미르는 서요의 명랑한 목소리에 자신도 모르게 울컥했다. 서요가 크게 다친 곳 없이 무사히 돌아와서 감격한 것이었다. 미르는 똑바로 서요에게 걸어가, 자신의 품에 안기려는 그녀의 얼굴을 두 손으로 잡았다. 서요는 매우 심각한 표정의 미르를 보고 입술을 달싹였다. 그가 너무 걱정한 게 보였기에 미안하고 면목이 없었다.

미르는 얼굴을 일그러뜨리고 소리쳤다.

"내가 어디 가지 말고 내 옆에 붙어 있으라고 했지!"

서요는 울상을 지으며 두 손으로 미르의 허리를 감싸 안았다.

"미르님이 아프니까 말은 못하겠고…… 입궐하라는 명은 계속 내려와서 어쩔 수가 없었어요."

서요의 변명에 미르는 제 머리를 거칠게 헝클어뜨렸다. 미르의 얼굴이 화로 벌게졌다.

"네가 나한테 그랬잖아. 위험한 곳에 혼자 가지 말라고. 그런데 너는 왜 그러는 건데?"

"그건!"

서요는 할 말이 없었다. 그가 혼자서 궐에 잠입한 것을 두고 그렇게 뭐라고 했었는데 이번에 자신이 똑같은 일을 한 것이나 마찬가지였다.

"일단 미르님, 그만 화내시고 얼른 들어가서 다시 누워요. 네? 이제야 조금씩 좋아지고 있었는데 이러다가 더 아프면 어떡해요!"

서요는 미르의 허리를 안은 손에 힘을 주었다. 하지만 미르는 돌처럼 꿈쩍도 하지 않았다.

"예전에도 이런 일 있었잖아. 불편하다는 이유로 세자와 자락산 마을에 갔던 걸 숨겨서 싸우고. 분명 이상하게 행동했으면서 속에 있는 얘기도 안 하고. 그러니까 다시 약속해. 무슨 일이 생기면 나한테 제일 먼저 말하겠다고."

미르의 목소리는 그 어느 때보다 침중했다. 그의 뜨거운 손에 얼굴이 잡힌 채 고개를 돌리지 못하던 서요는 어쩔 수 없었던 일임을 알면서도 미르의 뜻에 따랐다.

"알겠어요. 꼭 미르님과 먼저 상의할게요."

서요가 순순히 약속하자 미르는 애달픈 눈으로 그녀를 바라보았다.

"많이 무서웠지?"

서요는 고개를 끄덕였다. 혼자서 휘빈, 자민과 싸워야 했던 때를 다시 떠올리니 등골이 오싹했다. 왜 일이 이렇게까지 됐을까 싶어 심란했던 미르는 많이 놀랐을 그녀의 마음을 다독이고 싶었다.

"내가 아파서, 도움이 되지 못해서 미안해."

미르의 말에 서요는 얼른 고개를 저었다.

"아니에요. 제가 잘못했어요."

"휴…… 일단 안으로 들어가자. 이놈의 몸뚱이 얼른 낫든지 해야지."

앞으로 어떻게 할 것인지는 미르 자신을 비롯해 소소와 가람이 전부다 낫고서야 할 수 있었다. 기상신들이 다 모여 있는 신전을 공격할 것 같지는 않았지만 오늘 일이 실패로 돌아갔으니 휘빈의 불같은 성정에 가만있을 것 같지는 않았다.

"네. 날씨가 많이 싸늘해요. 얼른 들어가요."

서요와 미르는 함께 신전으로 들어갔다. 그들은 맞잡은 손을 절대 놓지 않고 서로에게 의지했다.

자민이 심란한 얼굴로 턱을 쓰다듬었다. 오늘 있었던 일들이 그의 머릿속을 복잡하게 만들었다.

'휘빈님은 어디로 사라진 거고…… 신녀 그 계집의 정체는 대체 뭐지?'

자민은 몸에서 빛을 뿜어내던 서요를 두 눈으로 똑똑히 보았기에 그녀가 휘빈처럼 영적인 존재인 것 같다는 생각이 들었다. 인정하고 싶지 않았지만 그렇게 여길 수밖에 없었다.

"후…… 왜 내게 이딴 일들이 벌어지는 거야."

휘빈에 이어 제사장인 서요 또한 범상치 않자 자민은 머리가 터질 것만 같았다. 휘빈이 두려워 그녀가 시키는 대로 하긴 했지만 정말 이래도 되나 계속 고민이 되었던 게 사실이었다.

아무리 독하다지만 왕검 자민 역시 신령한 힘을 무서워하는 인간이었다. 그래서 그리도 죽이고 싶었던 서요라 할지라도 직접 죽이는 것은 좀 망설여졌었다. 하지만 결국 해문 때문에 그녀를 놓쳤고 휘빈의 분노를 받아야만 했다.

자민이 떠나 버린 휘빈과 서요를 생각하며 머리 아파하고 있을 때, 침전으로 세자 해문이 찾아왔다. 자민은 그에게 화가 났지만 이야기할 필요성을 느꼈기에 들어오라고 명했다. 해문은 굳은 표정으로 그 앞에 무릎을 꿇고 앉았다.

"아바마마께 인사드리옵니다."

"……왜 제사장을 빼돌린 것이냐?"

자민은 곧바로 본론부터 물었다. 해문은 마치 서요와 오래전부터 아는 사이 같았고, 그가 그녀를 지키려고 용을 쓰는 게 이상했다.

해문은 자민을 똑바로 바라보며 입을 열었다.

"그런 상황에선 누구나 마찬가지일 것입니다. 아바마마. 대체 왜 그렇게까지 해서 제사장을 죽이려고 하시는지요. 이제 그만할 때도 되지 않았습니까?"

자민이 너무도 원망스러워 해문의 목소리가 격양되었다. 지켜보고 있기가 괴로웠던 그는 제발 아버지가 더는 악한 행동을 하지 않길 바랐다. 그러나 자민은 사사건건 훈수를 두며 방해하는 세자가 곱게 보이지 않았다. 그가 눈썹을 추켜세우고 호통을 쳤다.

"네가 함부로 판단할 게 아니다! 조선을 위한 일이란 말이다!"

자민은 이제까지의 행동과 어울리지 않게 조선을 위한 일이라고 변명했지만 신권을 무너뜨리고 왕권을 강화하려는 게 조선을 위한 일은 아니었다. 그로 인해 제사장과 신관뿐만 아니라 이 땅의 평범한 신자들까지 피해를 보고 있었다. 해문은 말이 통하지 않는 아비를 앞에 두고 인상을 일그러뜨렸다.

"제발 그만두십시오. 제사장이 대체 무슨 잘못을 했단 말입니까!"

그가 간곡한 목소리로 간언하자 자민은 불쾌한 기색을 내보였다.

"대체 제사장과 무슨 사이인 것이냐? 왜 이토록 흥분해서 날뛰느냔 말이다!"

제사장을 바라보던 해문의 눈빛이 심상치 않다고 여긴 자민은 그들의 사이를 의심했다. 그의 호통에 해문은 침통한 얼굴로 입을 열었다.

"아무 사이도 아닙니다. 다만 지켜본 바, 현 제사장은 권력욕이 없습니다. 그러니 아바마마께서 걱정하실 일은 벌어지지 않을 것입니다."

해문은 이런 말이 자민에게 소용이 있을까 싶었지만 최대한 그를 설득하기 위해 애썼다.

"아바마마께서도 대답해 주십시오. 아바마마와 함께 있던 그 여자는 대체 누구입니까?"

해문은 서요에게서 자민의 곁에 있던 여자에게 관심을 가지지 말라는 말을 들었으나 도저히 신경 쓰지 않을 수가 없었다. 자민은 입을 한 일자로 꾹 다물고 건방진 세자를 노려보았다.

"말씀해 주지 않으실 겁니까?"

"……."

"위험한 자 같았습니다. 부디 가까이하지 마십시오."

자민이 서요와 마찬가지로 대답해 주지 않을 것을 직감한 해문은 진심으로 충언했다.

"아바마마께 더는 실망하고 싶지 않습니다."

자민은 해문의 말에 큰 충격을 받아 그 자리에서 얼음처럼 굳었다. 설마 아들에게 그런 소리까지 듣게 될 줄은 꿈에도 몰랐던 것이다.

늦가을로 접어들자 바람이 꽤 매서웠다. 가슴을 시리게 할 정도로 서늘한 공기를 들이마시며 낙엽이 수북이 쌓인 마당을 돌아다니던 서요는 바깥으로 나온 미르를 보고 놀라 그에게 다가갔다. 며칠 사이 몸이 많이 좋아진 미르의 얼굴엔 혈색이 돌아오고 있었다.

"미르님! 나오지 마시라니까!"

서요가 입을 삐죽 내밀고 타박하자 미르는 주먹 쥔 손으로 자신의 가슴을 쿵쿵 치며 장난스럽게 말했다.

"이제 다 나았다니까 그래."

"나아가고 있는 중이니까 더 조심해야죠!"

"어휴, 잔소리는 진짜. 유난스럽다!"

고개를 절레절레 저은 미르가 서요의 손목을 잡고 담장 가까이로 다가갔다. 서요는 못 이기는 척 따라가며 은은한 미소를 지었다. 담장 너머 거리를 넘겨다보던 그가 말했다.

"방에만 있는 게 영 답답해서 말이지."

"그러실 만도 하죠. 엄청 오래 누워 있었으니까요. 담에 어디 좋은 곳으로 놀러라도…… 아, 물론 그럴 때가 아니죠."

서요의 입에서 한숨이 섞여 나왔다. 서요는 휘빈과 자민에게 공격받은 이후 한 번도 마음 편히 지낸 적이 없었다.

미르는 그런 서요에게 한없이 미안했다. 휘빈이 날뛰는 이유는 바로 자신이 그녀의 마음을 받아주지 않아서였다. 그가 씁쓸한 얼굴로 말했다.

"전부 나 때문이야. 미안해."

미르의 사과를 들은 그녀는 정색하며 표정을 굳혔다.

"그런 소리 들으려고 한 말이 아니에요."

서요의 목소리가 뒤로 갈수록 작아지자 미르는 그녀의 머리를 한 손으로 헝클어뜨렸다.

"이제 몸도 괜찮아졌으니 대책을 세워봐야지. 휘빈이 포기할 리는 없고…… 분명 또 음모를 꾸미고 있을 테니까."

서요가 고개를 끄덕이며 단단히 결심한 눈빛을 보냈다. 혼자가 아니라 기상신들과 함께라면 그녀는 상대가 휘빈과 자민일지라도 두렵지 않았다.

뒤로 문 열리는 소리가 들리더니, 소소와 가람이 함께 나타났다. 미르와 서요는 고개를 돌렸다. 소소는 미르와 함께 있는 그녀를 보고 마음이 가라앉았으나 그 마음을 최대한 숨겼다.

"여기 계셨습니까?"

서요는 미르뿐만 아니라 소소와 가람의 몸도 많이 회복된 게 보이자 흐뭇해하며 고개를 끄덕였다.

"네. 미르님이 답답하다고 하셔서요. 소소님이랑 가람님은 좀 어떠세요?"

"저도 이제 많이 좋아진 것 같습니다."

소소의 말에 가람이 바로 덧붙였다.

"잠이 보약이긴 합니다. 그런데 서요님의 빛도 소용없고 이렇게 오래 쉬어야지만 낫는다는 게 너무한 것 같아요. 아무리 봉인당한 능력을 과하게 썼다지만."

가람의 말에 서요의 표정이 어두워지자 미르가 얼른 입을 열었다.

"물론 그때 일도 영향을 미쳤겠지만 지금껏 능력을 사용하면서 몸에 무리가 가고 있었겠지. 예전에 소소가 능력을 너무 자주 사용하고 의존하는 건 좋지 않을 거라고 했어. 이렇게 될 줄은 나도 몰랐지만."

"그랬어?"

가람이 고개를 갸웃하며 정말 그런 건가 고민에 빠져 있을 때, 소소가 바로 화제를 전환했다.

"그래. 기억하고 있네. 그리고 서요님. 이제 지체할 시간이 없습니다. 휘빈이 왜 그때 이후로 모습을 드러내지 않고 있는지 알 수 없지만 대비해야 합니다."

그는 휘빈이라면 포기하지 않고 일을 추진할 터이니 다른 꿍꿍이가 있을 거라고 생각했다. 소소의 말에 고개를 끄덕인 서요는 앞으로 어찌해야 할지 그들과 머리를 맞대고 상의했다.

그리고 그 결과, 서요는 겨슬레의 명검을 들고 기상신들에게 무술을 배우며, 신녀의 능력을 활용하는 법을 연습하게 되었다.

"잠시만요. 진짜 이게 최선이에요?"

당황한 그녀가 묻자 기상신들은 일제히 고개를 끄덕였다. 그리고 가람이 그래야만 하는 이유를 설명했다.

"자, 서요님. 잘 들으세요. 일단 저희들은 무술 실력은 뛰어나지만 지금 기상의 능력이 봉인되어 있어요. 자잘한 정도야 무리 없이 쓰지만 저번과 같은 상황이 벌어지면…… 또 다시 쓰러질 수도 있겠죠. 그러니 지금 당장 힘을 맘껏 쓸 수 있는 서요님께서 더욱 강해지셔야 한다는 겁니다."

가람은 서요가 천상의 공주이자 빛을 다룰 줄 아는 위대한 여신이이기에 가능성은 무궁무진하다고 생각했다. 그 사실을 그녀에게도 알려주고 싶었지만 환웅의 명이 있으니 그건 불가능했다.

서요는 정말 자신이 휘빈을 제대로 상대할 수 있을지 의문이었다. 그때 맞부딪친 경험으로 보면 휘빈은 굉장히 강했다. 하지만 지금은 별다른 방법이 없으니 최대한 긍정적으로 생각해야 했다.

"네. 알겠어요!"

서요는 기합을 넣으며 기상신들과 함께 훈련에 돌입했다. 서요는 그들에게 정신적 그리고 육체적으로 훈련을 받으며 점차 자신을 가두고 있던 한계에서 벗어나기 시작했다. 기상신들은 그런 그녀를 대견하게 바라보았다.

저승으로 와 여러 가지 문제로 고심하던 휘빈은 다시 생각해도 그때 일이 짜증나서 인상을 찌푸렸다.

"왜 모두들 그녀를 지키려고 용을 쓰는 거야! 왜!"

휘빈이 목청을 높여 소리쳤다. 그녀의 온몸에서 분노가 들끓었다.

휘빈의 고성이 퍼져 나가자 그녀를 보좌하던 야차는 절로 한숨이 나왔다. 그가 휘빈에게 다가왔다.

"이제 그만두십시오, 휘빈님. 애초에 기상신들이 애지중지하는 천상의 공주를 죽일 수는 없는 노릇입니다. 이 일이 알려지게 되면, 아니지, 환웅님과 주영님은 이미 알고 계실 테니. 정말 큰 죄를 지으시면 벗어날 방법이 없을 것입니다."

야차는 이제 그만 휘빈이 분노에서 벗어났으면 좋겠다는 생각이 들었다. 이건 그녀 자신을 좀먹는 것밖에는 되지 않았다. 어차피 미르의 마음은 얻을 수 없으니 깨끗하게 포기하는 게 옳았다. 하지만 휘빈은 전혀 그렇게 생각하는 것 같지 않았다. 그녀가 콧김을 뿜으며 주먹을 불끈 쥐고 씩씩거렸다.

"야차, 너까지 그렇게 말하면 어떻게 해! 너는 내 편을 들어줘야 할 거 아니야. 서요를 지키는 그놈의 기성신들처럼!"

휘빈은 서요의 곁에 있는 기상신들의 존재가 너무도 부러워서 온몸이 비비 꼬일 정도였고, 자꾸만 자신의 초라한 모습과 비교를 하게 되었다. 서요는 휘빈 자신과 달리, 사랑하는 연인과 훌륭한 부모 그리고 신하와 친구들까지 모두 가진 것 같았다. 휘빈은 그녀를 철저하게 망가뜨리고 싶었다. 그게 못난 마음일지라도 상관없었다.

야차는 쓸쓸한 표정을 지었다. 그는 한평생 휘빈을 성심성의껏 보살피고 지켜왔다. 한동안 침묵하며 가라앉은 눈빛으로 휘빈을 바라보던 야차가 냉엄한 목소리로 말했다.

"제가 그 누구보다 휘빈님을 아끼기에 그만하셨으면 하는 겁니다. 휘빈님도 이런 제 마음을 모르시진 않을 거라 생각합니다."

휘빈은 아차 싶어서 아랫입술을 깨물었다. 야차는 자신이 갓 태어났을 때부터 보살피며 함께해 준 소중한 동료이자 신하였다. 휘빈이 한풀 꺾인 모습으로 입을 열었다.

"그래. 그건 나도 알아. 하지만…… 내 뜻을 지지해 줘."

"예?"

"야차만큼은 나를 이해하고 지지해 줬으면 좋겠어."

휘빈의 눈빛이 그 누구보다 진지하자 그녀의 이런 모습을 오랜만에 본 야차는 마른침을 꿀꺽 삼키고 고심했다. 휘빈이 마지막으로 자신을 이해해 줄 존재를 찾는 건 분명 좋지 않은 일을 벌이려는 것일 터였다.

'안 돼. 그것만은! 휘빈님을 다치게 둘 수 없어.'

단단히 결심한 야차가 우선 고개를 끄덕였다. 기대도 하지 않았던 휘빈은 깜짝 놀라서 눈을 크게 떴다.

"정말? 그럼 지금 당장 저승사자들과 함께 조선으로 가겠어! 그래서 내 손으로 그년을!"

휘빈이 야차가 예상한 대로 살벌한 말을 내뱉었다. 야차는 휘빈이 자리에서 일어나자 함께 일어났다. 야차는 휘빈을 위해서 희생할 준비가 되어 있었다.

"야차, 너도 갈 생각이야? 그럼 이 저승은 누가 책임지라고?"

야차가 함께 따라갈 기세를 보이자 휘빈이 의아한 얼굴을 했다. 그녀는 한 번도 조선에 따라올 생각을 하지 않던 그가 왜 이러나 싶었다. 하지만 야차는 그 누구보다 단단한 눈빛으로 휘빈에게 말했다.

"하루 정도는 괜찮을 겁니다. 휘빈님에게 가장 중요한 일이니 꼭 함께 하겠습니다."

그의 말에 감동을 받은 휘빈은 싸늘한 저승을 둘러보며 고민하다가 고개를 끄덕였다.

"그래. 그럼 그렇게 하자."

그들은 저승사자들과 함께 조선으로 향했다. 휘빈은 신의 세계에서 절대 용서받을 수 없는 행위를 하러 가면서도 야차가 곁에 있어 아무것도 두렵지 않았다.

백성들을 괴롭히던 가을 가뭄이 끝나고 촉촉한 비가 조선을 적셨다. 서요는 처마 아래서 비를 바라보며 상념에 잠겼다.

'날씨란 참 알 수가 없단 말이야.'

서요는 이렇게 또 자신과 백성을 구원해 주는 비가 신기했고, 오랜만에 훈련을 하지 않고 쉬는 날이어서 행복했다. 그런 서요에게 진원이 다가왔다.

"서요님, 신전에 손님이 찾아왔습니다. 함께 가시지요."

서요는 갑자기 무슨 손님인가 싶어서 의아한 얼굴로 그를 따라나섰다. 추적추적 내리는 빗물이 풍성한 치마를 적셨다. 진원과 함께 신전에 도착한 서요는 강당을 꽉 메운 백성들을 보고 놀란 토끼 눈이 되었다.

"이분들이 전부 신전을 찾은 손님들이에요?"

가을 가뭄이 지속되는 동안, 불만을 토로하는 백성들 혹은 기도를 하러 오는 몇몇의 신자들만 신전을 찾았기에 이 정도의 대인원이 온 게 신기했다. 하지만 서요는 백성들의 표정이 온화한 걸 보고서도 이것이 또 다른 소요가 아닐까 두려워 몸을 움츠렸다.

그때 백성들 속에서 미르가 나타나 서요에게 다가왔다.

"서요야. 전부 네게 진심으로 사죄하고 싶다는 사람들이야."

그의 말에 서요는 무언가를 바리바리 싸 들고 온 백성들을 보며 눈시울을 붉혔다. 그동안 마음고생이 심했기에 자신도 모르게 울컥한 것이었다.

"정말이요?"

서요가 믿기지 않는다는 듯 물었다. 미르는 따뜻한 눈빛으로 그녀를 바라보며 고개를 끄덕였다.

감격한 서요는 백성들에게 먼저 다가가 감사를 표했다. 그들은 먹고 사는 것이 힘들어 소문에 휩쓸리고 입방아를 찧은 걸 진심으로 부끄러워했다. 그들은 먼저 다가와 괜찮다고 말해준 서요에게 미안해서 고개도 들지 못했다. 한참을 쭈뼛거리며 망설이던 백성들이 뒷머리를 긁적이며 조심스럽게 말했다.

"그동안 저희가 죄송했습니다."

"먹고사는 문제 때문에 잠시 정신이 나가 있었지 뭐예요."

서요는 오해를 풀고 이렇게 찾아와 준 것만으로도 고마웠기에 얼굴에 웃음꽃을 한가득 피웠다. 그들의 표정과 말투 그리고 행동에서 진심으로 미안해하는 기색이 보였다. 흐뭇하게 그들을 바라보던 서요는 걱정하지 말라는 듯 손사래를 쳤다.

"저는 정말로 괜찮아요. 이렇게 다시 제 마음을 알아주셨잖아요."

백성들은 계속해서 미안하다고 하며 바리바리 싸들고 온 보따리를 그녀의 품에 안겼다. 보따리가 너무 많아서 신관들이 대신 받아야 할 정도였다. 선물을 받고 행복해하는 서요를 본 기상신들은 가슴이 따뜻해졌다.

"서요님에게 깜짝 선물이 되었네."

가람이 호탕하게 웃자 미르는 고개를 끄덕였다.

"요 근래 훈련만 해서 많이 지쳤을 텐데…… 기운이 좀 났을 거야."

"그동안 제사장으로서도 최선을 다하셨는데 참으로 다행이지."

신관들 틈에서 제사장인 서요를 보좌했기에 기상신들 중 누구보다 그 고초를 잘 알고 있었던 소소 또한 입꼬리를 올렸다.

백성들이 다녀간 신전의 분위기는 즐거움으로 가득했다. 서요와 신관들은 백성들이 준 보따리를 확인하고 큰 보람을 느꼈다. 지금껏 매우 힘들었지만 서요는 그래도 역시 제사장을 하길 잘했다는 생각이 들었다. 꾸준히 진심을 다하면 결국 알아주는 것 같았다.

눈이 번쩍 뜨일 정도로 맛있는 음식을 먹은 가람이 감탄했다.

"와! 바로 잔칫상에 올려도 될 정도입니다, 서요님!"

"그래요? 저도 주세요."

서요는 신이 나서 그에게 음식을 받아먹었다. 서요는 이토록 평화로운 분위기에서 기상신들 그리고 신관들과 함께할 수 있어 너무 좋았다.

그렇게 행복한 시간을 보내고 있을 때, 문이 열리고 첨예한 기운을 내뿜는 휘빈이 나타났다. 깜짝 놀란 서요와 기상신들은 자리에서 벌떡 일어섰다. 심상치 않은 분위기를 느낀 신관들 또한 휘빈을 경계했다. 혼란 속에서 가장 먼저 정신을 차린 미르가 흩어져 있는 신관들에게 소리쳤다.

"당장 피해!"

그의 말에 진원과 신관들은 어찌할 바를 모르고 우왕좌왕했고, 기상신들은 서요의 곁으로 다가가 그녀를 경호하며 휘빈을 노려보았다.

'가만두지 않을 거야.'

그 모습을 보고 더욱 분노가 들끓은 휘빈은 탁한 눈으로 그들을 바라보며 뒤를 향해 손짓했다. 그러자 야차를 필두로 하여 수많은 저승사자들이 강당 안으로 들어왔다.

진원과 신관들은 휘빈뿐만 아니라 그들이 모두 인간이 아닌, 아주 위험하고 영적인 존재라는 것을 눈치채고 다리를 벌벌 떨며 주저앉았다. 그 엄청난 기운들을 감당할 수 없었던 것이다.

서요는 신관들과 휘빈의 무리를 번갈아 보며 당황했다. 상대해야 할 강력한 존재들이 많은데 지켜야 할 사람들 또한 많았다. 왜 하필이면 가장 행복한 순간에 그들이 나타났나 싶었다.

휘빈에게 미르가 냉철하게 소리쳤다.

"멈춰! 대체 무슨 생각으로…… 야차랑 저승사자들까지 모두 데리고 온 거야?"

미르는 휘빈이 전처럼 자민을 이용하지 않고 스스로 살기를 내뿜으며 신전을 쳐들어오자 불안감이 엄습했다. 휘빈이 자민을 이용해 서요를 공격하는 건 어찌어찌 막을 수 있지만 그녀가 직접 나서서 힘을 다하는 거라면 상황은 달라질 것이었다.

휘빈은 이미 자신이 어떻게 되든 서요를 몰락시킬 작정이었기에 여유로운 미소를 지었다. 그녀는 서요의 힘이 생각보다 강한 이상 자민을 이용해서 죽이기는 힘들 거라 판단했고, 무엇보다 자신의 손으로 처리하고 싶은 욕망이 강했다. 휘빈은 서요의 곁에 있는 미르를 날카롭게 바라보며 소리쳤다.

"네가 제일 잘 알 텐데? 이제 난 정말 최선을 다할 거야. 이 가슴에 맺힌 한을 풀어버리고야 말겠다고!"

"……이젠 천상의 눈치도 보지 않고 정면 승부를 하겠다는 말이야? 그렇게 되면 휘빈 너도 무사하지 못할 거야."

"하!"

"그리고 나는 반드시 서요를 지킬 거야."

미르는 당당하게 답했다. 이건 다 함께 몰락하자는 것밖에 되지 않았다.

휘빈은 예상했던 답변을 들었지만 오히려 그렇기에 더욱 가슴이 난도질당하는 것 같은 기분을 느꼈다. 그녀는 이를 악물었다.

"반드시 지킬 거라고? 그럼 이제부터 누구의 열망이 더 강한지 한번 시험 해볼까?"

휘빈은 서요를 죽이고 싶은 자신의 마음과 그녀를 지키고 싶은 미르의 마음 중 무엇이 더 강할지 시험해 보고 싶었다. 절대 지지 않을 자신이 있었다.

미르는 어이가 없으면서도 휘빈이 완전히 진심인 것 같아 긴장했다. 그리고 휘빈과 대치한 서요는 지금껏 기상신들과 열심히 훈련했음에도 불구하고 자신이 없고 심장이 떨렸다. 가슴이 어찌나 심하게 뛰는지 정신을 차릴 수가 없었다.

"정신 똑바로 차려. 알겠지?"

"신관분들은 어떻게 하죠? 이곳에 있으면 다칠 것 같은데……."

그 순간에도 서요는 휘빈과 대적할 만한 아무런 힘이 없는 신관들이 걱정이었다. 서요와 기상신들은 주저앉은 신관들 앞에 서서 휘빈 무리를 경계했다.

휘빈이 그들을 못마땅하게 바라보며 먼저 공격을 개시했다. 그녀의 몸에서 쏘아져 나온 검은 기운이 서요와 기상신들에게로 날아왔다.

허리춤에 차고 있던 검을 뽑은 가람은 기상의 힘을 더해 휘빈의 기운을 베었고, 서요는 갈기갈기 찢긴 어둠의 흔적들을 빛으로 없앴다. 미르와 소소는 몇몇 신관들이 갖고 있던 검을 받아 휘빈 무리의 공격에 맞서 싸웠다.

서요는 휘빈의 공격을 무력화시키고 있긴 했지만 자신을 죽이기 위해 굳은 결심까지 한 그녀를 대체 어떻게 하면 좋을까 싶었다.

'이 싸움이 끝나려면 정말 휘빈님과 나, 둘 중의 하나는 죽어야 하는 거야?'

끔찍한 생각에 서요는 인상을 찌푸리며 소리쳤다.

"저는 죽고 싶지 않아요! 그런데 휘빈님이 죽는 걸 원치도 않아요. 꼭 이래야만 해요?"

두려움이 가득 담긴 서요의 목소리에 휘빈은 피식 웃었다.

"아직도 상황 파악이 잘 안 되나 본데…… 둘 중에 하나는 꼭 죽을 거야. 난 그게 네가 될 거라고 생각해."

휘빈의 안광이 섬뜩하게 빛났다. 이미 무슨 벌이든 받을 각오를 하고 온 휘빈은 거침없이 공격했다. 서요는 모골이 송연했다. 휘빈의 분노가 너무도 커서 설득은 가당치도 않을 것 같았다.

살벌한 대치가 계속되었다. 기상신들은 휘빈의 공격을 막으며 간간히 능력을 썼지만 저승의 여신인 휘빈에 비해 약했고, 서요는 훈련을 통해 공격하는 법은 배웠지만 마음이 약해 제대로 쓰질 못했다. 제대로 공격하지 못하는 게 제일 답답한 건, 서요 자신이었다.

'정말 이러고 싶지 않아. 한 번도 누군가를 죽일 거라고 생각해 본 적 없다고! 하지만 하지 않으면? 미르님, 소소님, 가람님은 더욱 힘이 들 테고, 쓰러진 신관들도 위험해. 도대체 나한테 왜 이러는 거야!'

머릿속이 엉망진창이었다. 예전 화재 사건을 보면서 앞으로는 힘을 써야 할 때는 제대로 쓸 것이라고 다짐했지만 그건 치유와 방어의 힘일 뿐이었지 죽이기 위해 공격하는 건 전혀 달랐다.

정말 위험한 상황이 벌어지면 어떻게 될지 모르는 일이었지만 죽일 생각으로 공격하는 것은 아직 망설여졌다. 서요가 이럴 줄 알고 있었던 휘빈은 더 강하게 공격을 밀어붙였다.

"죽어! 죽어버리란 말이야!"

휘빈의 몸에서, 평범한 사람이라면 단번에 정신을 잃을 정도로 강한 독기가 뿜어져 나왔다. 기상신들은 가까이 다가온 휘빈을 막기 위해 애를 썼고, 서요는 두 손에 한가득 빛을 담고 휘빈을 응시했다.

생명의 기운이 가득한 빛을 본 휘빈은 미간을 찌푸렸다. 그녀는 그 환한 빛이 너무도 싫었다.

"그놈의 빛…… 속이 다 울렁거려."

휘빈이 이제 모든 걸 끝내기 위해 서요의 심장을 겨눴다. 서요가 위험해지자 흥분한 미르는 눈을 번쩍이며 휘빈에게 달려들었다. 그가 만든 검은 안개가 휘빈의 몸을 둘러쌌다. 미르의 발악이 만들어낸 안개는 잠시 휘빈의 시야를 가렸고 그녀가 정신을 차릴 수 없게 했다.

미르가 휘빈을 상대하고 있을 때, 기회를 엿보고 있던 야차는 휘빈을 공격하려는 서요에게 다가와 그녀의 심장을 찔렀다.

푹!

순식간에 벌어진 일에 기상신들은 손도 쓰지 못하고 서요가 피를 토하고 쓰러지는 걸 지켜봐야만 했다.

"서요야!"

미르가 쓰러진 서요에게 다가갔다. 서요는 창백하게 질린 얼굴로 그를 올려다보았다.

"미, 미르님……."

"왜 이래! 저, 정신 차려. 응? 예전에도 스스로 어깨 치료한 적 있었잖아. 기억나지? 빨리, 빨리!"

미르가 서요를 품에 안고 악을 썼다. 그의 입술이 덜덜 떨렸고 핏대가 선 눈에선 눈물이 차올랐다.

"차라리 날 죽여! 내가 미우면 날 죽이란 말이야! 왜, 왜 아무 잘못도 없는 서요를!"

미르가 입술을 깨물며 울부짖었다. 일격을 받고 쓰러진 서요는 눈앞이 깜깜하고 가슴에 불덩이가 심긴 것처럼 아파서 미칠 것만 같았다.

'왜, 왜 이러지. 온몸에 아무런 힘도 나질 않아…… 미르님이 뭐라고 하는지도 모르겠고.'

한동안 소용돌이에 휩쓸린 것처럼 정신을 차리지 못하던 서요는 가쁜 숨을 몰아쉬다가 결국 눈을 감았다. 미르는 서요의 몸이 축 처지고 숨소리가 들려오지 않자 충격을 받았다. 그는 자신 때문에 그녀가 이렇게 되었다는 생각에 참을 수가 없었다.

"서요야?"

미르는 믿기지 않는다는 듯 서요의 이름을 불렀다. 하지만 아무리 흔들어도 그녀는 다시 눈을 뜨지 않았다. 서요의 얼굴은 밀가루처럼 새하얗게 질려 있었고 입술은 시퍼렜다.

"왜, 왜 이래. 왜! 대체 왜! 일어나! 일어나란 말이야!"

미르의 절규에 가까운 외침에 야차와 저승사자들을 상대하고 있던 소소와 가람이 행동을 멈추고 서요를 멍하니 바라보았다. 그리고 그녀가 죽은 것을 확인한 휘빈은 저승사자들에게 공격하는 걸 멈추라고 명하고 야차를 추궁했다.

"왜 그런 거야? 내가 죽이려고 했는데!"

휘빈은 서요를 죽인 야차가 천상에서 엄벌을 받을 것을 생각하자 매우 불안했다. 그러나 처음부터 이럴 생각으로 따라온 야차는 담담한 목소리로 대답했다.

"제가 몇 번이고 말씀드렸지만 휘빈님은 저승을 지켜야 하는 분이십니다. 그런 휘빈님이 이 일에 연루되어 있다는 것만으로도 심각한 일이지만, 직접 죽이지는 않았으니 화를 피할 수 있을 것입니다. 그리고 휘빈님 대신 제가 저분을 죽였으니 벌을 달게 받겠습니다."

가슴이 찢어질 정도로 애절한 그의 충정에 휘빈은 할 말을 잃었다. 서요가 죽은 건 너무도 통쾌했지만 야차에게 못할 짓을 한 것 같아 혼란스러웠다.

"서요님 영혼의 기운이 점차 기우는 걸 보니 곧 소멸할 것 같습니다. 저는 곧바로 천상에 올라가 죄를 고할 테니, 휘빈님께선 얼른 저승으로 돌아가십시오. 이젠 제가 옆에서 보좌해 드릴 수 없습니다."

야차는 그 말을 끝으로 휘빈이 잡기도 전에 천상으로 올라가 버렸다. 휘빈은 목적을 달성했는데도 야차가 떠나 버리자 가슴이 허하고 쓸쓸해서 아무것도 하지 못했다. 그녀는 모든 것이 혼란스러웠다.

잠시 멍한 상태로 굳어 있던 휘빈은 아직도 서요의 시신을 잡고 울고 있는 미르를 발견하고 그에게 다가갔다.

"미르. 다 끝났어. 그만 포기해."

휘빈의 말에 완전히 분노한 미르는 온몸을 옥죄고 있던 봉인의 사슬을 끊고 그녀에게 강한 벼락을 내려쳤다.

콰쾅!

그러자 신전의 천장이 무너지고 섬뜩한 푸른 불빛이 번쩍였다.

"미르!"

미르는 자신을 부르는 소소와 가람의 목소리를 듣는 것을 마지막으로 그 자리에서 쓰러졌다. 그때처럼 봉인의 한계치를 완전히 넘어선 것이었다. 그는 서요가 없는 이 세상에선 살 생각이 없었기에 그런 힘을 낼 수 있던 거였다.

가까스로 벼락을 피한 휘빈은 끝까지 자신의 마음을 아프게 하는 미르를 노려보다가 그를 데리고 저승으로 향했다. 이런 상황 속에서도 그와 함께 있고 싶었다.

신전은 완전히 아수라장이었다. 쓰러진 신관들은 전부 시름시름 앓았고, 소소와 가람은 서요를 붙들고 울부짖었다. 소소는 자신이 힘이 없어 일이 이렇게 된 것만 같아 이대로 죽고 싶은 마음뿐이었으며 가람은 충격을 받아 아무런 생각도 할 수가 없었다.

"서요님…… 서요님, 서요님!"

소소와 가람이 서요의 이름을 되뇌며 슬픔을 토해냈다. 그들의 가슴은 분기로 끓어올랐고, 끝도 없이 밀려오는 절망감 때문에 얼굴빛은 완전히 탁했다.

최악의 상황이었다. 서요는 숨을 거뒀고, 휘빈에게 분노하여 벼락을 내린 미르는 되레 쓰러지고 그녀에게 끌려가 버렸다.

목 놓아 우는 그들의 울음소리가 저승에까지 닿을 듯했다. 도저히 서요의 죽음을 받아들일 수 없었던 그들은 잠에 빠진 것처럼 누워 있는 그녀를 데리고 뭔가에 홀린 것처럼 안채로 향했다.

❖

제사장이 죽었다는 소문이 삽시간에 퍼져 나갔다. 궐에서 조용히 숨죽이고 있던 자민은 그 소식에 무척 기뻐했고, 큰 충격을 받은 해문은 재빨리 신전으로 향했다. 그가 신전에 도착했을 때, 그곳은 이미 울음

바다였다. 서요의 죽음을 받아들이지 못한 신관들은 제사도 치르지 못했다.

해문은 서요의 시신이 있다는 안채 앞에서 핼쑥한 얼굴의 소소와 가람을 마주했다. 그들은 그렇지 않아도 슬픔과 절망 때문에 미칠 것만 같았는데, 세자인 그를 상대해야 해서 기분이 곤두박질쳤다.

"들어가시면 안 됩니다, 저하."

소소가 싸늘하게 말하자 해문은 잔뜩 흥분해서 소리쳤다.

"어디서 감히! 내 눈으로 직접 확인하겠다! 비켜서라!"

해문은 눈으로 확인하기 전에는 절대 믿을 수 없었기에 소소와 가람을 밀치고 방 안으로 들어갔다. 방 안엔 사람의 온기가 전혀 없이, 죽음의 그림자만이 드리워져 있었다. 해문은 서요가 숨을 쉬지 않는다는 것을 확인하고 심장이 덜컹 내려앉았다.

'말도 안 돼. 왜 갑자기, 무엇 때문에 제사장이 죽었다는 거야! 아바마마와 연관된 일도 아닌데, 이토록 경비가 삼엄한 곳에서 대체 누가!'

치열하게 고민하던 해문은 문득 자민과 함께 서요를 죽이려던 수상한 여자를 떠올렸다. 서요는 분명 위험해질 수 있으니 여자의 정체에 대해서 알려고 하지 말라고 했다. 게다가 자민에게 물어봤을 때도 그는 입을 꾹 다물고 말해주지 않았다. 그들이 그토록 주의하는 자라면 분명 신전에 들어와서 제사장인 서요를 죽일 수도 있을 것 같았다.

해문이 열린 방 안을 바라보고 있는 소소와 가람에게 금방이라도 오열할 것 같은 얼굴로 물었다.

"대체 전하의 곁에 있던 그 여자의 정체가 뭐야? 제사장이 이렇게 된 것도 그 여자 때문인가? 말해봐!"

망설임 끝에 가람은 기운 없이 고개를 끄덕였고, 해문은 믿고 싶지 않은 끔찍한 일에 넋이 나갔다. 기운이 빠진 해문이 원통함에 피멍이 든 가슴을 쥐고 자리에서 주저앉자 소소는 슬픈 눈으로 그를 내려다보았다.

"운명하셨다고 생각하지 않습니다. 저하께서도 그리 믿어주십시오."

⊠

요 위에 누워 있는 미르를 바라보는 휘빈의 눈빛은 애절했다. 그녀는 자신의 요 위에 그가 누워 있다는 사실이 믿어지지 않았다. 휘빈이 그의 얼굴을 자신의 차가운 손으로, 아이를 쓰다듬듯 부드럽게 매만졌다. 그럼에도 불구하고 미르는 미동도 하지 않았다.

"결국 이렇게 되어버렸잖아…… 그러니까 얌전히 나한테 오지."

휘빈은 아쉬운 목소리로 중얼거렸다. 미르가 진작 자신에게 와주었으면 서요를 죽일 일도 없었을 터였다. 그래서 휘빈은 그의 탓을 하고 싶었다. 이렇게 자신을 끝까지 내몬 건 미르이고 그것 때문에 소중한 신하인 야차가 벌을 받게 된 것이라고 말이다.

휘빈은 슬픔을 억누르기 위해 아랫입술을 꽉 깨물었다. 차라리 자신이 서요를 죽이고 벌을 받았어야 했다는 생각이 머릿속을 떠나지 않았다. 원래 그럴 작정으로 조선에 간 거였다.

'야차. 대체 왜 그런 거야. 네가 그러니까 내가 내 행동을 후회하게 되잖아.'

휘빈은 이 일을 후회할 거라고는 전혀 생각하지 못했기에 매우 당황스러웠다.

"하아…… 어떡하지."

휘빈의 한숨이 어두운 방 안으로 흩어졌다. 사무치게 외로운 때, 애증의 대상이었던 미르라도 곁에 있어서 다행이라는 생각이 들었다.

"혼자 왔다면 참을 수 없었을 거야."

그의 가슴에 얼굴을 묻은 휘빈은 애처롭게 중얼거렸다. 휘빈의 눈동자는 죽은 사람처럼 텅 비어 있었다.

※

신전의 천장이 무너지고 섬뜩한 불빛이 번쩍였다.

"미르!"

미르는 자신을 부르는 소소와 가람의 목소리를 듣는 것을 마지막으로 그 자리에서 쓰러졌다.

그 순간, 소멸되어 가던 서요의 영혼이 미르라는 이름에 반응했다. 막혀 있던 물길이 트이듯 영혼의 크기가 조금씩 커져 갔다. 그리고 휘빈이 미르를 데리고 사라지자, 영혼은 거짓말처럼 다시 살아났다. 죽어가는 상황 속에서도 미르를 인식함으로써 생에 대한 의지를 불태우고 스스로를 치유한 것이었다.

그렇게 육체와 분리된 서요의 영혼은 먼 길을 떠났고, 그녀의 의지에 따라 빛을 품고 천상으로 올라갔다. 놀라운 기적이었다.

서요는 마치 길고 긴 꿈을 꾸는 것 같았다. 미르와 함께 오고 싶었던, 천상이 보였기 때문이었다. 천상은 상상해 왔던 모습 그대로 너무도 환상적이었다. 환한 공간에서도 서요의 영혼은 눈이 부실 만큼 밝은 빛을 뿜어냈다. 그 빛에 이끌린 천상의 신들 중 환웅과 주영은 서요를 단번에 알아보고 그녀의 영혼을 품에 보듬었다.

"서요야……."

서요를 부르는 환웅의 목소리가 무척 애달팠다. 서요는 그를 만난 순간, 가슴이 펑 터져 버리는 것만 같은 느낌을 받았다. 서요의 가슴으로 모든 진실이 흘러들어 왔다. 그녀는 환웅과 주영의 존재를 깨닫고, 또 자신이 어떻게 조선에서 태어난 건지 알게 되었다. 많이 혼란스러울 딸을 위해 아버지인 환웅이 베푼 배려였다.

'환웅님이 내 아버지라고? 내가 태양의 여신인 주영님의 딸이라고?'

서요는 도저히 믿을 수가 없었다. 그러나 지상에서 단순히 그의 목소리를 들었을 때와 지금은 전혀 달랐다. 환웅이 속삭이는 말들은 서요에게 편안하고 행복하게 와 닿았다.

"지금까지 정말 고생이 많았구나. 이젠 네가 여신으로 자각할 차례란다."

다시 새로운 삶을 살 수 있다는 환웅의 말은 이제 모두 끝났다고 생각했던 서요에게 큰 위로였다. 점차 자신의 존재를 깨달아가는 서요를 보며 주영은 그녀가 내고 있는 빛과 똑같은 찬란한 빛을 내뿜으며 말했다.

"이제야 내가 너를 만나 너를 쓰다듬을 수 있게 되었구나. 어미는 정말 기뻐."

서요는 울컥해서는 어머니인 주영의 손길을 받으며 안식했다. 진짜 부모를 만난다는 것은 놀랍고도 감격스러운 일이었다.

'어머니의 빛…… 빛을 받는다는 건 이런 느낌이구나.'

서요가 감탄했다. 빛을 건네주기만 했을 뿐 누군가에게 빛을 받은 적은 처음이었기에 신기했다. 점차 차분해지는 서요의 마음을 느낀 환웅과 주영은 동시에 환하게 웃었다. 서요는 그런 그들을 바라보며 마음 깊은 곳에서부터 따뜻함을 느꼈다.

'내가 어디로부터 어떻게 온 건지, 너무도 답답하고 궁금했는데…… 이제야 모든 의문이 풀렸어.'

여신임을 자각한 덕분에 서요의 영혼은 더욱더 큰 빛을 뿜으며 커지기 시작했다. 혼란스러웠던 감정이 점차 가라앉았다. 여신임을 자각한 순간부터 침착하고 담대한 마음이 들었다.

'아버지와 어머니의 품은 정말 따뜻해.'

서요는 천상에서 환웅 그리고 주영과 함께 시간을 보냈다. 그녀는 이제야 만나게 된 진짜 부모와 자신이 원래 있어야할 공간인 천상이 너무도 신기했다. 지금 이 순간이 너무도 행복한 서요는 활짝 웃었다.

그러나 그것도 잠시, 곧 아직 지상에서 슬퍼하고 있을 미르가 생각났다.

'미르님이 너무 보고 싶어!'

서요가 그에게 돌아가고 싶다는 열망을 뿜어내자 천상에 있던 그녀의 영혼이 죽은 듯 잠들어 있던 자신의 몸으로 돌아갔다. 이제 서요는더 이상 평범한 인간이 아니었다. 여신임을 자각한 그녀는 환한 빛을 내뿜으며 영롱한 두 눈을 떴다.

해문을 보내고 다시 서요가 있는 방으로 들어온 소소와 가람은 방 안을 가득 채우는 밝은 빛에 기함했다. 강한 빛은 서요의 생명력과 신력을 나타냈기에 그들은 정신이 없는 와중에도 가슴이 쿵쿵 뛰었다.

빛이 점차 희미해지고 깨끗한 기운이 넘실거리는 방 안에서 눈을 뜬 서요가 상체를 일으켰다. 소소와 가람은 꿈인지 생시인지 알 수가 없어서 멍하니 그녀를 바라보았다. 서요는 핼쑥하기는커녕 지금 막 꽃단장을 마친 것처럼 아름다웠다. 소소와 가람을 본 그녀는 싱긋 웃었다.

"소소님. 가람님."

옥구슬이 흘러가는 것처럼 청아한 목소리가 들려오자 그들은 몸을 떨었다. 그들의 얼떨떨한 시선을 받고 있던 서요는 미르의 모습이 보이지 않자 방 안을 두리번거렸다.

간신히 정신을 차린 소소가 그녀에게 바짝 다가가서 물었다.

"서요님! 괘, 괜찮으신 겁니까? 정말 다행입니다! 얼마나 기다렸는지모릅니다."

서요는 완전히 울컥한 그를 인자하게 바라보았다.

"천상에서 환웅님과 주영님을 만났어요. 아주 따뜻한 분들이셨어요."

"……그렇다면 이제 전부 아시게 된 것입니까?"

"네. 제가 어떤 존재였는지, 왜 조선에서 태어났던 건지…… 전부 알게 되었어요. 인간으로 살다 보니 그 누구보다 조선의 상황과 백성들의 마음을 잘 알게 되었죠."

소소와 기람은 어신으로 자각한 서요의 모습을 처음 보았기에 놀라워서 입을 벌렸다. 그녀는 마치 진리를 깨달은 수도승처럼 편안한 모습이었다.

소소는 아무것도 모르던 그녀를 처음 만났을 때부터 주인으로 모셔 왔기에 더욱 감회가 새로웠다. 서요는 완벽한 여신의 모습으로, 자신이 주인임을 드러내고 있었다. 소소는 그런 서요를 사랑한 자신이 굉장히 불충한 신하처럼 느껴져서 괴로웠다. 아랫입술을 깨문 그는 신하로서 할 일을 똑바로 해야겠다는 사명감에 불타올랐다. 한낱 감정 때문에 신념을 저버릴 순 없었다.

소소가 굳게 다짐하고 있을 때 환웅에게 적대감을 가지고 있는, 가람의 사연을 들었던 것이 갑자기 생각난 서요는 당황하다가 그에게 조심스럽게 말했다.

"가람님께서도 알고 계셨겠네요…… 제가 천왕의 딸이라는 사실을요. 뭔가 제가 죄송하네요."

무슨 말을 하는가 싶어 고개를 갸웃하던 가람은 깜짝 놀라서 손사래를 쳤다.

"서요님이 죄송해할 일이 전혀 아닙니다. 절대 그렇게 생각하지 마세요."

"그래도…… 새암에서 제가 너무 주제넘었던 것 같아서."

서요가 시무룩해하자 가람은 고개를 가로저었다.

"아니요. 모두 함께라면 그래도 좋은 곳이 될 수도 있지 않겠냐는 서요님의 말이 제게는 따뜻하게 느껴졌습니다."

"그렇게 말씀해 주셔서 감사해요."

"네. 제 문제는 제가 알아서 할 테니, 걱정하지 마십시오."

가람이 씩 웃었다. 그는 처음엔 환웅의 딸인 그녀가 그리 마음에 드는 건 아니었으나 지금은 그 생각이 우습게 느껴질 정도로 생각이 달라졌다. 딸인 서요는 아버지인 환웅을 존경하고 사랑하면 될 터였다.

잠시간 침묵이 흐르고, 서요는 계속 보이지 않는 미르를 찾기 위해 고개를 두리번거리며 물었다.

"그런데 미르님은 어디 계세요?"

소소와 가람은 미르가 휘빈에게 끌려갔다는 사실을 차마 말할 수가 없어 어두운 낯빛으로 침묵했다. 침묵이 길어지자 서요는 두려운 마음에 마른침을 꿀꺽 삼켰다.

"제가 쓰러진 뒤에 무슨 일이 있었어요?"

서요가 다시 한 번 마음을 다잡고 물었다. 분위기가 나쁜 걸 보니 그다지 좋은 상황은 아닌 모양이었다. 더는 뜸을 들일 수 없었던 소소는 지금까지 있었던 일들을 차분하게 설명했고, 가람은 옆에서 깊은 한숨을 내쉬었다.

"……휘빈님이 미르님을 데려갔다고요?"

서요는 충격을 받은 얼굴이 되었다. 사실 데려갔다는 순한 표현을 써서 그렇지 잡혀갔다는 말과 진배없었다.

가람은 분위기를 풀기 위해 짓궂게 말했다.

"에이! 너무 걱정하지 마십시오. 아마 괜찮을 겁니다. 자기가 좋아하는 남자를 죽이기야 하겠습니까. 하하!"

하지만 가람의 그 말은 그녀의 낯빛을 더욱 어둡게 만들었다. 서요는 지금 당장 미르가 어떤 상황에 처해 있는지 알 수 없어 너무도 불안했다. 그렇기 때문에 여신으로 각성해서 전보다 훨씬 성숙해졌어도 진정할 수 없었다.

자리에서 벌떡 일어난 그녀가 소리쳤다.

"지금 당장 미르님을 구하러 가겠어요!"

서요의 폭탄선언에 소소와 가람은 얼이 빠졌다. 미르가 있는 곳은 아마도 휘빈의 영역인 저승일 것이었다. 가람이 당황해선 그녀를 말리려 했다.

"미르는 아마 저승에 있을 텐데…… 그곳은 저승의 여신인 휘빈이 지배하고 있습니다. 그래도 괜찮으시겠습니까?"

서요도 쉽지 않은 일이라는 것을 이미 알고 있었으나 생각엔 변함이 없었다. 어떤 역경이 있을지라도 미르를 되찾아오겠다고 결심했다.

"저도 그걸 모르지는 않아요. 하지만 그렇다고 미르님을 그렇게 둘 순 없잖아요! 휘빈님이 아무리 미르님을 해치지는 않을 거라지만…… 미르님은 제 남자예요. 절대 가만히 있을 수 없어요."

서요의 눈빛이 결연하게 빛났다. 차고 넘치는 힘 때문에 서요의 몸에서 밝은 기운이 솟아났다. 그 강한 기운을 느낀 소소와 가람은 앞으로 천상의 주인이 될 그녀라면 저승의 여신인 휘빈을 상대할 수도 있으리란 생각이 들었다. 서요의 힘은 그 정도로 전과 비교할 수 없을 만큼 강해져 있었다.

그리고 소소는 미르를 향한 그녀의 마음을 확실하게 느꼈다. 어쩔 수 없이 심란했지만 신하 된 자의 올바른 태도를 놓치지 않으리라 결심했다.

'서요님의 마음은 한결같았어. 난 내가 할 일을 하겠어……. 두 번 다시 서요님이 눈앞에서 쓰러지는 모습은 보고 싶지 않아.'

마음을 다잡은 소소는 서요와 함께할 뜻을 밝혔다.

"그렇다면 저는 서요님과 함께하겠습니다."

소소에 이어 가람 또한 당연히 그래야 한다는 듯 고개를 끄덕였다.

"서요님이 다짐하신 일이라면 저도 마찬가지입니다. 처음으로 저승 구경 한번 해보겠네요."

서요를 기적처럼 다시 만난 이상, 소소와 가람은 그녀가 원하는 일이라면 그게 어떤 일이라도 망설이지 않겠다고 결심했다. 그들은 서요의 숨이 멈춘 이후, 하루하루 절망감에 빠져 지냈지만 마음 한편에서는 그녀가 환웅과 주영의 딸이자 여신이기에 다시 돌아올 것이라는 믿음을 버리지 않았다. 그러한 간절한 믿음은 그들을 배신하지 않았다.

서요는 어려운 일임에도 기꺼이 함께해 주는 소소와 가람 덕분에 힘이 났다. 그녀는 반드시 휘빈의 손아귀에 있는 미르를 구해 데려올 거라고 다짐했다.

휘빈이 지금껏 한 짓은 명백한 범죄였다. 여신인 자신을 죽이려고 했으며 미르를 억지로 납치해 갔다. 이건 절대 그냥 두고 볼 수 없는 문제였다. 서요는 여신임을 자각한 후 온몸에 흐르는 엄청난 기운을 느끼고 있었기에 떨리긴 했어도 자신이 있었다. 더구나 든든한 소소와 가람과도 함께였다.

"함께 저승으로 가요. 이건 정면 승부밖에는 답이 없어요."

당장 미르를 구하러 가고 싶었던 서요가 날카로운 목소리로 말했다. 하지만 지금 어떤 일이 일어났는지도 모르는 진원과 신관들이 마음에 걸렸다.

"신관들에겐 뭐라고 말하면 좋을지⋯⋯."

서요는 그들과 마찬가지로 슬픔에 잠겨 있을 진원과 신관들을 생각하며 고민에 빠졌다.

'이걸 어떻게 설명하면 좋지⋯⋯.'

도저히 좋은 방법이 떠오르지 않았던 서요는 일단 미르를 구하러 가는 일이 시급하다고 판단하고 입을 열었다.

"자세하게 말할 순 없을 것 같아요. 정체를 밝혀야 하는 문제니까요."

소소와 가람은 그녀를 뒤따르며 고개를 끄덕였다.

신관들은 되살아난 서요를 보고 놀라움을 금치 못했다. 분명 죽었다가 다시 살아난 것도 그랬지만 무엇보다 그녀가 품고 있는 힘이 기상신들과는 비교할 수 없을 정도로 강대해서 눈을 마주할 수조차 없었다.

서요는 멀쩡한 자신의 몸 상태를 설명하며 진원과 신관들을 다독였나. 서요는 자신이 살아 있다는 것을 바깥에 알리지 말라고 부탁한 뒤 잠시 다녀올 곳이 있다고 말했다. 그녀의 머릿속엔 여러 계획들이 펼쳐지고 있었다.

서요 일행은 저승으로 통하는 길목에 도착했다. 소소와 가람이 오래전부터 얘기로만 들어왔던 걸 잘 기억하고 안내한 덕분이었다. 끝도 없는 길을 걸어가다 보니 키가 열 척은 더 넘어 보이는 거대한 문지기들이 저승의 문 앞을 지키고 서 있었다. 서요가 험상궂은 얼굴의 그들에게 다가갔다.

"휘빈님께 손님이 찾아왔다고 전해주세요."

저승의 문을 지키기만 할 뿐 휘빈과 서요가 어떤 관계인지는 잘 모르는 문지기들은 일단 고개를 끄덕였다. 그들은 왜 천상의 공주가 이곳을 찾아왔는지는 몰라도 적처럼 보이지는 않았기에 순순히 말을 전할 생각이었다.

문지기 중 한 명이 휘빈에게 보고하기 위해 자리를 떴다. 가람은 남은 문지기에게 들리지 않을 정도의 작은 목소리로 그녀에게 귓속말했다.

"만약 우리를 들여보내 준다면 그만큼 자신이 있다는 이야기이기에 함정이 있을 수도 있습니다."

이미 알고 있었던 서요는 진중한 눈빛으로 대답했다.

"휘빈님이 지배하는 곳인 만큼 당연히 자신이 있겠죠. 그래도 저승으로 들어가서 미르님을 데려와야 한다는 건 변하지 않아요."

조용하고 나긋나긋하지만 강단 있는 목소리에 가람은 고개를 끄덕였다. 그는 서요, 소소와 함께라면 저승에서도 분명 살 길을 찾을 수 있을 거라고 생각했다.

잠시 후, 돌아온 문지기는 아까 전과 달리 언짢은 표정이었다. 서요가 긴장한 얼굴로 문지기를 올려다보았고, 문지기는 저승의 문을 열어주었다.

"들어오십시오."

서요가 고개를 돌려 소소와 가람을 응시했다. 소소와 가람은 서요의 옆에 굳건하게 선 채 그녀와 함께 저승의 문턱을 건넜다.

저승으로 들어온 서요는 한기를 느끼고 손으로 어깨를 감싸 안았다. 저승은 생각했던 것보다 더 어둡고 음습한 기운이 풍기는 곳이었다. 지상에서 본 밤과는 전혀 차원이 다른, 완전한 어둠이 시야를 가렸다.

단단히 마음먹은 서요도 차원이 다른 어둠에 살짝 당황했지만 곧바로 정신을 차리고 온몸에서 찬란한 빛을 내뿜었다. 그 덕분에 시야가 살짝이나마 확보되었다. 조금씩 보이는 저승의 풍경은 삭막하기 그지없었다.

"너무 조용해서 이상합니다. 바로 공격할 줄 알았는데……."

소소의 말에 서요는 주변을 살피며 경계를 늦추지 않았다.

"우리를 떨어뜨려 놓으려는 수작일지도 몰라요. 일단 긴장하고 있어요."

서요는 전에 휘빈이 자신과 기상신들이 떨어졌을 때 공격한 것을 기억하곤 당부했다. 그들이 잔뜩 긴장한 채 숨을 죽이고 있을 때, 사방에서 소름 끼칠 정도로 끔찍한 비명 소리가 들려오기 시작했다. 그 비명은 죄를 짓고 저승에 와서 벌을 받는 영혼들의 처절한 절규였다.

"시작되었나 봅니다. 서요님! 정신 바짝 차리십시오!"

소소가 외쳤으나 불구덩이에서 벌을 받는 영혼들의 소리에 묻히고 말았다. 서요는 자신이 고통스러운 것보다 다른 이들이 고통에 몸부림치는 소리를 듣는 게 더욱 괴로웠기에 귀를 틀어막았다.

"그만해! 그만하고 그냥 나타나라고!"

어둠에 잡아먹히지 않기 위해 크게 소리친 서요는 영혼들이 절규하는 소리 때문에, 물소리가 가까워지는 것을 눈치채지 못했다. 두서없이 발을 놀리던 서요는 깊은 물살에 휘말리고 말았고, 그녀의 몸은 차갑고 어두운 폭포 아래로 떨어졌다.

"꺄아악!"

그 순간에도 영혼들의 울음소리가 서요의 가슴을 강타했다. 완전히 당황한 서요는 물속에서 허우적거리며 정신을 차리지 못했다. 답답해서 숨이 막혔고 발이 닿지 않아 본능적으로 공포감에 빠졌다.

그때 서요가 생각했다.

'안 돼! 어떤 순간에서도 여신임을 잊어버려선 안 돼!'

정신을 차리고 간신히 위로 날아오른 서요는 이제 그만 미르를 찾고 싶었기에 어둠을 완전히 걷어버릴 정도로 강한 힘을 발산했다.

'더는 장난치지 마!'

있는 힘껏 힘을 내뿜은 덕분에 주변이 밝아졌고, 서요는 폭포 아래 휘빈이 서 있는 것을 발견했다.

휘빈은 서요가 홀로 폭포에 휩쓸리게 하여 어둠의 힘으로 그녀를 죽일 작정이었다. 하지만 그전에 서요가 폭포를 벗어나 버렸다. 휘빈은 정말 살아 있는, 그것도 여신이 되어서 나타난 그녀를 살벌하게 노려보았다.

'문지기의 말이 정말 사실이었어! 그리도 아니길 바랐는데! 감히 이곳

이 어디라고 들어온 거야!'

서요를 노려보는 휘빈의 눈에 핏대가 섰다. 야차가 큰 벌을 받을 것을 각오하면서까지 서요를 죽였기에 그녀의 분노는 상상할 수 없을 만큼 컸다. 휘빈이 빛을 품고 다가오는 서요에게 어둠의 기운으로 응수했다.

"미르는 나의 것이야! 제발 죽어! 죽으란 말이야!"

휘빈이 날린 어둠을 빛으로 방어한 서요는 휘빈이 서 있는 곳에 발을 내디뎠다. 서요는 예전처럼 망설이다가 모든 걸 다 잃을 생각은 절대 없었다.

"더는 망설이지 않아요!"

태양의 여신인 주영의 힘을 전해 받은 서요는 휘빈이 상대하기가 버거울 정도로 강했다. 휘빈은 자존심이 상해서 이를 갈았다. 그녀가 여신으로 각성해서 자신과 맞설 수 있을 정도인 건 알겠는데 왜 더 강하게 느껴지는지는 의문이었던 것이다.

미르를 구하고 싶은 열망이 너무도 강해 그런 힘을 낼 수 있었던 서요는 휘빈의 곁에 모여드는 그녀의 신하들을 보고 마른침을 꿀꺽 삼켰다. 다급하게 주변을 살핀 서요는 휘빈에게 소리쳤다.

"미르님은 대체 어디 계신 거예요! 네?"

서요는 미르가 걱정되는 마음에 병이 생길 것만 같았다. 서요의 가슴 속에서 꿈틀대는 간절한 빛이 대적하고 선 휘빈과 신하들에게 뿜어져 나갔다. 그러자 휘빈과 신하들은 몸을 비틀며 괴로워했고, 어둠 속에서 헤매던 소소와 가람이 폭포 아래서 빛을 뿜어내는 서요를 발견했다.

"서요님!"

소소와 가람이 휘빈이 만든 어둠의 폭포 아래로 뛰어들었다. 서요는 무사히 다시 만나게 된 그들을 애처롭게 바라보면서도 휘빈 무리와 대적했다.

"미르님을 돌려주세요."

서요는 다시 죽는 한이 있어도 절대 물러설 생각이 없었다. 휘빈 또한 마찬가지였기에 역정을 냈다.

"내가 왜! 네가 뭔데 대체! 야차가 벌을 받으면서까지 널 죽였는데 어떻게 너만 이렇게 멀쩡히 살아 돌아올 수 있는 건데!"

휘빈은 진심으로 야차에게 미안했고 시간을 다시 되돌리고만 싶었다. 그녀의 눈에 슬픔이 가득한 것을 본 서요는 조금 의아해하며 빈정거렸다.

"휘빈님께서 원한 일 아니었어요? 저를 죽이기 위해 저승의 신하들까지 데리고 쳐들어 왔던 거잖아요. 그런데 이제 와서 벌을 받게 될 야차라는 분이 마음 쓰이는가 보죠?"

서요는 곁에 있는 이의 소중함을 알면서도 어쩜 이런 악독한 짓을 벌일 수 있나 싶었다. 그녀의 말에 분노하며 입술을 잘근잘근 씹은 휘빈은 매우 복잡한 심경이었기에 이대로 미쳐 버릴 것만 같았다.

'내가 원한 건, 내가 네년을 죽여 없애는 거였어! 항상 날 혼만 내던 야차가 처음으로 내 뜻을 지지해 준다기에 기뻤지만, 이런 걸 바라지는 않았다고!'

서요에게 받은 모멸감과 야차에 대한 그리움, 그리고 미르에게 남은 미련들 때문에 휘빈의 속이 부글거렸다. 그녀는 분한 나머지 눈물을 글썽였다.

"그래서! 이제 와서 뭘 어떻게 하라고! 야차는 내 곁에 없단 말이야! 미르라도 내 곁에 둬야겠어. 절대 못 넘겨줘."

휘빈은 서요에게만큼은 절대 무릎 꿇고 싶지 않았다. 그건 지금까지 해왔던 모든 일을 부정하는 것이었다.

그녀의 끈질기고 독한 집착을 느낀 서요는 치가 떨렸다. 서요는 왜 휘빈이 자신의 곁에 있던 신하를 떠나보내고 이제 와서 후회를 하면서도 이렇게 나오는지 이해할 수 없었다. 서요는 휘빈의 이러한 행동은 더 큰 후회를 몰고 올 뿐이라고 생각했다.

"야차라는 분이 휘빈님에게 소중하고 또 지키고 싶은 신하라면 이제라도 천상으로 가서 환웅님께 간청하세요."

뜻밖의 말에 휘빈은 당황해서 눈빛이 흔들렸다.

"뭐라고?"

휘빈은 그럴 생각은 아예 하지 못했기에 심장이 크게 뛰었다. 휘빈이 흔들리는 모습을 보이자 서요가 다시 한 번 말했다.

"그분이 그렇게 된 걸 참을 수 없는 거잖아요. 그러니까 더 후회하기 전에 올라가서 뭐라도 하시란 말이에요."

미르를 두고 서로 대치하고 있지만 야차에 대한 이야기가 나올 때마다 휘빈의 눈빛이 흔들리는 걸 보면, 그녀는 지금 미르보다 그를 더 신경 쓰고 있는 게 분명했다. 서요는 그 점을 노리기로 했다.

서요의 말에 휘빈은 눈을 굴렸다. 너무도 증오하는 서요의 말에 흔들리고 싶은 마음은 추호에도 없었으나 야차 생각 때문에 쉽지 않았다.

'환웅에게 무릎 꿇으라는 말이야? 그건 싫어! 하지만 야차를 구할 수만 있다면…….'

휘빈의 머릿속은 그야말로 뒤죽박죽이었다. 그녀는 야차에게 너무 미안해서 그를 구하고 싶었지만 서요의 말대로 환웅에게 가고 싶지는 않았다. 차라리 싫어하는 서요를 죽이고 야차 대신 벌을 받는 편이 좋을 것 같았다.

확실하게 다짐한 휘빈이 그녀를 살벌하게 노려보며 입을 열었다.

"여기서 미르를 너한테 넘기고 순순히 천상으로 올라갈 바엔, 너를 죽이겠어. 지금 당장!"

휘빈의 몸에서 어둠의 기운이 퍼져나갔다. 결국 평화롭게 상황을 종결할 서요의 마지막 부탁을 거절한 것이었다.

서요는 금방이라도 모든 것을 없애 버릴 만큼 거대한 어둠을 가지고 달려드는 휘빈을 긴장하며 바라보았다.

"서요님! 저와 가람이 보좌할 테니 어서!"

휘빈의 분노만큼 커다란 어둠을 확인한 소소가 다급하게 소리쳤다. 서요는 고개를 끄덕이며 휘빈의 어둠만큼이나 강력한 빛을 꺼냈다.

휘빈 무리와 서요 일행이 정면에서 제대로 맞붙었다. 그들은 뒤엉켜 싸우기 시작했다. 수적으로 열세인 서요와 소소 그리고 가람은 숨을 거칠게 몰아쉬며 오직 정신력으로 버텼다.

"새삼 미르가 그립네."

그의 빈자리를 느낀 가람이 헉헉거리자 소소는 미르가 항상 아니꼬웠음에도 불구하고 이번만큼은 그 말에 동감했다.

"그러게."

소소와 가람은 자신들보다 훨씬 강한 능력을 가진 서요를 도와주며 정신을 잃지 않도록 노력했다.

거대한 힘과 힘이 부딪치자 저승이 흔들렸다. 그 진동을 느낀 미르는 눈을 뜨고 신음했다.

"……으음!"

정신이 오락가락했다. 분명 휘빈에게 벼락을 내리고 쓰러진 것 같은데 이곳이 어디인지 도통 알 수가 없었다. 미르가 몸을 움직이자 그를 감시하고 있던 휘빈의 신하가 급하게 다가왔다.

"정신이 드십니까?"

그의 말에 미르는 인상을 찌푸리며 소리쳤다.

"여기가 어디야? 넌 누구고? 서요는! 서요는 어디 있어!"

미르는 서요가 어떻게 되었는지 알 수 없었기에 깨어나자마자 가슴이 답답했다.

'그때 내가 본 거…… 아니지? 그럴 리가 없잖아.'

그녀의 숨이 끊어진 걸 두 눈으로 똑똑히 보았던 미르는 애써 부정하며 진정하려고 노력했다. 하지만 아무런 대답이 들려오지 않자 미르는 가시눈으로 신하를 살벌하게 노려보았다.

"대답 안 해? 죽고 싶지?"

미르의 눈빛이 무섭게 느껴졌던 신하는 잠시 주변을 살펴보고 조심스럽게 말했다.

"이곳은 휘빈님이 다스리는 저승입니다. 미르님께서는 잠시 정신을 잃고 누워 계셨고요. 서요님에 대해서는…… 잘 모르겠습니다."

신하는 자신이 말할 수 있는 사실만 전달했다. 지금 서요가 저승으로 들어와서 휘빈이 자리를 비웠다는 것을 알고 있었지만 왠지 그에 대해선 함구해야 할 것 같았다. 서요를 직접 본 게 아니기에 제대로 알 수 없기도 했다.

"저승이라고…… 하! 쓰러진 나를 기어코 이곳까지 데려왔단 말이지. 휘빈은 지금 어디 있어?"

완전히 가라앉은 미르의 목소리에 신하는 휘빈이 나간 검은 통로를 힐끗 곁눈질했다.

"잠시 업무를 보기 위해 나가셨습니다. 곧 돌아오실 테니, 잠시만 기다……."

"됐어! 내가 직접 찾겠어!"

하루빨리 저승을 벗어나 서요에게 가야 하는 미르는 이곳의 주인인 휘빈을 만나려 했다. 그는 한때 그녀를 연민했지만 지금은 휘빈이 서요에게 고통을 준 만큼 그녀를 죽이고 싶다는 생각밖에 들지 않았다.

머리가 어지러워서 금방이라도 토할 것 같았지만 강인한 정신력으로 자리에서 일어난 미르는 방의 유일한 통로를 똑바로 바라보며 걸어갔다. 위태롭게 발걸음을 떼는 그를 붙잡은 신하는 간곡하게 말했다.

"기다리시면 휘빈님이 돌아오실 겁니다! 휘빈님께서 미르님을 정말 극진하게 보살펴셨어요."

미르는 그 말이 너무도 어이가 없어 헛웃음을 지었다.

"그게 다 무슨 소용인데? 휘빈은 내가 사랑하는 여자를……."

'죽였어? 아니야…… 죽었을 리가 없어! 서요가 날 두고 죽었을 리가 없다고!'

아랫입술을 깨문 그는 다시 발걸음을 옮겼다. 어떻게 해서든 저승을 벗어날 생각이었다. 신하가 미르를 말리고 있을 때, 통로 근처에서 엄청난 굉음이 들려왔다. 그 소리에 미르는 미간을 좁혔다. 아무래도 저승에 무슨 문제가 생긴 모양이었다.

"대체 무슨 일이 벌어지고 있는 거야……."

미르는 아픔을 간신히 참고 통로 쪽으로 다가갔고, 혹시 휘빈에게 무슨 문제가 있는 건 아닐까 걱정되었던 신하는 그보다 먼저 그 안으로 들어갔다.

❂

빛과 어둠이 부딪치자 그 위로 매캐한 연기가 피어올랐다. 서요는 식은땀을 흘리며 간신히 자세를 고쳐 잡았다. 이렇게까지 최선을 다하는데도 결론이 나지 않는 걸 보면 누구의 정신력이 더 강하냐에 따라 판가름이 날 것 같았다.

서요와 휘빈 모두 지쳐서 숨을 헉헉거리고 있을 때, 휘빈 무리의 뒤에 뻥 뚫려 있던 통로에서 어떤 남자가 허겁지겁 달려 나왔다. 남자로부터 어떤 말을 전해들은 휘빈은 인상을 일그러뜨리며 서요를 노려보았다.

'뭐지?'

서요가 의아해하고 있을 때, 잠시 후 통로 안쪽에서 미르가 나타났다. 휘빈은 그를 보자마자 어둠의 힘으로 미르의 온몸을 묶었다. 신력이 많이 약화되어 있었던 미르는 그 힘에서 벗어나지 못하고 완전히 잡혀 버렸다.

미르를 발견한 서요는 심장이 쿵 떨어졌다. 오랜만에 본 미르의 얼굴은 매우 수척했고 지금은 어둠의 힘에 잡혀 이러지도 저러지도 못하고 있었다.

'미르님!'

충격과 공포를 느낀 서요는 오직 그를 휘빈에게서 구해내야겠다는 생각밖에 들지 않았다.

"당장 그만둬!"

저승을 쩌렁쩌렁하게 울릴 정도로 크게 소리친 서요는 남은 힘을 마지막까지 쥐어짜내 휘빈에게 달려들었다.

어디선가 들려온 서요의 목소리에 반응한 미르는 온몸의 근육이 찢어질 것처럼 고통스러웠는데도 휘빈의 힘에서 벗어나기 위해 노력했다.

"뭐, 뭐야!"

휘빈은 처음 보는 서요의 살기 어린 얼굴에 당황해 비명을 내질렀다. 그리고 그 비명은 곧 서요가 품고 달려든 어마어마한 빛에 파묻히고 말았다. 미르를 구하기 위해 서요가 낸 빛은 휘빈이 손쓸 수 없을 정도로 거대하고 아름다웠다.

휘빈과 함께 있던 신하들은 치명상을 입고 쓰러졌고, 휘빈 또한 서요의 앞에 무릎을 꿇고 주저앉았다.

"윽!"

서요는 휘빈을 거들떠도 보지 않고 곧바로 어둠의 사슬에서 벗어난 미르에게 달려갔다. 눈앞에 생생하게 살아 있는 서요를 본 그는 얼떨떨한 표정을 지었다. 미르의 짙푸른 눈동자가 애틋함을 담고 흔들렸다.

"……서요 맞지? 그렇지?"

미르가 감격하며 묻자 서요는 그를 꽉 안으며 밝게 웃었다.

"네! 저 맞아요! 미르님, 무사하셔서 다행이에요!"

서요가 죽었을 리 없다고 애써 부정하면서도 내심 절망하고 있었던 미르는 그녀를 다시 만났다는 걸 실감하고 울컥했다. 그의 눈에 뜨거운 눈물이 맺혔다. 미르는 서요를 꽉 안고 그녀가 살아 있음을 마음껏 느꼈다. 이처럼 감격스러운 일은 없었다.

'감사합니다! 정말 감사합니다!'

속으로 수십 번도 더 넘게 외친 그는 서요의 얼굴을 두 손으로 잡고 떨리는 목소리로 말했다.

"설마 날 구하러 저승까지 온 거야?"

미르는 그녀가 저승에 있는 이유는 그것밖에 없다고 생각했다. 서요는 고개를 끄덕였다.

"네! 제가 미르님을 구했어요."

미르와 기상신들에게 항상 민폐만 끼쳤던 서요는 이제야 확실하게, 사랑하는 연인인 미르를 구했다고 자신할 수 있었다.

미르는 휘빈을 무릎 꿇게 할 정도의 힘을 부린, 전보다 성숙해진 것 같은 서요의 모습에 그녀가 여신으로 자각했다는 걸 알아차렸다. 아직 지끈거리는 이마를 붙잡은 미르가 서요에게 물었다.

"……전부 알게 된 거지? 네가 어떤 존재인지를."

"네. 전부 알게 되었어요. 왜 말씀 안 하셨는지도 알고요…… 미르님과 저의 고향이 같을 줄은 꿈에도 몰랐는데. 많이 기뻤어요."

서요는 자신이 인간인 줄 알고 있었을 때 대체 신인 그와 어떻게 혼례를 올리고 평생 함께 살까 걱정했었는데 이젠 그럴 필요가 없었다. 진심으로 기뻐서 웃는 그녀를 보며 미르 또한 입꼬리를 올렸다.

그들의 뜨거운 재회를 지켜보던 소소와 가람은 부들부들 떠는 휘빈이 다시 반격을 할까 싶어 그녀를 감시했다. 휘빈은 자신이 평생을 자라온 공간인 저승에서 서요에게 완전히 밀렸다는 사실이 믿기지가 않아 미친 사람처럼 고개를 젖히고 웃었다.

"하하하!"

'이게 뭐야! 이게 뭐냐고, 대체! 도저히 힘을 쓸 수가 없어…… 신하들도 전부 쓰러지고. 왜 내가 저년에게 진 거야. 대체 왜!'

휘빈은 이 사실을 인정할 수가 없었다. 서요를 죽이고 싶은 마음은 그 누구에게도 지지 않았다. 패배감에 휩싸여 부들부들 떠는 휘빈에게 다가온 미르와 서요는 그녀를 싸늘하게 내려다보았다.

"네가 한 짓들을 도저히 용서할 수가 없어. 용서할 필요도 없지만…… 부디 천상에서 죗값을 톡톡히 치르길 바랄게."

미르는 지금 당장 그녀를 죽이고 싶었지만 앞으로 서요와 행복하게 살기 위해선 그런 짓을 할 수는 없었다. 다만 그녀가 삶이 끝나는 날까지 평생 고통을 받기를 원했다.

휘빈은 저주에 가까운 말에 핏대가 선 눈으로 미르를 노려보았다.

"네가 원하는 대로 되지 않을 거야!"

휘빈의 발악에 서요는 짙은 한숨을 내쉬었다. 그녀를 연민하는 건 아니었으나 이렇게까지 자신을 깎아먹을 필요는 없었다. 서요는 저승을 떠나기 전, 휘빈에게 마지막으로 말했다.

"직접 천상으로 가서 모든 죄를 고백하고 벌을 달게 받으세요. 야차라는 분이 모두 뒤집어썼지만 그거 아니잖아요. 휘빈님 때문이잖아요."

서요는 휘빈이 야차를 생각하는 마음을 알고 있었기에 알아서 갈 것 같다는 생각이 들었지만 그래도 마지막으로 경고했다. 저승을 떠나는 서요 일행을 바라보는 휘빈의 얼굴에는 절망과 억울함이 가득했다.

저승을 떠나 지상으로 올라온 서요는 밝은 아침 햇살을 느끼고 감격했다.

"어둠 속에 있다가 햇빛을 보니 살 것 같네요!"

소소와 가람 또한 동감한다는 듯 고개를 끄덕였다.

"오늘따라 하늘이 더 아름답네요. 미르도 보았으면 좋았을 텐데, 또이렇게 쓰러져 버렸으니. 쯧쯧!"

가람이 자신의 등에 업힌 미르를 한번 추어올리며 혀를 찼다. 서요는 잠이 든 미르의 얼굴을 쓰다듬었다.

"그래도 따뜻한 햇볕은 느끼고 계실 거예요. 아까 전보다 얼굴빛이 훨씬 좋은걸요. 타박상은 치료해 드렸으나 기상의 힘을 꽤 써서 소소님이랑 가람님도 몸이 좋지 않으시니 얼른 신전으로 돌아가요."

"네! 알겠습니다. 저도 무거워서 더는 업고 있을 수가 없거든요."

가람의 장난스러운 말에 그녀는 피식 웃었다. 서요는 이렇게 기상신들과 또 농담을 하며 지낼 수 있다는 게 감동스러웠다.

신전에 도착한 서요는 미르를 방에 눕힌 후 축 늘어진 그의 손을 쓰다듬었다. 분명 그때처럼 다시 괜찮아질 것이라고 생각했지만, 전혀 불안하지 않은 건 아니었다.

"우리가 이렇게 다시 만난 게 아직도 기적 같아요."

조용히 속삭인 서요는 미르의 옆에 누워 휴식을 취했다.

다음 날, 진원을 만난 서요는 수척해진 그를 안쓰럽게 바라보았다.

"그동안 마음고생 많이 하셨을 텐데…… 제가 살아 있다는 얘기가 밖으로 새나가진 않았겠죠?"

아직 상황이 복잡했기에 서요는 자신이 살아 있다는 이야기가 섣불리 밖으로 퍼져나가지 않길 바랐다. 진원은 고개를 끄덕였다.

"네. 그렇습니다. 그런데 이게 대체 어떻게 된 일입니까? 어디를 다녀오신 것이며……."

진원이 궁금해하는 게 많자 서요는 의미심장하게 웃으며 최대한 알기 쉽게 이야기했다.

"제게 치유의 빛이 있잖아요. 살고자 하는 마음이 강해서 다시 돌아올 수 있었어요. 그리고 대신관님께서 보셨는지는 모르겠지만 저를 공격했던 휘빈님이 미르님을 잡아가서 데려오기 위해 잠시 다녀온 거고요."

진원은 죽음에서 다시 돌아올 수 있었다는 말이 믿기지 않았지만 그녀가 예전보다 훨씬 강한 힘을 품고 있는 것이 느껴져서 조금 머뭇거리다가 입을 열었다.

"서요님이 전과 많이 달라지신 것 같습니다…… 뭔가 미르님, 소소님, 가람님처럼."

진원의 말이 무슨 뜻인지 알아들은 서요는 고개를 끄덕였다.

깜짝 놀란 진원은 가슴이 금방이라도 터질 것처럼 부풀어 올랐다. 서요는 그에게 여신으로 자각한 후부터 계속 생각해 왔던 문제에 대해서 말했다.

"저는 이제 탄압 걱정이 없는 평화로운 조선을 만들기 위해 왕검을 찾아갈 생각이에요."

"……예? 갑자기 그게 무슨 말씀이십니까?"

"미르님도 무사히 데려왔으니 지금 담판을 지어야겠다는 생각이 들어서요. 왕검은 분명 제 말을 들어야 할 거예요."

서요의 자신만만한 말에 진원은 걱정되면서도 기대감이 들었다. 그녀가 평범한 인간이 아닌 이상, 충분히 잘될 가능성이 높았다.

"제사장님의 뜻을 받들겠습니다."

서요를 존경스러운 눈빛으로 바라본 진원이 진중하게 말했다. 일이 모두 끝나고 평화로운 시대가 오면 정들었던 그와 헤어질 수도 있다는 생각이 들었던 서요는 조금 씁쓸한 얼굴로 고개를 끄덕였다.

이제 조선에서 마지막이 될 수도 있는, 가장 중요한 문제가 남아 있었다. 굳게 결심한 서요는 입궐하기 전에 기상신들을 보기 위해 별채로 향했다.

미르의 방으로 들어간 서요는 아직 깊은 잠에 빠져 있는 그를 흔들어 깨웠다. 무슨 일이 있으면 미르에게 꼭 먼저 말하겠다고 약속했던 것 때문이었다. 마음 같아서는 그가 이렇게 아프고 힘이 들 때, 신경 쓰이게 하고 싶지 않았지만 약속은 꼭 지키고 싶었다.

정신을 차리고 눈을 뜬 미르는 먼저 그녀부터 찾았다.

"서요야, 서요야?"

그의 손을 꽉 잡은 서요는 얼른 대답하며 미르를 안심시켰다.

"네. 저 여기 있어요. 미르님."

"……응. 여기는 신전 별채인가?"

"네. 도착한 지 반나절쯤 되었어요. 몸은 좀 어떠세요?"

서요의 목소리가 몸을 감싸고 있는 이불보다 더 따뜻하고 포근하게 느껴진 미르는 긴장을 풀고 은은한 미소를 지었다.

"나는 괜찮아. 그때처럼 며칠 쉬면 몸도 좋아질 거고."

"네. 그동안 절대로 무리하시면 안 돼요!"

"알겠어. 이 잔소리가 어찌나 그리웠던지."

미르의 표정이 너무 평화로워 보여서 말을 꺼내는 게 어려웠던 서요는 잠시 뜸을 들이다가 입을 열었다.

"미르님. 저, 궐에 가서 왕검을 만나고 올까 해요."

청천벽력과도 같은 말에 정신이 확 든 미르는 눈을 크게 뜨고 서요를 바라보았다. 겨우 휘빈의 손아귀에서 벗어난 지금, 굳이 왕검을 찾는 이유를 알 수 없었다. 미르는 다시 불안해져서 다급하게 물었다.

"직접 가겠다고? 왜?"

서요는 생각해 왔던 것을 솔직하게 말했다.

"음. 휘빈님에게 복종했던 자민이라면 여신인 제 말도 무시할 수 없을 거란 생각이 들어서요. 그리고 지금의 저라면 궐에 있는 병사들이든, 그 어떤 사람이든 상대할 수 있으니 위험할 일도 없고요."

서요는 걱정할 필요 없다고 미르를 다독였다. 서요는 치유의 빛만 썼던 예전과 달리 여신의 다양한 힘과 능력을 저절로 알아가고 있었다.

서요가 예전과 많이 달라진 걸 두 눈으로 봤던 미르는 깊은숨을 내쉬며 고민했다. 그녀가 말한 대로, 휘빈도 상대한 서요가 고작 자민의 병사들에게 놀아나진 않을 터였다. 하지만 그걸 알더라도 혼자 보내는 게 신경 쓰이고 불안했다.

"그래. 네 말이 맞아. 휘빈으로부터 나를 구했던 너인데. 자민을 상대하는 건 일도 아니겠지. 그래도 함께하고 싶은 게, 너를 지켜주고 싶은 게 내 마음인가 봐. 지금 상태로는 방해만 된다는 걸 알면서도 말이야."

그의 목소리가 너무도 처량하고 쓸쓸하게 들려오자 서요는 울상을 지었다.

"그렇게 말씀하시면 제가 너무 속상하잖아요. 지금껏 미르님이 얼마나 저를 지켜주려고 노력하셨는데요. 다만 이제는 저를 믿고 제 어깨에 편하게 기댈 때도 있었으면 좋겠어요. 저는 정말 그러길 바라요."

미르는 하는 수 없이 고개를 끄덕였다. 지금의 서요라면 안전은 문제 없을 터이니 스스로 자민과의 악연을 끊는 것도 좋을 것 같았다.

"얼른 그놈을 벌주고 싶은 거지? 더는 백성들을 괴롭히는 짓을 하지 못하도록 말이야."

미르가 묻자 서요는 진지한 눈빛으로 대답했다.

"네. 정말 그러고 싶어요."

미르는 여신으로 자각한 후 더욱 자신감에 찬 그녀의 얼굴을 쓰다듬
으며 자상하게 웃었다.

"함께 간다면 더 좋았겠지만 네 뜻이 그렇다면 무사히 다녀와. 널 믿
을 테니까."

미르가 드디어 자신을 믿고 보내주자 서요는 기분이 좋아서 입꼬리를
올렸다. 이제 한결 마음 편하게 궐에 다녀올 수 있을 것 같았다.

"다녀올게요!"

미르와 헤어진 그녀는 소소와 가람을 만나서 자신이 자리에 없어도
걱정하지 말라는 말을 남기고 어둑발이 내리는 궐로 향했다. 가슴이 매
우 떨렸지만 지금껏 자신과 백성들을 괴롭힌 자민에게 꼭 엄벌을 내리
겠다고 다짐했다. 그것이 그녀와 전혀 어울리지 않는 일일지라도 말이
다.

✖

침전에서 수라를 들고 있던 왕검 자민은 갑자기 자신의 방 안에 환한
빛이 가득해지는 것을 보고 놀라 헛숨을 집어삼켰다. 자민의 입안에서
고슬고슬한 밥알이 잔뜩 튀어나왔고, 시중을 들던 궁녀들은 놀라 쓰러
지거나 큰 소리로 바깥의 병사들을 불렀다.

여신으로 자각한 후 본능적으로 여러 능력을 사용할 수 있게 된 서
요는 그러거나 말거나 침전에 결계를 쳐서 병사들이 안으로 들어올 수
없도록 했다. 풍족한 수라상 앞에 앉아 있는 왕검을 보는 서요의 눈길
은 한겨울에 부는 찬바람처럼 냉랭했다.

"누, 누, 누구냐!"

잔뜩 당황한 자민이 덜덜 떨며 말했다. 천천히 고개를 들어 방 안에
나타난 게 누구인지 확인한 그는 완전히 깜짝 놀랐다. 자민의 입에서

두려움에 가득한 목소리가 흘러나왔다.

"……제사장?"

서요는 몸을 잔뜩 움츠린 자민에게 가까이 다가갔다.

"그동안 강녕하셨습니까, 전하."

"……사, 살아 있었어? 어떻게 여길!"

"전하께서 그토록 싫어하시는 제가 갑자기 쳐들어와서 매우 화가 나신 모양이네요."

서요는 그만 보면 화가 치솟아서 저절로 비아냥거리게 되었다. 서요의 건방진 말에 자민은 인상을 찌푸렸으나 확실히 죽었다는 소식을 들었는데도 멀쩡히 살아 있는 데다, 또 아무리 봐도 범접할 수 없는 존재처럼 느껴지는 그녀에게 차마 쌍욕을 하진 못했다.

그렇지 않아도 서요가 사람이 맞는지 의심하고 있었던 자민이 마른침을 꿀꺽 삼켰다.

"죽었다는 이야기가 돌던데, 대체 어떻게…… 그리고 왜 갑자기 아무런 연통도 없이, 제사장께서 침전까지?"

그가 횡설수설하며 잔뜩 긴장한 것이 느껴지자 서요는 이런 인간 때문에 자신이 지금껏 고통을 받았나 싶어서 매우 억울했다.

"전하께서는 언제 연통을 보낸 뒤에 병사들을 보낸 적 있으십니까? 제가 태어난 날 자객을 보내 신관들을 죽이고 병사들을 보내 전 대신관을 죽이고 그동안 저와 제 어머니를 쫓아다니며 저를 해하려 하지 않으셨습니까!"

"……."

"그것도 모자라 죄 없는 신자들까지 탄압하고! 죽이고!"

서요는 말할수록 원통하고 화가 나서 참을 수가 없었다. 그녀의 커다란 분노를 느낀 자민은 옴짝달싹할 수 없었다. 가슴을 들썩이며 거친 숨을 내뱉은 서요가 싸늘한 얼굴로 다시 말을 이었다.

"이렇게 말해도 내가 건방져 보이기만 할 뿐 여전히 억울하고 뭘 잘못했는지 모르시겠죠. 뉘우칠 필요성도 느끼지 못하실 테고요."

단단히 정곡을 찔린 자민은 조금 두려운 건 사실이었으나 그래도 자존심이 상했다.

"그건 전부 이 나라 조선을 위한 일이라고 생각했소. 그러니 제사장께서 그렇게 판단할 문제가 아니오."

여전히 뻔뻔한 그의 말에 서요는 천인공노할 짓을 벌인 자민을 결코 이대로 내버려 두지 않겠다고 다시 한 번 결심했다.

서요가 자리에 앉아 있는 그를 빛으로 감싸 공중으로 띄웠다. 믿을 수 없는 일에 자민은 완전히 경악했다. 낯빛이 새하얗게 질린 자민은 팔다리를 버둥거렸다.

"이, 이게 무슨! 내, 내려주시오! 이러지 말란……."

발악하던 자민은 서요의 가라앉은 얼굴을 보고 아랫입술을 꽉 깨물었다. 아무래도 보통 상황이 아닌 것 같았다.

"……휘빈님처럼 이 세상 사람이 아니라면 지, 진작 말해주면 좋지 않았소. 그랬다면 절대! 그렇게 하진 않았을 것이오."

간악스러운 자민의 말에 서요는 어이가 없어서 헛웃음을 지었다. 그는 강한 자에게 약하고 약한 자에게 강한 사람이었다.

"결국 제가 평범한 사람이었다면 바뀌지 않았을 거라는 얘기군요. 어차피 전하께서 생각을 고쳐먹을 거라는 기대는 하지 않았습니다. 만약 그런 모습을 보인다고 하더라도…… 신의 저주를 피해갈 순 없습니다."

서요의 눈에서 하얀 빛이 번쩍였다. 그녀는 신이 되어 일생에 딱 한 번 내릴 수 있는 저주를 그에게 내릴 생각이었다. 서요는 저주를 발동시킬 자신이 있었다.

휘빈과는 다르지만 심장을 죄어오는 공포감에 자민은 몸을 떨었다. 그는 신의 저주라는 말에 온갖 생각들이 들며 그대로 미쳐 버릴 것만 같았다.

자민의 얼굴 주름이 더욱 깊게 패였다. 서요는 그를 앞에 두고 자신이 할 수 있는 한 가장 무서운 목소리로 말했다.

"빠른 시일 내에 세자 저하께 선위하십시오. 혹시 선위하고도 정신을 차리지 못하고 권력을 휘두르려고 한다면 지금 제가 내린 신의 저주 때문에 목이 조여 끔찍한 모습으로 죽게 될 것입니다."

"……!"

"명심하십시오. 전하의 주변에는 그 어떤 사람도 남지 않을 것이고, 그 누구보다 비참하고 고통스럽게 생을 마감하시게 될 겁니다."

서요의 무시무시한 저주를 받은 자민은 그만 정신을 잃고 까무러쳤다. 그녀의 기운이 너무 강했던 탓이었다.

빛으로 휘빈을 공격한 데 이어서 처음으로 사람에게 저주를 내렸지만 서요는 전혀 후회하지 않았다. 그가 그동안 무고한 생명들을 많이 죽인 만큼 저 정도의 벌은 당연하다고 생각했다.

방에 남아 있던 궁녀가 벌벌 떨며 다가와서 자민을 보필했다. 그러면서도 그녀는 무서워서 서요를 제대로 쳐다보지 못했다.

자민의 침전 바깥으로 나온 서요는 신전으로 돌아갈까 하다가 해문을 만나야 할 것 같아서 동궁으로 향했다. 해문은 제사장이 찾아왔다는 말에 놀라서 허겁지겁 밖으로 나왔고, 그녀는 전과 다를 것 없이 인사를 올렸다.

"세자 저하께 인사드립니다."

멀쩡하게 살아 있는 서요를 본 해문은 믿을 수가 없어서 말도 제대로 하지 못했다. 많이 놀란 듯한 그의 모습에 그녀는 머쓱하게 뒷머리를 긁적였다.

"많이 놀라셨습니까?"

"……이게 어떻게 된…… 꿈은 아닌 거겠지? 정말 살아 있는 것이오?"

해문의 당황한 얼굴을 처음 본 서요는 어색하게 웃었다.

"네. 그럼요. 저는 괜찮습니다."

"분명 내 두 눈으로 직접 확인했는데…… 기적을 눈앞에서 보는 기분이군. 이, 일단 안으로 들어오시오."

날이 꽤 쌀쌀했기에 해문은 그녀를 얼른 안으로 들였고 서요는 순순히 따라 들어갔다. 그녀는 자민에게 했던 일을 그에게 솔직하게 고하고 조선을 부탁할 생각이었다.

방 안으로 들어온 서요와 해문은 궁녀가 내온 따뜻한 차를 마셨다. 여전히 살아 돌아온 서요가 믿기지 않고 놀라웠던 해문은 찻잔을 잡은 손을 계속 떨었다. 그는 진정하기 위해 노력했다.

"아직까지도 뭐가 뭔지 잘 모르겠소. 이게 대체 어떻게 된 일이오?"

"그에 대한 건 제가 자세하게 말씀드리지 못합니다. 다만 제가 세자저하를 찾은 이유는 송구하오나 솔직하게 털어놓을 일이 있기 때문입니다."

서요의 눈빛이 매우 진지하자 그는 마른침을 꿀꺽 삼켰다. 서요는 해문을 똑바로 바라보며 말을 이었다.

"전하를 만나 뵙고 오는 길입니다. 제 얼굴을 본 궁인이 꽤 있으니 지금쯤 저를 잡겠다고 소란을 피우고 있을지도 모르겠네요. 물론 전하께서 깨어나신다면 그러지 못할 테지만요."

"……그게 대체 무슨 말이오?"

"제가 전하께 세자저하에게 당장 선위하라고 말씀드렸습니다. 그리고 저주를 내렸습니다. 선위하고서도 정신을 차리지 못하고 권력을 탐한다면 끔찍한 일을 겪게 될 거라는……."

해문은 서요의 말을 믿을 수가 없어서 미간을 좁혔다.

"지금 뭐라고 했소? 저주를 내렸다고?"

"네. 전하께서는 언제가 되었든 어리석게 같은 실수를 저지르실 테니,

결국 그 끔찍한 일을 겪게 되겠죠. 무고한 백성들을 죽음에 이르게 한 만큼 절대 마음 편하게 살아선 안 된다고 생각했습니다."

서요는 벌을 내린 것에 대해서는 당당했지만 아들인 해문의 입장은 얼마나 난처할까 싶어서 조금 미안했다. 해문은 이게 대체 무슨 소리인지 제대로 알 수가 없어서 당황했다.

"······제사장에게 저주를 내리는 힘도 있었소? 게다가 전하께서 내게 곱게 선위하겠다고 하셨단 말이오? 그럴 리가 없는데."

저주에 대해서 설명하기엔 너무 복잡했기에 서요는 선위에 대해서만 답했다.

"그런 말씀은 하지 않으셨지만 분명 저하께 선위할 것입니다. 지금 많이 당황스러우시겠지만 즉위하신 뒤 부디 저하께서 꿈꾸는 좋은 나라를 만들어주시길 간청드립니다."

서요가 원하는 건 단지 그뿐이었다.

해문은 머리가 복잡했다. 자민이 끔찍한 저주를 받았다는 것도, 갑자기 선위할 거라는 것도, 너무 말도 안 되는 일 같았다. 그는 턱을 쓰다듬으며 침음했다.

"그러니까 제사장이 아바마마께 저주를 걸었고 아바마마는 제사장의 뜻대로 내게 선위할 거라는 말이군. 내가 그걸 정말로 믿어야 하는 것이오?"

해문이 쉽게 믿진 않을 거라고 생각한 서요는 엄숙한 눈빛으로 답했다.

"네. 믿어주십시오. 믿으셔야 합니다."

지끈거리는 이마를 붙잡은 그가 한동안 침묵하다가 다급하게 물었다.

"그 저주라는 게 대체 뭘 말하는 거요? 그리고 그걸 바로 내게 말하는 이유가 무엇이오?"

해문은 침착하기 위해 노력했지만 흥분하지 않을 수 없는 사안이었기에 목소리가 격양되었다. 그의 반응을 예상했던 서요는 조금 머뭇거리다가 답했다.

"평생 외롭고 고통스럽게 살다가 생을 마치는 끔찍한 저주입니다. 저하게 바로 말씀드리는 이유는 그저 그래야만 할 것 같아서⋯⋯."

"하아⋯⋯."

해문이 깊은 한숨을 내쉬었다. 솔직하게 말하는 게 그녀다웠지만, 그는 아직도 혼란스럽고 여러모로 속상했다.

'진짜 그런 저주라면, 아무리 미운 아버지라지만⋯⋯.'

씁쓸했지만 그는 그럼에도 서요에게 뭐라고 화를 낼 수 없었다. 서요가 태어나 지금껏 당한 일들이 얼마나 끔찍했는지는 그녀가 자민의 검에 죽을 뻔한 이후로 확실하게 깨달았기 때문이다. 게다가 무고한 백성들이 얼마나 죽어나갔는지는 셀 수조차 없었다.

아무런 말도 하지 못하고 짧게 신음하는 해문을 바라보는 서요 또한 마음이 그다지 좋지 못했다. 방 안에 엄청나게 불편하고 어색한 침묵이 맴돌았다. 서요는 고개를 푹 숙이고 손가락을 꼼지락거렸다.

"대체 어떻게 그런 일을 벌일 수 있느냐는 말은 제사장께 하지 못하겠소. 또한 제사장이 지금껏 얼마나 좋은 나라를 꿈꿔왔는지 알고 있소. 나도 마찬가지고. 그러니 그것만큼은 확실하게 약속할 수 있소. 결코 아바마마처럼 철권통치하는 일은 없을 것이오."

해문은 충분히 화가 날 수 있는 문제임에도 침착하게 답했다. 그런 해문의 모습에 크게 안도한 서요는 미안한 얼굴이 되었다.

"제가 많이 원망스러우실 텐데도 그렇게 말씀해 주셔서 감사합니다. 그럼 저는 이만 일어나겠습니다."

서요가 자리에서 일어나자 해문은 예전에 했던 말을 되새기며 입을 열었다.

"더는 미워하지 않겠다고 말하지 않았소. 돌아가시오."

해문은 서요에 대한 감정을 내려놓을 수밖에 없었다. 서요를 끊임없이 죽이려고 했던 아버지, 아버지에게 저주를 걸었다고 당당히 말하는 서요. 그것만으로도 너무도 잔인한 인연이었다. 더구나 지금의 서요의 모습은 단순히 제사장의 모습만은 아닌 것 같은 느낌이 강하게 들었다.

해문은 가슴이 찢어지는 것 같은 아픔을 느꼈다.

서요는 침통해하고 있는 그를 바라보다가 허리 숙여 인사했다.

서요가 밖으로 나오자 궁인들은 흠칫하고 피해 다니기만 할 뿐, 그녀에게는 아무런 일도 일어나지 않았다. 자민이 깨어난 모양이었다.

신전으로 돌아온 서요는 곧바로 미르의 방으로 향했다. 그는 핏대가 선 눈을 끔벅거리며 깨어 있었다.

"왜 주무시지 않고!"

서요의 호통에 미르는 서요를 올려다보았다.

"잘 다녀왔어? 네가 중요한 일을 처리하러 궐에 갔는데 어떻게 태평하게 자고 있겠어."

서요는 못 말린다는 듯 고개를 내저었다. 하지만 그만큼 자신을 생각하고 있다는 말이었기에 입꼬리가 올라갔다.

"거참…… 걱정하지 말고 저를 믿으시라니까요."

"잘 끝난 거야?"

"네. 일이 잘 끝난 거 같아요."

"그래? 네 마음은 어때?"

서요는 왠지 모르게 가슴이 울컥해서 곧바로 대답하지 못했다. 자꾸만 눈시울이 붉어졌고 콧잔등이 시큰거렸다.

'나와 신자들을 잔인하게 괴롭힌 왕검에게 복수해서 정말 좋은데……
만감이 교차해서 그런가 마음이 이상하네.'

서요가 어찌할 바를 몰라 하자 미르는 그녀의 등을 다독였다.

"지금까지 고생 많았어. 정말로."

"⋯⋯네. 지금 정말 후련해요."

조금 허무하기도 했지만 앞으로 평화로운 세상이 오지 않을까 하는 기대감이 들었다. 조선의 가장 큰 문제를 해결한 서요는 미르를 바라보며 기쁘게 웃었다.

음침하고 어두컴컴한 공간에서 죽은 듯이 누워 있던 휘빈은 야차에 대한 생각이 머릿속을 맴돌아 결국 자리에서 일어났다. 그녀의 얼굴은 며칠 사이에 굉장히 퀭하게 변해 있었다.

'내가 왜, 내가 왜⋯⋯ 이렇게 살아야 하는 건데. 그년을 꼭 이 세상에서 없애 버리고 싶었는데!'

휘빈은 간신히 울음을 참았다. 그녀는 여전히 억울하고 비통했다.

저승의 일도 내팽개친 채 때론 분노하고 때론 무기력하게 있던 그녀는 주변을 둘러보며 참을 수 없는 외로움을 느꼈다. 언제나 옆에서 잔소리를 퍼부어주었던 야차는 더 이상 저승에 없었다. 극한 외로움에 한기까지 느낀 휘빈은 두 팔로 자신의 어깨를 감싸 안았다.

"야차⋯⋯ 보고 싶어."

그녀의 목소리는 그 어느 때보다 더 애처로웠다. 휘빈은 야차 없는 저승에서 버틸 수 없었다. 태어날 때부터 항상 함께해 왔던 그였다. 한참을 괴로워하던 휘빈은 드디어 자존심을 내려놓고 천상으로 올라가겠다는 다짐을 했다.

'그녀의 말대로 하는 게 아니야⋯⋯ 야차를 지키러 가는 것일 뿐.'

그리 생각한 휘빈이 저승을 벗어나 천상계로 날아갔다.

천상에 도착한 휘빈은 곧바로 환웅이 있는 집무실을 찾았다. 갑자기 찾아온 것임에도 그는 놀라지 않고 그녀를 안으로 들였다.

"모두 제 잘못입니다."

마음이 급했던 휘빈은 환웅을 만나자마자 고개를 푹 숙이고 빌었다. 그녀답지 않게 예의 바른 모습이었다.

"무엇이 말입니까?"

진중하고 나지막한 그의 목소리에 휘빈은 마른침을 꿀꺽 삼켰다.

"모두 아실 거라고 생각합니다. 제가 그동안 서요를 죽이려고 했다는 것을요."

"……."

"그러니 야차에겐 잘못이 없습니다! 야차는 항상 그러지 말라고 말렸는데 제가 고집을 부렸고 저 때문에 야차가 그런 극단적인 선택까지 했던 겁니다. 그러니, 그러니 야차 대신 제가 벌을 받겠습니다."

휘빈이 눈물이 그렁그렁한 눈으로 호소했다. 환웅은 휘빈을 지그시 바라보았다.

"그런다 한들 야차의 죄가 사라지는 건 아닙니다. 그는 벌을 달게 받을 것이라고 내게 말했고 끝까지 휘빈을 변호했습니다."

부드럽지만 냉정한 말에 휘빈이 움찔했다. 그녀는 주먹을 너무 세게 쥐어서인지 손에 경련이 일 것만 같았다.

'야차가 끝까지 나를 변호했다고? 나 때문에 그리됐는데 어째서…… 왜 나 같은 걸!'

자존심 때문에 바로 천상으로 오지도 않았던 휘빈은 죄책감을 느끼며 괴로워했다. 환웅은 끝내 눈물을 흘리고야 마는 휘빈을 담담하게 지켜보았다. 휘빈이 서요에게 한 짓은 용서받을 수 없는 문제였다.

가까스로 눈물을 멈춘 휘빈은 단단히 결심한 눈빛으로 환웅을 보았다.

"저도 야차와 함께 벌을 받겠습니다. 그 대신 받을 수 있는 게 아니라면 함께 받겠습니다."

환웅은 큰 결정을 내린 휘빈을 향해 고개를 끄덕였다. 비록 자신의 잘못에 대해서 진심으로 반성하고 뉘우치는 건 아니었지만 야차와 함께 있다 보면 깨닫는 게 있지 않을까 싶었다. 다만 그동안 저승의 혼란을 수습할 휘빈의 신하를 찾는 데 꽤 애를 먹을 것 같았다.

✶

"세자 저하 드십니다."

궁녀의 우렁찬 목소리와 함께 세자 해문이 왕검 자민의 방 안으로 들어왔다. 해문은 이미 서요에게 들은 말이 있었기에 자민이 왜 갑자기 자신을 불렀는지 알고 있었다. 자민은 십 년은 더 늙은 모습으로 해문을 맞이했다. 이토록 야윈 자민은 처음 본 해문은 마음이 좋지 않았다.

"부르셨사옵니까. 아바마마."

"그래. 오늘따라 세자가 참으로 강건해 보이는구나."

"……예."

어색하게 웃는 자민에게 그는 아무런 말도 할 수 없었다. 해문은 머뭇거리다가 선위의 뜻을 밝히는 자민을 보고 깊은 한숨을 내쉬었다. 자민은 놀라지도 않고 뜻을 거두어달라고도 하지 않는 세자를 보고 눈살을 찌푸렸다.

"마치 알았던 사실을 듣는 모습이구나."

해문은 가슴은 아팠으나 자민을 똑바로 응시했다.

"예. 이미 알고 있었습니다."

"알고 있었다고? 설마 네가! 네가 그년과 함께 계획한 일이라는 이야기인 것이냐?"

"제가 어찌 감히 그런 역모를 꾸민단 말입니까. 그저 제사장에게 아바마마께서 어떤 벌을 받으셨는지 들은 것뿐입니다."

"분명 내게 제사장과 아는 사이가 아니라고 하지 않았느냐! 대체, 대체 어찌 그리도 태연한 게야! 설마 내심 좋았던 것이냐?"

자민이 크게 분노하며 몸을 떨었다. 그는 해문이 다 알고 있었으면서도 해결할 생각도 하지 않은 채 조용히 있었던 게 너무도 괘씸했다. 아무리 그녀가 범접할 수 없는 존재라 대항하는 것이 불가능하다지만 자신의 아들인 그에게는 엄청나게 배신감이 들었던 것이다. 하지만 해문은 그의 말들이 그저 황당하게 들렸다.

"하…… 그 무슨 해괴한 말씀이십니까. 저는 아바마마께서…… 아닙니다. 편히 쉬십시오."

해문은 누구보다 자민이 나라를 잘 다스리길 바라던 사람이었다. 하지만 그 마음을 전혀 알아주지 않는 자민에게 더는 할 말이 없어 고개를 푹 숙였다. 자민은 모든 것을 초연하게 받아들이는 세자의 태도에 화가 나서 소리쳤다.

"다시는 네놈의 얼굴을 보고 싶지 않다! 썩, 썩 꺼져 버려라!"

자민에게서 온갖 쌍욕을 들은 해문은 자리에서 일어나 침전을 나섰다. 그의 얼굴은 매우 굳어 있었고 눈빛은 가라앉아 있었다.

"……왕검이 세자에게 선위한다는 이야기가 들려오고 있습니다. 제사장님의 뜻대로 되었습니다. 그런데 제사장님, 여전히 백성들의 앞에 나타나실 생각은 없으십니까?"

진원이 서요에게 찾아가 공손하게 물었다. 그는 그녀의 뜻에 따라 지금까지도 제사장이 죽었다는 말을 정정하지 않았다. 진원은 서요가 다시 모습을 드러내고 신관들과 함께해 주길 바랐다. 하지만 서요는 의미심장하게 웃으며 고개를 끄덕였다.

"네. 아마 저는 이제 필요하지 않을 거예요."

"그게 무슨 말씀이십니까! 제사장님께서는 조선에 꼭 필요한 분입니다!"

"그렇게 말씀해 주셔서 감사해요."

서요는 진원을 달래며 이제 몸이 거의 다 나은 미르를 바라보았다. 그는 그녀가 무슨 생각을 하고 있는 지 알 것 같았기에 마주 보며 씩 웃었다.

진원이 방을 나가고 서요와 기상신들만 남자, 가람이 입을 열었다.

"왕검 자민이 물러날 테니 아사달의 심장도 곧 찾을 수 있지 않겠습니까?"

가람의 기대에 부푼 말에 그녀가 대답했다.

"확실하게 탄압을 멈추는 것. 예상대로라면 아마 그렇겠죠?"

"아사달의 심장을 찾고 함께 천상으로 올라갈 생각을 하고 계시기에 굳이 살아 있다는 걸 알리지 않으신 거지요?"

"그럼요. 새로운 왕검이 될 그분을 믿고 있으니까요."

결코 쉽지 않은 결정이었으나, 서요는 해문이라면 조선을 믿고 맡겨도 될 거라는 생각이 들었다. 제의를 치르는 건 지금껏 천왕신전을 잘 이끌어온 대신관 진원이 해도 충분했다. 그리고 자신이 조선을 떠난 후 만약 새로운 신녀가 태어난다면 해문은 그녀와 공존할 방법을 택할 것이고, 이 땅의 신자들은 어김없이 천왕신전으로 와서 하늘을 향해 기원할 것이다.

'나는 천상에서 그런 그들을 지켜보며 축복을 내려주면 돼.'

마음의 짐을 조금 내려놓은 서요는 한결 편안해졌다. 이제 더 이상 자민과 휘빈에게 위협받을 일도 없었고, 아사달의 심장을 찾아 천상으로 올라가 행복할 날만 남았다.

처음 제사장이 되겠다고 마음먹었을 때, 서요는 미르와 천상으로 함께 올라갈 수 있을까 걱정했었다. 하지만 자신이 여신이라는 것을 깨닫고, 또 자민을 물러나게 함으로써 확실하게 결정을 내릴 수 있었다.

'물론 그런 상황도 중요하지만 무엇보다 내 마음이 그렇게 하길 원해. 미르님과 함께 영원히 행복하게 살고 싶어.'

서요가 그렇게 생각하며 미르를 지그시 바라보자 그는 소소와 가람에게 이제 나가보라고 눈빛을 쏘며 그녀를 자신의 품속으로 끌어당겼다. 서요는 당황스러워하면서도 배시시 웃었다.

※

차가운 바람이 부는, 어느 초겨울 날이었다. 왕검 즉위식을 알리는 커다란 북소리가 저 멀리 궐에서부터 들려왔다. 서요와 기상신들은 누마루 위에 옹기종기 모여서 축배를 들었다.

"서요님이 제사장이 된 후 이곳에서 축배를 든 적이 있는데 말이에요."

서요는 고개를 주억였다.

"네. 그랬죠. 그때가 초가을쯤이었나요. 벌써 겨울이 되었네요."

이제 나무들은 모두 옷을 벗고 마른 가지를 내보였고, 공기는 겨울 특유의 깨끗하고 시린 기운을 품었다. 날씨는 꽤 싸늘했지만 서요는 기상신들과 함께였기에 춥지 않았다. 모두 건강하게 잘 살아 있었고 머리를 아프게 하는 문제도 더는 없었다. 서요는 부드러운 눈빛으로 기상신들을 바라보았다.

"곧 다 함께 천상으로 올라갈 수 있겠죠?"

서요의 염원이 깃든 목소리에 소소가 입을 열었다.

"항상 그렇게 믿고 있었습니다. 처음엔 그 임무를 하는 것이 탐탁지 않았지만 지금은 이 모든 것들이 다 환웅님의 의도가 아니었나 싶습니다."

그녀 또한 그렇게 생각했기에 고개를 끄덕였다.

"맞아요. 모든 건 다 이유가 있었어요."

그때 하늘과 서요를 번갈아 바라보며 궁금증이 생긴 가람이 물었다.

"그런데 서요님. 한 번 다녀왔다고 하지 않으셨습니까. 그럼 서요님은 자유롭게 왕래할 수 있는 것 아닙니까?"

가람의 말에 서요는 생글 웃으며 잠시 뜸을 들였다.

"음…… 글쎄요. 돌아오고 나서는 한 번도 시도해 본 적이 없어서요."

"왜요?"

"그야 임무를 수행하고 다 함께 올라가기로 약속했으니까요. 당연한 거 아닌가요?"

서요의 말에 가람은 흐뭇한 표정을 지었다. 미르는 정말 꿈 같은 날이 가까이 왔다는 생각이 들어 가슴이 벅찼다.

"사실 이른 봄부터 초겨울까지, 우리 생에선 너무도 짧은 시간이었는데 왜 이렇게 길게 느껴지는지. 천상에 가서도 도저히 잊을 수 없을 것 같아."

갑자기 미르가 너무도 감성적인 말을 내뱉자 가람은 우스워서 앙천대소를 했다.

"푸하하! 너 갑자기 왜 그러냐? 정말 천상으로 갈 날이 얼마 안 남았다고 느끼니까 이제 와서 조금 아쉬운 거야?"

"아쉽긴 뭐가 아쉬워. 얼른 뜨고 싶은데."

미르는 예전 일들이 생각나긴 했으나 조선을 떠나는 게 아쉬운 건 절대 아니었다. 서요가 함께였기에 그럴 필요가 없었다. 하지만 미르의 말에 과거를 되짚어보던 서요는 태어났을 때부터 지금까지 지상에서 살았기에 기분이 싱숭생숭했다.

"저는 역시 아쉽긴 해요. 절 괴롭혔던 사람들도 많았지만 제게 크나큰 사랑을 준 사람들도, 정이 든 사람들도 많으니까요."

서요의 눈가가 촉촉해졌다. 그녀는 수많은 사람들과 인연을 쌓았지만 그래도 가장 생각나는 건 자신을 끝까지 믿어주고 보살펴 주었던 무당 어머니와 전 대신관이었다. 비록 친부모는 아니었지만 키워준 은혜는 절대 잊지 못했다. 서요는 이른 봄에 헤어진 그리운 어머니를 떠올렸다.

'어머니. 어머니가 말씀하신 대로 신녀의 의무를 잊지 않고 제사장이 되었지만 이제 전 진짜 제가 있어야 할 곳으로 돌아갈 생각이에요. 어머니도 분명 이해해 주실 거라고 생각해요. 훗날 꼭 찾아뵐게요.'

기상신들은 서요와 함께하며 그녀를 위로했다.

서요와 기상신들이 함께 잔을 부딪치며 이런저런 이야기를 하고 있을 때, 궐과 저잣거리에서 우렁차고 엄숙한 소리가 들려왔다.

드디어 해문이 조선의 새로운 왕검으로 즉위했다.

'드디어 조선에서도 새로운 세상이 열리겠구나……'

그리 생각한 서요가 미소를 짓자 갑자기 그녀의 목걸이에서 밝은 빛이 뿜어져 나오기 시작했다. 서요와 기상신들은 드디어 아사달의 심장을 찾았구나 싶어 표정이 매우 밝아졌다. 빛은 길고 긴 띠처럼 신전 바깥으로 뻗어져 나가 다른 임무들 때와 마찬가지로 무엇인가를 가져왔다.

"이게 대체 뭐죠?"

서요는 당황해서 주위를 두리번거리며 물었다. 빛이 가져온 건 생전 처음 느껴보는 따뜻한 기운이었다. 손으로 느껴지긴 했으나 눈으로 보이진 않았다. 물건이 아니었기에 그녀는 이게 대체 무엇인지, 정말 아사달의 심장이 맞는 건지 확신할 수도 없었다.

바로 그때, 기운을 담은 서요의 손으로 새로운 왕이 즉위한 것을 기뻐하는 백성들의 목소리가 흘러들어 왔다. 그들의 마음을 깨달은 서요는 가슴이 벅차올라서 울컥했다.

"뭐야. 뭔데. 왜 울 것 같은 얼굴이야?"

세상에서 가장 따뜻한 기운을 느끼고 있던 서요는 기상신들을 바라보았다.

"새로운 왕의 즉위를 기뻐하는 백성들의 마음이 바로 아사달의 심장이었어요."

서요의 말에 어리벙벙한 표정을 짓고 있던 기상신들은 이내 임무를 모두 수행했다는 생각에 기뻐서 자리에서 일어났다. 처음엔 황당하기 짝이 없는 임무들이라고 여겼는데 이렇게 결국 많은 것을 배우고 천상으로 올라갈 모든 준비를 마쳤다. 그들은 서로가 있었기에 가능한 일이라고 생각했다.

그때였다. 하늘에서 다섯 마리의 용이 오룡거를 끌고 신전 가까이로 날아오는 게 보였다. 용의 등장에 서요는 그대로 기절할 것만 같았고, 기상신들은 놀라워했다.

"정말 오룡이 오룡거를 끌고 나타났어!"

가람이 흥분해서 손가락으로 오룡을 가리켰다. 오룡의 크기는 어마어마했으며 청색, 황색, 백색, 적색, 흑색으로 찬란한 빛깔을 지니고 있었다.

"세상에!"

서요는 신관들이 모두 바깥에 나와 용들을 가리키는 모습을 보고 얼른 기상신들과 함께 아래로 내려갔다. 오룡거를 타기 전에 신관들과 작별 인사를 하고 싶었다.

신관들 틈에서 우왕좌왕하던 진원이 서요에게 혹시나 해서 물었다.

"제사장님? 설마……."

서요는 진원을 향해 고개를 끄덕였다.

"네. 맞아요. 이만 천상으로 돌아가렵니다."

서요의 말에 진원을 비롯해 신관들은 입을 다물지 못했다. 지금 그들이 눈으로 보고 있는 것이 아주 먼 옛날 천제와 천왕이 지상과 천상을 오갈 때 썼다고 전해지는 오룡거였기 때문이었다. 금방이라도 기절할 것만 같이 혼란스러웠던 진원은 그녀에게 다시 물었다.

"그게 정말이십니까? 이제 영영 가버리시는 겁니까?"

그의 목소리는 매우 떨리고 있었다. 서요는 진원을 살포시 껴안았다.

"너무 슬퍼하지 마세요. 제가 천상에서 쭉 지켜볼 테니까요."

서요의 목소리 또한 울먹이는 바람에 마구 흔들렸다. 서요는 터져 나오려는 감정을 꾹꾹 억눌렀다.

진원은 서요를 이대로 떠나보내고 싶지 않았지만 막을 수 없다는 것을 깨달았고, 신관들은 신전으로 다가오는 다섯 마리의 용들을 보고 다리를 덜덜 떨면서도 헤어짐을 예감하고 눈물을 흘렸다.

어느새 눈물바다가 되어버리자 기상신들은 차마 그들을 바라보지 못하겠는지 고개를 돌렸다. 신관들과 오랜 시간 함께 지냈던 소소는 그들과 마찬가지로 눈물이 나올 것만 같았다.

"제사장님. 마지막으로 제 절 받으십시오."

신관들 틈에서 란희가 그녀에게 절을 올렸다. 대신관 진원과 나머지 신관들도 전부 서요에게 절을 올렸다. 당황한 서요는 이러지 말라고 하면서 결국 울음을 터뜨렸다.

"잊지 못할 거예요. 여러분…… 정말 고마웠어요. 부족한 저를 믿고 따라준 덕분에 힘낼 수 있었어요."

그들이 든든하게 곁을 지켜주었기에 서요는 제사장 역할을 수행할 수 있었다. 그들에게 고마움을 표현한 서요는 눈물을 훔치며 기상신들과 함께 황금빛으로 빛나는 오룡거에 올라탔다. 진원과 신관들은 눈으로 보고도 도저히 믿기지가 않았지만 그들을 향해 손을 흔들며 작별했다.

서요와 기상신들은 오룡거 위에서 하염없이 그들을 바라보았다. 그러나 어느새 조선이 점처럼 멀리 보였다. 쓸쓸해하는 서요의 어깨를 한 손으로 감싼 미르는 찬란한 하늘을 올려다보며 말했다.

"저기 봐. 서요야. 천상이 가까워지고 있어."

신선한 공기를 잔뜩 들이마신 서요가 기운을 차리고 고개를 끄덕였다.

"드디어 미르님과 제 고향에 도착하게 되겠네요."

"간절한 소원이 이루어진 거지. 천상에서 걱정 없이 행복하게 살기를 바랐잖아."

감회가 매우 새로웠던 미르는 서요를 품에 꼭 안고 그 어느 때보다 밝은 미소를 지었다. 서요는 그 소원을 생각하면 가슴이 벅찼기에 그렁그렁한 눈으로 미르를 바라보았다.

"미르님이 제 곁에 있다면 그곳이 어디든 행복할 거예요."

서요는 줄곧 도망치는 인생이 너무 싫어서 천상으로 가고 싶었던 것이었지만 사실 미르만 곁에 있다면 어디서든 행복할 것 같았다.

"그건 나도 마찬가지야."

같은 마음인 둘은 사랑하는 연인과 함께 아름다운 채운 속으로 걸어 들어갔다.

〈完〉

종장
영원한 행복

　서요와 기상신들의 눈앞에 펼쳐진 천상은 환한 빛이 가득하고 꽃들이 만발한 아름다운 곳이었다. 서로 다른 특성이 엿보이는 가지각색의 신전들은 하얀 돌계단을 통해 쭉 이어졌고, 웃는 얼굴의 신들이 자유롭게 날아다녔다. 여러 가지 열매가 주렁주렁 매달린 나무에서는 달콤한 향기가 뿜어져 나왔고, 천상 곳곳에 놓인 분수대에서는 물과 함께 아름다운 선율이 흘러나왔다.

　영혼 상태로 이미 한 번 와본 적 있었으나 살아 있는 몸으로는 처음이었던 서요는 금방이라도 몸이 두둥실 떠오를 것처럼 가볍고 생동감 넘치는 기운을 받았다.

　"참으로 평화로운 곳이네요."

　서요의 말에 미르가 피식 웃었다.

　"뭐, 꼭 그렇지만은 않아. 이곳에서도 종종 큰 소동이 벌어지곤 하거든."

　"그래요?"

"그럼. 개성 강한 신들이 모여 있는 곳이니까."

천상은 안락하고 평화로운 곳이라고 생각했던 서요는 갑자기 걱정이 되었다. 이제껏 인간으로 살아왔기에 다른 신들과 잘 어울릴 수 있을까 싶었던 것이다.

"무슨 생각을 그렇게 해?"

미르가 해맑은 얼굴로 서요에게 묻고 있을 때, 저 멀리서 하얀 안개에 둘러싸인 천왕 환웅과 주영이 등장했다. 미르와 소소는 그들을 보자마자 허리를 숙여 인사했고, 환웅에게 불만이 아주 많았던 가람은 못마땅한 표정을 지었다.

서요는 다시 만나게 된 그들을 보자 가슴이 울렁거렸다. 그리고 가람의 사정을 알고 있었기에 조금 눈치가 보였다. 서요에게 다가온 환웅이 인자한 얼굴로 입을 열었다.

"드디어 모든 임무를 수행하고 다 함께 돌아왔구나."

서요와 기상신들이 기특하여 환웅은 밝은 미소를 지었고, 서요는 울 것 같은 얼굴로 고개를 끄덕였다.

"네. 전부 미르님, 소소님, 가람님 덕분이에요."

"아닙니다. 모두 서요님의 지혜와 은덕이 있기에 가능했던 일입니다."

이 모든 걸 서요의 공으로 돌린 소소는 존경스러운 눈빛으로 환웅을 올려다보았다.

"그래. 서로가 서로에게 힘이 되어주지 못했다면 이렇게 빨리 임무를 수행하고 돌아오지 못했을 테지. 다들 그동안 수고 많았다."

환웅의 말에 서요는 지금까지의 일들이 머릿속에 스쳤다. 그녀가 울컥한 것을 본 환웅은 서요의 어깨 위에 손을 올렸다.

"서요는 잠시 나와 이야기 좀 하자꾸나."

서요는 환웅과 주영과 함께 자리를 떴다.

서요가 사라지자 소소 또한 풍백에게 인사를 드리러 갔고, 미르는 운사를 만날 필요성을 느끼지 못했기에 그대로 가람과 함께 자리에 남았다. 미르는 환웅을 만난 후 계속 표정이 굳어 있는 가람에게 물었다.

"천상에 와서 다시 환웅님을 만났는데…… 이제 뭘 어떻게 할 생각이야?"

미르는 관심 없다는 듯 은근슬쩍 말했으나 목소리에는 그를 향한 걱정이 묻어 있었다. 피식 웃은 가람은 평화롭고 자유로운 천상의 모습을 눈으로 훑었다.

"글쎄. 오히려 만나고 나니 말문이 턱 막히네."

가람은 이상하게 환웅을 보고 어떤 말도 할 수가 없었다. 환웅이 서요와 함께 자리를 뜨는 순간도 마찬가지였다. 마음속에 분노와 앙금은 여전했는데 갑자기 이게 다 무슨 소용인가 싶어 맥이 빠졌다.

마음이 복잡했던 가람은 우사가 있는 쪽으로 향했다.

"나도 일단 우리 아버지께 인사부터 드려야겠다. 너도 그러고 있지 말고 얼른 가! 운사님도 다정한 말을 하지 못하는 것일 뿐이지 너를 많이 기다리고 계실 테니까."

그 말을 들은 미르는 어이가 없어서 헛웃음을 지었다.

'기다리긴 뭘 기다려. 내가 온 것도 모르고 있을 텐데.'

갑자기 엄청나게 외로움을 느낀 미르는 바닥을 짓이기며 투덜거렸다.

"하…… 나 빼고 다들 가버렸네."

✕

맑은 새소리가 들려오는 정원에서 마주 보고 앉은 서요와 환웅 그리고 주영은 탁상 위에 놓인 차를 마시기는커녕 서로의 얼굴을 바라보기 바빴다. 서요는 보고 또 봐도 그들이 자신의 부모라는 사실이 놀라웠다. 그리고 서요는 동시에 자신을 키워준 부모도 생각났다.

'어머니, 아버지. 제 친부모님을 이렇게 만나게 되었어요. 정말 감사해요. 다 지켜주신 덕분이에요.'

서요는 수줍게 입을 열었다.

"제가 이렇게 다시 멀쩡히 살아서 신의 모습으로 천상에 온 것도, 아버지와 어머니를 만나게 된 것도 너무 신기해요."

환웅은 그녀가 귀여워서 관후한 미소를 지었다.

"너를 안락한 이곳이 아닌, 신녀로 조선에 보내서 나를 원망하지는 않느냐?"

잠시 생각을 하던 서요는 조심스럽게 입을 열었다.

"신녀로 태어난 걸 원망하지 않았다면 그건 거짓말일 거예요. 정말 많이 힘들었으니까요. 하지만 그래도 그 덕분에 조선에서 많은 인연을 만날 수 있었으니 괜찮아요."

서요는 자신을 키워주신 어머니와 아버지 그리고 기상신들과 여정을 떠나며 만난 수많은 사람들을 결코 잊지 않았다. 그들에게 받은 정으로 마음이 따뜻해졌다.

많은 일을 겪고 성숙해진 서요를 본 환웅과 주영은 걱정을 덜었다.

"매일매일 천상에서 지켜봤단다. 나는 서요 네가 잘 하리라 굳게 믿었는데 정말 생각처럼 잘 해주더구나."

서요는 주영이 매일 지켜보았다는 소리에 부끄러워졌다.

"혼자였다면 절대 못했을 거예요."

"하하! 기특한 것."

모녀의 사랑스러운 대화를 듣고 있던 환웅이 말했다.

"혹독하게 느껴질 수도 있으나 앞으로 나를 이어 천상을 다스리며 조선을 살필 신이라면 무엇보다 조선의 사정과 인간의 마음을 이해해야 한다고 생각했단다. 또 앞으로 계속 함께할 신하들과 친해지는 것도 중요했고 말이다."

앞으로 계속 함께할 신하들이라는 말에 서요는 기상신들을 생각하며 웃었다. 처음엔 갈등을 겪기도 했으나 지금은 너무도 친하고 깊은 사이가 되었다. 특히 미르와는 떼려야 뗄 수 없는 연인으로까지 발전했다.

"네. 맞아요. 정말 많은 것을 배웠어요."

서요의 말에 환웅이 덧붙였다.

"이제부턴 천상에서 나와 주영과 함께 살자꾸나. 너라면 천상의 신들과도 금세 친해져서 잘 적응할 것 같구나."

고개를 끄덕인 서요는 그들과 함께 아름다운 정원에서 향긋한 차를 마시며 즐거운 시간을 보냈다.

서요가 그들과 헤어진 건 저녁쯤이었다. 같은 자리에서 그녀를 기다리던 미르는 저 멀리서 천천히 걸어오는 서요를 보고 입을 삐죽 내밀었다.

"이제 왔어?"

혹시나 해서 헤어졌던 그 장소로 돌아온 서요는 정말 미르가 남아 있어서 당황했다.

"왜 아직까지 여기 계셨어요? 운사님도 만나고……."

"너도 그 얘기야? 싫다니까 그러네."

"예?"

"천상에서 항상 혼자였다고 했잖아. 네가 없으면 안 된다고."

그의 투정에 서요는 안타까운 마음이 들어서 울상을 지었다. 그녀는 단둘이 작은 마을에 들렀을 때 미르가 했던 말들이 생각나서 씁쓸했다.

"그래도 오랜만에 온 건데. 인사는 드려야죠. 네?"

그럼에도 서요는 인사를 해야 한다고 생각했다. 미르는 퉁한 표정을 지었다.

"싫어요? 그래도 가야 해요."

미르의 손을 잡은 서요가 그를 어르고 달랬다. 미르의 마음을 이해
못 하는 바는 아니었으나 이제부터라도 그가 가족의 온정을 느끼고 잘
지내기를 바랐다.

"저랑 같이 가요."

미르는 결국 한숨을 푹 내쉬며 운사가 있을 만한 곳으로 서요를 안내
했다.

"어딘지도 모르면서……."

미르는 어차피 이렇게 된 거 사랑하는 연인인 서요를 소개해야겠다
고 다짐했다.

파란 구름 위에 도착한 그들이 뒷짐을 지고 선 운사에게 다가갔다.

"아버지."

미르의 부름에 운사는 떨떠름한 얼굴로 고개를 돌렸다. 그러다가 서
요도 함께 온 것을 확인하고 급하게 허리를 숙여 인사했다.

"처음 뵙습니다. 공주님. 운사라고 합니다."

깜짝 놀란 서요는 손사래를 쳤다.

"왜 이러세요! 저야말로 처음 인사드립니다. 운사님."

"천상에서 내려다보았을 때보다 훨씬 아름…… 큼큼. 아무것도 아닙
니다."

천상에서 내려다보았다는 말에 얼굴을 찌푸린 미르를 본 운사가 다
급하게 말을 끝맺었다. 서요는 어색하게 웃으며 머리를 긁적였다. 지켜보
았다는 건 이미 미르와 자신의 관계를 알고 있다는 뜻이었다. 서요는
주영과 대화할 때도 그랬지만 민망해서 얼굴이 붉게 달아올랐다.

"아…… 그게. 그러니까 만나서 굉장히 영광입니다."

서요는 가까스로 말을 이었고, 한숨을 내쉰 미르는 그녀의 손을 잡았
다.

"뭐 하러 내려다봤는지는 모르겠지만…… 그럼 다 알고 있겠네. 서요와 내가 어떤 사이인지."

미르의 건방진 말에 운사는 두 손을 부들부들 떨었다.

"그러니까 말이다! 어떻게 네가 공주님이랑 그럴 수가 있느냔 말이다!"

운사는 서요의 앞이어서 참으려고 했으나 아들이 부족한 점이 많다고 생각했기에 도저히 그럴 수가 없었다.

'네놈 때문에 환웅님을 볼 면목도 없어!'

주먹을 꽉 쥔 그가 미르를 노려보았다. 운사는 서요와 미르의 사이를 알게 된 후로부터 더욱 전전긍긍하며 지상을 내려다보았다. 환웅은 재미있는 일이라고 웃어 넘겼지만 말이다.

뭔가 억울해진 미르는 일부러 서요의 어깨를 한 손으로 감싸 안았다.

"제 마음입니다. 아버지가 무슨 상관이라고!"

졸지에 부자 싸움에 끼게 된 서요는 민망해서 이맛살을 찌푸렸다.

"이것 좀 놓고 말해요."

"공주님이 싫다 하지 않느냐! 어서 놓지 못할까! 건방진 놈 같으니라고!"

운사는 험상궂은 얼굴로 으르렁거렸다. 커다란 범이 다가오듯 위협적인 모습에 미르는 불쾌한 표정을 지었다.

"아버지 때문에 서요가 불편해서 그런 겁니다! 그것도 모르시겠습니까?"

"뭐, 뭐라고!"

그들의 싸움이 본격적으로 시작되려고 하자 서요는 미르의 품에서 가까스로 빠져나왔다.

"다들 그만하세요! 오랜만에 만나서 꼭 이래야 해요?"

서로 좋은 말은 한마디도 하지 못하는 부자 관계가 안타까운 나머지 서요의 목소리가 조금 격양되었다. 그에 정신을 차린 운사는 다시 얌전해졌고, 미르는 다른 쪽으로 고개를 휙 돌리고 중얼거렸다.

"겨우 삼백 일쯤인데, 뭐. 신에게는 결코 긴 시간이 아니라고."

그는 그보다 더 긴 시간 동안 방황하며 운사를 보지 않은 적도 많았기에 아무렇지도 않았다.

'아아…… 아무래도 친해지기까지는 많은 시간이 걸리겠구나.'

천천히 나아져야 할 문제라는 것을 깨달은 서요는 미르와 운사의 등을 떠밀며 달래듯이 말했다.

"자, 자. 함께 저녁이라도 먹으면서 흥분을 좀 가라앉혀 보는 게 어떨까요?"

미르는 운사와 함께 있고 싶지 않아서 거절하려고 했지만 서요가 불퉁한 얼굴로 고개를 가로젓자 쳇, 하고 혀를 찼다. 서요의 확고한 의지를 느낀 미르는 결국 포기하고 그들과 함께했다.

⊠

깊은 밤, 환웅이 기거하는 방으로 가람이 찾아왔다. 그가 올 걸 예상하고 있었던 환웅은 당황하지 않고 인자한 미소를 지었다.

"왔구나."

환웅의 목소리는 침착하고 부드러웠다. 어떤 동요도 보이지 않는 그에게 가람은 화가 나서 입술을 꽉 깨물었다.

"제가 찾아올 걸 알고 계실 거라고 생각했습니다. 그동안 지상을 내려다보고 계셨을 테니까요."

가람의 말에 환웅은 고개를 끄덕였다.

"그래. 모두 지켜보고 있었단다. 가람이 너의 마음이 어땠는지도 더 확실하게 알게 되었고."

가람은 자신의 마음을 알게 되었다는 환웅의 말에 어이가 없었다. 그 동안 신들의 세계에서 자신이 어떤 배척을 당해왔는지 환웅이 모를 리 없기 때문이었다.

가람이 그 어느 때보다 억울한 얼굴로 그에게 소리쳤다.

"이제야 제 마음이 어땠는지 확실하게 알게 되셨다고요? 환웅님이 어린 저를 끝까지 위험한 신으로 취급한 덕분에 저는 모든 신들에게 두려움의 대상이 되었는데요?"

분을 참지 못한 가람이 씩씩거렸다. 그는 이제야 드디어 환웅을 마주 보고 목청을 높일 수 있었다. 예전엔 그가 어렵고 피하고만 싶었기에 그저 망나니짓을 하며 다른 신들이 원하는 대로 해줬을 뿐이었다.

가람의 심장이 거세게 요동치기 시작했다.

'대체 왜 어린 내게 그렇게 가혹했던 거야!'

가람의 슬픈 마음이 전해져 오자 환웅은 침잠한 얼굴로 침묵했다. 그는 그날의 일들이 아직도 선명했으며 이제 와 어떤 말로도 가람을 위로할 순 없을 거라는 생각이 들었다. 그럼에도 이 모든 일에 책임을 져야 했던 환웅은 매우 진지한 어투로 가람에게 말했다.

"나는 천상을 다스리는 신으로서 거대한 물난리를 일으킨 너를 예의 주시해야 한다고 생각했단다. 그래서 훗날 네가 힘을 조절할 수 있다고 주장했지만 그걸 온전히 믿을 수 없었다. 하지만 결과적으로 가람이 네가 상처를 많이 받았으니 진심으로 미안하다. 사과하마."

환웅은 직책도 얻지 못한 일개 기상신에게 고개를 푹 숙였다. 가람은 고개 숙인 환웅의 모습에 놀랐고 또 마음이 복잡했다. 긴장한 가람의 손바닥에서 땀이 쭉 배어났다. 울컥한 마음을 다스린 그는 전보다 침착하게 말했다.

"예. 제가 정말 용서받지 못할 짓을 한 거 저도 알고 있습니다. 하지만 그래도! 어린 저를 더 보듬어주실 수도 있지 않으셨습니까?"

가람은 그것이 불만이었다. 능력을 조절할 수 있다고 주장할 때에도 지켜봐야 했다지만, 그 후에라도 자신을 믿어주고 보듬어주었다면 다른 신들이 그렇게 배척하지는 않았을 것 같았다.

그의 억울함이 가득한 말에 환웅은 난감해졌다. 성장하는 어린 신에게는 훗날 어떤 영향을 끼칠지 모르기에 지금처럼 능력을 일정부분 봉인해 줄 수밖에 없었다. 또한 그 사건이 있은 후 무지개 신 예랑의 부모와 여러 신들이 우려의 목소리를 냈고, 환웅은 그들의 말을 들어줄 수밖에 없었다. 하지만 굳이 그런 변명을 하고 싶지 않았던 환웅은 다시한 번 가람에게 사죄했다.

"너를 더 신경 써주지 못해서 정말로 미안하다. 모든 게 다 나의 잘못이다."

환웅이 문제를 회피하지 않고 똑바로 사과하자 가람은 더 이상 할 말이 없었다. 그는 그동안 자신을 배척해 온 무리가 예랑의 부모와 그들과 친한 신들이었다는 것을 알고 있었다. 그들에겐 아무 말도 못 하면서 이 모든 일의 책임을 환웅에게 전가하고 싶었던, 가람 자신의 마음도 말이다. 신들이 가람을 배척한 건, 환웅이 그를 예의 주시해서만은 아니었다.

가람은 참담함에 고개를 떨궜다. 여전히 머리가 복잡했지만 여기서 더는 환웅을 비난할 수 없었다. 억울하고 화가 났지만, 더 많은 것을 생각하고 행동해야 했던 환웅의 고충도 이해가 갔다.

"환웅님의 뜻은 잘 알겠습니다. 저는 이만 돌아가 보겠습니다. 깊은 밤에 무례하게 찾아와 죄송했습니다."

가람은 결국 그렇게 말하며 뒤돌아섰다. 비록 마음의 상처는 여전했어도 할 수 있는 모든 말을 해서 후련했고 환웅의 사과도 들을 수 있어서 만족했다.

가람이 문고리를 잡았을 때, 환웅이 그의 뒷모습을 향해 말을 던졌다.

"그런데도 우리 딸을 훌륭하게 지켜주어서 참으로 고맙다."

가람은 고개를 살짝 끄덕이고 밖으로 나와서는 아름다운 천상을 촉촉한 눈으로 바라보았다.

"이렇게 된 건 다 서요님이랑 그 두 녀석 때문이지, 뭐."

가람의 말이 허공으로 흩어졌다. 그는 서요를 호위하는 걸 포기했던 순간도 있었지만 결국 미르와 소소, 그리고 긍정적인 서요에게 설득당하고 말았다. 그 후부터는 정말 진심으로 서요를 지키며 마음을 다했다. 서요는 그가 미워했던 환웅의 딸이었으나 그녀의 본성이 워낙 착하고 다정한 덕분에 친구가 되어서 끝까지 곁에 남을 수 있었다.

지독한 외톨이였으나 외톨이가 되고 싶지 않은 마음이 강했던 가람은 조선에서 지내면서 서요와 다른 두 기상신들에게 동료의식을 느꼈다. 그는 그들 덕분에 이제라도 과거를 훌훌 털어버릴 수 있었다.

"이젠 천상에서도 외롭지는 않으려나."

천상에서 오래도록 서요와 미르 그리고 소소와 함께할 거라는 생각이 든 가람은 이제 더는 다른 신들에게 배척당하는 게 두렵지 않았다. 그는 씩씩한 걸음으로, 우사가 있는 자신의 따뜻한 집으로 돌아갔다.

※

서요와 기상신들이 임무를 수행하고 천상에 온 지 삼 년이라는 시간이 흘렀다. 계절은 그들이 처음 만났던 그때처럼 찬란한 봄이었다. 신비로운 하얀 안개가 낀 천상을 돌아다니며 산책하던 서요는 몽글몽글한 구름 위에 걸터앉아서 까마득한 조선을 내려다보았다.

그녀의 두 눈이 아침 햇살처럼 반짝반짝 빛났다. 서요는 천상에 온 후 하루도 빠짐없이 조선을 지켜보았다. 특히 자신이 발자취를 남겼던 곳을 유심히 살폈다. 그리워서이기도 했고 어떻게 변했을지 궁금해서이

기도 했고, 혹시 무당 어머니가 오지 않았을까 해서였다. 하지만 그녀는
머나먼 타국에서 자신의 어머니를 뵈었는지 조선에 보이지 않았다. 서
요가 찾지 못하고 있는 것일 수도 있지만 말이다.

'언젠가는 뵐 수 있겠지……'

그녀는 이 년 전, 잠시 수피아에 가 마을 사람들과 미오를 보고 왔기
에 더욱 꿈에 부풀어 있었다.

"자식과 부모 관계에 영원한 이별은 없다고 하셨으니까."

서요는 희미하게 미소 지었다. 그녀는 여전히 그 말을 믿고 있었다.
서요의 시선이 궐에 있는 해문에게 향했다. 조선은 그가 왕검이 되고부
터 모든 분야에 능한 강대국이 되어가고 있었다.

"역시 기대를 저버리지 않는구나."

서요는 올바른 방향으로 성장해 나가는 조선을 볼 때마다 흐뭇한 마
음을 감출 수가 없었다. 해문은 서요의 예상대로 백성들을 아끼고 사랑
하는 성군이 되었고, 종교를 탄압하지 않는 선에서 왕권을 강화했다.
그때 조선을 내려다보는 그녀에게 미르가 인상을 일그러뜨리며 다가와
서 소리쳤다.

"또, 또, 또! 내가 저놈 내려다보지 말라고 했지!"

그는 서요가 아무리 조선의 안위를 살피는 것이라고는 하지만 해문
을 보는 게 싫었다. 미르의 불만 어린 목소리를 들은 서요는 피식 웃었
다.

"제가 무슨 마음이 있어서 보는 것도 아니고. 저분이 조선의 왕검인
데 그럼 어떻게 해요."

"그래서 내가 싫다는데도 계속 이러겠다는 거야?"

"아우, 정말! 삼 년 동안 한결같이 방해를 하시니!"

거듭되는 방해에 더는 여유롭게 조선을 지켜볼 수 없었던 서요는 자
리에서 벌떡 일어났다. 막상 그녀가 일어나서 자신을 노려보자 당황한

미르는 뒷머리를 긁적였다.

"뭐, 뭐! 네가 저놈을 한결같이 보고 있어서 그런 거잖아."

"그냥 감시하는 거예요! 저랑 약속한 대로 나라 운영을 잘하고 있나!"

감시라는 말에 할 말이 없었던 미르는 고개를 내저으며 한숨을 내쉬었다. 어째 이 싸움은 끝이 없는 것 같았다. 뚱한 표정을 짓던 서요는 미르에게 슬쩍 물었다.

"운사님에게 일은 잘 배우고 있어요?"

서요는 소소와 가람에 비해 운사라는 직책을 얻기 위해 별로 노력하지 않는 것 같아 보이는 미르가 신경 쓰였다. 아들놈을 어쩌면 좋으냐는 운사의 곡소리를 항상 들어왔기 때문이었다.

'조선에 있던 적도 있으니 조금이라도 정이 생기지 않을까 했는데. 여전히 일하고 싶지 않으신 건가?'

혼자만의 생각에 빠진 서요에게 미르가 말했다.

"잘 배우고 있긴! 잔소리가 극심해서 들어줄 수가 없어."

"아! 정말, 두 분 좀 사근사근하게 말하는 법 좀 배울 생각 없어요?"

서요가 답답한 나머지 미간을 좁히며 묻자 그는 어깨를 으쓱하며 말을 피했다.

앙증맞은 나비가 날갯짓하며 서요의 주위를 빙글빙글 돌아다녔다. 정원의 꽃향기를 맡으며 콧노래를 부르는 그녀는 기분이 아주 좋았다. 예쁘게 미소 짓는 서요에게 환웅이 말했다.

"서요야, 이제 때가 되었구나."

서요는 무슨 말인지 몰라 두 눈을 크게 뜨고 그를 바라보았다.

"무엇을요?"

"이제 네가 내 뒤를 이어서 천상을 다스리렴. 그동안 잘 적응해 왔고 천상의 신들도 전부 너를 좋아하니 문제없을 것 같구나."

"……예?"

서요는 뜻밖의 말에 잠시 당황했다. 언젠가 그럴 날이 오겠다고 생각하긴 했지만 아직은 부담스러웠다. 하지만 환웅은 차분했다. 그녀의 곁엔 이미 훌륭한 신하들이 있었다.

"미르와 소소 그리고 가람 모두 너와 함께 일할 준비를 하고 있지 않느냐. 그들이 곁에 있어 믿음직스럽구나."

환웅이 그렇게 말했지만 서요는 그래도 불안했다.

"하지만, 그래도!"

"괜찮다. 괜찮아. 곁에서 항상 지켜봐 줄 터이니 걱정 말거라."

환웅이 인자하게 웃으며 그녀의 머리를 쓰다듬었다. 그의 다정한 목소리에 서요는 조금 안심하며 고개를 끄덕였다. 어차피 겪을 일이라면 두려워하지 않고 전진해야 했다. 몇 년 전, 지상에서 제사장이 되기로 마음먹고 지금까지 달려온 것처럼 말이다.

"그럼 최선을 다할게요, 아버지. 절대 실망시키지 않겠어요."

서요가 굳건한 얼굴로 다짐의 뜻을 내보였다. 그녀는 매우 막중한 책임감을 느꼈다. 서요 자신의 손에 조선과 천상의 행복이 달려 있는 것과 마찬가지였다.

환웅이 천상의 모든 신을 집결시켜 천왕의 자리를 서요에게 양위하겠다는 의사를 내비쳤다.

서요는 많은 신들의 축하 세례를 받았고 운사, 우사, 풍백은 자신의 아들들을 더욱 혹독하게 가르치기 시작했다.

우려했던 상황이 벌어지자 미르는 매우 심란했다. 운사에게 가르침을 받는 것도 힘들었지만 이제 정말 본격적으로 서요의 밑에서 신하가 되어 일해야 했기 때문에 마음이 복잡했다.

'어차피 이럴 거라는 걸 오래전부터 알고 있었는데도 왜 이렇게 기분

이 좋지 않은 거지?'

미르는 더 이상 자신이 서요를 지켜줄 수 없는 것처럼 느껴져서 씁쓸했다.

"하아…… 마음이 이상하네."

미르가 혼잣말하며 고개를 떨어뜨릴 때, 구름 위에서 지상을 내려다보며 조금씩 기상을 움직이던 소소와 가람은 축 처져 있는 그를 발견하고 다가왔다.

"너 여기서 혼자 뭐하고 있냐?"

가람이 묻자 미르는 저리 가라는 듯 손사래를 쳤다.

"그냥 가라. 기분이 그다지 좋지 않으니."

"쯧쯧! 또 시작이구만. 운사님은 어디 계셔? 너도 뒤이어서 운사가 되려면 열심히 해야 할 거 아니야."

"내가 왜 소소도 아니고 너한테 그런 말을 들어야 하냐?"

미르는 어느 순간부터 우사가 되기 위해 노력하는 가람의 모습이 낯설게 느껴졌다. 그는 지상에 있을 때까지만 해도 미르와 마찬가지로 조선에 관심이라고는 없는 한량이었다. 어깨를 으쓱한 가람이 피식 웃었다.

"글쎄, 나야 뭐. 운명에 순응하기로 한 거지."

틀린 말은 없었기에 미르는 허탈하게 고개를 끄덕였다.

"순응이라. 그래, 뭐 별다른 수가 없지."

"밝은 서요님 덕분에 천상에서도 잘 지내고 있고."

미르는 가람을 올려다보며 묘한 표정을 지었다. 확실히 그는 망나니라고 불렸을 때와 다르게 지금은 사고도 치지 않고 잘 지내고 있었다. 거기엔 분명 서요의 도움도 있었겠지만 가람 자신이 변화한 게 제일 컸다. 그것을 잘 알고 있었던 소소가 가람의 어깨를 툭툭 쳤다.

"이제라도 정신을 차려서 다행이야."

그답지 않게 짓궂은 말에 미르는 피식 웃으며 소소에게 물었다.

"소소, 너는 글피에 벌써 풍백님의 시험을 받는다지?"

그의 물음에 소소가 자신감 있는 목소리로 답했다. 그의 눈빛은 예전보다 훨씬 단단해져 있었다.

"나는 그 누구보다 서요님의 충직한 신하가 될 자신이 있거든."

소소는 비록 그녀를 향한 연모의 감정 때문에 가슴앓이를 했던 적도 많았지만 그럼에도 불구하고 끝까지 신하로 남겠다는 자신의 신념을 지켰다. 그런 그와 달리 미르는 씁쓸했다. 그는 신하가 아닌 연인이 되고 싶었다.

"나는 까다롭기 그지없는 아버지의 시험에 통과할 수 있을지 모르겠다."

미르가 푸념하며 소소와 가람을 돌려보냈다. 그들은 마음을 다해 열심히 수련하고 있으니 좋은 결과가 나올 것 같았다.

터덜터덜 기운 없는 발걸음으로 집으로 들어간 미르는 평소와 달리 환하게 켜진 불빛을 보고, 또 콧속에 스며드는 음식 냄새를 맡고 눈을 크게 떴다.

"……뭐야?"

"미르님!"

명쾌하고 발랄한 목소리가 그의 귀를 찔렀다. 갑자기 나타나 환하게 웃는 서요를 본 미르는 순간적으로 정신이 멍했다.

"뭐, 뭐 해?"

그가 묻자 그녀는 정신없어 보이는 미르를 탁자로 데려가 앉혔다.

"제가 잠깐 지상에 내려가서 가져왔어요. 어서 먹어보세요!"

서요가 반짝반짝한 눈빛으로 그를 바라보자 미르는 상 위에 놓인 지상의 음식들을 보고 피식 웃었다.

"가끔 이 음식들이 그리울 때가 있었는데…… 여기선 먹을 수 없는 거잖아."

"그렇죠? 저도 그랬거든요. 그래서 미르님이랑 함께 먹으면 좋을 것 같아서!"

서요는 입안 가득 음식을 넣고 우물거렸다. 가슴이 따뜻해지는 느낌에 기분이 나아진 미르는 서요와 함께 음식을 먹었다. 아직 그 누구도 제대로 인정해 주지 않았지만 혼례를 올린 서방과 각시 같았다.

저녁을 먹은 뒤 다과까지 내온 서요가 그의 눈치를 살짝 보며 입을 열었다.

"예전과 달리 미르님도 조선에 애정이 있으시죠?"

왜 그런 말을 하는지 알 것 같았던 미르는 찻잔을 내려놓고 그녀를 진지하게 바라보았다. 서요는 긴장한 나머지 마른침을 꿀꺽 삼켰다.

"아버지가 뭐라고 했어? 내가 소소와 가람과 달리 열심히 하지 않는다고?"

정곡을 찔린 서요는 어색하게 웃으며 고개를 끄덕였다.

"걱정이 되어서 더 그렇게 말씀하신 것 같아요. 그래도 평소에 운사님께서 미르님 칭찬도 많이 해요."

"거짓말."

"정말이에요! 그런데 미르님 앞에서는 결국 싸우고 만다고…… 참 두 분 다 서로 표현을 못 하는 것 같아요."

미르가 뚱한 얼굴로 입을 삐죽였다. 그는 운사가 그러거나 말거나, 지금은 더 신경 쓰이는 문제들이 있었다. 자연스럽게 턱을 괸 미르가 청초한 서요의 얼굴을 응시했다.

"얼른 혼례를 올리고 싶은데 말이야. 분명 천상에 오면 바로 올릴 수 있을 줄 알았는데……."

"네?"

"아버지랑 환웅님께서 도통 허락을 해주지 않으시니."

서요 또한 혼례를 올리고 싶은 건 마찬가지였다. 하지만 운사와 환웅은 아직은 때가 아니라는 말을 하며 피하기 일쑤였다.

"그건 너무 걱정하지 마세요. 제가 두 분 모두 설득할 거니까요."

미르는 흐뭇해하며 입꼬리를 올렸다.

"그날 기억해? 내가 너를 주인으로 인정하고 싶지 않아서 불가능한 내기를 제안했고, 결국 너는 내 것이 되었잖아. 결국 신하처럼 제대로 부리지는 못했지만."

그가 아주 오래된 이야기를 꺼내자 서요는 아이처럼 방긋거리며 고개를 끄덕였다.

"네. 그럼요. 그걸 어떻게 잊을 수 있겠어요. 그런데 제가 주인인 걸 인정하고 싶지 않아서 그런 거라고요? 미르님도 참!"

"정말이야. 그 후론 너를 좋아하게 돼서, 더 심란했지. 왠지 이렇게 될 것 같아서……."

"이렇게 된 게 뭔데요?"

서요는 정말로 궁금했다. 평소에 미르가 자신을 지켜주어야 한다는 사명감에 차 있다는 걸 알긴 했지만 뭐가 그렇게 심란한 건지는 이해할 수 없었던 것이다.

미르는 서요를 진지한 눈으로 바라보았다.

"내가 이제 인정해야 하는 거잖아. 서요 너의 신하가 되는 것을."

"……그게 무슨 상관이에요. 비록 천상에서의 계급이 그러한들 진짜 주인과 신하가 되는 건 아닌데요. 미르님이랑 저는 가장 가까운 사이잖아요. 서로 사랑하는 연인!"

심각한 말에 너무도 간단히 대답하는 서요를 보고 미르는 어안이 벙벙했다. 그에겐 매우 심란하고 중요한 문제였다.

"뭐가 그렇게 간단해? 나는 심각한데? 이제 나는 지금의 환웅님처럼 너를 우러러봐야 하나 싶어……."

"아이참! 그게 아니라니까요."

답답했던 서요가 자리에서 일어나 미르의 옆자리에 앉았다. 그리고 그의 손을 제 머리 위에 올렸다. 미르는 얼결에 서요의 머리를 쓰다듬었다.

"뭐 하는 거야?"

추억에 잠긴 서요가 진심 어린 목소리로 말했다.

"미르님은 항상 제가 불안할 때마다 이렇게 머리를 쓰다듬어 주셨어요. 그건 제가 아무 것도 모르는 인간일 때도, 여신으로 자각한 후에도 똑같았죠. 그런데 제가 천상을 다스리는 신이 된다고 해서 미르님과의 관계가 변할까요?"

"……."

"저는 언제나 미르님의 넓은 품을 원하고, 미르님의 따뜻한 위로를 듣고 싶고, 미르님에게만큼은 보살핌을 받는 여자이고 싶어요."

서요의 말에 그의 남빛 눈동자가 흔들렸다. 미르는 자신의 마음을 너무도 잘 알아주는 서요에게 감동을 받았다. 서요는 반짝반짝한 눈빛으로 다시 말을 이었다.

"미르님도 마찬가지일 거라고 생각해요. 그래서 저는 가끔은 미르님이 제 품에서 위로받고 기운을 얻고 힘든 일이 있을 땐 어깨에 기대주길 바랐죠. 그게 서로 함께 같은 길을 걸어 나가는 연인의 모습이니까요."

미르가 서요에게 기대고 싶은 마음이 들 정도로 그녀는 이미 성숙해져 있었다. 서요가 말한 연인의 모습은 틀린 것이 하나도 없었으며 그는 자신의 고민이 굉장히 바보 같았다는 것을 깨달았다.

"네 말이 전부 옳아. 나는 참 알량한 생각 속에 갇혀 있었던 것 같네."

미르가 그녀를 품에 끌어안았다. 그는 이렇게 현명하고 착한 서요가 자신의 연인이라는 것에 다시 한 번 감사했다.

"오늘 밤은 그냥 안 보내줄 거야."

미르의 눈에서 불꽃이 튀었다. 서요는 그의 품에서 꼼지락거리며 쑥스레 미소를 지었다.

오색찬란한 꽃잎이 난분분한 날, 서요는 신들의 축복을 받으며 환웅에 이어 천상을 다스릴 주신이 되었다. 자애로운 미소를 짓고 있는 서요에게 다가온 소소와 가람은 한쪽 무릎을 꿇고 인사를 올렸다. 당황한 서요는 어쩔 줄 몰라 하며 손을 흔들었다.

"왜 그러세요. 소소님, 가람님!"

소소는 진중한 얼굴로 입을 열었다.

"이젠 편하게 소소라고 불러주시면 안 되겠습니까?"

서요는 고개를 가로저었다.

"그건 싫어요. 소소님이 입에 딱 붙었는데 이제 와서 그럴 필요 없잖아요. 우리가 그렇게 달라진 것도 없는데요, 뭐."

"하지만……."

"소소님이랑 가람님은 여전히 저의 가장 친한 친구예요!"

서요의 고집에 가람은 씩 웃으며 자리에서 일어났다.

"서요님이라면 뭐 그럴 줄 알았습니다. 저희야 무한한 영광이며 좋기만 하죠!"

가람의 장난기 어린 말에 엄숙한 태도로 일관하던 소소 또한 웃으며 자리에서 일어났다. 서로를 바라보는 그들의 눈빛은 하염없이 따뜻했다. 그때 가람이 주위를 둘러보았다.

"아직도 미르는 오지 않았네요. 이제 저랑 소소는 어엿한 우사와 풍백이 되었는데, 미르는 아직도 운사님의 지독한 시험을 보고 있는 모양이에요."

모든 걸 알고 있는 서요는 씁쓸한 표정을 지었다.

"예. 뭐. 어쩔 수 없죠. 열심히 임하고 있으니까 아마도……."

서요는 저 멀리서 하얀 구름을 탄 미르가 다가오는 것을 보고 놀란 토끼 눈이 되었다.

"어? 미르님?"

소소와 가람은 날아오는 미르를 피해 저 멀리 물러났고, 미르는 그녀의 앞에 섰다.

"후우…… 많이 늦었어?"

그를 본 기쁨에 서요는 고개를 가로저었다.

"아니요! 딱 맞게 도착하셨어요."

"영감탱이가 어찌나 독하게 굴던지……."

미르의 귀여운 투정에 서요는 웃음을 참지 못했다. 그래도 아버지를 말하면서 예전보다는 표정이 조금씩 나아지는 게 보여서 다행이었다.

"하하하! 그래서 어떻게 되었어요?"

서요의 두 눈에 궁금증이 가득했다. 미르는 잠시 헛기침을 하며 뜸을 들이다가 정신을 집중해서 수많은 운화들을 만들어 냈다. 서요의 주변으로 앙증맞은 운화들이 만발했다. 꽃송이들은 아름답게 흩날리며 시야를 가렸다. 환상적인 광경에 그녀는 감탄해서 입을 벌렸다.

"와! 예쁘다."

미르는 운화들을 한데 모아서 서요에게 건네며 한쪽 무릎을 꿇었다. 소소와 가람도 아니고 미르가 무릎을 꿇자, 서요는 놀라서 물었다.

"뭐 하세요?"

미르는 당황한 서요를 올곧은 눈빛으로 올려다보며 진심으로 말했다.

"앞으로 그대의 영원한 신하이자 연인이 되겠습니다."

"……."

"이런 부족한 나일지라도 받아줄래?"

나지막한 목소리에 서요는 가슴이 먹먹하며 울컥했다. 앞으로 있을 영생의 시간을 함께 잘 지내보자는 이야기 같아서 심장이 두근거리기도 했다. 서요는 시간을 초월해도 변하지 않는 영원한 행복을, 그와 함께라면 누릴 수 있을 것이라고 확신했다. 기쁨에 겨워 고개를 끄덕인 그녀는 미르의 꽃다발을 받고 해맑게 웃었다.

외전

그들의 소원

살랑살랑 바람이 불어오며 구름 꽃, 운화가 흐드러졌다. 상제패설에
나오는 묘사보다 훨씬 아름다운 모습이었다. 구름을 한주먹 떼놓은 것
처럼 몽글몽글한 꽃을 한 아이가 잡아 올렸다.

"헤헤. 아빠 꽃이다."

통통하게 오른 아이의 볼이 웃느라 위로 쭉 올라갔다. 아이는 구름보
다 더 흰 피부에 동그랗고 귀여운 눈매 그리고 새침해 보이는 작은 입술
을 가지고 있었다. 아이가 정신없이 구름 위에서 뛰놀고 있을 때, 저 멀
리서 다급한 목소리가 들려왔다.

"소원아!"

오직 소원만을 바라보며 빠르게 날아온 서요가 그녀의 작은 몸을 두
손으로 들어 올렸다. 엄마 품에 안긴 소원은 깜짝 놀라 두 눈을 깜박였
다.

"엄마? 언제 날아온 거야?"

"아까 전부터! 또 가르침 안 받고 도망갔다기에 여기 있는 줄 알았지!"

서요는 자신과 똑 닮은 사랑스러운 딸을 혼내면서도 눈빛은 한없이 온화했다. 그걸 알고 있는 소원은 입술을 뾰로통하게 내밀었다.

"스승님 가르침은 재미없단 말이야."

"그 말, 스승님이 들으면 매우 섭섭하겠는데?"

"하지만 여기서 내려다보는 게 훨씬 재밌어!"

소원이 온몸을 비틀며 앙탈을 부렸다. 소원은 틈만 나면 구름 위에서 놀며 지상을 내려다보았다. 서요가 소원이 아주 어렸을 때부터 함께 있으며 자주 했던 행동이기 때문이었다. 서요는 다 자신의 탓이라 여기며 고개를 가로저었다.

"보는 건 좋은데. 가르침 받는 시간에는 그러면 안 되지. 천상과 지상에 대해서 배울 수 있는 소중한 시간인데. 응?"

서요는 자신이 조선에서 아무것도 모른 채 신녀로 태어나 고생했던 만큼 소원은 천상에서 안락하게 지내며 천천히 배워나가길 바랐다. 그게 소원에게도 좋을 거라고 생각했다. 그러나 아직 나이가 어린 소원은 지상에 대한 호기심을 참지 못했고, 스승님의 가르침을 받고 싶어 하지도 않았다. 복숭앗빛 뺨을 긁적인 소원이 엄마를 향해 웃으며 애교를 부렸다.

"오늘은 안 할래! 그만 할래!"

"어이구, 진짜. 못 말려."

서요가 소원의 몸을 구름 위로 내려주며 졌다는 듯이 부드러운 감색 머리카락을 헝클어뜨렸다. 소원은 다시 구름 위를 뛰어다니며 지상에서 벌어지는 일을 흥미롭게 관찰했다.

서요는 소원을 보며 딸이 자신을 닮은 건지, 아니면 미르를 닮은 건지 심각하게 고심했다.

"후…… 고생했어요. 미르님."

일을 끝마치고 아름다운 성으로 돌아온 서요가 미르에게 말했다. 미르는 파란 겉옷을 벗으며 서요에게 성큼성큼 걸어나갔다. 긴 다리 덕분에 빠르게 서요의 앞에 선 그는 그녀의 얼굴을 한 손으로 잡았다.

"이제야 둘만 남았네."

"예?"

"어째 조선에 있을 때와 별로 달라진 게 없어. 소소랑 가람도 매번 붙어 있고."

서요와 정식으로 혼례를 올리고, 같이 살고 있다지만 일이 많아 바빠서 같이 있을 시간이 없는 게 미르는 여러모로 불만이었다.

서요는 전과 다름없이 애정을 갈구하는 미르가 귀여워서 그를 두 손으로 꼭 끌어안았다. 단단한 가슴팍에 얼굴을 묻으니 익숙한 향기가 났다. 항상 제 곁을 지키는 가족이 있다는 건 굉장히 행복한 일이었다.

"왜요. 그래도 좋잖아요. 금쪽같은 딸도 있고, 소중한 친구들도 있고."

서요가 달콤한 목소리로 말했다. 그녀의 얼굴을 내려다보는 미르의 입매는 호선을 그렸다.

"그건 그렇지. 뭐 적어도 밤에 방해받을 일은 없으니까."

미르가 의뭉스럽게 웃고 있을 때, 방문이 벌컥 열리더니 소원이 들어왔다.

"엄마, 아빠!"

깜짝 놀란 서요와 미르는 서로 떨어져서 어색한 눈빛으로 소원을 바라보았다.

"왜, 왜?"

"왜 그러니?"

그들이 동시에 묻자 소원이 서요와 미르의 다리를 하나씩 붙잡았다.

"잠이 안 와. 오늘은 여기서 잘래."

혼자 잘 만큼 커서 자신의 방을 따로 받은 소원은 하필이면 오늘 밤 미르의 바람을 깨버렸다. 미르는 화를 낼 수도 없어 그저 허탈하게 웃었고, 서요는 소원의 손을 이끌고 침상으로 향했다.

"공주님은 여기 누우시지요."

소원이 폭신폭신한 침상 위에 눕자 서요는 이불을 덮어주었다. 그리고 아이의 이마에 입맞춤하고 그 옆에 나란히 누웠다.

"아빠! 아빠도 와야지!"

소원의 외침에 미르는 애써 밝은 얼굴로 딸의 옆에 누웠다. 소원은 양옆에 서요와 미르가 누워 있는 게 든든해서 마음이 놓였다.

"우리 딸. 잘 자."

미르가 소원의 작은 이마와 머리를 쓰다듬으며 다정한 목소리로 인사했다. 그는 소원이 커가는 모습을 보는 게 참 즐거웠다. 미르는 한 손을 쭉 뻗어 소원뿐만 아니라 서요까지 감싸 안고 흐뭇한 표정을 지었다. 그가 너무도 사랑하는 여자들이었다.

잠시 후, 소원이 쌔근쌔근 숨소리를 내며 잠들었다. 서요는 조심스럽게 눈을 뜨고 아이를 살핀 후 자리에서 일어났다. 눈 감은 미르에게 다가간 서요가 귓속말을 했다.

"소원이 자요. 미르님."

서요가 다가오는 걸 알고 있었던 미르는 입꼬리를 씩 올리고 매력적인 눈을 떴다.

"그래?"

소원이 깨지 않게 조심스럽게 일어난 그는 서요의 손을 잡고 밖으로 나갔다. 천상의 밤은 고요하고 아름다웠다. 주변이 은하수로 걸어 들어가는 것처럼 반짝였고, 물안개가 퍼진 모습은 신비로웠다.

서요와 미르는 붉은빛 다리를 함께 건너며 앞에 있는 분수대로 가까이 다가갔다. 그들의 얼굴로 투명한 물방울이 튀었다.

"산책 나오니까 좋네요."

서요의 말에 미르는 그녀의 뒤로 가 작은 몸을 꽉 안고 흐뭇한 표정을 지었다.

"소원이 잔다고 말하는 것뿐인데 가슴이 어찌나 뛰던지. 엄청 설렜어."

팔불출 같은 그의 말에 서요는 어깨를 감싼 미르의 팔을 잡고 답했다.

"천천히 과감해지는 중이에요."

애교스러운 말에 미르는 곧바로 서요의 볼에 입을 맞췄다. 그리고 그녀의 몸을 돌려 정면으로 마주한 후 한 손으로 얼굴을 감싸고 천천히 다가갔다. 숨소리가 섞이고 맞닿은 체온이 올라갔다. 그들은 행복한 감정을 나누며 오래도록 입맞춤에 열중했다. 한 몸이 되기라도 한 것처럼 끌어안은 손길은 더없이 다정했다.

그 순간, 갑자기 어디선가 풀 밟는 소리가 들려왔다. 서요와 미르는 눈을 번쩍 뜨고 주위를 살폈다. 시선을 교환한 그들은 동시에 고개를 끄덕이고 조심스럽게 소리가 나는 쪽으로 걸음을 옮겼다. 무언가 재미있는 걸 볼 것 같다는 생각에 서요와 미르의 눈에 이채가 어렸다.

서요는 나무 뒤에서 검은 인영들을 보았다. 그녀의 영원한 친구 가람과, 천상에서 가장 순수하고 예쁘다고 많은 신의 귀여움을 받는 씨앗의 여신 여화였다. 서요와 미르는 충격을 받았다. 바람둥이 가람이 마지막 보루나 다름없는 여화를 건드렸기 때문이다.

서요가 어떻게 해야 하나 고민하다가 천천히 뒷걸음질할 때, 미르는 대책 없이 소리를 질렀다.

"야!"

그의 우렁찬 음성에 찰싹 붙어 있던 가람과 여화는 놀라서 고개를 두리번거렸다. 당황한 서요는 미르를 말리려고 했으나 그는 이미 그들의 앞으로 가 허리에 손을 단단히 올렸다.

"너는! 안 건드리는 여신이 없냐? 어?"

"뭐야, 네가 왜 여깄어. 훔쳐보는 취미라도 있냐?"

가람이 잿빛 눈을 번뜩이며 못마땅한 표정을 지었다. 그가 움직이자 구불구불 긴 머리가 물결쳤다.

"내가 왜 여깄냐니. 여기 서요랑 내 집 후원이야."

"아! 맞다. 그렇지?"

가람이 이제야 알았다는 듯 태연하게 굴었다. 미르는 괜한 오지랖이라는 걸 알긴 했지만 딸이 있는 아버지로서 가람의 행동이 영 마음에 들지 않았다.

"그럼…… 너도 안 자고 나온 거 보니까. 서요님도?"

가람이 고개를 쭉 빼고 묻자 서요가 머리를 긁적이며 미르의 옆에 섰다. 하하하, 절로 어색한 웃음이 튀어나왔다.

"한밤중에 여러분을 여기서 보게 될 줄은 몰랐는데……."

서요의 말에 여화는 고개도 들지 못하고 두 손으로 얼굴을 가렸다. 그녀의 심장은 주신인 서요와 그녀의 부군인 미르를 보고 심하게 뛰고 있었다. 가람은 여화의 등을 한 손으로 토닥였다.

"네. 서요님. 죄송하지만, 이 후원이 다른 신들 눈에도 잘 안 띄고 보기에도 예쁘거든요."

가람의 뻔뻔함은 타의 추종을 불허했다. 미르는 황당해서 혀를 찼고, 서요는 고개를 끄덕이긴 했으나 불편한 표정이었다.

"어휴. 가람님, 여화는 아직 어린데……."

하지만 그렇다고 서요가 뭐라고 더 할 수는 없었다. 가람이 누구를 만나든 참견하는 것은 옳지 않았다.

서요의 말에 가람은 여화를 품속에 꼭 끌어안고 소리쳤다.

"저희! 사랑하게 해주세요!"

장난스러우면서도 은근히 진지한 말에 서요는 고개를 갸웃하다가 미르의 팔을 잡고 뒤로 물러났다.

"이만 가요, 미르님. 지금 이곳은 이분들에게 더 필요한 거 같네요."

가람은 손을 흔들며 씩 웃었고, 미르는 하는 수 없이 서요와 함께 다시 다리를 건넜다. 그는 이번에도 가람이 여화에게 상처를 주거나 사고를 칠 거라면서 한참을 구시렁거렸다.

"이젠 제발 정신 차려라. 들려오는 소문이 너무 말도 안 될 정도로 더럽거든?"

은은한 차향기가 나는 원형 신전 안에서 미르는 가람에게 손가락질했다. 가람은 짜릿했던 어젯밤 일을 떠올리며 미소를 지었다.

"여화는 날 더럽게 여기지 않아."

"걔가 너무 순진해서 그렇지. 내가 여화 아버지였으면 넌 진짜 반쯤 죽었다."

"넌 딸 낳더니 왜 이렇게 날 미워하냐!"

"몰라, 자꾸 감정이입하게 돼."

그들의 말다툼을 듣고 있던 소소는 여유롭게 차를 한 모금 마시고 입을 열었다.

"해결될 일도 아닌데 그만 시끄럽게 해. 시간이 흘러도 너희 둘은 참 한결 같다."

은근히 무시하며 골리는 발언에 미르는 단호하게 고개를 가로저었다.

"난 건실한 아버지고. 쟤는 난놈이고."

"내가 난놈인 건 인정. 근데 내가 보기에 제일 이상한 건 소소 너야. 어떻게 아직까지도 애인이 없을 수가 있냐?"

가람이 도저히 이해할 수 없다는 표정을 짓자 서요가 그들이 있는 곳으로 들어오며 대화에 끼어들었다.

"아닌데요. 있는 거 같은데요?"

"네?"

가람이 되물었고, 소소는 놀란 눈으로 그녀를 바라보았다. 그의 얼굴이 조금씩 붉어지자 서요는 피식 웃었다.

"농담이에요. 농담."

말은 그렇게 했지만 서요는 함께 꽃을 따며 친해진 한 여신이 소소에 대해서 하는 말들을 자주 들어왔다. 그녀는 그에게 관심이 아주 컸고, 소소도 아예 관심이 없는 건 아닌 것 같았다. 서요는 그들의 비밀을 지켜줘야겠다고 생각하며 자리에 앉아 오랜만의 짧은 휴식을 즐겼다.

"소원이가 날이 갈수록 말을 안 들어서 걱정이에요."

서요의 말에 미르는 동감한다는 듯 고개를 끄덕였고, 소소는 재기발랄한 소원을 떠올리며 키득거렸다.

"아무래도 미르를 닮은 게 아닌가 싶습니다."

소소의 말에 미르는 이상하게 기분이 나빴다. 닮았다는 게 좋은 말이 아닌 거 같았다.

"음…… 미르님을 닮은 게 더 좋은걸요. 전 답답한 면이 좀 있거든요."

미르의 입이 삐죽 나온 걸 본 서요는 그를 향해 사랑스러운 미소를 지었다. 그녀는 정말 그렇게 생각했다.

소소와 가람은 어쩔 수 없는 잉꼬부부라고 생각하며 부러움이 담긴 눈빛을 보냈다.

천상의 시간은 고요하고 평화롭지만 빠르게 지나갔다. 소원은 겉모습만큼은 훌쩍 자랐고, 서요와 미르도 조금 더 성숙해졌다.

서요와 미르는 몇 달 전부터 심각해지기 시작한 조선의 상황을 떠올리며 한숨을 내쉬었다.

"왕이 죽고 나라가 다시 혼란스러워졌네요."

"뭐, 언제나 좋은 왕이 나라를 다스린다는 법은 없으니까."

미르는 해문이 좋은 나라를 만들었다는 걸 부정할 수 없었다. 결국 지금은 안정이 깨지고 혼란이 빚어졌지만 말이다.

"소원이가 그렇게 지상으로 내려가고 싶다고 투정을 부렸는데…… 이제 진짜 때가 되었는지도 몰라요."

손가락을 꼼지락거리던 서요가 단단히 결심한 눈빛을 했다. 오래전 자신이 고생했던 게 떠올라서 계속 망설였지만 서요는 이제 소원의 부탁을 들어줄 때가 되었다고 여겼다. 그리고 그녀가 배우고 성장할 기회를 줘야겠다는 생각이 들었다.

서요의 말에 미르는 여러모로 걱정스러웠다. 그의 미간이 깊게 주름졌다. 턱을 쓰다듬으며 침음하던 미르는 이내 고개를 끄덕였다.

"그래. 이제 보낼 때가 됐어. 상황이 안 좋아서 걱정되기는 한데."

서요가 불안해하는 미르의 손을 잡았다.

"그래서 소원이 조선에 더 필요하고, 소원에게도 필요한 일일 수도 있죠."

그들이 애틋한 눈빛으로 소원을 생각하고 있을 때, 저 멀리서 소원의 스승이 헐레벌떡 날아왔다. 하얀 수염이 옆으로 휘날릴 정도로 다급하게 날아온 그는 서요와 미르의 앞에 내려와 말했다.

"큰일 났습니다. 소원님이!"

"소원이 왜요?"

스승이 심각한 표정을 지었다.

"소원님이 갑자기 조선으로 내려갔습니다."

서요와 미르는 깜짝 놀라 어깨를 들썩였다. 천천히 내려 보낼 준비를 하려고 했는데 이미 혼자서 도망간 모양이었다.

서요는 스승의 심각한 얼굴을 바라보며 자신도 모르게 헛웃음을 지었다. 정말 못 말리는 딸이었다. 소원은 어렸을 때부터 조선에 대한 호기심이 충만했는데 결국 스스로 떠나 버렸다. 서요는 소원이 자신보다 낫다고 생각했다.

"언젠가 이런 일이 있을지도 모른다고 생각했었는데……. 너무 걱정하지 마세요. 제 딸이니까 잘 해낼 거예요. 작별 인사를 못 한 게 아쉽지만."

서요는 아무것도 모르고 태어나 백지 상태로 조선에 대해서 배웠고, 소원은 온갖 정보들을 흡수하고 스스로 애정을 갖고 내려갔으니 자신과는 또 다른 여정을 시작할 터였다.

스승은 예상외의 반응에 얼떨떨한 얼굴로 물러났고, 서요와 미르는 구름 위로 날아가 조선을 내려다보았다.

"아마…… 거기부터 갔을 거 같은데."

구름 아래로 평범한 옷을 입은 소원의 모습이 보였다. 소원은 서요와 미르가 처음 만난 작은 마을인 용미촌을 돌아다니고 있었다.

"맞네요. 저기 보여요!"

미르는 그녀의 어깨를 감싸 안고 호들갑을 떨었다.

"사내놈들이 관심이라도 보임 어쩌지? 시비 거는 사람들이 있으면? 무슨 큰일이라도 생기면 어떡하지?"

서요는 미르의 말에 웃음이 나왔지만 그는 진지하기만 했다. 서요는 소원에게서 눈을 떼지 못했다.

"우리가 계속 지켜볼 거잖아요. 제 부모님이 그랬던 것처럼."

"무슨 일 생기면 당장 내려갈 거야."

"네. 소원이 조선의 새로운 빛이 되었으면 좋겠네요."

서요와 미르는 서로의 손을 꼭 잡고 함께 염원했다. 싱그러운 새순이 돋아나는, 어느 봄날이었다.

작가 후기

작가 후기를 꼭 넣고 싶은데, 막상 후기를 쓰는 건 어려워요. 그래도 짧게나마 인사드릴게요.

긴 이야기가 끝났네요. 벌써 세 번째 출간인데, 이상하게 처음 출간하는 것 같은 느낌이에요. 연재 후 오랜만에 찾아와서 그런 걸까요?

가벼운 동양 판타지 로맨스를 쓴 것도, 신화를 소재로 한 것도, 모험에 관련한 내용을 쓴 것도 전부 처음이에요. 여러모로 부족한 점이 많았지만 이렇게 끝맺을 수 있었던 건 연재 때 지켜봐 주신 독자님들, 주변의 소중한 사람들 덕분이에요.

부디 서요와 기상신들이 성장하는 모습을 보며 즐거워 해주셨길 바라요. 그들이 원하고 원했던 세상은, 우리가 모두 바라는 세상이기도 하죠.

영원한 행복을 얻게 된 미르와 서요처럼, 책을 읽으신 독자님들도 항상 행복하시길 기원할게요.

귀한 시간 내어 읽어주셔서 정말 감사해요. 앞으로 더 좋은 모습으로 찾아뵐게요.

조선반당록

이이담 장편소설

행화촌에서 나고 자랐지만, 금이 아닌 검을 잡은 여인.
그리고 공주의 반당이 된 그녀의 앞에 운명처럼 나타난 한 남자.

"폭풍우처럼 몰아쳤던 지난 세월도 훗날에는 몇 줄의 문장만으로 기록되겠지요.
하지만 간결해 보이는 글자 뒤에도 이토록 수많은 삶이 잠들어 있다는 사실을,
누군가는 알아주길 바랍니다."

혼란하던 역사의 뒤안길, 기록되지 못한 이들의 숨겨진 이야기.